高校社科文库
University Social Science Series

教育部高等学校
社会科学发展研究中心

汇集高校哲学社会科学优秀原创学术成果

搭建高校哲学社会科学学术著作出版平台

探索高校哲学社会科学专著出版的新模式

扩大高校哲学社会科学学科研成果的影响力

李 克/著

存在与自由
——萨特文学研究

Being and Freedom:
A Study of Sartrean Literature

光明日报出版社

图书在版编目（CIP）数据

存在与自由：萨特文学研究 / 李克著 . -- 北京：光明日报
出版社，2013.11（2024.6 重印）

（高校社科文库）

ISBN 978 - 7 - 5112 - 4833 - 6

Ⅰ . ①存… Ⅱ . ①李… Ⅲ . ①萨特，J. P.（1905~1980）
—文学研究 Ⅳ . ①I565.065

中国版本图书馆 CIP 数据核字（2013）第 129493 号

存在与自由：萨特文学研究

CUNZAI YU ZIYOU：SATE WENXUE YANJIU

著　　者：李　克

责任编辑：陈　娜　　　　　　　　责任校对：傅泉泽

封面设计：小宝工作室　　　　　　责任印制：曹　净

出版发行：光明日报出版社

地　　址：北京市西城区永安路 106 号，100050

电　　话：010-63169890（咨询），010-63131930（邮购）

传　　真：010-63131930

网　　址：http：// book. gmw. cn

E - mail：gmrbcbs@ gmw. cn

法律顾问：北京市兰台律师事务所龚柳方律师

印　　刷：三河市华东印刷有限公司

装　　订：三河市华东印刷有限公司

本书如有破损、缺页、装订错误，请与本社联系调换，电话：010-63131930

开　　本：165mm×230mm

字　　数：350 千字　　　　　　印　　张：20.5

版　　次：2013 年 11 月第 1 版　　印　　次：2024 年 6 月第 2 次印刷

书　　号：ISBN 978 - 7 - 5112 - 4833 - 6 - 01

定　　价：78.00 元

CONTENTS 目 录

第一章

萨特其人

　　了解萨特文学创作，有必要认识萨特其人。萨特的文学创作不仅是其时代的反映，更是对他博大深邃心灵世界的揭示。萨特文学作品的鲜明风格不仅与他所把握的现实有关，更与其独特的存在有密切关系。

一、萨特与存在主义

　　萨特是 20 世纪中叶法国存在主义运动最著名、最有代表性的人物，做出这一判断的理由是：

　　一是萨特写出了存在主义的经典著作。存在主义运动的勃发，奠基于存在主义的经典著作，没有经典著作的指引，不可能产生有一定规模、影响广泛、持续较久的存在主义运动和思潮。说到存在主义的经典著作，不仅指哲学论著，还包括大量的文学作品。存在主义的代表人物，如萨特、加缪、波伏娃等都是多面手，他们不仅有自己系统的哲学观点和论著，还有大量的文学创作。存在主义的经典大家往往一身而兼二任，这使存在主义与其它哲学思潮比较，其影响绝不限于学术专业的小圈子，在民间、大庭广众中，存在主义常常大展拳脚，其陶染和教化功能更加显著。

　　在存在主义的作品长廊中，最耀眼的是萨特的作品。在哲学方面，他的《存在与虚无》历久弥新，影响深远。这本大部头巨著，不仅涉猎问题多，而且有相当的思考深度，它是萨特对自己十年来从事哲学思考的总结。萨特 1939 年开始构思，1941 年秋动笔写作，1943 年出版，具体写作时间不到两年。为构思这部著作，阐述一种新型的有关意识的理论，萨特绞尽脑汁，可谓煞费苦心。在"奇特战争"期间，他写信告诉波伏娃，他在构思新型的意识理论上尽管很吃力、很艰难，但他一步一步地在顽强推进。通过辛苦耕耘，他终于在胡塞尔和海德格尔哲学的基础上，开拓出一片存在主义的新天地。《存在与虚无》不仅是萨特哲学的代表作，也是整个存在主义哲学奠基性、标志性的著作。

萨特哲学语言抽象，尤其是《存在与虚无》，读起来甚是艰深，对于一般读者，阅读这部著作是一个挑战。造成萨特哲学语言抽象的原因之一是，他早年在巴黎高师读书时受到风气的影响。其时黑格尔哲学非常流行，其语言被认为是真正哲学思辨的体现。黑格尔哲学语言晦涩，它是黑格尔辩证思维的体现，在年轻学子眼中，这种语言才是哲学的专门语言，熟练掌握和运用这种语言，才表明进入了专业领域，才能证明自己的哲学水准和专业能力。《存在与虚无》在语言表述上带有浓郁的黑格尔哲学语言风格特征，对缺少专业训练的读者，读懂这部作品需要很大的恒心和毅力。此外，萨特作品不容易读，还有其他原因，这已经引起学者的关注，有过一些讨论。①

---

　　① 萨特作品不易读，似乎成为"共识"。尽管萨特的写作非常成功地把小说家、戏剧家、哲学家等多种身份结合在一起，他的名字远远超出了学术界，为众人所熟悉，但对其作品的阅读总令人"不舒服"。罗伯特·贝纳斯科尼在其《如何阅读萨特》一书中讨论了这一问题。

　　首先，萨特作品不易读，他自己要负一部分责任。萨特能够在灵感的爆发中写出漂亮文章，但是他很少在保证作品质量上精雕细琢。读者可以轻而易举地在他的作品中找到脍炙人口的段落，它们令读者兴奋不已，但无法让他们真正去思考中心领神会。读完一部作品，人们常常迷惑不知道该怎样理解和把握萨特。萨特凭激情写作，不愿意在修改作品上花费功夫。他写作速度很快，有时还借助于药物刺激。

　　笔者认为，贝纳斯科尼指出的都是事实，但有欠公允。应该说在某些时候、某些作品上萨特的写作一挥而就，不屑修改，但不能一概而论。譬如在"奇怪战争"期间，萨特有比较充裕的时间，他创作《自由之路》第一部《不惑之年》时，经常征求波伏娃的意见，反复修改自己的作品，用力甚勤，在这部作品上他是下足了功夫的。

　　贝纳斯科尼还认为，萨特并不总是能够写出伟大散文，因为他常常"折磨"语言。他写的越来越多，但从不对最初的构想进行推敲和修订，使其表达更加清晰。并且萨特好写大部头作品，《存在与虚无》和《辩证理性批判》可谓鸿篇巨制，篇幅都超过五百页。他有一种倾向，不喜欢在五百字内把问题阐述清楚，其实《存在与虚无》根本没有必要弄得那么长，读起来那么艰深。

　　贝纳斯科尼此言不虚，萨特确实喜欢长篇大论，《存在与虚无》和《辩证理性批判》篇幅已经很大了，但还没有写完。《家庭白痴》有三大卷，译成英文五大卷，长达两千八百多页，它是萨特篇幅最大的作品。面对如此鸿篇巨制，不免令人生畏，读它不仅需要耐心，还需要勇气。《家庭白痴》是萨特在 1973 年眼睛失明前的最后作品，按原先计划，他还打算写第四卷，专门论述《包法利夫人》。

　　贝纳斯科尼指出，萨特作品易招致误解，他的语言常常夸大，给人刺激和遐想，但无法验证。其作品与其说作用于理性的判断，征得读者的理解，不如说是打动读者，引起他们的关注。此外，萨特对自己作品的态度也为理解造成了麻烦，他有时轻率地否定自己的作品，径直宣布它们是荒谬的，令读者错愕不已。

　　萨特的写作来自于现实斗争的需要，如反对殖民主义、反对越南战争、支持 1968 年的学生革命等。作为一个介入作家，他的作品迅速对现实做出了回应。特别是在后期，萨特积极参加各种斗争，写了大量的论战性文章。这些文章针对特定对象，时效性强。但萨特在政治判断上每每出现失误，其政治立场有时会发生剧烈变化。如他为苏联做过辩护，同样也进行过激烈批评，政治立场的多变和模糊令人对其文章表态的真实性产生怀疑。读者会提出这样的问题：在前后反差明显的态度中，到底哪一个才是真正的萨特呢？（参见 Robert Bernasconi, How To Read Sartre, New York Granta Publication 2007, pp. 1～4.）

　　A·C·丹图认为，萨特著作，最典型的如《存在与虚无》，有不少重复、冗繁和怪诞的表达，这本书是萨特最重要也是最难懂的著作，受到读者的广泛误解。许多人指责萨特，认为他的书模糊难解，充满了胡言乱语。萨特的许多重要论述，"与其说受害于表达的混乱，不如说受害于语言技巧的滥用，即故意使用许多相反的语言来表达同一个意思"。譬如，对意识的表述，萨特说它是"是其所不是，不是其所是"。这一表述完全违背了逻辑学的同一律，它是相互矛盾的。但作者也指出，萨特著作的这种奇特表述造成的混乱往往只是外表的，"损毁的只是语句的外表"。只要读者具有一点耐心和容忍，可以在他意识概念的核心中找到首尾一致的解释。（参见 A·C·丹图著、安延明译：《萨特》，工人出版社 1986 年版，第 3～4 页。）

萨特创作的大量小说和戏剧被誉为存在主义文学宝库中的"精品",毫不夸张地说,缺少了他的文学创作,存在主义的文学宝库会黯然失色,萨特的文学创作是存在主义文学实绩的重要体现。一般读者对存在主义哲学精神的了解更多的是通过萨特的文学作品,通过他塑造的伊比埃塔、马蒂厄、俄瑞斯忒斯、加尔散等文学形象获得的。了解存在主义的文学创作,忽略萨特、绕过萨特,既不可能,更不可取。

二是萨特是存在主义运动中影响最大的人物。他一生写了大量传播存在主义哲学观念的通俗文章,包括一些论战性很强的文字,在已出版十卷的《境况种种》收集的就属于这类作品。除此之外,萨特还擅长演讲,举办存在主义的通俗讲座,直接向大众传播存在主义的观念。譬如著名作品《存在主义是人道主义》就是根据萨特在巴黎现代俱乐部的一次通俗讲座整理而成的。关于这次讲座萨特回忆道,他按约定,准时来到演讲会所。远远望去场外聚集了许多人,他不得不在警察的护卫下进入会场。场内人头涌涌,过道挤得水泄不通,人们热情高涨,期待着这位存在主义大师用最通俗的语言为他们讲述存在主义的哲学。由于听众太多,空气不流通,有的女听众胸闷不适,中途被抬出会场。

存在主义哲学经过萨特多方面、多渠道的大力弘扬,特别是经过萨特文学创作的生动表现,在上个世纪四十和五十年代引起了社会的广泛关注和共鸣,逐步深入人心。特别是存在主义的经典术语,其中一些名言警句,如"存在先于本质","他人就是地狱"等被人们经常挂在嘴边,成为口头禅。在存在主义运动高涨之际,甚至还出现了存在主义的服装、发型、帽子等,存在主义的思想观念已经演化为流行的符号,变成了人们追求的时尚,体现了时代的趣味。萨特在推动存在主义哲学向社会纵深发展、在普及存在主义的哲学观念、使其深入人心方面功不可没,尤其是他的戏剧和小说,对传播存在主义哲学思想发挥了重要作用。

萨特文学创作的一个鲜明特色是:用文学化的手法对其哲学观念进行形象化演绎和表现。他认为,存在主义文学创作的最显著特点就是思想性,文学创作必须体现思想。不是一般的思想,而是有体系的、有深度的哲学思想。萨特曾经做过这样的比较,像海明威的创作,这是一种"无思想性"的创作,而存在主义文学创作的鲜明特征就是表现强烈的思想性和观念性。萨特的意思不是说海明威的创作没有体现思想,文学创作总要或多或少、或直接、或隐晦地体现思想,存在主义的文学创作与传统文学创作比较,特别强调对思想的体现，存在主义的文学创作背后一定会有哲学观念的支撑，像萨特和波伏娃这样的存在主义经典作家，创作都是奠基于其哲学上的。

三是在法国存在主义运动中，几个代表人物的立场并不一致，甚至有很大分歧，存在主义运动并不是铁板一块，它不是以哪一个人的思想为基础、为主导、为标准的。尽管如此，人们一致公认，萨特是存在主义运动的旗手，是存在主义运动当之无愧的代表。

众所周知，萨特起初与加缪关系不错，他们很投缘。两位存在主义大师彼此通过评论对方的作品建立了友谊，萨特称赞加缪的才华，专门写评论对《局外人》加以肯定。萨特创作独幕剧《禁闭》，邀请加缪扮演剧中人物，担任导演。加缪早在 1938 年就在报纸上撰文评论《恶心》，赞美萨特有"无尽的天赋"，是一个"卓越而又有力的人"。加缪为人幽默，能够说各种笑话，萨特常被他逗得开怀大笑，两位朋友无话不谈，他们的关系一度让波伏娃"嫉妒"。但随着国际形势变化，战后美苏两个大国对立，冷战格局形成，世界被分为以美国为代表的西方自由世界和以苏联为代表的社会主义阵营，萨特与加缪的思想分歧开始加剧，最终导致他们分道扬镳。在政治立场上，萨特与加缪以及他的老同学阿隆决裂了。加缪和阿隆在美苏对立中站在以美国为首的西方世界一边，而萨特显然更同情苏联，虽然他对苏联也有诸多不满和批评，但他绝不会因此就倒向弊病丛生的资本主义世界一边。同样，在加缪与梅洛·庞蒂之间也有争论，特别是在苏联劳改营问题上，二人意见不合，有时争论相当激烈，吵得面红耳赤，最后弄得不欢而散。

不论存在主义代表人物之间有怎样的争议，也不论他们之间的分歧多么难以弥补，但在一点上看法是一致的，即他们都认定萨特是存在主义运动的核心，他在存在主义运动中的位置是不可替代的。加缪和阿隆先后退出了存在主义的舆论阵地《现代》杂志编委会，他们不认同萨特的某些观点，想与萨特阵营划清界限。当加缪发表了新作《反抗者》，萨特阵营中一位初出茅庐的年轻人写了一篇很不客气的文章进行评论，实际上是对加缪进行了攻击，加缪立即做出反击。《现代》杂志抛出这篇文章，不仅代表作者个人观点，更代表编辑部的立场，特别是它得到了萨特赞同。加缪的反击不是含沙射影，他不绕圈子，矛头直接对准萨特，其文章开头称萨特为"主编先生"。萨特被激怒了，也写文章反驳加缪。在论战中，无论是加缪还是阿隆，在他们心目中，萨特始终是一面旗帜，不论在台前和幕后，都发挥着关键作用。在大众心目中，提到存在主义，人们首先想到的也是萨特。可以说，无论在大众还是专业的圈子中，萨特都是存在主义运动的公认代表。

二、萨特的三重身份

作为存在主义运动的旗手，萨特有三个身份，他不仅是哲学家、文学家，还是社会活动家。

1. 作为哲学家的萨特

1924 年萨特考入巴黎高等师范学校，在选择专业方向时，大部分人都选择文学教师资格方向，只有五人选择了哲学教师资格方向，萨特和他的朋友尼赞以及阿隆等选择了哲学教师资格方向。1928 年萨特毕业考试失利，但第二年他却得到了第一名的成绩。1929 年参加考试的学生有 76 人，最后通过的只有 13 人。这 13 人中，前两名成绩非常接近，评委最后把第一名的荣誉颁给萨特，波伏娃位居第二名。

毕业后萨特到中学当教员，教授的是哲学。1933 年他专程赴柏林法兰西学院学习现象学。萨特在德国只待了一年，但这一年对他一生非常重要。在德国期间，他最重视的是胡塞尔和海德格尔的著作，他没有去大学课堂聆听他们的课程，他掌握现象学主要靠阅读文献，在这一年中，他读了大量的现象学著作。从德国回来后，他立即在现象学基地上构筑自己的哲学大厦，把现象学的基本理论贯彻和融汇到自己的研究领域中，相继发表了一系列哲学作品。如 1936 年出版《想象》，1939 年发表《情绪理论初探》，1940 年发表《想象物》，1943 年出版《存在与虚无》等，这些作品都带有浓重的现象学基调。

哲学思考是萨特一生最重要的活动，没有哲学，就没有萨特。人们不可能想象一个离开了哲学的"纯文学"萨特，人们无法把哲学和文学的萨特一分为二，从文学的萨特中把哲学的萨特驱赶出去。萨特与哲学始终是一体的，萨特之所以是萨特，就扎根在哲学上，哲学对于萨特是根本，是基石，是他最基本的活动。

没有人怀疑萨特是哲学家，没有人否认他写出了一系列具有重要意义的哲学作品，但对萨特在哲学上的贡献却有不同评价。有人认为，萨特是当代最伟大的哲学家之一，《存在与虚无》是二十世纪最伟大的哲学作品之一。但也有人认为，海德格尔的《存在与时间》与萨特的《存在与虚无》是二十世纪两部非常重要的著作，后者无论在构思还是在内容上都受到前者的影响，"这已经不是什么秘密"。二战期间萨特在战俘营，德国人给了他一本海德格尔的

《存在与时间》，那是一本装订很好、看上去很贵重的一本书。萨特兴致勃勃地阅读，很有心得，还做了大量笔记，一周三次向他的牧师朋友解释海德格尔的哲学。萨特在他的笔记中对海德格尔哲学做了充分探讨，海德格尔的哲学对他的影响非常大，他后来撰写《存在与虚无》，就很好地利用了这些笔记。①读者可以从《存在与虚无》中看到，萨特对胡塞尔和海德格尔著作很熟悉，他多次引用他们的哲学观点，这两个名字在他的著作中出现的频率很高。在讨论问题时，胡塞尔和海德格尔经常成为参照对象，萨特的论证常常建立在对胡塞尔和海德格尔的思考和批判上。

有人据此认为，由于萨特受胡塞尔和海德格尔哲学的影响，其哲学原创性"微乎其微"，尽管《存在与虚无》影响很大，但如果与胡塞尔和海德格尔的著作比较，从哲学专业角度看，按照原创性标准衡量，萨特哲学的重要性显得不那么突出了。有人认为，萨特作为文学家享有盛誉无可置疑，但作为哲学家，他头上的光环带给他的声誉有些名过其实，其哲学著作的价值也许并不像他的名声那么显赫。西方一些比较重要的哲学史，譬如《牛津西方哲学史》在讨论存在哲学时，提到了海德格尔，也提到了萨特。但一般而言，谈论存在哲学，必然会提及海德格尔，但未必一定提到萨特。如施太格缪勒的《当代哲学主流》，其中专章讨论了胡塞尔、舍勒、海德格尔和雅斯贝尔斯，但没有为萨特设专章。梯利的哲学史谈到存在主义时篇幅有限，论述萨特的部分就更少了。可是专门研究现象学的著作对萨特很重视，在现象学运动中，萨特是一个重要环节。如研究现象学的重要著作《现象学运动》一书，就把萨特的现象学列为一章。站在哲学专业的角度看，也许有人不把萨特当作一个纯粹哲学家，特别是因为他还是一个著名文学家，在小说和戏剧上的成就很大，名声远播。人们承认萨特在哲学和文学两方面都有成就，谈到哲学，往往无法抵挡萨特文学成就的光芒，谈到文学，人们发现，他的一切都建立在哲学上。

萨特哲学关注人，关注意识，在这一点上，它与传统西方哲学并无本质区别。《存在与虚无》绝大部分篇章都在讨论意识，只用了很小一部分讨论"自在的存在"。萨特哲学的特别之处是：它对意识重新做出了解释，这一解释构成了其自由哲学的基石。自由是萨特哲学的中心议题，萨特的自由学说包含了丰富内容，涉及存在的方方面面。萨特哲学对什么是自由这一古老话题给出了全新解释，理解萨特，关键是对其自由学说的把握，评价萨特，也主要是对这

---

① 斯坦普夫·菲泽著、丁三东等译：《西方哲学史》，北京中华书局 2004 年版，第 666～667 页。

一自由学说的内容、意义和价值做出说明。

据波伏娃回忆，是阿隆向萨特引荐了现象学，他听从了阿隆的建议，向当局申请去德国学习。① 萨特去德国学习现象学，根源于他自己的需要，在巴黎高师读书期间，他已经具有一种思想，即"任何不能说明意识的理论想要如实地看待外在的客体，都注定会失败"②。这种考虑问题的方式已经具有浓厚的现象学意味。萨特思想的发展需要借助于现象学来帮他弄清楚有关意识的种种问题，在这个节骨眼上，阿隆的建议无疑助了萨特一臂之力，德国人的研究成果可以帮助他对意识问题作更深入的思考。

萨特不是学究式的人物，他的研究不拘泥于书本，他很少照本宣科地去解释原著的意思。理解原著本身并不是萨特研究的目的，逢人便能解释胡塞尔在这个问题上的立场是什么，他是怎么说的，海德格尔对这一问题是怎么看的，萨特看不起这种"掉书袋"式的研究。萨特从事研究的目的并不是单纯做一个博学的人，而是要解决现实问题，解决他魂牵梦绕的自由问题。胡塞尔和海德格尔虽然是人们公认的现象学经典大家，他们在现象学领域中的地位是人们公认的，萨特并不想推翻这种共识，也不想挑战这些哲学大师的地位。他阅读现象学权威著作，不是咬文嚼字、字斟句酌地去诠释，不是在字里行间煞费苦

---

① 德国之行对萨特具有重要意义。在这之前，他思想主要包含两种成分，一种是唯美主义的倾向，另一种是偶然性的思想，它们结合在一起，但并没有哪一种占据支配地位。转折点出现在 1932 年，萨特与阿隆在蒙帕纳斯大街煤气街灯咖啡馆的一次偶然聚会，在交谈中阿隆向他粗略地介绍了现象学，他指着酒杯说，"你看，我的朋友，如果你是一个现象学家，你就能谈论这杯鸡尾酒，这就是哲学。"听了阿隆介绍，萨特激动异常，脸都发白了。他确信，阿隆介绍的正是他需要的东西，依据现象学，他可以超越唯心论与实在论的对立，确立意识的最高地位。从咖啡馆出来，萨特立即买了阿隆推荐的莱维纳斯撰写的介绍胡塞尔现象学的小册子。波伏娃说，萨特边走边急切地阅读这本小册子，好像忘了周围的一切。就是这次偶然的聚会，打开了萨特通向现象学的大门。这次会面对萨特、乃至对整个存在主义哲学，都有重要意义。（参见 Sebastian Gardner，Sartre's Being And Nothingness A Reader's Guide，Continuum International Publishing Group 2009，p. 4.）

波伏娃的描绘富有戏剧性，实际过程并非如此。在与阿隆会面之前，萨特对现象学已有所接触。早在 1927 年，还在巴黎高师时，他就在一篇有关图像的论文中提及胡塞尔。1928 年，萨特每周与日本哲学家九鬼周造男爵见面，这样的会面持续了两个半月。九鬼到巴黎前，分别在弗赖堡和马堡跟随胡塞尔和海德格尔学习，因而他对"指引萨特转向现象学具有贡献"。更重要的是，萨特这时已经阅读了由亨利·科尔班翻译的海德格尔的《形而上学是什么？》，这个译本恰好刊载在萨特发表《真理的传说》那期刊物上。萨特在 1939 年战时日记中写道，他已经在 1931 年阅读了海德格尔的文章，但当时并没有真正理解。（参见伊森·克莱因伯格著、陈颖译：《存在的一代——海德格尔哲学在法国 1927～1961》，新星出版社 2010 年版，第 157～158 页。）可见，萨特远在与阿隆会面之前，就已经接触了现象学。

② 波伏娃著、黄忠晶译：《萨特传》，百花洲文艺出版社 1996 年版，第 178 页。

心地去寻找微言大义，他只是想"借用"这些著作去解释他所理解的存在，是想用现象学的理论阐述他的自由学说。

有学者指出，萨特对前人思想的引用是赤裸裸的"征伐"，其阅读是"野蛮"和"掠夺"式的。有人甚至认为，萨特读书常常是一目十行，浮皮潦草，他读上半个小时，为的是找几句他需要的语录，以支持自己要说的话。在他看来："海德格尔和胡塞尔一样，本来就是过河的桥，谁也用不着对桥保持忠诚。"① 萨特对待一种学说不是逐字逐句地生吞活剥，有可能他的理解与原著偏差较大，他曲解甚至"故意"歪曲了原著意思，对他而言，不屑于做那种搬来转去"炫耀式"的研究，他从来不认为掌握某种学说就具有了居高临下的资本，从来不会与某个学术大师沾亲带故而沾沾自喜，更不会借某个权威的声势拔高自己。萨特的学习不是为了与人一争高下，他重视权威，但不拘泥于权威，目的是要超越权威。他对待现象学的态度是这样，后来对待马克思主义也是如此。从1952年始，萨特大量阅读马克思主义著作，马克思主义成为影响他的另一种重要思想。1952年对萨特是一个很特别的年份，波伏娃认为在这一年萨特产生了"强烈的政治意识"。他一反多年以来疏远政治的做法，特别关注马克思主义这一时代思潮。但即便如此，他从来没有拜倒在马克思主义的权威下，他在认真理解这一学说时，发现了它的"短处"，试图用存在主义去"补充"和"丰富"马克思主义。

萨特哲学是在新时代对自由的回答，这种对自由的讨论与道德密切相关，但又超越了单纯的道德领域。萨特把自由视为存在的问题，自由是人的存在的根本特征，它关乎人的选择和行动，关乎人承担的责任。自由是一个与现实紧密相关的问题，是摆在人们面前迫切需要解释和回答的问题。自由不是纯粹的思辨，不是空洞的口号，它不仅仅停留在抽象的理论中，在日常生活中人们随时会遇到自由问题。自由问题既有深刻的哲学内涵，也与人们的生活实践密切相关。

作为哲学家，萨特不仅回答了什么是自由，而且用实际行动证明，他也是存在主义自由哲学的实践者，他是一个知行合一的人。萨特对待婚姻的态度，他与波伏娃缔结的独特两性关系，他拒绝诺贝尔文学奖，他在反对殖民主义的斗争中勇猛地冲杀在第一线，积极支持学生的造反运动等，这些行为的背后都

---

① 贝尔纳·亨利·列维著、闫素伟译：《萨特的世纪——哲学研究》，商务印书馆2005年版，第202页。

能看出存在主义自由哲学的影子。

2. 作为文学家的萨特

萨特在文学史上占有崇高地位，作为文学家，他在世界上享有盛誉。

萨特的文学家生涯起步于哲学，这不是说，他的文学创作一开始就与哲学有密切联系。萨特自幼就具有文学天赋，他很小就喜欢文学，他的文学创作远远开始于接触现象学之前。

萨特的外祖父是德语教师，出版过德语语法著作，有比较丰富的教育经验。外祖父多才多艺，对音乐尤有兴趣，还能谱曲。萨特自幼丧父，随母亲回到外祖父家，从小与外祖父一家生活，外祖父在他的早期教育中扮演了重要角色。萨特的母亲也喜欢音乐，她在歌唱方面受过训练，还能弹奏钢琴，演奏肖邦、舒曼乐曲中难度较大的乐章。萨特大概从九岁上钢琴课，他对节奏很敏感，上手很快，他的钢琴弹奏达到了一定水准。星期六从学校回来，在外祖父家弹奏钢琴成为最愉快的事情。萨特弹得不是很快，但能够演奏多种乐曲。

外祖父家的书房对萨特的成长很重要，外祖父藏书不少，包括许多德国和法国的古典作品，其中不乏莫泊桑等知名作家的小说。萨特后来养成的人文主义气质，追根溯源，也许从外祖父的藏书中就能看到端倪。幼年的萨特在外祖父书房的大书架之间爬上爬下，有时抓起一本书，躲在角落里，默默阅读。他对书的兴趣、喜欢文学的良好趣味就是在这个时候培养的。那时萨特特别感兴趣的是英雄幻想和侦探惊险小说，他不仅兴趣盎然地阅读它们，并且模仿这些小说，动手改编它们。在词语的世界里邀游，让这个孩子感受到莫名的喜悦。小萨特的文学天赋让家人欣喜异常，在他们心目中，他俨然是一个"神童"。萨特喜欢阅读，阅读成为他把握世界的一种方式，与文字打交道成为他获取愉快的最佳途径。萨特在阅读方面很勤奋，阅读量非常大，波伏娃认识萨特时对这一点印象深刻。她认为萨特的阅读量超越了绝大多数同龄人，他读过的书，许多人都不曾读过，据此她认为萨特有一种"包容一切"的文化雅量。

在路易大帝中学读预备班时，萨特已经开始了文学创作，他在一份发行量不大、寿命很短的刊物《无名杂志》上发表了小说《猫头鹰耶稣·外省教师》的前两章和《病人的天使》。前者来自萨特的切身经历，小说主人公实有其人，是萨特在拉罗舍尔中学读书时的一位老师，小说通过一个学生的眼光看待他，围绕着这个老师，表现了萨特编故事的才能。这篇小说对萨特文学创作有一定影响，它是一个转折：早期萨特特别钟情于冒险故事，热衷于英雄和游侠壮举，小说追求惊险刺激的效果。从这篇小说开始，他的创作从游侠转变为写实，由模仿传奇英雄转变为写实故事。当然，这种转变与他阅读福楼拜的小说有密切关系，也与他受到班里最拔尖的几个学生、特别是好朋友尼赞的影响有关。这些学生的一个共同特点是特别爱读书，他们不是读一般性的消遣刊物，而是读普鲁斯特的作品。萨特在与尼赞等人的交往中认识到，文学并不总是追求惊险和轰动，除了冒险和英雄小说，还有像《包法利夫人》和《追忆逝水年华》这样的作品，它们具有更深邃的力量，更能深入人的心灵，能够在心灵最隐秘的地方扎根和发酵。这些作品让萨特领悟到艺术的力量，把他从惊险小说的层次提升到高品位的文化境界。

虽然有论者认为早期小说塑造的人物对萨特后来小说创作有一定影响，但总的看来，这些作品都不重要，与萨特接触现象学后的创作不可同日而语。严格说来，它们还属于"习作"，是一种练笔，是为日后创作的准备，它们还都没有打上萨特风格的印记。萨特真正的文学创作始于与哲学的结缘，他的文学创作建立在哲学基础上，这一点无论怎样强调都不过分。萨特说："一个作家必须是一个哲学家。自从我认识到哲学是什么，哲学就成了对作家的根本要求。"①　萨特把哲学作为对一个作家的根本要求，这不仅表明哲学对他的创作极为重要，而且表明哲学赋予其文学创作独特的生命力。萨特的愿望不是成为一个单纯的文学家或单纯的哲学家，他想成为一个文学式的哲学家，或哲学式的文学家，萨特想把文学家和哲学家结合在一起，想同时成为斯宾诺莎和司汤达。当萨特以文学家司汤达的面貌出现，人们能够从中发现哲学家斯宾诺莎的影子，当他以哲学家斯宾诺莎的形象出现，人们感受到的是文学家司汤达的气质和才华。

在文学史上，文学家喜欢哲学并不鲜见。有的作家随着创作深入，逐渐开始对哲学产生兴趣，以至于热爱哲学。对于萨特，情况不是这样。萨特在文学创作成熟阶段的初始，就与哲学结下了不解之缘。在他文学创作的源头上，就能够发现哲学的积极影响。文学与哲学相伴贯穿了萨特三十至五十年代的作品。萨特经常是一边进行哲学思考，一边进行文学创作，被人称为哲学和文学的"双面神"。譬如，他在创作《恶心》的时候，还在撰写《心理》一书。1943 年发表哲学代表作《存在与虚无》，在同一年，他发表了剧本《苍蝇》，同时还在撰写《自由之路》第二部《延缓》。萨特"每写一部小说，还不得不

---

①　波伏娃著、黄忠晶译：《萨特传》，百花洲文艺出版社 1996 年版，第 157 页。

同时再写一篇论文"①。文学创作与哲学思考同步，这是萨特创作的一大特征。

有的作家，如席勒，也非常喜欢哲学，他热衷于康德哲学，这是文学史上的著名事件。歌德认为，席勒醉心于康德哲学，对他的创作并无好处，歌德认为当席勒摆脱了康德的影响，回到现实中，他才是有力的，其创作才是健康向上的。康德哲学对席勒创作的影响，可以见仁见智，但在一点上人们的看法是一致的，即在康德哲学的影响下，席勒写出了著名的美学论著《审美教育书简》，康德哲学对席勒的美学思想产生了直接影响，但它对席勒的文学创作并未产生直接和全方位的影响。在这一点上萨特不同于席勒，哲学对萨特文学创作的影响不仅是全方位的，而且是直接的。哲学不仅给萨特的文学创作提供了独特视角、独特题材，而且还为萨特的文学创作赋予了独特主题。萨特经常借助于文学人物，直接讲出了存在主义的哲学命题，如"他人就是地狱"，"人存在，上帝就不存在。上帝存在，人就不存在"等，这些哲理警句脍炙人口，不胫而走，为萨特的文学表现增色不少。萨特在二十世纪三十至五十年代创作的文学作品，不论是戏剧还是小说，如果抽掉了哲学，还能剩下什么呢？

席勒常常感到痛苦，他在进行文学创作时感到抽象生硬的观念干扰，在进行哲学思辨时，多姿多彩、具体生动的形象又浮现在眼前，哲学和文学在席勒那里有时不那么"和谐"，两种力量会相互干扰，这使席勒难免在两种力量之间挣扎。马克思批评席勒的作品有观念化倾向（所谓"席勒化"），就是指在文学创作时，在需要形象思维的时刻，抽象观念驾驭了席勒，致使文学形象成了某种抽象观念的"传声筒"。

对于萨特，不存在这种情况，哲学和文学在他那里不是对立的，不是两股不相干的力量循着自己的途径演化，按照自身的轨道发展。对于萨特，哲学和文学是相互依存的，萨特的文学创作需要哲学，离不开哲学，它丝毫没有感到哲学抽象观念的强制，哲学为萨特的文学创作提供了特殊土壤和表现舞台。在萨特那里，不是哲学压倒文学、窒息文学，哲学用自己的抽象观念支配文学，文学成为哲学的附庸，成为披着哲学观念的外衣。而是文学需要哲学就像人需要呼吸空气一样，哲学与文学在萨特那里具有一种让人羡慕的天然亲和力。有了哲学的支撑，萨特的文学创作才焕发出生机，具有了真正生命活力。对于萨特，哲学需要文学，文学也需要哲学，离开了哲学，文学并没有独立性，萨特的文学创作始终是以哲学为基础的，文学始终是表现哲学的有效媒介。有学者

---

① 萨特著、潘培庆译：《词语》，三联书店 1989 年版，第 194 页。

指出："所有萨特的作品，不论是小说、戏剧、随笔还是主要的哲学论著，都是萨特表达他的各种观念的媒介。萨特不是一个文体学家，他对美学的兴趣是有限的。萨特的戏剧曾被称为'黑白分明，非此即彼'。对于萨特，比美学更加重要的是在作品背后的思想。"① 确实，对于萨特，文学贵在表达思想，没有思想，没有哲学，就没有文学。

萨特晚年在与波伏娃的谈话中回顾其创作，说他喜欢在文学中到处放一点哲学。波伏娃说，这就是主题文学。她问萨特，你在作品中"想表达的仍然是你的思想而不是你对这个世界的体验，是这样的吧"？萨特回答说："是我的思想，也包含有对世界的体验——但不是我的：一个虚假的模仿的体验。"② 萨特认为，他的文学创作更偏重于表现观念，而不是对生活的体验，存在主义哲学思想始终是他文学创作的灵魂，构成了他文学表现的基础。

萨特创作主要是两类体裁：一类是小说，一类是戏剧。萨特写过诗，但他不是诗人。为什么萨特是小说家和戏剧家而不是诗人？要说明这一点，只着眼于"天性"是不行的。说萨特天生就不是诗人，或哲学家身份决定了他不能成为诗人，或萨特不喜欢写诗等，这些理由都过于简单和表面。也许用上述理由可以解释其他作家的选择，但无法解释萨特的创作。萨特文学创作集中于小说和戏剧两种体裁，这是由其哲学和美学决定的。

文学是语言的艺术，萨特认为，诗歌与散文（小说和戏剧）的语言性质不同。散文和诗歌虽然都运用语言，但运用方式很不一样。诗人不是运用文字，而是为文字服务，因而"诗人是拒绝利用语言的人"。诗人的目的不是发现真理，也不是为世界命名，他必须"一了百了地从语言——工具脱身而出"③。对一般人，语言只是工具，是效劳主人的仆人，是达到某一目的的手段。一旦目的达到，得鱼忘筌，语言就被抛在一边，失去了价值。诗人不能像一般人那样使用语言。诗人流连于语言，犹如画家流连于色彩，音乐家流连于音符。诗歌把意义浇铸在词里，意义被词的能指（音响和外观）吸收。对于诗人，语言不再是工具，不再是指向世界某一面貌的符号，诗人必须在语言本身中"看到世界某一面貌的形象"。萨特举例说，毕加索想造出这样的火柴盒，它是一只蝙蝠，又始终是一只火柴盒。同样，对于诗人，"佛罗伦萨"这

---

①　SARTRE'S NO EXIT & THE FLIES NOTES，U. S. A. Gliffs Notes, Inc. 1989，p. 5.

②　波伏娃著、黄忠晶译：《萨特传》，百花洲文艺出版社 1996 年版，第 151 页。

③　李喻青、凡人主编《萨特文学论文集》，安徽文艺出版社 1998 年版，第 74 页。

个词既是城市的名称，同时它又是花和女人。

小说和戏剧的语言直接指向现实，它本身就构成了改变现实的行动。诗歌语言具有"内指性"，它指向自身，因而要求诗人介入是荒唐的，但对于小说家和戏剧家，要求他们介入现实则是合理的。语言对于小说家和戏剧家是工具，他们通过再现世界来揭露世界，引发人们对世界存在合理性的质疑。萨特对小说和戏剧语言的理解和要求与其自由哲学完全合拍，这决定了他是一个小说家和戏剧家，但不是诗人。

萨特从小喜爱戏剧，他八岁时在卢森堡公园玩木偶，上中学时他和朋友经常去市立剧院观看演出，他还写了一些滑稽剧和小歌剧。在巴黎高师读书期间萨特写了一个独幕剧《我将有一个好的葬礼》，表现了一个人面对死亡的痛苦。巴黎高师每年都举办戏剧表演，演给校长、老师和学生家长看，萨特写的这个独幕讽刺剧搬上了舞台，他自己还参加了演出，扮演校长的角色。他后来评价道，演出效果"是非常令人恶心的"。二次大战在战俘营中，萨特的戏剧活动也没有停止，他每个星期天和其他战俘到一个大谷仓去演戏。他在这些战俘中被视为知识分子，他们要求萨特写一个剧本在圣诞节前演出，于是他写了《巴里奥纳》。萨特对这出戏并不满意，但在战俘眼中，这出戏颇有"味道"。德国人不理解这出戏，只把它看成是一个有关圣诞节的戏剧，萨特在戏中假托罗马占领巴勒斯坦来暗指法国受到侵略。在《巴里奥纳》之后，萨特创作了一系列著名剧本，包括《苍蝇》《间隔》《死无葬身之地》《脏手》《魔鬼与上帝》等。

由于与哲学关系密切，萨特的文学创作对问题的讨论有相当深度，它们不是那些悬在空中、玄而又玄的问题，不是那些远离生活、神秘缥缈的问题。萨特的创作关注现实，关注那些与存在密切相关的问题。当然，萨特文学的表现远不是那么"一目了然"，让读者大众一看就心领神会。萨特的小说和戏剧与那些大众文学、流行文学、消费文学判然有别。萨特作品往往引发社会热议，产生轰动，但这不表明人们能够轻而易举地理解他的作品。情形往往是这样：萨特作品有足够的吸引力，引起人们的关注，但真正读懂他的作品的是少数。

萨特作品具有很强的写实意味，但与通常写实作品明显不同。他的创作贴近生活，但往往对生活做出了具有深刻哲学内涵的解释，这使其作品具有独特的表现力。积极介入生活，但又不是肤浅地停留在表面，而是力图把握存在的精髓，这使萨特的文学创作具有厚重的哲学意味和强烈的现实意义。《恶心》《墙》《不惑之年》，还有萨特的许多戏剧都具有丰富的哲理，它们的出版和上演在引起强烈关注的同时，迅即引爆了社会的批评，这几乎成为对萨特作品的独特反应模式。1946 年，《禁闭》在英国遭到舆论指责，被英国审查机关禁演。1946 年《毕恭毕敬的妓女》上演，遭到美国舆论的强烈批评。1948 年《肮脏的手》上演，遭到苏共和法共的激烈批评。对于萨特，很少有这样的情形，发表的作品无人问津，读者门可罗雀。

人们经常指责萨特的小说败坏了读者趣味，腐蚀了青年人。《恶心》的出版遭到舆论界的激烈批评，著名学者阿尔都塞说："我看只有用鞭子抽打他的脸，才能让这个不知趣的家伙住口。"《星期六晚报》曾经对存在主义者做了这样的描绘："发了霉的憎恨，嫉妒、愚蠢和最庸俗的性，这就是存在主义的嘴脸，就是它们的生活信条。"还有论者这样评论萨特作品："一股脏兮兮的屁股的臭味，腋下的汗酸味，没有洗干净的性器官的气味从人行道上升腾起来，从咖啡馆和地窖的门口一股一股地冒出来，……萨特的喽啰们只能是一群羊，……红乎乎的汗湿的手，令人作呕。"[①] 这些攻击超越了对作品本身的评论，已经"升华"为对萨特本人的刻骨铭心的仇恨。

萨特作品宣扬自由、反对上帝，这是其哲学的中心主题，也是他坚定不移的立场。在梵蒂冈眼中，萨特的作品无异于异端邪说，是不折不扣的颠覆言论，理应严禁，所以他的名字"理所当然"地出现在教廷的禁书目录上。萨特的作品不仅颠覆上帝创世说，还要打破人世间建立的各种规范、禁忌和秩序，因而遭到了以理性和公正为代表的正义人士的谴责。萨特创作了《恶心》，有人就认为他的小说本身就令人恶心，他写了《苍蝇》，有人断定他本人就像苍蝇那样四处传播病菌，是一只到处躁动、招人厌恶的苍蝇。从此，"恶心""苍蝇"之类的词汇常常被用来形容和攻击萨特本人及其作品。萨特作品发表，有人叫好，就有人反对，不论是叫好还是反对，都把萨特推到时代的暴风眼，使他牢固地占据着舆论焦点，其文学创作始终吸引着人们的眼球。

3. 作为社会活动家的萨特

萨特是哲学家和文学家，但不是书斋式人物。萨特不像传统意义上的知识分子，有一个温馨的家，家中窗明几净，布置豪华，有高大书架，上面摆满了书。萨特没有家，他一生常住酒店，房间里没有书柜，也没有堆积如山的书籍，他的写作常常在咖啡馆完成。萨特说，大概到四十岁，他没有自己的书

---

① 贝尔纳·亨利·列维著、闫素伟译：《萨特的世纪——哲学研究》，商务印书馆 2005 年版，第 58 页。

籍，他不想占有任何东西。以萨特的能力，他是可以"占有"许多东西的，但他坚持不这样做，这是他选择的一种生活方式。后来继父去世，应母亲要求，他搬回家里住，接受了一个图书室。萨特是典型的公众人物，他的生活除了写作，还伴随着大量的社会活动，特别是二战结束后，他积极投身于社会，踊跃参加各种活动，异常忙碌和活跃，成为了一个名副其实的社会活动家。

萨特早期不关注社会，尤其不关注政治。二十世纪二十年代和三十年代是一个动荡时期，政治是触动社会神经的敏感话题，此时萨特对政治相当冷漠，社会上针对一系列重大问题的辩论之声在他那里很少得到回应。一战之后人们向往和珍惜和平，和平主义思潮具有很大的吸引力。在这种氛围下，经过寒窗苦读，好不容易进入巴黎高师的学子们，把自己关在象牙塔里，在知识的海洋中劈波斩浪。当然并不是所有人都把自己关在知识的殿堂里，萨特的好友尼赞就非常关注社会，热衷于政治。萨特的另一位朋友、后来成为法国著名人物的阿隆也关注社会。阿隆原先信奉老师阿兰的观点，对时局持和平主义的看法，后来到了德国，亲眼目睹了纳粹崛起，促使他的立场发生转变。阿隆忧虑德国的状况，在希特勒领导下，德国重新崛起，打碎了阿隆和平主义的梦幻。这一严重事态不仅关系到德国未来，也关系到法国、甚至整个欧洲的未来。萨特于1933年9月抵达德国，这一年的一月份，希特勒刚刚被任命为德国总理，二月底，纳粹就炮制了国会纵火案。种种迹象表明，希特勒虽然在德国政坛上初出茅庐，但已经开始兴风作浪，在方方面面展露其"雄心壮志"。初来乍到的萨特对德国的巨变熟视无睹，对发生在眼前的事变不闻不问，他仍然生活在自己的小天地中。萨特起初想体验一下德国女郎的爱情，无奈苦无进展，后来不得不把目光转向法国姑娘，竟然爱上了同事的妻子，被一个称为"月光美人"的女子迷倒。其实这个女人既不漂亮，也不聪明，萨特认为吸引他的是她的谈话方式，她有一种乡下人的谈话方式，奇特而粗俗，萨特认为与自己的谈话方式接近。当时波伏娃在卢昂教书，得知萨特的艳遇，遂动身前往柏林。这是萨特与波伏娃交往后第一次对另一个女人动情，波伏娃的到来，迅速化解了他们交往中的第一个"危机"。

萨特关注社会，理论上源于其哲学上的要求。现象学的最基本要求就是面向社会，因为意识就是对某物的意识，意识的存在不能脱离"物"，人不能撇开社会和他人获得自由。另一方面，萨特的目光投向社会，也是源于当时的现实变化，二次大战的阴霾笼罩欧洲，任何逃避战争、独善其身的想法会被无情否定。具有讽刺意味的是，萨特也像他笔下的自学者当了俘虏，在他三十五岁生日的那天被关进了战俘营。像自学者一样，在战俘营里他一下子意识到了他人和集体的重要性。虽然他在战俘营中只待了九个月，但这段时光给他的感悟与现象学的反思恰好一致，从此现实和他人开始在萨特的生活中具有了重要性。多年后，萨特回忆说，在战俘营里，他重新找到了一种集体生活的方式，自从高等师范学校毕业后，他就再也没有体验过这种生活。战俘营的生活使萨特发现他是一个"社会的人"，他认识到自己的责任，发现了存在的意义，从此"介入"成为存在主义哲学的重要命题。

介入当然要与人打交道，这方面萨特并没有什么优势。他身材矮小，其貌不扬。小时候的萨特留着时尚的金黄色齐肩卷发，后来在外公的要求下，把长发剪短，萨特突然发现自己从一个可爱的天使顿时变成了"癞蛤蟆"，那一刻对他是个灾难。这个在大人呵护下一向飘飘然、对自己魅力深信不疑的孩子，第一次发现了自己的庐山真面目，自尊心受到强烈打击。这一发现对萨特影响深远，成年后，他对此仍强烈地耿耿于怀。他认为自己形象不佳，还是一个斜视眼，他感到别人是"精品"，他是"二等品"。尽管在波伏娃看来，萨特并不比大多数男人长得难看，萨特自己也认为，一般说来，男人不是很漂亮的，但他还是对自己相貌很在意，这直接影响到他的生活态度。萨特不愿意向别人问路，因为长相不好，去向一个陌生人问路，意味着让被问者得到一种不愉快的感受。

萨特对自己的相貌念兹在兹，但没有料到，他还会"因祸得福"。1925 年夏天，在参加表妹的葬礼上，他遇到了一个令人惊叹的女子，她就是西蒙娜·约里飞。当时她二十一岁，身材修长，打动过无数男人。此女极端自恋，放荡不羁，以折磨情人为乐。看到葬礼上萨特穿着黑礼服，无精打采，闷闷不乐，她一下子被这个男人的丑吸引了，这个奇特的女人就是因为丑而关注萨特。当然，她承认，萨特的丑也是一种"有魅力的难看"。诚如阿隆所说，尽管萨特外貌令人不敢恭维，但只要一张口，他的丑就消失了。萨特容貌一般，其智慧却是一流的，只要他张口说话，智慧之光就掩盖了脸上凹凸不平的青春痘造成的疤痕。和萨特交往过的人都承认，他富有智慧，很机敏，有幽默感。此外，他的嗓音非常动听，很能打动人，这是先天条件给他提供的不多的几个优越之处。萨特在大庭广众发表演说，音色的魅力无疑帮了大忙，为演说增色不少。萨特后期健康每况愈下，但当他与那些崇拜者谈话时，就像变了个人似的，马上兴致勃勃，人们形容他"像上天派来的演说家"。萨特是一个善于谈话的人，他具有那种让听众兴趣盎然的本领，他的讲话能够紧紧抓住听众。

一个人身材矮小，其貌不扬，容易导致自卑，这种先天的"限制"对其成长和发展是不利的，但关键是怎么看待身体的短处。萨特虽然对自己的身材和长相不满意，但他不是想方设法掩饰它，或者采取鸵鸟政策根本不承认它：不管别人怎么说我丑，我认为自己不丑就可以啦。萨特解决这一问题比较理性，他清楚地知道，个子小并不是他存在的确切意义。个子矮小，只能在群体、动作、方向等范围内表现出某种差异。别人个子大，并不意味着他看到的真理就相应的大。萨特对自己的智慧非常自信，个子小不妨碍他照样可以体现出男子汉气概，照样表现出天才的气质。

萨特是一个闲不住的人，他不会甘坐冷板凳，满足于书斋式的学者生活。1941年，刚一脱离战俘营，他就和几个朋友，大部分是以前巴黎高师的同学发起成立了抵抗小组。那时萨特精力旺盛，四处活动。这个组织规模很小，他们想做点"实际"的事情，计划出版刊物，取名为"社会主义与自由"。萨特想动员几个著名的知识分子加入他们的组织，像纪德和马尔罗这样有名望的人如果能够加入他们的阵营，一定可以壮大声势，扩大影响，但出乎意料的是，响应者寥寥。当德国法西斯战争机器在欧洲大陆肆意践踏之际，几个知识分子凑在一起议论这、议论那，这几条小鱼能翻起什么大浪呢？现在需要的是苏联坦克和美国大炮，需要的是前线战场给纳粹法西斯迎头痛击。几个知识分子一起串联，写几份传单，四处张贴，这种反抗无异于以卵击石，搞不好还会惹祸上身，无谓牺牲。确实，萨特和朋友们所能做的，也就是召开地下会议，起草和印刷传单等，这个小组硬撑了一段时间，不久就偃旗息鼓了。"社会主义与自由"虽然没有产生多大影响，但它还是反映了某种倾向，即萨特从战俘营出来，意识到必须介入，必须抵抗，但他不想把自己融入某个更大规模的组织和集团中去。当然，就法共方面言，当时对萨特怀有戒心，因为他在战俘营没关多久就被释放，有人怀疑这里面有什么"猫腻"。另一方面，也不像有些人渲染的那样，萨特是"越狱"逃跑的，为其释放涂染上一层英雄悲壮的色彩。实际情况是，他在狱中搞了一个假证明，蒙骗了敌人，他的释放有些侥幸，他的那只自小就有障碍、几乎快要失去功能的右眼帮了他的大忙。

在加缪的介绍下，萨特在二战尾声当上了《战斗报》记者，报道巴黎解放时激动人心的场面。他还去美国采访，前后呆了三四个月。作为有影响的知识分子，萨特正式登上社会舞台的标志性事件是创办《现代》杂志。1945年10月，《现代》问世，从此萨特和一批志同道合者发起了一场声势浩大、影响整个世界的自由运动。《现代》杂志吸引了一批知识分子精英，如阿隆、梅洛·庞蒂、波伏娃等人都是编委会成员，萨特亲自担任主编。这个杂志是存在主义运动的重要窗口，是萨特介入社会的重要阵地，它对存在主义运动推波助澜，扩大影响，树立萨特声望，起了至关重要的作用。

二次大战后，存在主义运动在法国蔚为壮观，萨特名声大噪，他的一举一动引起人们的注意，他利用自己的声望开始更加深入广泛地介入社会生活的方方面面。如他抗议法国政府进行的印度支那战争，1952 年参加释放亨利·马丁的运动，1956 年反对本国政府的殖民政策，支持阿尔及利亚民族解放运动，指责苏联出兵匈牙利，辞去法苏友协职务，1964 年婉拒诺贝尔文学奖，1966 年接受罗素邀请，参加"战犯审判法庭"，担任执行庭长，调查美国侵略越南犯下的滔天罪行。1968 年全力支持法国学生运动，谴责苏联出兵捷克。1969 年抗议苏联作协开除索尔仁尼琴……萨特参加的大大小小的活动让人眼花缭乱，他的身影出现在各种场合，足迹遍布整个世界。哪里有斗争，哪里就有萨特。人们惊讶，萨特精力太充沛、太旺盛了，他写了那么多著作，已经耗去了许多精力和时间，他怎么还会有"闲心"在林林总总的社会事件中大展拳脚？

萨特参加的社会活动常产生轰动效应，如 1952 年他参加释放亨利·马丁的活动，在活动中他异常"耀眼"。亨利是法国海军水手，法共党员，在法国南部土伦军港书写和张贴反对在印度支那进行殖民战争的传单，1950 年 10 月被判五年徒刑。法共为营救亨利组织了声势浩大的示威活动，萨特积极参加。当时存在主义如日中天，萨特身份显赫，他作为"同路人"加入共产党发起的运动，格外引人注目。

萨特旗帜鲜明地反对殖民主义，他不仅反对别国的殖民主义，更是严厉谴责本国的殖民主义，反对法国对阿尔及利亚的殖民统治，这场斗争对法国是一个考验。众所周知，法国大革命喊出了自由、平等、博爱的口号，它构成了法国人的价值观，法国人以此自豪。但在二十世纪六十年代，为维护殖民统治，殖民者在阿尔及利亚不惜采用残暴手段，严厉镇压当地的民族主义斗争。在法国本土，看到政府在阿尔及利亚用暴行对付当地人，许多人沉默不语，还有一部分人"理直气壮"地支持政府的殖民政策。在反对者当中，意见也不完全一致。有人看到法国在阿尔及利亚的统治大势已去，阿尔及利亚迟早会顺应世界潮流，摆脱殖民统治，获得独立，认为此时法国的明智之举是及时甩掉这个"包袱"。萨特的看法与这种功利主义的盘算不同，他坚决支持阿尔及利亚人反殖民统治的合理行动，支持阿尔及利亚人的独立要求，认为他们用暴力寻求国家自由和独立的行动是正义的，他们摧毁殖民制度的事业是所有自由人的事业。萨特的态度不仅与当局的政策形成强烈对立，也触犯了一部分人利益，令他们大为恼怒。1960年10月，巴黎老战士游行示威，沿途高叫"枪毙萨特！"萨特引犯众怒，有人对他恨之入骨，他的住所两次被安放炸弹，有一次炸弹引爆，幸未伤及萨特，但震惊了整个社会。还有人对戴高乐总统施压，要求政府立即逮捕萨特。戴高乐总统头脑清醒，回应道："总不能囚禁伏尔泰吧！"

1956年匈牙利事件引发强烈震动，这一事件在当时左翼知识分子中造成危机，产生激辩。法共在这一"大是大非"问题上紧跟苏联，站在苏联官方的立场上解读这一事件，把苏联军队开进匈牙利、对这个主权独立国家的武装干涉称为"援助"。这一事件对许多左翼知识分子的信仰是毁灭性打击，他们原先深信，苏联虽有种种缺点，但与美国比较，它代表人类奋斗的新方向，是人类探索新制度的尝试。但万万没有料到，苏联的做法与美国如出一辙。对匈牙利人民争取自由的粗暴武力镇压令许多知识分子觉悟到，苏联不能完全代表民主，正如教会不能代表基督一样。萨特对苏联出兵匈牙利表示愤怒，他在报纸上发表长篇声明，用激烈语言表达他"决裂"的愤慨。萨特声明，他不得不怀着遗憾的心情宣布，他与那些不肯揭露或不能揭露入侵匈牙利的苏联作家朋友彻底断绝关系，他无法再与那些官僚主义领导人保持友谊。面对萨特高调"转向"，法共对这个同路人的"恶毒"展开了猛烈批评，称萨特的所为是腐蚀党的"白蚁行动"。

1968年法国爆发学生运动，萨特坚定地支持学生。他无所顾忌，亲自担任赞同学生立场、被当局禁止的报纸《人民事业》的主编。《人民事业》激烈地批评政府，在众多反对声音中最为响亮，因而被查封，主编也被逮捕。在更换了主编后，没过多久，新主编也被逮捕。在一次午餐会上，有人出了一个主意，请萨特出山，接任《人民事业》的主编。此举用意非常明显，就是利用萨特的声望挑战政府。在如火如荼的学生运动中，萨特宣布，他完全支持学生的行动，他认为学生高涨的情绪带有革命的性质。萨特公然站在学生一边，与阿隆等人的态度形成鲜明对照。他认为，如果政府以支持学生运动的罪名把他送上法庭，这将无法掩盖政府起诉他的政治性质。当时萨特已经六十多岁，他与波伏娃等人一起，走上街头，叫卖报纸，公然与政府叫板，让法国民众大感惊诧。警察抓捕了"闹事"分子，也把萨特和波伏娃关进了警车，但碍于萨特的名望，马上"释放"了他们。

萨特支持学生，不仅是出于政治原因，也因为他喜欢年轻人。萨特喜欢与那些思想开放、充满活力的年轻人谈话，而不喜欢与那些完全封闭定型、有自己明确见解的老年人谈话。在萨特眼里，老年人与顽固、老化、执迷不悟等特征有关，它们都与萨特所说的自由背离。与年轻人接触，萨特认为自己可以帮助他们，给他们提供各种支持。同时他也认为年轻人在许多方面比他懂得多，可以教给他许多新东西。譬如维克多，他曾经是毛派分子，是"无产阶级左派"的头头，后来这个政党不复存在，维克多孤身一人，常来看望萨特，萨特也去探望他。他们在一起交谈，萨特认为二十九岁的维克多很聪明，他告诉萨特许多党内斗争的内幕，这些都超出了萨特的"知识"，从年轻人身上，萨特也学到了许多东西。

年轻的萨特曾到西班牙、意大利、希腊、摩洛哥等地旅行，战后作为记者，他去美国采访过一段时间。后来声望日隆，作为有影响力的学者，他曾访问苏联、中国、南斯拉夫、古巴、日本等国，都是作为国家的重要宾客，受到隆重礼遇。萨特多次访问苏联，他在苏联走访了许多地方，和苏联作家、艺术家有广泛交往。萨特访问古巴，他是卡斯特罗的座上宾，与其交往甚密，卡斯特罗开着吉普车亲自陪同和接待萨特，还在自己的家里设宴招待他和波伏娃。在古巴期间，他还会见了具有浪漫主义传奇色彩的革命家切·格瓦拉。

1955 年，萨特和波伏娃受周恩来总理邀请访问中国，前后在中国待了一个半月。他们走访了多个城市，并且在这一年国庆节庆祝仪式上，登上天安门城楼，亲眼目睹了中国人民庆祝国庆的盛大场面。同年 11 月，萨特在《人民日报》发表文章《我对新中国的观感》，充分肯定了新中国的伟大成就，热情歌颂了新中国发生的翻天覆地的变化，赞扬一个伟大民族为建设更公正、更人道的社会而努力的愿望。波伏娃回国后出版了《长征》一书，译成英文厚达五百多页，对新中国做了全面而详尽的介绍。作者以充分和有力的事实反驳了某些人的反华偏见，在西方社会引起了强烈反响。萨特和波伏娃虽然在中国访问只有一个半月时间，但此行收获巨大，影响深远，通过访谈节目和著作，他们向全世界介绍了新中国。

萨特不是礼节性、象征性地访问一个国家，或只是从学理层面关注那里发生的事情。萨特走到哪里，他的身影、他的姿态就是一面迎风招展的战斗旗帜。1960 年，萨特和波伏娃访问巴西，行程一万二千里，所到之处，受到热烈欢迎。在里约大学，波伏娃受邀做妇女生存状况的演讲，萨特则发表了对殖民主义制度和古巴革命的看法。他们的大幅照片张贴在里约闹市街头，这个城市授予他们荣誉市民的称号。

上世纪六十和七十年代，阿拉伯国家和以色列矛盾激化，双方磨刀霍霍，大动干戈，战火越烧越旺，形势一发不可收。萨特在以色列和埃及之间穿插奔走，斡旋调停。他访问了埃及，受到纳赛尔总统接见，他深入埃及乡村，了解百姓的真实生活。他还参观了加沙巴勒斯坦难民营，同时去以色列，会见了议会议长和政府总理。萨特正视巴勒斯坦人的苦难，同时也捍卫以色列民族的生存权利，希望避免流血冲突。通常在国与国之间进行疏导调解的往往是某个国家，这种调停是一种国家行为，或者是资深政客，如某个下野总统，受国家委托，去完成某个特殊使命。像萨特这样，既没有受哪一个国家委托，也没有任何政党背景，纯粹以个人身份自觉承担起一个国家或政府的责任，在令世界焦头烂额的矛盾冲突中牵线搭桥，寻求和平，实在难得一见。只有萨特这样具有崇高威望和巨大影响力的人才能得到各方面的尊重和信任，也只有萨特这样的人才有智慧和能力担当这样的重任。

萨特特立独行，爱憎分明，这成为他参加社会活动的鲜明风格。在战后世界，面对资本主义和社会主义两大对立阵营，萨特起初想寻求一种超越美苏对立的第三种立场，这种努力失败了，因为缺乏现实基础。战后任何想超越两大阵营的想法都不切实际，在两大阵营中，萨特对苏联为代表的社会主义国家对人类未来探索的期望更大。但当苏联做出在他看来是无法容忍的事情时，他会一改之前的立场，做出"决裂"的声明。在个人交往中也是如此，他与加缪关系非同一般，他和波伏娃都喜欢加缪。在波伏娃的记忆中，梅洛·庞地从来没有同她与萨特一起吃过饭，喝过酒，从来不参加他们的私人宴会。但加缪不同，他们一起喝酒、一道吃饭，相互串门，无话不谈。尽管私交很好，但萨特发现，一旦深入谈论某些东西，就会发生争论，产生冲突，他预感到与加缪不会走得太远。果不其然，因为政见不同，他们决裂了，萨特不惜在大众面前与加缪"绝交"，由此可见其行事风格。后来加缪因车祸去世，他才写了一篇文章，表示了自己的哀悼。

萨特与阿隆的关系也是如此，在巴黎高师期间他们是好朋友，俩人约定，谁先去世，另一个人就为去世者撰写传略，刊登在高等师范校友的《年报》上。一个人可以把自己的一生托付给另一个人，可以让另一个人为自己盖棺论定，这绝不是一般的友谊和信任所能担当的。但后来也是因为政见不合，萨特与这位他当年最信任的朋友分手了。萨特认为，他与阿隆的决裂与加缪不同，与加缪分手的导火索是因为《反叛者》这本书，萨特不同意它的观点，认为这本书在哲学上是贫乏的。加缪有一些思想，但没有自己的哲学。阿隆不同，他不仅有自己的政治观点，还有自己的一套哲学。萨特与阿隆的决裂，不单纯是政治原因，还有更深层、更根本的原因，即他们在哲学层面上看人和看世界的方式不同。当1980年4月萨特去世时，阿隆在一篇诚挚而悲伤的文章中写道：他们当初的"诺言已不复存在了"。这篇文章与其说反映了阿隆的敏感和伤痛，不如说"证明了历史在他们两人之间挖就的鸿沟"①。

类似的例子还有梅洛·庞地，他很早就与萨特相识，后来成为《现代》杂志的骨干成员。二十世纪五十年代初朝鲜战争爆发，梅洛·庞地重新审视自己与马克思主义的关系，同时也在分析萨特与马克思主义的关系。他发现萨特的立场特别固执且令人无法接受，在他眼中，萨特已经不是同路人，实际上已成为党的忠实追随者，他的介入理论，变成了对现实的妥协和屈服。萨特当然不同意梅洛·庞地的这种判断，波伏娃也对梅洛·庞地的立场提出质疑，认为他批判的是一个"假萨特"。

三、对萨特的理解

萨特身高约1.6米，波伏娃称其为"亲爱的小矮人"，就是这个患斜视散光、戴一副圆形玳瑁眼镜矫正视力、其貌不扬的小家伙，浑身散发着旺盛生命力，表现出巨大的生命能量，令世人不得不叹服。

萨特一生非常典型地表现了人性的丰富性：一个人成为哲学家，或是文学家，或是社会活动家，在其中一个领域做出成绩，已属不易。萨特在这三个领域全面"爆发"，这在现代社会是稀有现象。人们常见的是，文学家可以喜欢哲学，但成为哲学家的却少见。哲学家瞧不起抒情，认为形象思维是小儿科，缺乏深度。擅长形象思维的人轻视哲学思考，认为抽象思考是在概念中兜圈子，苍白无力。钻进象牙塔的人往往不能行动，喜爱实践活动的人常常鄙视理论和思考。但在萨特身上，这三种能力完美地结合在一起。他既能抒情，又善于思考，还能够行动，人性丰富性表现得淋漓尽致。

萨特著作篇幅宏大，涉及面广泛。政治、历史、文学、美学、道德、宗教、心理学、犹太人问题等，他样样关注。萨特视野异常广阔，他不是浮光掠影地涉猎，而是深入细致的讨论和研究。他不愧是现代的"伏尔泰"，在思想界中这个小个子是一个让全世界都尊敬的"巨人"。

---

① 让·弗朗索瓦·西里奈利著、陈伟译：《20世纪的两位知识分子：萨特与阿隆》，江苏人民出版社2001年版，第4页。

萨特秉承法国知识分子（雨果、左拉）的优良传统，以社会良心自居，站在时代抗恶前列，成为典型的现代知识分子楷模，赢得世人景仰。他在重大问题面前从不回避，在大是大非面前，一贯态度分明，在社会需要和期待知识分子表态时，他总是第一个站出来，旗帜鲜明地亮出自己的观点。萨特去世时，没有任何人号召和动员，也没有任何人牵头和组织，在巴黎三公里长的大街小巷上，竟然有五万人的送葬队伍，他们都是自发地走上街头，为这位"拒绝一切来自官方荣誉"的勇士、这位代表"二十世纪人类良心"的"大师"送行。萨特去世的消息不仅占据了法国《世界报》和《费加罗报》的头版，远在大西洋彼岸的《纽约时报》和《华盛顿邮报》也在显著位置做了专门报道。法国总统德斯坦专程到医院为他守灵一个小时，并向波伏娃提议，应为萨特举行隆重国葬。波伏娃坚守萨特的理念，婉拒了举行国葬的建议。德斯坦发表个人声明，把萨特的去世喻为"当代一盏伟大的智慧明灯熄灭了"。值得注意的是，七十年代末期，萨特作品的威力已经减退，他的政治观点和哲学思想被许多人视为过时，萨特似乎被时代无情地"打发"了，他被看作是一位"过气"人物，有人甚至认为他已经老朽了，判定他退出了历史舞台。但从其葬礼的"壮观"场面看，历史似乎给人们开了一个玩笑，它用最生动的事实昭示人们：萨特仍然具有能量，其魅力不减当年，影响波及整个世界。萨特仍然是二次大战后西方知识分子的领军人物，是那个时代最杰出的代表之一。

　　上世纪四十年代末，中国学者罗大纲曾撰文介绍过萨特和存在主义，1955年萨特和波伏娃访华，罗大纲是专门陪同。他们走访了多个城市，所到之处受到隆重接待。萨特及其存在主义哲学对五十年代的中国还很陌生，与中国同行座谈交流，萨特和波伏娃发现无论是学术界还是普通百姓，对存在主义哲学和他们的作品所知甚少，找不到知音，萨特与波伏娃心里难掩失望之情。上世纪80年代，萨特和他的存在主义哲学在中国突然被"发现"，先是中央电视台报道了萨特去世的消息，接着学者张英伦在《人民日报》发表了《萨特——进步人类的朋友》一文，之后柳鸣久在1980年第7期《读书》杂志发表《给萨特以历史地位》一文，随后中国社会科学出版社出版了柳鸣久编选的《萨特研究》一书，它对萨特生平和作品做了比较详尽的介绍。这之后，萨特哲学代表作《存在与虚无》翻译出版，他的许多文学作品被陆续介绍给国人，萨特在中国一下子变得流行起来了。在学术界，关注萨特的人不少，对萨特的存在主义展开了热烈讨论，这一切的背后有着深刻的社会原因。

反思"文革"十年，人们发现，在奏响革命主旋律的年代，常常强调集体价值，导致用集体吞没个体，用大写的人取代了具体的人。因而出现了这样的吊诡局面：革命本来是为了人，但革命的过程和结果却常常漠视人，甚至忽略人的最基本需求。八十年代流行的一本小说，名字就是《人啊！人》，对人的呼唤，对人的尊重，对个体价值的强调，成为这一时期反思"文革"的主流心声。

这种情况不独中国为然，上个世纪七十年代柬埔寨革命更为激进，革命理想更加宏伟，革命的乌托邦编织得更加纯洁和美好，它在激进革命的道路上走得更远。柬埔寨革命炸毁了银行，取消了货币，肢解了家庭，力图一鼓作气消灭私有制，把人提升至理想的高度。越是激进和彻底的革命，人的基本需求就越是得不到尊重。人们反思，如果革命的目的不是为了人，不是为了更好地满足人的需要，那么革命的意义究竟在哪里呢？

"文革"结束后，尊重和强调人的价值成为时代最强音，这成为萨特的存在主义在中国突然大行其道的社会背景。萨特哲学强调个人价值，尊重个人自由，特别是萨特后期试图用存在主义补充、丰富和发展马克思主义，力图把存在主义与马克思主义结合起来，这与当时中国意识形态有某些暗合之处。因此，萨特在那个特殊时期在中国名声特别响亮，尤其受到年轻一代的欢迎。

应该承认，中国人对萨特的了解明显带有"运动"特点：当形成一股热潮，营造出轰轰烈烈的局面，萨特转眼间成为时髦对象，变成了解决问题的灵丹妙药，言不及萨特，大有落伍之嫌。但运动过去，萨特迅速冷落，被"踢"到一边，此时再言及萨特，又有守旧、固执、冥顽不灵的嫌疑。就今天中国看，大众感兴趣的是萨特与波伏娃的关系，在许多人眼里，这两个西方文化名流无视道德，行为乖张，颇为"另类"，人们对萨特与波伏娃的某些"怪癖"很有兴趣。在大学里，萨特的名字如雷贯耳，存在主义也有耳闻，但学生们对萨特小说和戏剧却不约而同地敬而远之。不是人们不愿意读，而是读起来实在有些勉为其难。萨特的名声很响，存在主义哲学影响很大，萨特的小说和戏剧是经典，但是人们不大读得懂。不是一般老百姓有阅读的困惑，即便是知识分子，理解萨特作品的困难仍然存在。运动式的解读往往把萨特研究纳入特定的框架中，把理解萨特当作推动运动发展的一个环节，按照运动精神需要来解释经典。一旦风向有变，萨特作为达到某个目的的手段就被弃之不顾。在这种研究中，并不尊重对象本身的学术价值，不能使研究持久深入地进行下去。

我们今天研究萨特，缘于这种期望：对萨特的兴趣不能停留于表面，对其理解应建立在对作品扎实阅读、认真领会的基础上。唯有如此，才能贴近萨特，比较准确地把握和解释萨特。

第二章

萨特哲学的自由概念

理解萨特的文学创作，有必要把握萨特哲学的基本观念。把握萨特哲学的基本观念，莫过于考察其哲学对自由的看法。

一、萨特哲学与自由

萨特哲学与自由密切相关。有学者认为，萨特的存在主义就是一种自由哲学，萨特终其一生关注的就是对每一个人都不可缺少、不可化约的自由。萨特的所有思想都来自对自由思考的这条基本线索，萨特的形而上学、知识理论等，都被精心构筑用来支撑他的自由哲学。① 自由是萨特哲学的核心概念，离开了自由，萨特哲学这座大厦不是不完整，而是失去了地基，必将整个塌陷。可以说，自由是萨特哲学的生命线，是萨特哲学最生动、最响亮的主旋律。

自由概念不仅是萨特哲学的支柱，而且它像一根红线，贯穿了萨特的文学创作。萨特的戏剧和小说，探讨和表现的共同主题就是自由，自由以及与自由相关的概念渗透了萨特文学创作的方方面面。因而，理解萨特的文学创作，必须首先理解萨特哲学所说的自由是什么，必须清晰地把握这一概念的独特含义。在这方面，人们对萨特哲学最易发生误解。正如有学者所说，"自由是萨特存在主义的中心概念，与自由的一般含义比较，萨特的自由概念有其特别和细致的规定。对萨特而言，说到自由总是意味着存在主义的自由，而不是'解放''没有限制'等。"② 萨特所说的自由是在其存在主义哲学框架内显现的自由，是在其存在主义学说规定下阐释的自由，这一自由有着特殊内含，它是一种独特的哲学命题，与人们通常所说的自由有明显区别。

---

① Neil Levy, *Sartre*, Oneworld publication 2002, pp. 2~3.
② Gary Cox, *Sartre Dictionary*, Continuum International Publishing Group, 2008, p. 85.

需要指出的是，这里是出于理解萨特文学创作而涉及萨特哲学的自由概念，并非完全从哲学本身或站在哲学专业的立场阐述萨特哲学的自由概念，虽然这两者并不能截然区别开来，但它们还是有分别的。

从哲学角度分析萨特哲学的自由概念，专业性更强，准确性更高，描述也更严格。这里对萨特哲学自由概念的讨论要求可稍加放宽，我们关注的主要是在萨特文学作品中有关自由的表现，我们是出于对萨特文学创作的兴趣而关注萨特哲学的自由概念，并不要求对这一概念所有方面都进行仔细梳理。

其次，对萨特哲学自由概念的阐述，主要依据《存在与虚无》，这是萨特哲学的经典之作，它对萨特文学创作的影响最大、最直接。这一时期萨特对自由的领悟，不仅在哲学作品得到论证，也常常借助文学作品表现出来。因此，人们既可以通过哲学作品了解他对自由的论证，也可以通过文学创作来体会和感受萨特对自由的表现和揭示。萨特哲学有关自由的概念是变化的，这种变化在战后萨特对存在主义的阐述中已显端倪，到了萨特后期（二十世纪六十年代写作《辩证理性批判》时期）他对自由概念的理解，已经与《存在与虚无》有重要不同。萨特对自由概念理解前后期的比较不是关注的重点，描述这种变化，讨论其原因和结果，已经超出了论述范围。

第三，自由概念在哲学作品中的论证与在文学作品中的表现是不同的，这不仅要考虑审美因素的影响，还有"题材"的重要性造成的区别。萨特哲学中的自由概念并不是一句干瘪抽象的定义，它包含丰富的思想，其中有些思想与文学创作有"天然"联系。譬如，构成萨特哲学自由概念重要思想之一是有关他人的论述，这与文学创作的关系非常密切。文学是表现人的，对人的揭示离不开他人，戏剧《禁闭》就是专门表现这一主题的。再譬如，偶然性是萨特哲学的核心概念之一，也是领会萨特哲学有关存在的重要概念，在《恶心》这部小说中，萨特用独特的文学手法非常生动地表现了这一概念。自欺在萨特自由哲学中是一个独特而重要的概念，它涉及对人的存在的理解，在萨特的文学创作中对自欺有大量表现。但是，并非涉及萨特自由哲学的所有思想都能够在文学创作中得到表现，也不是出现在萨特文学作品中所有的自由思想都在同等程度上得到揭示和表现。本书对萨特自由概念的论述，会集中关注那些更多地在文学作品中得到揭示和表现的思想。

萨特哲学讨论自由，这个自由当然是指人的自由，对人的关注始终占据萨特哲学的中心位置。萨特哲学如何看待"人"呢？还是让我们举例来说吧。在长篇小说《不惑之年》中，主人公马蒂厄的女友玛赛尔怀孕了，萨特是这样描写这个小生命的：

> 在玛赛儿的肚子里，那个小水泡正在膨胀，此时此刻它正在暗中努力，拼命要摆脱粘连，要从黑暗里脱身。在那浑浑噩噩的黏液后面，隐藏着一个小小的贪婪意识。相对于那团黑暗的黏液，意识就像一小点闪烁跳跃的光芒，兜着圈飞舞，最终变成一块"会思想的肉团"。①

人是一个"会思想的肉团"，在这个比喻中，思想、意识对于人是最本质的，没有意识，玛赛儿肚子里的那团黏液永远是漆黑一片。意识是人生命中闪烁跳跃的光芒，单是那一团黏液无法构成人，充其量它只是"自在的存在"，靠着意识光芒的照亮，这团黏液才转化为人的生命、人的存在，成为"会思想的肉团"。萨特哲学关注人，首先关注的就是意识，对人的存在进行分析，具体就表现在对意识的分析上。与传统哲学对意识的理解不同，萨特借助现象学，把对意识的分析成功地转化为对人的存在的描述。

二、意识就是对某物的意识

萨特在论述胡塞尔意向性学说的短文中，指出胡塞尔的意向性学说要解决的是意识如何显现对象的问题，讨论这一问题，首先需要对什么是意识做出判断。胡塞尔对意识做出了这样的规定：意识就是对某物的意识。单从字面上看，这一规定很平常，好像就是一句略显重复的话，若不深思，一般人看不出它有什么重要性，难以了解其中隐藏的玄机。胡塞尔对意识的这一规定非常关键，它蕴含了一系列重要思想，构成了意向性学说的基本内容，可以说现象学的秘密就蕴含在他对意识的这一看法中。萨特哲学对自由概念的理解与胡塞尔的意向性学说有非常密切的关系，在一定程度上可以说，萨特哲学的自由概念就来自于胡塞尔的意向性学说。为方便论述，下面对萨特哲学自由概念的分析主要围绕着胡塞尔对意识的这一看法展开。

1. 意识与某物不可分

意识就是对某物的意识，在这个判断中，意识与意识到某物是不可分的。

---

① 萨特著、丁世中译：《不惑之年》，中国文学出版/社科文（香港）出版有限公司1998年版，第55页。

这表明，谈论意识，不能只说意识，当说到意识，一定是意识到了什么，意识一定会超越自身指向什么，即意识一定会意向到什么。意识具有意向性，这可以说是意识的"本性"。譬如，人们从来不会仅仅是看，一定是看见了什么。"看"与"看见了什么"是不可分的，不能把"看"与"看到了某物"分别为前后相继的两个意识行为。通常人们的理解是，先看，然后才看到了什么东西，"看"与"看到了什么"在时间上是有分别的，"看"在前，"看到了什么"在后。从现象学观点看，这种分别是不真实的。现象学认为，"看"与"看到了某物"是同一的，"看"这种意识行为不能抽象、独立、空洞的存在，"看"就是让某物得以显现，某物的显现离不开看，没有看这种意识行为，某物不会自动显现。

同样，人们不仅仅是想象，一定是想象到了某物。人们从来不会只是恐惧，一定是恐惧某物。看、想象和恐惧都是意识的不同行为，它们一定要指向某物，这些意识行为才能存在。这里，看、想象、恐惧的对象是否在现实中实际存在，无关大碍。譬如，令我恐惧的对象是现实中的真实对象，如一只突然出现在眼前的凶猛老虎，还是在想象中的怪物，如某个三头六臂、青面獠牙、狰狞恐怖的对象，这无关紧要，关键是意识一定要指向对象。

意识必须以一种及物的方式指向超越自身的某物，不管它们多么混乱、多么不可思议，意识必须与它们具有关联。意识是一种离开自己的"滑行"，一种对于自身的绝对逃离，一种不间断地向外的"爆开"，萨特形容道，意识从胃里的潮湿状态摆脱出来，离开自己，向着不是自己的那边跑去，此即意识的意向性。① 一个不指向某物的孤零零的意识、一个纯粹的意识是无法存在的。一个不超越自身、不与任何对象发生关系的意识是无法存在的。当说到意识，一定是对某物的意识。

2. 现象学与"自然的观点"

如果"看"与某物的显现不能分离，这意味着，不能脱离意识谈论"某物"，当说到某物，一定是意识指向了它。只有当意识指向了它，它在意识中显现出来，人们才能对其做出断定。

譬如，我指着眼前的这个东西，说"这是一张桌子"，我能够做出这一判断，依据是这张桌子呈现在我的视野中，如此我才能对它做出断定。同样，我

---

① 萨特著、刘国英译："胡塞尔现象学的一个基本概念：意向性"，参见倪梁康主编：《面对实事本身》，东方出版社 2000 年 12 月版，第 646 页。

可以对一个妖魔做出断定，虽然这种意识行为与断定桌子的意识行为不同，但在做出断定时，意识一定是指向了这个妖魔。总之，根本不向意识显现，完全与意识没有关系，不受意识把握的"东西"，意识无法对其做出断定。

现象学反对"自然的观点"，即把对象看成是现成的，对象的存在完全与意识无关。按自然的观点，对象先于意识存在，对象的存在根本无关乎于意识，在意识把握它之前，其存在已经"完成"了，因而对象的存在完全是客观和独立的，根本无需意识的显现。在意识显现之前，对象已经如此，意识充其量只是对已经现成出现于眼前的对象从外部进行反映。这种"自然的观点"对大多数人已成为"常识"，胡塞尔对大多数人在潜移默化中的习惯提出质疑和挑战，认为它们是非现象学的。

所谓自然的观点并不是"自然"的，而是长期以来文化熏染和培育出来的人们对世界的看法。它假定人们面对的是一个独立自足的客观世界，它现成地出现在我们面前，我们的任务就是去认识和理解它，揭示其秘密，发现其规律。这种看法建立在这样的哲学假定上：世界是先于意识现成存在的，意识犹如一个新生儿，张开眼睛，"看"到了世界，世界在"看"之前已经"完形"了。按照这种看法，严格说来，世界的存在与人的存在没有关系，它根本不需要意识的"显现"，或者说，这种对世界的看法已经把意识"显现"的环节舍弃了，已经把人与世界最重要的存在关系遮掩起来了。

现象学认为，如果把世界看成是"现成"的，在"看"之前，世界已经是如此这般，"看"只不过是把出现于眼前的对象纳入视野，在这种情形下，人与对象的关系就只能是认识关系。人对自己提出的任务，就是仔细、全面地认识和把握对象。现象学认为，如果把人与世界的关系界定为认识关系，甚至把这种认识关系当成人与存在的唯一关系，这是严重的误判。现象学恢复和强调人与世界关系中被舍弃和被遮掩的方面，坚持认为人与世界的关系不是单纯的认识关系，认识关系是人与世界的重要关系，但绝不是唯一关系。现象学坚持认为，"物"不会自动显现，只有当意识指向它，它才显现出来，对象不是现成地出现于人们眼前，它只能通过意识被揭示出来。

说意识就是对某物的意识，强调意识的存在离不开"物"，意识不可能凭空存在；另一方面，"物"显现为对象也离不开意识，它不能也无法单凭自身自动显现，因为当说到"显现"，总是意味着意识的存在，意味着对一个显现者的显现。

3. 意识指向真实世界

笛卡尔认为，意识总要关涉对象，但是意识的客体不是现实本身，而是观念。康德认为，意识当然要与世界发生关系，但意识指向的只是"现象界"，而不是世界本身。严格地说，意识不能指向世界本身，它所指向的经验世界离不开意识的构筑，这个经验世界（现象界）与世界本身（自在之物）是严格区别的。按照胡塞尔的看法，我们仅仅能够谈论在意识中显现的对象，"我们不能谈论对象自身，不能谈论一个外在于意识的对象"①。由于世界的显现必然与意识发生关系，这就提出了一个问题，经过意识显现出来了的还是那个真实世界吗？

萨特哲学认为，意识一定要超越自身指向对象，意识的客体不是意识本身，而是真实世界。意识指向的不是有关世界的各种命题和观念，如意识不是指向桌子的概念，而是指向现实中这张实实在在的桌子。在萨特看来，虽然人们只能通过意识指向桌子，桌子通过意识才能得到显现，意识的作用非常重要，但这不意味着，世界一旦与意识发生关系，它就只能在意识自身的界限内得到显现，从而把世界奠定在意识的基础上。萨特比喻说，如果意识像一个小女孩那样吻自己的肩膀，以为如此就可以找寻最内在的爱抚和亲昵关系，那将是徒劳的。"因为最终来说，一切都是在外面的，一切，包括我们，在外面，在世界里，与其他人一道。我们不是在一种莫名的隐退中发现自己：而是在路旁、在城中，在人群里、在各种各样的物中间，在各种各样的人中间。"② 萨特理解的意向性概念坚持意识超越自身指向对象，意识本身什么也没有，意识本身什么也不是，意识指向的一切都在意识之外。桌子在意识之外，树木在意识之外，即便像"自我"这样的对象，也在意识之外。传统看法往往把"自我"置于意识之中，认为自我"拥有"、占有意识，甚至支配意识，自我是意识的统领者，与意识不可分。萨特的意向性概念把自我视为现象学领域中的对象，它是意识的客体，犹如这张桌子是意识的客体一样。

萨特赋予意识的功能，就是指向自身之外的一个真实世界，在他看来，意识的意向性关涉不是意识自身，而是自身之外的真实世界。

---

① William C. Pamerleau，*Existentialist Cinema*，PALGRAVE MACMILLAN 2009，p. 25.

② 萨特著、刘国英译："胡塞尔现象学的一个基本概念：意向性"，参见倪梁康主编：《面对实事本身》，东方出版社 2000 年 12 月版，第 648 页。

4. 意识与虚无

意识指向自身之外，指向世界本身，意识自身内什么也没有，意识当然就只能界定为虚无，这是萨特哲学对意识的一个独到判断。把意识释为虚无，是萨特哲学的全部秘密所在。

说意识是虚无，意思是，它不能是一个实体，意识的存在不能是"实心"的，意识不能是一个"致密"的存在。如果意识是一个"密不透风"的实体，它怎么可能超越自身指向某物呢？

譬如，若意识是像桌子这样的实体，它怎么可能超越自身指向某物？桌子就是桌子，桌子除了是自身外什么也不是，桌子在其存在中根本不依赖、不指向它物。萨特设定意识的鲜明特征是：不能以任何方式把意识设定为类似于桌子这样的实体性存在，意识是非实体的，在这个意义上它是虚无。这个虚无不是虚无缥缈、纯粹幻想的意思，在萨特看来，这个虚无也是一种存在。通常一提到存在，人们马上就会想到物的存在，一提到物的存在，就想到它是占据一定空间和时间、是一个有模有样的东西。也就是说，一想到存在，人们往往想的是物的实体性存在。

萨特哲学认为，意识是虚无，它不是实体性的，但仍是一种存在。作为虚无，意识是透明、清澈、轻盈的。萨特比喻道，意识就像一阵大风，它刮起了一切，可它本身什么也不是。你伸出手，可以随意抓住一个实体，你可以扶住旁边的桌子，牢牢抓住这根棍子，但你不可能抓住"大风"。不论你采取何种手段，怎样费尽心机，也无法把意识这阵大风像美女那样揽入怀中。你可以说大风的存在不同于这张桌子的存在，但不能由此推断，桌子存在，但大风不存在。同样，你不能说，对象是存在的，但指向某物的意识却不存在。

说意识是虚无，还意味着，对于意识人们不能问它从何而来，不能设定意识是出于、来自于某种东西，不能断定意识有一个先于它自身的存在。一旦做出这种假定，就等于把意识奠基于某个东西之上，这就使意识有了来源，有了支撑，如此一来，这些来源和支撑就成为意识的基础，可以对意识进行"控制"。意识如果有来源和基础，它就不再是虚无了。那么怎样理解意识的存在呢？萨特认为，意识作为虚无是一种纯粹的自发性，它完全逃脱了一切掌控。虽然意识要指向某物，但某物仅仅为意识提供内容，而不能制约意识的存在。作为纯粹的自发性的意识排除了一切因果关系，它是一种没有任何原因、任何始基的存在，意识的纯粹自发性是一种"神奇"，它的奇妙和不可思议在于，它存在，但没有任何始基和来源。

传统看法认为意识与某物发生关系，它会把某物包含于自身之内，意识似乎变成了容纳某物于自身内部的容器。在这种设定中，认识事物就是用心灵去融解它，心灵像蜘蛛那样把东西吸入网中，用白色唾液覆盖它，慢慢将其吞咽，化为自己的养料。意识就是消化器，它指向某物，将其吞没和消化了，萨特把这种认识论讥讽为"消化哲学"。在他看来，传统观念对意识的看法是错误的，它用看待一般事务的眼光去设定意识，假定了一种错误的意识空间理论。按照这种逻辑，必然把意识的存在等同于一般物的存在。

一旦把意识设定为实体，意识就是不透明的，它变得沉重了，萨特把对意识实体化称之为"意识的堕落"。意识一旦成为不透明的，意识就被填满，被塞得严实，被物化，其存在就像一个实体，如此一来意识就再也无法超越自身，指向对象。也就是说，意识一旦成为实体，就不再是意识，此即意识的"堕落"。

在萨特看来，意识能够超越自身指向对象，前提是必须把意识界定为虚无，如果意识像有些人认为的那样是一种实体性的存在，它在指向某物的时候，就吞噬了某物，那么，不管意识的胃口有多大，它终将被填满。一旦意识丧失了其轻盈之身，就堕落为物的存在。萨特哲学坚持物与意识的分别，坚持不能以任何方式把意识的存在还原为物的存在。

也许有人认为，萨特哲学对意识的看法并不是什么先见之明，英国哲学家洛克早就说过，人的心灵犹如一张白板，心灵中的一切都来自于经验，来自于外部世界。从某一方面看，萨特哲学对意识与存在关系的看法与洛克的"白板说"有相似之处，但仔细分析，可以发现，萨特把意识解释为虚无与洛克的"白板说"有实质的不同，二者有严格的区别。在萨特看来，洛克的观念从根本上是错误的，因为设定意识为"白板"，就把意识变成了一个实体性存在，它就不再可能是虚无了。当把心灵设定为白板，这种做法已经把意识实体化、使意识堕落了。

人们很容易把意识实体化，甚至可以说，把意识实体化是人的"本能"倾向。因为从"自然的观点"看，意识也是一种存在，它与物的存在没有分别。从常识看，说意识存在，但这种存在却看不见，摸不着，是难以理解的。萨特哲学的最大特征是完全彻底地把意识界定为虚无，或者说，它要杜绝以任何方式把意识实体化的可能。要做到这一点非常不容易，因为稍一疏忽，人们就会落入把意识实体化的陷阱。可以这样说，在我们的文化中，遍布着许许多多把意识实体化的陷阱，令人防不胜防。坚持意识是虚无，说到底，是与坚持人是自由的联系在一起的。而把意识实体化，归根到底，是与把人的存在等同于物、与剥夺和拒绝人是自由的联系在一起的，这一点在下文会有更深入的分析。

5. "物"与世界

意识是虚无，所以它能够指向对象。由于意识只能是对某物的意识，所以意识作为纯粹的虚无只是一个抽象，当说到意识的时候，必定已经是对某物的意识，在这一意义上，意识是"借来的存在"。① 意思是，意识必须"借助"于某物，它才能存在，没有某物的依托，意识的存在就失去了"基础"。这个"基础"的意思不是指意识的存在一定要受到某物奠基，而是说，意识一定要指向某物，意识不指向某物，它就无法存在。

说到"物"时应小心，萨特哲学所说的"物"与人们所说的世界是有区别的。从常识看，物与世界没有分别，物是世界中的物，是世界的组成部分，与这个世界是一体的，它们是你中有我、我中有你的关系。撇开了世界，无法理解物，同样，撇开了物，世界变成了空荡荡的，也不成为世界。世界与物不可分，它们的存在是相同的，这是常识的看法。在萨特哲学中，物有两种用法，一是指像"桌子"这样的对象，二是指"自在的存在"，二者之间有联系，但也有明显的分别。在萨特哲学中，先有自在的存在，意识对其虚无化，然后才显现为桌子这样的对象。物与世界不能直接等同，自在的存在先于意识，但桌子这样的对象已经是经过意识虚无化了的显现，因而它不能先于意识的存在。

先有物的存在，然后意识才能存在，这很有唯物主义色彩。从常识看，容易把萨特哲学的这种看法纳入传统唯物主义哲学框架中。但这只是看到了表面上的相似之处，其实，萨特哲学与一般唯物主义是有重要区别的，主要表现在下面三点上：

一是唯物主义常常把意识设定为实体性存在，认为意识是大脑的机能，或者认为意识本身就是一种物质，是从低级物质发展而来的一种高级物质。传统唯物主义把意识设定为"物"，不论这种物与其它物比较有多么特殊，不论它与其它物有多么深刻的区别，一旦把意识设定为物，在萨特哲学看来，它就有"实体化"的倾向，就具备了"堕落"的可能。

---

① 萨特著、陈宣良等译：《存在与虚无》，三联书店 1987 年版，第 59 页。

二是一般唯物主义认为，意识只是对出现于眼前的现成事物进行反映，意识的功能就是反映。在这一看法中，对象在意识把握它之前已经是"现成"的，意识就是对这个现成的东西的反映。当然，唯物主义在论述反映时也强调能动性，但不论赋予意识怎样的能动性，这种看法仍把意识视为被动的。因为从根源上说，世界的显现与意识没有关系，所谓反映，就只能对现成之物从外部进行把握。把意识的功能视为反映，不管赋予这种反映多大的能动性，意识的本性最终仍是被动的。

三是如果断定世界先于意识，意识的作用仅仅是反映现成的、独立的客观世界，那么，意识与这个世界的关系就只能是认识关系。传统唯物主义把意识视为反映，虽然它也强调意识的能动性，但这种能动性只能是认识的能动性。从现象学存在论的角度看，把人与世界的关系限制在认识的关系中，这只是看到了人与世界诸多关系中的一种。人与世界的根本关系是存在关系，认识关系实际上是被存在关系奠基的。人是怎样存在的，人与世界构成了何种存在关系，人就怎样认识世界，人不可能摆脱自身的存在去进行认识。

萨特哲学认为，意识的功能不仅是对物的反映，更是对物的虚无化。意识不能被物所决定，因为意识是虚无，其中没有任何被动、消极的惰性因素。没有意识，物不会自动显现。换言之，没有意识，单纯的物只是自在的存在，还不是世界，它只是混沌一片，没有任何价值可言。萨特哲学强调意识对物的虚无化，结果使世界得以显现。在这个意义上，世界非但不能决定意识，世界的显现还要依赖、受制于意识。

当萨特哲学强调意识是"借来"的存在，它必须以物的存在为前提，表现出与传统唯物主义有相像的一面。但当萨特哲学强调意识对物的虚无化，强调只有通过意识，自在的存在才转化为世界，意识不仅仅是反映，它还是构成和显现世界的重要和必要环节，这使它与传统唯物主义和唯心主义都有重要区别。

6. 虚无化

虚无化是意识的重要功能，什么是虚无化呢？

让我们以萨特举的"毁灭"例子来说明吧。

什么是毁灭？"毁灭"这个概念是怎样出现的？萨特在《存在与虚无》中进行了细致的讨论。显然，"毁灭"不是自在的存在本身所具有的。在意识存在之前的那个"世界"，即自在的存在中根本没有什么毁灭可言。自在的存在是"默默无闻"的，它既不肯定什么，也不否定什么，它只是存在而已，根本不可能有什么毁灭。

让我们做这样一个假设，在人类还没有存在、意识还没有存在，一切都只是自在的存在，"暴风雨"来了，其威力巨大，改变了地貌，造成了许多变化，如把这块石头从甲地吹到乙地，把大树连根拔起，造成泥石流泛滥堵塞河道等。暴风雨可以在自在的存在中造成许多"变化"，不管这些变化多么巨大，都不能说是"毁灭"。

严格来说，上述表述存在着严重问题，因为在自在的存在中，既不可能有什么"暴风雨"，也不可能有"石头"，既不可能有甲地和乙地之别，也不可能有"泥石流堵塞河道"。在自在的存在中没有任何区分，因为那是一个"惰性"的存在，其中没有任何区别。一旦有区别，就蕴含了变化，一旦有变化，就是做了肯定或否定，这实际上就是对自在的存在进行了虚无化。自在的存在不能言说、无法言说亦无需言说，任何言说本身都是在进行肯定和否定，就是对自在的存在的"腐蚀"和"破坏"。在自在的存在中，不可能有任何肯定或否定，不可能有任何变化，所以也不可能有任何"毁灭"。

要使毁灭存在，首先人要存在，意识要存在。由于意识的存在，在暴风雨之前的存在虽然已经过去了，但通过意识的"挽留"，能够与暴风雨之后的存在进行比较，由此才能见出变化。没有意识的挽留，已经过去的存在一去不返，无法与暴风雨之后的存在比较，也就无法见出变化。无法见出变化，也就不能显现毁灭。变化是毁灭的第一步，单就自在的存在本身而言，无所谓变化，只有当意识介入，引入"那时"和"此时"的时间观念，在记忆的基础上进行比较，才可能出现变化的观念。

说到暴风雨造成的变化，必须指出，人对发生在遥远的存在，发生在对他的存在根本没有影响的存在的是不"关心"的，因为人对意识不到的东西也无法"关心"。在宇宙深处，在遥远的某个地方，意识能够设定它的存在，但无法实际地指向它，这使人们无法真正"关心"它。意识能够断定，在这些遥远的某处发生着变化，但这些变化是什么，即便在非常间接的意义上，意识也无法感受到。对于意识只能以"空洞"的方式设定和指向的那些变化，意识是无法"关心"的。

意识一旦指向存在，就对其虚无化。所谓虚无化，是指意识只能通过否定的方式把对象置于眼前。否定是意识虚无化的重要功能，通过否定，意识才能进行肯定。这就是说，意识指向对象，不是像通常人们认为的，意识犹如一盏探照灯，在黑暗中直接把一束强光打在对象身上，对象就向我们显现出来了。

这种理解不是否定而是外部的直接肯定，意识不能以这种外部直接肯定的方式把握对象。意识必须通过内在否定才能进行肯定，这里要注意的是，意识只能从存在出发进行否定和肯定。

譬如，暴风雨过后，造成了一系列变化。意识并不是同等程度地关注所有的变化，意识特别关注的是与其存在相关的变化，与其存在没有关系的那些变化就被边缘化了，被置于意识边缘的朦胧地带，这种"放逐"就是意识的一种否定方式。在否定的基础上，意识才能呈现与我们生存密切相关的这座城市。同样道理，如果要呈现我的家，意识首先必须对我家旁边的道路、道路旁边的河流以及我家周围的种种景观进行虚无化，通过对它们的否定（放逐到意识的边缘），我的家才显现出来。假如意识现在关心的是我家墙壁上的这面窗户，为了使它显现出来，意识就必须对它周围的其它东西，如门、其它窗户、相邻墙壁等进行虚无化。萨特哲学强调，虚无化就是在否定中的肯定，意识在日常生活的每时每刻都在发挥这种虚无化的功能。

我们居住的城市和房屋与我们的存在直接相关，当暴风雨对它们的吹袭造成巨大"变化"，这种变化对生活造成灾难性影响，在这一意义下，暴风雨的吹袭造成的变化才被称为毁灭。毁灭需要以变化为前提，但单是变化，还不是毁灭。一块石头从甲地吹到乙地，这种变化对我们的生活没有造成任何威胁，或其影响微乎其微，这种变化就不是毁灭。只有当暴风雨对存在构成威胁，它严重妨碍了我们的生活，给生活带来沉重打击，其所造成的变化对我们是灾难，这种变化才是毁灭。可见，毁灭的存在离不开自在的存在，它必须借助于暴风雨、石块、树木等物的存在，如果没有这些自在的存在，根本不可能有毁灭。但是单有自在的存在也不可能有毁灭，毁灭的存在离不开意识对自在存在的虚无化，在虚无化的基础上，一个毁灭的世界才能显现出来。

萨特哲学告诉人们：单纯自在的存在没有价值和意义，自在的存在本身没有任何毁灭可言。不像"自然的观点"所认为的那样，毁灭的世界已经形成，其形成与意识没有关系，与人的存在没有关系，只是在毁灭的世界形成之后，意识才看到它，然后对其进行反映。意识不能显现世界，只能反映世界，认识世界，这是"自然的观点"的基本看法。萨特哲学认为，毁灭的世界是在意识对存在虚无化后呈现出来的，这个毁灭世界的构成离不开意识，单就自在的存在而言，根本与毁灭无涉。

当然，这不是说暴风雨本身就是意识构成的，萨特反对这种赤裸裸的唯心主义。这个毁灭世界中有许多"物"的因素，如石头、树木、暴风雨、土地等，它们决不可能是意识构成的，否则就是睁眼说瞎话，是地地道道的唯心主义。萨特认为，"毁灭"离不开"物"的因素，没有它们就不可能有毁灭。但单凭物的因素本身不可能构成一个毁灭的世界，一个毁灭的世界必须有意识的介入，有人的存在的介入。一个毁灭的世界是有组织的，其中渗透着价值和意义。面对被摧毁的家园，我们感到惋惜，感到悲凉和震惊，它激发我们的斗志，鼓舞我们采取行动。但同样是面对这个世界，与我们的存在不同的人，譬如说我们的敌人，他们的判断和感受就很不同。在他们眼中，这根本不是什么毁灭，而是老天爷的报应，是上天的惩罚，是罪有应得。对这样一个毁灭的世界，他们由衷地感到高兴，这个破败荒凉的毁灭世界正是他们期盼已久的。世界与自在的存在不同，世界是被赋予价值的，它是意义的体现，不能等同于单纯的物。这个有价值、有意义的世界的生成必须有意识的介入。只有通过意识的虚无化，自在的存在这个"物的世界"才能转化为一个有意义的人的世界。

7. 存在论与认识论

"意识是对某物的意识"不能单从认识论的角度理解，而应从现象学存在论的角度把握。

如果把"意识是对某物的意识"理解为：意识对出现于眼前的对象去加以认识，这与胡塞尔所说的"自然的观点"没有区别。如果对象已经形成，它现成地出现在眼前，意识与其就只能是反映和认识的关系。

从现象学存在论的角度看，意识指向某物，对其虚无化，让它显现出来，这一显现本身不单纯是反映，它还有"构成"的意味。不是在物质意义上的构成，即不是对物的无中生有的创造，而是在现象学意义上的显现或构成。单凭意识永远无法创造出任何物质，意识不可能造出暴风雨，因为自在的存在先于意识，不依赖于意识，意识只能指向物而不能创造物，这一点是非常明确的。由于自在的存在本身还不是世界，只是构成世界的必要物质元素，通过意识指向它，对其虚无化，世界才显现出来。因而，世界的存在离不开自在的存在，但不能等同于自在的存在，世界必须通过意识的显现，必须通过人的存在才能揭示出来。因此，认识论应奠基于存在论之上，认识论和存在论是一致的：人们怎样存在，就怎样显现世界，在这个基础上，他就怎样去认识世界。人的存在不仅显现对象，还决定了人们对世界的认识。

譬如一张书桌，如果持"自然的观点"，单从认识论角度看，那么它就是现成的，根本不需"显现"，"自然的观点"已经不经意地把显现"置于括号"中了。单纯的认识根本不关注桌子是如何显现的，这使许多人认为，物与世界没有分别，物就是世界。如果意识与桌子只构成单纯的认识关系，人们会发现，桌子是木质的，年代有些久，颜色比较暗，有的地方油漆剥落了。它的式样显然已过时，有些土气，上面还有不少岁月留下的刮痕。它有三个抽屉，不能严丝合缝，你想把它关严，但它总是有点歪斜，露出一些空隙。我们可以仔细观察这张桌子，发现它的一系列特征，得出对它的种种认识。在与对象构成认识关系的情形下，我们关注到的就是对象的一系列外在特征。

若从存在论角度看，我与这张书桌的关系要复杂和深刻得多，因为这张桌子扎根于我的存在，构成我的存在。譬如，我是一介书生，需要一张书桌，我无法制造它，就去市场买。我走遍了大大小小的门店，千挑万选，终于买到了一张让我"称心如意"的桌子。我选择了它，首先是因为它有一个我可以接受的价格，这是我能够承受的。其次，它结实耐用，外观质朴，式样"低调"，不像有的桌子色彩和式样那么"咄咄逼人"。我把它摆放在家中合适的位置上，它一点都不"起眼"，几乎无法吸引客人的眼球，与其它家具摆放在一起，它似乎被"淹没"了，好像很自觉地往后"退"。你走进房间，在第一瞥中，确实很难留意它。这张桌子和我喜欢的为人一样，不露声色，很低调。第三，经年累月，我伏在它上面写出了许多文字，它伴随着我走过了人生的岁月。可以这样说，这张桌子是我的辛劳和喜悦的见证。第四，虽然它的抽屉关不严，但我不感到别扭，我不认为这是什么缺点，我觉得这种歪斜的样子有些好笑，这是它与我打招呼的一种方式，它好像在故意"挑逗"我。虽然它很便宜，不值多少钱，但我"本能地"不允许别人损坏它。它碰掉了一块漆，我会心疼好半天，谁若胆敢把它劈了当柴烧，我会愤怒无比，与他拼命……

当我与桌子发生了这种存在关系，它在我眼中的显现就与其他桌子有了分别：对我而言，它不仅是实用的，而且是可爱的，甚至是宝贵的。谁无情击打这张桌子，就损害了我的存在。对于一般人，它就是一张不起眼的普通桌子，是用来写字的，与其它桌子没有分别。但对于我，这张桌子是我生命的一个组成部分，它与我的存在紧密地连接在一起。这表明，我对这张桌子的认识之所以不同于他人，根源于我的存在，是我的存在决定了意识对它的显现，也决定了我对这张桌子有这种"独到的"认识。这张桌子是木制的，作为"纯粹的木头"只是自在的存在，桌子的存在离不开木头，但桌子作为世界中的物，离不开我对它的把握，离不开意识的"显现"。在萨特看来，"意识是我们称之为世界的充满意义的现实源泉。"① 没有我的存在，没有意识对这块木头的独到显现，"桌子"在我眼中就不可能有这种独特意味和价值。我是这样存在的，这张桌子就在我的存在中得到显现，也决定了我对它的认识。我的认识是扎根于我的存在中的，所以我与对象的认识关系不是第一位的，而我与对象的存在关系才是更本源性的。

在萨特长篇小说《自由之路》第三部《痛心疾首》中，丹尼尔目睹德国人占领巴黎，这座古老的城市几乎没有任何抵抗，轻而易举地落入了德国人手中。丹尼尔感到强烈的恶心，他为这座城市感到不幸和耻辱。他漫步于巴黎的大街小巷，一个消失的民族、一个消失的都市，他是人类唯一的代表，成为这一切的见证者。突然，他在塞纳河边发现了打算投水的菲利普，他美若天仙，这一下子打动了同性恋者丹尼尔。每当在路上遇到容光焕发、眉清目秀的小伙子，丹尼尔都会感到天和地在向他挤眉弄眼。他决定帮助菲利普，想把自己的一切都献给他。在这一时刻：

城市换了新颜，一个小时之前还是世界的末日，丹尼尔觉得自己已经作古。此刻，街道又慢慢恢复原来的样子，丹尼尔好似在战前星期日散步，正好处在这样一个转折的时刻：周末即将结束，太阳正在西沉，一个崭新的、美好的星期将要开始。②

城市还是那座城市，作为"物"，它本身没有变化，但它在丹尼尔眼中的显现已经明显不同，这种变化很显然是因为德军入侵巴黎、法国人狼狈退却，丹尼尔随后在河边遇到了菲利普造成的。由于丹尼尔的存在发生了改变，其存在开始"组织"和"定位"这个城市，开始了对它的虚无化。在萨特看来，巴黎这座城市不可能对所有人"一视同仁"，与人们保持等同的距离，对人们都是完全相同的"客观"。巴黎的埃菲尔铁塔、圣母院，构成它们的物质材料、物理性质和几何形状，对于所有的法国人，对于所有看到它们的人都相同。在德国人入侵法国之前或之后，在丹尼尔遇到菲利普之前或之后，它们没有任何显著改变，这些物质材料对于所有人都是一视同仁的"客观"。但这座

---

① Joseph S. Catalano, *A Commentary On Jean-Paul Sartre's Being and Nothingness*, The University of Chicago Press 1974，p. 4.

② 萨特著、沈志明译：《痛心疾首》，中国文学出版/社科文（香港）出版有限公司 2003 年版，第 152 页。

城市的意义，它在人们心目中的地位，它带给人们的切身感受，人们对它的认知和评价，在德国人入侵之前或之后，在丹尼尔遇到菲利普之前或之后，大不相同。

意识就是对某物的意识，不能解读成意识对于出现于眼前的一个现成对象的认识，而应理解为意识在指向对象的虚无化中显现和构成了对象。需要指出的是，虚无化与人们通常所说的能动反映是不同的：能动反映是指意识反映对象，也反映反映者自身，反映既是对于对象的反映，也是对反映者的反映。在能动反映的设定中，不仅把对象视为一个独立的致密存在，反映者作为主体，也是一个致密的存在。因而反映就是从数量、面积、距离等方面把握对象。在虚无化的设定中，意识与对象都不是致密的存在，它们都不能与自身一致，都处于对自身的否定中。这个否定不是外部否定，不是"这张桌子不是椅子"式的否定。在外部否定中，只是对一个见证人而言，对象之间呈现种种差异，但这些差异根本不涉及、不触动对象的存在本身。虚无化的否定是内在否定，它是存在的内在要求。通过虚无化，人不仅仅认识对象，发现其种种差异，更重要的是，在虚无化中对象奠定在人的存在之上，"物"由此转化为人的世界。反映总是围绕着对象打转，即便深入到了对象核心，深入到分子和原子的内部，本质上主体与对象之间仍然是距离的外部关系。虚无化构成的是人与"物"的原始关系，认识只是对一个现成对象的把握，虚无化则把"物"转化为人的世界，转化为人的认识对象。

8. 位置意识与非位置意识

意识是对某物的意识，意识指向某物，它还是意识，不会变成某物。即意识对某物的意识，它仍是虚无，不会被某物充塞，变为某物。我意识到这张桌子，我的意识把握住这张桌子，但我并没有因此变成这张桌子。我意识到某物就变成了某物，这只有在一种情况下有可能，即某物充塞了意识。如果某物充实了意识，那么意识也就不再是意识了，它就变成了物。这里提出了一个问题：为什么意识对某物的意识它还是意识，为什么意识在指向某物时，某物无法充实它，为什么意识指向某物还能保持自身是虚无？这涉及萨特哲学的一对重要概念：位置意识和非位置意识。

所谓位置意识是指意识总要指向对象，它总要为自己设置对象。如上所述，意识不为自己设置对象，不指向对象，意识自身就不能存在。意识指向这张桌子，这张桌子就在位置意识中呈现出来。萨特指出，意识之所以能够为自己设置对象，之所以能够把对象如此这般地显现出来，是因为意识在位置地意识到对象的同时也非位置地意识到自身，这使意识在把握对象的同时仍然能够保持自身为虚无，即意识在意识到对象的同时不会被实体化。

非位置意识是意识具有"自为"的保证，位置意识必然伴随着非位置意识，没有非位置意识，就不可能有位置意识，意识就无法显现对象。

让我们举例来说：如果把意识比作一架照相机，照相机通过镜头摄取对象，对象在镜头中呈现出来，这类似于位置意识。照相机之能够把握对象，是因为它"扎根"于自己的存在，即它是从特定方位和角度去拍摄对象的，这个特定方位和角度本身不可能在镜头中显现出来，即它不可能是位置的，但很明显的是，这个特定方位和角度对于照相机摄取对象是不可缺少的，而且它制约着镜头中呈现的对象。如果变化方位和角度，相应镜头中呈现的对象也会发生变化。这个方位和角度表明意识扎根于特定存在，它类似于非位置意识。

再譬如，我读一本小说，我沉浸其中，在这一刻，我仅仅关注对象，我被小说的人物和故事吸引，忘却了周围世界。我听不到马路上汽车的噪音，我忽视了周围的响动，我仅仅关注小说本身。但即便在这一刻，在我似乎已经"融入"小说本身时，我也仅仅是小说的一个读者，我的阅读行为与小说本身仍有区别。也就是说，我虽然沉浸在小说中，但并没有变成小说，我与小说本身始终有区别。为什么呢？这是因为我的阅读采取了特定视角，我是从特定视角出发去阅读的。正是由于我的阅读行为必须具有特定视角，这使我在沉浸于对象的同时又与对象拉开了距离，使我不能等同于对象。这个非位置视角（我的阅读期待、欣赏习惯、个性特征和特定心理状态等，概言之，它们就是我的存在。）就是使意识具有"自为"的方面。从萨特哲学看，我意识到某个人物，我就变成了那个人物，等同于那个人物，这是十分荒唐的。在这种理解中，只看到意识是位置的，而没有看到，位置意识与非位置意识其实是一体的，决不可能出现一个没有非位置意识的位置意识。非位置意识不仅是位置意识存在的前提，而且制约着位置意识。

意识在意识到对象的同时也非位置地关注自身，萨特哲学的这一对概念告诉人们：

（1）意识在位置地把握对象的同时又受到非位置意识的制约，表明意识既不可能从一个理想的"全方位"角度去把握对象，也不可能不要任何视角和方位去把握对象。意识只能从一个特定存在出发去把握对象，以为意识能够从一个理想的视角、全能的视角、一个能够一劳永逸地把握对象的视角去介入对象，这是不可能的。换言之，这是只有全能的上帝才能做到的事情，上帝对于对象的把握能够撇开特殊的方位和视角，可以一次性、"全能"地把握对象，因为人们对上帝的规定就是"全能的"。作为人，非位置意识是意识能够位置地把握对象的前提，人的存在必然缺少上帝那种"全能"，因为人的存在是具体的，它扎根于现实中。想消除非位置意识、消除人的具体存在去把握对象，只能是幻想。

（2）由于位置意识总是与非位置意识相伴，永远不可能出现一个没有非位置意识的位置意识，因而意识要完整地把握对象就成为一个无限的过程。因为随着非位置意识变化，对象会不断地呈现新的不同侧面，这种显现过程会永远持续下去。这告诉人们，作为人，不管他多么伟大，多么富有智慧，也必须从非位置意识出发去把握对象，这个非位置意识是人与上帝把握对象的根本区别。上帝是全能的，它不需要慢慢地琢磨一个对象，不需要反复打量对象，先认识其外观，然后再深入内部逐渐把握其本质，上帝把握对象是一次性的，不需要一个认识过程。由浅入深、由表入里、越来越深入、越来越全面"逼近"对象，这是人的认识过程和特点，它对于上帝是多余的。上帝把握对象，不仅是一次性的，而且是一劳永逸的，只有上帝才能与对象合一，因为对象乃至整个世界都是上帝创造的，而且是一次性、一劳永逸地创造的。因而上帝就是对象，对象体现上帝的智慧，人不可能做到这一点，因为人永远只能从自己的存在出发去把握对象，这个非位置意识对于人是须臾不可离开的，这决定了人对对象的认识和创造必然呈现为无限的过程，决定了人对于对象的把握和创造必然不会是一次性的，更不可能是一劳永逸的。

（3）由此可以明白，对象之所以不会在位置意识的同时一次性地充实意识，对象之所以能够不断向意识呈现新的侧面，是因为意识显现对象总是扎根在非位置意识中，一个没有非位置意识的位置意识是不可理解的。正是由于人把握对象必然从非位置意识出发，所以人的认识必然是有限的，这种有限性就决定了任何个人都不可能垄断认识。不论他的认识多么深刻和全面，都不可能排除其它认识，不可能"消灭"后继的认识。绝对不可能出现这种情形：经过某人对于对象的把握，其他人再去认识对象的可能性已经完全消失了，人们只能永远停留在某人的认识上，某人对于对象的把握已经消除了后人在认识上的"超越性"。如果出现这种情形，就意味着某人已经把自己打造成上帝了。任何宣布把握了终极真理的行为，宣布其认识能够排除其他认识而成为唯一的认识行为，都是自欺欺人。

（4）意识在位置地把握对象时，非位置意识不可能直接呈现在位置意识中，犹如在镜头中人们只能看到对象，看不见使对象得以显现的镜头所在方位和拍摄角度。非位置意识的内容不会直接在位置意识中同步呈现出来，但这并不表明，非位置意识不存在，或像弗洛伊德所认为的，把在意识中没有直接显现的视为无意识。当意识处于位置意识的水平，它确实仅仅关注的是对象，这时非位置意识的内容没有在位置意识中同步显现出来，但萨特认为，这并不等于意识把握对象是完全无意识的，或者说，意识这样做是受到另一个无意识的支配。萨特认为，意识对于自己采取的视角是有意识的，只是未将其位置化而已。譬如，我在读小说，意识在位置地关注对象（小说），非位置意识实际上一定意识到我在干什么（我在看小说），只不过这个非位置意识的内容不会在位置意识中同步显现出来，即我在看小说时我关注的是小说而不会同时意识到我在看小说这种意识行为，更不会对这种意识行为进行分析。但如果此时你问我在干什么？我会立即回答，我在看小说。我在做出回答时，可能会中断阅读，这时我的位置意识会直接指向我的阅读行为，把我的阅读行为当作位置意识的对象来把握，可以对我的阅读行为进行反思。也有这种可能，即我的回答可能是漫不经心的，我在继续阅读小说的同时回答了你的提问，我没有中断或几乎没有中断我的位置意识，我仍然停留在我原来的位置意识上。

在萨特看来，像弗洛伊德那样，把无意识塞进意识中是非常危险的，因为非位置意识并不是无意识，它只是没有在位置意识中直接显现而已，这种没有直接显现并不表明它不存在，或其本性就是无意识。只要人们加以反思，就会意识到这个非位置意识的存在，非位置意识是反思的对象，它完全能够被意识到，它并不是什么无意识。

如果像弗洛伊德那样，把无意识理解为任何意识中形影不离的伴随因素，甚至意识还受到无意识的支配，这就彻底扭曲了意识。如果断定无意识是意识的一个必要成分，那么就会把意识理解为不透明的，意识就有被实体化的危险。弗洛伊德把意识看成是受无意识支配的，无意识是意识之外的另一个主宰意识的东西，这种做法就是让意识之外的东西来支配意识，这必然破坏意识的虚无本性，从而毁灭了意识。萨特认为，无论是无意识还是上帝、理性等都不能充塞和支配意识，因为意识扎根在虚无中。

（5）意识在位置地把握对象时受到非位置意识的制约，这个非位置意识本身是具体的、个别的，时刻处于变动中。也就是说，这个非位置意识始终扎根在虚无中，这是意识指向对象而又不会变成对象的重要原因。

9. 什么是意识?

意识是虚无,意识的存在不能像一个物件那样是一个实体。意识不是纯粹的虚无,因为意识就是对某物的意识,意识的存在离不开"物"。意识指向物,不可能摇身一变成为物,因为意识在位置地把握对象时受到非位置意识的制约。非位置意识总是独特的、具体的,它处于不断的流动中,不可能被任何概念或本质充实。任何一架意识的照相机都有一个视角,它无论如何不能为自己找到一个"绝对"视角,找到一个排斥了一切变化的唯一视角。意识的视角(非位置意识)如同照相机所处的方位和角度那样,总是个别的、具体的、独特的,总是处于不断地变化中,即总是扎根于虚无中。意识的本性扎根在虚无中,虚无是意识的命根子,取消了虚无,就等于消解和毁灭了意识。

10. 自由:存在先于本质

上面围绕着现象学意向性学说的基本命题"意识就是对某物的意识"进行了一番分析,得出的结论是:意识与虚无是二而一的。由于意识的本性就是虚无,因而人的存在就不能被任何一种本质、一种概念、一种使命、一种绝对之物所充实。萨特认为,人一旦被某种"东西"充实,就变成了物。人之所以是人,是因为他不能被任何东西所奠基,不能为任何东西所支配,所以只有人才有自由。人有自由,才区别物。虚无是意识的特性,自由就是人的特性。

萨特后来做出的区别是:对于人,存在先于本质,对于物,本质先于存在。这是说,物的本性是被充实,物的存在就是充实,而人的存在则是不能被充实,不能被充实是人的存在的根本特征。萨特举例说,一个墨水瓶,其存在就是先有本质,然后它才存在。墨水瓶在它还没有存在之前,关于它的设计已经完成了,有关墨水瓶的种种规定已经做好了,即墨水瓶的本质已经定型了。人们就是按照图纸设计的要求,按照对墨水瓶的本质规定,把它生产出来。这个墨水瓶以其实际存在来体现它的本质,它的本质先于并且规定着它的实际存在,这就是本质先于存在,这是物存在的普遍特征。

人首先存在,他与墨水瓶存在的最大不同是,没有任何本质先于人的存在、规定和充实人的存在,人的存在也不是为了要实现或体现某个本质。这就是说,对于人,没有任何东西能够先天地主宰和控制他。在萨特哲学看来,正是由于人的存在不是什么概念的体现,不受任何本质的控制,所以人才是自由的。

由于人的存在永远扎根在虚无中,人的存在先于本质,这决定了萨特哲学必然对一切宗教的创世说持否定态度。上帝创造世界、创造人，这是基督教教义的基本命题。如果认定人是上帝创造的，那么上帝在创造人时，必定赋予人某种本质。如果承认人是被上帝奠基的，是被上帝赋予的本质决定的，那么人的存在就只能体现这种本质，犹如墨水瓶的存在就只能体现已经规定好的本质，如此一来，人还能有自由吗？所以在萨特看来，如果神存在（一种能够对人充实的绝对之物存在），人就不存在，如果人存在（虚无存在），神就不存在，一种绝对之物对人的充实就不可能实现。上帝的存在与人的存在恰好是对立的，二者不能妥协和共存。肯定了上帝存在，就意味着取消人的自由。否定上帝，否定这个在所有对人限制中的最全面、最根本、终极的限制，人才能是自由的。

萨特哲学所说的自由，从消极方面看，是指人不能被定义、不能被充实（否则就是本质先于和决定存在）。从积极方面看，自由意味着人必须冲破一切束缚，打破一切限制，人必须把自己投入未来。

三、萨特哲学自由概念的特征

为准确理解萨特哲学所讲的自由，有必要把它与通常人们所说的自由在含义上加以比较和区别。

1. 自由与否定

传统哲学往往从"肯定"方面定义人的自由，萨特哲学则从"否定"方面定义人的自由。

亚里士多德认为人有理性，所以人才有自由，他视人为有理性的动物，"理性"就是对人的一个规定和肯定。康德认为具备道德和信仰，人才有自由，纯粹实践理性是人区别于动物的标志，也是人具有自由的标志，它们成为对人获得的自由的必要规定。中国儒家哲学认为，人必须孝敬父母，讲究孝道，方能与禽兽区别开来，"孝"成为对人的规定和要求。传统哲学往往通过一系列本质的规定把人与动物加以区别，从而见出人的自由。种种规定和肯定不断对人的存在进行充实，在这个基础上，才能见出人的自由，这是传统哲学把握自由的主要方式。

萨特哲学主张肯定的前提是否定，没有否定就没有肯定，因为位置意识的前提是非位置意识。引入非位置意识，就是引入存在，因为人必须从具体存在出发去把握对象，人永远不能摆脱自身的存在，即不能像神那样去把握对象。

由于位置意识总是受到非位置意识制约，这使人的存在永远无法被对象充实，人永远不能与对象合一。人总是与对象保持距离，总是要逃离和超越它，如此人才能意识它、把握它。换言之，意识只有在不是对象的情况下才能意识对象，人只有在不是其所是的情况下、只有在不被对象充实的情况下才能去把握对象。所以在萨特哲学看来，人的存在特征不是像传统哲学认定的那样是被规定、被充实，而是相反，人的存在基本特征是逃脱规定、超越规定，如此人才会有自由。物的存在特征是被规定，物的存在是为了体现规定它的本质。人的存在则不能被本质化，这个"不能被规定"就成为人与物的最大区别，也是人具有自由的根本保证。萨特强调意识是虚无，就是认为意识的特性是不能被规定的，一个墨水瓶的存在可以被规定，必然被规定，它无法逃脱规定，它本身就是规定，但人的存在如何规定呢？你可以用绳索捆住这棵树，用石块压住它的身体，但能够用这种方式限制意识的虚无吗？

当然，"不能被规定"的意思不是说人的存在与现实无关。如上所述，意识就是对某物的意识，人的存在必然要介入现实。介入现实当然要被现实规定，必然被现实规定，这一点确定无疑。但萨特哲学认为，人的存在受到规定，但又不能被完全规定，这才是人的存在特征。萨特讲人的存在先于本质，意思不是说人的存在与本质无关，而是强调人的存在没有先天的本质，人的存在能够在被规定的同时超越规定。超越的前提是要设定本质的存在，本质的存在为其被超越提供了可能。

物是被充实的规定，因而物的存在是"是其所是"，人不同于物的根本特征在于他在任何时刻受到本质规定的同时又超越了这些规定，因而人的存在是"是其所不是，不是其所是"，这是人具有自由的根本保障。传统哲学认为，具备……，人才成为人，人才是自由的。萨特哲学认为，不是……，超越……，人才成为人。在受到本质规定时，人又逃脱和超越了本质的规定，人才是自由的。传统哲学用一个又一个本质规定人、充实人，人不堪重负，人生就是一个被规定好、被纳入各种经验、传统、智慧轨道的大熔炉，经过反复锤炼，人不断被充实，才被视为自由的。萨特哲学认为，人不是在传统和经验的训导下按部就班、规规矩矩、逆来顺受地活着，而是要超越规定，人只有在否定中才能找到自由。人的使命是拥抱未来，开辟新的存在，在虚无中迎接新生。

2. 自由与介入

意识总是对某物的意识，意识必须介入到物中去，它才能实现自身。这就是说，人必须介入社会，面向他人，才会有自由。如果把自己孤立起来，与社会、与他人隔绝，就无法得到自由。《恶心》的主人公洛根丁孑然一身，无牵无挂，表面上看，这种独来独往很自由，但实际上这是自由的假象。单纯的意识、与社会不沾边的意识根本无法存在，这种貌似自由的"独来独往"实际上是对自由最肤浅的理解。洛根丁反省到，他的存在虽然不受限制，看上去很自由，但这种自由"有点像死亡"，这真是一语中的。离开了他人和社会，自由就变了味，它就不再是自由了。没有介入就没有自由，介入是自由的必要前提，这是萨特哲学界定自由的一个重要特征。把自己关在书斋中，躲在象牙塔里，与世无涉，表面上看很超然，实质上这种状况恰恰是对自由的背离。

萨特哲学倡导的是积极入世的自由，与中国老庄哲学倡导的远离社会、融入自然的自由大异其趣。老庄哲学也讲介入，但与萨特哲学所说的介入不同。老庄哲学主张介入到自然中，这种对纯净自然的向往正是为了逃避社会和他人。在老庄哲学看来，社会太黑暗，官场太险恶，介入其中非但无法实现理想，还可能招来杀身之祸。因而躲避污浊凶险的现实，回归自然，像陶渊明那样，采菊东篱下，与自然融为一体，过逍遥游的生活，就成为明智选择。萨特哲学所说的介入正是要介入到社会和他人中去，不管这种现实多么丑恶，多么危险，对人威胁多么大，必须介入，不能逃避。萨特哲学强调，现实越严酷，人实现自由的机会越多，实现自由的可能性越大。他曾经说，法国人从来没有像在德国法西斯入侵时那么自由。这种表述让人有些难以理解，德国法西斯的入侵是对法国人自由的干涉和剥夺，怎么能够说德国法西斯的入侵给法国人提供更多的自由，这不是明显的矛盾吗？萨特的话必须从存在主义的哲学语境去理解，他认为，当德国法西斯大兵压境，法国大片山河沦陷，作为法国人，你还能坐得住吗？在平时，也许你是一个懒散的人，是一个对一切都不闻不问的人，或者说你是一个只关心自己的人。可当法西斯匪徒在家门口杀人放火，你还能熟视无睹、坐视不理吗？在这一危难时刻，严酷的现实把人逼入绝境，唯一能够挽救人的就是自由。在拯救祖国的危急时刻，必须放弃、改变平日那种漠不关心、慢条斯理、得过且过、马马虎虎的生存状态，在这一时刻，人们必须重振精神，认真思考，做出判断，明确选择，付出行动，承担责任。现实不允许你再彷徨犹豫，在危急形势下，人的自由刻不容缓地要"迸发"出来。萨特哲学认为，自由只有通过介入才能显现出来，自由在严酷现实面前"更容易"显现出来。越是严酷的现实，越能见出人的自由。越是艰险的环境，越能够考验人的自由。从萨特哲学的这一立场看，老庄哲学讲的自由是对自由的严重"阉割"，是在牺牲人的存在和尊严的基础上的"苟且"，多少带有"偷生"意味，这种自由是非常有限和可怜的。

老庄哲学介入自然目的仍是追求"满足"。它认为社会太险恶，转而营造世外桃源，寄情山水，在其中流连忘返，把自然当作充实自身的对象。由于社会不能作为存在的奠基，自然的魅力方显重要，成为人的存在的有力支撑。老庄哲学主张介入的目的就是为了得到充实，人生的目的是为了得到满足。如果不能在社会的功名利禄中得到满足，就应该在自然的怀抱中得到满足。无论是面向社会还是面向自然，追求成功和圆满，追求充实，是传统人生哲学的基本目标。

萨特哲学倡导介入，不介入就没有自由，但介入后被充实，同样没有自由。萨特哲学主张介入的目的不是为了被充实，人生不是为了得到满足，"圆满"不是人生追求的目标，恰好相反，它是自由竭力逃避的。一旦圆满，一旦被充实，人就丧失了自由。

萨特哲学主张人在介入现实的同时又超越现实，超越是自由的主基调，自由是在不断超越中实现的。因而，自由与你实际上成为什么、与你实际上能够得到什么、与你对自己的确切定位无关，自由与你决定这样做、与你打算这样做有关。也就是说，自由与你成为英雄还是叛徒没有关系，仅仅与你自由地采取决定、做出选择有关。自由指的是，当介入时，没有任何人、任何强制力量能够左右你的决定，能够把你固定在单一的存在中。你是自由的，意指介入是你自己的选择，而且介入是一个持续过程，它没有终点，始终通向未来。传统哲学所追求的满足、成功、圆满恰好封闭了人的选择，它把选择看成是有限的，它只允许选择在介入的某个阶段上出现。换言之，它把介入之后实际上能够成为什么、得到什么、把被充实当作乐趣和理想。萨特哲学认为，这个"你实际上能够成为什么"非但不是自由，而是不自由。一当你成为什么，你就被本质化，就被充实，因而"成为什么"永远是超越的对象。在萨特哲学看来，人的存在是辩证的矛盾：人在是什么的同时又不是什么，人要不断超越其"所是"。人的超越必须以介入为前提，没有介入，谈不上自由。只有介入，没有超越，也谈不上自由。人的存在是在介入中的超越，同时又是在超越中的介入。自由是向未来开放的无限可能性，这决定了萨特哲学不看重目的，甚至取消了人生终极目的的设置。介入意味着行动，意味着对现实的改变，意味着去实现目的。但更重要的是，目的的实现不是指目的充实了人，而是指人在实现了目的的同时又超越了目的，萨特哲学强调的自由始终与超越相关，它关注的不是目的本身能否实现，何时实现，目的的实现能给人带来什么满足，而是人在任何境遇下是否能保持超越的能力。

介入是法国知识分子的传统，从雨果到左拉，从左拉到萨特都鲜明地体现了这一特征。介入是现代知识分子为自己赢得尊严的基本前提，也是知识分子的职责所在。一个现代知识分子，如果不敢面对现实，只把躲进书斋作为自己的人生之路，把与自然融为一体当作实现人生价值和享受的源泉，从萨特哲学看，这不仅仅是消极，实际上是懦夫的表现。知识分子如果回避介入，或只是有选择地介入，意味着他不敢或无力行动，不敢或无力承担责任。

只有介入才有选择，只有选择才有行动，只有行动才能承担责任，介入是实现自由的重要环节。

3. 自由：幸福与焦虑

在萨特哲学看来，不是人占有了什么，具有了什么特性，得到了什么好处，处于满足和享受中，人才是自由的。我千辛万苦找到一个好工作，全心全意投入其中，我得到了满意报酬，受到大家尊敬，活得很舒服、很自在，通常人们会把这种圆满实现目的的生活视为自由。自由就是得到了成功，我用行动实现了期望，得到了幸福，我证明了我自己。

萨特哲学所理解的自由与通常人们所说的获得成功、享受、实现目的和幸福的自由有很大不同。在波伏娃的小说《女宾》中，主人公皮埃尔彩排获得成功，他欣喜若狂，度过了一个激动人心的夜晚。但第二天，他成功的感觉马上烟消云散了。对于皮埃尔，失败固然惨痛，但成功"永远仅仅是毫无价值的阶段"。一旦获得成功，他立即为自己设想了更艰苦的任务。皮埃尔"从不沉湎于软弱的虚荣当中，但他也不善于体会出色完成工作后带来的安详快乐。"通常人们往往把自由理解为"出色完成工作后带来的安详快乐"，皮埃尔反其道而行之，他认为这种"安详的快乐"只是"软弱的虚荣"，停留在这种"毫无价值的阶段"根本不可能得到自由，实际上，在这种满足和被充实的境遇中，人与物的界限越来越模糊了。皮埃尔向往的是，人在成功的同时仍保持超越，人不能沉湎于成功中，他在成功的那一刻应为自己设想"更艰苦的任务"。也就是说，人的存在必须时刻扎根于虚无中，由此他才可能在成功中为自己保持一份自由。在波伏娃的这部小说中，皮埃尔的原型就是萨特。

萨特不追求荣誉，在生活中常常刻意逃避享受。萨特喜欢交际，但从不喜欢上流社会的交际，战后他经常参加伽利玛出版社的鸡尾酒会，出席这种场合的人大都有一定身份和地位，但萨特始终没有成为上流社会的人。以萨特的名望和能力，他完全可以比一般人得到更多的财富和享受，但萨特回忆说，他一生只吃过三次豪华宴席，而且是受邀和其他名人一起吃饭，萨特自己常常是在咖啡馆吃饭。萨特不仅逃避享受，甚至不喜欢让自己处于"放松"状态，朋友们坐在草地或沙发上，他喜欢坐在坚硬的岩石上，让自己的身体处于一种不舒适的状态。波伏娃躺在床上看书，她有时早上和晚上都这样处于舒服状态看书，但萨特坚持坐在书桌旁看书。而且他不坐扶手椅，只坐带有简单挺直靠背的硬椅。他的房间有一张扶手椅，那是留给来访者坐的，他认为坐扶手椅就是一种放松。萨特在精神上抵制、排斥放松，根本原因是，他认定放松就是一种懈怠。在他看来，人的存在不是一个凝固的事实，静止和满足不是人应有的存在状态。人是自由的，这个自由要求他必须超越，因而活动性是人时刻需要保持的，趋向未来、追求未来是人的根本特征。一切享受、一切放松、一切荣誉、一切舒适，都是对活动性的暂停、放弃和取消，它们都具有"惰性"，具有"过去"的特征。活动性就是不放松，放松就是对活动性的麻痹和阻碍。荣誉和享受这些惰性的东西在意象上显现的是"胶状"和"黏滞"，这是萨特最厌恶的东西。萨特不喜欢吃水生贝壳动物，重要原因就是因为它们带有黏液，这种黏滞物是原初的有机性，具有令人厌恶的缓慢运动。萨特喜欢的意象是趋向未来的"挣脱"和"超越"。当一位心理学家展示几张图片让萨特选择，其中有慢慢散步的人、一列快速奔驰的火车、一条走得很快的小船，萨特选择了船，因为它挣脱了水。

自由不是被目的充实，不是人圆满实现了自己的意图，得到了丰厚报酬，不是人经过一番拼搏，终于为自己营造了温暖的安乐窝，不是经过长途跋涉，历经千难万险，人们终于抵达了终点站，从此心安理得、踏踏实实地过上了稳当安宁的日子。所有舒适、稳妥、享受、踏实等都与自由无关，它们都是对自由的背离。萨特哲学看重的不是终点，不是那种稳如磐石的支撑。他的哲学给人们展示的是没有终点的漫漫长途，是没有任何支撑、悬在虚无中的那种揪心的"七上八下"，是一眼望不到边、让人不寒而栗的荒漠，是坚冰刚开始融化、到处是裂隙和挤压、没有任何安全感可言的冰面，是辨不清方向、找不到熟悉路径，一切都在变形的厚重的茫茫浓雾。萨特哲学认为，只有当人处于风险中、征途上，被悬于虚无中，一言蔽之，人在焦虑中才有自由。自由不是幸福与快乐，不是满足与安逸，而是与焦虑和苦恼相伴，这是萨特论述自由的一个鲜明特征。

萨特哲学把焦虑视为自由的表现，这个焦虑是经过现象学还原后呈现出来的，它与在现象学还原前，与人们在日常生活中感受到的种种不安、困惑、沮丧、无望等具体感受是有区别的。在日常生活中，人们常常因为各种原因感到焦虑，这种焦虑是短暂的，偶发的，因人而异的，它们不具有普遍性和必然性。某人在某一具体情境中遇到某一困难，为此焦虑不安，但对于一个稍有忍耐力和坚强的人，也许根本不会产生焦虑。当某人遇到困境产生焦虑，一旦从困境中摆脱出来，焦虑随即消失。如果人一生顺利，没有碰到什么难题困扰，或者当遇到困难，马上有贵人施以援手，他一生可能根本不知道焦虑的滋味。这些具体、偶发、短暂、个别的焦虑与萨特哲学所定义的对自由的焦虑体验不同，萨特哲学所说的焦虑不是个人在日常生活中的具体感受，而是在现象学还原基础上显现的一种普遍的、必然的、将人置于虚无中的哲学体验。自由必然把人置于超越的状态，自由的人必然会感受到被悬于虚无中的体验。有论者指出，在萨特那里，"焦虑只是指这样一种认识，即我们的各种价值都是我们自己的，它们完全取决于我们；任何事物、任何人，无论是上帝、教会或政党，都无法为我们的选择真正提供支持"①。焦虑的核心，就是指人被置于虚无中，他失去了一切依靠和支撑，他不得不靠自己做出判断和选择。

在自由中，人的存在被置于虚无中，人的安逸生活被破坏，人好像被置于荒野，他既无前路，也没有退路，周围既没有路标，没有向导，心中也没有上帝。他艰难前行，对未来心中无数。他要趟过的这条人生激流既没有桥，没有任何方位指示，河中也没有石块，甚至前面是否有路也无从知晓。你想从桥上走过这条河是不可能的，你想摸着石头过河也是不可能的，但是你必须想方设法跨过这条河。当人被置于这种虚无中，当他无所依傍、必须完全依靠自己时，自由才显现出来。在这种前路迷茫、充满艰险、危机四伏、挑战不断的情形下，焦虑和自由才显现出来。

有学者概括了萨特描述的人的三种存在类型：

第一种把人比喻为石头，这种人没有选择，总是生活在被动的习惯中，他在墨守成规的生活中是幸福的。他拒绝介入，拒绝为生活承担责任，他是消极、软弱、胆怯的，沉迷于自我，执著于过去，顽固得像一块坚硬物。萨特对这类人的态度是讽刺的。

第二种是把人比喻为植物，这种人缺乏勇气为行动承担责任，他的生存状态是黏稠的，柔软的，潮湿的，有点像沼泽。萨特最不喜欢的是这种人。

---

① A·C·丹图著、安延明译：《萨特》工人出版社 1986 年版，第 213 页。

第三种人既不是石头也不是植物，这种人受自由之苦，他没有能力为改善生活利用自由。其存在具有流动性，不会把自己一劳永逸地凝固在某一点上，或者随遇而安。面向未来，他准备斗争，敢于行动，承担责任。这种人在萨特看来是真正的人，是他仰慕和欣赏的。①

自由的人不是那种追求享受的人，不是那种安于现状的人，不是那种无法行动、无力承担责任的人。自由不是与幸福和快乐相联系，而是与焦虑和苦恼相伴。自由要求人不能陷于满足和停顿中，人必须一刻不停地处于超越中，自由要求人把超越的能力发挥到极致。

4. 人的存在扎根于自由

通常认为，在现实中人们常常受到压迫，没有自由，为摆脱和消除压迫，人必须争取自由。对自由的这种理解表明，自由不是内在地构成我们，而是在我们"之外"。如果设定自由在我们之外，就意味着我们的存在本身没有自由，需要从外部争取自由。所谓争取就是通过外在手段去获取，最明显、最常用的就是政治、军事和经济等手段。人通过积极斗争，甚至付出生命代价，去争取自己的自由。

在《苍蝇》中，朱庇特对俄瑞斯忒斯说："你不服从我可以，但作为人你总要服从点什么吧，你追求自由，服从自由，那好吧，我给自由。"这种对自由的理解方式是萨特哲学不能接受的，任何企图用外在方式给人自由，从外部把自由塞给人，最终都会导致对自由的剥夺。如果俄瑞斯忒斯本身没有自由，朱庇特能够从外部把自由恩赐给他，这意味着什么呢？意味着自由也是对人的充实，自由也可以变成从外部对人的控制，成为朱庇特统治人的手段，这实际上已经取消了自由。如果自由变成了恩赐，那么，何时恩赐、为什么恩赐、以什么方式恩赐、恩赐多少、何时收回恩赐等都成为问题，这非但使自由变得不牢靠，而且归根到底自由变成了人的期望，甚至是奢望。任何以外在方式理解的自由、以为能够用外在手段得到自由，或以外在方式把自由许诺给人们，最终都会导致把自由理解为不自由。

萨特哲学认为，意识的本性是虚无，所以自由对人不是身外之物，自由内在地构成了人本身，人存在的最根本的特征就是自由。自由无待外求，也无法通过外在的方式从外部得到，因为人的存在扎根自由，他无法逃脱自由的命

---

① *SARTRE'S NO EXIT & THE FLIES NOTES*，U. S. A. Gliffs Notes，Inc，1989，pp. 18 ~ 19.

运。在萨特哲学看来，自由对人不是理想，而是活生生的现实，自由不是遥远的目标，而是人无法摆脱的命运。说人是自由的，意思不是说人可以运用各种手段从外部得到什么，而是说，不论采取什么手段，人的存在都无法与自由分离。"除了自由外，我们别无本质；除了自由外，我们什么都不是，自由在人之初便附着在我们的本性之上。"① 这是萨特哲学对自由的独到看法。

5. 自由与自欺

虚无是意识的本性，自由就是人的"天性"，人注定是自由的，但这并不是说，每一个处于现实中的人每时每刻实际上都已经是自由的。现实情形是，人是自由的，但人常常不知道自己是自由的，常常不知不觉地掩盖、漠视自由，这就是萨特哲学所说的自欺。自欺的意思是：人没有认识到自己的自由本性而认为自己与物没有区别，自觉或不自觉地把自己等同于物。

既然自由是人的本性，人为什么不遵循自己的自由本性反而要逃避自由，用种种方式使自己处于自欺中？

通常人们理解的自由往往与幸福和欢乐等联系在一起，但萨特哲学认为，人在幸福和欢乐中没有自由，在满足状态中，自由会渐趋消失。萨特哲学认为，人在困苦和焦虑中才有自由，而困苦、焦虑表明人处于折磨中，因而承受痛苦是人们得到自由的必要代价。没有承受痛苦的能力，人就不敢正视自由，没有追求和忍受痛苦的愿望，人就无法承受自由。由于自由总是与焦虑绑在一起，大多数人"趋吉避凶"，实际上对自由常常抱着敬而远之的态度。

人被充实，感到脚下是坚实的，立场是稳固的，他得到支撑，受到保护，其内心是安宁和平静的。人被本质化、被物化虽然使人的存在变得单一，但也使人处于安逸和幸福中，人的那颗焦躁不安的心终于踏实下来，人在追求的漫漫途中终于发现了落脚处。每个人都希望得到安逸和舒适，都希望逃避苦恼和焦虑，人内心对获得满足和支撑的这种深深依赖感，对虚无的恐惧感，使自欺的倾向潜伏在每一个人心中。

对责任的逃避，对失败的辩解虽然是自欺产生的重要原因，但对自欺的理解不能限于人的主观选择和谋划。在萨特看来，自欺是人的存在结构本身固有的。由于意识的存在是内在性的否定，这使人的存在结构无法成为是其所是，因此，即便是在真诚的情况下，人自以为是其所是，或他试图成为是其所是，

---

① A·C·丹图著、安延明译：《萨特》，工人出版社 1986 年版，第 40 页。

但人的存在决定了它永远无法遂其所愿。一个真诚的人会发现自己处于自欺中，任何试图把人的存在变得单一和凝固的努力，都注定会失败。

自欺是萨特哲学研究的一个重要课题，它与自由密切相关。人是自由的，但人往往会逃避自由，这一矛盾在自欺中得到转化。

6. 自由与本质化

萨特哲学认为，人是一独异个体，不能以任何方式被任何东西所替代，不能以任何方式被充实。正是因为人不能被本质化，人的存在才会有独特性。这种独特性要求，人不能按照他人的模式生活，也不能按照习惯和传统方式生活，人不能把自己与他人混同，更不能把自己等同于物。由于人的存在是独特的，所以人只能依靠自己。人若把自己融合于他人，在群体的圈子里寻求寄托，他就可能漠视自己的自由。萨特哲学要求最大限度地发挥人的独特创造力，主张摆脱一切本质化束缚，把人置于无可依傍的虚无中。自由意味着人只能自己拯救自己，把希望寄托于集体或他人是对自由的严重误解。

萨特哲学不是专门讲给别人的，他用实际行动实践着自己的哲学。

譬如，萨特拒绝诺贝尔文学奖（其中当然包含着政治等因素的考虑），这一做法恰好体现了其哲学的要求。一个具有独创性的作家，为什么要把自己绑在某个团体的名义下呢？为什么要用"诺贝尔文学奖获得者"这样的称号来标明自己的身份呢？人为什么要用消灭自己独特性的方法来表明自己是什么人呢？人为什么总是追求磨平自己的特性，把自己纳入某个团体后才心安理得，他为什么如此嫉恨、百般遮掩自己的独特性呢？萨特的鲜明特征是：拒绝官方的一切荣誉和来自官方的一切标签。他晚年与波伏娃的谈话中指出："这些荣誉是一些人给另一些人的，而给荣誉的这些人，无论是给荣誉勋位还是给诺贝尔奖金，都没有资格给这荣誉。我无法想象谁有权利给康德、笛卡尔或歌德一项奖，这奖意味着现在你属于某一领域。我们把文学变成了一种有等级的实在，在这种文学中你处于这种或那种地位。我拒绝这样做，所以我拒绝一切荣誉。"[1] 萨特认为，人们已经把诺贝尔文学奖评价得过高了，实际上这种奖不说明任何东西，它们仅仅符合等级制度所给出的区别。可以说，接受了诺贝尔文学奖，就是承认一种等级区分，而承认等级区分，就是自愿把自己限制在某个特定的级别中，这与萨特哲学所讲的自由格格不入。萨特认为，文学扎根于

---

① 波伏娃著、黄忠晶译：《萨特传》，百花洲文艺出版社1996年版，第287页。

自由，是自由的对话，按照等级制度设计和安排的诺贝尔文学奖，整个思想完全是反文学的。等级制度与自由对立，它毁灭了人的价值，也毁灭了文学的价值。

二战结束后，戴高乐政府论功行赏，任命各级官员，颁发各种荣誉和头衔。当时马尔罗被任命为文化部长，阿隆被任命为副部长。大家都知道萨特拒绝一切荣誉，这是他不可动摇的信念，有人搞恶作剧，想让他难堪，就背着萨特，去他母亲那里，劝她同意接受勋位。萨特的母亲认为她的父亲有勋位，丈夫也有勋位，她的儿子也应有一个，于是就高兴地签了字。萨特对此茫然不知，后来一位朋友打电话给他，问他"是不是申请了荣誉勋位？"萨特大为惊讶，赶紧打电话给阿隆，表明自己的态度，请求取消荣誉勋位，要求阿隆立即坚决制止此事。阿隆起初觉得萨特有点不识抬举，政府颁发勋位，你还拒绝？许多人还争着要呢，但他还是按照萨特的意思办了。在萨特看来，接受荣誉勋位是一件不可思议的事情，一旦你接受荣誉勋位，就表明你承认这个等级制度，表明你不仅隶属于它，构成了它的一部分，而且还身体力行，参与维护了等级制度。当然，萨特不是没有接受过任何奖项，1940年，他的小说得到民众奖，这是人民党设立的奖项，萨特得到了一小笔奖金。他后来是这样为自己辩解的：那是在战争期间，战争已经剥夺了一切奖金或奖品价值。他正在打仗，忽然得到一笔钱，这是很好笑的事情，这笔钱可以让他过得更舒服一些。特别是那个时期他很拮据，经常靠波伏娃接济。萨特声明，尽管接受了奖金，他没有做与之有关的事情，他与人民党的作家也毫无共同之处。萨特认为，一个自由的人已经超越了任何可能给他提供的荣誉，任何荣誉都不能概括、评价、充实一个自由的人，任何荣誉都只是一些抽象标签，它们无法"对准"一个真正自由的人。

萨特与波伏娃的感情生活是人们津津乐道的一个话题，他们构筑的爱情生活很有特点。萨特与波伏娃互爱对方，这一点不容置疑。但与一般爱情不同的是，他们到了结婚年龄，既不举行结婚仪式，也不签订正式婚姻契约，而是过着同居生活。与一般同居生活不同，萨特与波伏娃同居在一起，但同时他们彼此又都有情人。萨特刚认识波伏娃，就对她开诚布公，声明他是多伴侣的，他不会把自己限制在一个女人身上或一次恋爱事件上。按世俗看法，俩人相好，就应厮守终身，纯洁爱情根本不容第三者插足。一旦出现第三者，为挽救爱情，通常做法是割断与第三者难分难舍的感情，回归爱情的"正途"。如果无法割舍，通常的做法是想方设法极力掩饰，甚至在露出马脚后也死不承认。令世人惊讶的是，萨特和波伏娃彼此都有"第三者"，而且他们相互坦白，不隐瞒自己的情人。在爱情问题上，他们追求的原则是力求透明，但不要求忠诚和纯洁。他们在事实上能否做到这一点是一个问题，但至少他们是这样宣称的，而且力图这样去做。萨特在前线服兵役期间几乎每天都给波伏娃写信，信中表达了对波伏娃热烈的爱，但同时也告诉波伏娃他收到其他女人的信，他看了信之后的感受等。萨特写到他对其他女人的感情时没有丝毫愧疚感，他好像完全没有感到这样做是冒犯了波伏娃，相反，他认为隐瞒才是罪过，把这一切坦率地讲出来是必要的。这样做不是为了求得内心平静，不是为了实现道德的要求，在他看来，只有把内心的一切和盘托出，只有这种毫无遮掩的坦率，才是彼此尊重的最佳途径。波伏娃没有因为萨特已经拥有自己，还和别的女人打得火热而愤愤不平，为了报复萨特，她也去寻找自己的情人。波伏娃确实有自己的情人，而且不止一个，但这不是为了报复萨特。波伏娃与这些情人的关系让她"刻骨铭心"，但同时她也真挚地爱着萨特。

这种"爱情生活"与传统的爱情截然不同：从传统观点看，萨特与波伏娃缔结的爱情关系完全是"大逆不道"，是对真正爱情的亵渎。有人就认为，萨特是借文坛名誉玩弄女学生的色鬼，而波伏娃把自己的学生介绍给萨特，就是帮他"拉皮条"，① 对他们的这种冒天下之大不韪的做法给予严厉谴责。波伏娃因为与自己学生的"不当"关系，丢掉了中学教师职位。

从萨特哲学看，传统一夫一妻制生活已经模式化，成为控制和禁锢人们感情生活的一道枷锁。人们依循常规而生活，浸淫其中，已经意识不到常规的存在，已经把常规当作自然，这就是海德格尔所说的"非本真"的存在状态。波伏娃质疑：为什么我一定要把自己的性倾向、性行为与某种特定的社会制度联系起来呢？为什么我一定要把自己的行为纳入到已被社会定型的规则中去呢？她认为，人与人的关系需要不断创造和发展，没有一种人际关系因为它历史悠久、因为它被大多数人认可和遵守就可以永远享有"霸权"，没有一种人际关系先天就可以制约人的一切行为，从而排除创造和选择一种新的人际关系的可能。换言之，萨特和波伏娃面向生活，首先提出的问题是：凭什么我一定要接受、承认、遵守大家都已经长期接受、承认、遵守的规则和制度呢？在过去，这些社会制度、这些人们长期恪守的社会关系类型也许具有合理性，但对于未来，它们也必然具有合理性吗？为什么我就不能质疑它们从而超越它

---

① 董鼎山著：《纽约客 书林漫步》，百花文艺出版社 2001 年版，第 206 页。

们呢?

7. 自由与选择

在通常的用法中，"自由"带有褒义。既然自由是人们朝思暮想的，是人们付出了艰巨代价后才争取到的，自由与幸福和欢乐的生活联系在一起，它在人们的心目中就具有特殊分量，占有崇高地位。自由是神圣和庄严的，说到自由，人们心里常常激起崇敬的心情。

在萨特哲学中，自由有时也带有这种庄严和神圣的色彩。在反对上帝的斗争中，萨特的基本立场是坚持人是自由的，强调人的自由在任何情形下都不可剥夺，即便是上帝，对人是自由的这个事实也无可奈何。在这种境遇下，萨特哲学的自由概念也带有褒义的色彩。

萨特反对上帝的斗争与通常人们所理解的争取自由的斗争是有区别的。通常人们认为，在现实中没有自由，通过斗争，人们赢得了自由。萨特哲学反对上帝，不是说人本身没有自由，通过斗争，从上帝那里为自己争得了自由。萨特哲学认为，通过与上帝的斗争，人认识到自身原本就是自由的，他恢复了他自身的自由，这使上帝的存在成为多余的。

萨特哲学把人的存在界定为自由，这个自由首先是选择的自由，选择是自由迈出的关键一步。没有选择，就谈不上自由。选择常常是艰难的，痛苦的，它把人置于焦虑的境地。

在萨特看来，人面对任何境遇都有自主选择的可能。即便被关在牢房中，捆住四肢，动弹不得，人仍能够表现自由。因为在这种情境下，他仍然面临着选择，仍可以进行选择。外在的强制禁锢了人的身体，但无法限制、取消他的自由。萨特哲学认为，人通过自己的判断和选择，对情境自主做出反应，其行为就是自由的表现。自由首先意味着人把自己置于选择的境遇中，而选择总要面向现实，面对压力。不面向现实，就谈不上选择。不可否认，人在巨大压力下可能会崩溃，但这只是一瞬间，一旦人正视压力，对其虚无化，一旦压力成为关注对象，人们实际上已经逃脱了强制，把自己置于超越的境地。因而，那些声称在压力下屈服，在强制下不得已做出的选择，在萨特看来，都是自欺。面对同样的压力，有的人选择做英雄，有的选择当叛徒，不是外在压力要求人们如何做，实际上最终还是人们自己选择怎么做。在任何境遇下，客观上总是存在着选择的可能性。

自由是人在现实面前自主的选择，这个选择来自他自身，是经过他的判断、他的考虑、他的定夺做出的，所以只有他才能为自己的选择负责。至于人究竟选择了什么，选择能够给他带来什么，这个选择是依据什么标准做出的，它遵循的是什么原则，最终在现实中造成了什么效果，这一切萨特哲学并不关注，或者说它"回避"了这些与选择相关的问题。萨特哲学的立脚点是选择，而不是选择的结果。它关注的是选择的自主性，而不是选择带来的"实惠"。这就是说，"我们不可能是我们选择的东西，而只能是选择这种东西的行动"①。你选择了什么并不重要，关键是你能否自主地做出选择，不是你选择了什么证明你是自由的，而是自主选择本身证明你是自由的。在《存在与虚无》中，萨特强调，选择不可能有一个普遍标准，不可能有一个让所有人都信奉和依据的原则，萨特哲学杜绝了把选择建立在一切外在依据、外在支撑上的企图，因此，一个人做出的选择只能由他个人负责。

　　萨特哲学对自由的这种理解与传统看法很不一样。通常人们认为，我选择做英雄，这是自由的表现，自由是与做英雄这种"善举"联系在一起的，是与普遍的善的原则联系在一起的。如果选择当叛徒，这种可耻行为违背了道德，它与自由背道而驰，人们一般不会把选择当叛徒视为自由的表现。换言之，在通常看法中，自由不仅意味着选择，更重要的是，要看你选择了什么，要看你是依据什么标准去选择，要看选择在现实中造成的结果是否符合道德的普遍原则。但按萨特哲学，如果依据现实的要求去选择，或按某种普遍的原则去做出选择，自由就消失了。因为现实也好，原则也好，它们都是外在的，都是所谓本质，都是对人充实的力量。萨特哲学坚决反对，人不经过选择，稀里糊涂地就行动了，这种盲目的被充实不是自由。同时萨特哲学坚决反对，抽象普遍的原则"天然"地就对人的选择和行动具有制约力，反对人在现实面前为选择寻求任何外在依据和支撑，反对把自己的选择建立在各种各样的外在理由和原则上。萨特哲学的反对只有一个目的，那就是：它认为唯一能够为选择提供支撑的是人的自由，选择只能来自人的自由。一个战士，在酷刑折磨下，宁死不屈，他用行动证明了自己是一个英雄，这一选择和行动彰显了他的自由。同样，在酷刑折磨下，一个人选择当叛徒，他认为当叛徒对于他的未来是一种值得的选择，他宁可当叛徒也要活下去，这一选择也是他自由的表现。在萨特哲学中，自由不是一个纯粹的褒义词，因为它只关乎选择，而与选择的依据和结果没有关系。萨特曾经举过一个例子，一个学生向他请教，他是应该留在家中照顾病弱的母亲还是毅然奔赴前线参加战斗？萨特的回答是，他认为任

---

①　A·C·丹图著、安延明译：《萨特》，工人出版社1986年版，第40页。

何人都不可能为这个学生提供"指导"性的答案，不论他有多么丰富的人生经验，也不论他具有多少权威性，都无法替代这个学生做出选择。没有一个普遍性原则能够指导人做出选择，无论怎样，这个学生必须自己做出决定，旁人无法越俎代庖。关键是，如果他是自由的，他就不能寄望于那些外在力量（原则、情势、权威等）来为自己做出选择，所以萨特的建议是：他只能自己做出选择，然后为这个选择负责。

萨特哲学强调存在的偶然性，反对用任何普遍观念和原则支配人，不管它们多么正确、多么权威。从一方面看，由于萨特哲学排除了一切本质和必然性的强制，让偶然性在人的存在中"落地生根"，它结出的当然是个别和具体的"花朵"。萨特哲学所说的自由是个人的自由，而不是群体的自由。它所说的选择是个人的选择，而不是超越个人之上、按照某种普遍原则做出的选择。

但是，任何个体自主的选择在超越原则的同时又可能"潜在"地指向原则。一个人在做出选择时也许可以违背时代潮流，违背大多数人意志，违背普遍原则，他的选择具有个体性、独特性，可以彰显他的自由。但这个设定是有限的，如果以此推论，说个人选择可以一劳永逸地排除一切原则，选择永远是独特的，这个结论无法成立。因为任何违背原则的行为实际上也是在建立原则，任何逃脱本质的行为实际上又趋向本质，而且任何选择都会在现实中激起反响，会触及人们的利益。从这个角度看，选择不可能是纯粹个人的，也不会是纯粹自由的。任何独特性的选择虽与超越有关，但也与超越个体的社会有关。

人不能受外在力量和环境的支配，这是选择的基本要义，也是萨特自由哲学最核心的内容。这种自由观念渗透萨特本人的生活，成为他生活的态度和习惯。

波伏娃曾经指出萨特的一些"怪癖"：当别人向他请教、向他咨询某些问题，他非常大度慷慨，喜欢满足别人。但萨特非常不愿意求人，对求人持厌恶态度。有一次在意大利旅行，他们在那不勒斯迷路了，波伏娃打算询问当地人，但萨特固执地反对这样做。波伏娃不明白，萨特经常帮助别人，作为互惠，要求别人帮助一下有何不可？为什么在这样一件小事上萨特却如此"较真"，为什么对别人的帮助持保留、拒绝态度？难道要求别人帮助就是祈求别人，就是低三下四吗？萨特解释说，遇到事情征求别人意见，就是把自己寄托在别人的"主观性"上，如果别人说向左转，我就向左转，说向右走，我就向右走，在这种情形下，我没有自己的判断，完全依赖别人，只能随着别人的指挥棒转。萨特在生活中竭力把这种被别人主观性支配的机会减少，力争把无所作为、只听从别人劝诫的可能性降到最低限度。波伏娃争辩说，向别人问路，别人会如实回答你，多半会像地图那样回答你，这根本不是什么主观性，不会使你处于依赖地位。萨特承认波伏娃说得对，但解释说，他以前这样做是出于害羞，后来就成了习惯，哪怕在很小的事情上，总是要求自己判断、自己动手。萨特后来身体每况愈下，头脑不像以前那样机敏，手脚也不灵活了，需要别人照顾。但在这种境遇中，他还是尽量不求人，他不喜欢被别人帮助，完全依赖别人是他不能接受的。波伏娃证实，在咖啡馆吃饭，侍者递给他东西，尽管这是侍者的职责，萨特接受时也有点不自然。对于萨特，自由意味着摆脱一切依赖和支配，意味着完全的独立和自主，但在生活中，支配人、把人变成被动者、使人处于依赖地位的机会可是无孔不入啊！

8. 人是一种"无用的激情"

人要保持自由，必须在介入的同时抗拒各种各样的本质化。本质化的危险来自社会、传统、道德、来自他人等方方面面。社会以其巨大的身躯将意识的虚无挤压干净，道德以其坚硬的本质塑造人的身心，传统则把人限定在既往的生活方式上，而他人通过简单的一瞥就能定义我，将我归类，把我凝固和定格在一个本质中。这些强大的本质化威胁侵蚀人的整个身心，在它们面前，个人显得渺小、脆弱、无力。存在主义清醒地认识到，在强大的各种各样的本质化威胁面前，个人往往是微不足道的，其存在是窒息的，疲惫的，这就是存在主义常常把世界视为阴郁、压抑的主要原因。

另一方面，意识的"天性"就是介入，意识的介入不仅是自觉的，主动的，积极的，而且是持久的，有力的，且不断"花样翻新"。像《恶心》中的自学者，《存在与虚无》中的侍者，他们不仅要介入，而且要与"物"融为一体。侍者千方百计地把自己的整个存在塞进"侍者"概念的规定中，自学者的使命就是不断用知识充实自身。然而，意识之所以是意识，就是因为它不能被充实。意识的本性要求它必须介入到物中，但又不能被物充实。在萨特看来，即便是自学者和侍者这类人物使尽浑身解数，也无法做到与物完全融合，无法消除意识的虚无本性。在这一意义上，人是一种"无用的激情"，侍者想成为"侍者神"是永远无法实现的。人的未来永远悬在虚无中，对于人，世界既不可能是美好的，未来也不可能一片光明，谁都无法对存在做出规定，对未来做出承诺。在存在主义者的阴郁目光下，存在是让人厌恶的，未来是折磨人的，世界是令人恶心的。

　　上面从现象学意向性学说入手，对萨特哲学自由概念的基本含义进行了分析和梳理，把萨特哲学的自由概念与人们通常所理解的自由概念进行了比较，目的是使读者能够大致把握萨特哲学自由概念的基本内容。掌握萨特哲学自由概念的基本含义，这对阅读和理解萨特的文学作品会有莫大帮助。

第三章

世界为什么是恶心的？——对《恶心》的分析

一、创作概况

一般认为，《恶心》的创作是从 1931 年到 1936 年。小说的第一个版本据说是萨特 1931 年写的文章《论偶然性》，1934 年萨特在柏林期间完成了第二版的修改，直到 1936 年完成第三版的修订，并改名为《忧郁》。① 波伏娃证实，萨特当年在德国学习现象学，上午读书，下午写作《恶心》。萨特回忆说，1934 年他在德国学习现象学的时候，"从早上一直到下午两点，是搞哲学。然后吃点东西，五点左右返回，写《恶心》"②。

萨特曾把这部小说的开头部分给波伏娃看，他急需知道波伏娃的看法。波伏娃很喜欢这部书，读得非常仔细，给予萨特热情鼓励和坚定有力的支持。波伏娃不是泛泛地口头支持，她对创作给出了具体意见。她建议萨特把对偶然性这一哲学主题的研究融入小说真实场景的描绘中去，并对小说的润色花费了巨大精力。在她的督促下，萨特前后多次对小说做了修改。萨特作品读者众多，波伏娃始终占据着特别的位置，萨特非常重视她的看法，并且努力按照她的要求去做。萨特说，作品发表后，他几乎看了所有的评论文章，一无所获。但波伏娃的批评不同，萨特认为只有波伏娃才能真正理解他的作品，她的建议是真正有益的，萨特不在乎许多评论家的意见，但终其一生，他非常重视波伏娃的批评。

1936 年，萨特通过尼赞把小说交给著名出版商伽利玛。萨特创作这部小说用力甚勤，当时他在文坛上默默无闻，巴黎高师的许多同学已经崭露头角。阿隆不时发表文章，已经小有名气，尼赞亦不甘落后，也出版了自己的作品，

---

① 参见萨特著、潘培庆译：《词语》，三联书店 1989 年版，第 193～194 页。
② 波伏娃著、黄忠晶译：《萨特传》，百花洲文艺出版社 1996 年版，第 178 页。

唯独萨特此时默默无名。萨特对此书寄予厚望，希望凭借它在文坛上能够一炮打响。他非常自信，充满期待，不料迎头一盆冷水，小说被拒绝出版，这一晴天霹雳式的打击令萨特伤心欲绝，难道多年心血换来的就是被轻蔑和拒绝？萨特震怒了："我把我的一切都投入到这本小说里了，拒绝了它就等于拒绝了我。"后来萨特对波伏娃提到此事时仍忍不住涕泪俱下，这在他是很少有的。但出版社的拒绝并没有击垮萨特，他对自己充满信心，他相信自己的才能。多年后萨特回忆说，虽然他在《恶心》上花了功夫，拒绝出版着实让他吃惊，但那时他更多的是把出版太当回事了。萨特说："一个真正的天才，我想象的天才，在这种情况下会付之一笑，说，'啊，不给我出版。好吧……'"① 这是事隔多年之后才有的潇洒。

在尼赞斡旋下，伽利玛又亲自看了一遍小说，这一次他为自己找了一个台阶，说他唯一反对的是小说的名字，建议改名叫"恶心"（Nausea）。小说被删去了四十页，萨特表示接受这些改动，伽利玛遂安排于 1938 年出版此书。

萨特原先把小说命名为忧郁，后改名为"恶心"，在中文翻译中，在不同的翻译家那里小说有不同名称，常见的有：恶心、厌恶、呕吐等。作品出版时萨特仍在中学教书，凭借此书他在文坛上崭露头角，实现了当作家的抱负。

萨特写作此书时约三十岁，他的经历主要是读书、写作和研究，在学校里度过了大部分时光。萨特创作《恶心》依靠的不是生活素材和阅历的丰富，而是头脑中储备的大量观念和理论。萨特曾经说过，他十六岁时，在哲学班一年级，他的头脑构想了一大堆观念。他观察世界，就是从这些观念出发的。萨特强调，他对世界的揭示不是通过观察世界，而是通过词语的组合，在这种组合中掌握真实的事物。② 萨特的作品与当时社会生活缺乏直接联系，而与哲学（现象学）有密切关系。哲学不仅为萨特提供了世界观，教给他理解和把握世界的具体方式，还为萨特的文学创作提供了独特视角和主题，它为萨特体验世界和表现世界奠定了基础。哲学对萨特的文学创作具有积极的指导意义，阅读《恶心》，读者对这一点会有深切体会。

二、小说梗概

《恶心》被称为"论文式"小说，它缺少一般小说的人物塑造，也没有传

---

① 波伏娃著、黄忠晶译：《萨特传》，百花洲文艺出版社 1996 年版，第 180 页。
② 同上书，第 158 页。

统小说波澜起伏的情节构思，结构很松散。小说以偶然性为主题，背景是一个虚构的海港城市，以萨特中学任教的城市勒阿弗尔为原型。主人公叫洛根丁（Antoine Roquentin），是一个三十岁左右的知识分子，他来到这座城市，目的是要完成一部历史传记的写作。

洛根丁举目无亲，生活孤独，与这座城市格格不入。他每天的主要日程是去图书馆，在那里他结识了自学者，这是萨特着意刻画的一个人物。洛根丁与自学者开始了交往，他被自学者"友谊"（befriended）了。① 自学者是他在这座城市唯一的朋友，但对这个朋友，洛根丁内心充满了鄙视和厌恶。

洛根丁最显著的特征是饱受周期性发作的恶心折磨。恶心的发作，不是因为洛根丁身体的原因，而是由于生活的偶然性和虚无意义导致的。其实撰写传记不是洛根丁必须完成的任务，他没有承担任何必须的工作。洛根丁不是要在学术上进行什么钻研，只是一时对某个人物产生兴趣罢了。他可以突然间废寝忘食，发奋工作，也可以没来由地就放弃手头的一切。从常人目光看，洛根丁无所事事、游手好闲，衣食无忧，自由自在，没有任何生活压力，他能有什么烦恼呢？但这种闲云野鹤、悠闲自在的生活没有给他带来快乐和幸福，反而令他不时为恶心所困扰。洛根丁体验到的恶心不是一般人所说的呕吐，其烦闷也与大多数人感受到的苦恼有别，为柴米油盐而煎熬的凡夫俗子们大概很难感受到洛根丁的内心世界，也无法理解身体健康的洛根丁为什么频频被"恶心"所累。把握这部小说的关键是解释洛根丁为什么会周期性地感到恶心，这种恶心的确切含义是什么？萨特表现恶心的真正意图是什么？

小说采用的是日记体，这是一种特别的结构手法和叙述方式，它力图造成这样的效果：摆在读者面前的是一本新发现的日记，是某人对自己生活的真实记录。由于采用日记体，有第一人称视角的方便，"我"的叙述如鱼得水。其实，洛根丁的"日记"与真正的日记有很大区别，生活中很少有人像洛根丁这样写日记的。从日记角度看，作品中许多描写是多余的，但它对小说的艺术表现非常重要。

三、《恶心》与现象学

二十世纪三十年代初，萨特对现象学产生浓厚兴趣，从此，现象学成为其

---

① Gary Cox, *Sartre And Fiction*, Continuum International Publishing Group, 2009, p. 85.

哲学的基本视角。《恶心》的创作与萨特接受现象学恰好处于同一时期，这使这部作品带有浓郁的现象学基调。有学者指出："《恶心》中描绘了后来于1943 年出版的《存在与虚无》中现象学的基本构架，有关栗子树根的描写就是关键。"① 萨特当时在德国一边研究现象学，一边创作小说，这部作品预示了萨特现象学的一些基本特征。

小说一开始就表明了作者所要遵循的现象学原则，它强调这部日记不是作者主观想象的记录，不是个人生活的流水账。日记的作者注重观察对象，注重观察在"我"的视野中呈现的对象。作者不仅关注存在物，更重视回归存在，重视对存在本身进行细致入微的描述。这种描写方式就是现象学标榜的"回到事物本身"，这一点特别重要，它不仅体现了现象学的精髓，也为小说富有魅力的艺术表现打下了基础。

"回到事物本身"并不是要回到作为客观对象的事物上去，不是要回到作为具体事务的存在物上去。不是把事物视为一个独立对象，在描写中追求显现事物的客观性，显现事物在特定时空中的某个客观特征，并将其凝固为事物本身的永恒特征。相反，现象学要破除的恰恰是"自然的态度"，它通过对出现于眼前的"客观对象"的解构，关注存在物背后发现的存在。不是人们习以为常的存在物，不是传统哲学和科学所要把握的具体客观事物，而是使这些事物得以发生的存在，存在成为一切事物的源头，成为现象学所要把握的特殊"对象"。"回到事物本身"就是要从日常生活中人们已经司空见惯的存在物回到事物的存在，这种现象学态度是我们了解小说艺术表现的关键。

在《恶心》中，不仅主人公看待世界的态度是现象学的，而且艺术表现也借用了现象学的方法。如小说对公园中橡树的描写，就与现象学的"还原"方法有密切关系。如果读者对现象学的观念很陌生，对作者的这种描写难免会感到莫名其妙：为什么好端端的一棵橡树，经过描写，会呈现出这样一幅面貌，为什么作者要把人们熟悉的橡树"扭曲"成这个样子？读者阅读《恶心》，面对作品中许多令人"不可思议"的描写，经常萦绕心头的一个问题是：作者为什么要在描写中毫不留情地"破坏"人们已经熟悉和习惯的对象以及它们所具有的种种"客观"特征，作者为什么要把美好现实描绘成这样一幅丑陋样态？这些问题在对现象学态度有了一个基本了解后就可迎刃而解，

---

① Alistair Rolls and Elizabeth Rechniewski, *Sartre·s Nausea Text，Context，Intertext*, ⓒ Editions Rodopi B. V. , Amsterdam - New York NY, 2005, p. 3.

在读者对现象学的基本观念有所把握后，可以发现作者如此描写的良苦用心。

评论界公认，《恶心》是萨特小说哲学内涵最为丰富的作品。现象学是这篇小说的基石，萨特的全部描写都奠基在他所理解的现象学上，包括小说中经常出现的几个重要概念，如恶心、荒谬、多余、偶然性等，都与对世界的现象学态度有密切关系。

四、什么是"恶心"？

"恶心"在小说中反复出现，是贯穿小说的中心概念，也是作品表达的重要主题。恶心的含义是什么？为什么作者要表现恶心？这种表现要说明什么问题，达到什么目的，有什么意义？把这些问题搞清楚，就可以理解萨特的创作初衷，把握其基本意图。

首先应指出，这个带大写字母的恶心（Nausea）不同于我们从反胃或呕吐等令人作呕的事物中体验到的恶心，应把它与日常生活中的恶心区别开来。

萨特表现的恶心面对的是存在（being），透露出过剩、偶然性和荒谬性等含义。恶心是萨特设计的面对存在的一种独特意识，是为了表达对现实的不适、疏远、憎恶、拒绝进而要解构世界而在艺术上为其主人公构思的独特反应。

日常生活中，面对强烈反感的东西，会产生恶心，恶心表达了我们对这类事物的厌恶，恶心的对象至少是令人不舒适的。面对一盘色香味俱全的炒肉肠，它会勾起我们的欲望，使我们馋涎欲滴。但在交通事故现场看到被肇事车辆碾压的尸体肉肠外翻，就会令我们产生恶心，甚至会恶心得让我们转过身去。日常生活中，恶心的对象令人感到强烈不适，令我们呕吐，产生极度反感。面对它们，人们会捂住鼻子，闭上眼睛。人们具有抗拒、逃避恶心对象的"本能"。

被碾压的尸体令大多数人感到恶心，但对医生，肉肠外翻是其职业必须面对和处理的，在抢救病人的过程中，医生的职业要求他不应产生恶心，否则他就不是一个合格的医生。同样是肉肠外翻，对大多数人，它是令人恶心的对象，但对于医生，在从事救死扶伤的本职工作时，肉肠外翻是他必须冷静处理的对象，而不能成为恶心的对象。由此可见，日常生活中的恶心具有相对性，同样的对象在不同时刻、不同场合、对不同人具有不同意义。

萨特表现的恶心不是单纯的生理感受，生理感受因人而异，因对象而异，因时间和场合而异，具有相对性和有限性。萨特所表现的恶心是经过现象学还原得到的，它是一种哲学体验，不是某时某地某人针对某个具体对象的特殊反应。这种哲学体验的恶心具有绝对性和普遍性，不会因人而异，对每一个人都是有效的。有学者指出，恶心作为一种意识状态，它是一个意向性概念，不同于恶心作为一般的生理反应。作为意识状态，恶心指向对象，作为生理状态，恶心仅仅有其原因，但没有对象。一个人吃了过多的泡菜可能引起恶心，泡菜是造成恶心的原因，但恶心并非总关涉泡菜。事实上，作为生理反应的恶心不指向任何对象，它就只是恶心而已。① 对于生理感受，泡菜可能是造成恶心的原因，也可能是提供快感的原因，对于张三是恶心的原因，对于李四可能是快感的原因。在小说中，恶心不是由像泡菜这样的事物引发的，而是指向对象。恶心面对的是什么对象呢？就是存在，只有当面向存在，洛根丁才产生恶心。其实，这种哲理性感受不仅洛根丁会体验到，其他人面对存在，也会像洛根丁一样，体验到恶心。

要理解萨特所表现的恶心，关键是要了解他对存在的看法。

众所周知，在人类存在以前，宇宙和地球就存在了，这种存在就只是存在而已，它是"自在的"。基督教不同意这一判断，认为存在不能是自在的，因为万事万物皆为上帝所造，世界的存在是被上帝奠基的。根据这种认识，存在只能是"它在的"，存在必须有一个来源，在源头上必须设定上帝的存在。在本体论上，要解释存在的发生，就必须溯源于上帝，把存在视为上帝创造的结果。萨特坚决反对上帝创世说，认为存在不能被任何东西奠基，存在就是其自身，存在是自在的，它存在着，如此而已。

如果存在是自在的，其背后什么也没有，那么存在就没有解释、无法解释，不必解释，也不能解释。如果能够在存在背后发现上帝，或者其它任何能够支撑存在的东西，那么存在必然有解释、必然能够被解释。萨特认为，存在的背后什么也没有，存在没有任何支撑，因而不能问存在从哪里来，存在的来源是什么，它为什么存在，它存在的理由、根据是什么等。一旦向存在提出诸如此类的问题，就意味着要对存在进行解释，意味着为存在寻求奠基。循着这条道路追溯，必然会找到上帝。萨特认为，既然上帝不创造世界，就不能用它来解释存在，存在就是存在，而不是不存在。存在没有原因，不能解释，这决定了存在从根本上说是荒谬的。荒谬的意思是：一个东西存在，但没有原因，没有理由，没有解释。通常人们认为，一个东西存在，它具有意义，意味着它能够被解释，它具有自己存在的原因和依据。当人们能够解释这个事物，它对

---

① A·C·丹图著、安延明译：《萨特》，工人出版社 1986 年版，第 67 页。

我们就不再是陌生的了，在我们眼中，其存在就具有合理性和必然性。这里，合理性与荒谬性是相对的概念，荒谬的东西没有解释，无法解释，它超越和拒绝了一切解释，它只是"在"那里。合理性的东西是经过解释之后呈现在我们眼前的，它已经被"定性"和"定位"，其意义和功能已经清晰地呈现在人们眼前。

萨特认为，自在的存在是完全"实心"的，其中没有一丝虚无，它是"是其所是"。这种完全肯定性的存在不能否定自身，所有时间、区分、生长、毁灭、呈现等变化，都不能在存在本身中发现。因而自在的存在就是没有变化、没有生长、没有毁灭、没有时间、没有区分的"黑糊糊的一堆"。自在的存在是没有意义、没有价值的荒谬存在。

当意识面向自在的存在，对其虚无化，才能显现出世界。人们面对的是一个有价值、有意义、有组织的世界，通过意识的虚无化，才能显现这样的世界。因此，在萨特那里，存在与世界有联系，但二者不能画等号。自在的存在是世界存在的前提，没有它，什么都不能存在，但这个存在本身还不是世界。这就是说，人们所说的世界，已经建立在意识的虚无化基础上，是经过了"解释"后呈现在人们面前的。世界力求显现出合理性，竭力捍卫其合理性，它不断使对种种合理性的诠释具有有效性，而且用尽一切手段让它们深入人心。总之，世界的存在显现出其规则性、秩序性、公正性，在一定意义上还呈现出它的完美性和理想性。在人们眼中，世界的存在符合规律，符合逻辑，它有足够的支撑，由此人们才感到和谐与安宁。

现在，如果对世界产生质疑，认为其逻辑是虚假的，其合理性只是杜撰，如果人们厌恶这个世界，认为其规则和秩序是有意制造出来麻痹我们的"骗局"，人们对这个世界产生不满，要"摧毁"它。请注意，不是对这个世界的某个部分感到厌恶，而是对它的整体存在产生质疑，是对整个世界的存在及其存在方式产生质疑，那么，人们对它的批判就是彻底解构其存在的合理性，使人们长期坚信的对这个世界的种种合法性解释无效，或者干脆把对世界的种种解释和辩护统统"加括号"，使它们完全不起任何作用。如果把披在世界表面上种种合理性的外衣统统剥除，把世界还原到存在中去，人们面对的就是存在的荒谬性，这时人们的感受就是恶心。从现象学操作看，这就是回到事物本身。

小说表现的是，如果人们面对的是一个合理世界，面对的是由逻辑和理性构建的种种秩序和制度，面对的是负载着各种意义的具体对象，通常人们的反应是"正常"的，不会有丝毫的恶心。因为这是一个人们熟悉和习惯的世界，大多数人都认为它"理当如此"。面对这样的世界，人们既不会感到陌生，也不会感到异样，人们对它的反应是平静和充实的，甚至是欣慰和自豪的。但一旦把这些表明合理性的秩序解构掉，把世界还原到它的存在，人们面对的就是荒谬性。由于一切解释都失效了，面对荒谬性的存在，人们的反应是手足无措，感到强烈的愕然和困惑，产生严重的不适感。世界的合理性与存在的荒谬性具有强烈的"错位"，在洛根丁看来，"合理性"只是披在荒诞世界上的一张"遮羞布"，它由脆弱的理性和苍白的逻辑编织出来，貌似恒久坚实，实则千疮百孔。一旦对其进行现象学还原，一旦人们严肃地探求这个世界的真正本源，就会发现，理性和逻辑什么也说明不了。

面对荒谬的存在，洛根丁的反应就是恶心，这种恶心不是对日常生活中某个具体对象的厌恶，不是在某个令人反感的事物面前的反胃或呕吐。恶心指向的是荒谬的存在，它是一种普遍的不适，这是对整个世界合理性产生质疑后的必然反应，是对整个合乎逻辑的世界颠覆后的恰当感受。因此，恶心不是单纯的生理性反应，也不是对现实中某个具体对象的抗拒。恶心作为哲学体验，不仅具有普遍性，而且具有必然性，它既是一个对社会解构和批判性的概念，也是一个生成和通向自由的概念。

一个合理性的世界需要解释，必然有解释，所谓合理性就是通过种种解释呈现出来的。解释符合逻辑，彰显理性，追求必然性。没有理性和逻辑，社会就是无序的，世界就会混乱一团。洛根丁对由理性和逻辑构筑的世界不感兴趣，因为在这样的世界中一切都被必然性的因果锁链制约着，没有自由。在由理性和逻辑构筑的世界中，人的存在已经被传统、价值、规范、经验等奠基，人是一个被决定者、被充实者。一旦人的存在被奠基，他就丧失了自由。要使人成为自由的，就必须把由理性和逻辑支配的世界还原到存在，即把一个符合逻辑的必然性世界还原到存在的偶然性中，这个偶然性存在的根本特征就是荒谬，面对荒谬的存在才能蕴育自由。当世界的存在没有上帝、理念、绝对观念等东西的支配，当人们的存在不会被任何东西所充实，在这种虚无状态中，才会有自由。换言之，只有面对存在，在恶心的体验中，自由才会油然而生。恶心的含义表面上看是对现实世界的厌恶，其深层含义则是导向荒谬，导向对自由的体验和向往。

萨特原先命名小说为"忧郁"，后改为"恶心"，名称上虽有变化，内涵则是一致的，即它们都是对人们面对荒谬存在感受的概括和界定。不论是"忧郁"还是"恶心"，都是一种文学化的表现手法，是对人们面对荒谬存在独特感受的诗化描述。需要强调的是，"恶心"是萨特在文学上创造的一种独特感受，意在揭示世界存在的偶然性和荒谬性。在小说中，洛根丁被恶心频频袭击，他在日记中将其记录下来。这并不是说，自由的人真的在日常生活中会感到恶心，会像洛根丁那样时常被恶心紧紧抓住。"恶心"只是一种文学的表现方式，并不是追求自由的人们的实际存在方式。①

———————————————

① 关于"恶心"的含义，学者们进行过探讨，这里略举几例：

1. "世界、存在是非理性的、荒谬的、无意义的。人是自由去选择、去行动、去赋予他的生活个人的意义。人必须面对一个无意义的、令其折磨和焦虑的世界，这就是萨特所说的'恶心'。你也许会在生活的某一瞬间感受到它：刹那间，事物似乎丧失了意义，或者你信奉的价值系统成为荒谬的，这就是恶心这一概念的基础。""他人不能掠夺我们的自由，这是萨特存在主义的中心概念。当我们面对一个巨大的、无意义的宇宙时，这就是萨特所说的'恶心'，我们感到的就是焦虑。"

（参见 SARTRE'S NO EXIT & THE FLIES NOTES, U. S. A. Gliffs Notes, Inc., 1989, p. 15, p. 26.）

这段分析指出了构成"恶心"的几个关键要素：一是恶心的世界是荒诞的、无意义的世界；二是恶心是人在某一瞬间感受到的，在这一特定时刻，原来奠基于理性和逻辑的世界、那个人们熟悉的富有意义世界突然崩塌了；三是面对荒谬，人们的反应就是恶心，就是焦虑。值得关注的是，"恶心"和"焦虑"联系在一起，这两个概念是相通的：1938 年萨特在小说中用艺术的手法表现面对荒谬存在的感受，用的是"恶心"这个概念。到了 1943 年，在《存在与虚无》中，他表达人们对自由感受，用的是焦虑的概念。

2. 洛根丁不是努力去寻找恶心，而是被恶心抓住，受其折磨，忍受恶心带来的痛苦。波伏娃指出，有一个在恶心中揭示的世界，小说中栗子树的情节具有一种揭示力量，存在突然显现了自身，而且这是关键，洛根丁面对世界彻底觉悟了。对于萨特，犹如焦虑和羞愧等情感表述，恶心不仅是我们所经验的，而且具有认知意义。它是领会世界的一种方式，一种觉察我们周围事物的方式。恶心的情感令我们反思自己对世界的领会方式以及我们自身的真实存在，即绝对的偶然，完全无根据以及不可解释。（参见 Alistair Rolls and Elizabeth Rechniewski, Sartre·s Nausea Text, Context, Intertext, ⓒ Editions Rodopi B. V., Amsterdam - New York NY, 2005, p. 106.）

论者的主要论点是：恶心不是我们凭借理性对世界的一种发现，而是突然间抓住我们的一种情感。在经受恶心的折磨中，它向我们呈现的是另一个世界——存在本身得到了显现。恶心不是一般的情感，而是萨特哲学关注的，如焦虑和羞愧等情感一样，具有认知意义。在恶心中，发现了存在的真相，这就是偶然性、存在的无根据和无支撑，以及不可解释等。

3. "恶心抓住了洛根丁，他开始意识到，它永远不会离开洛根丁，他就是恶心。……但是现在，恶心向他显露了他的自由的真实特征和他的责任。恶心向洛根丁显现，人的意识是这个世界意义的来源，或者更确切地说，意识就是我们称之为世界的这一意义现实的来源。……恶心是在眩晕（dizzy）中领悟到，人自身的自由是世界意义的来源。……恶心是对那种揭示存在直觉的生动表达，它在《存在与虚无》中得到了系统讨论。"（参见 Joseph S. Catalano, A Commentary On Jean-Paul Sartre's Being and Nothingness, The University of Chicago Press 1974, pp. 4 ~ 5.）

作者指出，洛根丁就是恶心，其存在就是自由，这个自由就是要赋予世界以意义，人的自由是世界意义的保证。恶心是在眩晕中对存在的直觉。

"恶心"这一概念具有丰富含义，从一方面看，它是对现存世界的颠覆。从另一方面看，它又是赋予世界意义的来源。存在主义拒绝世界的现成意义，目的不是拒绝一切意义，而是要生成自己的意义。恶心与自由相通，这是萨特后来在《存在与虚无》中阐述的主要论题。

在《恶心》中，萨特的惯用手法，就是借用现象学的还原和加括号的步骤，把存在物的世界还原为存在。存在物不再是世界的根基，不再是存在的根本，存在物本身不再是事物的源头，支撑存在物的那些理性和逻辑都是脆弱的，因而世界不再是不可撼动的。在这部小说中，洛根丁对存在物的解构具有浓厚兴趣，且异常执著，其目的是要通过肢解存在物，解构传统赋予的整个世界存在的合理性。小说中有大量解构存在物、将其还原为存在的生动描写，下面让我们通过具体例子来加以说明。

1. 对沙发凳的描写：

> 那件东西仍然是原来的样子，有红色的细绒毛，像无数红色的小脚笔直地指向天空，那是些死掉的小脚。这只庞大的肚子朝天躺着，颜色血红，躯体浮肿——带着它所有死掉的小脚鼓胀着，这是在这间车厢里，在这灰色的天空中飘荡的肚子，这不是一张长凳子。它也可能比方是一头死掉的驴子，被水浸得浮肿，在水上无目的地漂流；它是肚子朝天地在一条灰色的大河、一条泛滥成灾的河上漂流；我就坐在这只驴子的肚子上，我是两只脚浸在清澈的水里。事物已经摆脱了它们的名称。它们在这里蹲着，显得古怪、固执和庞大，把它们叫做凳子或者别的什么似乎都是愚蠢的；我就在事物之中，它们是无法定名的。①

萨特描写的"物"（存在）不同于人们通常所说的对象（存在物）。一张沙发凳就是一个存在物，按照传统的描写方式，会描绘它的一系列"客观"特征，如这只沙发凳的式样、大小、功能、价值等。这种描写有一个前提，即把沙发凳视为一个独立存在的对象，它具有一系列客观特征，小说家描绘的主要任务就是呈现沙发凳的种种特征。小说家如此描写的前提是，在其视野中，沙发凳和其它对象一样，已经排除了一切质疑，其存在是客观的，成为"天然"合理的，这种描写方式已经不知不觉地建立在对世界的维护上，具有鲜明的"倾向性"。

萨特关注的不是作为客观对象的沙发凳，而是沙发凳的存在。为此，他必

---

① 郑永慧译《厌恶》，见秦天、玲子编：《萨特文体》第一卷，中国检察出版社 1995 年版，以下引文不再注明。

须对作为存在物的沙发凳进行"还原"，目的是"回到事物本身"，这就是萨特描绘的现象学特色。作为存在物的沙发凳是人工制造的，人们用皮张、弹簧和布，带着制造的念头制作了它。萨特关注的不是人们非常熟悉的沙发凳的种种特征，相反，他必须对人们已经非常熟悉的、作为存在物的沙发凳进行解构。这种解构不是把沙发凳拆散，不是用外在手段把它大卸八块，这种外科手术式的拆卸与现象学所说的还原风马牛不相及。因为即使把沙发凳大卸八块，它仍然是存在物，它作为存在物的属性没有丝毫改变。大卸八块之后，它不叫沙发凳了，但还是木头、弹簧、支架等，它们仍然是存在物。也就是说，经过外科手术式的拆卸，沙发凳已经转换为其它存在物，世界仍然照旧，沙发凳受到了损害，但世界本身毫发未损。这种外在的拆卸不能撼动世界，它仍然遵守的是世界本身的规则，是在世界允许的限度内做零敲碎打的"转换"工作。现象学还原要达到的真正目的不是肢解存在物的外在样态，不是要在外观上"破坏"事物，不是要把一个存在物转换成另一个存在物，而是要使其存在呈现出来，是要从事物的合理性深入到存在的荒谬性中去。

在小说的描写中，还原是这样进行的：

> 我喃喃地念着，这是一张沙发凳，可是这句话留在我的嘴边，拒绝落到那件东西上去。

合理性首先表现在对语言的运用上，当人们用概念去定义事物，这种做法意味着，在概念与被定义的对象之间具有一致性。一个概念能够完全准确地定义对象，能够清晰明确地指称对象，对象的特征被概念所概括，对象由此得到说明和解释。在对语言的这种用法中有一种设定：确信语言能够说明事物，确信概念能够对一个对象"定性"，由此世界的合理性就建立起来了。合理性的建立依赖语言对世界的说明，依赖在语言与世界之间建立对应和同构的一致关系，人们相信用语言所指称的就是现实世界本身。譬如，当我用"沙发凳"这个概念指称眼前的这个对象，这一"命名"的意义在于，不仅"沙发凳"这个概念实实在在地指向了现实中的这个对象，而且还把它与其它事物区别开来。语言赋予沙发凳的特征就是现实中沙发凳本身具有的特征，正是由于语言能够表述事物的客观特征，语言才是有效的。正是由于事物的客观特征能够在语言中被指示出来，人们才能够对语言保持充分的信任。

现在出现了"危机"，语言不再被无条件地信任，语言指向现实，它是否能够揭示现实受到怀疑。小说中洛根丁的看法是，语言只能表述事物最一般的特征，语言只能概括对象的某种"常态"，事物永远逃离了语言对它的概括，事物的存在永远超越了语言对它的把握，这就是"沙发凳"这个词留在"我"的嘴边拒绝称呼那件东西的主要原因。借助语言只能把沙发凳当作一般的存在物来描述，通过语言的描述，只能呈现作为一般存在物的沙发凳，语言无法把握作为具体存在物的沙发凳，更无法把握沙发凳的存在。这里的矛盾是：不借助语言，人们无法指向和言说任何东西，一旦借助语言，指向和言说的充其量只能是一般的存在物，而不是存在物本身，语言更无法直接指向存在本身，借助语言直接把握存在本身是一件"遥不可及"的事情。存在永远逃离语言的掌控，语言与存在永远不一致，语言只能部分地、有限地、表面地揭示对象，只能苍白无力地呈现对象，这既是存在的真相，也是语言的真相。

作家必须使用语言，通过语言构筑的存在物虽然也是存在的一个组成部分，但如上所述，不能把它完全等同于存在本身。应按现象学的要求，对存在物进行还原，即把作为存在物的种种"客观"特质都还原掉，把覆盖在沙发凳上的种种人们熟悉的特征还原掉，还原后这个现象学的"剩余"大致接近沙发凳的存在。

在现象学还原观念主导下，萨特在小说中对存在物进行全面解构，他的描绘非但不追求"形似"，还极力排斥传统的"写实"。对包裹在沙发凳表面的绒布，萨特不是写它的坚韧、柔软、舒适等（传统的描写往往会抓住存在物的这些方面进行描写），而是把它们描绘为"细绒毛"、"无数红色的脚"等。在行驶的车厢里安置的沙发凳，被萨特描绘为浸在水中、像死掉的一头驴子，它的尸体浮肿，在一条泛滥成灾的河上漂流。洛根丁不是坐在车厢的沙发凳上，而是坐在这头死驴的肚子上，两脚浸在水中。这种描写刻意用一些怪异的画面去冲击、肢解人们习惯的存在物，它追求的是这样的效果：通过描绘，作为存在物的沙发凳在人们视野中消失了，作为沙发凳的那些客观特征被解构了，这样描写的目的追求的是对存在的显现。当然，对小说的艺术描写不能机械理解，不能认为"死掉的肿胀的驴子尸体"就是沙发凳的存在，作者完全可以用其它画面替代"驴子"。这里，重要的是对人们熟悉的存在物的"陌生化"，一当事物撇开了它客观、固有的名称、功能和价值，它就不再是人们熟悉的对象了，它在人们眼中就显得"古怪、固执和庞大"，成为令人恶心的对象。作者肢解存在物的最终目的是要揭示存在本身，一旦面对存在本身，洛根丁的反应就是恶心。

存在无处不在，无时不在，但存在通常是隐藏着的，人们既看不见也摸不着存在，显现在人们眼前的是存在物。洛根丁认为，人们熟悉的存在物的种种特征不过是一些空洞的外形，用来加在存在的表面，它们丝毫不能遮掩和改变存在的性质。只要我们将事物还原，事物失掉的是属于抽象范畴的外貌，失掉的是它的多样性和个性特征等，它们都是通过理性和逻辑建立起来的，"剩余"的则是真正的存在。当把事物表面的种种抽象范畴还原掉，把联系事物的种种关系解构掉，事物就回到它本身，这就是荒谬的存在。面对这种荒谬的存在，人们的唯一反应就是恶心。

面对存在物的世界、面对一个有秩序的合理世界，人们的反应是平静的，平静到对这个世界"熟视无睹"，这种"司空见惯"本身就表明，人们已经与这个世界融为一体了。存在物的世界是一个合理世界，它是用一系列因果关系建立起来的，这些因果关系的终极支撑、最终源头就是上帝。在上帝创造了一切这个假定中，人失去自由是题中应有之意。人们受到上帝的关爱而感到充实、幸福，借助自欺，人们生活得舒适自在。因此，人们对这个被奠基的世界感到满意、快乐，人们赞美上帝……但是，一旦我们把存在物的世界还原为存在，抽掉了这个世界的终极支撑，把上帝的偶像彻底打碎，使种种合理性、合法性的关系解体，当人们直接面对一个荒谬的存在，人们的反应就是恶心。在一个合理性的世界中人们感到充实，在荒谬性的存在面前人们只能感到恶心。

其实，不仅存在是荒谬的，人的存在也是荒谬的。萨特认为，对人而言，存在先于本质，人的存在不是一个被规定好、具有先天合理性的本质，人的存在没有任何奠基，没有任何支撑和说明。严格地讲，人来到世上什么也不是，其存在乃是虚无，没有任何一种规定，哪怕是完美的规定，能够先天地主宰人的命运，没有任何一种品性能够说明和解释人的存在。在这个意义上，人的存在本身就是荒谬的，这种荒谬性意味着，人的存在不受任何东西掌控，所以他才能是自由的。

面对存在的荒谬性，感受到恶心，在这种状态中才能蕴育自由。在一个必然性的世界中没有自由，不管这种必然性多么合理、多么正确，其实它们都是对人的限制，人的使命就是超越这些限制。

2. 对公园橡树的树根描写

我在公园里，颓然倒在一张凳子上，介于又高又大的黑色树干之间，在伸向天空的黑色而有节的手之间。一棵树用褐色的指甲在我的脚下搔着大地。……橡树的树根深入到地里，恰好在我的凳子下面。我再也记不得这是树根。词语都消失了，随着它们一起消失的，有事物的意义，它们的使用方法，人们在它们表面画上去的那些微弱的记号。我坐着，微弯着身体，低垂着头，孤独地面对着这堆黑色、多节而完全没有感觉的东西，它使我害怕。存在突然揭开了面幕……它是事物的肉浆，这条树根是混合在存在里的……现在只剩下柔软的、怪模怪样的形体，乱七八糟，赤裸裸——一种可怕和猥亵的赤裸。……如果我们存在，就必须存在到这样的程度，即一直到发霉、到肿胀、到猥亵。

传统描写所要把握的是作为存在物的橡树，它的种种特征科学已经作了充分揭示，其形象是人们熟悉的。萨特对作为客观对象的橡树不感兴趣，他通过描绘要把握的不是作为存在物的橡树而是橡树的存在。为此，首先必须进行现象学还原，即把置于"面积、数量、方向、性质"这些概念之下橡树能够呈现的特征统统还原掉，最终导致"我再也记不得这是树根"，再也不能用语词去命名它的效果。

一旦脱离语词，摆脱了命名，消解了功能和界定方法，橡树的价值和意义随即就消失了。当不再把橡树视为熟悉的存在物，不再把橡树分为树干、树叶和树根等部分，不再把橡树根视为扎根土壤、从大地汲取水分的部分，存在物就突然消失了，而存在则揭开了真面目，橡树就突然变成了一堆"黑色、多节而完全没有感觉的东西"。当把橡树还原为存在，它变成了"柔软、怪模怪样的形体，赤裸裸———一种可怕和猥亵的赤裸"。面对这种被还原后"发霉、肿胀、猥亵"的存在，人们的反应就是恶心。

萨特对把存在物还原到存在情有独钟，现象学不仅是他认识和解释现实的一种方法，也是他批判和反抗世界的犀利武器。由于存在物是种种秩序的产物，事物被置于各种各样的关系中，受到严格制约，这使存在物的世界成为一个与自由相抵触的世界，在这样的世界中，理解事物和遵从规律对于每一个人是天经地义的，被各种观念充实是每一个人的必然命运。几千年来人们的生活陈陈相因，制度、秩序、风俗、习惯、传统、趣味以及各种各样的观念，已经把人们的生活定型、充实，社会已经被凝固化、模式化。现在突然主张要把所有这些对人的限制统统置于"括号"内，让它们失去效力，不起任何作用，把这个奠基于理性和逻辑之上的世界还原到它的存在，人们突然摆脱束缚，直面存在，对这种翻天覆地的巨大变化，人们突然被置于荒谬的存在面前，产生的反应不是欣喜，而是恶心。

过去依据传统、科学、历史、习俗、依据一切能够稳固这个世界的各种常识，人们对这个世界做出判定，这些判定有根有据，它们合乎情理，令人心悦诚服。依此人们认定这个世界是和谐的，它可以"长治久安"。小说中描写的那些住在青山顶上的先生和太太们，他们的世界就是一个有根据、有支撑的合理世界，在这样一个井然有序、安排得妥当合理的世界中，他们从来不会努力发现事物的存在，从来不会对存在的荒谬性感兴趣，所以他们从来不会感到恶心。这些饱食终日、养尊处优的先生和太太们面对的是一个存在物的世界，其中事物已经各就其位，它们占据了理性精心分配好的"天然"的位置，相互之间已经被必然性的锁链拴在一起。他们是拒绝恶心、排斥恶心的人，这些先生和太太们的责任就是强化关系，巩固秩序，并在其中心安理得，放松享受。萨特描写了这些达官显宦们在星期天互致"脱帽礼"的场面，这种描写充满了象征意味。脱帽礼是住在青山顶上的人们遵守的一种礼节，不管在这种礼节中人们的动作多么笨拙和幼稚、多么荒唐和可笑，但它体现的是身份和地位的礼节，维护的是社会"正常"秩序，在其中先生和太太们表现他们的高贵尊严和良好教养。因而，脱帽礼中人们的举动即便再滑稽、再可笑、再愚蠢，他们仍然非常投入，表现得认真而严肃，他们在真诚地奉行它，严格地遵守它，不允许任何人破坏它。

打破秩序的最好方法就是解构它，解构它的最彻底方法就是将世界还原为存在。洛根丁对这个世界的反抗不是砸烂某个碍手碍脚的坛坛罐罐，也不是发现这个世界的某个缺陷，心生不满，想要对它修修补补。洛根丁的目的是要彻底颠覆整个世界，因此，他唯一的方法就是把这个世界毫不留情地还原到存在，把一个有着理性和逻辑支撑的有秩序的橡树还原到一个没有任何支撑的荒谬的橡树。"恶心"为洛根丁否定整个世界提供了支持，为他批判现实提供了依据。"恶心"是洛根丁批判世界、重整世界的"颠覆性"概念。

五、偶然性

偶然性是这部作品的重要概念，萨特用小说的形式揭示它，用艺术的手段表现其丰富含义。

萨特很早就关注偶然性，他在巴黎高师读书时就对偶然性发生兴趣，1929年论文题目恰好就是"自由与偶然性"，这一论题是萨特心仪已久的。上一年考试他名落孙山，次年考试力拔头筹，一鸣惊人，这与他碰到了得心应手、轻车熟路的论题有重要关系。偶然性对萨特具有重要意义，它在萨特哲学中占有重要和特殊的地位。

　　萨特曾经谈到对偶然性的发现：有一次去看电影，电影结束走出影院，在一瞬间他发现了偶然性。在电影中，一切都是必然的，即便一个细节，也是有意设计和安排的，它服从电影整体表现的需要。这就是说，在电影中，任何一个场景、一句道白乃至人物的一个眼神，都传达特定含义，它们出现在电影中都是有原因、有目的、有意图的。电影中的一切都服从必然性，任何东西如果不符合必然性，就显得"多余"。但从电影院出来，走在大街上，人们来来往往，各奔东西，他们怀揣各种心思，有各自不同的目的。这中间有什么必然性吗？张三和李四是陌生人，他们恰好在这一时刻在街头相遇，擦肩而过，这中间有必然性吗？在大街上发生的一切都是偶然的。通过比较，萨特认为，电影院中没有偶然性，但大街上正好相反，除了偶然性什么也没有。①

　　偶然性通常指在规律和秩序之外的东西，指无法用必然性奠基、无法用理性和逻辑去加以说明和把握的东西。洛根丁发现整个世界的存在是偶然的，意思是指，这个世界的存在没有任何支撑，在这个世界中没有一个事物的存在是有根据的，每一个存在物的诞生都是毫无理由的。即存在就只是存在，它不能不存在，如此而已。我们不能为存在寻求奠基，不能为它提供或杜撰一个存在的理由。

　　很明显，对偶然性的重视和强调是针对传统宗教学说的。基督教认为，世界是上帝创造的，上帝就是世界的支撑。如果断定上帝是这个世界的创造者，那么顺理成章的是，上帝不会无缘无故地创造世界，上帝创造世界必有意图，上帝创造的每一个存在物都有其目的和意义。按照这种解释，世界的存在是被某个不是世界的东西奠基的，如各种各样的理念、本质、单子等，都成为支撑这个世界存在的依据。如果说世界的存在是有根据的，其存在就追求合理性与必然性。

　　如果把存在理解为偶然的，存在就是没有理由的，在其背后就不可能发现任何提供"支撑"的影子。事物只是存在，它的背后什么也没有，面对事物，

<hr />

　　①　波伏娃著、黄忠晶译：《萨特传》，百花洲文艺出版社1996年版，第160页。

既不能像神学家那样在它的背后去寻找上帝，也不能像唯心主义哲学家那样在其背后寻找理念。一旦追寻原因，就意味着把世界置于因果关系中，一旦因果关系成立，事物就是被它的"因"所奠基，一旦事物被其"因"所决定，事物置于因果锁链中，就排斥、取消了自由。因而，要使世界成为自由的，就不能把存在理解为必然的，自由意味着世界只能是偶然的存在。洛根丁说："从定义上说，存在不是必然。存在，只不过是在这里；存在物出现了，让人遇见了，可是我们永远不能把它们推论出来。"洛根丁强调存在是偶然的，意思是，用"任何必然的东西都不能解释存在"。

偶然性不是存在的假象，不是可以被消除的外表，它是存在的绝对性质。当发现一切存在都是没有根据的，一切都在飘荡中，一切都是不定型的，犹如置于浓雾中，这时人的反应就是恶心。

从存在物的秩序进入存在的偶然性，"这种迷醉状态能够延续多久呢"？洛根丁指出："存在并不是让人可以从远处想到的东西，存在必须突然侵入你身上，停留在你身上，像一只肥大的不动的野兽沉重地压在你身上，你才能感觉到它，否则就再也没有什么。"这就是说，从存在物的日常状态转而发现存在的偶然性并非需要一个过程（"过程是一个过分清晰的观念"），像我们要达到某个遥远的地点那样，事先要经过周密的考虑和布局，要做论证的准备，经过一番人为操作，最后才能成功地到达目的地。从存在物的日常状态（必然性）进入存在（偶然性）无需一个理性的酝酿和筹备过程，它只是一瞬。就在一瞬间，存在侵入你的身上，"像一只肥大的野兽沉重地压在你的身上"。一旦进入存在状态，我仍然处于对象之外，却像消失于对象之中，在这一刻，时间停止了流动，我好像把自己的全部重量落到对象上。洛根丁形容道，这种状态"就像一块太大的食物哽在喉咙里一样，我既不能接受它，也不能拒绝它。"但在这一瞬之后，当我从这种"残暴的享受"中突然摆脱出来，"我好像消失了一分钟，为的是在另一分钟里重新诞生。"

当认为存在是偶然的，就是认定所有存在物都不从任何地方来，也不到任何地方去，它们突然存在了，接着，好像突然间又不存在了。要做到这一点，必须改变传统的思考方式和习惯。譬如，人们常常把存在物——如一棵树——想象成向上生长的生命力，当作指向天空的顽强青春力量，把树根当作贪婪的爪子，正在撕开土地，夺取食料。洛根丁认为，"不能以这种方式观察事物"，因为这是"人"观看事物的方式，而不是事物本身的存在方式。从事物的存在看，"一切存在之物都是毫无理由地生出来，由于疲软而继续活下去，最后随遇而死"。许多存在物突然间没来由地存在了，接着消失了，又固执地开始了，又再度消失了，这说明了什么呢？说明自然丰富多彩、绵绵无息吗？不，这只表明存在是"阴郁的、苦恼的、自己妨碍自己的"。树本身没有存在的欲望，只不过它们没法不存在，"因此它们就慢慢地、毫无热情地准备它们的小食；树液在管道里慢慢上升，树根慢慢插入泥土里，可是它们好像每一分钟都正在要把一切都扔掉，让自己消失掉，它们又疲乏，又年老，虽然满心不愿，仍然继续存在着，仅仅因为它们太软弱了，不能死亡，因为存在本身没有死亡，死亡只能从外部降临到它们头上"。事物本身没有存在的欲望，但又不得不活着，不得不存在着，它没有任何理由存在，可是它不存在也是不可能的，于是存在就成为阴郁的、苦恼的，这就是存在主义对存在的基本判断，是存在主义发现的存在真相。因此，存在根本不是像人们想象的那样，树木变成了青春的力量，蓬勃向上生长，它的欲望就是要扩展自己的生命力。洛根丁认为，事物本身根本没有欲望，什么青春、生命、蓬勃向上等，都人们通过思考方式强加给事物的。

如果把事物的存在看成是有生命、有意志的，其存在是有动力和原因的，必然导致把存在等同于存在物。如果把事物的存在看成是偶然的，其存在没有根据，但又存在，它不得不存在，这种存在只能是苦恼的，不得已的，这就是恶心的根源。如果存在物是"果实"，那么存在不是支撑果实的树根和枝桠，而是"卑劣的果浆"。如果说果实这样的存在物构成人们所处的世界，那么存在则是"赤裸裸的世界"，"它充满一切，落在树木上，黏着一切，就像糖黏手一样，到处都是，它布满四面八方，把它的胶状压力充满一切"。洛根丁认为，等到我们发现这一切，发现一切都是没有根据的，一切都在飘荡，一切都是不定形的、模糊的、悲哀的，这就使我恶心。

小说中有大量的对偶然性的表现，下面举几个例子加以说明。

1. 我所能够说的，就是在这两天中，没有发生过通常可以称为事件的事。

小说开始，洛根丁说明他要描写的不是"事件"。通常人们称为"事件"的，一般认为有前因和后果，即被置于因果关系中才有资格称为事件。某个事物一旦被置于因果关系中，就可以"发展"了，它获得了自己的运行逻辑，显现出某种规律性和必然性。按照这种理解，一件没来由的孤立事情、一件与其他事物没有任何联系的事情、一件无法按逻辑和规律加以解释和说明的事情不能称为"事件"。

传统文学表现的大都是事件，即小说家必须揭示事物的来龙去脉。不把事物置于因果关系中，就无法揭示事件，无法阐释其意义。按照传统观点，小说的情节与一般流水账式的非文学叙事的区别，就在于它是因果性事件。洛根丁声称他的叙述与传统小说的叙述判然有别，他叙述的不是置于必然性中的因果性事件，而是力求表现事物的偶然性关系。

如叙述"打水漂"这件事：

> 星期六，有些顽童在打水漂，我也想学他们的样，把石块投到海面上去。正在这时候，我停了下来，我让石块落下去，然后我走了。我的样子一定像个神经错乱的人，因为顽童们在背后笑我。

按传统写法，对打水漂这件事会这样写：看见顽童打水漂，突然激发了我的兴趣，我也想学他们的样，于是我也打起了水漂。或者，顽童们打水漂，我也想学他们，但突然我又不想学了，因为我觉得这样做有些幼稚。不论描写怎样变化，传统描写一定要揭示我打水漂的原因和动机，一定要表现出这样做的目的，一定要在我的行为与动机、行为与效果之间建立因果关系，如此描写，才能达到表现的目的，这一事件才能为人所理解。

洛根丁是怎样叙述这一事情的呢？在小说中，他想打水漂，这件事虽有前因，却无后果，它突然冒了出来，接着就消失了，对此没有任何解释，也不需要任何解释，也不能有任何解释，这就是作者所表现的存在的偶然性。洛根丁叙述的是超越了因果关系的一个孤零零的事情，这种描写强调事情没有必然联系，事物之间没有因果性的制约，"我"不受任何其它事物的强制。

在小说后面的描写中，洛根丁冒出一个念头，决定去印度支那，突然又返回。是什么原因促使他去印度支那，又是什么原因让他突然返回，没有任何交代和解释，作者把这一切都表现成"即兴"的。按常理，出远门，从法国去印度支那，总该有一个原因，有一个目的。我可能漫无目的地走到我家对面的小酒馆，我可能没有任何原因地抬眼望了一下对面的那棵树，但一般而言我不可能毫无目的去印度支那。去如此遥远的地方，通常人们会精心准备，做周密筹划，人们往往是怀着种种期望和目的出行的。但在小说的表现中，这些被视为原因、动机、理由和目的的东西一概略去，它们统统被置于"括号"中，不起任何作用。洛根丁没有任何原因、任何目的、任何准备、任何期待，突然就去了印度支那，而且也没有任何说明、任何解释、任何理由，突然又从印度支那回来了，洛根丁的"去"和"回"没有任何解释，排除了任何解释，这就是偶然性。

偶然性与规律、体系、秩序、制度、必然性等概念是对立的，偶然性就是要打破这些概念的限定。通常人们认为，星期一之后就是星期二，星期二之后就是星期三，这种排列已成为常识，大家都认可，成为人们长期遵守的习惯。可是对洛根丁，既没有星期一，也没有星期天，"有的只是一大堆日子乱七八糟地推挤着前进，然后突然间像闪电似的出现了今天这样的日子"。今天的出现没有任何原因，它超越了一切排列和规律，不能为它找到任何因果性说明，或者说，对今天出现的唯一说明就是偶然性。

2. "我"对法斯盖勒先生的担忧

　　在一个大雾天洛根丁到了马布里咖啡馆，上午十点钟，老板法斯盖勒先生还没有下来。按照习惯，通常这个时候他应该下来了。为什么法斯盖勒先生没有下来？这个问题开始压在洛根丁的心头。也许他生病了，也许他死了，也许……，什么都可能发生，洛根丁心里始终装着疑问，一种不确定性总是纠缠着他，这使他非常不安。

按照习惯，法斯盖勒先生应在上午十点钟下楼，这已经成为了一个"规律"。但此刻规律被打破了，已经过了十点钟，他还没有下楼，这出乎人们的意料。洛根丁开始担心，感到不安。这种不安不是因为他与法斯盖勒先生是莫逆之交，对他怀有深厚感情所致；也不是因为法斯盖勒先生欠洛根丁债务，万一他有个好歹，洛根丁的损失就大了。所有这些不安和担心都会出现在日常世界中，可能发生在某些人身上。但这些担心都是相对的，因人而异的，它们都是面对具体存在物的不安，是在现象学还原之前的不安。

小说要表现的不是在某种外在压力和原因下造成的不安，而是要表现一种纯粹的"漂泊"状况。洛根丁不是出于现实的各种考虑才担心法斯盖勒先生，也不是由于单纯的好奇心想要一探究竟，揭破法斯盖勒先生没有下楼的"秘密"。洛根丁着迷的是偶然性，是一种纯粹不确定性的显现。

偶然性状况的特征是：什么都可能发生，人们对要发生的无从确定。法斯盖勒先生没有像往常那样准时下来，他发生了什么情况呢？楼上此刻的状况是怎样的呢？对此会有许多猜测，许多解释，这些解释没有一个是绝对有把握的，没有一个解释可以一劳永逸地排除其他解释，没有一个解释可以牢牢占据或把持洛根丁的身心。也就是说，洛根丁在这一刻可能倾向于这种解释，但随后马上就可能推翻这种解释，他无法在许多解释中"筛选"出一种最权威、最理想的解释。所有解释对洛根丁都是可能的，都是有魅力的，洛根丁永远悬在一种不确定性中。

必然性与确定性相关，它排除了一切暧昧不定。偶然性则是一种不确定性，它可能这样，也可能那样，究竟怎样，无法确切定位，无法清楚解释，始终处于"模糊"状态。

六、荒谬

荒谬是存在主义哲学的基本概念，有学者曾列出存在主义感兴趣的十大主题，"荒谬"高居榜首。[1] 荒谬与这样一种体验有关：面对那些由理性解释"人的境遇"的基础，人感受的是"无根据、偶然和过剩的体验"[2]。在存在主义者看来，生活是荒谬的，这是指生活没有或缺乏意义。存在主义做出这种判断的根据是：人的存在需要意义，无论科学、宗教还是哲学，它们都赋予生活意义，但最终都失败了。生活是荒谬的，不是说生活没有意义，而是生活到处充满了意义，但在存在主义者眼中，它们都不牢靠，不像意义的倡导者和鼓吹者标榜的那样，意义是客观的、独立的，它们构成了事物的牢固界定。在存在主义者看来，意义唯一的功能是把生活凝固为某种类型，为生活提供这样或那样的解释。这种把生活模式化的意义无异于一道道枷锁，阻止了生活的流动和更新。在这一意义上，这些所谓意义是最无意义的。存在主义之所以把生活看成是荒谬的，它有一个强烈的动机和愿望：正是因为生活没有一劳永逸的终极意义，因而传统、宗教、科学、哲学等试图为生活奠基的努力都是徒劳的。意义在哪里呢？意义只能出自个人的独特存在。严格说来，存在主义不是否定一切意义，而是认为意义来自于个体，个人的存在是独特的，不断变化的，人

---

① 存在主义哲学关注的其它重要概念是：对既成意义的拒绝（Rejection of meaning-giving narratives）、异化、焦虑、孤独、责任、真实性（Authenticity）、个体、激情和死亡。Christopher Panza Gregory Gale，*Existentialism For Dummies*，Wiley Publishing, Inc. 2008，p. 12.

② Hubert L. Dreyfus Mark A. Wrathall，*A Companion to Phenomenology and Existentialism*，Blackwell Publishing Ltd 2006，p. 271.

必须在不断超越中追求和创造意义。

在《恶心》中，荒谬的基本含义是指世界的存在不可能有解释，永远不可能为世界的存在赋予一个权威、标准、终极的解释。如果这个世界有权威的解释，其存在就具有合理性。如果世界的存在具有这样或那样的合理性，它就不再是荒谬的了。

在对世界的诸多解释中，可能会出现矛盾，这引起警觉，人们会在各种解释之间进行协调，消除矛盾，寻求一致。这意味着，人们最终倾向于把各种解释归结为一种基本解释，它构成对世界的奠基，人们总是要千方百计找到对世界的奠基才善罢甘休。这种做法源于古老冲动：哲学也好，科学也罢，都是要认识世界和解释世界，最终目的都是要说明世界和掌控世界。如果不呈现出"条理"，人们如何认识世界呢？如果不显现出规律，人们怎能把握世界呢？如果世界逃逸出逻辑，理性在世界面前"失效"了，那就无法做出富有成效的整理。所以，人的存在的古老冲动就是要把这个世界安置在一个具有必然性的牢靠基础上，人们必须找到这个基础，必须消除各种混乱和荒谬性，从柏拉图到黑格尔，传统哲学的使命就是对世界进行奠基。

萨特哲学反对任何对世界的奠基，特别是反对基督教的创世说，坚持认为世界根本不存在任何必然性的奠基，坚持认为不能把世界一股脑地置于因果关系中，坚持认为事物之间的因果性联系不是唯一和必然的联系。萨特哲学主张，世界的存在是偶然的，荒谬的，它是一个原初的"不可理喻"。

说到荒谬，必须区分两种情形。

五光十色的现实世界里也有荒谬，但这种荒谬是相对的，它是在与周围特定环境比较下显现出来的。如一个疯子发表演说，其胡言乱语是不可理解的，与周围大多数人正常思维比较，疯子的演说不合逻辑，显示出荒谬性。但对疯子本人，这种胡言乱语则是恰当的，否则他不会被称为疯子。由于精神错乱，疯子才能够说出不合逻辑的话，疯子的胡言乱语对他本人一点也不"疯"。人们不能指望疯子谈吐雅致，思路清晰，说话符合逻辑。日常生活中的"疯"是相对的，要把握这种"疯"，首先必须设定理智和"正常"，疯子的行为只是相对于一个理智和正常的世界，才被界定为荒谬。疯子言谈的荒谬是建立在承认世界合理性基础上的，是在现象学还原之前的荒谬。

小说表现的荒谬具有绝对性质，要取得这种绝对体验，就必须对整个世界进行还原，使世界脱离它在人们的经验中惯常具有的种种特征。如小说描写的橡树根，"霉绿"一直覆盖到树半身，面对这样的"事物"，不能问它为什么存在，不能问它如此存在的目的是什么，不能寻根究底用各种科学手段追究和发现造成霉绿的原因。换言之，小说描写的橡树根拒绝了一切解释，一切想把它转化为存在物的说明都是无效的，一切想赋予它某种特征的努力都是徒劳的，任何合理与不合理的解释都与它不相干。在这一意义上，这个树根的存在就是绝对荒谬的。

在现实世界里，这棵橡树是黑色的，洛根丁对"黑色"进行了还原：

> 黑色吗？我觉得这个词泄了气，在用一种不平常的速度丧失它的意义，黑色吗？树根不是黑色的，不是这块木头上所有的颜色……而是……另一种东西；因为黑色和圆周一样，是不存在的，我注视着树根，它是更甚于黑色还是更接近黑色呢？我不久就停止了询问，因为我觉得我是在熟悉的事物中，……我不是单纯地看见这颜色，视觉是一种抽象的创造，是一种孤立、简单化的观念，是人的一种观念。

通常人们认为橡树颜色是黑色，但存在没有任何颜色，存在超越了一切颜色。黑色是一个抽象概念，是人们建立的一种观念，它是存在物的标志，是世界合理性的说明和界定，不能用"黑色"来说明存在，存在逃脱了所有颜色的说明，存在拒绝了所有颜色的特征，所以它才是荒谬的。如果能够用黑色去形容存在，人们就回到了熟悉的事物中，回到了存在物的世界中，回到了用理性和观念构筑的世界中。

> 没有什么能够加以解释，即使把它解释为大自然的深沉和秘密的疯狂也不行……在这只粗糙多节的爪子面前，无知识或有知识都无关重要，解释和理智的世界并不就是存在的世界……这条树根在我不能解释的限度内是存在的，它多节，不活动，没有名字，却吸引着我，充满我的眼睛，不断把我带到它的存在里去。我徒然地一再重复说，'这是一个树根'，这不能再叫我相信了。我看得很清楚人们不能够从它的树根的职能，它的吸水筒的职能而转到这个，转到这层又粗又细腻的海豹皮，转到这个油光光的、胖脁的、顽固的容貌。职能并不能说明什么，它只能使人们从总体上认识什么是树根，却不能使人了解这一个树根。这一个树根，连同它的颜色，它的形体，它的固定的运动，……是没有任何解释的价值的。……每一种品质在树根身上都

是多余的。

在洛根丁那里，橡树根变成了一条没有生命的长蛇，一条木蛇，"不管这是蛇，或者爪子，或者树根，或者秃鹰的爪，都没有关系"。这个橡树根的存在，就是绝对的荒谬。这个荒谬是通过现象学的彻底还原得到的，是拒绝了所有理性的解释得到的，是把存在物的一切特质都剥离掉后得到的。当对橡树根进行现象学的彻底还原，作为存在物的橡树、一棵具有客观特征的橡树，就转化为荒谬的存在。

对于存在，不能用理性固有的特征去凝固它，否则就把它转化为存在物的世界。荒谬之所以是荒谬，不是因为以往的解释对它无效，它还需要新的更加合理的解释。不是因为面对它人们的理性还没有发挥其真正强大的功能，还需要假以时日，理性还需要不断磨炼，做更精细的思考，以便寻找更好的解释。在洛根丁看来，"存在"与"理性"是不相干的两张皮，把理性覆盖在与它不相干的存在身上，这种做法完全错了。存在从根本上拒绝了理性的一切解释，拒绝了一切把它转化为存在物的企图。荒谬的存在拒绝了一切解释的可能性，洛根丁指出，把这棵橡树还原为它的存在，就意味着"每一种品质在树根身上都是多余的"。

存在不能言说、无法言说，拒绝了一切言说，任何言说都是试图对存在的规定，意味着将其转化存在物，意味着赋予它种种合理性，导致存在失去其原本"无邪"的性质。任何言说（不论多么正确、多么完美的言说）都破坏了存在的本性，洛根丁把对存在的解释称之为"腐蚀"。在他看来，那种逃脱和拒绝了一切"腐蚀"的存在就是绝对的荒谬，面对它，知识、理性和逻辑都成为"多余"的。

存在是荒谬的，现象学所说的回到事物本身，对于洛根丁，就是面对荒谬的存在。萨特哲学认为，在荒谬的世界中，没有约束和禁忌，没有限制和奠基，人逃脱了充实，被抛入虚无中，自由才能最大限度地发挥出来。

七、自学者

自学者的形象贯穿整部小说，是作者塑造的重要人物。作者表达的许多重要意图，是通过塑造这个人物实现的。

自学者的主要特征是：

1. 自学者勤奋好学，有强烈的求知欲，他的时间几乎都泡在图书馆。在一般人看来，追求知识，勤奋好学，这是一种好品质。常去图书馆，与书本做朋友，这是值得鼓励和赞许的追求。图书馆是知识的殿堂，沉浸其中，受益无穷。但在萨特眼中，图书馆犹如公墓："最惬意的公墓莫过于图书馆，死者都在那里。"① 图书馆乃是僵化、死板、凝固的代名词，是已经逝去的人们和过去的知识汇聚之地。自学者整天泡在图书馆里，把图书馆作为一生的向往之地，用知识不断充实自己的人生，表明他选择了追求充实、追求本质化的人生之路。

自学者特别羡慕有知识的人，他知道洛根丁正在撰写一本传记，羡慕洛根丁走南闯北，阅历丰富，希望与这样博学的人交朋友。自学者第一次出场，就向洛根丁提出了一个问题："您在搜索十二缀音的诗句？"自学者关注的不是国计民生的大事，也不是某个重要的科学发现，或是人们正在争论的热门话题。自学者询问的是一个不起眼的问题，关注它的人不会多。自学者能够提出这样的问题，表明他兴趣广泛，读书留意的东西很多，他的心思很细密。自学者读书不是一目十行、随意泛览、走马观花、消磨时间，他是很认真的，他的读书不是摆花架子做给别人看的。

2. "自学"是这一形象的关键特征，自学者没有任何外部压力，他不是为了改善生活，要解决某个棘手的问题，要为科学发展做出贡献才迫不及待地去读书。自学者如饥似渴地博览群书不是为了解决任何生存问题，在这方面，他与一般读书人是不同的。当然，自学者也有目的，他读书的唯一目的就是要掌握知识，他对一切知识都感兴趣，他希望用自己有限的人生掌握人类全部知识，为此他锲而不舍，孜孜不倦。

萨特塑造的自学者形象表达了这样一种认识：追求充实、追求对自身本质化是现代人的存在常态。自学者的存在就是不断对自己的充实，这种充实常常是自觉自愿的，是他奋力以求的。在自学者身上反映了现代人和现代社会的一个突出特征，即把自觉追求知识、用知识充实自己当作人生的崇高目标。这种生存状态表明，人对把自己本质化是多么渴望、多么执著、多么迫切！在自学者看来，用知识充实自身不仅正当，而且必要，如能圆满实现这一点，就达到了存在的理想状态。自学者面对知识的汪洋大海没有丝毫却步，他总是野心勃勃，信心满满，他的追求永无止境。现代人本质上是自学者，在追求对自身的

① 李喻青、凡人主编《萨特文学论文集》，安徽文艺出版社1998年版，第85页。

充实方面，自学者堪为榜样。

自学者是一个标准的、典型的"自学者"，当他谈起曾在一次大战做过战俘，让洛根丁很是吃惊。在洛根丁眼中，这个人"除了是自学者，他想象不出他会是别样的人"。自学者追求知识，相信掌握了知识就掌握了现实，知识是理解现实的唯一法宝。跨进知识殿堂的大门，全方位与人类构筑的知识世界发生关系，人生才有意义。自学者眼中到处是概念、推理、命题和结论，他的世界是一个知识的世界，一个用逻辑精心构筑的世界，一个让人充实和自信的世界，一个被各种信条、规律和各种无情的"客观事实"奠基的世界。换言之，自学者永远不会发现荒谬，他是一个逃避荒谬、拒绝荒谬的人，一个竭力消除偶然的人，一个永远不会感到恶心的人，也是一个与自由无缘的人，难怪洛根丁对他充满了鄙视。

3. 自学者声称"有一只鸵鸟的胃，能够吞下任何东西"。他对知识不加选择，只要是知识，就要咀嚼、吞咽、消化。人们走进图书馆，通常不会随便抓住一本书一口气读下去，他知道所要读的书属于哪一类，知道它们在图书馆的什么位置，读者通常对所读的书会有选择。

自学者是为崇高兴趣读书，他只对知识本身感兴趣，至于这些知识有什么用，能够帮助他解决哪些问题，他不考虑。对于一般人是重要和迫切的问题，自学者全然不顾。譬如，哪些知识格外重要，应该费大力气优先掌握，哪些知识目前无关紧要，可在稍后掌握。哪些知识专业性强，对读者要求高，眼下无法掌握，需要先打基础等，这些问题自学者几乎不考虑。自学者遇到知识就像海绵遇到水，他对知识的唯一态度就是吸收，无穷尽、无选择、无节制地吸收，一种贪婪的占有，就像狗发现了骨头。自学者读书有一个大家都知道但没有人采纳的方法，他是按图书馆书目排列的字母顺序去读书的。洛根丁遇到自学者时，他已经读到了字母 L。他从一本研究甲虫类的书粗暴地转换到研究量子论的书，又从一本研究帖木儿的著作跳到一本天主教反对达尔文主义的小册子。他憧憬着终有一天他会读完最后一排书架上的最后一本书，他坚信这一天一定会到来，自学者对自己和未来充满信心。

自学者以占有人类全部知识为己务，这需要多么远大的志向和多么顽强的毅力啊！他不仅在图书馆废寝忘食地获取知识，而且随时随地不放过任何获得知识的机会。他随身带着笔记本，把别人和自己的想法统统记录下来。自学者打算用六年时间读完所有的书，然后像他羡慕的大学生和教授们那样，也要去旅行一次，目的不是欣赏大自然，让自己放松和享受一下，而是"迳一步明确某些知识"。由于勤奋钻研，常看诸如《泥炭与泥炭田》之类的书，在自学者身上发生了一种奇妙的变化，他在绘画艺术面前感到迟钝，无法产生快感。自学者不解的是，许多年轻人，"他们懂得的东西没有我懂得的东西一半多，而他们站在图画面前，却仿佛获得快感"。自学者深感遗憾，他遗憾的不是自己少了一种享受，而是"人类知识活动的一个部门与他无关"。

4. 自学者追求知识，奇怪的是，他越是充实自己，越能够发现自己的欠缺。自学者总是强烈地意识到自己的不足，这形成了他性格的一个鲜明特征：谦卑。

自学者与人交谈，很少开门见山、直截了当地对问题发表意见，即便对某个问题涉猎多年，有所研究，已经形成了自己的看法，他也不愿贸然发表意见，特别是在洛根丁这样有知识的人面前，他更是轻易不露锋芒。自学者这样做，不是因为他城府深，故意隐而不露。这样做的原因很简单，他认为一个人不论如何努力，百密一疏，还是有可能没有掌握有关问题的全部知识。自学者不断提醒自己，在发表意见时，掌握了这一领域的全部知识吗？如果还有欠缺，贸然发表意见，不仅可能丢人现眼，陷于狼狈境地，还可能遭人唾弃，被扣上无知愚蠢的帽子。心直口快要付出沉重代价，贸然发表意见会有很大风险，自学者心知肚明，他对自己发表意见要求很高，对嘴巴管束很严。

久而久之，自学者养成了谦卑性格，遇到问题，他的第一个反应就是请教他人，先听听别人怎么说，这成为他的"本能"。即便偶尔谈论自己的看法，他也是小心翼翼，如履薄冰。他会问自己："难道别人就没有对这一问题发表过意见吗？"要是人们都没有对某一问题发表过意见，他就怀疑自己第一个发表意见是否有些冒失和唐突？当确认在某个问题上他与前人的看法"巧合"，自学者的眼睛会一下子放射出光芒，犹如到了天堂，兴奋不已。他居然能够和某个名人的想法巧合，这太令人高兴了，他表达思想的句子竟然能够与前人的想法一致，这对他是莫大的激励，他欣喜地表示晚上要拿红墨水把这个句子再写一遍。

5. 自学者爱知识，知识是人创造的，爱屋及乌，自学者爱人类。自学者是以爱人类、赞美人类、以人类自豪的人道主义者面目出现的，这是自学者的显著特征。自学者不仅爱人类，还旁及生命，爱一只苍蝇。他与洛根丁在咖啡馆谈话，一只苍蝇嗡嗡叫，在他们周围飞来飞去。洛根丁很讨厌这只苍蝇，脸上显出恨恨的样子，自学者却顿生怜悯之心："别弄死它，先生！"洛根丁很厌恶自学者这副人道主义的丑恶嘴脸，毫不留情地把这只苍蝇捏死了："它裂开了，它的白色的小小肠脏从肚子里挤出来，我把它从存在里消除了。"

作为人道主义者，自学者具有这样几个特征：

（1）自学者关注、关心、爱护人。与洛根丁结识后，自学者对他格外关心，嘘寒问暖，很是热情。自学者邀请洛根丁吃饭，首先表明"我能够和您同桌感到多么高兴"。接着他开始关心洛根丁："假如您觉得冷，我们可以搬到暖气管旁边。那两位先生马上就要走了，他们已经关照算账了。"洛根丁坦承，有人关心他，问他冷不冷，这种事情已经"好几年没有遇到了"。尽管如此，他还是表示不愿意更换座位，拒绝了自学者的"盛情"。其实，自学者邀请洛根丁吃饭，他脱口而出"很愿意"，他的真实想法是："我宁愿死也不愿意和他一起吃饭"。

自学者与洛根丁在咖啡馆吃饭，眼光默默注视着旁边的一对青年男女，对他们表示歆慕。他以一种保护人的神气喃喃自语："应该爱他们，应该爱他们！"与自学者关注他人、爱护他人的热情比较，洛根丁的态度很是冷漠。萨特塑造的存在主义人物大都带有洛根丁式的冷漠：拒绝同情、拒绝关怀，生怕同情关怀"玷污"了自己。

关怀人、同情人，此乃人之常情，在日常生活中，这种情感不经意间就会流露出来。在《不惑之年》中，萨特一开始安排了这样一个场景：马蒂厄遇到了一个喝得醉醺醺的汉子，他东倒西歪，伸手向他要钱，马蒂厄给了他。这时一个警察朝他们走来，警察已经注意多时，看到醉汉骚扰路人，马蒂厄不禁为他担心起来。正当马蒂厄要离开时，这个乞讨者叫住了他，给了他一枚马德里邮票。马蒂厄接过邮票，醉汉更进一步，邀请他去喝一杯。马蒂厄后来对玛赛儿说起了这件事，他不想卷入其中，所以拒绝了那个醉汉的邀请。玛赛儿一语道破马蒂厄的"痛处"，指出他这样做是害怕悲天悯人吧！在玛赛尔看来，当警察走过来，马蒂厄毕竟为这个醉汉担心过，当醉汉由于饥饿向马蒂厄乞讨，他毕竟表示了怜悯，给了钱。玛赛儿认为，这样做很正常，没有什么坏处。但马蒂厄反问道，这样做对我有什么好处呢？我对他人表示同情，意味着什么？意味着把我与他人联系起来，意味着我设身处地地站在他人立场上考虑问题，意味着我可能不知不觉地融入他人，最终导致"我"的消失。同情会泯灭"我"与他人的界限，把我与他人混淆在一起，消除存在的独特性，直接威胁到我的存在。马蒂厄说他不想卷进这件事里，他对同情这种随意泛滥的本能小心翼翼地保持着警惕。

同情的本质是要消弭人之间的区别，只要有区别，就会蕴育同情。自学者式的人道主义赞美同情，洛根丁呵护的是个人存在的独特性，认为同情和关怀最终会把一个人吞噬掉，使其消失在他人中。

（2）自学者待人彬彬有礼，由于爱他人，尊重他人，担心自己的行为妨碍别人，他总是谨小慎微，生怕惹人生厌。作为人道主义者，自学者注意修饰自己，表现出有教养、懂礼貌。自学者与洛根丁的谈话几乎都是用问话的口气，很少采用专断口吻。但这并不意味着他总是"虚心"的，更不意味着对别人百依百顺。自学者有自己的看法，洛根丁发现，自学者的每一句话虽然是问话的口气，但意思常常是肯定的。他用询问的口气提出问题，但对问题都有自己的判断，而且会异常顽固地坚持自己的观点。自学者尊重人，这种尊重最终还是为了达到自己的目的，让别人赞同他的观点。有时自学者也会一反常态地与洛根丁公开争辩，譬如，洛根丁坚持认为写作没有什么固定目的，这下子惹恼了自学者，他振振有词，甚至有点慷慨激昂地说："先生，不管你愿不愿意，您总是为某一个人而写作的。"

自学者坚信"人类"的存在，他对洛根丁说："老朋友，有人类存在啊！有人类存在啊！"他直截了当地指出，在这个问题上洛根丁"弄错了"，他坚持自己的主张，毫不退缩。自学者引经据典，反驳洛根丁，这时他一副真理在握的样子，显得理直气壮。自学者非常执著，让他改变主意，并非易事。当然，他不是在每一个问题上都自以为是地咄咄逼人，在许多场合，自学者至少在外表上竭力做到谦恭有礼。他不同意洛根丁的看法，但还是表现了宽容大度。譬如，他认为洛根丁所犯的错误是"十分自然"的，他早就想指出洛根丁的错误了，他之所以没有立即采取行动，不是因为糊涂，不是因为他是一个没有原则的人，而是在寻找机会。他期待着机会的出现，他压抑自己已经好几个月了，他有时会埋怨自己太"胆小"。

（3）自学者认为，人活一世应该有意义、有价值，这首先体现在人的存在应有目的。人生须有目的，不管目的是大是小，每一个人的存在都应该追求目的，否则人生就没有努力方向，没有奋斗目标。为了实现目的，人要投身于事业，要有所作为。自学者认为，人不能虚度此生，总要选择一种职业为人类服务，如此才能有所建树。人实现了目的，不仅令自己满足，还能够造福人类。无论是选择目的还是努力奋斗，人必须对未来寄予希望，他必须相信前景是美好的，他要对自己、对未来充满信心。自学者必须通过未来实现目的，犹如《存在与虚无》中的咖啡馆侍者，立志要成为成功的侍者，不断用行动证明自己。自学者和侍者是萨特所讥讽的那种在自欺中抗拒自由的典型。

（4）自学者认为，如果不能理解他人，人就处于孤独中。如果人们相互不了解，人就是"死"的。自学者总是向他人示好，把自己与他人联系在一起才放心。自学者爱人类，让个体融入群体，目的就是要在人们之间寻求一致。只有把自己融入群体，他才感到充实和快乐。自学者是一个逃避孤独、强烈向往群体的人，他在一次大战做过俘虏，在集中营和几百个臭烘烘的身体挤在一起，他非但没有任何别扭，反而得到了强烈愉快。在举行弥撒的仪式上，当信徒们引吭高歌、众人沉浸在集体体验中，自学者不由自主的激动万分。为了追求融入集体的快感，他甚至偷偷参加陌生人的葬礼，尾随在葬礼队伍后面，悄悄地混入人群，体验个体消失的快感。

自学者竭力消除孤独，洛根丁反其道而行之，赞美孤独。在他看来，人的存在就在于保持个体的独立，只有在孤独中，人的特性才能显现，只有超越群体，人的自由才能实现。

（5）自学者不相信上帝，但相信人类。他说，"我不相信上帝，科学已经否定了上帝的存在，可是在集中营里，我学会了相信人类。"自学者用"人类"代替了上帝，他总要用本质充实自己才感到踏实。

在洛根丁眼中，自学者的表现其实是现代人的通病。人本身是自由的，用外在强力无法剥夺人的自由，是人自己挖空心思、匠心独运地编织谎言、想方设法逃避自由。萨特认为，自由的外在敌人是明显的，外在强制非但不能消除、反而会激发人的自由。心灵深处的依赖感、对虚无的恐惧感，才是自由的最大敌人。

在现实中，类似自学者的处世之道比比皆是，人们习以为常，甚至把自学者的追求视为存在的正常状态。自学者否定了上帝，但又钻进了"人类"的本质化陷阱中，他用大写的人把自己"吞没"了。自学者用人类取代了上帝，改变了剥夺自由的形式，但丝毫没有改变自由被剥夺的实质，没有改变人被本质化的现实。

洛根丁对自学者式的人道主义给予了辛辣嘲讽和尖锐批判。

首先，他指出，自学者贩卖的是舶来品，他鼓吹的人道主义是生吞活剥来的。自学者从书本中东抄一点，西借一点，拼凑出一大堆理论。自学者没有细查，他喋喋不休的这些理论并不一致，有些是相互矛盾的："他把它们全部放在自己身上，如同把许多猫放在一只皮袋里，他们相互厮打，他却并未发觉。"自学者其实也是个掉书袋，他对自己津津乐道的东西并不完全理解，对自己不遗余力鼓吹的东西破绽百出也未察觉。

其次，洛根丁指出，自学者处处对人炫耀的这套理论只是做做样子，他自己并没有认真实行，或者说，自学者口若悬河，夸夸其谈，但他的行为与其理论所标榜的相去甚远。自学者声称爱人类，但他日复一日干什么呢？他只去图书馆，埋头于书本。自学者爱人类，但根本不认识什么"人类"，"人类"只是抽象概念，并不是生活中的具体对象。在现实中人们无法认识"人类"，只能与一个个具体的人照面，根本不可能与一个所有人的集合——人类——照面。既然现实中根本不存在"人类"，人怎么能去爱这一虚幻缥缈的抽象之物呢？

自学者看到邻座的两个年轻人，满怀深情地对洛根丁说，应该爱他们！应该爱他们！在洛根丁看来，自学者的主张是"无的放矢"，他常常满嘴跑火车，爱放空炮。爱一个人，首先要认识和了解他，自学者既不认识这两个年轻人，也不了解他们的谈话内容，甚至连年轻女子的头发是什么颜色也不清楚，他对这两个具体的人缺乏认识，于是他的爱只能停留在抽象层面，他只能爱"人类的青春""人类的声音"等，这些抽象之物只能在他的想象中存在。自学者的爱是空洞的、虚假的，他声称爱人类只是自欺。由于不能爱具体的人、爱现实的人，自学者就只能去爱空洞的"人类"！

第三，自学者标榜爱人类，声称他的爱是深厚的、持久的、平等的、无选择的，只要面对人，他的人道主义就显示出爱心。可实际情况怎样呢？自学者能够一视同仁地爱人类吗？显然不能，因为自学者是同性恋，他的爱是"畸形"的。自学者的性取向决定了他的爱不仅有选择，他还必须把自己性倾向隐蔽起来。他在图书馆正襟危坐，眼前放着书本，有模有样地读书，摆出一副正人君子孜孜不倦的勤勉样子，眼睛却盯着旁边看书的男孩子，和他们眉来眼去。他的猥亵举动惹恼了其他读者，图书管理员看到自学者竟然在光天化日下在他眼皮底下做出如此肮脏下流的举动，忍无可忍，对他劈头盖脸就是一顿暴打，并把他驱逐出图书馆。经此一辱，自学者再无脸面进入图书馆了，这对他是致命的打击。自学者爱人类的举动遭到了"人类"的嘲讽和痛打，最后被驱逐出他所珍爱的知识殿堂，小说设计的这一情节是对自学者这类人道主义者的无情嘲讽和鞭挞。

自学者在一次大战当过俘虏，无独有偶，二次大战中，萨特也做过俘虏。在战俘营中，如同自学者，萨特也发现了他人和集体的重要性。人们常常把这二者比较，认为萨特对自学者的描写对自己人生经历有一定的预示性。确实，战俘营的经历对萨特思想有深刻触动。征兵入伍、走上战场不是萨特的选择，他是被战争机器的巨大惯性、一股无形力量席卷，连他自己也还没有搞清楚，就被送上了前线。萨特相信自己是自由的，这个自由高于一切，可现在战争强加在他身上，每时每刻都可能导致死亡，他对这一切无法抗拒。这一经历对萨特坚守的个人主义绝对自由的立场无疑是当头一棒，在严酷现实面前，他不得不意识到社会的存在，意识到他人存在的重要性。在这方面，他与自学者确实有一些相似。但在看到这一点的同时，不能加以夸大，不能把小说中的自学者与萨特后来在战俘营的表现等同起来，甚至与萨特本人等同起来。战俘营的生活使萨特切身感受到了强烈不自由，这是事实，但同样是事实的是，萨特并没有轻易地立即放弃个人主义绝对自由的立场，他仍然相信个人自由的重要性，只不过他的这一立场在战俘营中有了新的表现形式。在战俘营中，萨特写了一出戏剧，战俘们搭建舞台，自己演出。看到他们被剧情深深打动，萨特由衷地激动。他认为，这个剧本是他写的，故事是他讲述的，是他让这些战俘们悲哀和感动，在剧场中形成的那个观众群是他创造的，他看重这个观众群，这是他的成就，从这一切体验到的是：他是令众人感兴趣的人，是创造这一切的人，战俘们的快感依赖于他，他是值得大家信赖和感激的人。这时的萨特与洛根丁比较，确实不那么孤独了，他不再躲在角落里孤芳自赏，但在本质上仍具有洛根丁的一面，不能等同于自学者，这一点从他日后的行动也能得到证明。萨特一脱离战俘营，马上投入抵抗运动，成立了"社会主义与自由"小组反抗纳粹。在当时形势下，单枪匹马地进行战斗已没有意义，必须团结起来，这是形势所迫，萨特必须这样做。但他困惑的是，自由在哪里？"社会主义"是现实的要求，它导致集体的自由，但萨特向往的是个人自由。严格说来，"社会主义"与"自由"在他那里是矛盾的，在当时严峻形势下，这个矛盾暂且被掩盖。萨特把"社会主义"与"自由"结合起来，并且把"社会主义"放在"自由"前面，这是处理矛盾的一种方式，但这并不表明萨特看重社会主义，他真正感兴趣的还是后面的这个自由。在他看来，社会主义本质上是关于集体的学说，他对任何集体和集体的自由都有某种恐惧和厌恶。抵抗运动使萨特倾向于社会主义，但对这个社会主义他始终抱着怀疑态度。萨特甚至认为，社会主义的集体释放出来的力量本性上与纳粹是一致的，这不是说社会主义也会使用残忍的手段屠杀犹太人，而是指集体主义对于秩序的强调、对于规范的遵守，尊奉统一的价值观，必然导致严酷的专制，对个体无情压抑，这与纳粹的国家社会主义是一样的，他对集体主义的担忧由此可见一斑。洛根丁对萨特具有重要意义，萨特一生都带有洛根丁的影子，而自学者始终是重要的批判对象，尽管他们的经历有些相像。

通过对自学者形象的塑造，萨特对其人道主义进行了猛烈批判。但不能由此简单推导出，萨特已经摒弃了人道主义。萨特在1945年举办了一场普及存在主义的讲座，根据这次讲座内容整理而发表的著名文章，题目就是"存在主义是人道主义"。萨特的存在主义与传统人道主义有相通的一面：萨特哲学关注人、重视人，《存在与虚无》只用了一小部分篇幅谈论"自在的存在"，绝大部分篇章谈论"自为的存在"。萨特坚信人不同于物，这种不同不是因为人有理性、有道德、有知识，而是因为人是自由的。传统人道主义也把人视为自由的，尽管这两种自由的含义有区别，但它们都用自由来概括和凸显人的特征则是一致的。

萨特存在主义的人道主义与传统人道主义的不同主要表现在：后者往往尊重和倡导大写的人，看重集体、阶级、民族、政党等等，相信理性、知识、真理，相信人运用理性和知识能够构建完美秩序，这些制度具有合理性和必然性，它们是规律的体现。传统人道主义坚信，尽管现实有这样或那样的缺陷，但它们都是暂时的，未来是光明的。萨特存在主义的人道主义重视的不是集体，而是个体，他坚定不移、始终如一地强调的自由不是集体的自由，而是个体的自由。萨特认为，自由的人面对理性和知识不是被充实，而是要不断超越，理性和知识构建的一切都是超越的对象。自由的人必然面向未来，但这个未来谁都无法保证，因为未来悬在虚无中。自由的人面向未来体验的不是脚踏实地的充实，而是坐卧不安的焦虑。人运用知识和理性构建的秩序当然有合理的一面，但也会带来一系列弊端，秩序和制度是人实现自由的前提，它们一旦凝固，演化为某种固定模式，也是对自由的阻碍和限制。

自学者是萨特塑造的非常成功的文学形象，在它身上汇集了萨特对现代人和现代社会的批判，表达了萨特的哲学洞见：现代人自觉地追求本质的充实，逃避自由，以为依靠理性和知识建立的社会大厦是牢固的，用逻辑构筑的社会基础是坚实的，人的未来是无限光明的，其实这些都不过是自欺。

八、对小说场景的分析

《恶心》的哲理性不仅通过对偶然性、荒谬性等概念的艺术表现揭示出来，通过自学者形象的塑造表现出来，还通过一系列场景的描绘和对话表现出来。理解这些场景，读懂这些对话，对把握小说的哲理非常重要。下面，举几个例子加以说明。

1. 对仆从旅社街的描写

小说描写了两条街道，一条是肮脏、污水横流、连凶杀案都不会发生的诺瓦林荫道，那是穷人的街道。仆从旅社街是时髦人物和上流人士的活动场所，但偏偏冠以"仆从"之名，颇有讽刺之意。

每个星期天上午十点半，仆从旅社街摩肩接踵，人头攒动，气氛热烈。人们涌到大街上，按照规矩，分属于相互面对的两条人流。洛根丁身材高大，比人流整整高出一个人头，放眼望去，一片帽子的海洋！大多数帽子是黑而硬的礼帽，不时可以看见一顶帽子在一条臂膀的末端飞舞起来，露出脑袋上柔和的反光，那是人们在脱帽互致问候。

当然，在这一条街上，也有一些人不是住在青山上的，他们不是上流社会的人，他们来自海运大街。洛根丁一眼就可以分辨出他们的不同，住在海运大街的人常戴一顶软毡帽，动作惹人注目；而住在青山的人们双肩狭窄，憔悴的脸上带着傲慢的神气。商会会长这样的人虽然身材矮小，像瓷器般苍白和脆弱，但样子还是令人畏惧，他根本不屑看任何人，特别是那些住在海运大街的人。

不是谁都可以行脱帽礼，特别是向商会会长行礼，那一定是住在青山上的人才行。洛根丁看见一位肥胖先生，他领着自己的孩子，目不转睛地盯着会长先生，在快要交臂而过的时候，他俯身对着儿子，完全像父亲的样子，突然转向矮小的会长先生，把手臂弯成圆形，行了"一个角度很大而缺乏感情的脱帽礼"。这位肥胖先生，来这里就是为了向会长先生行礼，但是动机不能太明显，举止不能太出格，他完全懂得过犹不及的道理。他知道马上就要遇到会长先生了，却故意背过身去，俯身对着自己的孩子，在这一刻他好像完全是一个慈爱的父亲，他什么也没有注意到。当会长先生与他擦肩而过，在这一刻，他突然转过身来，造成一种不期而遇的效果，很自然地向会长先生行了一个脱帽礼。这个礼角度很大，甚至有些夸张，手臂已经弯成圆形，那是为了提示会长先生，他行的这个礼表现了更多的、也是特别的尊重，会长先生应稍稍多加留意。其实，这个角度很大的礼也透露了他内心的空虚，因为这个肥胖先生内心根本就没有尊重，这种角度很大的礼节是根据外在需要特意做出来的。

在熙熙攘攘的人群中，洛根丁转了一圈，就"已经看够了这些粉红色的脑壳，看够了这些细小的、高贵的、谦逊的面孔"。通过对这些头戴礼帽，衣着光鲜，举止高贵，谦恭有礼的道貌岸然者的形象刻画，萨特表现出这些谦谦君子的生活空虚乏味，假仁假义，从这些僵死礼节中透露出的是凝固死板的生活，机械刻板的节奏，陈规陋俗的规定，精神生活的千篇一律，内心世界的贫乏无聊。

洛根丁对住在青山上的上流人士十分鄙夷，他们心胸狭窄，精神苍白，目光短浅，神经脆弱，在本质化的牢笼中怡然自得，其乐无穷，但在洛根丁看来，这些人可怜亦可悲！

萨特具有表现空虚和无聊的天才，通过对话，表现人物在琐碎小事上津津乐道，三言两语，就将其空虚和乏味生动地呈现出来。萨特非常拿手的是对"重复"的表现：如在星期日小酒馆里，如往常一样，有四个老人一边喝酒一边玩牌。他们衣冠楚楚地来到小酒吧，日复一日，年复一年，他们一定会在星期天兴致勃勃地点酸菜吃。他们没有感到乏味，没有感到枯燥，没有感到丝毫的沉闷和无聊。相反，他们始终兴致盎然，乐此不疲，虽然已经是重复多次的事情，但每一次他们都郑重其事。"怎样，还是吃星期天的酸菜吗？""他们永远坐在同一张桌子上。"当然，有时他们也会有一些抱怨，"这只菜不再像从前那样了"，"牛肉不像以前那样好吃了"。这些对话寥寥几笔就把人物本质化的僵化生活表现得淋漓尽致。

在描写青山上的人们行脱帽礼的场景中，萨特还插入了一对年轻夫妻出现在仆从旅社大街上，男青年有些羞涩，脸涨得通红，但带着执拗的神气，这是他第一次来到仆从旅社街，流露出一种特别的快感。他的妻子则在仆从旅社街上随意溜达，"眼睛里射出不怕难为情的光芒"。这两个人物的出现搅了上流社会安宁的本质化生活的浑水，这与稍前小说表现的一个"脸皮极厚"的杀虫药店铺，它竟然带着"厚颜无耻、顽固不化的神气"开在仆从旅社街全法国最昂贵的教堂旁边，咄咄逼人，公然向权威叫板，有异曲同工之妙！

2. 洛根丁参观布城画廊

洛根丁参观布城画展，这是小说浓墨重彩地绘出的精彩场景，值得认真分析，细细品味。

布城画廊的特别之处是，它展示的不是什么名家名画，而是布城社会上流贤达的肖像画，其目的不是为培养观众的审美情趣，提高他们的艺术鉴赏力，而是宣扬布城达官显贵的男男女女，使其成为布城社会的骄傲。为什么这些上流人士能够成为布城的楷模和骄傲呢？因为他们对布城建设的贡献巨大。布城原先荒凉一片，幸得这些人发挥智慧，艰苦劳动，建造了码头、公路、厂房、大街和商店。布城能有今天的繁华，功劳应该记在他们的账上。因而这些头面人物自然成为布城的权利掌握者，他们在布城德高望重，受到人们拥戴。他们既是布城制度的建立者，也是布城秩序的维护者。他们生前在布城享有崇高威望，死后经过艺术家的精雕细刻，成为布城的"不朽"，被安置在布城画廊中，接受人们的膜拜。

洛根丁对布城人推崇的"不朽"嗤之以鼻，对这些画作中描绘的上流社会不屑一顾。当参观者观赏这些画像，由衷地发出赞叹和钦佩时，洛根丁的反应截然相反，他异常鄙视布城的这些正人君子。

首先，洛根丁的鄙视不是因为布城的这些功臣在建造城市时欺压盘剥人民，他们运用手中的权力建立了不公正的社会制度，用以维护私利；也不是因为他们道德沦丧，心狠手辣，巧取豪夺，贪得无厌，弄得民不聊生，民怨沸腾。洛根丁对布城上流社会的仇视，是由于这些上流人士没有任何平凡之处，就是用放大镜也难以在他们身上发现什么缺陷。因为在他们建立的制度中，他们自然成为完美的化身，从这个制度看，他们必然成为正义和公正的代表。相比之下，洛根丁的存在则是偶然的，他的生命是胡乱成长的，没有固定方向，不守规矩，不会按照布城设计的正义轨道成长。

其次，洛根丁与布城上流人士是不同的两类人，布城的贤达才俊扮演了一切让人羡慕的角色，他们是丈夫、父亲、领袖，要尽丈夫、父亲、领袖的义务，同时在这些方面也要求享受和权利。他们树碑立传，授予自己各种头衔、荣誉、勋章。在他们创造的世界里，一切安然就绪，安排得井井有条，不容任何犯上作乱的躁动。洛根丁在这样一个社会里根本找不到自己的位置，他既不是父亲，也不是丈夫，既不投票选举，也不交任何赋税，他的生命几乎是一个单纯的表象，与这个轰轰烈烈、日新月异的社会不沾边，与这个人人羡慕、享尽尊荣的世界格格不入。在许多人眼里，布城老爷们个个都是精英人士，是不可多得的栋梁之才，他们不仅统治了布城的过去和现在，还要影响和支配未来。但在洛根丁眼里，他们都是混蛋一个，布城就是因为他们才堕落了。

第三，布城的精英们是思想界的权威，大众精神的领路人，他们的任务是专为"灵魂接生"，老百姓只是羔羊，任凭他们驱遣和摆弄。布城的老百姓浑浑噩噩，愚昧无知，当权者清楚地知道他们软弱无力，他们在生活中受人宰割，精神上任人奴役，处于蒙昧混沌状态。他们随着这些成功人士的指挥棒转，把他们奉为楷模，当作偶像来崇拜。布城的百姓是羔羊，在安置好的牢笼中喘息、滋生、唯唯诺诺，了此一生。当然，以这个社会的眼光看，老百姓的逆来顺受只不过是尽他们维护社会秩序的责任，这是他们应尽的义务。洛根丁是一个"异类"，他意识到了危险，拒绝社会的安置，他对那些勤勤恳恳、任劳任怨的布城人感到悲哀，为此他成为了一个孤独者，被孤立在布城上流人士和社会大众的圈子外。

第四，经过艺术加工，这些上流人士成为布城人尊敬和膜拜的对象，面对这些光辉熠熠的形象，人们充满了谦恭和感激。观赏者一走进画廊大门，立即被吸引住了，没有任何提醒，他们自觉地脱下了帽子。在参观时，他们表情谦逊，一边深情激动地看着这些熟悉的人物画像，一边仔细阅读介绍人物的文字说明，不时会有一种甜蜜的愉快侵入他们身心。唯独洛根丁不受诱惑，在其逼视下，这些"经典"放射出来的光辉很快变成了"残余的灰烬"。

洛根丁发现，布城一位名望极高的人物实际身高只有 1.53 米，画家要把这样一位矮小身材表现得高大，真是别出心裁。画家在这个矮小身材周围安排了一些物件，对他加以烘托，经过艺术处理，在画中这个人物显得并不矮，画家得到了他想要的艺术效果。洛根丁在观赏这幅画时感到别扭：一会儿觉得这个人物高大，一会觉得他渺小，后来终于发现了其中的秘密：其实把这些上流人物当作圣贤供奉起来，都是采用了欺骗手段，利用了人们的幻觉。没有欺骗，就没有圣贤；没有圣贤，就没有权威；没有权威，就没有大众崇拜；没有大众崇拜，就没有社会的巩固和安宁。布城的权威们生前统治着社会，死后被制作成经典，供奉起来，接受膜拜，目的就是要遵从传统，维系价值，这个画廊的功能就是服务社会、巩固秩序，它对维护布城的统治功不可没。

洛根丁特别喜欢并且擅长攻击权威，这是他的拿手好戏。他在画廊中"从这一头走到另一头，走遍了这个长长的作品陈列厅"，最后发出了这样的感慨：

> 别了，细致地画在小圣殿里的美丽的百合花，别了，美丽的百合花，我们的骄傲和我们存在的理由；别了，混蛋们。

小说描写洛根丁参观布城画展，浓缩了对社会的批判，通过对布城画廊"艺术"的欣赏，通过对这些"经典"的感悟，洛根丁要把布城混蛋们"骄傲和存在的理由"连根挖掉。

3. 咖啡馆与孤独

洛根丁在布城很孤独，除了图书馆，频繁光顾的就是咖啡馆了。

小说中，咖啡馆是一个"一切总是正常的"地方。什么才是咖啡馆的"正常"呢？通常，咖啡馆里总是聚集着一帮人，他们在烟雾缭绕中轻歌曼舞，在人声鼎沸中争执不休，互相解释和庆幸他们意见的相同、看法的一致。小说赋予咖啡馆一种特别功能：咖啡馆是循规蹈矩之地，是众人表现他们习惯和规则的地方，咖啡馆显现的是生活常态，它在嘈杂中追求一致，在争辩中泯灭差异。说到规则和常态，前提是要有众人。单个人不要求规则，只有当众人聚在一起，需要协调，需要一致，才会形成规则。这个规则被承认，化为大家共识，长期得到遵守，才会形成惯例。在惯例支配下，才会有"熟悉"和"真实"。什么是熟悉？熟悉实际上就是被规则支配，这种支配不是靠外在强力的剥夺，而是"润物细无声"，是经年累月的浸透、积淀、慢慢内化为人的"血肉"，变为人自己的需要，于是才有了熟悉，这种熟悉才被判定为真实。

　　洛根丁置身咖啡馆，他不参与众人的讨论，他对人们热烈争论的话题没有丝毫兴趣，对他们费尽九牛二虎之力要达到的统一更是感到可笑。他与众人拉开距离，处于孤独中。这意味着，在众人眼里的那些常态、规则等与洛根丁无干，他根本不知道什么是众人的"熟悉和真实"。当处于孤独中，洛根丁发现，别人三言两语就能够说清楚的事，他却说不清楚了："一个人孤零零生活时，就会连什么叫告诉别人也不懂了。"

　　孤独意味着对惯例的背离，对规则的挑战，对常态的拒绝，意味着真实感的消失。如果常态的生活是人们熟悉的，它是在各种规则下建立的，事物之间充满着稳定联系，具有各种各样合理化的解释，那么孤独者的生活则是突兀的、奇特的、难以解释的。常态的生活是本质化的，孤独者的生活则充满了偶然。

　　以"常态"的目光看，偶然的生活显得不可理解。譬如小说描写的这一场景：

　　　　星期六下午四时左右，车站建筑工地由木板铺成的人行道的末端，一个矮小的穿着天蓝色大衣的女人跑着向后退，一边笑一边挥舞着手帕。与此同时，一个穿着奶油色雨衣、黄皮鞋、戴着一顶绿色帽子的黑人，吹着口哨正好从街角上转过来。那个女人马上就要撞到他的身上，女人始终倒退着走，她的头上有一盏悬挂在栅栏上要到晚上才点着的路灯。因此，在同一时间里，这里有发散着强烈潮湿木材气味的栅栏，有这盏路灯，有这个倒在黑人怀抱里矮小的金发女人。

这种情形的发生纯粹是偶然，对于它不能询问，为什么在这一时刻会同时出现散发着强烈木材气味的栅栏以及这盏路灯，还有倒在黑人怀抱里的这个矮小金发女人，这里面有什么联系吗？究竟是什么原因把它们联系在一起？为什么会出现这种情形？一旦这样提出问题，就意味着想要用因果关系来解释它，意味着已经把它奠基于某种必然性之上。这个倒退着走的女人为什么偏偏撞到这个黑人身上？这种相撞表明了什么？用因果性和必然性的思路根本无法解释这一切。这种情形没来由地发生了，它展现在面前，突然间又结束、消失了，对此无法问一个为什么，它没有任何目的，没有任何准备，不表达任何意旨，它突然间发生、存在，又结束了，这就是偶然。

孤独者的生活充满了偶然，充满了各种可能，它发生了，它就是这样，把它奠基在一个本质上是徒劳的，你无法用一个概念解释它，你不能用目的、意义等充实它们，无法将其定性，纳入规则，当作某个规律的体现。孤独者与大众是对立的系统，他们演化出两种不同的生活。譬如对上述场景，如果我和四五个人在一起，看见这个女人倒在这个黑人怀抱，看到两个人脸上同时露出惊愕的神情，我们会发出笑声。这种情形是对熟悉的偏离，当然它是一种无害的、轻微的偏离，是对熟悉和真实的稍稍"逸出"。可是，当我处于孤独中，当我没有什么要背离，我与别人既没有一致，也没有什么不一致，我就不会有笑的反应。洛根丁说："一个单独的人很少产生笑的反应。"

一般而言，人本能地趋向逃避孤独，办法有二：一是躲进人群，啤酒馆的大众生活就是消除孤独的去处，自学者就赞同这种方法。二是借酒浇愁，通过暂时的麻醉逃避孤独。这种看法把孤独视为一个存在于我们的体内的"东西"，想借助啤酒使其慢慢融化，以至消失。

洛根丁指出，对孤独的这种认识是非常错误的。我们不能像为一个人留住座位那样为孤独保留一个空间，孤独的存在方式与一件"东西"的存在方式完全不同，用消除实体的方式是不能消除孤独的。这就是说，即便我处于咖啡馆中，即便我与周围人有说有笑，即便我热烈地拥抱了每一个人，即便把咖啡馆大门锁住，用强力手段把我硬性嵌入人群，用这种方式能消除内心的孤独吗？导致孤独的不是由于我与他人的外表有什么不同，如果孤独的产生是因为我的外表与他人不同，那么我可以采取措施使我与他人一致。洛根丁指出，导致一个人的孤独是他脑子里的"螃蟹或龙虾般的思想"，而不是他的"脖子上有一块肿瘤摩擦着他的假领的边沿"。人们可以发明各种方法追求一致，但无论如何人们无法消除我的思想与他人思想的差异。思想、精神、意识的存在本身就是差异，它们的成长就是独特性，追求思想的一致无异于消灭思想本身，只有在孤独中，在与群体保持距离中，在抗拒那种死板的一致和僵硬的统一中，思想才能孕育生命的嫩绿枝桠。

格根丁把咖啡馆与孤独对举，从萨特哲学看，这就是大众本质化的生活与个体偶然性存在的对立。存在主义的鼻祖之一尼采就曾极力倡导孤独，把孤独当作一首"清洁的赞美歌"。大众是污泥浊水，避免"污染"的唯一办法就是保持孤独。洛根丁继承了这一点，大众是本质化生活的代名词，个体若要保持自由，就必须避免群体的诱惑，在孤独中寻找生命的真谛。

4. "我"喜欢"废纸"？

洛根丁喜欢"废纸"：

> 我很喜欢捡起栗子、破布，尤其是废纸。我觉得最愉快的就是把他们捡起，握在我的手里；甚至差点儿我就会把他们放进我的嘴里，像孩子们所做的那样。有时我拿着纸张的一角，把大概沾上了粪污的华贵的厚纸掀起来，安妮就气得要命。在夏天，或者在初秋时分，在公园里有许多被阳光晒焦了的破报纸，干燥而脆薄得像枯叶一样，黄得以为是被苦酸浸过的。另一些纸张在冬天被踏烂、粉碎、弄污，回到土地里去了。还有一些纸张是全新的，甚至是光滑的，全白，跳动着，像天鹅似地停在那里，可是泥土已经粘着它们的下面了。它们绞扭着，挣扎着，从泥土里脱身出来，可是又在不远的地面上落下去，再也挣扎不起来了。

废纸是丢弃之物，是无价值的东西，为什么洛根丁一反常态，会对一张废纸产生兴趣？这让人有些不可思议。

首先要明白的是，洛根丁关注的不是"废纸"，而是废纸的存在。废纸和废纸的存在有联系，但又有明显的区别。废纸是一种存在物，通常人不会喜欢废纸，洛根丁也不喜欢作为存在物的废纸，在这一点上他与人们没有什么不同。

小说的描写首先对作为废纸的存在物进行还原，将废纸还原到它的存在，作者要表现的是事物的存在，这个存在本身超越了一切废弃，存在本身没有任何废弃可言。作为存在物的纸张可以废弃，但存在本身无法废弃，存在一劳永逸地超越了废弃，我们无法把"废弃"加到存在上。

洛根丁仅对废纸的"存在"感兴趣，如果不理解存在与存在物的区别，完全站在存在物的角度看，对洛根丁喜欢"废纸"这一癖好就难以理解，这就是安妮与大多数人一样对洛根丁的这一嗜好"气得要命"的原因。

小说对"废纸"的描写很有特点：它是物而不大看得出是什么（何种）存在物。洛根丁喜欢把废纸捡起来，握在手里，甚至差点把它们放进嘴里，哪怕上面有粪污，这一嗜好站在存在物的角度看很难理解，以常人目光看，洛根丁的这一举动让人感到他的神经似乎有些不正常。但换一个角度看，洛根丁的这一举动就很"正常"了。他感到亲切的不是作为存在物的废纸，而是废纸的存在，是那些"被踏烂、被弄污、被粉碎、挣扎着要回到土地里去"的废纸。还有一些纸张是全新的，它们光滑洁白，像跳动的天鹅，泥土已经粘着它们的下面，它们绞扭着，从泥土里脱身出来，可是在不远的地方又落下去。在洛根丁眼中，这些纸张，无论是废弃的还是全新的，它们根本没有区别，因为它们都不是存在物，都转化为存在，从存在的角度看，它们无所谓新与旧的分别。在萨特浓郁的充满象征意味的表现下，不论那些晒干的像枯叶一样的破报纸，还是全新洁白的纸张，它们都要回到土地里去，它们都要剔除身上的一切存在物的特征，或者说，所有存在物的那些人们熟悉的"客观"特征在洛根丁眼中都模糊和消失了。

存在与存在物的区别，是物本身与人们对物的虚无化的区别，存在是更本源、更基础的，存在物则基于对存在的解释，它是存在某方面的显现。揭示存在的困难在于：只能通过废纸才能揭示废纸的存在，只能以像废纸但又不是废纸、超越一般废纸的描写来间接暗示废纸的存在。

5. 洛根丁与自学者讨论"奇遇"

什么是奇遇？自学者认为，奇遇就是人们遇到的一件"不平常"的事件，如火车误点、丢了东西、被逮捕错了在监狱中过了一夜等。在正常状态下，这些都不会发生，或至少经过努力可以防范或避免。它们的发生可能源于我的不小心，或他人的出错等。奇遇是相对于正常状态而言的，在这一意义上，洛根丁声明，他"没有任何奇遇"，因为他所说的奇遇与自学者的理解完全不同。

洛根丁眼中的奇遇是什么呢？

洛根丁认为，奇遇是"我"遇到的一件事，它在我的真实生活中发生过，它不在未来出现，也不在想象中出现，它是我过去的一段经历。这段经历对我非常重要。"非常重要"的意思不是指这段经历能够给我带来什么好处，它与爱情、荣誉、财富等都没有关系。在日常生活中，爱情、荣誉和财富是重要的，是每一个人都会追求的，但它们与洛根丁所说的奇遇没有关系。

洛根丁所说的"重要"是指：已经过去的那段经历在我现在的生活中具有"稀少而贵重"的性质。也就是说，要有这样的经历，并不需要非常奇特的环境（如我要登火星，到一个人类没有去过的地方等），只要增加一些具备这些经历的困难即可。譬如，回想过去在咖啡馆中响起的那段音乐，我想到过去美妙时光，它恰好就是现在我被剥夺掉的东西，于是我就称这段美妙时光为奇遇。奇遇发生在过去，但这个过去是相对现在而言的，从现在看，那段经历一去不返，或重现它非常困难，而它对现在的我又如此重要，我很珍惜它，这样的经历就是奇遇。

任何奇遇都有一个开始，为了肯定这样一个开始，就要做一个划分，这个划分带有人为性质。为什么奇遇会从这里开始，为什么在过去的那一刻成为奇遇的开始？这只能是人为的划分，"自然"本身不会自动地做出标记，自动地提供或标示出一个奇遇的开始和结尾。

奇遇是从现在回想过去，它既是记忆和回忆，同时又是想象。奇遇立足于现在，它从现在回溯以往。这个"回溯"当然要求把过去重现出来，但是由于我是从现在回溯以往，回溯是从"现在"切入唤起过去，在这一意义上，奇遇不可能也无必要把过去的那段经历原原本本地完整再现出来，奇遇不可能把我重新置于过去的经历中。这个立足于现在的想象性质，就使奇遇"只能在书本上存在"。因此，洛根丁所说的奇遇，不是过去的某段经历在此刻的忠实复现，它其实带有想象的性质，带有理想的色彩。

任何奇遇都具有结构，它可能从一个微小的事情开始，这个微小的事情只是另一个事件的前奏。这个开始就是为了结束，每一分钟都是为了引出之后的无数分钟才出现的，虽然每一分钟都是唯一的、不可替代的，可是它们都在消失。突然间，奇遇结束，时间又恢复了恹恹无力状态。这个有开始、有过程、有结束的奇遇完全隐没在过去之中，它缩小了，它的开始与结束已经合二为一。

洛根丁认为，事情发生了，我们经历了它，在经历的那个时刻我并没有认定它就是奇遇，当人们正在经历某一事件时，这一事件本身并不具有奇遇的性质，它不是先天地就具有一个奇遇的特征。单就过去发生的某一事件本身而言，它并不能决定自己就是奇遇，奇遇不是单纯的过去性质。奇遇是站在现在的立场上对当初的想象和重构，我发现，当初的那段经历对现在而言成为

"稀少而贵重"的，由此才赋予那段经历奇遇的性质。由于奇遇是从当下存在出发对过去的重构，立足点是当下的存在，这是奇遇能够出现的关键。不是过去的那段经历自动地成为奇遇，不是我经历的那段时光的过去性质注定了它是奇遇，而是我站在当下，从此刻出发，回忆当初，才出现了奇遇。所以"要使最平凡的一件事变成奇遇，必须把这件事加以叙述。"严格说，奇遇不是发生在过去，而是出现在现在。当我们回忆过去、对过去加以叙述时，才出现奇遇。

譬如，在小学读书时，奶奶常送我去学校。那时，奶奶牵着我的手，为我提着书包，一边走，一边叮嘱我过马路要小心。我懵懵懂懂地经历了这一切，在我经历它们时，我并没有感到这些日子有什么特别，更没有想到它们就是奇遇。我对它没有任何留恋，对这段时光没有任何"定位"，它匆匆就过去了，从我的身边无声无息地溜走了。现在，我漂泊海外，奶奶早已去世，对于亲人和朋友都是聚少离多，这时多年前的那段时光浮现出来，对我显得特别珍贵，这种珍贵实际上是我眼下存在的反映。现在我渴望真情，渴望温馨，渴望亲人的关心和朋友的友谊，于是，奶奶送我上学的那段时光，"自然"就成为我生命中的一段奇遇。我小时候比较顽皮，放学时和同学打闹，为此奶奶还批评过我，当时我很不服气，觉得奶奶多管闲事，爱唠叨，有时我真希望放学一个人回家才自在，觉得奶奶来接我实属多余。看到奶奶站在校门口，我并没有欣喜，更没有感激，有时还有一丝无奈，总觉得不自由。现在回忆当初，这种不快完全消失了。我此刻的需要通过回忆已经悄无声息地"改造"了过去，那段经历并不是原本的过去，而是我此刻迫切需要的过去。

从有关奇遇的讨论中可以引申出洛根丁对历史的看法。常识认为，我们每一个人都有过去，这个过去就是我们的历史，它制约着我们，一直影响到我们的现在。传统历史观认为，死的过去决定活的现在，这就是认同本质决定存在。从洛根丁的观点看，任何历史都只是叙述者站在当下的立场上讲述的，历史不可能自动浮现出来，历史是我们对过去的回顾，讲述者必须从现在出发去叙述历史。讲述者叙述的这段历史根本无法逼真重现过去，历史学家建构历史的目的也不是要单纯地复现过去，讲述历史是为了此刻的需要，历史是从眼下和未来的需要着眼撰写的。因此，人们无法摆脱自己的存在去叙述历史，历史只不过是借助过去的事件对现在的反映。从表面上看，历史是对过去的陈述，实际上，历史只能通过现在的视点把过去组织和呈现出来的，历史表面上看反映的是过去，实际上揭示的是现在。所以，不是过去决定现在，而是现在决定着过去，现在决定着历史的叙述。

单纯的过去既不是奇遇，也不是历史，奇遇和历史都出现在对过去的叙述中。奇遇和历史都是一种人为的结构，它们与"纯粹过去"有着无法消除的错位。可以说，奇遇和历史之所以能够成立，就是因为它们虽与过去有关，但它们都不是纯粹的过去，正是因为它们不是单纯的过去，它们才能成为奇遇和历史。换言之，奇遇和历史都是对过去的虚无化，通过虚无化，过去进入历史，真正的、纯粹的过去就消失了。正是意识到这一点，洛根丁最终放弃了撰写历史传记。因为任何历史传记都不可能是对某个过去的人物的真实再现，洛根丁站在当下，不可能重新回到过去，他只能写出他此刻理解的、他能够根据各种史料把握到的历史人物。

洛根丁说，他与厄尔娜在一起，他们俩生活着，感到愉快。在他们沉浸在愉快中时，他们并没有想到愉快。人们生活着，但人们并没有想到生活，这种前反思状态是正常生活状态。而当我想到生活，当我用概念去描述和界定它，当我断定生活是什么的时候，我已经进入反思状态。当我处于反思状态，实际上我已经与被反思的生活拉开了一段距离，我就有可能赋予这段生活想象的性质。因此，在前反思状态没有奇遇，在我经历某段生活的时候它不是奇遇，奇遇只能出现在反思状态中。

洛根丁说，后来厄尔娜离开他，当他回顾与厄尔娜相处的那段时光，在他此刻的孤独中，那段时光成为"奇遇"。他在前反思状态中经历它时，没有发现它是奇遇，但现在，只是在现在，他认为这段时光是奇遇。可是当厄尔娜真的回来搂住他的脖子，他反而莫名其妙地厌恶起来。这是说，一旦想象转化为现实，想象的性质消失了，奇遇顿时化为乌有。

叙述是扎根于当下对过去的重构，所以前反思状态与反思状态的顺序是相反的。生活的顺序是从前往后，从过去到现在，而反思状态的叙述顺序则相反，它是从后往前，从现在到过去。通常情形下，这个现在是隐蔽的。按照生活的顺序去叙述是不可能的，人们不可能完全站在过去的立场上叙述过去，更不可能按照叙述的顺序去生活，我们只能从过去活到现在，不可能从现在活到过去。我们只能站在现在的立场上构筑过去，过去只能按现在的价值构筑起来。正是由于我们只能从当下出发去构筑过去，而当下始终是一个变化的时刻，它处于向未来延伸的变动中，它带动了叙述理想的变化。我们永远不可能有一个永恒凝固的当下，我们永远也不可能有一个僵化、静止的理想，因而我们永远不可能固守单一的、唯一的历史。

洛根丁与自学者讨论奇遇，遵循的仍然是现象学有关存在与存在物的逻辑：过去是荒谬的存在，它没有任何秩序，没有任何价值，它本身不是历史。奇遇和历史都是对过去的虚无化，都是人为的建构。自学者直接把过去视为奇遇，认为过去自动地成为奇遇，过去和奇遇没有分别，这种非现象学的态度是洛根丁不能同意的。

6. 对于大海的描写

> 许多人在海边散步，他们把春天的充满诗意的面孔向着大海……天气很好，绿油油的海……真正的海是又冷又黑的，充满野兽的；她在一层绿色的薄皮下面爬行，这层薄薄的表皮是用来骗人的，我周围的精灵都受了骗；他们只看见那层薄薄的皮，就是它证明了天主的存在。我却看见底下一层！薄皮融化了，那些天鹅绒般的光滑的薄皮，善良天主创造的可爱的长满绒毛的薄皮，都在我的眼睛底下到处发出爆裂声。

大海是绿油油的，平静而温馨的，人们在和煦的阳光下用赞许的目光望着大海。这种情景是人们熟悉的，在现实中人们经常看到这样的大海，对这种温馨、平静、绿油油的大海持赞美的态度。这种绿油油的大海是存在物，对其特征人们可以做出准确的描述。洛根丁关注的是那种真正意义的大海，那种又冷又黑，充满着兽性的大海。

洛根丁认为，大海表皮的绿油油是骗人的，众人只看到了这层绿色薄皮，把大海把握为带有绿色薄皮的存在物。从存在物角度看世界，可以对出现于眼前的任何事物作这样的发问：它是什么，来自哪里，它为什么会这样？它如此存在的目的是什么？当我们这样提出问题、思考问题、理解世界时，就落入了宗教的陷阱。循着这种思路，一路追溯，最后必然会找到上帝作为对所有问题的终极回答。在这个意义上，绿油油的大海这一存在物最终带来和证明的是"天主的存在"。

洛根丁对"绿油油的大海"进行还原，看见了在"绿油油薄皮"底下神秘的一层，于是，大海绿油油的表皮"融化"了，所有存在物的那些天鹅绒般光滑薄皮，来自天主创造的可爱的长满绒毛的薄皮，所有事物的那些客观特征，都在他的眼睛底下发出爆裂声，"它们裂开来，爆开来。"

存在比存在物是更本源的，存在物只是对存在的显现，属于人的一种理解和界定而已。在存在物的层面上，人们用种种关系来证明事物的合理性，这些关系的终极支撑就是上帝。解构上帝，就是为了取消一切决定论，就是打破存在物的僵硬界限，击碎事物的表面意义，回到存在本身。

7. 电车、建筑物、电车上汉子

> 玻璃窗后面，淡蓝色的东西依次过去，它们硬直而易碎，一冲一撞地出现了，出现了人，出现了墙垣；一所房子通过它的打开的窗户把它的黑色心脏呈现在我眼前；玻璃窗把所有黑色的东西都变成苍白色，蓝色，把这所黄色砖墙的大房子也变蓝了；这所房子是犹豫着走过来的，它颤抖着，突然朝下倒了下去……

> 他有陶土色的脑袋、蓝色的眼睛，他的整个右边的躯体倒了下去，右臂紧贴身体，右侧几乎没有活着，只活一点点，很吝啬地活着，好像已经瘫痪似的。可是在左边，却有一个小小的寄生的生命存在，这个生命在发育，成了一个毒疮。那个臂膀开始颤动，然后举起来，臂膀末端的手是直的。接着那只手也开始哆嗦，等到它举到脑袋那么高，一只手指伸出来，开始用指甲搔头皮。一种表示快感的怪模样挂上了右嘴角，左嘴角仍然像死掉般不动。玻璃窗颤动着，臂膀颤动着，指甲搔呀，搔呀，他的嘴角在凝视不动的眼睛下面微笑着，这个人不知不觉地忍受这个小小的生命，这个生命使他的右边鼓胀起来，它借他的右臂和右颊来实现自己的存在。

在小说的描写中，人们熟悉的存在物特征几乎都消失了，萨特有意把存在物描写得不像存在物，目的是把它们还原到存在。

存在无处不在，无时不在，但用眼睛看不见，用手摸不着，存在通常是隐蔽的。这不是说存在是抽象物，像哲学中所说的理念那样，只在抽象思维中才能把握。人们常常执著于存在物，在此基础上问什么是存在？把存在理解为在众多存在物基础上的抽象，理解为空洞的外形，用来加在事物的表面。在洛根丁看来，以这种方式理解的存在只是一件"装饰品"。

洛根丁所理解的存在是事物的内在和根本，它剔除了覆盖在事物身上种种抽象范畴的外貌，剥离了存在物的表皮，使存在赤裸裸地显现出来：存在是"事物的肉浆"，是"一堆柔软的、怪模怪样的形体，乱七八糟，赤裸裸——一种可怕和猥亵的赤裸"。这种对存在的生动描绘实际上就是萨特哲学中对自在存在的揭示，自在的存在逃脱了一切解释，拒绝了一切对它的说明和界定，它变成了"一种可怕和猥亵的赤裸"。

萨特对建筑物的描写解构了建筑物通常所具有的稳固特征。作为存在物的建筑物，它应该有坚实的基础，稳固坐落在地面上。在它的墙面上，规则地布满了窗户。这座建筑物里有许多房间，住着许多人，他们都有自己的生活和秘密。小说对建筑物的还原采取了特殊视角，洛根丁是从行驶的汽车上看到这些建筑物的，于是大大小小的建筑物跌跌撞撞地、迟疑地走过来，颤抖着，突然跌倒，打开的窗口把黑色心脏赤裸裸呈现在洛根丁眼前。在洛根丁眼中，这些建筑物实际上已经不是通常作为存在物的建筑物了，它悬置了所有建筑物的特征，这些建筑物作为一个客观对象的那些特征已消失了。

小说刻画的电车上的汉子很有特点：他不是哪个具体的张三或李四，他身上几乎解构了时代、历史、阶级、性格、民族等特征，这是一个没有任何特征的人物，是一个拒绝了一切解释的自在的人物，他差不多就是一堆"肉浆"，是所谓"可怕和猥亵的赤裸"。洛根丁把人还原为"肉浆式"的存在，这种"肉浆式"的东西是没有任何特征、没有任何理由、没有任何根据和目的的存在。在洛根丁眼中呈现的人物，虽然有一系列的表情和动作，但它们都逃出了因果关系的框架，无法显示任何意义，他成为了一个"不知不觉地忍受的这个小小的生命"。

站在存在的立场，所有存在物的理由、根据都是虚幻的，它们不一定非得是这样。所有存在物为自己寻找的辩护都动摇了，这使它们显现出滑稽，处于几乎捉摸不到的"轻松喜剧的场面中"。如果对存在物进行还原，把各种冠冕堂皇的理由"悬隔"起来，人也好，物也好，就都成为洛根丁眼中的这般模样了。

8. 洛根丁与安妮

安妮是小说中另一个重要角色，洛根丁已经与她分手，时间匆匆过去了四年，但他们之间仍"藕断丝连"，他总是惦记着安妮，期待着与她的会面。可是这场期待许久的会面并没有燃起洛根丁的热情，相反，它带来的是失望。这种失望与洛根丁对咖啡馆老板娘的失望不同。洛根丁去咖啡馆就是为了接吻，他刚推开门，侍女就冲着他嚷，老板娘不在家。洛根丁顿时感觉到性器官部分有一种"尖锐的失望感觉"。

洛根丁与安妮的情人关系与一般人们熟悉的情人关系不同，尽管他们已经分手，但安妮仍然是他唯一挂念的人，虽然这种挂念已经不是那种形影不离的苦苦相思，但洛根丁仍然对它抱有期望。传统爱情表现的情人关系是难舍难分、亲密无间、心心相印和关怀备至的"和谐",在小说描写中,洛根丁对安妮的期望带来的只是失望和疲惫。小说表现的情人关系总是引起冲突、制造麻烦、带来误解、不快和遗憾。洛根丁与安妮即便是在感情的世界里,也难逃冲突的怪圈。

几年不见,安妮有一些改变,她略胖一些,但仍像以往那样,性格咄咄逼人,说话夹枪带棒。她间或表现出往日的情感,但更多的透露出无奈和迷惘,疲惫和倦意。洛根丁期待与安妮的会面能够拯救他——给他激情,给他存在的理由,使他的存在变得有意义,给他的未来指出一条路。但与安妮的会面使这一切都化为泡影,它把洛根丁真正置身于孤独中。

过去,安妮钟情于洛根丁,但她每分钟都用尽心机增加他们之间的误会。洛根丁何尝不是如此呢?过去安妮是他们情感关系的主动者,但此刻在火车站与安妮分别的刹那,洛根丁显得很有男子汉气概,他没有说一句话就走了,这使他成为主动者。他赞叹自己:"这件事干得真漂亮!"

9. 铜像、经验、过去和浓雾

布城广场竖立了一座铜像,它象征着权利、知识和信仰,捍卫着塑造和支撑布城人的观念。围绕广场,是一个已被定型的群体化生活,从人们对铜像的恭敬、谦卑和满足的态度看,布城居民的生活已经被本质化了。

铜像是这种本质化生活的守卫者,在它的监护下,太太们可以安心地做家务,可以悠闲地领着小狗散步。布城的这尊铜像塑造的是一个大学校监,他有三本著作流传于世,这三本书的名字很有意思:《古希腊的民望》象征着传统,表明其知识和权利有一个谱系,来自于古老的权威和经典。《洛林的教育学》表明把知识运用于教育,对人们进行开导和充实,把人们定位于各种秩序中。第三本是《遗嘱》,知识被尊奉为经典,具有影响力,它不仅要塑造现代人,还要影响后世,打造未来。

老一辈统治下一代常常借用经验,而年轻人缺少的就是经验。在传统社会中,经验被视为财富,积累经验,尊重经验,向经验求教,是一个人成长的必经之途。谁能够忽略和漠视经验呢?轻视经验常常被视为幼稚和自大,漠视经验、向前人的经验挑战,那就不仅仅是愚蠢,简直就是狂放了。

洛根丁对经验有另一种认识。在他看来,一个人糊里糊涂地到了40岁,就可以把自己的成见压缩成格言,题名为经验。经验不是面对未来的智慧,而是沉默凝固的过去。每一个人都有过去,都有经验,都希望用自己的过去指导现在和未来。老年人经验更多,比青年人的"资本"更充实,教育起年轻人来就更理直气壮，振振有词。其实，用经验判断和解释一切，本质上就是要把独特新鲜的现在纳入到陈旧的过去中。经验的本质是习惯，是规则，用经验给人们提供支撑，就意味着不承认有一个本质上不同于过去的现在和未来。如果一个人的生活到了只能赞美经验的阶段，在洛根丁看来，说明这个人已经不可救药。经验意味着要消灭新事物，通常，一个经验丰富的人会认为天下没有什么新东西，因为他凭借自己的经验可以包容一切、解释一切。小说中的洛耶大夫就是这类典型，他行医多年，积累了丰富经验，这些经验非但没有使他充满活力，反而使其成为活死人。在洛根丁眼中，这个洛耶大夫"一天天越来越像他将来的尸首"。

一个人有了一些阅历就倾向于总结经验，发现规律，然后把万事万物纳入其中。洛根丁问，人们真的能够发现规律吗？这个问题也可以换一个提法，人们真的能够消灭偶然吗？真的能够用必然性奠基这个世界吗？人们把自然的怠惰视为稳定，又把这种稳定当作规律，这是自欺欺人。大自然的所谓规律只是假象，一旦它跳动起来，人们建立的堤坝、堡垒、电力中心、高炉和汽锤，这些稳固的象征还有什么用呢？存在原本就没有什么固定性，没有这样或那样的界限和特征，事物之所以变得个性突出、棱角分明，这些"界限"和"框架"是知识赋予的，知识给事物命名、定性，为事物划定界限，赋予事物以意义，而知识这样做的目的，就是为了把事物纳入规律中。洛根丁举了许多例子，证明那些不合规律的东西也是自然存在，大自然才不会按人的规律设计和运行自己。如此看来，科学、人道主义、"会思想的芦苇"凭什么还强调自己的尊严和价值呢？

一个不受经验束缚的人才具有青春和朝气，执著于经验会使一个人变老，会消灭一个人的未来。萨特晚年说，认为事件和经验会形成一个人，这是十九世纪经验主义的神话。他认为，没有一种经验可以作为准则、公式用来指导人们的生活。萨特不相信经验，不承认普遍原则具有无条件约束人们的权利。[1]

经验是稳定的，规律是僵化的，它们的共同特征是怠惰，凡能解构这一切的都受到洛根丁的欢迎，在这一意义上，浓雾对洛根丁有特殊吸引力。在浓雾中，一切清晰和确定都消失了，一切界限都模糊了，浓雾解构了所有确切性和必然性，象征着棱角分明的整个世界的瘫痪和崩解。在浓雾中一切都成为不确定的，这与在充满偶然的世界里，一切都是漂泊不定的恰好同构：在浓雾中与

---

① 波伏娃著、黄忠晶译：《萨特传》，百花洲文艺出版社 1996 年版，第 376 页。

在偶然的世界中一样，你无法预料、无法定向，无法找到结实有力的支撑。在浓雾中，经验失去了效力，过去和习惯不再有意义，在不安中未来成为威胁，充满挑战，这时人们只能依靠自己，依靠自己的自由。在浓雾中消除了稳定性、规律性、必然性，把整个世界奠基在偶然性上，自由才显现出来，此即浓雾的魅力！

10. 个体与集体

小说开始的题词是：

他是一个没有集体重要性的小伙子，他仅仅是一个人而已。

这一题词把个人与集体鲜明地对立起来。

传统看法也承认个人，但往往把个人视为集体的一分子，强调个人在集体中才能生存，离开了集体，个人没有价值。集体是个人存在的前提，个人的作用在于表达集体的重要。传统观念坚持个人不能凌驾于集体，个人充其量只是构成集体的一分子。在洛根丁看来，这种理解实际上是用集体吞没了个人。

萨特哲学把传统观点颠倒过来了，认为真实存在的是个体，集体只是一个虚构，个体的存在才具有重要性，他坚决反对用集体解释个体，因为用集体解释个体的唯一结果就是吞没了个体。这里，集体可以是任何一种本质，如老年人团体、某某协会是集体，同样工会组织、某某政党也是集体。把个体纳入到集体中，往往导致忽视或抹杀个体的独特性，抹平和消灭个人之间的差异性。萨特哲学看重个体，认为个体是真实的存在，无法取代，个体的存在具有独特性，无法充实。集体是人为的抽象，其本质是人为的杜撰，它是用来钳制、压抑个体、消灭人的真实存在的"利器"。萨特哲学认为，个体是自由的，集体往往钳制自由、窒息自由。

存在主义强调存在，这个存在是个人的存在。存在主义强调自由，这个自由也是个人的自由，存在主义重视人，这个人是个体，而不是群体。题词表明了小说的主题：个体才是人的价值的体现者，才是人的自由的真正承担者和实现者。

《恶心》是萨特最重要的哲理小说，无论对萨特的创作，还是对二十世纪法国小说创作，《恶心》都具有重要意义。

第四章

选择、焦虑与自由——对《墙》的分析

一、创作概况

《墙》是萨特短篇小说的代表作，是萨特成年后发表的第一篇小说，最初刊载于 1937 年 3 月第 286 期《新法兰西评论》上。加俐玛出版社于 1939 年把这篇小说和萨特的其它四篇小说结集出版，小说集的名字也叫"墙"。其他四篇小说是：《房间》《艾罗斯特拉特》《密友》和《一个工厂主的童年》，这五个短篇中，分量最重、影响最大的是《墙》。

1967 年接受记者采访时，萨特说《墙》"直接反映了我对西班牙战争的真实感受"①，西班牙战争对当时欧洲和法国都是一件大事，对萨特的生活具有重要意义。波伏娃说，西班牙战争"是一场悲剧，在两年半的时间里，成了我们生活中的主要事件"②。萨特虽然没有亲历这场战争，但对战事非常关注。对于战争的失败，萨特和朋友们非常愤怒，感受到"不干涉"的罪孽，他的作品直接或间接地反映了这场战争。在长篇小说《不惑之年》中，画家葛梅兹在战争爆发之际抛妻离子，毅然奔赴西班牙。小说主人公马蒂厄对法西斯分子在西班牙狂轰滥炸、虐杀无辜无比愤慨，他也想去西班牙参加战斗，他有冲动，但就是没有行动，这种心态多少折射了萨特当年的心境。

尽管萨特在三十年后指出小说"不是哲学作品"，但实事求是地看，《墙》具有浓郁的哲学色彩，它涉及萨特哲学一系列重要课题，决不是对西班牙战争的简单反映。有论者认为："《墙》表达了存在主义者熟悉的论题，诸如绝望、死亡、无意义和虚无主义，所有这些都表达了存在主义的真理。……伊比埃塔

---

① 萨特著、潘培庆译：《词语》，三联书店 1989 年年版，第 191 页。
② 贝尔纳·亨利·列维著、闫素伟译：《萨特的世纪——哲学研究》，商务印书馆 2005 年版，第 437 页。

相信，他的时间所剩无几，除了怀着尊严去死，他别无所求。最终所有事物，所有人们奋力以求的，在他看来都是荒谬。"① 三位战士被捕后面临死亡威胁，他们在生命最后一刻的挣扎和反抗具有强烈震撼性，最能揭示人的存在，也能够唤起读者的兴趣。萨特在小说中对人物的心理和行为进行了深入挖掘，《墙》的独特表现需要从存在主义的视角去理解，这一点非常关键。

《墙》这部小说集在引起社会关注的同时也引发了激烈批评。有人认为萨特塑造的是一些"污秽的丑类"，展示的是一个令人困惑的丑恶世界，称萨特为"淫秽小说家"。在上一年（1938 年）出版的《恶心》已经引发了评论界铺天盖地的批评声浪，《墙》的出版多少延续了这一势头。

《墙》的出版使萨特获得 1940 年度法国民众小说奖。这一奖项不是由机构或团体提名，而是由个人申请。是否提出申请，萨特有些犹豫，他征求波伏娃的意见。萨特的想法是，必须有把握得奖，申请才有意义，否则总是当候选人，老是看着奖项从鼻子底下溜走，"事情就滑稽了"②。得到波伏娃的鼓励和支持，萨特决定申请民众奖。他写信推荐自己的作品，最终如愿以偿，得到了这个奖项。民众奖只是一个小奖，萨特认为获得这个奖项并没什么了不起，这不会为他的小说增加一个读者。萨特看重的是民众奖颁给他的奖金，那时他还在前线服役，军营里开销不小，他经常入不敷出，幸亏有波伏娃接济，勉强可以支撑。波伏娃担任教师，节衣缩食，不时还增加一些课程，为的是多一点收入。她常常要满足萨特的要求，购买书籍、纸张、信封等，有时还寄钱给萨特。即便如此，萨特仍不免手头拮据，常向同事借钱，有时早上只喝咖啡，不吃面包。民众奖使萨特获得两千法郎，这笔钱至少可以帮助他摆脱生活的窘境。

法国著名作家纪德读了《墙》后认为是一篇"杰作"，他说很久没有读到这样使人高兴的作品了，他对作者寄予希望，并对这个文坛新人产生了浓厚兴趣，他不断询问："这个让·保罗是个什么人？"他请人举办晚宴，以便认识萨特。③ 有论者指出："除了有一些小毛病，《墙》是值得向广大读者引荐的作品。"④ 还有人认为："尽管萨特的文学作品充满了说教，但出版于三十年代

---

① Gary Cox, *Sartre Dictionary*, Continuum International Publishing Group, 2008, p. 217.

② 萨特著、沈志明等译：《寄语海狸》，人民文学出版社 2005 年版，第 465 页。

③ 米歇尔·维诺克著、孙桂荣等译：《法国知识分子的世纪——萨特时代》，凤凰出版传媒集团 2001 年版，第 5 页。

④ 见 Inge Stites, *Sartre Le Mur*, French Review Vol. 72, No. 2 1998. 12, p. 346.

的短篇小说集《墙》和小说《恶心》仍然是杰作。"①

《墙》的出版也引起国外关注，萨特服兵役期间给波伏娃的信中谈到，日本人曾找过他，要求翻译这部小说，并愿意支付一定数额的费用。起初萨特以为他们把这部小说集全部翻译，后来才搞清楚，日本人当时只翻译了其中的一篇作品，即《墙》。

二、小说情节

小说开始，主人公伊比埃塔等三位游击战士被法西斯分子逮捕，草草讯问后被关押在寒风凛冽的地下室。夜幕降临，法西斯分子宣布三位战士被判处死刑，第二天一大早执行。

接着就是一夜漫长的等待，在死亡威胁下，战士们陷入恐惧。三位战士中最年轻的是茹安，在恐惧中他的脸孔被扭曲，样子像个"老男妓"。结实有力的汉子汤姆声称不惧死亡，但竟然失禁了，他一面否认自己小便，否认自己有小便的感觉，同时看到裤管上有尿的余滴在滴下来。伊比埃塔视死如归，在严冬时分，他迎着冷风坐着，全身大汗淋漓，湿漉漉的裤子粘在凳子上，衣服粘在皮肤上，原来他已经流汗一个钟头了，但他丝毫不觉得。在萨特笔下，三位战士在死亡威胁下被恐惧紧紧抓住，小说把被恐惧攫住的身体特征描绘得非常准确、生动。

三位战士经历了恐惧，但都没有被恐惧征服和压垮，他们都从恐惧中走出来，逃脱了恐惧。伊比埃塔等人不是认为西班牙革命胜利在望，信心倍增，从而战胜了恐惧。也不是因为他们意识到敌人的残暴和虚弱，对法西斯分子更加鄙视，从而摆脱了恐惧。战士们逃脱恐惧的方式是哲学式的，即他们把恐惧摆在眼前，将其当作对象，想象恐惧，观照恐惧，甚至"玩味"恐惧，以这种方式逃离了恐惧。在等待死亡的过程中，战士们不断想象未来死亡的时刻，看见枪口瞄准自己，感受到烁热的子弹穿透皮肤，体验到在死亡威胁下的强烈痛苦。按萨特哲学，我能够看见恐惧，前提是我不是恐惧，我逃离了恐惧。如果我被恐惧充实，我就是恐惧，就无法把恐惧视为对象，逃离恐惧。

第二天清晨，枪声大作，敌人动手了。伊比埃塔从容走向刑场，突然间他冒出一个念头，想戏弄一下敌人。他不假思索，随口告诉法西斯分子，游击队

---

① Robert Bernasconz, *How To Read Sartre*, New York Granta Publication 2007，p. 2.

首领格里藏在墓地的小木屋里。伊比埃塔等待着气急败坏、恼羞成怒的敌人回来，他想欣赏敌人被戏耍的狼狈样子，期待着恼怒的敌人不由分说把他推向刑场。但没想到，他的期望竟落空了。敌人改变了枪毙他的主意，将其押回牢房。伊比埃塔一头雾水，不知道发生了什么事情。后来才搞清楚，原来就在那天上午，格里因为和堂兄弟吵架，临时决定躲到墓地小木屋，去搜捕的敌人发现了他，一阵乱枪后，格里被打死了。

伊比埃塔原本一心向死，临上刑场前因偶然的一个念头使他与死亡擦肩而过，他没有因为逃脱死亡而产生丝毫的兴奋。他随意戏弄敌人的一句话，导致格里死亡，他也没有任何歉疚。他听到消息的反应是："周围一切开始旋转起来，我发现自己坐在地上。我笑得那么厉害，以致眼泪涌上了我的眼睛。"①

三、关于小说性质的判断

《墙》是带有浓郁哲理情调的小说还是一般的写实小说，这是阅读首先会遇到的问题。对这一问题的判断直接影响到小说的阅读效果，影响到对小说的整体把握。

萨特后来指出，这篇小说不是哲学作品，而是对西班牙战争的"真实感受"，这很容易让人将其视为反映西班牙战争的写实作品。有学者就把小说当作写实作品，认为它反映的就是上个世纪三十年代的西班牙战争。按照这种看法，理解小说，就有必要认识小说的反映对象——西班牙战争。

有学者是这样分析的：

> 小说写的事情发生于 1937 年或 1938 年冬，当时的国际形势是第二次世界大战即将爆发，资本主义经济危机不断加深，帝国主义国家加紧争夺势力范围，各国人民的反抗斗争也日益加剧。在这一大的背景下，西班牙"人民阵线"在大选中获胜并组成政府，但以弗朗哥为首的法西斯分子发动叛乱，在西班牙建立了法西斯独裁统治。小说所表现的是在垄断资本主义社会，以共同利益为基础的反动社会集团强迫人们顺应服从，"淹没"了人的自由意志，抹杀了人的"自我存

① 郑永慧译：《墙》，见秦天、玲子编：《萨特文集》第一卷，中国检察出版社 1995 年版，以下引文不再注明。

在"，这使人的存在成为荒谬的、冷酷的，人类世界变成了肮脏的、丑恶的。①

　　无论写实小说还是哲理小说，都要反映现实，这无可置疑。但写实小说与哲理小说不仅反映的现实会有差异，而且反映的方式也有不同，它们与现实的关系会有区别。一般而言，写实小说对现实的反映更直接，所塑造的形象保留了现实的特征，更多地带有现实本身的色彩，作品力求对历史事件做出揭示。哲理小说则在特定"哲理"框架内呈现和解释现实，现实透过哲理的视角筛选和过滤后映射出来，它所描绘的现实建立在"哲理构架"的基础上，注重展示在哲理视点聚焦下组织和表现出来的现实。

　　以《墙》为例，平心而论，读者从小说的描写中难以看到如评论者所说的"资本主义危机的加深，帝国主义国家争夺势力范围，弗朗哥分子发动叛乱，世界变成了肮脏丑恶的"等等。也许，当时的现实是如此（至少从某种观点看是如此），但小说的表现却没有或很少涉及现实的这些层面。如果是一篇对西班牙战争做出真实反映的写实小说，读者或多或少可以期望通过阅读作品增加对西班牙战争的认识，期望得到对参加这场战争的各类人物、他们的心理状态和性格特征的认识。但阅读萨特的这部小说，读者这方面的期待多少会落空，因为作品基本上没有直接和正面展现西班牙战争。

　　认真阅读可以发现，只是通过几个细节的暗示，读者才意识到作品所表现的是西班牙战争。如小说开始，审讯官问汤姆是否在国际纵队中服过役，晚上八点钟，大队长带着两个长枪党员走进关押伊比埃塔的地下室，向他们宣判死刑，随后问他们是不是巴斯克人，要不要神父。这里"国际纵队""长枪党员"和"巴斯克人"会使人联想到西班牙或西班牙战争。还有一个细节是伊比埃塔回忆往事，想到他崇拜的庇·依·马伽尔——一位19世纪西班牙的政治家。抛开这些细节，作品所表现的战争就比较模糊了。实际情形是，西班牙战争只是在比较抽象的层面上构成了小说的一般背景，小说并没有直接、正面、具体地描写西班牙战争。

　　就作品本身看，西班牙战争不是作者表现的主要目的。萨特感兴趣的是这样一种特殊境遇：人面对死亡威胁下的反应。通过表现这种特定境遇，萨特能够非常生动有力地揭示存在主义的基本理念，即在死亡威胁下人的选择和行

─────────────

①　石昭贤等编：《欧美现代派文学三十讲》，贵州人民出版社1981年版，第168页。

动，这才是小说真正要揭示的主题。作品只是抽象地借用西班牙战争构成小说的一般背景，目的是要表现存在主义对选择和行动的理解，特别是对自由的理解。因此，我们尝试抽去或者改动作品的背景，让战争发生在其他国家，譬如把小说的情节安置在意大利和法国，这既不会对小说的艺术表现造成实质性的损害，也不会影响小说主题的表达。

《墙》取材于西班牙战争，这一点毫无疑问，但小说的表现并不是直接反映西班牙战争，而是以这场战争为背景，揭示萨特存在主义所理解的自由主题。作者的哲理性目光穿透现实，为读者展示的不是西班牙战争的形形色色，而是一个存在主义的荒诞世界。把作品视为哲理小说，不仅可以避免对其机械生硬的解读，而且可以挖掘出更为丰富的内容，对它做出更恰当的解释，这可以从下文的分析得到证明。

四、伊比埃塔

把《墙》界定为写实作品，认定它是对西班牙战争的反映，论者理所当然地认为，西班牙战争是一场革命战争，主人公伊比埃塔积极投入战争，被捕后宁死不屈，这种表现使其成为革命战士。为论证这一点，论者在伊比埃塔身上"挖掘"出一系列革命者特征，如他"失过业、挨过饿，热情参加革命运动，在集会上发表演说，认真对待工作，是一名爱国主义战士，是革命的积极分子。被捕后认为生还无望，做好必死的准备"[1]。

伊比埃塔确实具有不少革命者的特征，但显而易见的是，他与人们熟悉的革命者有显著区别。除了上述所列举的特征，他还具有一些通常革命战士明显不具有的特征，它们也构成了伊比埃塔的显著特点。如被捕后三位战士不是相互砥砺，而是陷入个人的幻想世界。伊比埃塔选择了死亡，对陷于恐惧中的茹安很冷淡，他对一切失去了兴趣，他不想与任何事物发生联系。痛苦之情是那些相信还有未来的人具有的，此刻伊比埃塔选择了死亡，他无需考虑未来，无需考虑任何东西，他只是坐在那里，逐渐靠近死亡，默默接受"纯粹的死亡"。[2] 小说结尾，伊比埃塔因为一句戏言莫名其妙地逃脱了死亡，却使游击队首领格里遭遇不测，他的那种反应一般人不会有，革命战士也不会有，这是

① 石昭贤等编：《欧美现代派文学三十讲》，贵州人民出版社 1981 年版，第 170 页。

② Gary Cox, *Sartre Dictionary*, Continuum International Publishing Group, 2008, p. 217.

存在主义对世界的独特反应。认定伊比埃塔是革命战士，这种看法攻其一点，不计其余，将形象人为割裂，硬性嵌入"革命战士"的模子，这种削足适履、强为人解的做法难以理解和把握这个形象。

也有论者看到，伊比埃塔确实与革命战士有很大不同，忽略或掩盖这些不同，就不能对这个形象做出恰当的解释。但问题是，应怎样看待他与一般革命战士的不同，在这一关键问题上，论者往往语焉不详，虚晃一枪，把问题搪塞过去。如有论者这样解释：伊比埃塔不同于一般革命战士，是由于觉悟和境界不高，思想受到"局限"所致。伊比埃塔的思想是什么，受到了什么局限，为什么会受到局限，其表现究竟如何，为什么伊比埃塔会有种种让人难以理解的"出格"行为？所有这些都没有清晰合理的解释，问题就被草率地"放"过去了。

下面摘选的一段话，揭示了伊比埃塔独特的内心世界，是理解这一形象的一把钥匙，值得认真对待，重点分析：

> 我宁愿死也不原意出卖格里。毫无疑问，我仍然敬重他，他是一个硬汉。可是这不是我愿意代替他死亡的理由：他的生命不比我的生命更有价值；……我知道得很清楚，对于拯救西班牙他比我更有用，可是我不在乎什么西班牙，什么无政府主义，什么都不再重要了。我可以出卖格里来挽救自己的性命，而我拒绝这样做。我觉得这简直有点滑稽：这是一种固执。
>
> 我想："我多么固执呀！"于是，一种特殊的愉快心情侵占了我。

这段话表达了这样几层意思：

首先，伊比埃塔被捕后选择了宁死不屈，坚决不出卖战友，无论敌人采取什么花招，怎样威逼利诱，都不能改变他视死如归的态度。

其次，在他眼中，格里（游击队首领）是一个"硬汉"，伊比埃塔对他怀有敬重之意。

第三，伊比埃塔明确表示，格里值得敬重，他也准备视死如归，但二者之间却没有关联。伊比埃塔认为，不能因为格里值得敬重，他就必须做出牺牲。不能因为格里是游击队首领，对西班牙革命更重要，他就应该牺牲自己。小说表现的是：伊比埃塔的宁死不屈与格里是否值得尊敬、西班牙革命能否成功、乃至一种激进革命理想（无政府主义）能否实现没有关系。

第四，伊比埃塔选择死亡，不是现实的种种原因迫使他这样做，不是他走投无路，陷入绝境，不得已才做出这一选择。伊比埃塔的处境确实艰难，但他并没有被捆住手脚，摆在他面前的道路不止一条。他可以选择宁死不屈，也可以做其它选择，譬如投敌叛变，争取活路。伊比埃塔选择了宁死不屈，这完全是他的主动选择。他讲得很明白："我可以出卖格里来换取自己的生命，而我拒绝这样做"。伊比埃塔认为，他与格里的生命价值是一样的，他掩护格里，牺牲自己，不是因为格里的生命比他的生命重要，而是他的主动选择。

如果是外在原因要求或决定伊比埃塔必须这样做，选择就具有被动性。如果伊比埃塔是为西班牙革命而选择宁死不屈，其选择直接受外在目的支配，它就具有被动性。现在他声称，选择排除了一切外在目的，他的一心向死与实现任何外在目的无关，这使选择成为主动的。

第五，排除了一切外在目的，伊比埃塔为什么要选择死亡？这让人不可理解。一个人做出重大选择却没有原因和动机，从常识看，这是不可思议的。选择死亡总有一些原因，人不会无缘无故地选择死亡。伊比埃塔需要为自己的选择找出理由，做出解释，这对一般革命者并不难，因为他们的选择都有外在目的支撑，但这对伊比埃塔却是一件颇费思量的事情，因为他已经把通常能够作为选择死亡的理由都排除了，在这之后，他还能找到什么理由呢？伊比埃塔最终还是找到了理由，这就是"固执"："这是一种固执，我想，我多么固执啊！"用"固执"作为解释，伊比埃塔多少感到了一丝快意。

人们也许会问，"固执"是解释吗？这种解释有效吗？谁会因为自己的"固执"而选择死亡呢？表面看，伊比埃塔确实为其选择找到了一个解释，但实际上这种解释"文不对题"，严格说来，这根本不是解释，至少不是那种革命者对自己做出重大选择的严肃解释。但不能"为难"伊比埃塔了，在排除了其它解释后，他"勉为其难"，只能做出这样的解释了，尽管这种解释有些"荒诞不经"。

根据上述分析，很明显，在伊比埃塔身上确实有革命者影子，有人们熟悉的革命战士的一些特征，判断他是革命者，有一定根据。但同样明显的是，伊比埃塔又不同于传统意义上的革命者，这种不同也不像有些评论者认为的，作品要塑造崇高的革命者，但由于"思想局限"，目的未达到，致使在这个革命者身上，还"残留"着一些非革命者的特征，导致这一形象"并不崇高"。

为了更清晰和准确地把握伊比埃塔的特征，最好把他与传统革命者的经典形象，譬如刘胡兰的形象做一比较：

由于叛徒告密，刘胡兰被捕，敌人妄想从她身上打开缺口，破获地下党组织。在野蛮手段威逼下，刘胡兰强吞泪水，面不改色，从容地躺在铡刀上慷慨就义，时年15岁。

刘胡兰形象具有典型意义，她概括了革命战士的本质特征，这是读者熟悉的革命者类型。刘胡兰与伊比埃塔的境遇有相似之处：被捕后敌人威逼供出党组织，她临危不惧、宁死不屈，表现了革命战士的大无畏气概。不同在于：刘胡兰的死是为保护党组织，其选择有明确动机，行动受到目的有力支撑。而伊比埃塔的选择排除了通常革命者所具有的种种目的，他是因为所谓"固执"而宁死不屈，从这一点看，他显得很"怪异"，与刘胡兰有显著不同。

刘胡兰舍生取义，伊比埃塔毫不犹豫地把革命者身上的一切理想和目标都"悬置"起来了。因此，如果坚持把伊比埃塔称为革命者，至少应该指出并且解释，这个"革命者"的特殊性。伊比埃塔非常看重和强调这个特殊性，这集中反映在上述分析的后三点上。如果仅着眼于前面两点，伊比埃塔与通常人们熟悉的革命者并无实质区别，关键是后面三点，揭示出伊比埃塔这个形象的真正意义。

这里不禁要问：为什么伊比埃塔竭力要向人们表白其选择必须悬置一切目的，为什么他极力强调选择是主动做出的，为什么他会把自己的行为解释为"固执"？这些从常识看显得古怪的做法，其真正意义是什么？

为便于理解，这里我们再把伊比埃塔与萨特在《存在与虚无》中提到的"侍者"形象做一比较：

> 这个侍者有过分准确和敏捷的姿态，他灵活地来到顾客身边，过分殷勤地鞠躬。他的嗓音和眼神都表现了对顾客要求的过分关心。他像走钢丝的演员那样托举着盘子，使盘子处于永远不稳定、不断被破坏、但又被他总是用手臂的轻巧运动重新建立起来的平衡之中。他的整个动作似乎是一种游戏，他边表演边自娱，他扮演的正是咖啡馆侍者这一角色。①

———————————

① 萨特著、陈宣良等译：《存在与虚无》，三联书店1987年版，第97页。

侍者掌握了娴熟技艺，全身心地投入工作，小心翼翼地伺候顾客，服务周到，获得众人好评。也许他挣了不少小费，赢得了大家尊敬，这使得他处于满足中。他对自己说，我干这个正合适，我天生就是干侍者的料，做侍者就是我的命运。

从萨特哲学看，这个兢兢业业、勤奋卖力的侍者已经堕落为"物"，从他忘我地投入侍者角色看，他已经把自己本质化，拒绝了他的自由。萨特哲学认为，人可以选择做侍者，但这个角色并不构成对他的终生限定，一个人并不是先天就注定了只能做侍者的命运。如果侍者身份表明了这个人的实在真实性，萨特哲学强调的是，自由还使这个男人具有超越性。小说中，伊比埃塔想到第二天就要执行死刑，生命就要画上句号，便感叹道："既然我的一生已经完结，它就是毫无价值的东西。"人一旦失去选择，失去了超越能力，就再无变化的可能，于是一生就被盖棺论定，变成了"物"，这种"堕落的存在"当然与自由无缘。

侍者全身心地"陷"在本质中，其所作所为只表明他是"侍者"，他已经被侍者的概念充实。与其比较，可以明显看出，伊比埃塔则保持着自由。侍者一生的目标已经确定，他已将自己"凝固"在特定的角色中，拒绝了自由。伊比埃塔则相反，他的行动虽已做出（选择宁死不屈），但不受任何"本质"或"目的"的限制，用任何概念、本质都无法为他的行动定性，用任何目的和理由都无法限定他。也就是说，伊比埃塔做出了选择，但不被任何东西充实，不被任何东西掌控，他的行动在指向目的的同时就超越了目的，他仍然保持着自由。这就是伊比埃塔竭力向世人表明，他选择宁死不屈既无关乎对格里的友情，也与西班牙革命无涉的真正原因。侍者把自己本质化，并且在这种本质化中心安理得，怡然自乐。伊比埃塔追求的是，他不能被任何目的本质化，必须摆脱一切限制，始终保持自身的超越性。

伊比埃塔的选择面向现实，有其现实原因，他不会凭空做出选择，不会无缘无故地做出这一选择。伊比埃塔并没有否认选择的客观原因，但他强调的是，不论这些现实原因多么重要、多么迫切、压力多么大，它们都不能完全支配他，这些外在原因不是他做出选择的真正动力，真正动力来自于他本身。在面临死亡的这一刻，摆在他面前有多种选择，他毅然选择了宁死不屈，这是他自己做出的选择，在做出选择的那一刻，他超越了所有外在原因的支配，做出这一选择的动力来自他本身，如此才表明他是自由的。

用外在原因作为解释，无法为伊比埃塔的选择和行动打下坚实基础。任何外在原因都扎根于现实，它们是现实的组成部分，这使它们成为有限的、相对的。在此时此地，它们可以对人们的行动给予支撑和解释，时过境迁，支撑的力度可能大为减弱，解释的有效性或许会转瞬消失。譬如，如果因为格里是游击队首领，他对西班牙革命更重要，所以伊比埃塔就必须牺牲自己。如果这种逻辑成立，伊比埃塔自然就会问，要是格里身上没有情报，或者他的情报没有多少价值，或者格里掌握的与伊比埃塔知道的差不多，甚至格里知道的比伊比埃塔还少，伊比埃塔还值得牺牲自己吗？或者，西班牙革命大势已去，失败已不可免，格里的情报对于西班牙革命已经没有意义，在这种情况下，伊比埃塔还值得为格里做出牺牲吗？再如，格里身上有重要情报，他对西班牙革命有价值，难道这就决定了伊比埃塔此刻必须牺牲自己吗？伊比埃塔完全可以设想，为什么他对西班牙革命就不具有重要价值呢？即便现在不具有，将来也一定不具有吗，或许将来他对革命的贡献更大，为什么他必须现在就牺牲自己呢，为什么他要做将来有可能为革命带来更大损失的选择呢？诸如此类的问题可以不断提出来，对伊比埃塔此刻牺牲自己的必然性构成一系列质疑。以外在原因和目的做支撑，不论它们多么重要，都只是相对的，有限的，把行动奠基在这些相对和有限的理由上，充其量人们能够为自己寻求暂时支撑，但不可能得到永恒的绝对支撑。伊比埃塔之所以要否定世俗革命者的一切动机，否定通常人们为革命者的选择提供的所有理据，就是因为它们都是外在的、相对的，它们的支撑都是有限的。此外，如果是外在现实决定选择，人就处于被动中，就是不自由的。人在不自由的情况下的任何行动，必然会受到质疑。伊比埃塔毅然决然地否定其行动受到任何外部原因的支配，坚持他的选择排除了一切外部因素的制约，意在强调，选择来自他自身，来自他的自由，因而他能够对自己的选择和行动负责。只有把行动奠基于自由之上，才能超越一切有限性，经受来自所有方面的拷问，伊比埃塔才能真正做到对其选择"无怨无悔"。

所有从目的、原因、需求等外在因素考虑，都必然把行动奠基于自身之外的某个本质上。如果伊比埃塔是为掩护战友而宁死不屈，那么，这使他成为英雄。如果他是为西班牙革命做出选择，这使他成为革命者。如果他是为实现无政府主义理想做出选择，这使其成为理想主义者。这里"英雄"也好，"革命者"也好，"理想主义者"也好，统统都是"本质"，都是对人的规定和限定。我成为一个英雄，成为一个革命者，成为一个理想主义者，与成为一个侍者本质上是一样的，即都是不自由。

当我们看清楚了伊比埃塔与传统革命者的区别，看清楚了他与咖啡馆侍者的不同，就能理解萨特塑造这一形象的用意所在。

萨特认为，人不能像咖啡馆侍者那样把自己限定在本质中，也不能像革命者、理想主义者那样把自己限定在本质中。无论什么本质和规定，哪怕是再美好的本质，再诱人、再崇高的规定，都是对人的限定，它们都是超越的对象。萨特哲学强调对本质的超越，因为只有在超越中人才有自由。当然，超越本质的前提是本质的存在，如果取消了本质，同样意味着自由的消失。没有纯粹的人，人的存在必须介入现实。人一旦介入现实，必然受到现实的规定，所以萨特哲学必须设定本质，设定本质对人的制约。人的存在必然会与本质发生关系，只有设定本质，才能超越本质。人是自由的，不是因为他生活在真空中他才是自由的，不是因为他与其他人没有任何联系他才是自由的，不是因为他能够拒绝一切本质他才是自由的，而是因为他扎扎实实地生活在现实中，面临着种种本质化规定和威胁，承受着各方面的压力，但又不为本质所限，力图超越它们，他才是自由的。人的存在是一个"矛盾"：人离不开本质的规定，但又要超越本质的规定，人的存在就是本质的规定和对本质规定的超越，所以人的存在是"是其所不是，不是其所是"，人在是什么的同时又不是什么，因为人在是什么的同时又超越了这个所是，对人而言，本质的存在为其被超越提供了可能。

伊比埃塔是萨特塑造的一个自由者，不是通常意义上的革命者，对于这一形象，难以用世俗革命者的种种动机、目的来解释。小说不是要塑造一个西班牙战争中崇高的革命战士，而是借助于西班牙战争的题材，展示一个萨特哲学所理解的自由者。伊比埃塔的形象来自萨特的自由哲学，支撑这一形象的是萨特哲学对自由的独到理解。

从萨特哲学看，悬置伊比埃塔选择的各种现实动因是有意义的，但从常识看，对宁死不屈的重大选择排除一切解释，显得荒诞不经，这要求伊比埃塔对其选择必须做出解释。这就陷入一个怪圈：伊比埃塔是自由的，意味着他必须瓦解选择与现实之间的一切因果联系，而通常所谓解释就是在这两者之间建构因果联系。因此，严格说来，伊比埃塔的选择是不能解释的，他的选择拒绝解释，因为一旦进行解释，就必然落入本质化的陷阱，伊比埃塔的选择排斥一切因果性解释，这就造成了选择的荒谬性。

对选择做出解释有被本质化的危险，不做解释又让世人难以理解，伊比埃塔要跳出这种"怪圈"，办法是做出解释，但又不能是通常界定革命者种种本质的那些规定，所以他只能给出"固执"这样的解释。谁会因为固执选择死亡呢？用固执作为解释完全不合逻辑，彻底找错了答案，但这恰是伊比埃塔所要做的，恰是他所能够给出的"合理"解释，他也只能给出这样的解释。其实，"固执"的"潜台词"是：我之所以这样做，根本不为什么。不是外在原因决定我这样做，我这样做没有任何外在目的。我是这样的人，我是自由的，我就做出了这样的选择。

对不能解释的给出了解释，伊比埃塔为其选择找到了一种不是解释的解释，这让他既感到了"滑稽"的意味，又体会到了"愉快的心情"。

五、对小说情节构思的分析

三位战士被捕后就是一夜漫长的等待，第二天一大早，枪声大作，敌人开始屠杀游击队员。临上刑场前，伊比埃塔突然萌生了一个念头，想戏弄一下敌人，他谎称知道格里的下落。伊比埃塔没有任何筹划，他随口告诉敌人，格里就藏在墓地的小木屋。在走上刑场的最后一刻，法西斯分子以为伊比埃塔动摇了、屈服了，以为在死亡威胁面前他终于吐露真言了，对他的话信以为真。望着敌人匆匆离去的背影，伊比埃塔期待着一场闹剧的开始，他想象着敌人被要弄后气急败坏、恼羞成怒地回来，不由分说地把他推向刑场，那情景真有几分好笑。但没想到，敌人回来了，非但没有恼羞成怒，而是改变了主意，把他押回牢房。伊比埃塔纳闷，他已经被判决死刑，突然间敌人又改变了主意，这葫芦里卖的究竟是什么药？他本意是要羞辱和戏弄敌人，为什么敌人反而真的对他"开恩"，他百思不得其解。后来才得知，原来就在今天上午格里干了一件"蠢事"，因为吵嘴，他离开了堂兄弟的家。虽然村里愿意收留他的人不少，可是他不想麻烦任何人，临时决定躲到墓地的小木屋，恰好遇到敌人搜捕，敌人发现了格里，对他开了枪。伊比埃塔得知这一切，没有因为格里的遇难感到悲伤，也没有因为自己在死亡边缘上逃过一劫而暗自庆幸，他的反应是："周围的一切开始旋转起来，他笑得那么厉害，以致眼泪涌上了眼帘。"

一心向死的伊比埃塔突然间没来由地与死亡擦肩而过，一心要躲避敌人追捕的格里，以为墓地小木屋安全，没想到"弄巧成拙"，被死亡抓住。有评论者把《墙》的情节构思概括为"弄巧成拙"或"弄假成真"，认为作者通过情节设计，表达了人生如幻，世事难料，一切都不可把握的意味。

如果就表面看，小说的表现确实容易让人做出这种解释。伊比埃塔看来已经注定死亡的命运了，但突然间，一个不经意的动作，改变了他必死无疑的命运，这使人们不由得感叹，人世间的一切难以预料，似乎命运根本不由自己掌握，而是被冥冥之中的神秘之物主宰着。

上述看法貌似有理，经不起推敲。如果世事难料，一切都不可捉摸，伊比埃塔为什么不随遇而安，还要坚定地选择宁死不屈？如果在冥冥之中命运已经注定，萨特哲学力倡的超越还有什么意义呢？如果这个世界注定了一切都是如梦如幻，伊比埃塔坚持的自由还有什么价值？"世事难料、如梦如幻"的解释，只是停留在作品的表面。对情节不能孤立地看，应结合作品主题分析，因为情节的设计是为表现主题服务的。

《墙》表现的是死亡主题，要准确理解小说情节的功能，首先应理解萨特哲学对死亡的看法。这里，让我们做一个比较，先了解常人是怎样看待死亡的，然后再看看萨特哲学是怎样界定死亡的。

在世俗看法中，死是生命的结束，是人生的终端，死亡是每个人的必然归宿，是生命的内在目的，是其固有本质。人一旦获得生命，就开始走向死亡，这使人成为"向死的存在"。从这些看法中可以得出两个结论：第一，死亡是生命的尽头，任何生命都是有限的，人不可能拥有一个无限的、没有死亡的生命。人可以想方设法延年益寿，但没有任何办法取消死亡，人可以不惜一切祈求上苍获得永生，但人的生命最终还是会在死亡面前止步，死亡是一道生命难以逾越的"坎"。越过这道坎是所有生命的梦想，在这道坎面前消失却是所有生命的现实。第二，如果生命是有限的，死亡就可以等待。死亡是生命的终点，这个终点是每一个生命或迟或早要到达的，在这一意义上，死亡对于每一个人都可以等待。或者说，每一个人来到世上，他就在走向死亡，趋近死亡，等待死亡，这个死亡对他的生命而言是合理的，是他必须接受的。

萨特哲学的独特之处是把死亡看成是荒谬的。在萨特看来，人的存在和他是自由的这两者没有区别，自由意味着人每时每刻都在变化和更新，每时每刻都在向未来超越，因此自由总是要求"后来的存在"，要求"新的存在"，即选择总是在等待着人们，它永远不会终结。但死亡是一个"尽头"，是人的最后活动，它排斥了将来，中止了一切。死是所有谋划的毁灭，这使它在人的自由存在的结构中没有任何地位，因而萨特哲学把死亡"安置"在"墙"的另一面。

萨特承认，作为自然生命的人当然有死亡，这是一个自然事实，谁都不能否认。但萨特哲学断定，在人的自由存在结构中，无法为死亡找到"合理"位置。也就是说，在人的自由存在结构中，死亡是不合理的。萨特哲学所说的自由必须指向未来，没有未来，就不可能有超越，没有超越，人就会落入本质化的陷阱，面临着丧失自由的危险。因而死亡与萨特哲学论证的人的自由结构不相容，它在萨特哲学所讲的人的自由存在结构中无法立足，在这一意义上，死亡对于人的存在结构而言是荒谬的。

萨特认为，死和生一样是从"外面"来到人们之中，又把人们造成"外在"的，即又把人们变成"物"。人为什么"生"，这无法解释，也不能解释。在《不惑之年》里，主人公马蒂厄的情人玛赛儿怀孕了，马蒂厄一边忙着为打胎筹集费用，一边想着玛赛儿肚子里的孩子。这个孩子究竟是怎么来的，根本无法说清楚。马蒂厄像所有的男人一样，不过是使劲往里戳了两三下，完全是盲目操作，"剩下的便是玛赛儿子宫这个暗室里胶状物的事情了"。这个生命为什么来到世上，他是怎样来到世界上的，完全是糊里糊涂、莫名其妙，你无法为他的存在找到一个合理说明。尽管如此，玛赛儿肚子里那个小水泡却在荒谬地膨胀着，这是一个不争的事实。

我们无法为"生"找到合理解释，同样，对为什么"死"、何时死、怎样死，我们既不能预测，也不能解释。世俗看法认为，人终有一死，我们每天都在向死亡靠近，死亡是每一个人无法逃避的界限。萨特也同意，死亡确实是横在每一个人面前的一堵坚实的墙，谁都无法跨越它，最终人们都会在这面墙前倒下，停止生命的步伐。但萨特看法的特别之处是，他强调这面墙不是凝固在生命的某一点上，人无法测算他从此刻到撞在这面墙的准确时间，准确距离，准确原因，这段距离对每一个人不可能是清晰的，他不可能通过外在手段把握和计量。萨特认为，人虽然是向死的存在，但人在什么时候遇到死亡，他在什么样的情况下被死亡攫住，根本无法预测，他无法掌控死亡。即便是像伊比埃塔那样被判处死刑，第二天一大早就执行，死亡的时间已经如此确定，看来他已经注定了死亡的命运，但最终还是逃脱了死亡。需要特别注意的是，伊比埃塔逃脱死亡，不是他经过精心算计，仔细谋划，最后成功地逃脱了死亡。在小说的表现中，他根本就没有逃脱死亡的打算，相反，他已经主动选择了死亡，他认定自己必死无疑。只是一个偶然念头，他要弄了一下敌人，没想到，这使他与死亡擦肩而过。小说表现的是，人最终会有一死，但人在什么时候死，人怎样死，因何而死，这不由任何必然性决定。萨特哲学把必然性与死亡分离，死亡不受必然性的支配，死亡是偶然的。人不能选择和谋划死亡，因为人的自由本性使其不能选择不自由，不能选择不选择，即人不能选择终结了一切选择的选择，否则就会构成悖谬。

《墙》中三个战士被捕后，经过草草讯问，即被判处死刑。在讯问中，审讯官连眼皮也不抬一下，根本无视战士们的存在，战士们也不清楚这种盘问是一般讯问还是审判。小说表现的是，这种判决不需要理由，也没有人把它当回事，死亡突然就降临在三位战士身上。对于伊比埃塔，死亡突然袭来，又莫名其妙地离他而去。格里为逃避敌人的追捕，灵机一动，躲在墓地的小木屋中，不想此举反使其遭难。坚定选择死亡的伊比埃塔糟糟懂懂地逃脱了死亡，想要逃脱死亡的格里，没想到偏偏撞在敌人的枪口上。死亡具有荒谬性，人们无法为它找到合理的解释，它总是荒诞离奇，超出了人的掌控。对于这种在"墙"另一面的死亡，人们无法"合理"地抓住它、筹划它、支配它。

如果死亡是人的存在结构中必要环节，它就可以等待，萨特哲学把死亡置于人的存在结构之外，放在"墙"的另一面，意味着死亡不是人们的等待对象。人们只能等待一个"决定了的结局"，而不能等待死亡。在《存在与虚无》中萨特举了这样一个例子：一列火车从甲站开往乙站，人们处于乙站，能够等待从甲站开来的这辆列车。列车可能晚点，途中也许会发生事故，但不管它遇到什么情况，会延迟多久，只要车轮转动，每一次转动都使它向乙站靠近一步，进站的过程就仍在延续。只要列车从甲站开往乙站，只要这个事实能够确定，人们就可以等待。等待的对象是一个已经决定了的事实，不管等待的时间有多久，过程多么漫长，多么艰难，最终人们能够看到列车进站，人们对列车到站这一点可以抱有期望。

萨特认为，死亡不是一个必然性的确定事实，因而它不是人们的等待对象。我们能够等待一列已经出发的列车，但不能等待死亡。前者是一个已经确定的事实，后者则显示出它的荒谬性，偶然性。萨特举例说，当接到征兵动员令，我开赴前线，在这一刻，我临死的机会大大增加了。说不定战争打响的第一枪，子弹就击中了我的心脏。但就在我准备开赴战场的时刻，几个交战国正在某个地方秘密召开国际会议，经过激烈讨价还价，最终达成协议，在战争爆发的最后一刻避免了战争，这样死亡又离我而去。死亡在性质上与列车进站不同，支撑列车进站的是必然性，它已经不可更改，而死亡则是在不同谋划的综合作用下造成的，它总是消失在种种不确定性中，带有强烈的不可预测性，所以它不是人们等待的对象。

在小说的表现中，三个战士被捕后宣判死刑，之后就是一夜漫长的等待，这构成了小说的重头戏。伊比埃塔一心向死，死亡看来就悬在眼前，难以避免，突然又消失无踪。任何一个细小的动作、一句漫不经心的谈论，都能够改变死亡与人们的距离。死亡是捉摸不定的，人们不能驾驭、选择、计划、等待它，此即小说揭示的死亡本质。

死亡是荒谬的，死亡不可等待，这是萨特哲学对死亡的基本判断。小说情节上的"弄假成真""弄巧成拙"是为表现萨特哲学对死亡的这一理解而设计的。

六、恐惧与焦虑

与一般表现死亡的小说相比，《墙》的特色在于营造了极为强烈的焦虑感，而这一焦虑感与人物不断想象未来的死亡时刻、想弄清楚死亡的痛苦究竟是什么直接相关。小说的这种表现源于萨特哲学，萨特哲学对焦虑的思考奠定了小说艺术表现的基础。

三位战士在寒风中瑟瑟发抖，在死亡的阴影下头痛欲裂、身体发烫，不停地流汗，甚至失禁。伴随着这些生理反应，他们在心理上经历了紧张、恐惧和焦虑，他们回忆往事，不停地诉说，不断想象死亡的瞬间，想象灼热的子弹穿透身体的刹那痛苦。

作品着重表现了恐惧与焦虑的关系。恐惧与焦虑相关，但恐惧不是焦虑，二者虽有联系，但又判然有别。人在恐惧时不会焦虑，因为恐惧是对外在世界的惧怕，焦虑则是"我对我自己对这种处境的反应产生了怀疑"。譬如，面对万丈深渊，最初人产生的是恐惧，在这一瞬间，我提心吊胆，惊恐万状，处于恐惧中。我大汗淋漓，心跳加速，身体僵硬，甚至失去了知觉。在恐惧状态下，我不会有丝毫的焦虑，焦虑是在恐惧之后出现的。面对深渊，我提醒自己，要小心，千万别掉下去，不要靠边走，不要被石子滑倒等。当我能够提醒自己，表明我已经从恐惧中走出，我开始寻找办法逃脱恐惧，但又不知能否找到办法，或找到的办法是否有效，对这一切我心中无数，于是产生焦虑。

焦虑意味着我从恐惧中挣脱出来，我不再被恐惧充实，不再是被动、单纯的恐惧。这里的关键是"我"出现了，成为主动者，我该怎么办成为意识关注的中心。在恐惧中没有"我"，"我"只能在挣脱恐惧之后才能出现。虽然"我"渺小脆弱，处于绝望中，但毕竟"我"出现了，而且试图摆脱恐惧。如果我被恐惧攫住，动弹不得，恐惧把我的身体"崩"得像岩石那样僵硬，就不会产生焦虑。而一旦我处于焦虑中，我就不一味的恐惧了。

在萨特哲学看来，一旦我意识到恐惧，将其视为对象，就意味着我已逃离恐惧。只有我不是恐惧，我才能面对恐惧，反思恐惧。只有我拉开了与恐惧的距离，我才能将其视为对象。如果我完全被恐惧攫住，被其充实，"我"就消失了。但在焦虑中，"我"出现了，随即种种可能性出现了，在这一时刻，我才可能超越恐惧。只有从恐惧中逃脱出来，才可能面向未来，只有当这个未来悬在虚无中，才会有焦虑，萨特把焦虑视为人对自由的特殊意识。

在小说中，面对死亡，恐惧将三位战士的身体紧紧攫住，他们被恐惧充实，这使他们成为"物件"，他们的身体变成了失去感觉、不听使唤的肉体：年轻的茹安被恐惧扭歪了整个脸部轮廓，"样子像个老男妓"。汤姆和伊比埃塔在寒风中一边哆嗦，一边大汗淋漓。汗珠从头发滴到后颈，他们的屁股也在流汗，湿漉漉的裤子粘在凳子上，手帕已能绞出水来了。变成物件的身体使战士们失去了感觉，汤姆愤怒地说，"我没有撒尿，我没有这个感觉"，但"裤管上还有余滴在滴下来"。汤姆很"诚实"，他确实没有撒尿的感觉，因为他的身体已被恐惧充实，变成了"自在的存在"。萨特对变为恐惧的身体、对被恐惧充实的身体描绘非常生动，特别是与比利时医生"活"的身体比较，鲜明地反衬出被恐惧攫住的身体特征。

三位战士经历了恐惧，但都从恐惧中走出，摆脱了死亡威胁。需要注意的是，说战士们从恐惧中走出，不是说他们得到了可靠消息，援兵马上就到，营救有望；或他们增强了信念，想到自己虽然牺牲，但革命事业后继有人，胜利后大家会纪念他们，这使他们摆脱了恐惧。说他们走出了恐惧，这个"走出"是在萨特哲学意义上讲的。他们摆脱恐惧，方法就是与恐惧拉开距离，使恐惧成为对象，观照恐惧，"玩味"恐惧。伊比埃塔说："我这样活生生地体验到死刑的滋味，也许连续体验了二十次以上，有一次我甚至以为是真的了，其实我大概是睡着了一分钟。"能够把死亡和恐惧作为对象来观照，说明我已经不是恐惧，我已经从恐惧中挣脱出来。如果我被恐惧紧紧攫住，我是恐惧，就无法看见恐惧，也不能把它当作对象。只有我从恐惧中逃脱，我才能够"看见"恐惧，但又无法完全摆脱恐惧，我处于恐惧和死亡阴影的笼罩下，于是产生焦虑。在萨特哲学的规定中，当人处于焦虑中，人开始了向未来的超越，此时人才有自由。

汤姆说："我看见我自己的尸体，这不是一件困难的事。可是看见我的尸体的是我自己，是我的眼睛。"尸体躺在那里而我又能看见，说明我并未死，我与死亡拉开了距离，我逃离了死，才能看到死，死才变成了观照对象。我已死，却又能看见死，这是想象无法做到的。我能够把死亡摆在眼前，所以我不是死亡，我逃脱了死亡。但另一方面，我又无力摆脱死亡，于是焦虑产生了。

焦虑的出现揭示出：即便在死亡的威胁下，人也不能在自己身上根除自由。一旦你面对死亡，对它虚无化，就有可能超越它。

在小说的表现中，三位战士反复把死亡作为对象来探索，表明小说是在萨特存在主义哲学框架内，借用意向性学说，通过对死亡的虚无化，把焦虑变成了对自由的体验。小说运用焦虑、恐惧、死亡、自由等概念，以文学的手法做了一次生动的哲学游戏。

七、"墙"的含义

对"墙"的含义有不同理解，有的认为"墙"不仅是法西斯关押和囚禁战士的牢笼，而且成为死亡的象征物。有的认为法西斯分子在墙边枪杀游击队员，赋予墙特定含义，使其成为"死的象征，生的障碍"。还有人认为，作品揭示的"墙"在灵魂与肉体之间，伊比埃塔和汤姆面对死亡视死如归，但他们的身体却不停地哆嗦。"灵魂控制不了肉体的行为"，"小说让我们看到灵魂和肉体之间也有一道墙"。① 还有人对"墙"的含义具体做了这样的解读：

> 这是一堵横在生死之间的墙。在作品中，它看不见，摸不着，是一堵无形的墙。但是从头至尾，它又处处存在，字里行间，时时刻刻都能感觉到。这堵墙是人生的终点，是阴间的门槛，是生的界限，也是死的象征。这道关口，仅一线之隔，但要迈过去却非常困难。在它面前，人们都要经受严峻的考验。许多人可以顺利渡过荣辱关、苦乐关、名利关，但在生死关头，无法蒙混过关。在这里大家都要把自己作为人的真实性表现出来，这篇作品以"墙"作为标题，透露出作者的用意，就是要呈现生与死之间的对立隔阂，真实展示主人公对待死亡的态度和反应，从存在主义来表现即将离开这个世界的人对丑恶人生的批判。②

按照世俗对死亡的理解诠释"墙"，这是一种"想当然"。必须看到，

---

① 参见《论萨特小说〈墙〉的人学意义》，《渭南师专学报》1998 年第 1 期；《这是一堵什么样的墙?》，《名作欣赏》2004 年第 2 期；《喜剧悲剧总荒诞》，《名作欣赏》1999 年第 5 期。

② 石昭贤等编：《欧美现代派文学三十讲》，贵州人民出版社 1981 年版，第 165 页。

《墙》表现的不是一般意义上的死亡，而是萨特哲学界定的死亡，它是在萨特自由哲学的框架内呈现的死亡，它是一种特殊意义的死亡。

"墙"的意蕴来自萨特哲学，应结合作品进行分析。在萨特哲学中，"生"和"死"在人的自由存在结构中没有容身之地，它们都在"墙"的另一面。这里，"墙"是一道鲜明的界限，起到"分隔"作用。

萨特自己对"墙"的含义早有说明，当年在为报纸所撰写的简短介绍中，他说：

> 没有一个人愿意正视存在，这里展示的就是面对存在的五次小小的溃逃……如即将被枪决的伊比埃塔，他想把自己抛到存在的彼岸，他想到了死，结果是白费心机。……这些逃避行为都失败了，它们被一堵墙挡住了。①

伊比埃塔想到了死，但白费心机，为什么呢？因为死亡在"墙"的另一面，在"存在的彼岸"，死亡不是他的谋划对象，所以其行动失败了，被"一堵墙挡住了"。

"墙"的另一含义在汤姆的一句话中得到了形象揭示：

> 只听得一声令下：'瞄准！'我就看见了八个枪口对准了我。我想那时候我一定愿意钻进墙里去，我用尽力气用背推那面墙，而那面墙竭力抗拒我。

这里表现的是：不论客观环境如何险恶，不论使用什么方法，不论用了多少力气，不论在怎样强大的外在压力下，你都不能把自己挤进这面墙中去，因为"这面墙在竭力抗拒你"。意思是作为活的人，你不能把自己变成像墙那样的物件。"墙"的这一意义提示人们，人与物是两种不同存在，人的存在不能成为像墙那样的凝固僵化之物，人不可能融解、渗透、消失在"物"中，人的存在注定是自由的。

《墙》渗透着浓郁的哲学情调，表现了萨特小说创作的鲜明特征。

---

① 萨特著、潘培庆译：《词语》，三联书店1989年版，第196页。

第五章

自由、艰难的选择——对《不惑之年》的分析

一、创作概况

《不惑之年》是三部曲《自由之路》中的第一部，萨特在1941年春已经完成了创作，考虑到法国在贝当政权控制下，萨特迟迟没有出版这部作品。直到1944年，他把这部作品和第二部《缓期执行》交给加俐玛出版社，两部作品于1945年9月同时出版，第三部《痛心疾首》于1949年11月出版。

《不惑之年》的构思始于1938年，这是二次大战爆发的前夜，欧洲社会矛盾激化，各种思潮风起云涌。在这一时刻，萨特关注的仍然是自由，在创作中，他一开始就明确了小说主题——自由。萨特原来为小说设计的卷首题词是："我们之所以是痛苦的，是因为我们是自由的。"自由是这一时期萨特关注的中心问题，1945年，萨特在为小说写的出版介绍中说，他的意图就是写一篇关于自由的长篇小说。可以说，存在主义的自由精神贯穿了这部作品。

1939年德国入侵波兰，二次大战全面爆发，萨特告别亲人和朋友，应征入伍，他创作《不惑之年》时已身处前线。战争虽然爆发，德法两国剑拔弩张，虎视眈眈，但战斗并未打响。在对峙中，前线依然平静。在"奇怪战争"期间，萨特说，他甚至比平时有更多的时间去读书和写作。萨特身处前线，但并未置身于隆隆炮火中，他几乎没有感受到战争的威胁和残酷。他与波伏娃频繁通信，不断开列出阅读书目，要求波伏娃邮寄给他，同时还要求购买笔记本、信封等。萨特的写作速度惊人，他很节约纸张，常常是密密麻麻写满了一整页。在战争期间，他写了足足十几大本笔记，其中相当部分是对哲学问题的思考，《存在与虚无》中许多思想就是在这一时期酝酿成熟的。当有机会回巴黎轮休，萨特最盼望的，就是能够把这些笔记让波伏娃过目，让她用犀利的目光检验和评判他的思考。

萨特爱好广泛，但作为气象兵，他对用气球侦测天气却没有多少兴趣。他

一有空就阅读和写作，这方面的表现令人称奇。他可以在任何环境下读书和写作，在执行任务途中，别人筋疲力尽，他依然精力旺盛。他读书心无旁骛，非常投入。他为自己准备了一个小牌子，一边写着"不要打搅我"，另一面写着"可以打搅我了"。生活中萨特不修边幅，得过且过，房间里一团糟，头发和胡子都很长，也不洗澡，指甲很黑，被讥讽为"黑手党"。

萨特把他创作的思考和感受源源不断地写信告知波伏娃，这一时期，在与波伏娃的大量通信中，有关《不惑之年》的创作是他们交谈的重要内容。

譬如在 1939 年 10 月 9 号的信中，萨特告诉波伏娃，午饭后有点头晕，心情抑郁，在这种情况下开始小说新的一章写作。一旦进入写作，与作品中的人物照面，他的心情就好转了。他写鲍里斯与依维什的对话，觉得很有趣，笔下很流畅。在 11 月 13 日的信中，他告诉波伏娃遇到了一些困难，由于小说在时间上跨度很大，有的内容是在第二部和第三部才出现，在第一部中必须巧妙隐藏，不能泄露。此外，他还告诉波伏娃，马蒂厄偷洛拉的钱，是一时冲动，而不是出于自由，他这样写的目的是为了不至于使这个人物过于苍白。萨特说，不管怎样，他想在一两天内解决困难，并对波伏娃给予他的鼓励表示感谢。在 11 月 29 日的信中，他告诉波伏娃，现在正在写这部小说最难的一章，即事关重大决定的一章，也就是第十六章。马蒂厄终于在玛赛儿面前说出他的真实感情，而丹尼尔则做出娶玛赛儿的重要决定。萨特说，他需要反复修改这一章，恨不能修改整整一个月。在 1940 年 1 月 9 日的信中，他告诉波伏娃，今天刚完成《不惑之年》的写作，只剩下十行需要修改，明天花一个小时就大功告成了。在作品完成之际，萨特说他有些惊奇，这一切不过如此，但他还是谦虚了一番，说摆在眼前的作品分量太单薄。萨特指出，这部作品的创作受到影响，不是受到正在发生的战争影响，而是受到海德格尔的影响，他说，"我所做的全部事情只是吃力地发挥海德格尔用十页文字论述的历史性概念"①。

《不惑之年》出版后成为评论界热议的对象，引起了轰动，"或者不如说引起了公愤"。当时二战刚刚结束，法国人付出了惨痛代价才赢得了胜利，自由可谓来之不易。萨特的小说冠以"自由之路"，单看标题，颇能吸引人，给人振奋和鼓舞。但看完作品，读者不免失望，贯穿小说的只是一个打胎的故事，和牵动千家万户、影响千百万人命运的二次大战缺少联系。有人指责萨

---

① 参见萨特著、沈志明等译：《寄语海狸》，人民文学出版社 2005 年版，第 373 页。

特，认为小说是对"污秽的自我欣赏"。①主人公马蒂厄在二次大战爆发的前夜，在西班牙战争酣战之时，对国家和民族的命运不闻不问，纠缠在两个女人之间，陷入一大堆琐事之中，这样的小说竟然还标榜什么"自由之路"，而且出自战后声望如日中天的萨特之手，太让人不可思议了！

萨特的作品经常遭到指责，平心而论，有些指责常常是建立在误解、曲解上，批评者没有弄懂作品的真正意思，没有理解作者表现的真实意图，想当然地给萨特和他的作品扣上了一系列帽子。萨特探讨的是自由，其作品题名为"自由之路"，这完全无可非议。需要搞清楚的是，萨特表现的自由是从其存在主义哲学特定视野界定的自由，与人们通常所说的自由有很大区别。对待萨特作品，经常出现的情形是，人们未能细读作品，对其揭示的自由不甚了了，可动辄火冒三丈，不分青红皂白，劈头盖脸地猛批一番。

面对铺天盖地的指责，萨特辩解说，他的小说之所以令人不舒服，不是因为小说中的人物不道德，或品行恶劣。从世俗眼光看，他们不能入乡随俗，不能像大多数人一样安分守己，踏踏实实地过日子。像马蒂厄选择不结婚，按世俗道德标准衡量，确实有些"出格"。但萨特的本意绝不是要塑造道德败坏者，也不是要倡导和维护世世代代人们遵守的道德，他小说中的人物虽不是道德的楷模，但绝不是通常人们所说的飞扬跋扈、作奸犯科者。萨特说，他作品中的人物之所以让人不舒服，是因为他们眼光独特，是"他们的清醒造成的。如果他们是虚伪或盲从的人，也许更容易使人接受"②。马蒂厄选择不结婚，这是他深思熟虑的结果，是他在清醒状态下的艰难选择。马蒂厄不是一个稀里糊涂的人，他追求自由，他必须有自己的独立判断，他不能像大多数人那样随波逐流，按照传统的规矩生活，也不能像有些人那样，受到轰轰烈烈形势的蛊惑，受到美妙说辞的诱惑，稀里糊涂地卷入社会，做出选择。马蒂厄的存在确实出现了问题，他与情人玛赛儿约定彼此坦诚相见，但双方都无法做到透明，表面上他们无话不谈，实际上都在有意无意地遮掩，在相互欺骗。萨特认为，许多读者没有理解他的作品，单看到一些表面现象就迫不及待地抢占道德制高点，按捺不住指责的冲动，对其作品大加挞伐，对他本人进行道德拷问，甚至恶语相向。

《不惑之年》是对自由问题的讨论，也是对萨特生活的反映，其中许多人

---

① 萨特著、潘培庆译：《词语》，三联书店1989年版，第213页。

② 同上，第213页。

物可以找到原型。马蒂厄与萨特的经历有些相似，他们都出生于 1905 年，马蒂厄是中学哲学教师，萨特从巴黎高师毕业后也在中学教哲学。马蒂厄选择不结婚，与萨特的经历也有暗合之处。当然，文学作品是虚构的，不可避免地带有作者的想象。马蒂厄虽然带有萨特的影子，但绝不是萨特的翻版。萨特身材矮小，马蒂厄却身材高大，肩膀很宽。萨特对自己身材的不满，通过对人物的塑造得到了补偿。布吕内的形象让人联想到萨特的好友尼赞，尼赞对政治活动深感兴趣，加入了共产党，一度成为政坛上的活跃分子。苏联与纳粹签订的秘密协议曝光后，在法共内引爆"地震"，一部分人脱离了共产党，尼赞是其中之一。他在战场上牺牲，法共污其为特务，萨特曾为好友辩诬，坚持尼赞是清白的。尼赞与萨特交往甚密，他的共产党员身份及与萨特的关系和小说中布吕内与马蒂厄的关系颇为相似。依维什的形象与萨特的女友奥尔加有些相像，奥尔加是俄国人，她是波伏娃的学生，与波伏娃的关系密切，萨特曾为奥尔加神魂颠倒。萨特一生与许多女人关系密切，波伏娃冷眼旁观，不为所动，唯独与奥尔加的关系，让波伏娃多少感到受到了"威胁"。①

《不惑之年》是萨特精心创作的一部长篇小说，反映了萨特对自由的思考，这一思考是严肃的，深刻的。这要求人们认真阅读作品，细心揣摩萨特创作的立意，实事求是地对作品做出解读。

二、小说情节

小说长度四百页，描写的故事时间只有两天，围绕着主人公马蒂厄在两天中的所作所为，小说刻画了人物间难分难解的情感纠葛，探讨了他们之间的复杂关系，表现了作者对自由的理解。

马蒂厄已经三十四岁，是法国公教人员，在巴黎布封中学当哲学教师。他的工作并不繁重，收入稳当，有分配住房，衣食无忧，常常与朋友和学生去酒吧消遣。马蒂厄的信条是追求自由的生活，但近来他陷入了烦恼，因为他的情人玛赛儿怀孕了。

马蒂厄与玛赛儿交往长达七年，他每个星期有四个晚上去她那里过夜。为避开玛赛儿的母亲杜菲夫人，他总是在夜深人静时，蹑手蹑脚地来到玛赛儿家。他脱掉皮鞋，提在手里，光着脚上楼。七年了，他们还是第一次遇到这样

---

① 参见索菲·里夏尔丹著、韩沪麟译：《千面人萨特》，作家出版社 2006 年版，第 35 页。

的问题：玛赛儿怀孕了，怎么办？

马蒂厄与玛赛儿都认为，婚姻对他们是一种束缚。他们约定，遇到事情一定要和盘托出，相互间要坦诚相见。马蒂厄凭着敏感，发现玛赛儿心事重重，神色也有些不友善。他追问玛赛儿，发生了什么事？玛赛儿起初并不打算告诉他，因为她明白，马蒂厄帮不上什么忙，知道了只会徒增烦恼。马蒂厄温存地说："难道咱们不能无话不谈了吗？"① 受到这种不痛不痒的"威胁"，玛赛儿告诉他，她怀孕了，已经两个月了。

马蒂厄的第一个反应是："该死！她至少在三周前就应告诉我。"事已如此，怎么办呢？玛赛儿知道该怎么办，她告诉马蒂厄，她向朋友咨询好了，有一个地方能打胎，对方只收四百法郎。马蒂厄知道这个朋友，因为打胎，她让那个老太婆瞎折腾了一番，花了半年时间，身体才恢复过来。马蒂厄说："我不要那个地方。"

玛赛儿燃起了一丝希望，问马蒂厄："那么，你愿意当父亲喽？"这可不是马蒂厄的真实意思。他确实不愿意玛赛儿受苦，可因为这就允许孩子出生，他稀里糊涂地成为孩子的父亲，这可是严肃的问题，他需要好好想一想。玛赛儿双手颤抖起来，她说："我不需要你想什么，想不想是你的事情。事到如今，光想有什么用呢？"她含讥带讽地说："你一点也帮不上忙，到了此时此刻，就纯粹是女人的事啦。"

马蒂厄想，她感到委屈了，准是把我恨透了。他知道玛赛儿极想大喊大叫，放声痛哭，她控制住自己，怕吵醒杜菲夫人。马蒂厄抱住她，她在他的肩头上抽泣了三四声，却是欲哭无泪。她稳住了自己情绪，请求马蒂厄原谅。她近来一直为此事烦恼不安，需要放松一下神经，丝毫没有责怪马蒂厄的意思。马蒂厄说："其实你是有权利责怪的……我干的蠢事，却让你受罪。"马蒂厄充满了同情，但并未妥协，他不会因为玛赛儿的痛苦，心肠一软就承担做父亲的责任。他对玛赛儿非常同情，但只表现在，他不想让她遭受痛苦，特别是身体遭受摧残，影响今后的生活。他问玛赛儿，那个打胎的老太婆住在什么地方，他要亲自前往考察一番。

马蒂厄找到了那个老太婆，不出所料，手术环境实在太恶劣了，他不能把玛赛儿交给这种人，否则就等于毁了她。马蒂厄想到了朋友萨拉，萨拉和她的

---

① 参见萨特著、丁世中译：《不惑之年》中国文学出版社科文（香港）出版有限公司1998年版。以下引文不再注明出处。

画家丈夫葛梅兹当初也不要孩子，她做过堕胎手术，应该有熟人。马蒂厄找到了萨拉，热心肠的萨拉推荐了一位很有名望的犹太医生，他马上要去美国，需要钱，开价很高。经过讨价还价，最后确定为四千法郎，这笔钱眼下对马蒂厄可是一个大数目。马蒂厄收入稳定，可他存不住钱，不是他的生活压力大，而是他根本就没有计划用钱的概念，他是个地地道道的"月光族"。现在摆在他面前的难题是：他必须在两天内筹到钱，小说围绕着马蒂厄筹钱这条主线展开。

马蒂厄从哪里筹钱呢？他想到了朋友丹尼尔。丹尼尔一表人才，而且很会修饰自己。他最近刚在金融市场上赚了一把，手里有一些闲钱，但他就是不愿意借给马蒂厄。在丹尼尔那里碰了壁，马蒂厄不得已，决定找当律师的哥哥雅克碰碰运气。他与雅克虽是亲兄弟，但平时不怎么来往，一想到雅克摆出的那副傲慢面孔，马蒂厄就禁不住愤愤然。果然，雅克表面上彬彬有礼，表示愿意拿出一万法郎供他支配，但条件是，他必须立即结婚。这个条件在世人看来通情达理，但对于马蒂厄却很苛刻，他无法接受。马蒂厄想到去专门向公教人员借钱的公司试试运气，他填写了各种表格，以为马上就能拿到钱，但管理人员一本正经地向他解释，公司必须照章办事，先要调查，确定马蒂厄所说的一切属实，才能放款。而仅仅是调查就至少要半个月，马蒂厄根本不可能马上拿到钱。就在他山穷水尽、走投无路之际，一个偶然的机会，柳暗花明，马蒂厄看到了得到这笔钱的希望。

马蒂厄有一个年轻的女友，叫依维什，她是俄国贵族的后裔。由于俄国爆发革命，她和弟弟鲍里斯跟随父母流亡法国。他们的父母在法国乡下经营一座工厂，养家糊口，依维什在巴黎求学，希望通过考试，留在巴黎。弟弟鲍里斯也在巴黎，不时跟随马蒂厄学习哲学。马蒂厄定期与玛赛儿见面，但他更挂念依维什，依维什的一举一动都牵动他的心。马蒂厄不是打歪主意，这头占住玛赛儿，那头还在外面拈花惹草。马蒂厄与玛赛儿的感情渐渐褪色，但他觉得不能抛弃玛赛儿，由他主动对玛赛儿不辞而别，他确实于心不忍。

依维什的弟弟鲍里斯与在酒吧演唱的洛拉相好，洛拉人到中年，可以做鲍里斯的妈妈。她非常在意与鲍里斯的这段感情，虽然大家都不看好他们的未来，但洛拉却很痴情，很固执，她时刻警惕、小心翼翼地维持这段情感。洛拉在酒吧演唱，一曲完了，总是掌声四起。她是这家酒吧的台柱子，养活了乐队等一大帮子人，在酒吧里很有人缘。洛拉手里有几个钱，这一点鲍里斯知道，这对大家也不是什么秘密。

当洛拉与依维什翩翩起舞，鲍里斯看到马蒂厄闷闷不乐，就问他："您的样子似乎非常烦恼。"马蒂厄一惊，在鲍里斯目光凝视下，坦白道："我有金钱方面的苦恼。"鲍里斯批评他守不住财，说如果他像马蒂厄那样有一份稳定收入，根本不需要借钱。马蒂厄承认鲍里斯批评得对，他告诉鲍里斯，眼下他急需五千法郎。马蒂厄在鲍里斯眼中是很有智慧的，现在看到他陷入困难，他想舍身相助，但他自己没有钱，于是打洛拉的主意，利用与洛拉的感情，向她借这笔钱。马蒂厄与鲍里斯关系密切，这一点已经让洛拉不快。马蒂厄知道洛拉不喜欢他，明确表示，他不愿意向洛拉借钱。但鲍里斯固执己见，认为自己很少向洛拉张口，而且她的钱包里就有七千法郎，她甚至没有时间往银行里送。鲍里斯抱怨马蒂厄，为了五千法郎已经烦恼得像只虱子，可钱就在伸手可及处，却不愿意去拿。随后鲍里斯与洛拉热舞，马蒂厄在一边观察，发现洛拉看上去似乎不太高兴，马蒂厄想，鲍里斯一定是遇到了麻烦。果不其然，鲍里斯没有料到，他竟然碰了壁。洛拉说什么也不借给他钱，他非常沮丧，为此他们大吵一架。

洛拉疑神疑鬼，怀疑鲍里斯借钱的动机，她想弄清楚他为什么借钱，借这么一大笔钱究竟要干什么。鲍里斯气在心头，一言不发，洛拉左思右想，摸不着头脑，心情烦躁，接连三次吸毒。第二天一觉醒来，鲍里斯使劲推开压在自己身上僵硬的胳膊，看到洛拉睁得大大的无神双眼，恍惚间以为洛拉死了。他慌慌张张地找马蒂厄，求他帮忙。他告诉马蒂厄，他有一些给洛拉的信件放在她的房间里，他不想牵扯到毒品案中，但没有胆量再回到洛拉房间。马蒂厄看到鲍里斯一筹莫展、急得手忙脚乱的样子，心想，他原本为我帮忙，不想自己陷入麻烦，现在只能由我来搭救他了，"他们还得依赖我呀"！

马蒂厄叫了一辆出租车，到了洛拉住的酒店，进入房间，看到躺在床上脸色惨白、一动不动的洛拉。他打开提包，看到那沓用黄丝线捆扎的信件，取出放入自己的衣兜。他发现洛拉的提包里有许多票面一千的法郎，鲍里斯说得没错，她确实有许多闲钱。在这一刻，马蒂厄活动过心思："我有钱啦，这下子可以摆脱困境啦！"他拿出钞票，惶惑地端详着这些纸币，同时伸长耳朵，不由自主地看着洛拉无声的身躯。马蒂厄被"钉死在原地"了，"得了吧，"他逆来顺受地嘀咕了一句，放开手指，钞票又落回到提包里。马蒂厄走出屋子，大惊失色地想："我没有拿钱！"他纹丝不动地站立着，感叹自己太懦弱了。想到玛赛儿，想到那个严厉的老太婆和恶劣的手术环境，经过一番激烈的内心挣扎，他转身又回到房间，还没敢肯定自己是否有勇气去拿钱，躺在床上的洛拉两只大眼正盯着他："是谁呀？"原来洛拉并没有死，她只是暂时晕过去了。

马蒂厄找丹尼尔借钱之后，丹尼尔决定亲自拜访玛赛儿，在交谈中，他发现玛赛儿一肚子委屈，只是出于自尊，不得已同意打掉孩子，她其实是想要这个孩子的。确信这一点后，他决定再约马蒂厄谈谈，劝他娶玛赛儿为妻。他告诉马蒂厄，实际上一段时间以来，他与玛赛儿私下不时有接触，他能够了解玛赛儿的心情，知道她的需要。他认为他们俩之间有严重误会，玛赛儿心高气傲，不愿意张口主动谈她的需要。马蒂厄对玛赛儿有事瞒着他感到吃惊，对玛赛儿有事不是先与他商量，而是与丹尼尔通气更是感到意外。对丹尼尔口口声声说"我们"，尤其有人在向他提到玛赛儿时自称"我们"这一点感到难以忍受。尽管如此，但他还是接受了丹尼尔的建议，应该与玛赛儿敞开心扉、开诚布公地谈一谈。

在这个节骨眼上，马蒂厄收到了依维什的信，告知他考试失败，录取无望。马蒂厄目瞪口呆，焦急万分。依维什是两点钟知道考试结果的，此刻是六点，她已经在巴黎街头踯躅四小时之久。马蒂厄感到问题的严重，立即拦截了一辆出租车，挨街循巷地寻找依维什，终于在一个地下室改装的舞厅里发现了她，她靠在舞伴肩上，双目紧闭。

马蒂厄把依维什带回了家，让她躺在沙发上，他拿起电水壶为她泡茶。依维什睡着了，马蒂厄拉过一张椅子，坐在她旁边。她额头光滑纯净，多么年轻啊！他曾经把全部希望寄托在这个孱弱而轻盈的女孩身上，现在她在睡眠中显得如此高贵。马蒂厄凝视着她，他想他准是爱上了依维什。这种感情并不特殊，它不知不觉地来到他的身上。

马蒂厄知道她就要离开巴黎，他期待依维什还能回到巴黎参加考试，希望能够再见到她。这时有人咚咚敲门，原来是热心肠的萨拉。她气喘吁吁，当着依维什的面，大声嚷嚷。那个犹太医生拒绝延迟付款，马蒂厄无论如何必须在明天筹到钱。马蒂厄不想隐瞒什么，他差不多要步入绝境了。他告诉依维什，玛赛儿怀孕了，他必须筹集一笔钱，想尽了一切办法，都无济于事，他不得不娶玛赛儿为妻。依维什反应冷淡，她说："这是你们的事，我不大关心这种事。"马蒂厄问，我能在十月份再见到你吗？她回答，不可能。她表示从未想过要马蒂厄的资助，对马蒂厄为什么慷慨地关心她也不理解，甚至认为马蒂厄今天早上大胆地碰了她，"这是有妇之夫的举动！"马蒂厄垂下双臂，一股无名之火在心头腾起，他夺门而出。

走在街道上，马蒂厄不小心摔了一跤，他之前与依维什在酒吧"游戏"，掌心被刀子扎过，双手触地，疼痛万分。他挣扎着爬起来，看到黑乎乎沾满污泥的双手，直想落泪。他笑玛赛儿，笑依维什，也笑自己可悲的情欲。他决定再去一趟洛拉的房间，他必须拿到钱，因为这关系到他的自由。趁洛拉还在酒吧演出，他迅速潜入洛拉的房间，取了五张钞票，然后不声不响地离开了。

他去见玛赛儿，依然是轻手轻脚，解开鞋带，脱下皮鞋，左手提着，在黑暗中摸索，慢慢向上，竭力不使楼梯嘎吱作响。玛赛儿今晚穿上了漂亮的白睡衣，系着金黄色腰带，特意仔细化了妆，眼皮涂上蓝色，头上插了一朵花，热情迎接马蒂厄。她对马蒂厄说，那天她的神经质表现很招人讨厌。马蒂厄自责道，其实是我不好，全是我不好。说着，他掏出皮夹，把五千法郎一张一张拿出来。马蒂厄一边数着，一边得意洋洋地把钞票弄得啪啪响，这是他费尽周折、好不容易才弄到手的。他终于如愿以偿，得到了这笔钱。他以为玛赛儿能够领情，像他一样高兴，但看到这一切，她的热情顿时消失了，咬着下嘴唇，眼睛暗淡无光，她摘下头上的那朵花，陡然间显得苍老了。

与丹尼尔谈话之后，玛赛儿以为马蒂厄会征求她的意见，尊重她的想法，同意要这个孩子。没想到他一意孤行，只想到自己的原则，非但不要这个孩子，而且为此竟去偷了五千法郎，这证明他是铁了心要除掉这个孩子啊！玛赛儿口中念念有词："我真傻！"

看到玛赛儿失魂落魄的样子，马蒂厄知道她是落入失望的深渊了。他想解释什么，他向她发誓，他做的一切都是出于好意，他会承认自己的错误，希望恢复彼此的信任。玛赛儿问他："那么，就像从前那几次那样，你根本不在乎我脑子里有什么想法？"马蒂厄说："我清楚，你是想叫咱俩结婚，对吗？"玛赛儿陡然站立起来，脸色灰白，双唇颤抖，尊严受到了严重损害，她对马蒂厄说："你觉得是这样吗？丹尼尔对你说我很烦恼，你就以为我想把自己嫁出去，这就是你对我的看法，跟我相处七年之久的看法！"马蒂厄问："你是想要孩子吗？"玛赛儿回答："这跟你无关了，我想要什么同你再也没有什么关系了！"马蒂厄还想央求，希望能够心平气和地谈谈，她认为没有必要，并且斩钉截铁地说："因为我不是那么敬重你了，也是因为你不再爱我了。你竟对我有那种看法，这就证明你已经完全不爱我了。"马蒂厄承认，他对玛赛儿已经不再有爱情，但声称仍依恋她，关心她，玛赛儿对此不再动心，喝令他离开自己的家，"走吧！把你的钱拿回去。"她压低嗓门重复道。马蒂厄说，这可不行，这是两码事，不能因为……就……，玛赛儿不听他的解释，抓起钞票往他脸上扔去，钞票在房间里飘荡飞舞。马蒂厄慌乱中尴尬地打开柜子，拿出皮鞋，轻轻推开房门走了出去，觉得自己样子又可笑又可悲，他彻底失去玛赛儿了。

马蒂厄晕头转向地回到家，这难熬的一天令他疲惫之极，他想脱掉衣服，倒头便睡，看到房门开着，原来依维什还没走，她直挺挺地坐在沙发上。马蒂厄告诉她："我刚刚同玛赛儿吹啦。"她问，你甩了她，没有给钱吗？马蒂厄说他已经弄到钱了，是从洛拉那里偷的，洛拉不在家时，他闯进了她的房间。马蒂厄辩解说，我自会还她，就算是强迫借钱吧。依维什问，你为什么要这样做呢？马蒂厄脸红了，他如实相告："我确实不想将玛赛儿一甩了之，只想给她一笔钱，就不必非娶她不可。"他还告诉依维什，玛赛儿把他赶出门，她把这看得太严重，"我不知道她原来的期望是什么。"他表示："这事糟透了，我在心慌意乱中偷了人家的钱，现在后悔不迭啊！"

马蒂厄张开两臂，把依维什拉过来，她则听他摆布，头歪向肩膀一侧，咧着嘴傻笑。马蒂厄轻轻吻了她一下，他暗自想："她不过是一个娃娃啊！"孤寂之感油然而生。他柔声呼唤依维什，疲倦地说："我不知道究竟想从您那里得到什么。"依维什蓦地挣脱出来，眼睛闪闪发亮，有一些恼怒。马蒂厄冷漠地观察着这种愤怒，心里想，刚得罪了玛赛儿，现在我把这一头也弄糟啦。但同时他几乎有一点开心，好像是一种解脱和赎罪。他说："我不该碰您呀！不过我爱您，依维什。"她有些报复式地回答："我呀，我不爱您。"马蒂厄想，这也许是真的，她为什么要爱上他呢？也许他也没有弄清楚自己为什么需要依维什，他的愿望可能只是在她身边默默地坐一阵子，然后二话不说地让她走开。他心里这样想，嘴巴却说，明年你会回来吗？依维什对他含情脉脉地莞尔一笑，他顿时感到他的欲念复苏了，那是一种既悲伤又无奈的欲念，一种无以名之的欲念。他抓住依维什的胳膊，感受到手指下细嫩的肌肤。

正在这时，门铃响了，马蒂厄打开房门，洛拉兀自冲进来，叫喊道，鲍里斯在哪儿，他偷了我的钱！看到狂怒中气势汹汹的洛拉，依维什脸色都变了，她与马蒂厄告别，答应会给他写信，相约明年再见。马蒂厄告诉洛拉，钱是他偷的，他让洛拉相信，那五千法郎是他偷的啊！其实洛拉必须想到钱是被鲍里斯偷了，如此她才能迁怒于鲍里斯，在她的想象中，鲍里斯正是为此才不敢面对她，她不愿意承认鲍里斯离她而去。她问马蒂厄，如果钱是被你偷走的，那么立刻还我。马蒂厄说，钱已经没有了。洛拉不相信，上午十点钟偷了钱，现在已经分文不剩？洛拉执意报警，马蒂厄想，他只好到警察局去把这一切解释清楚了。在洛拉出门的刹那，撞见了丹尼尔，原来丹尼尔从玛赛儿那里来，已经在门口听到了他们谈话。丹尼尔欠身向洛拉致意，递给她一个信封，里面有五千法郎。丹尼尔说，这五千法郎是您的，它还带有您的手提箱散发的浓烈脂粉气息。洛拉把钱凑近鼻子闻了闻，显得惶惶不安，有些不知所措。当明白钱确实不是鲍里斯偷的，她伤心欲绝。如果不是鲍里斯偷了钱，他为什么不回来？为什么躲着不见我？她带着乞求的目光问马蒂厄，鲍里斯会回来吗？

洛拉痛苦地走了，马蒂厄问丹尼尔，你是从玛赛儿家里来的吗？是她把钱交给你的吗？丹尼尔说，是的，玛赛儿不需要这笔钱了，这件事不值一提，它已经是老黄历啦。马蒂厄困惑不解，丹尼尔故意漫不经心地说，"我要娶她，我们将保住那孩子。"这么说，原来丹尼尔一直爱着玛赛儿？马蒂厄怀疑这后面一定有什么名堂。丹尼尔吞吞吐吐地说，玛赛儿走投无路了，我原以为很难说服她，没想到她满口答应、欣然接受了。马蒂厄这才承认自己弄错了，玛赛儿是想要那个孩子，他没有明白这一点。但他更不明白的是，丹尼尔为什么要这样做？眼下他只是切实地感受到，丹尼尔要娶玛赛儿，这使他不好受。也许，丹尼尔是为了在这场风波后来看他的丑态？丹尼尔承认，确实有这种想法，因为马蒂厄在他眼中总是那么稳重，这让他恼火。但丹尼尔说，他是个同性恋者！他与一般的报复者不一样。看到马蒂厄惊讶的眼神，丹尼尔问，这让你感到恶心吗？马蒂厄否认，丹尼尔说，不必非要表现出宽宏大量的样子，你的反应很正常。也许我的这一举动搅乱了你对同性恋者的看法吧。马蒂厄做出了反驳：别充好汉了！我是一个懦夫，我没有胆量采取行动，我对自己感到恶心，其实你也一样，你对自己的行为也感到恶心。

马蒂厄不想让丹尼尔得逞，和自己相处了七年的玛赛儿，转眼间就要嫁给这个同性恋者，这太不可思议了。情况变化太快，他要做出反击。丹尼尔反唇相讥，轻蔑地问，"你怎样阻止我呢？"马蒂厄抓起话筒，拨了玛赛儿的号码，对着话筒大喊，"玛赛儿，我要娶你！"短暂沉默后，传来一阵尖叫，电话就挂了。丹尼尔微微一笑，说他不是为了做做样子才娶玛赛儿的，何况玛赛儿首先要的是那个孩子。丹尼尔承认，他是出于友谊才和玛赛儿结婚的，玛赛儿对于他的身份并不了解，他们准备慢慢培养感情，而他打算把做丈夫的责任履行到底。丹尼尔说，"今天，不管怎样，我做了自己没有想到的事。"马蒂厄想，丹尼尔这次可是一不做二不休了，突然，一个念头冒了出来，"他自由啦，"丹尼尔的做法让他感到几分恐惧，同时这恐惧中又掺进了几分嫉妒。

丹尼尔离开后，马蒂厄挨近窗口，撩起窗帘，看到一个惬意的、蓝色的夜晚。他毫无所获地抛弃了玛赛儿，孤单一人，但并不比以前更自由。昨晚他还对自己说："要是玛赛儿不存在就好了。"此刻他觉悟到，这只是一个谎言。"没有人妨碍我的自由，是我的生活汲干了我的自由。"他打着哈欠对自己说，"真的，这毕竟是真的，我已届不惑之年啦。"

三、小说分析

马蒂厄与玛赛儿同居七年，他每个星期去看望玛赛儿四次，他们始终保持亲密接触。按理说，马蒂厄心生厌倦，他完全可以不再去看望她。若玛赛儿对这种生活感到厌烦，也可以拒绝马蒂厄的来访，可是他们双方谁也没有打算离开谁，更没想到要分手。如果他们交往七年，致使感情平淡，双方心知肚明，仅仅因为抹不开面子，谁都不愿捅破这层窗户纸，都采取息事宁人、得过且过的态度，大家就这样过下去，懒得"惹是生非"、再计较什么了，维持目前这种状态也可理解。但情况不是这样，他们仍对这段感情抱有希望，这段感情还受到他们"协议"的保护。如果马蒂厄想结婚，杜菲夫人坚决不同意，或是其他人从中作梗，他虽经努力，但最终无法跨越障碍，不得已才造成这样的局面，这也可以理解。可明显的是，长达七年的情人关系不是外力造成的。马蒂厄对玛赛儿怀有感情，这一点毫无疑问，他们决定结婚，根本没有人干预，也不会违背任何道德。而且，无论马蒂厄还是玛赛儿，都很看重感情。他们同居在一起，不是一时兴起，追求时髦，他们对感情绝不是采取随便的放任态度。他们年纪不小了，早到了谈婚论嫁的时候，为什么他们不能像大多数人一样，到政府领个证，举办个仪式，走入婚姻的殿堂，成为受法律承认和保护的合法夫妻呢？如果不是因为玛赛儿怀孕，也许他们还是这样过下去，马蒂厄还是在夜深人静时悄无声息地来到玛赛儿身旁。但现在玛赛儿怀孕了，七年情人生活的平静被打破了。

马蒂厄主张打掉孩子，他不想因为怀孕改变他与玛赛儿七年来形成的关系模式。玛赛儿得知怀孕，最初的想法也是想打掉孩子。得知马蒂厄对当孩子的父亲没有兴趣，她虽有过一阵子情绪起伏，最终她还是愿意做手术。马蒂厄对玛赛儿是有感情的，但他越是千辛万苦地为玛赛尔做手术筹钱，越表明他不希望孩子出生，不希望当孩子的父亲，而这样做的目的，就是不希望与玛赛儿结婚。他不是厌恶玛赛儿，更没有想抛弃玛赛儿，但确实不想结婚，在结婚的问题上，他固执地不想采取任何实际行动。其实，他们的感情协议就是保证这一点的，婚姻对他们的感情不是保障，他们根本不需要这个保障，甚至鄙视这个外在法律性质的保障。至少在马蒂厄看来，对大多数人是保障的婚姻对他则是"枷锁"，因而他拒绝婚姻的态度异常坚定。对大多数人，婚姻在人生中是"顺理成章、水到渠成"的事，是每一个人必然会遇到、会采取的重大而必要"步骤"，但对马蒂厄，他抗拒、逃避婚姻，在这道人生之坎面前，他主意已定，决意不迈过去。他还质疑，这道"坎"真的有必要存在吗？

马蒂厄为什么不像大多数人那样，到了成家立业的年龄自然而然地结婚？不结婚是他费尽心机坚持的行动，它彰显了马蒂厄的存在，是理解马蒂厄，也是解读这部小说的关键所在。

1. 马蒂厄与丹尼尔

马蒂厄不想要孩子，不是他天生讨厌孩子，而是因为孩子的出生会改变他与玛赛尔七年来维持的关系模式。孩子一出生，他会改变自己的身份，变成一个丈夫和父亲。更重要的是，他忧虑自己从此变成不自由的。马蒂厄反对孩子降生，煞费苦心地为玛赛尔的手术筹钱，这与他维护自由有关。

为筹集这笔钱，他首先想到的是丹尼尔。他与丹尼尔是多年的朋友，以前他帮过丹尼尔不少忙，不久前他听丹尼尔炫耀，就要做一笔大买卖了，也许他已经挣到了一笔可观的钱。不错，丹尼尔确实有钱，他的钱包鼓囊囊的，马蒂厄需要的五千法郎，对他根本不是问题。但是丹尼尔打定主意不借钱，倒不是因为他吝啬，也不是担心马蒂厄的信用，怕借出去的钱有去无还。马蒂厄说得很清楚："月底还一半，另外一半在七月十四日还。"到那时，做教师的马蒂厄会提前领取八、九两个月的工资。马蒂厄是有信用的，丹尼尔对此深信不疑。

丹尼尔不借钱，主要是看不惯马蒂厄那副派头。马蒂厄对丹尼尔非常坦诚，直言相告借钱的用途。看到马蒂厄急切的样子，丹尼尔暗忖："这小子的日子很难过咧。"但他仍继续撒谎："你说的那笔好买卖令人大失所望，证券交易所的事你是知道的。我现在是一屁股的债。"丹尼尔假装哭穷，但并不是用特别真诚的口气，他不想让马蒂厄完全相信他没钱，仍想让他心存希望，吊住他的胃口，像猫玩弄老鼠那样，随意摆弄他。马蒂厄自以为思想深邃，能够洞察别人的内心世界，那就让他好好洞察吧。最让丹尼尔不能容忍的是，马蒂厄此刻已经火烧眉毛，陷入窘境，无力自拔，却还保持这副一本正经的神态，他这副模样就是倒了霉也不改啊！在丹尼尔心目中，马蒂厄总是那么悠然自得，精神饱满，风度翩翩，对什么都满不在乎的样子，现在他像热锅上的蚂蚁，总应该现出丑态了吧。看到马蒂厄平时那么潇洒、那么自由、那么舒展地过日子，丹尼尔气就不打一处来。有难不救，这让他心里痛快，看到马蒂厄陷入窘境向人祈求帮助的模样，这是丹尼尔求之不得的。

在向丹尼尔借钱的过程中，马蒂厄也触及到了他与玛赛儿关系的"要害"。他坦言，玛赛儿怀孕，令她自己感到屈辱，因为这将把她置于大多数女人一样的境地，从此她会"堕落为浊骨凡胎"。丹尼尔趁势加了一句："我知道，若是换了我，这事会扼杀爱情的。"说到爱情，马蒂厄承认，他对玛赛儿已经谈不上爱情了，虽然他没有直接向她说出这一点。一旦说出，他和玛赛儿的感情就结束了，这等于抛弃了玛赛儿，这会让马蒂厄很难受。何况，马蒂厄认为，他不爱她，这并不是玛赛儿的错，他对她没有爱情，但还有感情，他还挂念她，经常去看望她。可是丹尼尔认为，不爱一个人，却仍然关心她，仍与她保持情人关系，马蒂厄玩弄的这些小花招，最终会令玛赛儿恨他，他自己迟早也会对这一切厌倦的。他向马蒂厄建议：你不是一贯标榜想做个自由人吗，现在恰是千载难逢的机会，干脆一不做、二不休，娶了玛赛儿不就得了。只要马蒂厄一句话，就能够改变自己的一生，这可不是天天都有的机遇啊！

确实如此，只要马蒂厄一张口，他不仅会变成另一个人，而且会改变他和玛赛儿两个人的命运，但这正是马蒂厄不愿意的，甚至是令他恐惧的。一提到结婚，马蒂厄就预想到了他会变成什么样的人，他的未来将被定型，会变得和那些凡夫俗子一样，他不得不过大多数人那种模式化的凝固生活，他害怕的正是这一点。如果他现在同意接受这个孩子，与玛赛儿走进婚姻殿堂，那么，他就会像天天碰到的那些男人，也许还会多生几个孩子，星期天带他们去公园散步。他态度安详，养得白白胖胖，一举一动中规中矩，像一个称职的父亲，说不定还被戴上顶绿帽子。马蒂厄断言，如果变成这样的人，他的一生就完蛋了。这种生活与他追求的自由南辕北辙，婚姻生活对他不仅是一种负担，简直就是坟墓，它会彻底埋葬一个人的自由。

2. 马蒂厄与雅克

从丹尼尔家出来，想到玛赛儿备受折磨的可怜模样，想到她脆弱得令人心痛的神态，马蒂厄尽管很不情愿，还是决定去当律师的哥哥雅克家走一趟，因为他非常希望得到这笔钱。

雅克功成名就，生活得很舒适，他的家是一座大而矮的建筑物。丹尼尔不借钱给他，马蒂厄能理解，毕竟他们没有手足之情，也许丹尼尔有难言之隐，他不能怪罪丹尼尔。但作为兄长的雅克不应见死不救，更不能借机落井下石，在这个关键时刻应帮帮他，否则他有理由抱怨。但一想到向雅克借钱，马蒂厄的头就大了，他的手指顿生发麻的感觉。雅克虽然是亲兄弟，但他们平素很少来往，他们生活在各自的世界中。他可以想象雅克那副神情，头向一边歪着，两眼半开半阖，"怎么回事啊，又缺钱啦?"马蒂厄霎时浑身鸡皮疙瘩。尽管内心一百个不愿意，为了玛赛尔，他还是硬着头皮敲了雅克家的门。

雅克面孔又红又嫩，显得很年轻，完全是一副成功人士的派头。马蒂厄不兜圈子，开门见山，他在明天之前，急需四千法郎。果不其然，作为律师的雅克抓住这个机会，开始了对马蒂厄滔滔不绝的"教训"。

四千法郎，这不是一笔小数，何况如此急迫，应该解释一下。在雅克眼里，马蒂厄一贯标榜自己是一个有信条的人，一个坚守原则的人。纯粹从理论上讲，完全按原则为人处世，特立独行，这会让很多人羡慕。马蒂厄声称他超越了所有的阶级，他是自由的。也许在他心目中，雅克是一个没有信条的人，但就是这样一个没有信条的人，却不时能接济一下马蒂厄这个坚守原则的人，这真是殊荣啊! 雅克指出，如果严格按照马蒂厄信奉的原则，就不应该向他这个该死的资产阶级分子借钱。马蒂厄一方面对这个资产阶级家庭吐唾沫，另一方面却仗着亲情关系来敲竹杠，这种做法让人怀疑，马蒂厄是否像他标榜的那样是一个坚守原则的人? 他做违反原则的事，难道一点不难堪? 雅克的态度很明确，他不借这笔钱，而且言之凿凿，理据充足。

首先，雅克认为，马蒂厄与玛赛儿同居七年，这种生活是"不符合现有社会秩序的试验"，事前他们没有打算要孩子，现在有了孩子，很明显，这是出了状况，而此刻执意要把孩子打掉，雅克的判断很准确，他指责马蒂厄的所作所为是要把这个"不符合现有社会秩序的试验进行到底"。在雅克看来，马蒂厄要得到的自由是通过违背社会公认准则实现的，这种行为本身就是对社会的法律精神和道德规范的蔑视和挑战。作为维护和巩固社会秩序的代表，作为维护法制精神的律师，他理所当然不能支持马蒂厄的这种行为。

其次，玛赛儿怀孕，马蒂厄却因为坚持自己的信条不愿结婚。如果不愿结婚，那么直截了当提出分手也是一种选择，但马蒂厄不愿意这样做，还想为玛赛儿承担一部分责任。既不愿意结婚，又不愿意损害玛赛儿的名誉，特别是不想让她的身体因为手术留下后遗症，这说明了什么? 说明马蒂厄与玛赛儿的关系实际上类似于婚姻关系，马蒂厄对玛赛儿承担的责任类似于一个丈夫对妻子的责任。马蒂厄只能在口头上，或在幻想上憧憬他的自由，他只能在想象中以为自己能够超脱现实，其实他与大多数人是一样的，也结结实实地生活在现实中。

第三，雅克质疑，采取堕胎的办法，符合马蒂厄一贯强调的原则吗？马蒂厄是一个和平主义者，现在却要用一大笔钱去堕胎，这是杀婴罪行，马蒂厄实际上扮演的是杀人犯角色，这与他标榜的自由可是相去甚远啊。当然，堕胎与杀人犯不同，但不论二者之间有多大区别，但至少在一点上它们是相似的，即堕胎是一种"假想的"谋杀，它与马蒂厄追求的自由原则不符。雅克认为，马蒂厄的行为其实是很不明智的，根本不知道自己在干什么，他的所作所为与追求的原则恰相矛盾，如果此时借钱给他，无异于火上浇油，帮助他违背自己的原则。

第四，雅克指出，马蒂厄的整个生活建立在谎言基础上，是典型的自欺。马蒂厄想超越一切，这只是一厢情愿，在现实中根本无法做到。马蒂厄鄙视资产阶级，可他本身就是资产阶级的一分子，一个羞答答的资产阶级分子，至少是情趣上的资产阶级分子。马蒂厄与玛赛儿同居，长达七年，这根本不是什么艳遇。他同玛赛儿的生活已经形成了种种习惯，一到晚上，他会悄无声息地来到她家，坐在她旁边，娓娓而谈，叙述一天的经历。雅克指出，这不是婚姻生活是什么？马蒂厄不结婚，但事实上却过着婚姻生活。马蒂厄想超越一切，想不受任何约束，简直是空想，因为他根本无法脱离现实。国家给马蒂厄提供住房，他能定期领到丰厚的薪俸，将来还有保障得到一份退休金，马蒂厄一点不为未来发愁，这种平静而规范的生活就是一个公教人员的生活，马蒂厄根本不可能超越它。马蒂厄声称要批判资本主义社会，但自己却是这个社会的教师，同情共产党人，但又不尽义务，从来不投票。瞧不起资产阶级，但不仅自己是资产阶级分子，而且父兄全是资产阶级，难道马蒂厄能够与家庭脱离关系吗？如果真像他所表明的，就不应该到资产阶级的律师哥哥家里寻求帮助。

最后，雅克结合自身经历，给马蒂厄来了个现身说法。他说，在年轻时代，他曾经有五年之久，潜心模仿和追求过各种时髦新潮，还对超现实主义情有独钟，并且也有几次值得吹嘘的艳遇。但突然有一天，他大彻大悟，决定结束青春期的宣泄和胡闹，并且发誓浪子回头，要有勇气随大流。这之后他开始走上正道，买下一间律师事务所，踏踏实实工作，才取得今天的成就。雅克分析，马蒂厄的心理实际上有两个极端，一方面是非常淡薄的叛逆和无政府意趣，另一方面则是心灵深处的追求秩序和健全，甚至是墨守成规的倾向。马蒂厄就在这两种倾向之间寻求折中。雅克指出，马蒂厄现在已经年纪不小了，头发已经略显稀疏，早已不是什么浪漫的翩翩少年了，应该回归正途，平静安顿下来。一味想超越，追求自由，把自己的生活搞得像流浪汉那样漂泊无依，这种一百年前的时髦今天看来只不过是生活没有方向，或者迷失了方向，最后的结局只能是被社会抛在一边，"变成搭不上末班车的可怜虫"。说到这里，雅克又顺带对弟弟施加了一点压力：我的妻子很高兴把你当朋友招待，但她对你的私生活一无所知呢。

在一番苦口婆心的开导后，雅克也表露了他不是那种全然绝情的人，他很精明，做得很周到，他向马蒂厄提议：他拿出一万法郎供他使用，条件是立即娶玛赛儿为妻。雅克和丹尼尔一样，都不愿意借钱，但他们为马蒂厄指明的出路却一样，那就是立即结婚，在他们看来，结婚是马蒂厄摆脱困境的唯一选择。

马蒂厄深感失落，他眼下急需钱，没有人帮他解这个燃眉之急，丹尼尔和雅克似乎都有点"乘人之危"，在他陷入困境之际，不约而同地提出了"苛刻"条件，要他乖乖就范。确实，结婚是马蒂厄的一个心结，几乎所有的人都或迟或早地要走上这条路，走上这条路对于所有的人都属正常，但马蒂厄却是一个"异类"。他不结婚，固然是因为对玛赛儿已经没有真正的爱情了，但更重要的是，在他看来，结婚会妨碍他的自由，这个自由对他比什么都重要，在任何情况下他都不愿意放弃自由。当雅克指责他的行为已经违背了所有人都遵守的人伦规范，马蒂厄为自己辩护道，其实他对自己是不是资产阶级分子无所谓，他不想结婚，目的"仅仅是保持我自己的自由"。当雅克强调，马蒂厄已经到了不惑之年了，应该懂得是故人情，应该明白社会是怎么一回事，必须收一收心了，不能还像毛头小伙子那样任性妄为。马蒂厄一针见血地回应道："你所说的不惑之年，也就是逆来顺受之年，我一点也不想接受它。"雅克认为，马蒂厄早已到了通晓事理的年纪，应该懂得融入社会、回归理性的道理了，但弟弟的表现令他失望！让他困惑的是，马蒂厄已界不惑之年，行事却依然我行我素，做事依然像鲁莽的少年，他生活在社会中，却对什么是社会没有一点认识，这一切都源于他追求的那个自由，这对他的毒害可是不轻啊！自由为什么对马蒂厄有如此的吸引力，自由为什么令他"鬼迷心窍"，他为什么对自由始终不渝，而对社会的道德和规范视而不见？毫无疑问，马蒂厄患上了自由病，而且病入膏肓，即便雅克对他晓之以理，动之以情，但他依然故我，看来一时半刻很难回心转意了。

马蒂厄追求自由，就是想超越社会。社会是什么？说白了，不就是各种各样的规范吗？不就是对人的各种各样的约束吗？当然，最初这些规范和约束是外在的，它们带有严格的强制性，人们遵守它们会感到不舒服、不自在、感到很别扭，甚至很难受。面对它们，人们难免会有反叛，特别是对处于青春期的孩子，反叛的欲望尤其强烈。随着人们的成长，逐渐认识这些规范的重要性，开始理解它们，自觉遵守它们，慢慢地接受、维护它们，把它们化为内心的需要，成为自身的价值观和处世准则。到了这一步，人们就说这个人成熟了，他化解了青春期的危机，步入了理智之年。可是马蒂厄偏偏老大不成熟，在雅克看来，他虽然到了理智之年，依然懵懵懂懂，行为幼稚。作为哲学教师，马蒂厄对下一代人的精神进行启蒙，但自己的行为却与社会习俗和伦常标准格格不入，这是严重的矛盾，严重不称职的表现。但马蒂厄对自己的所作所为却另有一番解释，在他看来，不结婚是一种姿态，它要表明的是，人必须从社会的习俗和控制下挣脱出来，唯有如此，才能得到自由。自由不是心安理得地生活在现成的社会秩序下，不是像雅克那样，成为社会制度自觉的维护者，不是像大多数人那样，默默地因袭着数千年来压在心头的传统、规范和数不清的各种经验与道理。自由首先与反抗联系在一起，而反抗要求敢于别出心裁，标新立异，敢于在众人面前成为"异类"，在大多数"成熟"的人们面前保持那份"幼稚"和"玩世不恭"。

从雅克的立场看，马蒂厄的表现可谓恨铁不成钢，无论怎样劝导，这个浪子就是不回头，让当律师的哥哥汗颜、着急和头痛不已。从马蒂厄的立场看，他能够在雅克面前理直气壮，在这个成功人士、这个社会的"骄傲"指责面前不为所动，固守自己的原则，这是他自由的表现，他因有这么一个成功的"模范哥哥"感到羞愧。

3. 马蒂厄与布吕内

马蒂厄的存在是为了自由，这在他与好友布吕内的交往中得到更深刻的揭示。

马蒂厄与布吕内许久未见面了，为了给玛赛儿寻找医生，他去萨拉家，在那里巧遇布吕内。看到马蒂厄心事重重的模样，布吕内断定老朋友肯定有事，在萨拉家不好细谈，他约定下午两点钟抽空去马蒂厄家里转一圈，像从前那样谈谈心。

布吕内加入了共产党，献身于人类解放事业，非常忙碌，几乎没有自己的时间。马蒂厄感到，他能够在百忙中挤出时间来看自己，已经很仗义了。布吕内发现马蒂厄有了不少变化：脸色很黄，有些浮肿，眼皮和嘴角老是抽动。马蒂厄坦承遇到了麻烦，没有睡好觉，眼下急需一笔钱，他为此焦虑不安。布吕内对金钱方面的问题不感兴趣，他知道马蒂厄是个有原则的人，他怀疑，马蒂厄是因为那个安身立命的原则行不通了，人才被折磨成这副被毁的模样。

布吕内把重要的工作摆在一边，专程跑来"救援"他，马蒂厄当然心存感激。但他更希望布吕内是作为老朋友来关怀他，是朋友之间的友谊使布吕内"扛不住"了，使他不惜一切地跑来看他，这样想会让马蒂厄好受些。布吕内是个爽快人，直言快语，直奔主题。他向马蒂厄建议，如果想参加共产党，现在马上就可以带他走一趟，二十分钟就能解决问题。布吕内想帮助马蒂厄走出困境，马蒂厄对布吕内这一"出其不意"的建议大吃一惊，没想到布吕内会这么快、这么直截了当地提出建议。他天真地问布吕内，参加共产党，这是对他有利还是对共产党有利？布吕内说，当然毫无疑问是对马蒂厄有利。看到马蒂厄的惶惑神情，布吕内马上声明，他不是为共产党拉夫的掮客，马蒂厄根本不用疑神疑鬼。对于共产党，马蒂厄充其量只是一小笔智慧财富，共产党内已经有大量知识分子，甚至多得可以外销了。他建议马蒂厄加入共产党，完全是为他着想，不是党需要他，而是马蒂厄急切需要党的帮助。

马蒂厄和鲍里斯等人在一起的时候，这些小孩子都钦佩他、仰慕他，认为他坚守的原则没错。现在面对布吕内的提议，马蒂厄不免困惑。他问布吕内，在你看来，我应该加入党，而且是为我好？布吕内说，当然是啦，难道你感觉不到这一点？布吕内认为，马蒂厄出身于资产阶级家庭，他必须跨出这一步，才能走向无产阶级。勇敢跨出这一步，非但不违反马蒂厄的原则，还能帮助他实现自己的原则。马蒂厄声称自己是自由的，如果不参加党组织，要这个自由有什么用？自由对他不成为多余的吗？就像马蒂厄以往所做的那样，不断反省、检讨自己，用了许多年时间清理自己，最终仍是一场空。布吕内形容马蒂厄的存在状况是吊在空中的"一具古怪的空壳"，像漂在水上的浮萍，马蒂厄只是个抽象的人，是个"缺席者"。他采取的行动只是半吊子，他虽然表示愿意与资产阶级切断联系，但同无产阶级却无瓜葛，这种存在状况当然不会舒服！

布吕内语重心长地对马蒂厄说，你放弃了一切追求自由，现在再往前走一步吧，就连这自由也放弃了吧，因为最终一切都将归还给你。马蒂厄同意布吕内对自己的判断，他确实悬在空中，丧失了现实感，没有任何东西在他看来是真实的。采取行动，迈出这一步，他将像布吕内那样，获得激情。布吕内具有强烈的现实感，他触碰的一切都是现实，他双脚站在坚实的地面上。马蒂厄感叹道，布吕内才是一个真正的人啊！他思考问题不是缠来绕去，而是立足于简单而严峻的现实。布吕内能够行动，而且行动起来生龙活虎，充满了力量，他可以抵御妨碍行动的各种诱惑，不管是艺术的、心理的还是政治的诱惑。比较之下，马蒂厄看到了差距：他太优柔寡断、太不成熟，为各种琐事包围，困在无聊之中，他感叹："我的样子哪像个人！"

看到马蒂厄有所反省，布吕内步步紧逼："那你就学我的样，有什么东西妨碍你呢？难道在你的想象中，你将一辈子躲躲闪闪地生活？"布吕内真能抓住要害，三言两语就把马蒂厄的处境揭示出来了。马蒂厄被逼到死角，进退无路，只好回答，如果他做出选择，就与布吕内站在一起，因为他没有其它选择。话虽如此，他强调自己还要喘口气，不会那么快做出选择。布吕内当然不会强人所难，只是催促，必须抓紧行动，日子一天天过去，快得很，到了明天，马蒂厄就老了。何况战争即将爆发，每一个人都会面临考验，现实不允许马蒂厄再迟疑拖延。一味拖沓，马蒂厄会变成自由的奴隶。布吕内警告，如果死不开窍，口口声声说追求自由，实际上仍然停留在空想中，迟迟不采取行动，最后可能在懵懵懂懂下匆忙上阵，马蒂厄可能像肥皂泡一样转眼完蛋，就等于做了三十多年大梦，一颗手榴弹就结束了梦，那就太可悲了。

布吕内说得没错，马蒂厄对西班牙人遭受法西斯分子的残杀异常愤慨，曾经动过念头去西班牙打仗，但也就是动过念头而已，他有冲动，但没有行动。他自我观察、自我判断、不断地审视自我，这是他最喜欢采取的态度，是他的拿手好戏、看家本领。在日复一日的自我反思中，他想把一切看得清清楚楚，力求做到清醒，这有点像给自我消毒，经过一番漂白，似乎在蒸锅里过了一遍，把那些含混的、不明不白的东西都消除了。反思顺乎马蒂厄的天性，自我分析是其癖好，但天长日久，停留在自我的天地里，岁月蹉跎得很快，不知不觉他已经三十四岁了，他感叹自己老了。是的，时光无情地流逝了，他还能再等多少年才会行动呢？布吕内对他还是了解的，他指出的恰恰是马蒂厄对自己颇为不满的地方。

在马蒂厄眼中，布吕内对一切都看得那么透彻。他与他的阶级在一起，和同志们在一起，他奉献了全部时间，献身于党的事业。布吕内不仅与自己一致，还能够与党一致，他不是一个人在行动，他的行动已经延伸到全世界，他实际上是同各国无产阶级并肩战斗，一道受苦受难。就在此刻，在马德里近郊，法西斯分子公然把炸弹扔进一家售货市场。在集中营里，数万犹太人奄奄一息，束手待毙。而在中国南京城的废墟里，不知有多少手无寸铁的平民百姓惨遭日军的蹂躏和屠杀。马蒂厄反思道，这些事情就发生在周围，发生在自己的眼皮底下，但他却置身事外，不能奋不顾身地介入其中。他还是按照自己的生活习惯，再过一会儿，他就要拿起帽子到卢森堡公园散步，这是他按部就班的生活方式，不管世界发生怎样的变化，好像这一切都与他无关。马蒂厄想到，我追求自由，结果却是不负责任，布吕内放弃了自由，和大家融合在一起，他比我更自由，也更真实。

布吕内很有诱惑，让马蒂厄向往，但他还是很谨慎，不愿贸然迈出这一步。他感叹布吕内真有好运气，能够成为共产党的一分子。布吕内立刻将了他一军，你马蒂厄也有这样的机遇，应该毫不犹豫地抓住它，做出选择。在布吕内的紧逼下，马蒂厄看来是躲不过去了！同意还是不同意加入共产党，布吕内这个大忙人正等着他做出回答，他必须当机立断，现在就做出决定，不能再拖延了。入党，坚持一种信念，为它付出行动，这就能够充实他的生活，成为一个真正的人，从此得到拯救。在布吕内目光的逼视下，马蒂厄有些令人扫兴，他绝望地说，他不同意立即加入党组织。他为自己辩解道，他会有变化，不可能总是一成不变，也许以后什么时候开了窍，他会做出选择。其实这是客套话，这是为自己、也是为布吕内找台阶下。布吕内使了半天劲，听到的却是这样的回答，难免失望，但并未气馁，他没有责怪马蒂厄。他知道，马蒂厄很认真，认真得有些顽固不化，这是因为他的那个原则把他拴得太牢固了。布吕内了解马蒂厄凡事认真、爱琢磨的特点，但他忠告马蒂厄，期待开了窍之后再做选择，那就要等待很长时间，甚至可能会遥遥无期，可是现实已经火烧眉毛、时不我待了啊！战火就要烧到家门口，纳粹的铁蹄四处践踏，面对刻不容缓的严峻形势，马蒂厄还能够视若无睹、坐视不理，只顾经营自己那片自由的世外桃源吗？

布吕内指出马蒂厄的"固执"建立在错觉上，马蒂厄天真地假定，只有理解了党组织的信念，才能做出是否加入的决定，这是知识分子的通病，总爱把事情理想化。加入党组织之前，当然需要把观念理清楚，但理解不是纸上谈兵，不是发生在空洞的思维领域，理解是一个行动的过程，是一个在现实中不断反复、不断深入、与现实不断纠缠的过程。怎么可能把党组织的信念当做一个凝固的观念摆在眼前，反复观照，仔细品味，弄清楚了一切细节后，才决定是否加入。这种书呆子的理解方式非常幼稚，过于空洞和抽象。布吕内以自己为例，当初他加入党组织也并未心悦诚服，后来在实践斗争中，对信念才有了更深刻认识。信念是逐渐积累的，不可能在某一天突然顿悟，用一蹴而就的方式得到。如果指望每一个人都在彻底理解并且真诚接受信念后再加入党组织，那就没有一个人能够加入。

布吕内是在力争，促使马蒂厄当机立断采取行动，没想到马蒂厄却较真起来了，他把布吕内的这种态度解释为，先下跪，然后便会信仰上帝。参加一个组织犹如信仰上帝，许多人对上帝是什么根本不了解，在盲目中先学会了下跪，然后在下跪中慢慢体会上帝。如果他们先了解了上帝，可能就不会下跪了。马蒂厄认为，必须先有信仰，先把这个信仰搞清楚，然后才能加入组织。他只能先了解上帝，然后才能决定是否下跪。如果对上帝是什么还不了解，凭什么下跪呢？下跪的意义何在呢？如果盲目地服从一个还不了解的对象，人还有自由吗？如果人们把一个还不了解的东西硬塞给我，并对我说，也许你现在还不了解它，但慢慢就会习惯并且喜欢了。剥夺了思考和判断、剥夺了一个人的选择，还能有自由吗？

布吕内终于恼火了，他心里嘀咕，与马蒂厄这样的知识分子打交道真是麻烦啊。他总是在思考，在琢磨，在纠缠不休，在观念里打转，可是战争就要爆发，战场上刀光剑影，你死我活，需要的是行动，马蒂厄始终满足于构建精神上的安乐窝，他真是顽固得一塌糊涂啊！马蒂厄停留在空洞的自由中安享其乐，他追求自由，就如他的哥哥雅克死抱住金钱不放一样，他真是糊涂透顶，不可救药了！

马蒂厄试图解释，他不是固执，也不想维护什么，他对自己的生活既不感到满意，更不感到自豪。他没有多少钱，唯一拥有的就是自由。他坦言，这个自由现在已经成了他的负担，他自由了这么多年，却一事无成，这个自由没有任何用处，有时他真想放弃了它，过另一种生活，像布吕内那样，参加组织，和大家同呼吸，共命运，成为组织的一分子，使自己脱胎换骨，从里到外来一个彻底改造。马蒂厄甚至想，他需要忘记一点自己，应该寻求那种足以为之奉献生命的事业。但也正是由于这一点，他希望布吕内能够理解，他此刻还不能参加组织，虽然他也像布吕内那样对一切愤愤不平，动辄牢骚满腹，慷慨激昂，他们反对的对象相同，但反对的程度不同。换言之，马蒂厄认为，他也像布吕内那样反对这个世界，但这种反对只停留在自由的精神层面，他还不能像布吕内那样果断地采取行动，对此他毫无办法。如果他也像布吕内那样高举拳头，唱着《国际歌》，激情澎湃地加入游行队伍，像大家那样兴高采烈，手舞足蹈，那就等于欺骗自己。他希望布吕内能够理解他，不要因此责备他。

马蒂厄对布吕内的态度是矛盾的：一方面他羡慕布吕内，布吕内充实而自信，能够脚踏实地地做事情，能够用行动证明自己，他是一个真实的人。另一方面，他看得很清楚，一旦像布吕内那样加入组织，他与其他成员就必须抱成一团，他们必须持有坚定信念，想法必须完全一致，并且要求别人也和他们保持一致。布吕内动员马蒂厄参加组织，他迟疑犹豫，推三阻四，其实布吕内心里是大为不满的，他认定马蒂厄就是一个混蛋，只不过碍于朋友面子，不直接说出来罢了。马蒂厄迟迟不做选择，他为难的是，如果他不走布吕内给他指引的道路，停留在现在的生活中，在其中被琐事缠身，碌碌无为，长此以往，会浪费整个生命，这让他害怕。如果此刻就改变自己，按照布吕内的指引，投身到事业中去，虽然能够体验到和大家融为一体的快乐，但很可能，在这个组织内，由于必须和大家保持同步，服从指示，他会淹没和消失于集体中。他个人的存在已经不再重要了，他要捍卫的仅仅是组织和集体的重要性，这让马蒂厄不寒而栗。布吕内让马蒂厄羡慕，甚至向往，对他确实有吸引力。布吕内能够采取有力的行动，这恰恰是马蒂厄生活中的"软肋"，他想如同布吕内那样，投入到生活激流中去。但担忧的是，这种充实有力生活的背后是铁板一块的凝固，这种生活虽然轰轰烈烈，惊天动地，不仅改造社会，还能改变人的灵魂。但让人无法忍受的是，它必然带来对个体的漠视甚至是禁锢。如果一种伟大事业对个体采取蔑视的态度，认为个体无足轻重，重要的是集体利益，这种事业还值得人们为它献身吗？马蒂厄对布吕内的这种矛盾态度，决定了他只能在抽象意义上赞同布吕内，他只能停留在对布吕内的向往上，而无法做到与布吕内步调一致。布吕内对他有足够的魅力，但他只能欣赏布吕内，却不能，至少是眼下不能一下子变成布吕内。

马蒂厄的头脑是很清醒的，他没有被布吕内的魅力俘获，也没有被自己的向往和羡慕所迷惑。他需要布吕内这个老朋友的帮助，但他对布吕内身后的那个组织和原则是有戒心的。他明确说，"我需要的是你布吕内的帮助，而不是卡尔·马克思的帮助。"这里，卡尔·马克不是指历史上那个具体生动的伟人，而是指一种符号，它代表的是一种原则和观念，一种对人的约束和强制。马蒂厄欣赏布吕内个人的魅力，欣赏那个口中有烟草气味、脸膛胖胖的、橙黄色的睫毛很淡、长得像普鲁士人的布吕内，这是一个具体真实的布吕内，面对他，马蒂厄鼻孔里痒痒的，这才是一种亲切和真实的感受。但是，问题在于，这个口中有烟草气味的布吕内和那个马克思的布吕内怎能分开呢？他们非但无法分开，而且紧密交织、融为一体。在其身上剔除无论是前者还是后者，剩下的都不是一个完整的布吕内，但马蒂厄需要的恰恰只是布吕内的一个方面，是那个具有个性、能够行动的布吕内，而不是那个背后有个强制原则的布吕内。马蒂厄需要的是那个处于现实中活生生的布吕内，对那个具有强制意味的布吕内，他是警惕和抗拒的。

布吕内也看到了"个体"的马蒂厄，他在萨拉处看到马蒂厄的落魄样子，断定他遇到了麻烦，就是对老朋友动了恻隐之心。多年来，他始终惦记马蒂厄，惦记着他的脸、双手和话音，还有他们经历的许多往事。但他意识到，他已经加入了组织，他的朋友是那些党内的同志，他与他们拥有一个完整的世界。他希望马蒂厄也能够加入组织，能够继续成为他的朋友，和他一起拥有整个世界。如果马蒂厄始终停留在苍白的自由天地，跟不上布吕内，跟不上时代前进的步伐，不能投入到热血沸腾的世界中，布吕内担心，他迟早会失去这个朋友。

马蒂厄与布吕内，他们之间有亲和力，过去的友谊还在维持他们的关系，但很明显，单靠这种友谊不能支撑他们今后的关系，因为布吕内已经跨出了一大步，他已经把自己奉献给组织、奉献给另一个世界了。马蒂厄呢，看到布吕内积极行动的忙碌身影，他内心确实有一种想追赶的冲动，但他又不想变成布吕内，因为他看到布吕内的存在隐藏着危机。自己眼下的存在虽然碌碌无为，但毕竟还有自由，布吕内的生活也许会带来丰功伟业，他的事业会显赫辉煌，但最终也许会丧失自由。对马蒂厄，布吕内是鱼与熊掌不可兼得，这是他迟迟不能做出选择的重要原因。

马蒂厄不加入组织与他选择不结婚是一样的，即都是对本质化生活的抗拒，是坚持人的存在是自由的表现。

4. 马蒂厄与玛赛儿

马蒂厄坚持原则，对朋友布吕内是如此，对女友玛赛儿也是如此。

小说开始时，玛赛尔端详 1928 年夏天拍的一张照片。相片上的她十八岁，身材苗条，穿一件宽大的男式上装和一双平底鞋，表情羞答答的，微笑显得有点冷漠。一晃十年过去了，她皮肤仍然光滑，但身材已略微发胖，嘴角显现出皱纹，在双目之下微微泛青的晕圈边上已经不知不觉地滋生了许多小疙瘩，这让马蒂厄吓了一跳："我的天哪！她真是老了不少啊。"相比之下，马蒂厄的皮肤依旧白皙，还保持着高挑身材，他的肩膀很宽，依然年轻。他像永无变化的矿石那样，似乎从来就是现在这个样子。

玛赛儿原先攻读化学，因为一场大病，中途辍学。几年来她差不多足不出户，每天不外是读读书，偶尔出门呼吸一下新鲜空气。她每天很晚入睡，第二天无法早起，几乎不知道上午是什么模样了。每周有四个夜晚马蒂厄来看她，为她带来外面的世界，他对她述说自己所经历的事情，玛赛儿一边听，间或出点主意。对这样的生活，她虽不好抱怨什么，但内心并不满意。如果不是大病影响了学业，她本可以过另一种生活的。她多少感到有一些"虚度此生"的味道，认为自己无所作为，已经变得举止迟钝，笨手笨脚，这辈子大概前途无望，一事无成了。马蒂厄虽然对她嘘寒问暖，呵护备至，这是他真情的流露，但她清楚，他并不真正把她放在心上，她并不是他的那个"唯一"。

玛赛儿知道马蒂厄喜欢依维什，对这种行为，她并未视为背叛，也不是无力反抗，而是采取了"包容"态度。她知道，马蒂厄憧憬自由，他最牵挂于心的不是玛赛儿，而是他的自由。在玛赛儿眼中，这一点恰是马蒂厄根深蒂固的毛病。他这个人就是这样，离不开自由，一旦放弃自由，他就不再是马蒂厄了。对于玛赛儿的这种心态，马蒂厄颇为恼火，因为他多次向她解释，向往自由并不是人的什么毛病，他声称人原本就是如此，他本来就是这样，这不是什么毛病。就像一个人生下来就要呼吸，他离不开呼吸，离开呼吸他就不能存活了。呼吸对他不能说是什么特别的嗜好，而是再自然不过的事情。玛赛儿反唇相讥，如果这不是毛病，为什么别人不像他这样呢？为什么大多数人与马蒂厄不一样呢？马蒂厄耐心解释，其实大家都一样，人都是自由的，只不过大多数人对自己是自由的不自觉罢了。玛赛儿已经多次领教过这套说教了，并不完全认同，她明确告诉马蒂厄，她不需要什么自由，他与大多数人差不多。每当出现这种小摩擦，马蒂厄会有一种不自在的感觉，一种令他魂牵梦萦的悔恨。他无法理解，为什么玛赛儿对他如此看重的自由感到不解和烦恼。

马蒂厄不结婚，至少从他这方面说，不是出于自私。他与玛赛儿达成一致，认为婚姻是一种束缚，他们不想要它。这个选择不是他强加给玛赛尔的，她也认同这个选择。这就是说，不结婚不是马蒂厄单方面的要求和压力，而是他们共同信奉和坚持的原则。不结婚是他们的约定，是他们共同达成的协议，马蒂厄当然遵守这一协议，他把不结婚当作维护自由的一种方式。但对于不那么喜欢自由的玛赛儿，她选择不结婚其实是顺应了马蒂厄，她的这一选择既被动又牵强，她的内心是很脆弱的，她是靠着外表的"自尊"来维护和支撑这个协议。表面上看，她似乎与马蒂厄都认同不结婚，甚至把它作为维持他们关系的基础。马蒂厄非常在乎这个协议，认真履行这个协议，小心翼翼地警惕着对这个协议任何微小的侵犯和破坏。在他的想法中，不仅他这样做，玛赛儿也会如此。风平浪静时，玛赛儿随波逐流，得过且过，这给了马蒂厄一种假象，以为他们彼此之间都在这个协议下相安无事。何况他们之间还有一个约定，即彼此要透明，坦诚相见。在马蒂厄看来，即便发生什么事，玛赛儿也会与他沟通，将一切和盘托出，她应该是第一个把事情摊开在马蒂厄面前的人。有了这样双重的保险，马蒂厄有些心安理得、高枕无忧了。多年以来，他的举动千篇一律，在夜阑人静时，悄悄地潜入玛赛儿的卧室，他已经习惯了这一切。

玛赛儿发现自己怀孕了，起初，她按照"协议精神"处理这一"突发事件"。她咨询好友，打算用仅有的四百法郎，找一个私人医生悄无声息地了结此事。后来在马蒂厄的一再追问下，才吞吞吐吐地把事情抖了出来。马蒂厄有一丝愧疚，觉得是自己惹的祸，却让玛赛儿受罪。为了玛赛儿的身体，在某种程度上也是为了给自己"赎罪"，他下决心一定要为她负责，找一个好医生进行手术。玛赛儿心里虽有波澜，在马蒂厄拒绝她找那个"瞎折腾"的老太婆时，她不经意地冒出一句："那么，你愿意当父亲喽？"随即，这点小小的波澜就归于平息，它没有造成任何违背协议的麻烦浪花。接下来，玛赛儿关心的就是怎样尽快弄到这笔钱，马蒂厄更是一门心思地去筹钱，他们的所作所为仍然保持在他们原先设计的框架内。

在玛赛儿内心搅起波澜的关键人物是丹尼尔，他不愿意借钱给马蒂厄，还要"破坏"马蒂厄与玛赛儿规划好的协议生活。在丹尼尔看来，他们俩已经不相爱，只不过大家不能正视现实，没有勇气挑明。特别是马蒂厄，出现了问题，不是积极主动采取措施解决问题，娶玛赛儿为妻，而是到处筹钱，把孩子打掉，打算把问题搪塞过去，仍想继续把生活纳入原先协议的轨道。

丹尼尔直截了当地告诉玛赛儿，他有一大笔钱可以动用，他完全有能力借钱给马蒂厄，但他首先要了解她的心思，她真的不想要这个孩子吗？现在火急火燎地筹钱打胎的是马蒂厄，他不想要这个孩子，这一点毫无疑问，但这也是玛赛儿的真实意愿吗？马蒂厄铁了心不要这个孩子，他只要他的自由，玛赛儿也是这样想的吗？马蒂厄追求他的自由，这已是人所共知，玛赛儿也像他那样，对怀在肚子里的孩子无动于衷、一心一意也要追求自由吗？马蒂厄的自由之心根深蒂固，他早已打定了主意，玛赛儿也是如此坚定不移吗？在下定决心打掉孩子前，玛赛儿深思熟虑了吗？在丹尼尔看来，马蒂厄胸有成竹，发生任何事情都不能撼动他的自由立场，他听到玛赛儿怀孕的第一个反应就是打掉孩子，他没有丝毫的迟疑和犹豫。但玛赛儿也是这样吗？他们的生活真的像协议规定的那样做到了彼此完全透明和一致吗？丹尼尔认为，玛赛儿是在还没有来得及形成自己的看法之前就迫不得已服从了别人的定见，这对她非常不公平。应给玛赛儿充分时间让她形成自己的判断，她在这件事情上应该有自己的主张。果然，与丹尼尔一番交谈后，玛赛儿似乎茅塞顿开，大为感动，认为丹尼尔才是真正关心她的人，马蒂厄只是打着相互坦诚的旗号，根本不询问也不关心她的真实想法，而她总是处于被动中，被他们的协议束缚，无法动弹。也就是说，马蒂厄在协议下自由自在，而她在协议下却只能掩饰自己的真实意愿，她是在牺牲自己真实意愿的情形下用可怜而脆弱的自尊维持协议的生活。

在丹尼尔的"启发"下，玛赛儿意识到了自己的真实意愿，但她无法勇敢地直面它，特别是把真实想法当面告诉马蒂厄。在丹尼尔眼中，玛赛儿是个懦弱的人，她是"一汪沼泽地"。也就是说，她是一个被动的人，一个缺少自由的人。她可以接连几个小时听别人高谈阔论，口口声声对！对！她接受各种思想，只是让它们"陷入"自己的脑海而已。玛赛儿的存在完全是"皮毛"的、轻飘的，犹如放飞在空中的风筝，表面上看好像很自由，实际上你一收手里的线，它就向地面靠拢。这种存在是被操纵、缺乏根据的，它只能傻头傻脑地"溜达一两下"。

玛赛儿在丹尼尔的启发下想要保住孩子，丹尼尔的鼓励加强了她的信心，她把希望寄托在丹尼尔身上，希望他能够使马蒂厄意识到这一点。丹尼尔满口答应，但他很滑头，只是含糊地暗示马蒂厄，说玛赛儿比马蒂厄想象得要复杂，马蒂厄应该更加耐心、更加仔细地倾听她的想法。听说丹尼尔一直与玛赛儿暗地里见面，马蒂厄已经吃惊不小，因为这完全违背了他们的协议。马蒂厄自信，他应该比丹尼尔更了解玛赛儿，毕竟他们已经共同生活了七年，而且还有协议的保障，为什么玛赛儿不对他直接说出这一切呢？对于丹尼尔的巧舌如簧，马蒂厄早有防范，他不会轻信丹尼尔，因为这家伙把骗人的小把戏当作家常便饭。

玛赛儿得到丹尼尔的承诺，以为马蒂厄最终会理解她，她特意修饰打扮，迎接马蒂厄。而马蒂厄经过千辛万苦，终于弄到了五千法郎，他以为玛赛儿会感谢他的一番好意和"辛劳"。谁知弄巧成拙，在玛赛儿看来，马蒂厄越是卖力，甚至不惜一切地去偷钱，越是证明了一点，他是一心一意不要这个孩子！玛赛儿还有一个误解，他以为马蒂厄千方百计地拒绝这个孩子，是怕这个孩子成为他的束缚，最终迫不得已娶她为妻，这大大伤害了她的尊严，为此她不能原谅马蒂厄。七年了，他们的协议维持了一种假象，如果没有丹尼尔的"启发"，也许他们还是这样过下去。或者，在失去玛赛儿的那一时刻，尽管马蒂厄承认，他对她已经没有爱情，但他也可以像大家一样，去政府那里排队领证，过婚姻的生活。要么是玛赛儿掩饰她的真实意愿，要么是马蒂厄拱手让出他的自由，否则他们七年的生活就走到头了。最后出现了一个戏剧性的转变，丹尼尔决定娶玛赛儿,这是马蒂厄始料未及的。更让他惊讶的是,丹尼尔竟是一个同性恋者,而玛赛儿对这一切一无所知。马蒂厄想阻止这一切,但为时已晚。对于马蒂厄的举动,丹尼尔只是冷笑,果然,马蒂厄在电话中听到的只是玛赛儿一阵撕心裂肺的吼叫,他在玛赛儿那里再一次碰壁,结果是"毫无所得"地失去了玛赛儿。

马蒂厄不愿结婚,即便是面对与他共同生活七年已经怀孕的玛赛儿,他也不愿意失去他的自由。一想到玛赛儿那间玫瑰色的小屋,想到他将被感激和爱情吞没,而且会终其一生,他就感到头皮发紧。他不想让别人使用他的姓氏,让别人占有他的一生。一想到会有一个妻子,而且是住在自己的家里和她一起生活,他们一起吃饭,一起散步,一起逛街,一起做这个,干那个,他们会像大家一样,像所有的夫妻一样,尽他们该尽的义务,过传统规定的婚姻生活,这让他浑身不自在。在雅克这样的人看来,婚姻生活完全合乎自然,合乎人性,就像人们呼吸和咽下唾液那样自然,这是人类生活的规律,任何人都不能违背。马蒂厄对这种生活看得非常真切,它展现在他眼前,一切都是那么清清楚楚,马蒂厄将有和大家一样的生活,可这让他恐惧异常。马蒂厄苦心经营他的自由,为的是逃避像大家一样的"正常"生活,但没有想到,一个偶然事件,玛赛儿的怀孕,把一切都搅乱了。迫于无奈,现在他想干脆一头扎进这种生活,只要玛赛儿能够满意,他打算为她放弃自由,但被玛赛儿无情地拒绝了。

布吕内曾对马蒂厄说:要这个自由有什么用?他不惜一切地去追求自由,自由能为他带来什么呢?马蒂厄内心五味杂陈,翻腾着各种波澜,自由仍是最耀眼的浪花,不管别人怎么说,他最挂念还是他的自由。

5. 马蒂厄与依维什

玛赛儿的存在是自在的,她没有意识到自己的自由,不知不觉地拒绝了自由,依维什则是另一种典型,她从不标榜自由,她就是自由。

依维什是俄国贵族的后代,1917 年革命爆发,父母流亡法国,她也随父母漂泊异乡。虽然血管里流淌的是贵族血液,但她是在法国长大的,早已经没有了俄国贵族那些繁琐的礼仪和规矩,她变成了一个普普通通的女子,在巴黎参加考试,希望拿到文凭,将来能够凭一技之长谋生。但无奈的是,她几门功课不及格,眼看在巴黎谋生无望,只能回到乡下父母的身边,这令她非常恐惧。

马蒂厄依恋依维什,他的生活中不能没有依维什,当依维什考试失败,准备回到父母身边，他曾力劝她留下来，他愿意资助她。他希望依维什回家的想法只是暂时的，他甚至哀求她，无法忍受与她的分离。

依维什为什么会吸引马蒂厄，这个女子究竟有什么魅力，能够让马蒂厄这个哲学教师对她如此痴情？

依维什流亡巴黎，靠父母在乡下经营一家锯木厂维持生计。她并不富有，马蒂厄喜欢她，不是觊觎财富。作为公教人员，马蒂厄虽说不上大富大贵，也是衣食无忧，如果节俭度日，他是不缺钱的。在马蒂厄与依维什的关系中，金钱没有分量。当依维什考试失败，马蒂厄希望她留在巴黎，主动提出，他可以帮助她。依维什莫名其妙，不知道是什么意思。马蒂厄说"我会有点钱的"，依维什顿时感到一阵恶心。

依维什很年轻，这是吸引马蒂厄的一个原因。看见鲍里斯和依维什在酒吧交头接耳，神情专注，旁若无人，马蒂厄不由得感叹："他们多么年轻啊！"与风华正茂的姐弟俩比较，马蒂厄认为自己老了，已经无可挽回地衰老了。依维什年轻但并不漂亮，非但不漂亮，她的脸蛋还显得有点丑。当风吹散她的头发，暴露出苍白的胖脸蛋和低平的额头，显现出一张充满稚气的满月般大脸，这张脸其实是长得很难看的。可以肯定，马蒂厄不是因为依维什楚楚动人而无法自持，不是因为漂亮而迷恋她。

依维什到巴黎求学，一方面是考虑到将来的谋生，她总要学点什么。但另一方面似乎更重要，即逃避父母监管，躲开乡下那种让她郁闷的地方。依维什并不是因为才华横溢让马蒂厄刮目相看，她几门功课不及格，在一个老师眼中，她不是一个好学生。但她也不是糊涂蛋，不是那种天生弱智的学生，偶尔也会一鸣惊人，给出的答案让考官很满意。马蒂厄喜欢依维什，不是出于一个老师的立场，这一点是显然的。

马蒂厄与依维什的关系与一般情人不同，他虽然忙前跑后为依维什打点一切，竭力为她着想，甚至以为自己爱上了依维什，还大胆地吻了她，在这种关系中，带有性的因素，但又远远超越了性。吸引马蒂厄的不是依维什的身体，而是她对待周围世界的态度。

作为学生，依维什很用功，但不像一般学生，她的用功完全是"依维什式"的。她可以接连几个小时对着书本，一动不动，但可能一个字也没有读进去。她熟读了生物学，做好了考试准备，可是在考试时发现考官是一位秃顶先生，感到很滑稽，便抛开一切，什么考试不考试，全不顾了，让那考官竟然没有从她嘴里问出一个字来。作为学生的依维什应该了解考试的规则，懂得考试的重要性，她应该明白这一切，理解规则的意义，她必须约束自己遵守制度，这是一个人、一个学生成熟的标志。但是依维什极为"幼稚"，竟然因为考官是一个秃头先生，突然之间感到滑稽，就放弃了一场对她是如此重要的考试。

依维什对待世界没有丝毫的"严肃精神"。世界是有规则的，社会是有制度的，人们生活在规则和制度中。因此，人们必须了解和适应这些规则和制度，这种了解和适应的过程是"严肃"的。从常人眼光看，依维什非常"古怪"，她马不停蹄地参加物理、化学、生物等课程的考试，但马蒂厄断定，即便她侥幸通过考试，明年第一节解剖课她就会掉头溜走的，因为她天生就不是做医生的料。这不是说依维什没有选择适合自己的专业，不是说她本来就不适宜学医，如果换一种专业，可能对她更合适。依维什对自己有清楚的了解，她学不进专业知识，她没有能力学会一门技艺。任何专业知识对她都是一种束缚，在任何束缚面前，她都无法让自己乖乖就范。在这一意义上，依维什天生就不是学专业的料，她的本性决定了她无法让自己迁就和适应任何专业狭小而凝固的空间。也就是说，在任何约束和服从面前，依维什都感到不自由，而依维什在任何情况下都不愿意放弃自由。依维什缺少"严肃精神"，这决定了她只能游离于专业之外。专业对依维什意味着禁锢，意味着丧失自由，这个充满灵气的女子的命运就是把自己放逐于专业之外。在她看来，没有一技之长不要紧，只要不回到父母身边，不在乡下那个鬼地方待下去就行。对她而言，巴黎要比乡下强许多，在巴黎她还能够呼吸自由的空气，她宁愿去当售货员，做模特，甚至愿意去餐馆刷洗盘子，赚辛苦钱，也不愿意被父母"囚禁"。

在依维什身上，体现出存在主义特别钟情的挣脱一切束缚的鲜明特征。依维什说，当马蒂厄道貌岸然、一本正经时，她一点也不喜欢他。依维什根本不把道德放在眼里，也讨厌所谓的体面，她不理会这些被常人看重的玩意儿！她在酒吧里跳舞，大口喝酒，狂放姿态引起了周围人注意。一位穿黑衣的"稳重女士"对丈夫说："我不懂，一个人怎么能够像这小丫头一样？"听到这种议论，依维什做出一副古怪而又开心的表情，说："我还要做一件不得体的事，好让这位太太解解闷。"她用右手执住一把匕首，聚精会神地划开左手掌心，从拇指一直到小指根部，皮肉绽开，鲜血慢慢流出。依维什这样做有一种挺舒服的感觉，她对马蒂厄说，也许在您看来，我这样做有些过分，有人竟然用自己的鲜血闹着玩，那些正经八百的人们会感到不可思议吧？依维什这样做，就是在向周围那些正襟危坐的人们发出挑战，向传统和惯例发出挑战。人们怎么玩都行，但前提是不能伤害自己，可依维什偏偏要伤害自己，拿自己的鲜血闹着玩，并且为自己这种反常和过分的"不得体"感到开心。

马蒂厄毫不示弱，也握住那把匕首，一下子扎进掌心，当他松开时，匕首立在皮肉中，刀柄朝着上方。他这样做时，心头也涌起一股固执的快感和恶作剧的劲头。他对自己扎进这么一刀，不仅仅是为了在依维什面前逞强，也是为了向雅克、布吕内、丹尼尔，向自己的生活发出挑战。看到马蒂厄这样做，依维什心痛了，她柔声细语地问马蒂厄："为什么您要这样做呢？"在依维什眼中，马蒂厄有稳定工作和收入，他可以安安稳稳、太太平平、舒舒服服、自自在在地过日子，无需做过分和出格的事。马蒂厄不应冒险，他应安分守己，循规蹈矩，他这种人应该守本分。依维什认为，马蒂厄已经功成名就，而且事事有主见，如果发现事物唾手可得，便会顺手拈来，但如果要费一番心思去争取，他大概是不情愿的。依维什不喜欢这样一个对一切都胸有成竹、稳妥有余的马蒂厄，不喜欢这样一个有条不紊、庄重严肃的马蒂厄，不喜欢每周一带来一份《巴黎周刊》，然后按部就班地为这一周安排一个计划的马蒂厄。依维什喜欢"犯上作乱"，喜欢种种不得体的表现。看着鲜血直流的手掌，她感到疼痛，马蒂厄也感到疼痛，依维什突然拍打他那只受伤的手，说："咱们的血就流淌到一处啦！"当他们向惯例、秩序发出挑战时，他们是"结合"在一起的，在这一时刻，依维什欣赏马蒂厄，而马蒂厄也发现依维什的那张展露无遗的大脸很美，感到自己身上一种强烈的欲念正在复苏和膨胀。

依维什率性而为，循兴而动，她没有那么多条条框框，头脑中没有顾忌，她不像常人那样，说一句话、做一件事有许多思量。也许一句话不得体，会惹麻烦，得罪人，造成尴尬场面，引起不快。依维什根本就不考虑这些人情世故，她是一味地我行我素，从不考虑别人的反应，从不顾虑他人的处境和感受，从不斟酌和掂量人们是否会接受她的看法。当然，依维什不是那种专爱挑剔的刺头，不是那种故意找麻烦、专与大家作对的人。依维什旁若无人，她不是想与别人争抢什么，而是眼里根本就没有别人，岂但没有别人，就是自己的家人，她也能做到"一视同仁"。她从不想念远方的亲人，缺乏基本的亲情观念。

依维什在酒吧里观看演出，舞女在台上十分卖力地表演，这个舞女要保住在酒吧的差事，必须讨得顾客的欢心，赢得他们的掌声。这个舞女与洛拉很熟，她的遭遇让洛拉同情，鲍里斯也认识她，他们一起吃过饭，有过一些交往。鲍里斯认为舞女的演出十分投入，演出结束，响起了稀稀拉拉一阵掌声，鲍里斯则拼命鼓掌，大声叫好。洛拉说，这个丫头要是丢了这份工作，那就只有去当婊子了。依维什蓦然抬起头，激愤地说："我才不在乎她去当婊子呢，这比跳舞对她更合适。"她还大声制止鲍里斯为她鼓掌。确实，这个舞女费尽心机想讨好观众，无奈演技太差，表演拙劣，观众的面容始终是严厉古板的。依维什的话只针对现实，只如实"反映"现实，至于鲍里斯和洛拉与这位舞女的关系，他们对舞女的态度，她压根就不管。

马蒂厄看着在舞池中翩翩起舞的依维什，她头向后仰，是那么心醉神迷，他心里想，她"既不考虑年龄，也不考虑未来，她的背上没有蜗壳"。许多人为了在社会中生存，为了保护自己，练就了一身功夫，可以"刀枪不入"。这是因为他们有种种索求，当把触角伸向外界，必然与社会的秩序和规范发生冲突。于是，他们要为自己披上保护伞，要制造许多"蜗壳"。依维什既不想为自己赢得什么，也根本不在乎那些制度和规范，她好像没有在社会中生活过，对社会的惯例和规则懵然无知。最可贵的是，她不是要争取达到自由的状态，而是已经置身于这种状态中。她无心插柳，舍弃了超越过程，径直达到了超越的境界。

依维什不会曲意逢迎，不会花心思去绕弯子，不善于微言大义的暗示，也不擅长循循善诱的打动和说服。她不想争取什么，也没有失去什么，她不想让自己的一句约言束缚自己，也不顾自己的行为是否前后矛盾，符合逻辑。她曾答应马蒂厄把头发梳到脑后，马蒂厄对此很在意，第二天见到她，看到她依然故我，没有履行诺言，忍不住提醒她："您没有把头发梳到脑后。"依维什没有任何因违背诺言而产生的愧疚，她根本没有萌生为此道歉的念头，也不想有任何回避和遮掩，说自己一时疏忽，把这事忘了。她只是冷冷地回答："您明明看见没有嘛。"马蒂厄觉得她言而无信了，他生气地说："昨天晚上你答应过我的。"依维什说："那是酒后失言，我那时已经喝得酩酊大醉了啊！"马蒂厄不依不饶："可你向我许诺的时候，却不像醉得很厉害的样子。"依维什有些不耐烦，但言辞犀利地回应道："那又说明什么？人们在许诺的时候，总是故作惊人之言的嘛！"依维什不会让任何所谓的诺言束缚自己，她违背诺言没有丝毫的心理负担，她无视任何规定，哪怕是自己对自己的规定。

依维什处于一种飘忽不定的状态，这使任何诺言和规定都无法有效地抓住她。她与马蒂厄在咖啡馆碰面，马蒂厄到了，她姗姗来迟。服务员问她喜欢喝什么，她不知所措地茫然望着马蒂厄，他提议："要一杯薄荷露吧，你喜欢喝这个。"依维什没有任何客套，也没有任何感谢，反问马蒂厄："我喜欢喝这个吗？"等服务员走开，她问马蒂厄："这是什么饮料啊？"马蒂厄告诉她，是绿色的薄荷水，依维什大为反感，就是以前喝过的那种黏糊糊的绿色汁水？它会弄得嘴巴油腻腻的，她不愿意喝这种东西。马蒂厄清楚地记得以前依维什说过她喜欢喝这种饮料，他示意服务员，换一种饮料。没想到依维什说，算啦，不用换了，这种绿色薄荷的饮料颜色还是很好看的，摆在那里，不喝就是了。马蒂厄只好随她去，要了一杯绿色的薄荷水。其实依维什的"挑剔"不是大小姐的扭捏作态，也不是故意的装腔作势，不近人情，更不是专门给马蒂厄脸色看。

马蒂厄对依维什大献殷勤，但依维什却把恭维视为冒犯。让她不能忍受的是，她的一切都由别人安排，她完全受制于人，这让她感到屈辱。她告诉马蒂厄，他俩的口味是不一样的。依维什在这些不起眼的地方，处处显露锋芒，这让马蒂厄无所适从。确实，一个人行为反复无常，别人就很难"掌握"他，如果不按照社会规则的常理出牌，他在人们眼中就显得捉摸不定，有时会令人恼火。人们总想为他人劈出一尊雕像，马蒂厄与依维什接触，不知不觉地形成了他自己的依维什雕像，但依维什唯恐落入这尊雕像，落入他人规定的模式，她小心警惕着、时刻防范着。马蒂厄想亲近她，效果往往适得其反，她每每从马蒂厄为她劈开的这尊雕像中逃脱。马蒂厄感叹："我真不知如何待她是好。"当马蒂厄离开依维什去打电话，回来后发现，杯子已经空了，一会工夫，她把黏糊糊的饮料喝光了。

马蒂厄邀请依维什参观画展，她有些勉强，马蒂厄当然不会强人所难，如果依维什不想去，就直截了当说出自己的意愿。马蒂厄已经参观过这个画展，这次是专门向依维什介绍名画家高更，如果她兴趣不大，马蒂厄也就不起劲了。依维什顺水推舟地说，那就改天吧。马蒂厄有些失望，他希望依维什今天就去看画展，因为明天画展就结束了。依维什有气无力地说，若是那样就算啦，反正以后还有机会，画展还会再办的。她表示现在不想参观什么画展，因为这次考试让她倒胃口。马蒂厄不明白，莫非依维什根本就不爱听音乐、看油画？依维什的回答斩钉截铁：她是真心喜欢音乐和油画的，但讨厌的是，"别人把她喜欢的事情变成非尽不可的义务"。依维什喜爱艺术，但是如果因为她喜爱艺术，此刻就必须去看画展，这一点她接受不了。马蒂厄的本意是，他想为依维什介绍艺术，在他看来，这对依维什是有益的，他是真心想帮忙。马蒂厄有善良的动机，可效果不好，他越殷勤，效果就越不好。大凡人都有这种"本能"，尤其对亲近的人，容易产生好的想法，好的动机，断定是为对方好，就认为对方应领情，按照要求去做。在期望中，对方不仅按要求做，还应表示感谢才对。其实，好的动机只是一厢情愿，它只构成善良的"一半"，在愿望和对方的接受、感谢之间完全不存在任何因果关系。人们之所以会误以为二者之间有一种直接的，甚至是必然的关系，之所以会认为只要是好意，对方应该，甚至必须接受，主要是没有把对方看成是自由的，而只把对方看成是一个被动的、按照我的意愿、做出让我满意反应的对象，概言之，将其视为一个不自由的对象。马蒂厄想对依维什表示善意，这个善意要真正在依维什身上产生效果，不光需要动机的善良，前提是要把依维什看成是自由的，马蒂厄不能以任何方式、哪怕是善良的方式损害依维什的自由，不能打着为他人做好事的旗号，用"善良动机"去剥夺他人的自由。

马蒂厄也有这样的"体验"：萨拉非常热情，乐于助人。马蒂厄托她去为玛赛儿找一位可靠的医生，她不辞辛苦，四处奔波，在这一过程中，马蒂厄着实感受到萨拉"过剩的怜悯心"。当萨拉帮助人家时，就变得像专门从事慈善事业的修女那样"粗暴而忙碌"。一旦萨拉要帮助别人，她就不知不觉地开始发号施令，就可以不管什么时间敲马蒂厄的家门，不管他是否愿意，当着客人的面，大倒苦水，诉说她帮忙的艰难和辛苦，把马蒂厄让她寻找医生、现在还差几千法郎的事全部抖搂出来。马蒂厄打心眼里不愿意忍受别人的大呼小叫，但在热情的萨拉面前，好像被束缚住了，虽然不高兴，但没有一点反抗之力，谁让他有求于人家呢。认真说起来，怜悯、同情都只不过是一种改头换面的强制，一种巧妙和隐蔽的强制，它们也是剥夺自由的一种方式。对于那种赤裸裸的强制，人们一眼就能看穿，而且会有足够的勇气去反抗，但对于像萨拉这种"过剩的怜悯心"，对于在热情和帮忙中显露出来的"粗暴"，对于那些在良好动机支配下的"关心"，人们往往默默接受，"逆来顺受"，在它们面前，变得毫无反抗之力。当然，人们可能会有一些不舒服，但随后就被感激之心取代了。

修女们之所以会变得"粗鲁"，是因为她们在从事慈善事业，慈善事业是大家都敬重的，在这一光环照耀下，大家对"粗鲁"往往持原谅、理解、宽容乃至漠视的态度。其实，在温情、怜悯、帮助和关怀下表现的不仅仅是善意，而是潜藏着支配和控制，是对自由的巧妙剥夺。关键是，在这种情形下，人们虽然不快，但难以反抗甚至无法、无力反抗。恶是对人的自由的剥夺，善也具有这种功能，从这一点看，自由很脆弱，对自由的侵蚀、限制、剥夺无孔不入，可以各种名目和旗号出现，令人防不胜防。要真正实现自由，不仅要把自己视为自由的，也要把对方视为自由的，不仅要有善良的出发点，还要考虑，对方能否接受善意，我的善意能否转化为对方对自由的追求，成为对方实现自由的需要，这一点至关重要。

马蒂厄常常反思，这是他的可贵之处。他用依维什的眼光观察自己，对自己打着热情和好心的幌子粗暴地关怀别人"厌恶之极"。他带依维什参观画展，为的是让她高兴，同时也满足了自己的愿望。但这种好心如果不合时宜，不能把它变成依维什的愿望，而只是他自己的"单相思"，在这种情形下不遗余力地大肆推销，惹得依维什不高兴，反过来也败坏了自己的兴致。马蒂厄意识到这一点，心里不免懊悔，他哪有勉强依维什的意思，他向依维什保证，这种强人所难的事情再也不会发生了。

待马蒂厄接完电话回来，依维什已经忘却了考试的烦恼，她的心情"多云转晴"了。她透过长长的睫毛斜睨着马蒂厄，做出娇媚的微笑，提议还是可以去看高更的画展。依维什是愿意去看画展的，但一定是她自己愿意去，她不愿意受别人"好意"的强迫。在束缚中，在压力下，尽管是喜欢的事情，她会毫不犹豫地拒绝。

走进展厅，墙壁颜色和画廊布置，使马蒂厄立刻领会到"法兰西精神"，马上感到被一大堆公民义务所压倒，诸如务必小声说话，不得触摸展品，发扬批判精神须温和有力，领悟法兰西精神的实质是恰如其分等。一走进这座房子，这些东西扑面而来，钻进你的灵魂，成为你身体的一部分。当马蒂厄为依维什介绍画作时，进来一位先生和太太，他们有一定年纪了，但风华依然不减。大概是展览馆的灯光有益于他们青春常驻，先生面色红润，一头白发显得很柔软，太太则像羚羊一般苗条和轻捷。他们俩一走进展厅，就有一种宾至如归的架势。他们一边看画，一边热烈评论着。有时他们观赏和评论的姿态俨然像一个权威，表情一会儿惋惜，一会儿严厉。这位又干又瘦的先生指着一幅画说："我不喜欢思考着的高更。"听到这句评论，依维什忍俊不禁，发出一阵古怪的笑声，且一发不可收。马蒂厄赶忙过去扶住她的胳膊，她已经笑得前仰后合，直不起腰来。在依维什看来，这位先生的评论简直可笑，还有那位贤惠的太太，他们真是相得益彰！依维什笑个不停，一屁股坐在椅子上。对她的这种反应，那对夫妻面面相觑，一时竟不知道怎么办才好。马蒂厄小心翼翼地提示，那边展厅还有一些油画，我们过去吧。依维什正色道："不必去看啦。"

马蒂厄有一些遗憾，他本来还打算向她介绍其它一些油画的。走出画展，他征求意见似地问依维什："这些油画还讨人喜欢吧？"依维什认为，高更好像患有精神病，他自画像的眼神，还有身后的那些黑影，犹如一群魔鬼交头接耳、窃窃私语。在她看来，这幅自画像很美，眉宇间透露出一股傲气，一种贵族气息。法国人不喜欢贵族气息，大多数人过的是小市民生活。依维什承认，高更有些失魂落魄，在人群中"茫然若失"，虽然他可能大有作为，但实际上像他那样是没法过日子的。高更的贵族气质与大多数法国人的小市民气息形成鲜明反差，他离群索居，与庸众拉开距离，追求冒险，无法忍受平庸。

一般人参观名画家的画展，通常会不自觉地假定，这些画家大名鼎鼎，他们创作出了伟大作品，观众当然要对他们景仰和羡慕。走进展厅，人们已经下意识地怀有崇敬心情，看到面前展出价值连城的艺术精品，不由得肃然起敬，就好像走进教堂做弥撒一般。因此，用不着提醒"不得大声喧哗，不得触摸作品"，观众们已经非常自觉地在大师面前形成自律精神，他们已经让崇拜、景仰、认同等充实了自己，恨不能立刻拜倒在大师面前。依维什有些特别，她认为画作就是让人观赏的，而观赏就是把它们据为己有。任何画作，如果不能把它据为己有，而是将其当作高高在上的膜拜对象，视为一个外在于我们、又凌驾于我们的对象，那就谈不上欣赏。换言之，依维什对这些经典作品根本就没有什么膜拜之情，她不认为它们是什么权威，在它们面前，必须把自己设定为只能老老实实、毕恭毕敬地怀着崇敬心情去瞻仰，就像在耶稣基督面前，还没有开始对话，人就已经把自己"矮化"了。这种对自己的"矮化"是与权威对话的前提。没有这种矮化，就无法建立权威。依维什认为那些大画家与常人一般无二，她对他们既没有感激之情，也没有敬慕之意。这不是说依维什眼睛里根本没有这些艺术家，她天生就敌视他们；也不是说依维什有意与艺术家作对，专门与他们过不去。依维什很关注艺术家，但不是把他们当作不可撼动的权威，当作心甘情愿地压在自己心灵上的一座大山，而是把他们当作普通人，关注他们是否有趣，是否风度翩翩，是否有过情妇等。她不是把这些艺术家当作权威来膜拜，而是把他们当作一个人来关心，她始终如一抗拒的是权威、服从、委曲求全等。

依维什的身躯屠弱而轻盈，她不能帮助任何人，她的考试一塌糊涂，谋生技巧几乎等于零，她需要别人的帮助才能生活。就是这样一个弱女子，却深深打动和吸引了马蒂厄，他把全部希望寄托在她身上。在一定意义上说，依维什既是马蒂厄的一个支撑，又是他的一面镜子，他时常从这面镜子中看到自己，对自己进行反思。在依维什的存在中，始终照耀着自由之光，她的迷人之处，就是能够用自由的尺度衡量一切，把一切都摆在自由面前来审视，让自由之光穿透自己的存在。在马蒂厄眼中，依维什的魅力就是自由的魅力，他对依维什的依恋，是对自由的依恋。依维什就是自由，她处处行使自由，却很少反思自由，她不去追求自由，她的一举一动就是自由，她从不考虑什么是自由，自由对她处于前反思状态，不是一个反思的课题。

萨特在小说中描写了一个衣冠楚楚的男人，走进一家油炸食店品，长时间盯着碟子里的冷牛肉，接着伸手去拿了那片肉。看上去他似乎觉得这非常简单，他想吃这片肉，伸手就拿了。店老板看见他这么"自然"地把肉放进自己的嘴巴里，愤怒异常，狂叫一声，警察带走了他。这个人被押走时，一脸惊诧不解之色，他完全没有意识到自己冒犯了什么。对于大多数人，社会的规则已经深入人心，他们对自己的所作所为已经有善恶、好坏的是非评价标准，他们的言谈举止必须接受这些标准的衡量和检验。但这个男人不同，他伸手去拿碟子里的冷牛肉，是因为他想吃，他只是考虑到自己的吃，除此之外没有考虑任何东西。他没有考虑，这些东西是别人的，他必须先付钱，否则他的行为就是不道德的，他就要受到惩戒。这个男人完全没有道德和规则的意识，他从不想限制自己的行为，他做了他想做的事情，他根本不理解店老板为何如此愤怒，警察为什么要这样对待他。在一定意义上，依维什就是这样一个人，她只知道自己的自由，对自由之外的一切不闻不问，她是一个单纯的自由，任何与自由无干的东西都无法占据她的视界，她无法对自由之外的东西发生兴趣，这是她人生考试节节失败的原因。

6. 马蒂厄与自由

马蒂厄追求自由，更多的是反思自由。他有追求自由的明确意识，自由是其存在的唯一主题，是他心中的秘密花园，是他与自己的小小默契，是其存在之根。

马蒂厄自幼就有向往自由的冲动，在他七岁这个专做傻事的年代，有一天在叔叔的候诊室里，他看到一尊漂亮的中国瓷瓶。这瓷瓶据说有三千年历史，马蒂厄背着手走近它，仔细端详着，突然举起双手，把这颇有分量的花瓶摔在地上，砸得粉碎。这是一种突发奇想，一种天外飞来的神思，事前没有任何准备和酝酿。看到地上那堆破碎的瓷片，他自己飘飘然如游丝一般，感到一种无限的惊喜和自豪。一个孩子，无端砸碎了一只在世人眼里颇有价值的花瓶，它有三千年历史，这个小孩子为此感到自豪，这很有象征意味。三千年的花瓶代表悠久的历史，深厚的传统，一个源远流长的谱系，代表一整套禁忌和规则，代表种种文明的说辞和教化，马蒂厄无缘无故、轻而易举地就砸碎了它。犹如一个执拗的小家伙，懵然无知地来到人世，不知道任何限制，他是纯粹的，他就是他的自由。马蒂厄不结婚，就根源于这个自由本性。在世人看来，男大当婚，女大当嫁，这是普世规范，是公认自明的道理，古今中外，所有人概莫能外。但是对马蒂厄，这个大家都认同的道理他不接受，这个大家不约而同都遵守的规范他不遵守。他不是故意标新立异，而是不愿失去他的自由。马蒂厄曾经发誓，他不是雅克的兄弟，也不是玛赛儿的情夫，不是丹尼尔和布吕内的好友，人们不能通过其他人来认识他，人们不能把他绑在其他人身上才能了解他。同样，人们也不能把他绑在婚姻这根柱子上，通过结婚来认识他，他就是马蒂厄，就是自由。马蒂厄的存在与那只中国瓷瓶的存在势不两立，这只集传统与智慧的中国瓷瓶，在他眼中乃万恶之源。

对于马蒂厄，结婚意味率由旧章，意味着选择了一套模式化生活，意味着他与玛赛儿从此形影不离，意味着他要生一大堆孩子。为了维持婚姻，他要拼命劳作，每天起早贪黑。当他拖着疲惫的身子回到家里，玛赛儿脸上挂着微笑，但忧心忡忡的眼睛却盯着他的双手，他能够为这个家带回什么呢？嗷嗷待哺的孩子幼稚和贪婪的眼神，玛赛儿期望和焦虑的目光，天长日久，这些无情的期待会压垮他，终有一天，他们会对他失望的，那么这个家、这个婚姻还能维持吗？他与玛赛儿还能够是自由的吗？结婚不仅意味着他要养活一大家子人，背负沉重的负担，更要命的是，他与大多数人变成了一模一样的。大家都是如此，天天如此，几千年来一直如此，现在他马蒂厄也要如此、必须如此。这种陈陈相因的模式化生活在他看来就是一副桎梏，一头扎进去，就永远丧失了自由。因此，选择不结婚是自由的底线，他可以每周四个晚上偷偷摸摸地去玛赛儿那里过夜，他宁可四处筹钱，万不得已违背自己的意愿去偷钱，他也不愿意把孩子生下来，做孩子的父亲。丹尼尔奚落他，既然玛赛儿已经怀孕了，生米煮成了熟饭，干脆把剩下的最后一步走完，结束七年的感情之旅，为漂泊不定的生活画一个句号。这样做不仅为自己找到了归宿，还拯救了玛赛儿，并且成全了你们的爱情，为什么不这样做呢？这种一举多得的好事，这种让大家都能够得到好处的事情马蒂厄偏偏不做，不仅丹尼尔感到不解，大多数"正常"人都难以理解。

雅克从另一个方面责备马蒂厄，在他看来，马蒂厄处处标榜自己的原则，实际上和大家没有分别，他与玛赛儿过的就是普通人的婚姻生活，只不过他不愿意正视罢了。雅克认为，马蒂厄口口声声追求自由，实际上是不负责任，对玛赛儿不负责任，对自己也不负责任，对社会更是不负责任。马蒂厄是哲学教师，应该为人师表，何况已经人到中年，早就应该明白事理，通晓规则，为社会率先垂范，但是现在他的所为让人痛心，雅克甚至不敢向自己的妻子提起他这位当哲学教师弟弟的私生活。在他眼中，马蒂厄的所谓自由完全是荒唐和胡闹，这让功成名就的他陷入失望的深渊。在劝解、说服甚至恳求面前，马蒂厄始终坚持自由的底线：他不能冒冒失失地和大多数人一样，不顾后果地就结婚，他不能在众人的反对面前，在社会的道德和规范面前稀里糊涂地败下阵来，他不能错走一步、悔悟终生啊！

当然，马蒂厄不是一个铁石心肠的人。玛赛儿怀孕了，他不是无动于衷，为了给她联系更好的医生，他竭尽全力，最后不得已去偷钱。他承认，尽管已经与玛赛儿没有真正的爱情了，但他不愿意抛弃玛赛儿。这不是出于道德考虑，而是因为他与玛赛儿还是有感情的。当筹钱无望被逼得走投无路，他也想到，万不得已，他只好结婚。他对依维什说，他要娶玛赛儿为妻，大家都这样做，他也只能"顺其自然"了。当他被玛赛儿拒绝，得知丹尼尔打算娶玛赛儿，吃惊不小。又得知丹尼尔是个同性恋者，这让他震惊，特别是玛赛儿还不知道丹尼尔的状况，他对玛赛儿的未来有些担忧。他立即打电话给玛赛儿，明确告诉要娶她。马蒂厄在结婚与否的问题上有过挣扎，他知道，要自由，他就不能结婚，但有时他也会犹豫和动摇，甚至想放弃这条底线，干脆与众人一样，让各种各样的琐事填满自己的人生。作为公教人员，他每天看《事业报》和《人民报》，他也有金钱方面的烦恼，但问题迟早都会解决，生活中可能会翻起小小的浪花，但最终都归于平息，一切都是千篇一律，你只要心安理得，墨守成规就是了。马蒂厄偶尔也会想，这种充实而坚固、平庸而幸福的生活也有吸引力，大多数人会在这种铜墙铁壁的生活面前鼓噪一番，抗议一下，然后就变得成熟了，最后乖乖就范，前仆后继地踊跃地选择这种生活，雅克就是他们的代表。马蒂厄想，如果他的一生无可期待，就只能走这条路了。如果说马蒂厄在超越社会本质化的僵硬规定中是积极的，那么作为追求者的马蒂厄，他并非底气十足，信心百倍，对未来胸有成竹。相反，他常常摇摆不定，在反思中对自己的状况感到不满，在万般无奈之下，也曾冒出过放弃自由的念头。

马蒂厄看到报纸报道西班牙的情况，法西斯分子在邻国大开杀戒，滥杀无辜，他忍无可忍，义愤填膺。他的朋友葛梅兹抛妻离子，毅然去了西班牙，临走前和家人一声招呼都没打，决心和行动异常坚定。马蒂厄与葛梅兹比较，他有葛梅兹那样的激情和冲动，但就只是冲动，没有行动。他对现实绝不是漠不关心，他绝不是那种躲进小楼成一统的人，他关心社会，想有所作为，他憎恨法西斯分子，但这些都停留在内心，始终没有见诸行动，马蒂厄缺少的就是行动。他羡慕布吕内，布吕内生气勃勃，好像有使不完的力，在这个多事之秋，他承担着重大责任。他不仅为自己负责，还要为他人负责，为组织负责。马蒂厄缺少的就是事业，他追求的自由，站在布吕内的立场看，很空洞，很抽象，很贫乏，很苍白。马蒂厄的自由停留在个人的内心世界，陷入琐碎无聊中不能自拔。在这一点上，他承认，布吕内的看法是对的，他的存在确实如此，他的毛病布吕内看得很清楚。马蒂厄时常感叹，日复一日，他只是围绕着身边的几个人转，他的朋友就是玛赛儿、丹尼尔、依维什、鲍里斯等。玛赛儿足不出户，很少了解外面的世界，依维什和鲍里斯涉世未深，他们还是孩子，成天和他们泡在一起，他能遇上什么惊天动地的大事呢，长此以往，他能有自己的事业吗？马蒂厄感叹，他空耗了自己，虚度了年华，他有激情，但就只是激情，激动一下就过去了。陷在琐事当中，他也时常发牢骚，之后又沉浸在期望中。回顾自己的生活，马蒂厄感到空虚。他与玛赛儿的感情不温不火，其实他们的感情就快走到头了，他心知肚明，但无法用行动去挑明，他在被动中延续和维持着这份感情。

总之，马蒂厄对自己的生活并不满意，如果他能够像布吕内那样一脚跨入社会，勇敢地去行动，他早已不是今天这种状况。当然，他不是没有采取任何行动，他抗拒世俗，选择不结婚，这也是行动，但他坚守的那点自由非常有限。马蒂厄的状态是对什么都有点心不在焉，他不是完全不投入，但确实是没有真正投入，他不是完全没有行动，但行动确实有限。用布吕内的标准衡量，他是个只关心自己的人。他没有明确的奋斗目标，因而他所做的一切都无法超出个人的狭小视野。如果他不改变这种生活状态，就只能在郁闷中苟活。他会始终被这种感觉萦绕：一方面，他追求自由；另一方面，他发现自己的存在已成定局，他只不过是一名公职人员而已。这个公职人员才能说明他的一切，但这恰恰不是他追求的自由。

在布吕内看来，马蒂厄有些"不识抬举"，他已经给他指出方向了，作为朋友，他为马蒂厄提供最大的方便了，他只需花点时间，履行一下相关手续，就可以轻松地成为党组织的一员，如此他就能够改变处境，使自己得救了。但马蒂厄在犹豫，他的迟疑不能蒙骗布吕内，他知道马蒂厄是在委婉地推脱。马蒂厄有自己的原则，他迟迟没有走上战场，没有出现在硝烟弥漫、炮声隆隆的西班牙前线，不是因为贪生怕死，不是留恋已经习惯的一切，不是担心自己和他人融合在一会有种种不适应，而是害怕自己上当受骗。

布吕内很充实，但获得这个充实的前提是必须把自己交出去，交给谁呢？交给事业，交给他人，交给那些坚固的原则。布吕内必须使自己与他人、事业、组织、社会、原则融合，这就带来一个潜在危险：一旦把自己交出去，还能够保持自由吗？这是困扰马蒂厄的严重问题，也是他跨入社会的最大障碍。这个问题不解决，没有答案，或答案模棱两可，他是不会那么爽快地轻易把自己交出去的。马蒂厄蜷缩在自己的天地里，尽管它很狭窄，不管怎么说，他还有自由。尽管这个自由很可怜，很苍白，也很有限，但毕竟还是自由。虽然龟缩在个人的小天地里，但他还能够运用个人之力进行反抗。一旦加入组织，马蒂厄首先学会服从，把个人的小我融入组织的大我，让个人的小我消失于组织的大我，这是他非常不愿意的。布吕内很充实，得到这种充实必须付出沉重代价，它意味着可能丧失自由，布吕内既让马蒂厄羡慕，又让他恐惧，布吕内既有魅力，能够吸引他，但马蒂厄内心又有一股力量在顽强地抗拒布吕内。布吕内为他展示了一条未来之路，但他在走上这条道路之前，先要侦查和琢磨一番，看看它会把自己引向何方。他不敢贸然走上这条路，不会稀里糊涂地走上这条路，更不会被某种强力操控，被动地走上这条路，他不会没头没脑地被卷入现实中，懵懵懂懂地就做了选择，马蒂厄在这方面有着足够的清醒。如果介入的代价是放弃自由，那么介入还有意义吗？·布吕内看到马蒂厄犹犹豫豫，瞻前顾后，就对他说，你干脆连那自由也放弃了，自由已经成为负累，背着它马蒂厄跌跌撞撞，步履蹒跚，难以顺利介入社会。布吕内质疑马蒂厄：如果你的自由只能阻碍你跨入社会，要这个自由有什么用？但马蒂厄的逻辑是，如果跨入社会的前提是放弃自由，那为什么还要跨入社会呢？可以看出，布吕内和马蒂厄固守的是两套原则，它们都与自由相关，但都不完美，都有风险。布吕内的风险是，他就是充实，他不仅充实自己，而且一心一意要充实别人，充实所有的人。在马蒂厄看来，当人被充实，自由就消失殆尽、无处可寻了。因为人永远不会被改造成自由的，也不会被充实成自由的。布吕内本意是为了自由，但最终得到的可能与自由相去甚远，甚至是假自由之名，行专制之实。马蒂厄追求的自由限于个人的小天地，它只与个人的琐事相关，而与惊天动地的事变、轰动一时的西班牙战争、迫在眉睫的二次大战无关，马蒂厄只生活在自己的小圈子里，对外面的世界怀着怯懦之心，一举手、一投足，都害怕伤害自己，害怕妨碍了自己的自由，因而这种自由最终会在庸碌无为中慢慢消失，在不断的期望中奄奄一息，这种自由多半会通往怠惰的生活。马蒂厄坚守自由，其结局可能是：他心比天高，他的自由很纯洁，很美好，那是真正的理想，纯粹的理想，但到头来他会发现，自己只是生活在庸俗中，他被庸俗包围，他就是庸俗，他给自己的存在发射出一点自由的亮光，也是用来维持这种庸俗的。马蒂厄多次感叹："我其实是个完了蛋的家伙，我名副其实地完蛋了！"就是这种感受的真实写照。

马蒂厄追求自由，却陷入怠惰中，他被庸俗紧紧抓住，他的自由无法使他摆脱庸俗，在这个意义上，他说生活已经不属于他自己，他的生活不过是一种命运。但另一方面，他又清醒地看到，即便是在庸俗中，也必须为这个庸俗承担责任。因为不论怎样，发生在自己身上的一切，都是通过"他"发生的，即使他陷入庸俗，陷入怠惰，其实并不是庸俗和怠惰从"外部"抓住和支配了他，而是通过"他"才陷入其中。说到底，是他自己选择了沉沦，因为人归根到底是自由的，马蒂厄可以自由地陷入庸俗，自由地去做奴隶，自由地奔赴西班牙战场，自由地去接受和拒绝一切。反思到这一步，意味着他试图从庸俗中挣扎着摆脱出来，试图超越庸俗了。

7. 一幅存在主义的图景

在作品中，萨特描绘了一幅存在主义的生动图景，探讨了什么是自由这一严肃主题，表明了一个存在主义者的基本立场。

存在主义倡导自由，注重对社会的反抗和解构。人生活于社会中，无法脱离社会，无论主观上持何种态度，客观上必然会"卷入"社会，人在社会刮起的大风面前无处遁形。所谓社会，在存在主义者眼中，就是一套规则，就是对人的种种制约和限制。人的存在注定要受到社会制约，这一点存在主义不仅不否定，而且极力强调，非常重视：人的行为要受到道德的规范，人的观念要受到价值的塑造，人的言谈会受到舆论的压力，甚至人的穿衣打扮、爱好欲求等，也会受到"趣味"的指引。当说到"人"时，已经蕴含这样的意思：其存在处处受到社会和文化的"塑形"，人的存在需要且离不开这些"塑形"。

社会对人的塑造往往以权威或标准的形态出现。面对它们，人们不是躲避或防范，而是争先恐后，趋之若鹜，自觉地把各种禁忌和教条纳入心灵。古典社会在这方面表现尤甚，社会有规则，人群讲礼节，一个人的自由就表现在他能够把这些规范和礼节当作安身立命之根，当作实现人生的价值去追求。存在主义的自觉是：虽然社会的制约是以权威和标准的形态出现，虽然它们的存在已经延续了几百年，甚至上千年，虽然几乎所有人都对这些制约和规范深表赞同，虽然它们在大多数人眼中已经化为自明的真理，但存在主义者始终坚持自己的质疑，他们在孤立无助中坚持怀疑和批判的精神，对那些数千年屹立不倒的习惯、观念和真理发出挑战。

譬如，男大当婚，女大当嫁，这是自古以来的传统。对于这一"自明"的真理，人们无需做出一番艰苦努力，慢慢理解它，逐步遵守它。其实无需任何努力，人只要在社会中顺其"自然"，安分守己，就会"自然而然"地遵守它。"惯例"要求人们自动、自觉地这样做，这就是社会和文化对人的塑造。当社会的芸芸众生最后都走上了雅克代表的"正道"，马蒂厄就被划为不守规矩、专门滋事的"捣乱分子"一列。在自古以来就形成的生活习惯、已经高度认同的规则上，唯独马蒂厄不安分，他的行为是那么出格和刺眼，其表现是那么的不成熟，惹得雅克坐卧不安。马蒂厄已到不惑之年，为什么还像轻狂的少年那样为所欲为，在社会伦常面前不肯就范呢？这样的责问不仅针对马蒂厄这样的存在主义者，它是针对所有社会中的异端者的。每一个社会都有这样的异端者，这些把惯例不当惯例的人，被视为"异类"，社会对他们投去异样的目光，人群疏远他们，敌视他们，使他们陷入孤独中。但正是像马蒂厄这样的异类，有可能成为社会的智慧闪光，成为第一个试图撬动数千年来压在人们身上沉重大山的人，成为第一个试图以另一只眼来解读社会的人。马蒂厄深思熟虑，选择不结婚，就是为了在锻造整个社会的钢筋骨架上炸开一道裂隙，是在严密的社会制度基础部分开始做"蚕食"工作，这是一种开创性的工作，不仅需要绝大毅力，而且需要高度智慧。没有对"稳如磐石、历来如此"的质疑，没有对几千年惯例的怀疑和批判精神，社会就变成一潭死水，永无进步。

当然，马蒂厄的反抗不是要摧毁社会，他质疑的是，社会虽然意味着对人的制约，但这些制约就天然合理吗？他不是反对社会中男女异性之间一切关系，而是质疑世人墨守的异性关系的固定模式。马蒂厄不仅对玛赛儿感兴趣，也对依维什感兴趣，作为男人，他不是一个禁欲者，他反对的只是社会把人的情欲能量按照某种文化的特殊表现凝固为一种特定模式，并且试图将其永恒化，把某种文化模式奉为霸权，将其视为"自然"的，这意味着对人统治的合理化、常态化。马蒂厄的所作所为，是想在几千年来被人们视为理所当然的地方打开一个缺口，把那些真理、传统、文化都"悬置"起来，让它们失去效用。一个社会需要雅克式的人物，没有这类人物，社会无法成型，无法稳固，无法实现自身的功能。但一个社会如果都是雅克式的人物，只求稳定，就会把稳定变成凝固，最终会把社会变成窒息人的怪物。所以，一个正常社会不仅需要雅克式的人物，也需要马蒂厄这种"怪人"。社会需要稳定，也需要自由，马蒂厄把自由看得高于一切，其存在无论对社会还是对他自身，都是有意义的。

马蒂厄必须投入社会，才能得到自由，仅仅停留在自身之内，自由会变成虚幻的假象。马蒂厄没有因停留于自身之内而暗自窃喜，没有因逃避烽火连天的西班牙战事而洋洋得意。他对于自身的境况非常不满，他希望介入，但畏惧像布吕内那样的介入，这种介入在他看来到头来有可能是空欢喜一场。以理想始，以幻灭终，兜了一个大圈子，到头来仍是一场空。马蒂厄在介入的问题上犹豫再三，不是他畏惧胆怯，而是他的清醒造成的。他在介入前提出了这样的问题：为什么要介入，介入对谁有利，介入需要承担什么责任，介入后会得到什么结果？马蒂厄形象地说，他必须先了解上帝，然后才能决定自己是否跪拜。如果对上帝是什么缺乏认识，在众口一声的鼓动下，在美妙说辞的诱惑下，就稀里糊涂地下跪了，不是很荒唐吗？马蒂厄是清醒的，这份清醒难能可贵，但维持它的代价是：他在社会的激流面前裹足不前，使其追求的自由大打折扣。

当然，不介入到社会的疾风暴雨中，不是说就没有介入，在个人的生活领域中也可以介入，在有限的个体存在中也可以进行反抗，在狭窄的个人层面内自由也很可贵。马蒂厄选择不结婚，就是在个人生活领域中对自由的坚持。雅克就看出了马蒂厄的"良苦用心"，他把马蒂厄的"固执"、把他的不结婚称为"反人类"的道德试验。不可否认，这一反人类的道德实验就是马蒂厄坚持自由的尝试和努力，但由于局限于个人层面，反抗的意义难免显得单薄和脆弱，有时候，这种反抗与年轻人的幼稚与"胡闹"难以划清界限。依维什用刀割自己的手，"玩"自己的血，对她而言，这种行动是一种高调的反抗姿态。在那些一本正经的人眼中这种行为不是娱乐，而是自残，它非常"另类"。依维什恰好需要这种另类，她喜欢的就是这种"胡闹"，她就是用这种胡闹和另类来彰显她的反抗和自由，这种举动出现在她身上一点不奇怪，这种"胡闹"式的反抗对她是恰当的。但马蒂厄依葫芦画瓢，也把刀子扎进了自己的手掌，这种行为尽管也有反抗的意味，但对他这样的哲学教师，对他这种已到了"不惑之年"的成年人，以这种方式反抗，难免让人感到好笑和幼稚。特别是邻国西班牙法西斯势力正在肆虐，他的反抗却只能做出这种另类式的举动，就令人感到滑稽和可悲。马蒂厄的自由内容贫乏，快要步入死胡同了。从这方面看，布吕内的质问和批评就很有道理：马蒂厄要使他坚持的自由有意义，就不能龟缩在个人的小天地里。在《自由之路》第三部《心灵之死》里，他终于选择跳出个人的小天地，毅然参加了抵抗运动，射出了仇恨的子弹，他说："我从幼年一直等到现在了！"① 当法国政府宣布投降，他拒绝执行投降命令，坚持在战场上顽强抵抗。

对马蒂厄，没有介入，就没有自由，但有介入，未必就一定能够得到自由。介入的结果若被充实，甚至介入就是为了被充实，照样得不到自由，布吕内的介入就潜藏着这种危机。在萨特这样的存在主义者眼中，介入是自由的一把双刃剑：没有介入，必然没有自由，但以为介入就是自由，以为介入了，就必然得到自由，这也是错误的。介入本身不是目的，不是自由，在介入中的超越才是自由，介入是超越的前提。没有介入，就不可能有超越，没有超越，就不可能有自由，自由是在介入中的超越。

马蒂厄向往的是布吕内的介入，但警惕的是在介入中被充实，这种心路历程折射出当年萨特所走道路的某种困境。二次大战中，萨特从战俘营回到巴黎，立即决定反抗纳粹，他毫不犹豫地介入了。但他成立的地下小组既与共产党组织保持距离，也与戴高乐的抵抗运动保持距离。二次大战后，对激烈动荡的现实隔岸观火，与时代和社会脱节，根本不可能得到自由。在美苏对峙、世界被分割为资本主义和社会主义两大阵营的境况下，萨特最初的想法是开辟第三条道路，但这显然不可能，他只能在美苏对峙的现实面前做出选择，他倾向于共产党阵营，但为自己选择了"同路人"的定位。他与布吕内不同的是，他赞同共产党的一些主张，但在许多方面又有明显保留，始终保持自己的超越立场，因而当发生1956年匈牙利事件以及1968年"布拉格之春"，自由才使他有回旋余地，对苏联政策进行强烈批评和谴责。

① 萨特著、沈志明译：《痛心疾首》，中国文学出版社/科文（香港）出版有限公司2003年版，第56页。

第六章

一曲颂扬自由的悲歌——对《苍蝇》的分析

一、创作概况

《苍蝇》写于 1942 年，1943 年出版，同年 6 月上演。

早在 1937 年，萨特就开始酝酿此戏，他与波伏娃旅游希腊，雅典的历史古迹触发了他的遐想，提供了塑造人物的舞台。此外，法国深受古典人文主义的熏染，作家青睐古希腊文学题材，仅仅在二十世纪二十到三十年代，法国作家就创作了多部有关古希腊题材、有关俄瑞斯忒斯的戏剧。

《苍蝇》不是一部单纯的历史剧，萨特的创作不是发思古之幽情，而是借助历史题材，表现和处理当代问题。俄瑞斯忒斯为父报仇的故事在西方家喻户晓，萨特为这一古老题材注入了新意：根据传说，俄瑞斯忒斯杀死埃癸斯托斯和克吕泰涅斯特拉，为父报了仇。在萨特笔下，谋杀不再是单纯的复仇，俄瑞斯忒斯的报仇不是根据神的旨意，而是源于自由，萨特塑造的俄瑞斯忒斯是一个现代版的存在主义英雄。谈到这出戏的创作意图，萨特说，他要把存在主义的自由悲剧与古希腊的命运悲剧进行比较，戏剧表现的是，一个人采取重大行动，采取令他自己都感到恐怖的行动，他必须承担全部后果和责任。①

《苍蝇》的写作是在 1941 年，是应朋友奥尔加的请求。萨特的剧本创作和演出常有这种情形，或者是应某人之邀而创作，或者是专为某人而创作，或者是他坚持某人担任主要角色。人们嘲弄说，情人之间送戒指，而萨特送给他的女人的是剧本和角色。

《苍蝇》是萨特正式创作的第一个剧本，虽然几年前他在德国人的集中营里创作过一个剧本，但那毕竟是在特殊时期、特殊环境下的创作，不能充分展

---

① Michel Contat and Michel Rybalka, *Sartre On Theater*, New York Random House, Inc. 1976, pp. 188～189.

示他作为戏剧家的天才。《苍蝇》标志着萨特作为一个戏剧家的登场，其过程充满了挑战。

二战期间，巴黎人不再像从前那样在夜晚频频外出观赏戏剧，许多戏院空空荡荡。为招徕观众，剧院使出了浑身解数。此时萨特作为小说家已经有一些名气，但作为戏剧家，他还是一个新手，在剧院普遍不景气的境况下上演一个新手的作品，无疑要冒很大的风险。萨特一度自信心不足，想打退堂鼓，准备撤回剧本，他对在艰难情形下上演自己的作品颇感担忧。后来在导演的坚持下，大家齐心协力，克服了不少困难，才把这出戏搬上舞台。萨特说，如果《恶心》未出版，他不会丧失信心，还会接着写小说。但《苍蝇》若未能搬上舞台，或者演出失败，他就要考虑是否继续写剧本了。① 从这一点看，《苍蝇》的上演对作为戏剧家的萨特具有重要意义。

1943 年 6 月 2 日，《苍蝇》首映式那天，许多人捧场，加缪也来到了剧场。演出结束，他主动走到萨特面前，做了自我介绍，从此开始了两位存在主义大师的友谊。

《苍蝇》只演了五十场，有的场次观众稀稀拉拉，剧场一半是空的，演出效果差强人意。尽管如此，萨特作为戏剧家的才华还是得到了承认，他在戏剧界一炮打响，建立了自己的声誉。这出戏是在德国人占领下演出的，它在知识分子中间，特别是在青年人中产生了积极影响。许多青年人在观看时热烈鼓掌，他们被俄瑞斯忒斯的自由精神所感动，"完全听懂了戏剧向他们发出的号召"。说来奇怪，在演出前剧本经过了德国方面审查，戏剧虽然表现的是古希腊题材，但借古讽今之意还是比较明显的。许多巴黎人看懂了戏剧，为此他们感到振奋，向作者表达他们的敬意。但不知为什么德国人却有些麻木，让这出歌颂自由、鼓吹反抗的戏剧在他们眼皮底下演出。有论者指出，《苍蝇》的上演，在当时背景下，就是号召人们武装起来，证明和平主义是不切实际的，人们必须面对极端处境，采取果断行动。人要获得存在的真实性，必须把自己置于极端环境中，如此他才能发现和认识自己。必要的话，他必须用暴力对抗暴力，并且为其行动承担全部责任。②

《苍蝇》的上演也为萨特招来了激烈抨击。据纳粹宣传部档案记载，巴黎

---

① Lucien Goldmann：*The Theatre of Sartre*, The Drama Review：TDR, Vol. 15, No. 1（Autumn, 1970）, p. 107.

② Gary Cox, *Sartre Dictionary*, Continuum International Publishing Group, 2008, pp. 82~83.

有 44 家对德国友善的剧院，上演《苍蝇》的"城市剧场"是其中之一。导演迪兰在上演前必须把剧本送交德国方面审查，同意在必要时修改剧本，同时还要提供演员和其他技术人员名单，保证其中没有犹太人。萨特的剧本能够在一个对德国人"友善"的剧院上演，多少会让那些对萨特不满的人产生"联想"，怀疑其中有什么"猫腻"。

按惯例，首场演出晚上要举办一个酒会。酒会来了不少人，气氛热烈。萨特当然参加了，有人看见他面带微笑、神情放松，并且频频举杯。这些描述可能是事实，有人对这些事实深感兴趣，不依不饶地大肆渲染，竭力将其中的某些细节放大，力图证明萨特在战时和德国人暗通曲款，有通敌嫌疑，或者至少暗示他在道德上有污点，并不清白。

萨特一生遭到各种各样的攻击，对他而言，流言蜚语已是"家常便饭"，他对此已经司空见惯。平心而论，在当时情境下，作为戏剧界的一位新人，他不按照惯例去做，应怎么做呢？难道他应该拒绝出席酒会，或是在酒会上遇到德国人，他必须怒目相视，横眉冷对？毫无疑问，上演《苍蝇》算不上什么英雄行为，也不是什么了不起的抵抗事件，但正如萨特所说，它是一个"作家对敌人的抵抗方式"。① 作为戏剧家，萨特能够采取的抵抗方式就是排除一切障碍上演他的作品。因此，深挖萨特行为的某些细节，对他在酒会上的某些举动津津乐道，把它们当作判断萨特"污点"的证据，这只能理解为不怀好意。演出结束举办酒会，这是戏剧界的惯例，萨特参加这样的酒会，在觥筹交错中很可能会与德国人照面，他当然要周旋应酬，按照交际的惯例向大家致谢，这种行为无可厚非，也无伤大雅。

关键是，对一个戏剧家的判断依据什么？是看他在酒会上的表现，看他在晚会上面带微笑和德国人碰了杯？还是看他的作品，看戏剧演出的实际效果，把作品当作衡量和检验他才能的证据，认为作品才能够表明萨特是一个什么样的人？很显然，判断一个戏剧家的只能是他的作品，戏剧家只能通过作品才能向世人证实他是一个什么样的人。

二、戏剧情节

《苍蝇》的主要人物有五个：朱庇特（罗马名），即宙斯（希腊名），是

---

① 参见贝尔纳·亨利·列维著、闫素伟译：《萨特的世纪——哲学研究》，商务印书馆 2005 年版，第 447 页。

诸神之主，在戏中是神的代表。埃癸斯托斯，是现任阿尔戈斯城的国王、杀害前国王阿伽门农的凶手。克吕泰涅斯特拉，阿伽门农之妻，阿尔戈斯城王后。俄瑞斯忒斯，剧中主人公，阿伽门农之子，长大后成为复仇者。厄勒克特拉，俄瑞斯忒斯的姐姐，原先是骄傲和幸福的小公主，埃癸斯托斯登基后沦为女仆，过着不幸生活，仇恨在她心中滋生、积累，她盼望着复仇，盼望着弟弟的到来。

据希腊神话，埃癸斯托斯是提厄斯忒斯之子，提厄斯忒斯与阿伽门农的父亲阿特柔斯是兄弟，因为争夺王位相互仇恨。阿特柔斯杀了提厄斯忒斯的几个儿子，炖熟之后端给不知情的提厄斯忒斯吃。埃癸斯托斯是提厄斯忒斯为报仇与自己的女儿生的孩子，后来女儿嫁给阿特柔斯，阿特柔斯以为埃癸斯托斯是自己的儿子，命他去杀提厄斯忒斯，提厄斯忒斯告知他谁是真正的生父，埃癸斯托斯于是杀死了阿特柔斯。克吕泰涅斯特拉恨自己的丈夫阿伽门农为祈求顺风献祭他们的女儿伊菲革涅亚，在他出征特洛伊期间，与情夫埃癸斯托斯勾搭成奸。当阿伽门农胜利归来，俩人串通谋杀了阿伽门农，并僭居阿尔戈斯城皇位达 15 年之久。

在这期间，阿伽门农的女儿厄勒克特拉被贬为女仆，儿子俄瑞斯忒斯则被外乡人救走，在异国他乡抚养成人。多年后，他回到阿尔戈斯城，决心与充满仇恨的姐姐一起复仇。戏剧从这里开始，俄瑞斯忒斯和他的老师来到了阿尔戈斯城，与姐姐相认。他杀死了埃癸斯托斯和自己的母亲，并勇敢地面对复仇带来的后果，承担起艰巨的责任。

三、"苍蝇"的含义

大幕拉开，一连串疑问和神秘现象立即抓住了观众。戏剧叙事不能拖泥带水，不能从故事的源头娓娓道来。戏剧一开场就必须抓住观众，常用的方法就是制造悬念。《苍蝇》一开始，一个个悬念扑面而来：俄瑞斯忒斯来到阿尔戈斯城，阿尔戈斯人纷纷躲避，脸上现出惊恐的神情，这是为什么？朱庇特行动诡秘，神秘地尾随俄瑞斯忒斯，一路跟踪到阿尔戈斯，这又是为什么？最令人不解的是，此时阿尔戈斯城聚集了大量苍蝇，个头肥大，密密麻麻，犹如阴云密布，笼罩在城市上空。

"苍蝇"作为重要象征，贯穿全剧。理解这出戏，首先应对"苍蝇"的含义有所了解。

早在《圣经》的《出埃及记》中，苍蝇就被用来象征由于惩罚而降临的瘟疫："飞来一大群苍蝇涌入法老的房间，涌入他仆人的房间，涌入整个埃及。由于成群结队的苍蝇，埃及堕落了。"公元前五世纪，希腊三大悲剧作家都依据这一神话写过不同版本的剧目。① 苍蝇在欧洲文化中是重要象征，有其古老的历史渊源，也是观众和读者熟悉的文学意象。萨特将剧本命名为"苍蝇"，这一做法是对欧洲古老传统的延续，同时他把这一意象纳入存在主义哲学中，赋予其存在主义的深刻含义，是对这一古老意象内容的丰富和创新。

根据戏剧的表现，是15年前死尸腐烂的恶心味把苍蝇吸引到阿尔戈斯来，这之后苍蝇一天天多起来、肥起来。阿伽门农征战归来时还没有苍蝇，苍蝇与15年前的那场谋杀案有关。后来俄瑞斯忒斯杀死母亲，阿尔戈斯城的苍蝇越聚越多，个头越来越大，"苍蝇震动翅膀的声音，仿佛铁匠铺风箱的轰鸣，并且苍蝇越来越大，现在已经有蜜蜂那么大了，它们结成厚厚实实的一团团，成百万只眼睛在注视着我们"②。这些苍蝇是凶杀的血腥味招来的，它们是谋杀罪恶的象征，苍蝇的第一个含义是象征着谋杀的罪恶。

其次，苍蝇象征着阿尔戈斯人的罪恶。

阿尔戈斯人有什么罪恶？谋杀是埃癸斯托斯与克吕泰涅斯特拉的合谋，与阿尔戈斯人有什么相干？谋杀虽不是阿尔戈斯人的所为，但他们面对罪恶，不是挺身站出来制止，而是采取事不关己、不闻不问的态度。当然，他们不只是袖手旁观，"他们生活烦闷，盼望看到暴死的惨状"。也就是说，他们内心希望罪恶的发生，盼望看到一场好戏。即便是国王家庭发生变故，只要一个字就能揭穿阴谋，"他们还是默默无语"。

阿尔戈斯的老妇听到国王惨痛呼号，把门拴上，却把窗户半拉开。把门关上，是怕罪恶牵涉、连累自己，这样做似乎是想与罪恶一刀两断，划清界限。但又把窗户半拉开，希望听得更真切些，这又是关注罪恶，对罪恶表现出浓厚兴趣。阿尔戈斯人旁观罪恶而未站出来制止，心中还盼望看到血腥场面，表明他们实际上已与罪恶同谋。

当纳粹迫害犹太人和共产党人，许多德国人辩解说，这不是我干的，我与这些罪恶无关。确实，这些罪恶发生时他们也许不在场，他们没有直接去干这

---

① 参见 *SARTRE'S NO EXIT & THE FLIES NOTES*，U. S. A. Gliffs Notes，Inc. 1989，p. 36.

② 袁树仁译：《苍蝇》，见《萨特戏剧集》（上），安徽文艺出版社 1998 年版，以下引文不再注明。

些勾当，但这不能否认，他们对这些罪恶是默认的，说不定心里还有一些快慰。剥夺犹太人的权力，霸占其财产，驱赶他们，令其处于生命垂危、一无所有的悲惨境地，潜意识中可能正符合某些人的愿望，尽管表面上他们与这些罪恶保持距离，以免弄脏自己的手。面对罪恶，冷眼旁观，力图置身事外，这是自欺。这些默默无声的德国人，在萨特看来，已经与罪恶同谋，他们的行为不仅承认了罪恶，客观上还助长了罪恶，最终德国人也会为其作壁上观付出代价，尝尽苦头，这是咎由自取。戏剧表现的是，在罪恶面前保持观望、欣赏态度的人，尽管他们没有亲自做坏事，同样必须承担责任。

面对乌云压境一般的苍蝇，阿尔戈斯人无可奈何。苍蝇在阿尔戈斯城肆虐长达十五年之久，它们四处飞舞，甚至钻进鼻孔里，人们不堪其扰。这些个头肥大、密密麻麻的苍蝇受朱庇特控制："您看这一群苍蝇，在您周围嗡嗡叫。我一挥腕，一抬胳膊，嘴里念道……现在您再瞧，苍蝇立刻掉下来，像青虫一样在地上爬。"众人对苍蝇奈何不得，唯独朱庇特掌握着苍蝇的生杀大权。这里表现的是，苍蝇依附于神，听从神的调遣，神是其主宰。苍蝇象征神和神的统治，这是苍蝇的第三个含义。

苍蝇嗡嗡叫，到处飞，携带病菌，传播病毒，危害人类，成群结队的苍蝇令阿尔戈斯人苦不堪言。在戏剧的表现中，把苍蝇与神联系在一起，表明神的存在也像苍蝇那样不仅"多余"，而且危害人的存在。生活中，没有苍蝇，人不会有任何遗憾，反而少了滋扰、少了烦恼和危害。同样，神的存在对人也是滋扰、妨碍和危害。苍蝇对人的存在有害无益，神的存在同样如此。

四、忏悔的意义

朱庇特对 15 年前的谋杀一清二楚，他非但不制止，反而利用它，借助它推行众神希望的"道德局面"。

什么是众神希望的"道德局面"？

朱庇特鼓动、唆使埃癸斯托斯和克吕泰涅斯特拉去实现阴谋诡计，并且让全体阿尔戈斯人承担罪行，他苦心营造了"双重罪孽"局面，其如意算盘是：埃癸斯托斯和克吕泰涅斯特拉因为手沾鲜血，犯下谋杀罪，必须忏悔。阿尔戈斯人看到罪恶默不作声，客观上助长了罪恶，也要忏悔。整个阿尔戈斯城陷入忏悔之中，这就是朱庇特要达到的目的。确实，多年来阿尔戈斯人就像朱庇特希望的那样生活在忏悔中，朱庇特力图让罪恶抓住每一个人，让阿尔戈斯人每时每刻都生活在忏悔中，这就是众神期望的"道德局面"。

严重的罪行把阿尔戈斯人压得喘不过气来，每年谋杀日（阿伽门农的忌日）全城举行集体悔悟仪式。仪式异常隆重，由埃癸斯托斯亲自主持。年复一年，阿尔戈斯人在忏悔仪式上反省自己的罪孽，忏悔成了他们的生活常规，成为规定的动作，是众人必做的功课。久而久之，家常便饭式的忏悔演化为陈词滥调，重复来重复去，每个人对自己和别人的罪行都倒背如流。

忏悔具有重要象征意义，联系当时背景，颇有讥讽之意。1940 年 6 月，贝当政府屈服纳粹德国的压力，向全国广播："你们忍痛并将继续在相当长时期忍痛，因为我们还没有偿清我们的一切过失。"在贝当政府看来，法国必须承受痛苦，这是因为大家都有过失。既然有过失，就需要弥补，弥补的方式就是忏悔。贝当政府把忏悔当作基调，用它为投降、变节和自首行为辩解。

萨特坚决反对贝当政府强加给法国人的这种忏悔精神，他塑造的俄瑞斯忒斯积极宣扬自由，主张不屈服一切外在压力，这与抵抗运动的精神完全一致。面对强权压迫，俄瑞斯忒斯把自由当作安身立命的根基，把自由看得比任何东西都可贵，这与贝当政府倡导的忏悔精神针锋相对。萨特后来明确讲，1940 年法国战败，许多法国人失去信心，他们选择忏悔。他创作《苍蝇》，目的就是要告诫法国人民，国家虽然战败，但忏悔并不是法国人应该选择的立场。因为"过去"（指战败）在人们还未来得及抓住它、仔细审视它以便理解它，它已经在我们的手指之间"滑过"去了，它不再存在了，而未来却是崭新的。萨特主张人们应该抓住未来，在未来面前人们是自由的。萨特始终坚信，战败虽然是事实，但它已经属于过去，人们不能受制于过去，现在和未来不能被过去决定。忏悔使一个人执著于过去，喋喋不休于过去，把沉重的过去压在自己的身上，这样做对法国没有任何好处。

二战后德国人也面临同样的问题，他们战败了，世人要求他们忏悔，许多德国人也认为应该忏悔，必须忏悔。在萨特看来，斤斤计较于过去，抓住过去不放，没有多少意义。这不是说，德国人应该从记忆中清除他们对过去错误的记忆和反省。萨特认为，做出让战胜者称心如意、让世人心满意足的反省并不是德国人的唯一选择，难道德国人埋头检讨自己，无休止地沉浸于过去，这个世界就太平无事了？对于德国人，更可取的做法是，他们应该意识到自己正在面向一个自由的未来，他们打算怎样建立未来，建立一个什么样的未来，这才是关键。德国人犯下的罪行那是过去的事，关键是如何面向未来，德国人怎么选择，是走过去的老路还是决定创造一个崭新的未来，这一点非常重要。不论是对战败的法国人还是对战后遭受清算的德国人，停留于过去，躲在忏悔中逃避选择，不是解决问题的办法。萨特说，他创作《苍蝇》，意图是鼓动法国人争取未来。①

有学者指出："一个人（俄瑞斯忒斯）回到家乡，为被害死的父亲报仇，要除掉城里的两个坏蛋（埃癸斯托斯和克吕泰涅斯特拉），显然这一对坏蛋就是指德国占领军和法奸。城市（阿尔戈斯）只要不放弃那对坏蛋强加给它的罪孽和悔过的思想，便只能承受坏蛋的蹂躏。这是在影射维希政府的'痛苦有益论'和让人悔过自新的说教，以及维希政府强加给法国的令人作呕的忏悔气氛。"② 戏剧表现的忏悔影射现实，是对那种弥漫法国的所谓现实主义策略——与其暴力反抗，不如妥协合作——的讽刺。

忏悔不同于反省，反省是认识，来自于一个人的自觉，来自他的需要，忏悔则是在压力下进行的，是在恐惧中的反省。忏悔的前提必须设定天堂和地狱，并且规定，只有匍匐在神的脚下，心悦诚服地接受神的统治，才能得到拯救，经过神的恩准，才能上天堂，不忏悔的人只能下地狱。上天堂的诱惑和下地狱的恐惧迫使人们忏悔，忏悔不是源自心灵深处，而是外在力量的逼迫，忏悔建立在恐惧威吓的基础上，这是它得以维系的根本原因。

《恶心》描写了一个垂死老人，他是狄德罗的朋友，受过哲学家的教育和培养。这位老人临终时就是不愿接受圣礼，进行忏悔。教士们想方设法，弄得精疲力竭，最后黔驴技穷，无功而返。这时，经过此地的洛勒旁先生和教士们打赌，他能在两个小时内说服老人，恢复老人基督徒的感情。洛勒旁在清晨三时开始工作，老人五点忏悔，七点死亡。教士们惊讶，以为洛勒旁一定有什么高深莫测的本领，或者精于论辩的艺术，可以在如此短的时间里打动这个顽固的老人。其实洛勒旁先生什么也不相信，他根本没有基督教的信仰。一个没有信仰的人却又能让别人在临终时接受信仰，他是通过什么办法达到目的的呢？洛勒旁说，我没有争辩，也不可能用大道理去说服他，我只是使他感到地狱的恐怖罢了。靠恐怖的威胁，洛勒旁使一个人"恢复"了基督徒的感情。没有恐惧，忏悔无法延续。在阿尔戈斯城，每年的亡人节就是巩固和加深恐惧心理的时刻，以此维持一年的安稳日子，这就是亡人节仪式的功能。

---

① Michel Contat and Michel Rybalka, *Sartre On Theater*, New York Random House, Inc., 1976, p. 191.

② 贝尔纳·亨利·列维著、闫素伟译：《萨特的世纪——哲学研究》，商务印书馆2005年版，第449页。

观众看到，在忏悔仪式上，阿尔戈斯人争先恐后，努力贬低和诅咒自己。他们争相攀比，这方面的技艺炉火纯青，糟蹋、谴责自己的话无须焦心苦虑搜肠刮肚，而是轻而易举，随手拈来。

　　然而，维系在恐惧基础上的忏悔毕竟是脆弱的，一有机会，人们就会质疑，恐惧的压力稍有松动，鬼把戏就可能被揭穿。于是，必须源源不断地用恐怖维持忏悔，同时在仪式上花样翻新，不断"推陈出新"。阿尔戈斯人每年重复贬低自己，他们已经习惯了这套程式，甚至有些麻木了。但忏悔要求人们好像是第一次这样做，要求大家必须保持虔诚心态。为了表现和增加虔诚，仪式开始失去古朴的样式，变得越来越繁文缛节。这似乎是一个规律：仪式越简朴、越单纯，人们越虔诚，越敬畏，仪式本身越具有真实内容和效果。而当人们缺乏虔诚，丧失虔诚，仪式本身才变得空前重要起来，它变得越来越花哨和隆重，越来越华丽和铺张。可以说，繁琐和隆重的仪式，恰好表明人们内心中缺少严肃和真诚。

　　在基督教传统中，忏悔的前提是证明人有罪，这个罪不仅指人在现实中可能犯下的罪孽，而是指所谓原罪。只要是人，就有原罪，原罪是人的一种标记，这是基督教对人的判定。因此，"罪孽成了进入宗教生活的入口"①。一个能够意识到上帝的人，就是能够发现自己有罪的人。在基督教看来，严格说，人是没有的，有的只是罪人。既然人有原罪，就需要拯救，需要拯救，就必须忏悔。向谁忏悔呢？向父母、朋友、兄弟吗？不能，他们也是人，也有原罪，也需要被拯救，因此也需要忏悔。人不能向一个和他一样的罪人忏悔，不能向一个和他一样需要被拯救的人寻求拯救。人只能向无需被拯救而又能够拯救所有人的神去忏悔，忏悔必须指向神，必须设定神才有效。

　　忏悔表明人有罪，需要赎罪，通过悔悟才能得救。这里的假定是：人是不能单靠自己存在的，他离不开神的指引和保佑，人必须接受神的统治。此外，忏悔之能够成为有效的统治方式，除了神的倡导，还因为人内心深处有深深的依赖感，人自觉或不自觉地总是希望冥冥中有一个东西能够支撑自己、保护自己，这就是神及其统治产生的心理学根源。人是软弱的，有罪的，需要支撑，需要指引，需要保佑，在所有对人的支撑中最根本、最本源性的支撑就是神对人的存在的奠基。

　　朱庇特指出：15 年前阿伽门农被谋杀，导致全体阿尔戈斯人陷于忏悔中：

---

① 让·华尔著、翁绍军译：《存在哲学》，三联书店 1987 年版，第 42 页。

"轻浮的阿尔戈斯百姓变化多大啊，现在这里的百姓与我的心贴得多么近！"这表明，"道德局面"已经在阿尔戈斯城形成，神的目的已经实现，阿尔戈斯城已经被神牢牢掌控。俄瑞斯忒斯恰在这一时刻出现，他想单枪匹马地挑战神的统治权威。在朱庇特看来，俄瑞斯忒斯是蚍蜉撼大树——自不量力！朱庇特明察秋毫，洞悉俄瑞斯忒斯的目的，一路紧追不舍，监视着他的一举一动。

五、俄瑞斯忒斯

1. 俄瑞斯忒斯的教育

宫廷事变后，俄瑞斯忒斯被送到希腊，在自由的天空下呼吸成长。老师对他的教育使尽了十八般武艺，可谓用心良苦。老师把自己的知识和经验调配在一起，指导俄瑞斯忒斯阅读各类书籍，游历了上百个城市，真正做到了读万卷书，行万里路。经过多年教导，俄瑞斯忒斯现在富有智慧，能够对世界做出自己的判断了。

十多年来俄瑞斯忒斯走南闯北，观赏了各个国家的古迹，那些宫殿、石柱、雕像、石阶，所有这些都历历在目。俄瑞斯忒斯掌握了丰富知识，但并未满足，他读的那些书、受到的教育并没有充实他。相反，他感到严重欠缺，他对自己所受的教育有深刻反省，并且颇为不满。要了解俄瑞斯忒斯所受教育的特点，就要了解他的老师为他所精心设计的教育，其宗旨一言蔽之，曰"微笑的怀疑主义"。

怀疑主义是一种对知识和世界的态度，它不相信存在是确定和真实的，认为它们是相对和有限的。如果一切都可怀疑，事物的真实性是不确定的，指导行动的理论是有限的，那么人们还能够严肃地面对这个世界吗？如果人们对这个世界只能报以"微笑的怀疑主义"，那么再严酷的现实也不能触动人，人们可以轻而易举地超脱一切。在苦难深重的世界面前，如果持"微笑的怀疑主义"，人们不再有介入的要求和冲动，不再有改变现实的欲望和执著，不会再去面对风险、积极行动和承担责任。相反，人们会把这一切看得很平淡，积极的介入被视为鲁莽，严肃的行动被视为幼稚，责任和义务被视为无端端地套在脖子上的枷锁。很明显，向俄瑞斯忒斯灌输"微笑的怀疑主义"，目的是要他远离祸端，保全性命，阻止他去复仇。这套精心设置的教育，目的是希望俄瑞斯忒斯做一个书斋型的学者。法国学者戈德曼一针见血地指出，这套"微笑的怀疑主义"哲学的实质是"假解放"（pseudo-liberation），它对现存政权没有任何威胁，对俄瑞斯忒斯回到阿尔戈斯城不会带来任何风险。

对于这一套教育，俄瑞斯忒斯非常不满。他对老师说："你那套哲学把我害苦了！"他认为自己虽然周游列国，掌握了丰富知识，但所有这一切都与他的存在不相干，这些知识脱离了他的生活，它们对于他是"外在"的。俄瑞斯忒斯做了一个比喻：一条狗具有对主人的记忆，因为主人对它是最宝贵的，完全属于它的，主人完全融入了这条狗的生活，是其存在不可或缺的。在此基础上，这条狗才能对主人有一个真实记忆，这个记忆完全扎根其存在中。俄瑞斯忒斯问道："什么是属于我的呢？"不错，他是学到了许多知识，这些知识博大精深，但与他的存在无关，他的记忆与他的存在有断裂，这个记忆是虚假和不真实的。俄瑞斯忒斯抱怨，"一条狗也比我的记忆好"。这不是说狗的记忆能力超过了俄瑞斯忒斯，而是他羡慕狗的记忆与其存在的完美融合，狗对主人的记忆正好是它的存在的显现。俄瑞斯忒斯掌握了丰富知识，但这些知识无法"触动"他的存在。只有扎根于存在的知识，能够帮助人积极行动的知识，才是记忆中真实的知识。

表面看，俄瑞斯忒斯没有家庭、没有祖国、没有宗教、没有职业，他与周围的世界没有任何联系，他很超脱，没有任何羁绊，不会受到任何约束。他看到了许多，学到了许多，但又与一切都不"沾边"，这种超脱的状况貌似自由，实际上很空洞，很虚假，这是一种缺乏存在真实意义的"假自由"。俄瑞斯忒斯看得非常清楚，他说："我的自由就如同这几根蛛丝一样，我并不比一根蛛丝的分量更重，我生活在空中。"他经历的气味、声响、雨点、光线，任凭它们洒落全身，都不属于他，因为它们永远不会变成他的"往事"。

俄瑞斯忒斯以王宫大门为例，说明只有与生活发生密切关系、扎根存在的事物才是属于他的：

> 从这道大门，我本当已经出出进进一万次了。我小的时候，也许会拿这扇门玩耍，我会用力把身体顶在门扇上，门扇会吱嘎作响，却并不开启，我的手臂则会体会到它的阻力。大了以后，我会在夜间偷偷把门推开，走出去与姑娘幽会。再以后，到我长大成人的那一天，奴隶们会将这道门大大敞开，我会骑着马跨出门去。我古老的木头大门啊，我闭着眼睛也能摸到你的钥匙孔。那里，下面，那块门槛上划破的痕迹，可能是我弄的。

这扇王宫大门与俄瑞斯忒斯的生活发生了千丝万缕的密切联系，它已经融入了俄瑞斯忒斯的存在，这样的事物才属于他。这一反省告诉人们：获取知识与得到一个物件不同，我可以用手抓住一个对象，把它牢牢地握在手里。但以这种方式无法得到真正的知识，或者说，以这种外在方式得到的知识与我的存在无关。我可以走南闯北，看到许多，听到许多，我可以死记硬背，把它们"灌输"到脑子里。以这种方式获取知识，"获取"只是一种假象，它貌似得到知识，实际上这些知识与人的存在根本不相干。知识不与存在发生关系，不能为人的行动提供动力，不能帮助人们做出选择，不能在生活中真正发挥作用，那么它们就是"死"的。这种"死"的知识外在于存在，它可能很绚丽，很丰富，很诱人，它能"装潢"人们，给人们博学的假象。平时依靠这些"死"的知识，人们会出口成章，夸夸其谈，人们能够通过语言的流畅和词汇的丰富，通过论辩的激昂和谈吐的幽默赢得掌声，获得青睐。但到关键时刻，在需要做出人生重大选择和付出艰巨行动的时刻，人们会发现自己很空虚，发现自己处于不知所措的彷徨中。"死"的知识就像一件华丽外衣，人们争先恐后地把它披在自己身上，用"华丽"的错觉麻痹自己。一旦把它脱掉，美丽就消失了，这时人们会感到"空虚"。当真正看到自己时，人们发现是没有"美丽"的。

存在主义的基本立场是：人必须看清自己的存在，了解自己的使命。俄瑞斯忒斯坚持自由，就必须采取重大而艰巨的行动，即便这个行动最终毁灭了他，也在所不惜。生活中许多人以自欺的方式掩饰自己的处境，逃避行动，他们寻求各种借口为自己辩解，如强调经验不足，能力缺乏，无力解决棘手问题，或者干脆在危机面前闭上眼睛，成为"睁眼瞎"。他们不承认危机，甚至"取消"了危机，使自己生活在虚假的境遇中。俄瑞斯忒斯拒绝自欺，他驱散了"微笑的怀疑主义"迷雾，看清了存在的真相。他知道自己的存在就是复仇，他到阿尔戈斯城，不是为了游览，他是有备而来的。

2. 俄瑞斯忒斯复仇的忧虑和阻力

俄瑞斯忒斯不是一介武夫，其复仇不是一怒之下的鲁莽行为，不是为了解心头之恨的泄愤举动，他对复仇有深刻的思考。他意识到，他的复仇会遇到阻力，复仇后道路依然曲折，这使他充满忧虑。

复仇的阻力来自朱庇特。朱庇特赞同、鼓动埃癸斯托斯复仇，但想方设法阻止俄瑞斯忒斯复仇。朱庇特是有远虑的，他分辨得很清楚，埃癸斯托斯和俄瑞斯忒斯都要复仇，但性质和目的完全不同。作为神，他必须支持和唆使埃癸斯托斯复仇，但要竭力阻止俄瑞斯忒斯的复仇。为此，朱庇特巧舌如簧，多管齐下，他的"劝说"既有威胁，也带"诱惑"。

首先，朱庇特认为，俄瑞斯忒斯年轻有为，完全可以另有所图，没必要也不应该盯着阿尔戈斯城不放。以俄瑞斯忒斯的才智，完全可以另谋高就，为什么偏偏对这座充满苍蝇和死尸的城市"情有独钟"呢？

其次，阿尔戈斯人罪孽深重，十五年来深陷忏悔之中，罪恶已经压得他们喘不过气来。俄瑞斯忒斯以个人之力根本不可能去分担他们的罪孽，更不可能解救他们。在朱庇特眼中，俄瑞斯忒斯想以个人之力去消除阿尔戈斯人的深重罪孽，根本办不到。

第三，俄瑞斯忒斯若一意孤行，执意拯救阿尔戈斯人，只能为自己招来灾难。只要阿尔戈斯人偏离忏悔，他们的罪恶就会凝结，由此他们将永世受罚。如果阿尔戈斯人陷于永世受罚的境地，还会拥护俄瑞斯忒斯吗？显然，这会使俄瑞斯忒斯很快失去民心，给自己带来不幸。俄瑞斯忒斯的本意是拯救阿尔戈斯人，最后目的非但没有达到，还"偷鸡不成蚀把米"，为自己招来灾祸，这是何苦呢！

最后，朱庇特指出，阿尔戈斯人心怀恐惧和内疚，只能通过忏悔得到拯救，这种"道德局面"是众神希望的。俄瑞斯忒斯能够违背众神意愿、改变众神希望看到的这种局面吗？朱庇特劝俄瑞斯忒斯不要以卵击石，尽快离开阿尔戈斯城。他应审时度势，具有自知之明，做出"明智"选择。

俄瑞斯忒斯的复仇必须"闯过"朱庇特这一关，这一点他心里有数。让他忧虑的是，复仇之后还有漫长道路要走，他和厄勒克特拉能够坚持下去吗？复仇后他们要承担艰巨的责任，承受巨大压力，他们的行动不会半途而废吗？

俄瑞斯忒斯首先顾虑的是，复仇后他能成为真正的国王吗？阿尔戈斯人能真心拥护他吗？俄瑞斯忒斯并不认为只要谋杀成功，坐上王位宝座，复仇就大功告成了。俄瑞斯忒斯的想法不是如此简单，他看得很清楚，即便杀死埃癸斯托斯，这个王位宝座对他实际上是个空架子，因为在阿尔戈斯人眼中，他仍然是外邦人，充其量他只是名义上的国王，老百姓并不会真心拥戴他。俄瑞斯忒斯常年漂泊在外，他的生活与阿尔戈斯人没有联系，他的存在与阿尔戈斯人的生活是"两张皮"。

俄瑞斯忒斯说，他没有见过阿尔戈斯城哪家孩子的出生，没有参加过他们的婚礼，也叫不出他们的名字，他不能分担他们的悔悟，他与阿尔戈斯人没有共同的回忆，他的存在与阿尔戈斯人的存在是断裂的，在这种状况中，他能理解阿尔戈斯人吗？阿尔戈斯人能理解他、需要他、拥戴他吗？即便登上王位，他只能做名义上的统治者，因为他是名副其实的外邦人。意识到这种情境，俄瑞斯忒斯感叹，如果通过行动可以让他在阿尔戈斯人当中站住脚，让他拥有他们的回忆，即便通过犯罪手段，杀死生身母亲，他也愿意尝试一下。可见，他真正关心的不只是谋杀，不只是王位，杀死一个埃癸斯托斯是容易的，做名义上的国王也并不难。难的是依靠自己的努力真正做阿尔戈斯城的国王，是他能否真正拯救阿尔戈斯城，能否让这里老百姓打心眼里喜欢他，这是他所担忧的。

俄瑞斯忒斯意识到，他必须犯下血腥罪行，分担阿尔戈斯人的忏悔，承受罪孽的煎熬，他才能"把全城人的罪恶都集中在自己身上"。为此，他要"把自己变做一把大斧，砍进这座城市的心脏"。从外貌和性格看，俄瑞斯忒斯完全不像复仇者，他温文尔雅，举止端庄，"虽然佩着剑，可从来没有使用过"。他太年轻、太软弱、太不适宜完成这项血腥复仇的重任。传统作品表现复仇者，往往将其刻画为孔武有力、怒发冲冠、能够一剑定江山。萨特塑造的俄瑞斯忒斯文质彬彬，复仇的力量来自于心中坚定的选择。

朱庇特支持埃癸斯托斯的复仇，因为他完全受神的摆布，其复仇完全是神所需要的。朱庇特反对俄瑞斯忒斯的复仇，是因为他已经洞见，根本无法掌控俄瑞斯忒斯，如果允许他达到目的，神在阿尔戈斯城苦心经营的道德局面就会遭到破坏。朱庇特提醒埃癸斯托斯，俄瑞斯忒斯此行的目的就是要谋杀他，须早做防范。

3. 俄瑞斯忒斯与埃癸斯托斯的复仇比较

埃癸斯托斯和俄瑞斯忒斯的行动都是复仇，但性质不同。

埃癸斯托斯的行动出于仇恨，报仇的目的是要得到王位，为此他与克吕泰涅斯特拉勾搭成奸，共同谋杀了阿伽门农。在谋杀过程中，他与朱庇特串通一气，在朱庇特的鼓动和唆使下采取行动，致使复仇一开始就被神操纵和利用，复仇行动成为神统治人间的一个环节。

俄瑞斯忒斯生活于自由气息浓厚的雅典，心中没有仇恨。一个没有仇恨的人怎能去复仇呢？俄瑞斯忒斯为父报仇，既不源于仇恨，也不受神的支配。在这一点上，萨特对传统的俄瑞斯忒斯形象做了较大改动。根据传统形象，俄瑞斯忒斯按照神的旨意采取了复仇的行动，在萨特的戏剧中，俄瑞斯忒斯意识到他是自由的，报仇是他自由的选择，他的行动源于自由，他为这个自由承担责任。萨特彻底斩断了复仇与神的联系，所以俄瑞斯忒斯"两手沾满鲜血，良心却不受谴责。"当他要杀死埃癸斯托斯时，埃癸斯托斯问他："你不觉得懊悔吗？"在埃癸斯托斯看来，俄瑞斯忒斯杀他，正如当初他谋害阿伽门农一样，谋杀是朱庇特希望的。埃癸斯托斯承认自己的行为是犯罪，所以他要忏悔。俄瑞斯忒斯为自己辩护道，他所做之事乃正义之举，与神无干，完全是他自由的选择，所以无需忏悔。

埃癸斯托斯认为，当初他谋害阿伽门农，多亏朱庇特支持，他们沆瀣一气，共同欺骗，才在阿尔戈斯城谋得了统治。现在俄瑞斯忒斯能够撇开朱庇特、单凭一己之力就能得到他想要的一切吗？埃癸斯托斯不理解，撇开朱庇特，俄瑞斯忒斯能做什么呢？他的复仇能达到什么目的呢？即便复仇成功，他能单靠自己的力量坐稳王位吗？换言之，在埃癸斯托斯看来，即便俄瑞斯忒斯杀了他，没有朱庇特的支持，他能靠个人的力量进行统治吗？这岂不是把统治当儿戏？不靠神的支持，不对老百姓进行欺骗，统治一天也维持不下去，这一公开的秘密难道俄瑞斯忒斯不知道吗？

朱庇特认为，一旦俄瑞斯忒斯达到目的，就意味着人可以自由行动，这个口子一开，自由会像瘟疫般四面八方迅速传播开来。一旦自由在世界中蔓延，必然动摇神统治的根基。自由一旦在人的灵魂中爆发出来，众神就毫无办法了。自由扎根于人的内心深处，人就其最深层的愿望而言是自由的，神的存在对人是多余的，自由与神不可共存在。朱庇特看得很清楚，他绝不会"引火烧身"，盲目支持俄瑞斯忒斯的复仇行动。

俄瑞斯忒斯的复仇目的很明确，他要在阿尔戈斯城实现"人"的统治。同样是复仇，他与埃癸斯托斯的行动显现出巨大差异。尽管俄瑞斯忒斯的谋杀也是犯罪，但这是他自己的选择，他不仅为此负责，还愿承担整个阿尔戈斯城的罪恶。俄瑞斯忒斯不忏悔，不与神"共谋"，复仇非但不能造成朱庇特希望的"道德局面"，还使神在人间的统治成为泡影。

4. 俄瑞斯忒斯与厄勒克特拉的复仇比较

俄瑞斯忒斯与厄勒克特拉都是"谋杀事件"的受害者，他们都要复仇。厄勒克特拉从骄傲的小公主一变而为凄惨的女仆，地位的改变，生活的巨大落差，在她心中滋生了仇恨的种子。复仇成为姐弟俩存在的目的，不同的是，厄勒克特拉的复仇源于心中的仇恨，俄瑞斯忒斯的复仇源于自由。

当复仇成功，姐弟俩初尝胜利的喜悦，马上显出分歧。俄瑞斯忒斯在谋杀行动后坚定如常，认为此举会使他们得到新生，他对未来充满希望。但出人意料的是，一直渴望复仇的厄勒克特拉，复仇后也沉浸在成功的喜悦中，但旋即陷入痛苦，复仇前后她的表现有一个明显反差。

厄勒克特拉的反复有端倪可寻：当俄瑞斯忒斯杀死埃癸斯托斯后还要杀掉克吕泰涅斯特拉，要求厄勒克特拉引领他到王后的卧室，这时厄勒克特拉有过质疑和犹豫。她认为埃癸斯托斯死后，克吕泰涅斯特拉"再也无法加害于我们了"。在这一瞬间，俄瑞斯忒斯突然感到"异样"，发现厄勒克特拉有一些变化，他说："我认不出你来了。刚才你还不是这么说话的。"厄勒克特拉此刻亦感俄瑞斯忒斯的举动难以理解，她说："俄瑞斯忒斯，我也认不出你来了。"在复仇过程中，二人已显分歧。

复仇后，俄瑞斯忒斯感到自由，厄勒克特拉明确说："我不觉得我自由了。"俄瑞斯忒斯认定复仇为他们迎来了"黎明的晨曦"，厄勒克特拉认为她依然处于黑夜中，而且"夜色深沉，火把和光芒都很难照透"。俄瑞斯忒斯认为复仇后会得到"新生"，面对埃癸斯托斯的尸体，厄勒克特拉却喃喃自语："他死了，我心中的仇恨也和他一起死了。"几年来，她在想象中不断享受到复仇和死亡带来的快乐。她曾经希望如此，但此刻，她开始质疑：她希望的就是这个吗？厄勒克特拉说："我的心仿佛被钳子夹住了，难道15年来我一直在欺骗自己吗？"复仇行动刚完成，她立即跌入失望的深渊。

厄勒克特拉为什么会有这种表现呢？为什么在复仇成功之后她反而"退缩"了，马上与俄瑞斯忒斯拉开了距离，这是一个值得探讨的问题。

厄勒克特拉原先是一个骄傲的小公主，在父亲阿伽门农被杀害后，被贬为女仆。生活的强烈反差，人情冷暖的鲜明对比，在幼小心灵中播下了仇恨种子。厄勒克特拉恨埃癸斯托斯，也恨母亲克吕泰涅斯特拉，多年来，她就是被这个仇恨支撑着，她的生活就是被这个仇恨维持着，整个人被复仇的愿望所支配。十五年来，她没有一天不梦想复仇，没有一天不为骄傲的自尊心受到伤害而痛苦。可以说，厄勒克特拉就是复仇，其整个存在化为复仇的渴望。但是，有复仇的动机和愿望是一回事，把复仇作为自由的选择，积极谋划，付出行动则是另一回事。厄勒克特拉心中充满了仇恨，渴望复仇，可她担心的是，一旦付诸行动，就要犯下血腥罪行，她从来不想作恶。因此，厄勒克特拉处于这种状况：她陷于仇恨中，需要复仇，但这种需要停留在充分享受复仇带来快感的想象上。她确实在受苦，但无力采取行动结束受苦。厄勒克特拉没有意识到，表面上看，她似乎无力采取行动，实际上内心深处并不想改变处境，因为她在其中感到充实。厄勒克特拉与复仇形成了这样一种关系：她需要复仇，十五年来不断想象复仇带来的快感，这是她生活的支撑，她不能中断、停止或结束这个复仇，她必须在自己身上维系这个复仇，维系复仇带来的快乐。

朱庇特分析得很透彻："人家的孩子玩玩具，厄勒克特拉则玩谋杀。"厄勒克特拉的存在有两个显著特征：一是被仇恨所支配，二是她与仇恨之间形成了一种"游戏"关系。在现实中也常能见到类似情形：夫妻俩长年累月吵架，妻子动辄以离婚作为威胁。丈夫忍无可忍，决定结束这一切，满足妻子的离婚要求。按理说，丈夫满足妻子的要求，妻子应该心满意足。没想到，妻子不依不饶，闹得更厉害了。其实妻子从来就没有打算真正离婚，她根本就不想迈出这一步，在离婚上她不想采取任何实际行动。但她每时每刻必须把离婚挂在嘴上，她的生活中不能缺少离婚。离婚必须天天出现在她的想象中，她可以时刻把玩它，以此来支撑自己的生活。一旦付诸行动，真正离婚了，这位妻子就崩溃了，因为她生活的"支柱"倒塌了。

厄勒克特拉充满仇恨，但她从来没有想真正结束仇恨。相反，她通过仇恨维持自己的生活，每天在想象的复仇中得到快感。也就是说，她每天盼望着俄瑞斯忒斯的到来，一想到杀死埃癸斯托斯，快感就袭遍全身。埃癸斯托斯必须死，必须在她的想象中死去，这种复仇的快感已经成为她生活的支撑。但在内心深处，她没有想过，一旦付出行动，彻底消除积压多年的仇恨，对她意味着什么。当俄瑞斯忒斯杀死埃癸斯托斯，面对躺在地上的尸体，她如梦初醒，惊讶道，难道十五年来我希望的就是这个？难道十五年来我一直在欺骗自己？杀死了埃癸斯托斯，消除了积压在内心中的仇恨，同时也消除了从这仇恨中得到的快乐。最关键的是，原先支撑她生活的仇恨一夜之间踪影全无，她不仅失去了往日的快乐，而且顿时陷入虚无之中。现在她彷徨无依，这令她难以忍受。她认为以前被仇恨充实时还有一点平静和幻想，现在已被弟弟"盗走"，她称俄瑞斯忒斯为"贼"。俄瑞斯忒斯对此不解，颇感疑惑，她终于把心底的"秘密"和盘托出："你以为我愿意吗？我只是幻想除掉他们。"对厄勒克特拉，一旦生活中曾经充实她的仇恨消失，她就陷入虚无中，这个虚无是她不敢面对的。为什么呢？这个虚无正是自由，她以前用复仇逃避自由，现在复仇成功，仇恨消失，当真正面向虚无时，她退却了，在自由面前，她是一个逃避者、自欺者。

复仇后，厄勒克特拉立即陷入悔恨。俄瑞斯忒斯曾极力"挽救"她。他告诉厄勒克特拉，以前我们生活得太"轻飘"了，通过这场谋杀，我们的双脚才踏在泥土里，犹如车轮深陷于车辙里一样，我们的生活才真正与阿尔戈斯人的生活结合在一起，我们终于获得了与阿尔戈斯人一样的存在，如此我们才能在阿尔戈斯城真正立足。俄瑞斯忒斯希望能与姐姐一起迈着沉重的脚步向前走，未来会有新生。厄勒克特拉问，往哪里走，未来在哪里？俄瑞斯忒斯如实相告："我不知道。"以前厄勒克特拉被仇恨支撑，复仇成功后，这个支撑没有了，她必须寻求新的支撑，她要求俄瑞斯忒斯明确告诉她未来在哪里，怎样到达未来，她希望抓住未来。俄瑞斯忒斯并不是想隐瞒什么，明知未来在哪里，却故作高深，不告诉姐姐。也不是因为能力所限，还没有识破未来的迷局，眼下暂时还无法告诉姐姐。未来是什么，这是谁都无法把握的，因为未来悬在虚无中。厄勒克特拉想明确知道未来是什么，目的是把未来攥在手里，将其当作新的支撑。然而未来之所以是未来，就是因为它不是现在，从任何一个现在出发，都无法对未来做出界定，这个悬在虚无中的未来用任何方式都无法把握，它才是一个真正的未来。

在厄勒克特拉看来，俄瑞斯忒斯与父亲一样，总是蕴涵着愤怒，生下来"血液里就带有犯罪和不幸，这是阿特柔斯家人的命运：宁愿犯罪，不受耻辱"。阿尔戈斯是他制造最大灾祸、自食最大恶果之地，她认为自己的命运就是留守此城，引导弟弟的怒火。她把弟弟当作复仇的工具，认为复仇是他命中注定要做的事。在厄勒克特拉看来，俄瑞斯忒斯的复仇和她一样，都是受外在力量的支配。她是受多年来积压在心中仇恨的支配，俄瑞斯忒斯是受到家族命运的支配。她完全没有意识到，俄瑞斯忒斯的复仇在出发点与她截然不同：俄瑞斯忒斯把复仇视为自由的决定，她的复仇则受到内心仇恨的推动和制约。俄瑞斯忒斯在复仇中仍然是一个自由人，复仇行动被自由所主导，复仇是自由的表现。她则被仇恨所控，复仇成功意味着支撑她的力量消失，同时她又追求新的支撑。从一种支撑过渡为另一种支撑，这是一个痛苦的转换过程，但寻求支撑、要求支撑、她被支撑这一点没有丝毫改变。厄勒克特拉没有意识到，她日思夜想的复仇，带来的只是幻灭，她要从幻灭中走出，寻求新的支撑，表明她是一个不自由的人，决定了她的复仇必然是"软弱"的。所以，一旦谋杀结束，仇恨消失，随之而来的必然是悔悟。对于厄勒克特拉，复仇就像一场梦，这场梦她做了十五年，她幻想实现它，可一旦真正实现，得到的只是短暂的欢乐，等待她的却是无尽的空虚和悲哀。

厄勒克特拉最后出路就是皈依朱庇特。朱庇特认为，既然姐弟二人都犯了罪，就应该像其他人一样，在神面前忏悔。如果他们能够这样做，他可以保证姐弟俩安然无恙地离开阿波罗神庙，并把他们扶上王位。对朱庇特的诱惑，姐弟二人的态度不同，厄勒克特拉软化了，俄瑞斯忒斯则一如既往，坚持自由。

复仇女神对俄瑞斯忒斯无可奈何，但软弱的、急切寻求支撑的厄勒克特拉沦为复仇女神追逐的对象，被贪婪成性的苍蝇紧追不舍，心成为苍蝇的"破窝"。至此，厄勒克特拉被神俘获，她说出了"心里话"，认为复仇带给自己的是不幸和厌恶，表示愿意终生向神悔过。

厄勒克特拉被复仇女神掳走，一夜间变老了，农家姑娘般的鲜艳容貌已经消失，她的肝、肺和脾都已衰竭，看上去犹如一具活尸。她把俄瑞斯忒斯视为刽子手和屠夫，姐弟俩从此分道扬镳，俄瑞斯忒斯继续走他的自由之路，厄勒克特拉则心甘情愿跪倒在神面前。戏剧表现的是：一切从感情和需要出发的行动都使人处于被动中，都漠视人的自由，一切剥夺自由的行为都是软弱的，最终会被神掌控。

姐弟俩的复仇是两种境界：厄勒克特拉报仇后顿感罪孽深重，转而求神护佑，她虽然杀死了阿尔戈斯王，但无法战胜众神之王。俄瑞斯忒斯的行动出自自由，他甘愿为自己的罪行忍受折磨，承担责任。看到这些可怕的罪行，他厌恶自己，但他坚定地认为：他是自由的，这使他"超越恐惧不安和可怕的回忆"。

戏开始时，厄勒克特拉曾经奚落神的偶像，把神称为"下流坯"，她用垃圾当供品，指出神的吓人外表只不过是一层油彩，实质上就是一块白木头，"真好烧！"就是这样一位犀利讥讽神、蔑视神的人，最终还是皈依了神。这启示人们，反对神、坚持人的自由绝不是轻而易举、简单易行的事。许多人在反对神的斗争中慷慨激昂，举止惊天动地，以为通过这种轰轰烈烈的形式就能打倒神。其实，常见的情形是：人们一方面与神不共戴天，却不知道他们内心渴望神，他们激烈反对神的行为根本没有逃出神的掌控，厄勒克特拉就是个典型。只要人们不是出于自由，而是出于其它目的寻求奠基，最终会走上皈依神的道路。

俄瑞斯忒斯不仅杀死了阿尔戈斯王，更是战胜了众神之王。自由的人不仅要消除人世间的压迫，更重要的是，他要驱逐内心深处的黑暗，即人对神的依赖和恐惧。消除人世间的压迫容易，战胜人的软弱、人对神的依赖和恐惧却非常艰难。关键在于，人敢于承认自己是自由的吗？人敢于面对自由、敢于揭示存在的真相吗？他敢于在自由中进行选择、付出行动并且承担艰巨的责任吗？逃避自由的人，唯一的出路就是皈依神。

《苍蝇》在今天的中国依然有现实意义。曾几何时，先辈们唱着《国际歌》，认定这个世界从来没有救世主，不愿做奴隶的人们必须挺直腰杆，掌握自己的命运，做世界的主人。但在高唱《国际歌》的同时，国人还大唱《东方红》，感谢"红太阳"的光芒照耀，感谢"大救星"为人们指出了前进的方向。国人曾自豪地宣布推翻了三座大山，从此"站起来"了。但上个世纪"文革"时期天安门广场上，在一片热烈沸腾的红海洋中，无数红卫兵小将仰望伟大领袖，激情澎湃，热泪盈眶，情不自禁，高呼万岁。事实证明，推翻三座大山容易，驱逐人内心的黑暗、战胜人的软弱任重道远啊！

5. 俄瑞斯忒斯与朱庇特的对话

谋杀行动后，俄瑞斯忒斯与朱庇特有一场对话，代表人与神的正面交锋，这是一场人神大战，它生动地表明了存在主义哲学对待自由、对待上帝的立场。

朱庇特认为，谋杀一旦发生，按照这个世界的"规矩"，俄瑞斯忒斯和厄勒克特拉就犯了罪，都是罪人。既是罪人，就要赎罪，既要赎罪，当然要匍匐在神的脚下。厄勒克特拉已被击垮，成了神的俘虏，她被自己的罪行紧紧攫住，只能在神的庇护下栖身。朱庇特故作怜悯地对俄瑞斯忒斯说："你的躯体只叫人生怜。啊！高傲疯狂的年轻人啊，你们给自己制造了多少苦痛！"但朱庇特的怜悯和宽容对俄瑞斯忒斯完全无法派上用场，因为他根本不承认自己在神面前犯了罪。在对话中，他不仅为自己辩解，也为厄勒克特拉辩护，不承认他们是神所定义的罪人，他们无罪可赎，无须忏悔。任凭朱庇特使用各种手段，俄瑞斯忒斯充满信心，毫不退却。他对朱庇特说："你想折磨我多久就折磨多久，但我对我的行为毫不悔恨。"对于俄瑞斯忒斯的桀骜不驯，朱庇特胸有成竹，并不恼怒，相信凭借神的威力可以征服这个年轻人。他对俄瑞斯忒斯说："你姐姐落到这个地步，你竟然不懊悔吗？"俄瑞斯忒斯说，我爱姐姐胜过爱我自己。她陷入苦痛，我心急如焚，但爱莫能助，这种苦痛是她自己造成的，只有她才能解救自己，因为她是自由的，别人无法越俎代庖。朱庇特针锋相对地问道："那你呢？你大概也是自由的吧。"俄瑞斯忒斯回答说："这你知道得很清楚。"确实，朱庇特对此十分清醒，他知道人是自由的，这个道理神知道，但人自己却不知道，而且神也不能让人知道。

对于俄瑞斯忒斯的"嚣张气焰"，朱庇特终于有些怒不可遏了，他换了一副面孔，大骂俄瑞斯忒斯厚颜无耻，愚昧猖狂，不知天高地厚。他说，你宣称人是自由的，其实人蜷缩在天神双腿之间，人始终在神的眷顾之下，脱离了神，人怎么能够存在啊！说人是自由的，这是光天化日之下最大的谎言。如果宣称人是自由的，那么关在牢房里的囚犯，饱受折磨的奴隶，也应该吹嘘他们

197

是自由的了。

俄瑞斯忒斯斩钉截铁地回答："为什么不可以?"牢房囚禁犯人的身体，但无法囚禁和凝固他们的心灵。在牢狱中，囚犯照样可以思考、选择，照样可以行动，并且为行动承担责任。一个奴隶受到不公正的对待，受到非人的折磨，这只是现实的处境，是制度的安排，而任何现实和制度都是外在的。一个人不是天生注定当奴隶的，他来到世上，不论外在环境如何，他绝不会悲天悯人，束手就擒。人的存在不能脱离外在环境，但任何环境都只不过为人的自由的表现提供了条件，外在环境不可能剥夺一个人的自由，即便在牢笼中，在奴隶制度下，也不能抹杀、窒息人的自由，反而会激发人行使他的自由。

看到俄瑞斯忒斯如此"固执"，朱庇特暂时按捺住愤怒，变换了口气："我不愿意惩罚人，我是来拯救你们的。"如果你们不再坚持罪行，稍稍表示一点忏悔，"我把你们二人都扶上阿尔戈斯城的宝座。"朱庇特故技重施，把他对埃癸斯托斯的那套伎俩搬出来。俄瑞斯忒斯如果承认有罪，同意忏悔，那么朱庇特就支持他成为阿尔戈斯城的新国王。如此一来，阿尔戈斯城只不过换了一个国王，其他一切照旧，神在人间的统治不会有丝毫动摇。俄瑞斯忒斯的警惕性非常高，他知道稍不留意，就可能跌落神挖好的陷阱，重蹈埃癸斯托斯的覆辙。所以当朱庇特要求他"可以轻而易举地给我的东西，就是一点点懊悔"，俄瑞斯忒斯当即坚定地拒绝了："这点微不足道的东西，将像一座大山一样压在我的心上。"俄瑞斯忒斯看穿了朱庇特的阴谋，不为其所利用。

一计不成，朱庇特又生一计。他说：

> 俄瑞斯忒斯，万物都是我的创造，你看这日月星辰，它们旋转井然有序，从不相互碰撞，这是我根据公平合理的原则调节了它们的运行。你听这群星和谐的声音，这优雅而雄壮的矿物界歌声，它们在天空的各个角落里回荡。由我主宰，万物繁衍不息，海浪伸出柔软的舌头舔着细沙。世界是按照我的意志创造的，它是善良的，而我就是善的代表。在这样一个善无所不在的世界中，你的存在就像刺扎在肉中一样，就像偷猎者闯入禁猎的领主森林一样。

在朱庇特看来，俄瑞斯忒斯坚持自由，就是在他创造的世界中制造不和谐，就是在善的世界中行恶。因此，朱庇特要求俄瑞斯忒斯，回到你的本来面目吧，你需要的是善的支撑。整个宇宙都认为你错了，你应该承认自己的过失，痛恨自己的过去，把自由这根邪恶的刺从自己的身上拔除吧！朱庇特威胁道，如果俄瑞斯忒斯执迷不悟，一意孤行，顽固不化，死不悔改，那么，"你路过之处泉水会枯竭，你走的路上石块和岩石会滚出道外，大地会在你的脚下化成灰烬"。面对威胁，俄瑞斯忒斯代表人类发出了自由的肺腑之言：

> 让大地化成灰烬好了！让岩石怒骂我好了！让我所经之处花草凋谢好了！要归罪于我，搬出你的整个宇宙都不够！你是诸神之王，朱庇特，你是岩石、群星之王，你是大海波涛之王，但你不是人间之王。

在俄瑞斯忒斯看来，朱庇特神通广大，法力无边，但它只是群星岩石之王，不是人间之王，神可以创造物，统治物，唯独人除外。因为人的存在与群星和岩石的存在不同，物的存在是沉默，是充实，人的存在是呐喊，是自由。在俄瑞斯忒斯看来，自由意味着人要反抗一切统治，首先要反抗神的统治，这是谁都无法改变的。在自由面前，统治的权威瓦解了，服从的篱笆拆除了，只要人存在，人就扎根于自由，对人而言，自由就是一切。

朱庇特质问俄瑞斯忒斯，人要求自由做什么，人要求自由的目的是什么？他认为自己无所不能，可以提供一切，当然也可以给人自由。他从俄瑞斯忒斯的话里似乎听到了一点意思：原来俄瑞斯忒斯不愿意服从神，却愿意服从自由，不愿意做朱庇特的奴隶，但可以做自由的奴隶。朱庇特说，"这很像一句道歉的话"。在朱庇特看来，人不能无法无天，不能不受任何约束，人来到世上，总要服从点什么。如果人服从自由，那么我就给人自由，人在我给予的自由中生活，这也是服从神的一种方式。对此，俄瑞斯忒斯回答："我不是主人，也不是奴隶，我就是我的自由。"这是说，在俄瑞斯忒斯眼中，自由不是盲目的外在力量，自由不可能以一种外在的方式获得，想从神那里得到自由，把自由视为神的恩赐，那是与虎谋皮。如果自由能够以外在的方式得到，以高高在上的方式赐予，自由就变成了对人的一种充实力量，它就成为统治的工具。自由扎根于人的内心深处，人们服从自由，就是服从他自己，与神无干，与任何一种外在力量无干。俄瑞斯忒斯说："我命中注定除了我自己的意愿，不接受任何法律的约束。"我宁可处于孤独中，接受流亡和折磨，也不愿意听你发号施令。我是一个人，我是自由的，诸神之王也怕这个自由的人，对他无可奈何！

在俄瑞斯忒斯的铮铮铁骨面前，朱庇特弓折刀尽，计穷力竭，败下阵来，他怏怏地说："总该有人来宣告我的失势，这就是你喽！"朱庇特使尽浑身解数，无法"说服"俄瑞斯忒斯，这场人神大战，以俄瑞斯忒斯的胜利告终。

6. 俄瑞斯忒斯的告别演说

俄瑞斯忒斯在自由的道路上孤军奋战，他要拯救阿尔戈斯人，可阿尔戈斯人对他的行为非但不理解，反而要用碎石砸死他，要把他五马分尸。恰如朱庇特所料，阿尔戈斯人必须活在忏悔中，俄瑞斯忒斯要撬动压在他们身上这块罪孽深重的巨石，遭到了激烈反对。最后一刻，这位悲剧英雄向阿尔戈斯人发表了他的告别演说：

十五年前，阿尔戈斯发生了罪行，由于罪犯没有勇气承担罪行，阿尔戈斯人也没有做声，于是"罪犯承担不起罪恶，就不再是谁的罪恶了，就几乎等于一场偶然的灾祸"。你们欢迎罪犯担任国王，这使罪行如同丧家之犬，轻声呻吟着，在阿尔戈斯城到处游荡。

俄瑞斯忒斯向众人宣布："我犯下的罪行由我自己承担，它正是我活着的目的，我的骄傲。"这是自由人必须要做的事，他无法逃避，也不能逃避。对于他做的这件事，人们既不能责难他，也不能怜悯他，既不能惩罚他，也无须感激他。因为他的复仇既不是出于仇恨，也不是因为觊觎王位，而是出于自由。一个自由人做出的事情无须向任何人忏悔，也不会把责任推给别人。

俄瑞斯忒斯宣布，通过这桩谋杀罪行，鲜血已经把他与阿尔戈斯城联系在一起，他的存在已经与阿尔戈斯人的存在融合在一起。现在，他已经是阿尔戈斯人中的一员了，因此，他完全有资格当阿尔戈斯人的王，但他拒绝这个人世间的王位。之前，埃癸斯托斯坐上王位，与神狼狈为奸，招来成群结队的苍蝇，导致全城人陷入悔恨之中。俄瑞斯忒斯拒绝了神，决定独自承担一切。阿尔戈斯人的悔恨、众人的过错、人们深夜的苦恼和忧虑，还有埃癸斯托斯的罪恶，一切罪孽他准备一人扛着。他豪迈地说：

> 阿尔戈斯人，你们看啊，那些苍蝇离开了你们朝我扑来。我要做的是让阿尔戈斯人摆脱恐惧，不再玩弄忏悔的骗人把戏。从此阿尔戈斯城的一切都是崭新的，一切有待开始。

俄瑞斯忒斯"以一人之身，扛众人之罪"，尽管众神从今往后对他紧追不舍，阿尔戈斯城却得救了。

俄瑞斯忒斯的这段告别演说大气磅礴，荡气回肠，展现了一个悲剧人物的风采，显示了一个存在主义英雄的风范。

六、埃癸斯托斯

埃癸斯托斯的家人遭到阿伽门农父亲阿特柔斯的杀害，他"理所当然"要报仇，同时他也觊觎阿尔戈斯城的王位，他与阿伽门农的妻子克吕泰涅斯特拉勾结，谋害了阿伽门农，并与神串通，在阿尔戈斯城实行愚民统治，犯下了不可饶恕的罪行。

埃癸斯托斯登上王位宝座后不是志满意得，以为目的达到，从此万事无忧，可以安享荣华富贵。实际情形恰相反，他对朱庇特说：十五年来他疲惫空虚，生不如死，他感叹"累死了！"听说还能活二十年，他不是惊喜，而是恐惧之极。他没有因篡位成功倍感幸福，过上宽心舒适的日子，在"功成名就"之后他越来越烦闷无聊，"我疲倦了！"这是他的真心自白。

埃癸斯托斯在阿尔戈斯城实行恐怖统治，久而久之，他对这套愚弄人的无聊把戏厌倦了。他再也没有冲天干劲和无穷动力来玩弄这套鬼把戏，他是一个谋杀者，篡位者，犯下了可怕的罪行，但他不是十足的恶人。他与《哈姆雷特》中的克劳狄斯不同，与麦克白倒有几分相像。正是因为这个人物内心还有善良，才能对多年来的恐怖和欺骗深感厌倦。

在埃癸斯托斯内心深处，认为这些恐怖和仪式已经没有意义，至少他不相信它们了。虽然这些无聊的把戏仍可以恐吓人们，可他不像原来那样真诚地对待它们了。这些精心准备的仪式不过是一些唬人的玩意，把一生都耗费在维持自己都不相信、都厌倦的东西上，这值得吗？他坐上了王位，但并不开心，反而感叹"这是一种苦闷的日子啊！"再费尽心机地在这座苦闷的大厦上添一砖加一瓦，还有什么意义呢？但他已身不由己，没有退路，虽然无聊，他还必须煞有介事地打起精神勉为其难地认真对待它们。早知如此，何必当初？埃癸斯托斯心里确实滋生了深深的悔意。

在阿尔戈斯城，埃癸斯托斯像众人一样，表面上在认真忏悔，他"将全国百姓的忏悔托在空中"，好像承担着全体阿尔戈斯人的责任，但他心里清楚，这只是在演戏，做做样子而已，他根本不相信这一套。他羡慕克吕泰涅斯特拉让"悔恨充实了自己的生活"。她毕竟还在忏悔，她还有痛苦，还可以被痛苦充实，而他对一切都不相信，这个主持全国忏悔仪式大典的人，自己就不相信忏悔，他认为自己生活在空虚中。恐怖和欺骗已经把埃癸斯托斯置于空虚的深渊中，没有任何办法可以挽救他，虽然登上了王位，令万人仰慕，但他认为阿尔戈斯人中没有一个人像他那样"不幸"和"忧伤"。

十五年来不断假戏真做，欺骗已经成为"规则"，这使埃癸斯托斯有时变得"恍惚"，不知不觉假戏真做，甚至在自动化的欺骗中开始相信这套鬼把戏。他对克吕泰涅斯特拉说："早晨举行过忏悔仪式，死鬼已经放出来了。"克吕泰涅斯特拉吃惊地说，老爷，我求求你，哪有什么死鬼啊！"难道你忘了，这套鬼把戏是你自己为老百姓编出来的？"经克吕泰涅斯特拉的提醒，他才如梦初醒。埃癸斯托斯的真假颠倒，这种幻觉的出现，表明统治者在欺骗中迟早会受到"报应"。欺骗者假戏真做，有时会弄假成真，自己也成为被骗者。

在欺骗的游戏中，由于没有真诚可言，这使仪式和"外观"显得格外重要。埃癸斯托斯外表威风凛凛，盛气凌人，令众人将天比地，自惭形秽，但实际上他是一个"空壳"，野兽吞食了他的五脏六腑。他没有任何感觉，与死去的阿伽门农比较，他认为自己"更是个死人"。戏剧开始时，朱庇特的形象是"白着两眼，面带血污"，这一形象是阿尔戈斯人造的。同样，埃癸斯托斯在阿尔戈斯人"心灵的井口"看见了自己的形象，令他目瞪口呆，他更加厌恶自己。

埃癸斯托斯的反省有一定深刻性，他在罪恶面前表现了沉重的无奈，他说："啊！只要我能流下一滴眼泪，就是送掉我的王国，也在所不惜啊！"他被沉重罪恶压迫着，成为罪恶的化身，无法也无力摆脱罪恶。另一方面，意识到自己罪孽深重，表明他已经不是十足的罪人，他已经与罪恶拉开距离，这是他能够反省罪恶的前提。

看到他整日萎靡不振，朱庇特要求他振作起来，坐稳王位。他告诉埃癸斯托斯，我们目标一致，就是进行统治，你统治阿尔戈斯城，神统治世界。神必须统治一切，包括埃癸斯托斯。埃癸斯托斯统治阿尔戈斯城的前提是必须接受神的支配，他只能在神的统治中扮演配角，实际上就是一个傀儡。埃癸斯托斯是神统治世界的牺牲品，他在狂热中犯了罪，十五年来一直被神操纵。他对朱庇特说："您要我怎么样呢？我不是已经付出了相当高的代价了吗？"朱庇特并不满意，回答是"永远不够！"只要承认犯了罪，承认在神面前忏悔才能得救，那就"永世不得翻身"了，因为神的控制没有尽头。朱庇特窃喜：死了一个人（阿伽门农），能让两万阿尔戈斯人陷入悔恨中，这桩买卖太合适了。

"罪人的灵魂是多么令人惬意啊!"神需要罪行的发生,神必须想尽一切办法要求人们承认自己是罪人,当全世界的人都因罪行而忏悔,需要神的拯救,神还不能统治世界吗?

朱庇特提醒埃癸斯托斯:人是自由的,这一点神知道,人却不知道;这是众神和众国王痛苦的秘密。在这一点上,众国王和神的目标是一致的,他们都要在人间进行统治。要建立和维护这种统治,就必须进行欺骗,必须把人是自由的这一存在真相想方设法遮掩起来,达到这一目的的最简便方法就是让人专注于神。如果人的目光时刻仰望神,不断向神祈祷,人就无暇顾及自己。朱庇特说了一句老实话,"只要人们的眼睛盯在我的身上,就会忘了看他们自己。"如果人们忘了自己,无视自己是自由的,他们就必须服从管制,就会自然而然地认为,神是人的存在须臾不可离开的。所谓统治,无论是神的统治还是国王的统治,都必须借助欺骗,最终使人们相信,单靠自身他们是无法存在的,人的存在需要神的指引,人是为了神的目的才存在的。如果人们是自由的,他们还能臣服听话吗?埃癸斯托斯说:"如果人们知道自己是自由的,还不在我的王宫四周放火,把它付之一炬!"所以统治的关键,必须把自由的人设想成不自由的,神常用的方法是:人是有罪的,需要忏悔,需要神的拯救。

埃癸斯托斯登上王位,不仅无法摆脱神的控制,还必须与神联手,对人进行欺骗。欺骗像一座大山,沉重地压在他的心头,他必须日日夜夜背负着它,艰难而无聊地度日。埃癸斯托斯的谋杀篡位没有给他带来荣耀,而是令他日夜煎熬,疲惫不堪。现实越逼迫他玩弄欺骗的鬼把戏,他内心就越发苦闷,他在王位的宝座上度日如年,苟延残喘,他想摆脱这一切,但又无可奈何,这是他的悲剧。

第七章

他人就是地狱——对《禁闭》的分析

一、创作概况

萨特最初的考虑是把剧中人物置于"地下室",一个类似于能避免炮火的地下掩体,后改为"地狱"。萨特原先把戏剧命名为"他人",此剧第一次演出时就叫"他人",源于剧中著名台词,"他人就是地狱"。有人把这出戏冠以"恶圈"(Vicious Circle),戏中人物相互追逐和折磨,被封闭在一个"圈子"中,这与"禁闭"(No Exit)的意思接近:三个亡灵被"禁闭"在"地狱"中,这间地狱有门但没有出口,有门,能够进入,没有出口,所以禁闭。

《禁闭》创作于1943年年底,萨特用两个星期完成了剧本,发表于1944年,同年夏天首演获得成功,被誉为法国现代戏剧经典作品。《禁闭》上演时,巴黎仍在德国法西斯的占领下,检察官曾一度威胁不准该剧上演。具有讽刺意味的是,在德国法西斯已经投降的1946年,英国审查机构取缔了《禁闭》的演出,原因是它涉及同性恋。① 有学者认为,《禁闭》是萨特最好的戏剧之一,它比萨特的其它戏剧更受到关注。②

萨特说:"人们写一篇剧本,总有一些偶然的原因和一般性的考虑。"萨特创作此剧的"偶然原因"是:"我有三个朋友,我要求他们都来演我的戏剧,他们三个中的任何一个都不能占据特殊位置。这就是说,我要在戏剧演出中让他们三人都出现在舞台上,并且始终在场。"③ 萨特对这出戏还提出了其它要求:戏剧应该简单明了,方便搬上舞台,即便在旅行中,也容易演出。《禁闭》的创作基本实现了这些要求,戏中三个人物始终出现在舞台上,被禁

---

① 参见 Robert Bernasconz, *How To Read Sartre*, New York Granta Publication 2007, p. 28.

② *SARTRE'S NO EXIT & THE FLIES NOTES*, U. S. A. Gliffs Notes, Inc. 1989, p. 26.

③ Michel Contat and Michel Rybalka, *Sartre On Theater*, New York Random House, Inc. 1976, p. 198.

闭在同一个"房间"内，大致做到了三人戏份相当。戏剧线索清晰，剧情简单明了，道具简便，地点没有变化，很容易搬上舞台。这部独幕剧生命力旺盛，常演不衰，与这些特点有关。

萨特创作此戏的"一般性考虑"来自其哲学对"他人"的思考。可以这样说，这出戏以艺术的方式形象地表现了萨特哲学对他人的深刻揭示。有学者指出："这出戏的基本观念是，他人是对我们的折磨。但他人又不能掠夺我们的自由，这是萨特存在主义的中心概念。"① "他人"是萨特哲学的重要概念之一，也是萨特文学表现的重要对象。

萨特哲学旗帜鲜明地反对上帝，根本不相信天堂、地狱、忏悔这套说辞，不相信任何超越人类现实的杜撰。《禁闭》中的地狱是艺术构思的需要，是萨特艺术想象力的表现。在基督教的观念中，生前作恶多端，死后就要下地狱。地狱中有各种刑具，专门用来惩罚罪人。《禁闭》中三个亡灵生前折磨别人，死后到了地狱，非但没有觉悟，仍一如既往，继续相互折磨的游戏。其寓意是：人的存在即是折磨，它不会有尽头，甚至死后变成鬼魂，折磨仍将继续下去，戏中的地狱乃是阳世的延伸。

萨特创作《禁闭》时与加缪关系甚好，曾邀请他出演加尔散的角色，并请他担任该剧导演。

二、戏剧情节

故事发生在虚构的"地狱"中，它完全不同于基督教的地狱。

传统地狱是用各种酷刑惩罚罪人的地方，说到地狱，令人毛骨悚然，不寒而栗。萨特塑造的地狱中没有任何拷打的刑具，没有丝毫阴森恐怖的氛围，它不是折磨人身体的处所。其次，这间地狱是一带有"第二帝国时代"特点的"客厅"，里面摆放着三把样式、颜色不同的躺椅。与一般客厅不同的是，它不适宜"居住"，没有牙刷、镜子、窗户、床、书本等，没有任何容易打碎的东西。第三，这间"客厅"的灯始终亮着，不分昼夜，一旦步入其中，永远无法走出。

加尔散第一个来到地狱，生前他是政论文作家，担任一家报纸的编辑。当纳粹大举入侵、法国抵抗运动如火如荼，他却一反潮流，一意孤行地大肆宣扬

---

① *SARTRE'S NO EXIT & THE FLIES NOTES*，U. S. A. Gliffs Notes，Inc. 1989，p. 26.

和平主义主张。他在逃离法国时，在边境上被逮捕，身中十二颗子弹，结束了自己的一生。在抵抗是潮流所向、大势所趋的年代，加尔散逆历史潮流而动，宣扬与纳粹合作，无异于投敌变节。人们为其一生做了总结，视其为"懦夫"和"胆小鬼"。

第二个来到地狱的是伊内丝，她生前在邮局工作，是同性恋者。她对表兄处处挑剔，百般指责，挖空心思，使尽手段笼络表嫂弗洛朗丝，致使她对自己的丈夫心生不满。伊内丝如愿以偿，使弗洛朗丝投入自己的怀抱，她们在城市的另一角租了房间，开始了二人世界的生活。后来弗洛朗丝的丈夫在一次事故中被压死，一天夜里，趁伊内丝不备，她打开了煤气管，两个人都丧了命，伊内丝对外宣称她是因煤气中毒死的。

第三个来到地狱的是艾丝黛尔，她是患肺炎死的。艾丝黛尔父母早亡，她一无所有，艰难度日，还要抚养弟弟。为了生活，她与父亲的一位朋友结了婚，婚后与这位年龄与其父亲相当的男人和和睦睦地生活了六年。这期间，她爱上了一个叫罗歇的小伙子，他跳起探戈舞来像个职业舞蹈家，艾丝黛尔谜上了他。罗歇很穷，他很喜欢艾丝黛尔，想和她生个孩子，可是艾丝黛尔执意不肯，但孩子还是生下来了。为掩人耳目，她去瑞士住了五个月。罗歇很高兴有了女儿，可是艾丝黛尔愁眉不展。一天，她拿了块大石头走上阳台，罗歇苦苦哀求，她还是把石头和小孩一同扔下湖去。回到巴黎，罗歇朝自己脸上开了一枪。艾丝黛尔还有一个情人叫皮埃尔，此刻在地狱中她看到皮埃尔正和自己的女友奥尔加一起去舞厅，不由炉火中烧，醋意大发。艾丝黛尔具有强烈的占有欲，是个色情狂。

加尔散、伊内丝和艾丝黛尔先后来到地狱，他们好奇的是，为什么他们三人会聚在一起？他们彼此没有共同爱好，生前互不相识，也没有共同的朋友，没有任何线索能够把他们联系起来，为什么死后他们会相聚一处？

加尔散的解释是，这是机缘，世人要把死去的人尽量往一个地方塞，他们"碰巧"聚在一起。伊内丝反对这种解释，认为三人聚在一起是"精心安排"好的。艾丝黛尔不赞成伊内丝的"决定论"，她不喜欢别人主宰自己的命运。按理说，三人已从人世的纷扰中消失，他们在地狱中相聚，应息事宁人，相安无事，还有什么要争得不亦乐乎呢？观众看到，三个"活死人"在地狱里一如在世间，仍在一刻不停地相互追逐和折磨。他们生前作恶多端，死后发配地狱，所能做的就是"互诉衷肠"，每一个人都"必须像虫子那样一丝不挂"地把自己展示出来。他们像挤牙膏似地一点一滴地把自己的过去吐露出来，每一个人在处心积虑地遮掩、修饰自己的过去，同时又在想方设法窥探和利用他人。

加尔散关心的是怎样推翻世人给他盖棺论定的"胆小鬼"结论，起初他把希望寄托在艾丝黛尔身上，后来又转向伊内丝，经历了一连串碰壁，最后他不得不陷入绝望中。艾丝黛尔追逐地狱中唯一的男性加尔散，但是她根本不理解加尔散，导致追求失败。伊内丝只对艾丝黛尔感兴趣，嫉恨加尔散，在她看来，如果没有这个男人，艾丝黛尔就会倒向自己的怀抱，她认为加尔散的存在完全是"多余"的。

三人都在对方那里发现期望，都想在对方身上实现自己的愿望。对方的存在确实唤起了期待，但又无情地浇灭了所有希望的火苗。正如伊内丝所说，"我们每个人都是另外两个人的刽子手"。加尔散最终发现，根本不需要硫磺、火刑、烤架，这些折磨人的东西都是多余的，因为，"他人就是地狱!"

三、"他人"的概念

对于萨特，文学从来就是形象的哲学。《禁闭》表现的是萨特哲学对他人的思考，理解这出戏，首先要明白萨特哲学中"他人"概念的特殊含义，这一点至关重要。

通常人们认为，他人就是别人，是另一个人，他人与我面对，在我旁边等。这些理解符合常识，但与萨特哲学界定的他人不完全相同。

每一个人的存在都受到现实的规定，有其现实性。萨特哲学认为，人的存在特征不是他"是什么"，而是他"不是什么"。人"是"什么，仅构成其现实性，"不是什么"才是其超越性。人的存在不能被规定充实，否则就与物无异。因而，面向未来超越，处于自由中，这才是人的特征。

人是现实性与超越性的结合，是这二者的统一，因而人的存在是"是其所不是，不是其所是"[1]。人在"是"什么的同时又"不是"什么，在"不是"什么的时候他才"是"什么。萨特哲学强调，人在"是"什么的同时又超越其"所是"，超越性是人的特征，是自由的保证。没有超越，单有这个"所是"，人与物就无法区别开来。因此，他人不能简单理解为是我旁边的"身体"，他人注视我，不能单纯理解为是他人的"眼睛"注视我的身体，因

---

① 参见萨特著、陈宣良等译：《存在与虚无》，三联书店1987年版，第64页。

为身体和眼睛都是"所是"。他人眼睛注视我的身体，是他人的"所是"关注我的"所是"。萨特哲学强调，他人注视我，是他人作为"是其所不是、不是其所是"这样一个整体注视我，是他人的超越性和自由介入我的存在，即他人的"目光"扫视我。在这一意义上，我的存在不能，也无法拒绝、排除他人，我的存在必须通过他人才能得到揭示。

为了说明与他人的真实关系，萨特举了一个生动例子：

> 我伏在锁眼上向里面偷窥，在这一瞬间，我全神贯注于对象，我只意识到对象而并没有意识到我。突然，听到脚步声，我猛然抬起头。意识到有人在注视，我感受到直接的颤抖，我的脸一下子红了，心狂跳不止，我顿时把自己把握为羞耻。①

我在偷窥中仅仅关注对象，这时根本不会产生羞耻。事实上，若断定周围不会有他人，根本就不用偷窥，我会"大大方方"地看，只要不惊扰对象即可。我之所以要"偷窥"，就是提防他人的出现。他人何时出现，怎样出现，我完全无法把握。

需要注意的是，偷窥不单纯是防备他人的"所是"，"没有人"既是指他人的"所是"，更指他人的"所不是"。如果人的存在就是"所是"，我发现周围没有人（身体），完全可以心安理得地去看。正是因为人的存在不仅仅是由"所是"构成，"所不是"也是人的存在重要方面，所以，尽管周围看不到他人（所是），我仍会小心翼翼，因为那个"所不是"会以各种形式随时出现。

在偷窥的瞬间，猛不防他人出现了，在这一时刻，我会顿时把自己把握为羞耻。这里，"他人出现"不一定是指他人突然现形，站在我身边，用其有力的大手紧紧抓住我。也许我根本没有发现他人的身体，我只是听到了响动，如脚步声、咳嗽声等。或者，我什么也没有听到，我感到周围异常"安静"，这太不正常了，于是停止了偷窥。

一旦感到偷窥被发现（不论事实上是否真的被发现），我会立即把自己把握为羞耻。羞耻不是我的先天品性，不是我一生下来，它就内在地构成了我的本质，成为我的生命的组成部分。从孤立的个人中，永远无法分析出羞耻。萨

---

① 参见萨特著、陈宣良等译：《存在与虚无》，三联书店1987年版，第343页。

特哲学认为，我之所以是羞耻的，前提是他人的存在，是他人的自由介入我的存在，我才产生羞耻。这就是说，我成为羞耻的，不是他人的身体作用于我的身体。他人猛揍我，我感到疼痛，但不会感到羞耻。他人作为自由作用于我的存在，才能把我的自由"凝固"为羞耻。偷窥时，身边有桌子、椅子，这些物件并不会注视我，它们不会使我产生羞耻。相反，我趴在锁眼上偷窥，门和锁眼作为物件，还构成了偷窥的条件。

萨特哲学认为，他人注视我，严格说来，是他人的"目光"扫视我。目光看似无形，但具有强大力量，通过目光的扫射，他人的自由可以在一瞬间对我的自由进行限制，这使我处于危险中。也就是说，他人通过目光可以深入我的存在，构成我的存在的一个"新纬度"。在注视下，我的存在流向他人，被凝固为羞耻。

在萨特哲学中，"他人"不仅指在我旁边这个正在专心致志的读书人，也不是指在遥远的某处与我不相干的人，他人是指注视我的人，是指扫视我的那道"目光"，是指能够深入我的心灵、切入我的存在、对我定义的他人的自由。

在《不惑之年》中，玛赛儿见到丹尼尔，她向他伸出手来，同时用目光死死盯着他。在玛赛儿目光的凝视下，丹尼尔感到自己被摄住了："我钻了进去。我存在于她的血肉之中、在这固执的脑门后面、在这双明眸的深处啊！"这里，玛赛儿的注视不是停留在丹尼尔的表面，而是指目光能够把对象"摄住"，按脑海深处的愿望自由地显现对象。丹尼尔感慨道："要是能够在盲人中生活该多好。"[①] 如果没有扫射我的那道无形目光，他人就难以切入我的存在，无法限制我的自由。每一个人都不希望受到他人的限制，但又无法摆脱他人目光的扫视。实际情形是，不必受任何指引和教导，他人"本能"地就会用目光凝视和"冻结"我的存在。

艾丝黛尔投入加尔散的怀抱，伊内丝无法阻拦，她最后的杀手锏便是："我在看着你们嘿，加尔散，我一眼不眨地看着您嘿，您得在我目光下拥抱她。"果真，在伊内丝注视下，加尔散无法与艾丝黛尔接吻。在《恶心》中，萨特描写了一位洛耶大夫："他用凶猛的眼光望着矮汉子，他的眼光是笔直

---

① 萨特著、丁世中译：《不惑之年》，中国文学出版社/科文（香港）出版有限公司 1998 年版，第 191 页。

的，能够把混乱的事情安排得井井有条。"① 目光有多重作用，对人的自由进行多种限制。

我听到响声，发现没有人，原来是虚惊一场。通常我不再会心安理得、旁若无人地继续伏在锁眼上，因为他人（目光）随时可能出现在我的上下左右，我周围的一切，那扇窗户、那垛草堆、那堆灌木丛，都可能代表眼睛，随时可能化为目光。因此，他人在这时或那时是否出现，是不是看到我，这是或然的。但只要他人存在，其目光就会扫视我，这是必然的。他人作为自由必然会构成我存在的另一极，揭示我的存在，赋予我某个性质（如羞耻），这一点是无可怀疑的。

有学者指出，萨特哲学中，他人折磨我主要是因为，他人通过把我定义为对象从而对我的存在做出限定，剥夺我的自由。譬如，世人把加尔散称为"胆小鬼"，将其用"懦夫"这一概念凝固起来，就剥夺了他做出英雄行为或显现勇气的可能性。世人一劳永逸地用"胆小鬼"把加尔散"套牢"，这令他焦虑不安。

他人根本无视我的意向，既无视我未来行为的意向，也无视我已经施行的行为意向。他人有关我的映像与我本人的判断可能不一致，尽管如此，我却无法排除他人的定见，因为单凭自己无法断定我是什么人，只有他人才能断定我是一个什么样的人。

我如何才能保护自己，免受他人折磨呢？通常逃避他人折磨主要采用四种方式：

一是处于孤独中，或生活在不为人知的角落，保持沉默。二是伪装和掩饰，做假象愚弄他人。三是激发他人对我的爱和友谊，对我的同情和怜悯等，把自己置于被他人喜欢或被爱的状态。四是借助暴力，如独裁者把他人投入监狱，封住人们的嘴，避免听到他不想听到的话。

萨特认为，上述四种关系任何一种得以成立，人们就会发现自己处于地狱中。② 人自以为可以逃脱他人折磨，其实都是自欺。人与他人关系的基调是冲突，不仅仅是外部的肉体搏斗，更是内在心灵的搏杀，是在人的存在层面上发生的自由与反自由的斗争。

---

① 郑永慧译《厌恶》见秦天、玲子编：《萨特文集》第一卷中国检查出版社 1995 年版，第93 页。

② *SARTRE'S NO EXIT & THE FLIES NOTES*，U. S. A. Gliffs Notes，Inc. 1989，p. 20.

在萨特哲学中，他人的存在既是我实现自由的前提，又是妨碍、限制、凝固我自由的障碍，没有他人，我无法存在，但面对他人的目光，我无处逃遁，我的自由会在刹那间被冻结。

四、《禁闭》表现的哲理思想

1. 人的存在必以他人的存在为前提

戏剧生动地表现了人的存在不是孤零零的，人的存在需要他人，以他人的存在为前提，阳世如此，阴间亦然。

"他人，其实就是别人，即不是我自己的那个我。"他人也是一个我，当说到"我"时，已经暗含着他人。表面上看，"我"与他人判然有别，我不是他人，但实际上这个"我"一定包含着他人，包含着"我"之外的每一个人。如果没有他人，"我"还有什么意义呢？没有他人的存在，凭什么要说"我"呢？当说到"我"，目的是要与他人区别开来，因而说我的前提是他人的存在，他人必然蕴含在"我"的概念中，从我的存在中一定能够分析出他人的存在。我的存在蕴含、要求他人的存在，他人的存在是我无法回避的。

在戏剧中，这个问题一开始就提了出来，艾丝黛尔问道：

"为什么，到底为什么我们要凑在一起呢?"[1]

三个素昧平生的人，为什么要聚在一起？为什么人不能单独存在，为什么我的存在必须与他人相伴？我为什么不能是纯粹的我？为什么总要把我与他人联系在一起？我为什么不能撇开他人仅仅过自己的生活呢？艾丝黛尔不经意间提出的问题具有深刻的哲理性，他人的问题首先就是我必须与他人面对的问题，如果在我的存在中可以不与他人面对，或者我与他人面对仅仅是一种巧合，那么，他人的问题实际上就被取消了。

加尔散对这一问题的解释是，地狱管理者要把人尽量往一个地方塞，根据达到的次序，三人"碰巧"在一起。在加尔散看来，三人聚在一起，是外在的偶然原因导致的。"外在"是指要把罪人发配到地狱，这是世人的安排。

---

① 冯汉津、张月楠译：《禁闭》，见《萨特戏剧集》（上）安徽文艺出版社1998年版，以下引文不再注明。

"偶然"是指三人到达的先后，他们碰巧被分在一间"地狱"。

伊内丝不同意这种看法：

> 好一个碰巧，如果我们三人碰巧在一起，那么这些家具也是碰巧
> 在一起喽。那边的椅子是墨绿色的，左边的椅子是波尔多式的，这都
> 是碰巧喽？

这些家具绝不会碰巧在一起，它们是人们有意摆放在一起的。椅子是墨绿色的，款式是波尔多式的，它们是精心挑选和布置的结果，这些整体上呈现"第二帝国时代式样"的家具，绝不是无缘无故碰巧在一起的。实际上"这间房子是为他们精心设计的，按照伊内丝的看法，'人们'是有意安排三人聚在这里的，观众可以期盼不同个性的冲突。事实上，这间房子变得热起来，这对即将发生的事情是一个象征。"①

伊内丝相信她的"一生很有条理，完全有条理，它自然而然就有条理了。"把生活条理化，认为一切都是按部就班，都是规定好的，是伊内丝的信念。她认为，三人凑在一起，"甚至连细微末节"，都是精心安排的，他们相互面对，必有原因。

艾丝黛尔不同意这种"决定论"，反驳道：如果一切都是精心安排的，那您此刻坐在我对面也不是偶然的啦？伊内丝坐在艾斯黛尔对面，这是精心安排的吗？是必然性导致的吗？艾丝黛尔质疑：如果一切都有预谋，我们就处在被操纵和被利用中，要是这样，"我可不答应，我马上会对着干的"。

伊内丝说，"你想对着干，可你根本不知道他们的脑子里打什么主意呢。"你被操纵，你反对这种操纵，可是你根本不知道这种操纵是什么，你怎么反对？伊内丝认为，三人面对必有原因，但这种原因是什么，她无法指出。因而她坦率地说，"我们为什么在一起，我可一点都不知道啊！"

如果把一切都归结为必然性，正如艾丝黛尔所说，人就处于被支配中。如果人受到压力才与他人面对，那么，一旦压力减弱或消失，人就可以逃避或取消与他人的面对。用决定论来解释，必然导致把人与他人的面对视为相对的。

决定论不成立，机缘论也站不住脚。加尔散与这两个女人，而没有与别人聚在一起？这确实有偶然性，是一种碰巧。但是，即使加尔散不面对她们，也

① *SARTRE'S NO EXIT & THE FLIES NOTES*，U. S. A. Gliffs Notes，Inc. 1989，p. 30.

会面对别人，他一定会面对他人，无论在世间还是在地狱，这既不是碰巧，也不是机缘，而是必然，但又不是那种"决定论"。

从现象学观点看，意识就是对于某物的意识，意识不能蜷缩和封闭于自身之内，它一定要超越自身指向物，它才能存在。我的存在必须指向他人、关涉他人，我才能存在。因而我与他人面对，既不是机缘，也不是外在因果性必然，而是意识自身存在的需要。不是某种压力迫使我面向他人，而是我的存在中内在地设定了他人，这使他人在我的存在中如影随形。除非取消我的存在，要排除他人，是无法实现的幻想。

面对他人，当然不仅仅是面向他人的身体。三人聚在一起不单是身体的接触，而是要求介入对方的存在。当我介入对方的存在，要求对方敞开心扉，赤裸裸地呈现其心灵世界，对方也要介入我的存在，也要求我把一切和盘托出。因此，面对他人，要求我与他人都必须"像虫子那样一丝不挂"，要求灵魂的直接袒露。在戏剧中，每一个人都必须"毫无保留"地说出自己的故事，不是受到逼迫，他们不得已才这样做，而是因为要深入对方的存在，每个人就必须讲出自己的故事。

伊内丝后来终于明白了为什么他们要聚在一起：

> 等一等，我明白了，我知道他们为什么把我们搞到一块来。你们会明白这道理多么简单，简单得不能再简单了。这儿没有肉刑，可我们是待在地狱里呀。……总之一句话，这儿缺少一个刽子手……我们当中的每一个人，都是另外两个人的刽子手。

当我用目光扫视他人、对他人做出概括和定性，我就"凝固"了他人的存在。同样，他人也会用目光扫视我，对我的存在做出概括和定性。在这一意义上，恰如伊内丝所说，每一个人都成为别人的"刽子手"。

2. 注视

《禁闭》表现了人的存在是冲突的，冲突在最初接触的刹那间——注视——就开始了。冲突不以人的主观意志为转移，人凭善良意志无法消除冲突。

他人就是注视我的人，需要注意的是，"注视"与通常所说的"看"不同，注视不是让对象自动、现成地浮现于眼前，而是从存在出发去构造和显现对象，令对象从我的存在中"涌现"出来。伊内丝初来乍到，单凭"畏畏缩缩的样子",就把加尔散视为"刽子手"。通过简单一瞥,加尔散瞬间就变成了她眼中的"为他的存在"。加尔散是不是刽子手,这无关紧要,关键是伊内丝从自己的存在出发,可以"自发"地把加尔散"定格"为刽子手。通过注视,她从存在出发打量对象,把对象变成"为他的存在",这一切是在顷刻间完成的。

他人就是注视我的人,通过注视,"我"得到显现,且被"定性"。萨特非常重视对注视的描写,在小说《墙》中,三位游击战士在等待死亡的前夜,法西斯分子派来比利时医生"帮助"他们,医生拿出英国香烟和上等雪茄给伊比埃塔:

> 可是我们都拒绝了。我直盯着他的眼睛,他显得很不自在。
> ……我本来想继续说下去,可是什么事情突然阻止了我,原来我对这个医生到这来忽然不再感兴趣了。要是在平常的日子里,我盯住一个人以后我是不会放松的。现在讲话的欲望离开了我,我耸了耸肩膀,挪开了眼睛。过了一会,我抬起头来,医生带着好奇的神情正打量我。
> ……可是我觉得他(医生)在注视我,我抬起头来也注视着他。
> ……他(医生)依然注视着我,眼光冷酷无情。①

这里反复出现了伊比埃塔与比利时医生相互注视的场面,它们在萨特笔下有重要的哲学内涵,决不是漫不经心地随手写来,不是简单的"写实"。

注视是人物之间的最初较量,它揭开了冲突的序幕。通过注视,我的目光扫视他人,我的自由定义他人。同样,他人在对我注视的瞬间,也对我的存在进行限制。由此可以理解,为什么伊比埃塔盯着比利时医生,他会感到"很不自在",因为在目光逼视下比利时医生失去了"控制权",受到了威胁。不是他的人身(所是)受到威胁,医生清楚地知道,他的身体不会受到任何威胁。他感到不安,是从伊比埃塔的目光中发现敌意,他的存在(所不是)受到威胁。伊比埃塔说,"要是在平常,我盯住一个人是不会放松的",这不仅表露了他的性格,也透露了其"斗争哲学"。

我可以在肉体上折磨他人,但只要他人在羞辱中抬眼"盯"你一下,就表明这个世界仍不属于你。摧残人的身体,只能折磨其"所是",而对其"所

---

① 郑永慧译:《墙》,见秦天、玲子编:《萨特文集》,中国检察出版社1995年版。

不是"未有丝毫触动，这个"所不是"是用任何手段都无法侵占的世界。存在主义强调人是自由的，表现在不论使用什么手段，都无法将"所不是"（自由）还原为某个本质（所是），就是使尽浑身解数，人也无法消除他人存在的超越性。因此，人永远不可能占据他人的视点，无法做到像他人那样看待我。不论怎样努力，他人始终是我不可企及的对象。他人怎么看我，对我始终是个谜。他人如何对我定位，我永远猜不透、吃不准。这不是因为我经验少，对他人还不了解，而是他人是自由的，决定了其注视永远超越我的把握。

人们可以顺应、利用他人的自由，但不能抹杀、消除和占据他人的自由。我们可以控制他人的身体，将其关在牢里，绑在凳子上，但以这种方式无论如何不能控制他人的意识。如果设定意识是"物"，不管它多么特殊，都能够限制它、控制它。但若认定意识是虚无，就没有任何办法去掌控它。伊内丝称加尔散为刽子手，称其为"胆小鬼"，令他怒不可遏，但他却无还手之力。伊内丝说，"你看我多么虚弱，我只不过是一口气罢了，我只不过是盯着你的一道目光。"但就是这道目光，它深入加尔散的骨髓，能够对其一生做出断定。加尔散虽然一百个不愿意，却无法反抗，他虽不愿乖乖就范，但无可奈何！面对伊内丝的张牙舞爪，他恨得牙痒痒，他张开双手，逼近伊内丝，这双有力的大手可以紧紧抓住伊内丝的身体，把她撕个稀巴烂，但抓不住伊内丝的那道目光，"用手是抓不住思想的"，伊内丝用这道无形的目光牢牢掌控加尔散，令其无处遁形。

在注视的第一瞥中，冲突已经开始了。加尔散不喜欢别人把他称为刽子手，他可以向伊内丝解释他不是刽子手，可以寻求各种证据证明自己不是刽子手，但他没有任何方法阻碍、拒绝、取消别人称他为刽子手。

人意识到冲突，厌恶没完没了的冲突，他向对方释放善意，缓和或者化解冲突，这能奏效吗？加尔散向伊内丝提议，大家相聚在一起，应和谐相处，彼此自我约束。他率先垂范："我不说话，又很少动弹，我也不大声嚷嚷。"他认为彬彬有礼是人际间防止冲突的最好防线。可伊内丝偏不买账："我可不讲什么礼貌！"面对她的咄咄逼人，加尔散不仅耐心，且十分"友好"："那我自己讲礼貌，也替你讲礼貌。"俗话说，一个巴掌拍不响，如果加尔散尊重伊内丝，迁就她、讨好她、处处忍让和克制自己，冲突能否避免呢？

别人打我一拳，我可以克制自己，虽不能保证别人不再动手，但我可以保证做到打不还手，骂不还口。以这种方式避免的只是外部冲突，只是冲突的某种外在表现形式而已。《禁闭》所表现的冲突扎根于人的存在，根源于不同个体存在的独特性。在这一层面上，冲突永远存在，不能以任何方式消除。避免

215

冲突只是加尔散的一厢情愿，即便他沉默不语，蜷缩在椅子上，对任何人秋毫无犯，伊内丝对他仍大为不满：

> "瞧你的嘴巴，您就不能让你的嘴巴不动吗？它在你鼻子下面动呀动呀，像个陀螺。"

只要加尔散是个活物，显露出一丝存在的独特性，就可能被挑剔，被视为冒犯。换言之，只要加尔散不是伊内丝，他与伊内丝的存在保持差异，伊内丝就始终保持对他提出苛求的可能性。人之间的冲突不是主观上通过讲究礼节就可消除的，礼节充其量只是一种外在的调节手段，它能最大限度地约束、控制人的外部行动，但无法消除根源于人的存在导致的差异，无法消除自由带来的冲突。

以为一个巴掌拍不响，只要一方努力克制，冲突就可缓解或避免，这是自欺。在第五场，加尔散仍坚持息事宁人、相安无事的立场，他要求大家不要争吵，提议"我们去安安静静地坐着吧，闭上眼睛，每个人都尽量忘掉别人的存在"。伊内丝对这种"幼稚和天真"进行了犀利反驳：

> 忘掉！多么天真！我浑身都能感您的存在，您的沉默在我耳边嘶叫，您可以封上嘴巴，您可以割掉舌头，但您能排除自己的存在吗？您能够停止自己的思想吗？我听得见您的思想，它像闹钟一样嘀嗒嘀嗒在响，我也知道您听得见我的思想。您蜷缩在椅子上有什么用，您无处不在……您麻木不仁地坐在那里，像个菩萨似地在冥想，我闭着眼睛，就能感到她在向您倾吐她生命的全部款曲，甚至她裙子摩擦声也是献给您的……

这段话非常生动地揭示了存在主义的一个重要思想：两个独特存在不可避免地会产生冲突，这种冲突是存在的原初场景，决不可能用人为的手段加以掩盖和消除。人的存在是独特的，独特导致差异，差异就是冲突，冲突是人的存在的主基调。伊内丝下面的一段话对萨特存在主义的这一思想做了非常生动的诠释：

> 我活着就需要别人受痛苦，我是一把火，是烧在别人心里的一把火。当我孤单时，我便熄灭了。

我活着是一把火，这把火要烧在别人心里。它必须烧在别人心里我才存在，如果我是孤单的，这把火便熄灭了，我便无法存在。我的存在需要别人，而我需要别人不是照亮别人，给别人温暖，而是要折磨他。如果我的存在与他人完全一致，我怎么可能是烧在别人心里的一把火呢？我折磨他人，不是我的主观意愿，不是一时的心血来潮，冲动中的算计，而是源于我与他人的存在始终保持差异，源于人的存在是自由的。因此，人之间的关系就是冲突的关系，我的存在需要他人，没有他人我就不能存在，但我需要他人不是为了与其和谐相处，而是成为他的"刽子手"。冲突是人的存在无法逃避的命运，因此，我对于别人是地狱，他人对我同样也是地狱。

3. 通过他人才能揭示我的存在

萨特哲学主张自我选择和行动，把自己造就成希望成为的那种人。但是，我是否是我希望的那种人，不是由我说了算，而是由他人确定的。这就是说，对我的证实和评价不是掌握在我自己手里，而是掌握在他人手里，我只能通过他人才能揭示自身的存在。

如果我是什么人可以由我说了算，意味着在我的存在中可以不需要他人，意味着他人对我的存在没有任何制约，意味着自由完全是我的主观性表现。事实上，尽管我可以在主观上否定他人的制约，不承认他人对我的盖棺论定，但在实际存在中，我无法逃避他人的目光，无法逃避他人对我的定性。我可以反对别人对我的评价，然而单是我自己的反对远远不够，它根本没有效力。世人把加尔散定义为胆小鬼，加尔散孤立地、默默地反对，这种反对没有意义。他的反对要么得到世人的认可（这不可能，因为他已经死了），要么得到地狱中两个同伴的认可。不求得他人认同的反对是无效的，严格说来，这种孤立的行为根本不构成反对。

他人如何看我、如何定义我从不与我沟通商量，从不考虑我的感受，他人往往把我变成我不愿意、不想成为的对象。"刽子手"的判断完全出乎加尔散的预料，与他对自己的期许相去甚远。伊内丝做出"刽子手"的判定是"自发"的，她无需与加尔散"讨价还价"，也完全不考虑、不尊重他的意愿和感受。在照面的刹那间，通过简单的一瞥已经把加尔散融进"刽子手"的本质中，将其盖棺定论，可加尔散认为自己"是一个还没有讲完的故事"。

加尔散坚持和平主义立场，在抵抗运动高涨的年代，这种行为必惹众怒。但不识时务的他异常固执，坚持自己的主张毫不退缩。眼见在法国难以立足，他打算跑到国外，继续宣传和平主义理念，没想到在边界上被捕，身中多枪，一命呜呼。世人不由分说将其一生用胆小鬼的本质凝定起来，从此人们以"胆小鬼"来称呼他。加尔散说：

> 他们（指世人）虽然会死去，但别的人会接替他们，我的一生已捏在他们手里了。他们根本不理会我就作了结论，他们是对的，因为我已经死了。

加尔散生前羞辱妻子，道德上有严重缺陷，政治判断有严重失误，按世俗看法，这样的人被枪毙，乃罪有应得。萨特塑造的这一形象有些"特别"，尽管加尔散恶行昭彰，可作为"活死人"，自由之火在他身上并未熄灭。

当德国法西斯大举入侵，法国人奋起抗争，加尔散却"独辟蹊径"，选择了和平主义道路。和平主义是其信念，为坚持这一信念，他不惜"以身殉道"。从抵抗运动角度看，他选择了做懦夫，变成了世人眼中的胆小鬼，但加尔散却不这样看，对世人的评价非常不服气，他质疑道，一个人毅然决然违背了大多数人的意志，选择了一条非常危险的道路，这是胆小鬼吗？一个敢冒风险、选择最危险道路的人是懦夫吗？加尔散生前坚持和平主义需要很大的勇气，他顶住了巨大压力，地狱中的他已经死了，世人对其一生已经盖棺论定，对此他回天无力，但并未"束手就擒"。观众看到，他不是听天由命、在世人的判决面前"坐以待毙"。地狱中的他使尽浑身解数要把"胆小鬼"的帽子摘掉，表明他仍是自由的。从传统观点看，很难把这种道德上有严重污点、政治上有重大失误的人视为自由的，但按存在主义自由观衡量，其所作所为仍然体现着自由。在地狱中，作为"活死人"的加尔散愤愤不平，他固执地为自己辩护：即便他的"逃跑"行为是胆小鬼，难道可以用人的一个行动来概括和判定他的一生吗？加尔散想做一个"硬汉子"，没想到却被世人定义为"懦夫"，他耿耿于怀，有一肚子冤屈，一有机会，他就要挣脱世人对他的判定。在地狱中，他对生前的选择没有一丝悔过，相反，摘掉胆小鬼的帽子、逃脱本质化的规定，成为他存在的理由。他一会闭目思考，想把自己的一生整理出个头绪来。一会努力倾听人世间的谈话，非常关注世人对他的评论。他希望艾丝黛尔能够证实他不是胆小鬼，艾丝黛尔使其希望落空，他立即转向伊内丝，希望伊内丝能够挽救他。加尔散相信，只要有一个人能够理解他，帮助他，证实他不是胆小鬼，他就可以得救。可惜的是，世人对他的判定已无法改变，地狱中两个女人也不能帮助他摘去胆小鬼的帽子。加尔散一筹莫展，即便如此，他仍然不知疲倦地努力着、挣扎着……

4. "镜子"的作用和意义

人的存在必须面向他人，这一思想在有关镜子的戏中得到生动表现。

人为什么要照镜子？如果人的存在只关涉自己，还需要照镜子吗？人们照镜子是为了在人世间出场，是为了在他人面前展示自己。镜子的存在首先意味着他人的存在，镜子只是一个中介，通过它，人要过渡到面向他人的活动上来。

通过镜子，我不仅看到自己（所是），还证实、确立、欣赏自己（所不是）。并且我照镜子时有一个默然的设定：我把镜子当作人世间的缩影，我在镜子中看到我，犹如在人世间他人看到我一样。我不仅对自己感到满意，还进一步希望或设定他人对我感到满意，甚至我直接把镜子中对我的满意与人世间他人对我的满意等同起来。

镜子之所以与人的存在须臾不可分离，根本原因是他人是我的存在的前提。理解了这一道理，就能够明白为什么艾丝黛尔会说出下面一段话：

> 要让我一个人待着，至少给我一面镜子……当我不照镜子时，我摸自己也没有用，我怀疑自己是否真的存在。当我讲话时，我总设法在一面镜子中看见自己，我一边说话，同时看到自己说话，就像别人看见我一样。我看见了我自己，这样我的头脑就很清醒。
>
> 加尔散说：要是能够照一下镜子，我什么都舍得拿出来。

即使一个人待着，我也不是孤零零的存在，因为身边还有一面镜子。我要确立自己存在，就需要他人的存在，如果没有他人，作为替代，就需要一面镜子。我在镜子中看见自己，就意味着我在他人面前证实自己。我不能靠自己来证实自己，我可以抓住自己身体的某个部位，但我不能用这种方式证实自己的存在。存在的概念内在地蕴含着他人，只有通过他人，我的存在才能被揭示出来。

在镜子中，我不仅看到我，实际上假定他人看到了我。如果排除了他人，我关注自己就是一个没有意义的问题。假如世界上就是我一个人，或者我把自己完全封闭起来，在这种情形下，我的举动有什么错误和美丑可言呢？离开了他人，照镜子就失去了意义。在《恶心》中，洛根丁孤独一人，他在镜子中看到自己变成了一块"没有人类的大自然"。脱离了他人，在镜子中就只能看到纯粹的身体（所是），镜子的存在就成为多余的。

在《禁闭》中，萨特设计的地狱里恰恰没有镜子，"他们把所有可以当作镜子的东西都拿走了"。萨特之所以要在地狱中取消镜子，目的就是要使三人直接面对。地狱里之所以要让灯永远亮着，始终如同白昼，一改传统地狱的阴森恐怖，目的就是为了让人物可以直面相对。有些艺术团体的演出，一开场灯光黑暗，伴随着诡异的音响，人影幢幢，制造出阴森恐怖的气氛。营造这种表演效果，反映出演出者仍然停留在传统地狱的模式上，没有理解萨特塑造这一特殊地狱的真正意义。

艾丝黛尔涂口红需要镜子，伊内丝主动提出当她的镜子，她诱惑地说："你在我的眼底里想照见自己什么形象，你就会看见自己什么形象。"艾丝黛尔意识到人与镜子毕竟不同，她不无忧虑地问伊内丝："您有审美力吗？您的审美力和我一样吗？"伊内丝当然不是一面镜子，她也不会无缘无故地为艾丝黛尔当镜子，她提出当镜子是有条件的，她要艾丝黛尔用"你"来称呼她，她要与艾丝黛尔发展一种她迫切需要的亲密关系。如果艾丝黛尔不答应她，这面"镜子"还能做出"忠实"的反映？退一步说，即便伊内丝无条件地充当艾丝黛尔的镜子，通过她的眼睛呈现出来的艾丝黛尔已经扎根于伊内丝的存在，这一形象已经变成"为他的对象"，它显示的是伊内丝的自由。伊内丝主动提出当艾丝黛尔的镜子，表面上是要帮助艾丝黛尔，实质上是对她的"奴役"。

5. 人物关系的设计

在与他人的关系中，或者我注视他人，或者他人注视我。每一种我与他人的关系都无法使我的自由和他人的自由同时实现。他人有自由，就意味着我的自由受到限制。我有自由，就意味着他人自由受到禁锢。我想尊重他人，又想尊重自己，我在实现我的自由时又实现他人的自由，这是无法实现的"奢望"。《禁闭》中人物关系的设计充分体现了萨特哲学的这一思想。

加尔散希望人世间改变对他的判定是不可能了，他寄希望于地狱中的两个同伴。起初他把希望寄托在艾丝黛尔身上，但艾丝黛尔不理解他，抱怨他的思想"太复杂"，认为是不是胆小鬼无所谓，只要他们拥抱得甜甜蜜蜜就行。她声明，即便大家都认为加尔散是胆小鬼，她也爱加尔散。在她眼中，真正男子汉的标志是粗糙的皮肤、刚劲的双手。艾丝黛尔所理解是身体之爱，她对加尔散说："我的嘴巴、手臂、整个身子不都给了你吗？这一切不都很简单吗？"她判断加尔散不是胆小鬼，是因为他没有胆小鬼的头发、嘴巴、声音等，这使加尔散再也无法忍受，叫她滚。

加尔散说："我不愿意在你（艾丝黛尔）的目光下过日子，你黏糊糊的，你是一条章鱼，你是一片沼泽。"这里"黏糊糊""沼泽"等是萨特用来形容自在存在的惯用术语。世人把加尔散视为胆小鬼，艾丝黛尔将其视为"身体"，等同于"物"，这是因为艾丝黛尔本身就处于"物"的层面上。难怪加尔散对艾丝黛尔的评论是："艾丝黛尔呢？她这人等于没有。"

伊内丝是个明白人，她清楚加尔散的需要。加尔散也认为伊内丝与他是同一类型的人，认为只要伊内丝相信他，他就能得救。但伊内丝是个同性恋者，她狂热追求艾丝黛尔，而艾丝黛尔钟情于加尔散，这令伊内丝恨加尔散。如果没有加尔散，艾丝黛尔就会倒向她的怀抱，所以在她眼中，加尔散这个男人完全是"多余"的。

伊内丝指出，加尔散一生已经完结，已经注定，"木已成舟，应该结账了"。"胆小鬼"这个结论不仅是世人的评价，也是她的看法。她对加尔散说："你是胆小鬼，胆小鬼，加尔散，你听好了，我要这样叫你！"对此加尔散半筹不纳，只好认定自己被伊内丝"抓在手心里了"。

艾丝黛尔追求加尔散，遭到加尔散的拒绝，伊内丝追求艾丝黛尔，遭到艾丝黛尔的拒绝。加尔散先寄望于艾丝黛尔，后乞助于伊内丝，他在艾丝黛尔那里求助无门，在伊内丝那里又碰了壁。三人都希望在对方身上实现自己的愿望，对方的存在激起了愿望，但不是促成愿望的实现，而是设置重重障碍。每个人在对方那里发现期待，又在对方那里碰壁。我要求对方满足我而我却不能或拒绝满足对方，这样的结果是谁都不能得到满足，但每个人都得到伤害。人相互之间有需要，最终带来的只是相互折磨，人与人是"地狱"的关系。

五、"他人就是地狱"

"他人就是地狱"是《禁闭》最为流行的台词，它非常生动地概括了萨特存在主义哲学对人与他人关系的看法。

当这出戏上演时，萨特对这句经典台词未做解释，经过了将近二十年，1965 年他做出了自己的解释：

> 我在这出戏中要表达的就是"地狱就是他人"。但是"地狱就是他人"一直受到误解。人们总是认为我要表达的是，我们与他人的关系总是被毒化，事实上就是地狱的关系。但是我要说，我的真正意思完全不是这样。我的意思是，如果与他人的关系被扭曲、受到损害，那么他人才是地狱。如果我（与他人）的关系是坏的，我把自

已置于对他人的完全依赖中，如此一来，我确实处于地狱中。现实中有大量人处于地狱中的情形，这是因为人们太依赖于他人的判断。但这完全不意味着人不能与他人建立关系。①

作者解释作品，特别是像萨特这样大名鼎鼎的作家对自己作品的解释，当然会让人们格外重视。但是，众所周知，任何人都不能垄断对作品的解释，即便是闻名遐迩的萨特也不例外，何况他的解释发生在近二十年之后，这期间现实发生了翻天覆地的变化，萨特本人也发生了引人注目的变化！按照萨特的解释，人与他人的关系若被毒化，他人才是地狱。人与他人的关系若未被毒化，他人就不是地狱，或者说，人之间完全可能建立其它关系，甚至是"天堂"的关系。萨特六十年代的看法也许如此，但这种解释显然与《禁闭》的表现不一致。萨特后来埋怨世人误解了他的意思，其实他的解释不仅没有澄清误解，反而造成了混淆。确实，把他人视为"地狱"、认为人之间是一种对立冲突的关系，这是很"极端"的看法，但《禁闭》不是生动地表现了这种关系吗？《存在与虚无》中有关他人的论述揭示的不就是这种关系吗？对"他人就是地狱"的理解，应依据剧本的实际表现，依据那个时代萨特的思想状况来解释，不能简单地照搬和套用萨特后来的解释。②

---

①　Michel Contat and Michel Rybalka, *Sartre On Theater*, New York Random House, Inc. 1976, pp. 199~200.

②　按法国学者吕西安·戈德曼的看法：萨特《存在与虚无》出版于1943年，这一年年末，他创作了剧本《禁闭》，发表于1944年。戈德曼指出，《存在与虚无》与1945年根据演讲而整理的著名文章《存在主义是人道主义》之间有一个重要分别：在前者，萨特坚持笛卡尔的非道德主义立场，强调自由选择和行动。然而自由选择成为受害者与成为刽子手，这是很不相同的，《存在与虚无》对这两种选择没有做出任何有区别的反对。萨特唯一提到的价值就是自律，但又明确指出，无法从本体论的陈述中推导出基本的道德戒律。在《存在与虚无》中，萨特坚持的是个体主义立场，他用个体来对抗社会，对抗世界，在他那里，个体与整体还是分离的。经历了二次大战、法国战败和抵抗运动等一系列重要历史事件，萨特不得不修正他的理论，开始关注康德、黑格尔和马克思，具体表现就是部分地用康德的道德主义取代笛卡尔的非道德主义。之前萨特由于坚持个体主义的立场，他倡导的自由在个体之间发生严重的对立和冲突，人与他人之间的关系主要是冲突关系。但到1945年，他的思想发生了变化，存在主义成为人道主义的一种形式，这时萨特讲自由就不再是个体绝对的自由，而是认为个体追求自由应该顾及他人的自由，个体为自己追求自由，也应为他人追求自由。换言之，到了这个时候，萨特讲的自由与通常的道德判断有了联系。（参见 Lucien Goldmann: The Theatre of Sartre, The Drama Review: TDR, Vol. 15, No. 1（Autumn, 1970）, pp. 103~106.）

《禁闭》创作于1943年底，与《存在与虚无》大致同期，其反映的观念主要来自《存在与虚无》，这也符合戏剧的表现。萨特抱怨人们没有准确理解"他人就是地狱"的意思，强调人们之间的关系弄糟了，他人才是地狱。这种解释与《存在与虚无》明显不一致，也与戏剧的表现有距离。笔者认为，不能把萨特后来的解释简单地套用到先前的作品上，应以作品的实际表现为依据，做出实事求是的分析。

"他人就是地狱"揭示了重要的哲理思想：

所谓地狱，是一个无法自由选择、无法反抗他人限制、遭受折磨的境遇。他人就是地狱，不是指他人会用残酷手段虐待我的身体，而是指无法抗拒他人对我的自由限制，无法摆脱他人对我本质化的威胁，导致我的存在陷入无穷无尽的烦恼中。

首先，"他人就是地狱"意味着人们之间的关系是冲突的，这种冲突具有必然性。只要人的存在是独特的，只要人追求自由，冲突就难以避免。人类社会常常反对冲突，追求和谐，这恰好说明人类社会本来就充满冲突，和谐是建立在冲突上的。正是因为有冲突，所以才需要和谐，和谐是冲突的结果。没有冲突，何来和谐？和谐常常是一个目标、一个理想、一个追求，冲突才是现实，是真实的过程。人们往往责怪冲突，认为冲突破坏了和谐，其实只有冲突才能导向和谐。在《禁闭》中，冲突成为存在最真实、最"原初"的场景。为什么冲突是存在的"原初"场景？因为人的存在是独特的，它扎根于自由，每一个独特的存在要实现自己的自由，必然会与他人发生冲突。萨特让主张"和谐"的加尔散最后说出"他人就是地狱"，这是意味深长的。加尔散倡导在人际间讲究礼节，互相尊重，他认为这是消除冲突的最好防线。在他看来，通过文化和教养，可以减少、防止乃至消灭冲突。他最终意识到，"所有的努力都白费了"，人际间的冲突是不可消除的。只要人有追求，人要实现自己的自由，就会与他人发生冲突。只要人存在，就会产生冲突。取消冲突，实际上就取消了人的存在。

其次，"他人就是地狱"告诉人们，冲突具有永恒性，它覆盖了整个人生，甚至延续到了"地狱"。

人们往往认为：冲突是野蛮社会的场景，当停留在不文明的粗野状态，解决问题常用冲突和暴力的方式。当人类不断进化，发展到文明阶段，终于认识到，冲突不再是解决问题的必要和唯一手段。既然用其它手段可以解决问题，为什么一定要拼个你死我活、两败俱伤呢？在这种观点看来，冲突是人类原始阶段的产物，到了文明阶段，应该摒弃冲突，采用忍让、妥协、相互尊重的方式解决争端。

这种观点是严重的误导，综观人类历史，冲突的形式会有变化，会披上不同时代的文明外衣，但冲突本身一刻也不会消失。《禁闭》启示人们，冲突是人类社会存在的根基，它不是哪一个社会、哪一个时代的特征，即使在人类憧憬的未来理想社会，也会有冲突，冲突持续和贯穿于人类社会的整个过程。只要有人类存在，就有冲突存在，甚至在"活死人"的地狱里也充满了冲突。在人类存在的任何时刻，在人与世界发生的任何关系中，冲突是最强音，是主基调，任何无视或掩盖冲突的做法都是自欺。

这里所说的冲突不仅是指暴力的军事斗争，也不仅指政治、经济和道德力量的博弈，它更主要是指由存在的差异而导致的人们心灵之间难以沟通，这种折磨比肉体的摧残更令人煎熬。加尔散在地狱中与"难分难舍"的两个女人相处，他没有遭受任何暴力侵害，仅仅面对她们就令他无法容忍。他拼命打门，要逃出地狱。他宁愿承受一切处罚，什么夹腿棍、钳子、熔铅、夹子、绞具，所有的火刑，所有撕裂人的酷刑，他都愿意承受。他宁可被鞭子抽，遍体鳞伤，被硫磺浇，浑身被灼，"也不愿意使脑袋受折磨"。身体的疼痛加尔散可以承受，但"脑袋的折磨"令他无法忍受。

《禁闭》表现的主要不是政治、道德、宗教、意识形态的冲突，三个人物的纠缠主要不是反映政治、经济、道德的矛盾，而是由独特的存在引发的无数"纠纷"。譬如，艾丝黛尔走进地狱，发现躺椅式样难看，摆放别扭，颜色与衣服也不相衬，就认为这"简直可怕"。加尔散走进地狱也对环境有一番评论："这房间总是摆着不合我胃口的家具，我是生活在一个虚假的环境里。"萨特塑造的人物常常表现出这样的特点：他们从自己的存在出发去评论和要求环境，他们要把环境变成"为我的"，环境应符合其趣味，这使人物一出场，立刻引发冲突。

与一般文学形象相比，萨特塑造的人物特别"敏感"，非常"挑剔"。通常在人们眼中是微不足道的小事，在存在主义人物那里却看得格外重要。加尔散因为热想脱外套，就遭到艾丝黛尔的坚决反对："我讨厌不穿外套、光穿衬衫的男人。"加尔散默默地孤坐一旁，没有招惹任何人，仅仅因为动了几下嘴唇，就引起了伊内丝强烈不满。无休止的挑剔似乎已成为存在主义的人物本性，这使冲突无孔不入，渗透在生活的方方面面。习惯于文学表现政治和道德等重大题材的读者，常会感到存在主义文学关注的生活太琐碎，塑造的人物有些"神经质"，认为其艺术表现显得乏味，甚至近乎无聊，作者过于关注那些"无意义"的东西。其实，对"琐碎"和"无聊"的关注和描绘已成为存在主义表现的"惯例"，它恰恰是存在主义文学表现的独到之处。

关注生活"琐碎"的点点滴滴，对存在主义文学具有重大意义，它与存在主义强调个体价值、个体存在的独特性密切相关。存在主义质疑个体价值能够在政治、道德、政党等"大概念"中得到体现，坚持认为个体生活的无数细节更能彰显存在的意义。从政治、道德等方面对人判断，常常把人划分为不同社会、不同阶级，不同信仰、不同团体等，在一个个原则的支配下，最终使个体淹没于集体中，淹没于本质中。只有在生活细节上强调差别，才能凸显个人存在的独特性。存在主义强调个人存在的独特价值，往往倾向于把个体与社会对立起来，个体不是疏远社会，而是蔑视社会，个体离不开社会，但又不甘融入社会。早期萨特不关注政治，其创作远离社会重大题材，但不远离社会。于是，关注个人生活中枝枝节节的"琐碎小事"成为存在主义的题中应有之意。二次大战时，萨特驻守前线，他给波伏娃的信中涉及哲学和文学，也有许多"家长里短"。譬如，他告诉波伏娃，他即将轮休，准备从前线回到巴黎，他与母亲通信，在"一个鸡毛蒜皮的细节上争执不休"。母亲问他，你回到巴黎"是在家里换衣服还是在别处"？她打算给他买一条长裤，可萨特坚持穿自己那套漂亮的运动装。为了这些不起眼的小事，萨特说："我们的谈判相当激烈。"① 关注"小事"是存在主义的趣味所在，即便是在炮声隆隆的战争前线，萨特的兴趣还是停留在个人的事情上，他花费了许多精力构思有关虚无的哲学理论，同时写他的小说。不能说萨特对眼前的战争熟视无睹，但他对海德格尔等人的思想更有兴趣，这一点无疑是真实的。

第三，"他人就是地狱"告诉人们，冲突发生在人们相互关系的一系列环节上，它在人们接触的第一瞥——注视——中就已经开始了。通常人们认为，冲突有一个酝酿和发展过程，它不会无缘无故地突然爆发，人们之间不可能一照面就产生冲突。任何冲突，都可以追根溯源，它有一个缘由，会经历一个发展过程，最后矛盾激化，冲突才会爆发，冲突是矛盾激化的结果。按照这种理解，人们初次见面，可能有分歧，但还没有形成对立，矛盾还未激化，不会或难以产生冲突。

传统理解把冲突视为差异发展到对立后产生的，差异本身不是冲突，差异可能导致冲突，也可能不导向冲突，它就只是差异而已。但萨特哲学认为，冲突在向对方投去的第一瞥中已经开始了，它把差异本身界定为冲突。人的存在是独特的，这种独特性就是差异，存在就是差异，差异就构成矛盾，其本身就是冲突。在戏剧中，一个细微的差异就是冲突。加尔散蜷缩在椅子上动了一下嘴唇，显示出存在的差异，从传统观点看，这种差异对任何人都没有冒犯和威胁，根本不构成冲突，但伊内丝对此不依不饶，纠缠不休。萨特把冲突奠基在

---

① 参见萨特著、沈志明等译：《寄语海狸》，人民文学出版社 2005 年版，第 367 页。

差异上，差异无处不在、无时不在，冲突就无所不在。

作为哲理剧，《禁闭》揭示的不是哪一个社会的特殊矛盾，也不是哪一个人群的特定禀赋，它是人世间的普遍真实场景，贯穿于整个人类社会，是人类的命运，用任何方法都无法消除、遮掩人的存在这一原初场景。

人的存在无法逃避自由，决定了人的存在必然是无穷尽、无休止的冲突。但必须看到，戏剧揭示只是人类真实场景的一面，其实它已经蕴含、指向了人类真实场景的另一面：正是因为冲突具有必然性、永恒性和残酷性，人们之间的理解、沟通、默契和真情才更为可贵，它为人追求和谐，为冲破"地狱"的禁闭，跳出"恶圈"的封闭奠定了基础。

第八章

选择与自由——对《死无葬身之地》分析

一、创作概况

《死无葬身之地》创作于 1945 年，取材于二次大战法国抵抗运动。1946 年 11 月 8 日在巴黎安瑞剧场首演，这是二次大战后萨特上演的第一个剧本。这出戏有译为《胜利者》（Victors），也有译为《无影者》（Men Without Shadows）。

萨特以法国抵抗运动游击战士作为戏剧人物，原因之一是二战刚刚结束不久，抵抗战士就受到冷遇，被逐渐忘却。他创作此剧的动机之一，就是要唤醒人们的良知，希望法国人，尤其是年轻一代，牢记抵抗战士为法国最终战胜德国法西斯做出的不朽贡献。

这出戏也是对现实的积极回应。二战中，面对德国法西斯侵略，法国人奋起反抗，他们遭到了残酷镇压。许多反抗者被捕，面临的第一个考验就是酷刑折磨。在萨特看来，新时代对法国人提出了严肃问题：只要参加抵抗运动，就可能被捕，一旦被捕，就面临酷刑折磨。对上一辈法国人还不会提出这样的问题，因为情况毕竟不同，现在德国法西斯已经击溃了法国几十万大军，在法国半壁江山上扶植了傀儡政权。法国国内法西斯分子为虎作伥，气焰嚣张，被捕和遭受酷刑折磨成为法国人生活的现实，几乎每天都会发生这样的事情。萨特认为戏剧家必须思考和回答现实问题，才能赋予戏剧当代性的品格。

萨特提醒人们，戏剧取材于二次大战抵抗运动，但其表现并不限于抵抗运动。为避免误解，他甚至说，"这不是一部关于抵抗运动的戏剧"。① 萨特最

---

① Michel Contat and Michel Rybalka, Sartre On Theater, New York Random House, Inc., 1976, p. 202.

初的构想是把戏剧背景定位于西班牙战争，当然，他说也可以让戏剧事件发生在中国。其实，酷刑折磨具体发生在哪一个时刻、哪一个国家、发生哪些人身上并不重要，因为萨特关注的是这样一个问题，即人们如何忍受酷刑折磨，人们在酷刑折磨的极限下会如何选择？萨特对人物面临这样的极限境遇深感兴趣，因为在这种极限境遇下，人们必须当机立断，做出选择，付出行动，这与萨特哲学所关注的自由有密切关系。至于酷刑折磨发生的时间和地点，它因什么而发生，它反映了社会的什么具体情状，这并不是关键。也就是说，萨特的本意并不是要单纯反映历史事件，也不是唯独对二战中的酷刑折磨感兴趣。对于萨特，目的是要从戏剧所表现的事件中凸显人的选择、人的行动、人的责任等问题，即人的自由问题，这才是戏剧真正要揭示的主题。

萨特的提醒非常重要，是人们理解的一把钥匙，它告诉人们，不能把这出戏简单当作反映二战题材的作品看。可以这样说，《死无葬身之地》一身而兼二任，它既是对二次大战法国抵抗运动的反映，但更为重要的是，它是在萨特存在主义哲学框架内对游击队员心理和行为的艺术处理，是在萨特哲学所理解的自由含义下定位戏剧的主题表现。

酷刑不单是对游击战士身体的折磨，更是对他们自由的考验。面对酷刑折磨和死亡威胁，人们既不能逃避和取消选择，更无法延宕和推后选择。在平时，人们可以从容考虑，反复掂量，做出选择时可以多怀顾望，首鼠两端。但在死亡威胁下，人们没有退路，迟疑和彷徨已经没有意义。在这一关键时刻，情境会迫不及待地把人置于对自由考验中，这一时刻对萨特非常有吸引力。对于存在主义文学，死亡成为关注的对象，其意义不在于对生命的剥夺，也不是渲染战争的恐怖，而是对自由的考验。对自由的揭示，是萨特文学表现死亡、表现酷刑折磨的真正用意所在。

戏中五名游击队员在战斗中被俘，法西斯分子对他们轮番逼供，百般凌辱，战士们宁死不屈，令敌人恼羞成怒，无计可施。戏剧形象地再现了刑讯逼供、严刑拷打、战士们备受摧残的惨烈场面。坚强的昂利忍受拷打到了极限，发出了惨叫声。卡诺里被打得骨碎筋折，脚下流下了一滩血。索比埃飞身一跃，跳楼自尽，摔碎了脑壳，横尸楼下。弗朗索瓦被恐惧攫住，只想活命，被游击队员们活活掐死。戏剧生动地再现了战争的残酷，把法西斯分子的暴虐、游击队员忍受酷刑折磨的惊人毅力和顽强意志表现得淋漓尽致，观众在观看时群起痛骂法西斯分子为"杀人凶手"。由于戏剧逼真地再现了游击队员忍受酷刑折磨的场面，剧场里不时响起镣铐的碰撞声，游击队员在酷刑折磨下发出的惨叫声，法西斯分子的怒骂和咆哮声，使观众承受了巨大压力。当年阿隆夫人在观看时感到窒息，几乎晕了过去，不得已中途退席。

《死无葬身之地》不像萨特的其它几部戏剧引起人们强烈而持续的关注，有学者认为，与萨特其它剧作比较，它是"最弱"（weakest）的一部作品。原因在于"戏剧构思的复杂性与其最后实现之间的不平衡"。尽管如此，这部作品对于那些对萨特思想发展感兴趣的人仍是有价值的，因为它是萨特所有戏剧中唯一表现"超个人主体"的作品。① 在萨特戏剧中，主人公往往是孤独的个体，如《苍蝇》中的俄瑞斯忒斯，《脏手》中的雨果，《魔鬼与上帝》中的格茨等，他们独来独往，面对困境，不需要咨询和求助别人，不需要与他人携手行动，他们是在孤独中做出选择的。在这出戏中，游击战士以整体形象出现在舞台上，没有哪一个人物是绝对中心。他们不是孤立地、以个人为中心进行选择，他们是集体做出选择、集体执行决定，共同为行动负责。

十多年后，萨特坦承，"这出戏失败了"，他指出了存在的问题。戏剧缺少"惊奇"，人物命运被简单规划好了，剧中只存在两种可能性，要么忍受折磨，要么逃避痛苦。萨特说，这样的题材也许写小说或搬上银幕会更好。② 尽管萨特对这出戏的评价不高，它与萨特其它戏剧相比，影响也不大，但在中国，情况有些特别，《死无葬身之地》"出人意料"地受到热捧，它甚至比萨特的其它剧作更引人关注。在萨特诞辰百年纪念活动中，中国许多高校和演出团体不约而同地上演了这出戏。中国观众青睐这出戏，重视它甚至超过了萨特其它戏剧，这一现象值得关注。

由于戏剧对观众心灵的强烈撞击，人们似乎产生了一个"共识"：认为它是对酷刑、拷打和人性问题的探讨，表现的是在"生与死、希望与绝望、坚强与软弱、自尊与羞耻"之间对人性的严肃拷问。人们认为，戏剧取材于二次大战法国抵抗运动，它表现的是抵抗战士与法西斯分子之间的殊死斗

---

① Lucien Goldmann：*The Theatre of Sartre*，The Drama Review：TDR，Vol. 15，No. 1（Autumn，1970），p. 109.

② Michel Contat and Michel Rybalka，*Sartre On Theater*，New York Random House，Inc. 1976，p. 203.

争。① 毫无疑问，戏剧确实表现了这方面内容，战士们视死如归、可歌可泣的壮举亦深深打动了观众。但恰如萨特指出的，这出戏不是单纯歌颂抵抗运动中的游击战士，它既是对二战中法国抵抗运动的反映，又远远超越了这种反映，这是理解的关键。如果仅仅停留在抵抗斗争的层面，认为萨特的目的就是塑造抵抗运动中的革命战士，表现在酷刑折磨下战士们无坚不摧的英雄行为，那就是把理解局限在戏剧的表层，这种解读会陷入一系列解释上的困境。

戏剧通过战士们的选择和行动揭示了存在主义所彰显的对自由的独到理解，只有深入到这一层面，才能发现萨特的真实表现意图，对戏剧做出恰当解释。法国学者戈德曼指出："整体而言，萨特的戏剧是那种传播思想的戏剧，不是政治思想，而是哲学思想。"② 只有从萨特哲学的中心论题——选择与自由——切入，才能对戏剧做出准确的解释和评价。

---

① 中国观众往往从二次大战法国抵抗运动入手，认为戏剧表现的就是游击战士与法西斯分子的斗争。虽然也有学者看到了这出戏在表现上有一些特别之处，与通常表现这类题材的作品有不同，特别是萨特塑造的游击战士与传统的英雄形象有一定距离。但总的来看，还是把这出戏定位于"革命战士与残暴敌人"斗争的框架内。下面列举一些看法：

"《死无葬身之地》讲述了二战前夕，五名法国抵抗运动游击队员在一次战斗中失败被俘，经受残忍的酷刑折磨，恐惧、仇恨……种种复杂的情感纠缠着每个人的心。此时，游击队长作为身份不明的人也被关了起来，大家面临严峻的选择：在是严守秘密，还是出卖游击队长以获取自由之间徘徊不定。他们想活下去，但无论做什么抉择都是死亡。最终他们选择了招供。舞台上，我们看到主人公不仅仅是与命运进行抗争，更重要的是，他们与自己心灵搏斗。他们也在寻找自我、探索自我……《死无葬身之地》向我们展示了一场意志间的较量。"（何雁《死无葬身之地》导演阐释见 1994～2010 China Academic Journal Electronic Publishing House p. 31.）

"我觉得《死无葬身之地》就是要讨论恐惧。从一开始，死对于被捕的游击队员来说并非是头等恐惧，因为死是一定的，无论怎样都会死。但关键是在这个过程中要接受严刑拷打，这种恐惧是直接面对的。存在主义所谓的恐惧可分为直接面对的恐惧和想象的恐惧，在这出戏里萨特把这两种恐惧都展示得淋漓尽致。比如说，一开始人物就处于马上要受刑的情境之中，对受刑的初步概念就是想象中的严刑拷打。……中国文学创作中英雄面对严刑拷打都是昂首挺胸的，我认为萨特在这里做了一个停顿，就是游击队员究竟如何熬过严刑乃至直面死亡的，这个地方可能是中国观众比较感兴趣的。"（汤逸佩《死无葬身之地》座谈会纪要见 1994～2010 China Academic Journal Electronic Publishing House p. 39.）

"《死无葬身之地》描写了二战期间六位法国游击队员不幸被捕，在生与死的两难处境中，克服人性的弱点，自由选择誓死捍卫革命事业和人性尊严。故事感人至深，这些游击队员既是有缺点的普通人，和读者是如此亲近，又是令人崇敬的英雄，体现了存在主义的自由选择论和对'人'生命的尊重。六名普通的游击队员被捕后面对敌人的酷刑，在生死抉择过程中，都流露出或胆怯或私心或消沉等的弱点，但最后他们顶住了生与死的考验（除了年幼的弗朗索瓦），维护了人的尊严。他们都是真正的英雄，真实的人。"（戴淑平 美丑兼备的真实英雄 尖锐复杂的戏剧冲突——评萨特四幕悲剧《死无葬身之地》见 1994～2010 China Academic Journal Electronic Publishing House p. 35.）

② Lucien Goldmann : The Theatre of Sartre , The Drama Review : TDR , Vol. 15 , No. 1 (Autumn , 1970) , p. 107.

二、戏剧情节

二战尾声，法西斯势力已成强弩之末。

在一次战斗中，昂利等五位游击战士被俘，吕茜是他们当中唯一的女性，弗朗索瓦是她的弟弟，是五人中年龄最小的，年仅十五岁。面临死亡，他吓得魂不附体。只要能活下去，他可以不顾一切，甚至不惜出卖战友。弗朗索瓦知道出卖战友、苟且偷生是耻辱，但他相信，活下去才是最重要的，只要能活下去，"耻辱慢慢会过去的"。①

昂利等人与弗朗索瓦的表现截然不同，他们知道生还无望，已经做好必死的准备。面对酷刑，他们选择宁死不屈，抗争到底。在一般戏剧的表现中，战士们即将离开这个世界，他们会展开对亲人的怀念，对未来胜利的憧憬，会骄傲地回顾自己的一生，感到为祖国的解放事业做出贡献，虽死犹荣。但萨特的表现不落俗套，游击队员们没有像通常戏剧的表现那样做，他们主要在两个问题上感到纠结和苦恼：

一是他们选择牺牲，但苦于没有秘密可守，他们知道的情况，敌人已经掌握，可敌人并不了解这一点，仍然打算用酷刑撬开游击队员的嘴巴，逼迫他们讲出秘密。游击队员们没有秘密交代，却要忍受酷刑折磨，这是一种无意义的"游戏"。忍受酷刑本来是为了守住秘密，但现在没有秘密可守，酷刑又不能免，这令他们"烦恼"。

二是面对酷刑，能否挺住，大家心中无数。虽然卡诺里以前受过敌人折磨，有过忍受酷刑的经验，但此刻能否在酷刑下挺住，他心中无数。这方面索比埃是个典型，他不想当叛徒，但面对即将到来的酷刑他无法做出保证。索比埃为革命出生入死，当然想保住"晚节"，但他身子骨单薄，从来没有经历过酷刑折磨，十分担心自己万一撑不住，会做出丢脸面的事。他向卡诺里讨教，希望能找出应对酷刑的办法。在他看来，如果掌握一些应对酷刑的"技巧"，预先做好准备，或许能闯过这一关。但卡诺里告诉他，完全依靠过去的经验对付未来是不能奏效的，即便是他自己，即将到来的酷刑也是一个"新课题"。索比埃想做好周密准备，以防种种不测，这是"人之常情"。但他最后跳楼自

---

① 参见沈志明译：《死无葬身之地》，见《萨特戏剧集》（上），安徽出版社1998年版，以下引文不再注明。

尽，粉身碎骨实现了不当叛徒的愿望，这恰恰不是周密准备的，它具有偶然性。

战士们没有秘密，仍要遭受酷刑，这是"白受罪"。必须把这个没有意义的行为变成有意义的，使受刑变得有价值。此刻，战士们只能把维护尊严当作目的。敌人拷打我，我坚决不喊叫，这是维护荣誉的特别方式。在拷打中，万一他们忍不住叫了一两声，就等于给敌人加了分。如果坚持一声不吭，那就让敌人丢脸，在较量中敌人就输了。游击队员们就是在"维护尊严"这一"精神支柱"支撑下，苦苦挣扎，"硬挺"了过来。

正当战士们被轮番提审，游击队首领若望被抓，突然出现在狱中。敌人抓到了若望，并未识破其身份，大家都为若望命运担忧，因为敌人一旦识破他的真实身份，会危及更多游击队员的生命。此刻，保护若望成为当务之急，重中之重。

若望的到来使游击队员们"兴奋"，他们心中有了一个真正的秘密，这使受刑具有了真实意义。之前游击队员们是因为"维护尊严"受罪，现在情况不同了，他们是为了守住一个真正秘密而忍受酷刑，这成为对战士们自由的考验。对于弗朗索瓦，若望成为救命的稻草，给他的求生带来希望。在确认他确实会供出若望，权衡利弊得失，游击队员们共同决定，杀死弗朗索瓦。在吕茜的默许下，昂利用受伤的手掐死了他。

游击队员们不惜牺牲生命掩护若望，但此时若望却感到"孤独"。他原来与吕茜是情侣，现在他依然爱吕茜，但受过酷刑折磨的吕茜对他很冷淡。昂利也一直默默地爱着吕茜，原先看着若望与吕茜出双入对，他的爱根本没有引起吕茜的注意。但现在情况不同了，昂利感到，此刻他与吕茜的关系更近了，若望对此却无可奈何。若望也想像战士们那样，忍受酷刑折磨，把自己置于和战士们相同的境遇中去，但他身不由己，因为他不能暴露自己的身份。

游击队员们为掩护若望，但求一死。可突然间若望被放了，掩护战友的目的消失了。根据变化的形势，卡诺里主张，大家应"活下去"，不能白白浪费生命。昂利和吕茜仍固执地坚持一死了之，在卡诺里的说服下，最终他们决定"招供"，换取活命。但法西斯分子并没有遵守"诺言"，就在战士们经过一番剧烈思想斗争，以为施计可以骗过敌人，他们被枪毙了。

戏剧表现了法西斯分子的残酷和战士们的坚强，生动揭示了选择与自由这一存在主义主题的丰富和深刻含义。

三、戏剧分析

1. 昂利的反省

戏剧开始，索比埃回想战斗的情形引发大家讨论：战斗中死了许多人，包括无辜的孩子和妇女，谁应负责？"我们错在哪？"在萨特的创作中，经常会提出这一类的问题。在"自由之路"第三部《痛心疾首》中，法国战败，战士们也提出了"责任"问题。从存在主义哲学看，责任与选择和行动密切相关，一个自由的人，必须为自己的选择和行动承担责任。

吕茜认为，那些无辜的人是因为我们的缘故而死的。索比埃也认为，这要怪我们，因为我们没有攻下村庄，导致惨剧发生，三百人无谓牺牲。但年轻的弗朗索瓦却不这样看，他认为战斗失利不能怪战士们，因为大家只是按命令行事。明知无法完成任务，却必须执行命令，造成重大损失，我们何错之有？在弗朗索瓦看来，大家只是执行命令而已，对眼下的失败不必承担责任，他之所以选择"活下去"，根本原因在于，他认为战斗失败与他无关，因此他不必担责任。卡诺里认为，大家早晚都是一死，我们已成为无用之人，争论对错于事无补。不如顺其自然，休息休息。但他还是给出了意见："我们的失败只是不走运而已。"

在这一问题上昂利的表现很抢眼，他的反省最深刻、最全面。

首先，昂利认为，如果有错，就必须承担责任。这不是担心别人责备，而是感到对不起自己。追究错误的动力不是来自外界，不是在压力下我们被迫去反省，也不是在心中某个道德命令下我们迫不得已才检讨自己，反省不是来自外在压力，而是来自我们自身。分清这一点很重要，因为它关系到责任的承担问题。

其次，纠错不是为了证明自己是先知先觉，或要扮演事后诸葛亮，纠错的目的是要看清真相。这次战斗失利，我们扮演了什么角色，应该承担哪些责任？这些问题应搞清楚。昂利认为，一个人不能不明不白地活着，不能像耗子那样稀里糊涂地死去。"人要死得其所，这是人的权利。"所谓死得其所，就是要明白人为什么而死，这种死的意义究竟何在。人与老鼠的不同就在于，人一定要追问死的意义和价值，这是每一个人的权利。

第三，昂利反思道，游击队员确实是从上司那里接受命令，"别人下命令，我们就去执行"。过去，别人让我们做，我们就去做，我们还为自己辩护，添加了各种好听的说辞。如执行命令对每一个战士都是天经地义的，这样做是"事业"的需要，战士的使命就是服从和执行命令。但此刻昂利觉悟到："事业从不下命令，事业从不发表意见，而是由我们来决定事业的需要。"昂利发现，事业不是在我们之外的一种强制性力量，不是我们必须无条件服从的命令。过去人们认为，事业高高在上，战士们只能无条件地服从，现在昂利认识到，事业不能直接制约和决定我们的行为，事业不能单凭自身就能自动延续下去。事业必须靠我们的判断、我们的理解，通过我们的选择和行动它才能得到支撑和延续，在这个意义上，不是事业决定我，而是由我来决定事业。我的存在、我的理解、我的选择、我的决定、我的行动是事业得以存在和延续的前提。把事业当作外在强制性力量，以为在它面前人们只是被动的木偶，消极地按照事业的要求去做，这是一个假象。长期以来，人们一直被这一假象蒙蔽着。

人的选择和行动与事业有关，与上级发布的命令有关。但人要执行命令，他不是先把自己变成木偶，塞进命令中。即便他想这样做，也无法做到这一点。真实情形是，战士们要执行命令，首先要从命令中挣脱出来，他不能被这个命令僵化，在其控制下动弹不得。人无法把自己变成命令，如果他成为命令，变成命令本身，他就无法执行命令。只有与这个命令保持距离，他才能理解它、执行它。也就是说，他只有对这个命令虚无化，命令对他才显现为一个真实的命令。只有他不是命令，他才能执行命令。通过虚无化，通过与命令保持距离，战士们才能成为执行命令的主体。即当人逃脱了外在强制，成为自由的，他才可能去执行命令。因此，事业发布命令，战士们无条件执行，这是一个"杜撰"。空洞的命令只是一个托词，它非但无法决定战士们的行动，它自身的存在还必须依托于战士们的选择和行动。因此，真正促使战士们执行命令的只能是他们自己。人不能受外在命令的支配，只能自己决定自己，这才是存在的真相。

昂利不同意弗朗索瓦把战斗失利的责任推得一干二净。弗朗索瓦把命令理解为强制的外力，执行者处于被动中，任由外在强力支配。在这种理解下，严格说来，无论战斗胜利还是失败，都与执行命令的人无关，只与发布命令的人有关。昂利认为，战士们既然是执行者，命令就与他们"绑"在一起，无法分开。把失败的责任一股脑地推到"命令"上，这是不负责任，也是自欺。昂利认识到，尽管命令带有权威性、急迫性甚至强制性，它也不能取消人的主动理解和选择的权利。譬如，战士们接到命令，首先要凭借自己的理解去

"消化"它，把它转化为"我们"所理解的命令，要把命令建立在自己解读的基础上，然后才谈得上去执行它。接下来，战士们要根据自己的处境，把命令转化为行动，把命令与自己的处境结合起来，这个结合至为重要，缺少了它，命令就是一纸空文，就是高高在上的空洞符号。人们怎样理解命令，怎样执行命令，怎么结合现实把命令变成自己的行动，通过行动把命令执行到哪一步，在执行过程中遇到困难，人们是誓死执行还是暂缓执行命令，是临机应变还是就此撤销命令？所有这些都不是命令本身所能"命令"的。要使命令成为真正的命令，人们就必须超越命令，上级也好，命令也好，都无法制约人的存在，把人变成纯粹和被动的木偶。只有当人是自由的，他才能执行命令。人是自由的，他才能对自己的行动负责。反省到这一步，昂利指出，在生命的最后一刻，应认清存在的真相，再也不能像过去那样打着事业的招牌欺骗自己。是我们导致行动失败，"我们将成为有罪的死者"。

第四，昂利在生命最后关头发现，用单纯的因果关系无法解释自己的一生。他没有亲人，在世界上是孤零零的一个，他爱过吕茜，根本没有引起她的注意。他想与吕茜结合在一起，这变成了他的一厢情愿。他主观上想成为对事业和对他人都不可缺少的人，但在现实中却无法实现这一目的。在昂利眼中，这个世界满当当的，到处是人，地铁挤得水泄不通，饭馆总是满座，但哪里都不缺少他。他坦白承认："我在这个世界上确确实实，完完全全是多余的。"意思是：他原本就是孤独的，对用任何必然性把他与他人、与事业联系起来的企图，他都是多余的，因为他的存在外在于、超越于所有必然性，这是昂利在生命最后关头悟出的道理。

综观昂利的反省，有两点最为突出：一是认为人不能稀里糊涂地活着，不能不明不白地死去，人活着要有意义。二是在生命最后关头，不能再以事业做幌子，以服从命令为借口，消极地服从外在命令的支配，借以逃脱自己应当承担的责任。

仔细分析可以发现，这两点有着内在关联。当强调不能以事业做幌子，我们应对自己的行动负责，这表明人是自由的。只有当人是自由的，他才能对自己的选择和行动负责。如果人是一个木偶，那么就如弗朗索瓦所认为的，战斗失败，战士们就没有任何责任，负责任的是下命令的人，而不是被这个命令完全制约、被动执行命令的人。

强调不能以事业为幌子逃避责任，前提是这个事业存在，人要追求它，为它献身。如果事业不存在，我就无从追求，或者事业存在，我对它无动于衷，根本不关心它，这同样谈不上追求。人是自由的，首先表现在人要追求事业，要介入其中，所以昂利强调，人不能糊里糊涂地活着，人应追寻存在的目的，由此其行动才有价值。人的存在如果没有目的，人不知道自己为何行动，稀里糊涂地就死了，人与老鼠有什么区别？

上述两个方面都有道理，萨特倡导的自由离不开其中任何一面。但这里隐藏的危险是：人要实现目的，在这一过程中，他有可能把自己凝固在目的上，有可能把目的作为行动依据，让它支配自己。一般而言，实现目的往往表现为把目的当作奋斗目标，甚至当作毕生使命，全力以赴地去实现它。按照这一逻辑，人的行动须有支撑，须从目的中获得动力。因此，客观上存在着这样的可能性，人会被现实紧紧抓住，人自觉地把目的当作行动依据，以为目的才是行动的最终根据。于是，兜了一个圈子，人又回到了被现实支配的境地，制造出存在的假象，走入了丧失自由的死胡同。从萨特哲学看，把行动建立在目的上，为行动寻找现实的理由，为自己的主张寻找支撑，这是人的存在"常态"，也是人丧失自由的常见表现。

弗朗索瓦的观点总是很有诱惑力，人们总是自觉或不自觉地奉行这一逻辑来解决存在问题，因为这是一种最省力、最轻松的生活态度。既然是被动执行命令，为什么要对失败负责？为什么必须选择死亡？弗朗索瓦讲得很明确：你们说抵抗运动需要人，我就参加了，但你们没有说抵抗运动需要英雄，我不是英雄，所以不必负什么责任。再则，我参加抵抗运动时你们并没有告诉我"一切后果"，我根本不知道等待着我的结局是什么，而且他发誓根本不知道为什么而奋斗，既然如此，为什么要对眼下的失败负责？可以说，弗朗索瓦的逻辑是一切逃脱责任的人特别喜欢的。按照这一逻辑，我虽然置身于抵抗运动，但随时可以逃离它，随时可以切断与它的关系，对它不负任何责任。

上述两种表现迷惑性最强的是第一种，因为人们常常把追求目的当作是自由的体现，常常在行动和目的之间构建直接的因果联系，把成功地实现目的视为自由的"圆满"结局。也就是说，稍不留意，人们就可能跌落自欺的陷阱，稍一疏忽，自由的火花就会熄灭。在《死无葬身之地》中，战士们存在的一个鲜明特征就是追求目的性，不断寻求目的支撑成为他们存在的显著标志。昂利的反省告诉人们，自由是人的存在根基，但人们会采取种种方法，有意无意地拒绝自由。自由像一条狡猾的狐狸，昂利在反省中抓住了它的尾巴，但在现实行动中，又让它从手中溜走了。

通过昂利的反思，萨特要揭示的无非是现象学这样一条基本原理：意识是对某物的意识，因此，人必须介入现实，人若不介入现实，没有目的，不承担责任，就不会有自由（这一点针对的是弗朗索瓦）。但人介入现实的结果如果被充实、被支配，同样得不到自由（这一点针对的是昂利等人）。自由意味着人要介入现实，实现目的，但在这一过程中又不能被现实所充实，被目的所支配。人应在追求目的的同时超越目的，这个"超越"才能保证人在实现目的的过程中是自由的。

2. 索比埃的担忧

被捕后，最令索比埃担心的是，如何应对即将到来的酷刑折磨。

索比埃是第一次面临酷刑折磨，他身子骨单薄，担心自己扛不住。索比埃不是害怕酷刑本身，他忧虑的是自己在痛苦的极限中崩溃，他对自己在酷刑下的表现没有把握，为此烦恼不安。一旦崩溃，成为叛徒，他的一生就被盖棺论定了。人的一生在一瞬间就被决定，这是非常残酷的。索比埃向卡诺里"讨教"，与他不断讨论酷刑，在想象中呈现即将到来的酷刑，目的就是为了更好地应对酷刑。卡诺里有一些"经验"，他以前受过酷刑折磨，此刻他以"过来人"的身份向索比埃讲述他的"心得"。

卡诺里说，他第一次被捕是在希腊，敌人对他拳打脚踢，一顿猛揍，打得他眼冒金星。他咬紧牙关，不吭一声，硬是扛住了，可随后三个小时他的嘴张不开了。敌人用尖头高腰皮靴往他脸上踹的时候，他只感到时间过得很快，当时窗外有几个女人在唱歌，他居然把她们唱的歌都记住了。

在萨特作品中，经常有对死亡、酷刑的直接和正面讨论。这种"直言不讳"，把忍受酷刑的血淋淋细节毫不避讳地展现出来。有论者认为，这种讨论很残酷，意在营造恐怖的气氛。小说《墙》中有这样一个细节：汤姆从一个摩洛哥逃兵那里听说，法西斯分子命令犯人躺在公路上，让卡车从他们身上开过去，据说这样做是为了节约子弹。伊比埃塔不动声色地说："可是并不节约汽油。"法西斯军官在公路上徘徊，"他们两手插在衣袋里，抽着烟卷儿，监视着执行。你以为他们会帮助犯人们早点断气吗？想也不要想。他们让犯人们躺在那里叫喊。有时要喊一个钟头"。汤姆当着恐惧中的茹安说这些话，让伊比埃塔"气愤"。同样，索比埃和卡诺里讨论酷刑，吕茜也表示不满。他们当着弗朗索瓦的面毫无遮掩地讨论酷刑，这让处于惊恐中的孩子吃不消，更加剧了他的恐惧。

萨特作品对死亡和酷刑的讨论，确实营造了恐惧气氛。但必须指出，这种表现不能简单看成是对残酷现实的反映，作者的用意也不单纯是烘托死亡的气息，表现对死亡的恐惧。应看到，这种描写蕴含丰富的哲学含义，它是为表现存在主义的哲学观念服务的。如果我处于恐惧中，我变成了恐惧，当然就无法言说恐惧。在这一刻，我既不能讨论恐惧，也不可能惧怕恐惧，因为我就是恐惧，我已被恐惧充实。只有当我从恐惧中挣脱出来，我不是恐惧，恐惧成为我的对象，我才能讨论它。讨论酷刑的前提是，我已经从对酷刑的恐惧中挣脱出来。萨特作品中许多对恐惧的描写，表面看，好像是在大肆渲染恐惧，实际上是对恐惧的挣脱和逃离，这是萨特文学表现的一个特征。索比埃和卡诺里兴致盎然地讨论酷刑，这是他们克服恐惧、逃离恐惧的表现。

索比埃向卡诺里讨教应对酷刑的种种办法，源于这样一套观念，这也是许多人的处世方式：凡事应提前准备，以免临场惊慌失措，无法应对。在索比埃看来，未来虽不可知，但如果考虑周全，做足工夫，事前尽可能把一切都估算到，不仅会增强信心，而且有助于应对即将出现的艰难挑战。

卡诺里的回答是：应对酷刑"没有现成的方法"。卡诺里有应对酷刑的经验，但这些经验只属于过去，它们在过去是有效的，但在未来是否有用，有多大用处，能否解决问题，这是没有保证的。用过去预想将来，把未来奠基于过去，以便控制和保证未来是徒劳的。不论付出了多少努力，不论怎样殚精竭虑，临深履薄，都不可能支配未来。卡诺里的回答非常坦率，他过去受过敌人的折磨，有一套应付酷刑的办法，但它不可能一劳永逸地应付所有的酷刑折磨，人们永远不可能在当下找到一个万无一失地应对未来的有效方法。

谁都无法对未来做出承诺，这不是一个道德和知识的问题，也不是一个技术和能力的问题，而是一个存在的问题。索比埃当然希望自己能够经受住酷刑折磨，他当然希望成为让所有人羡慕的英雄，让子孙万代感到自豪和骄傲的战士，为自己的一生画上圆满的一笔。他期望如此，实际上能否做到呢？这无法靠道德和技术的保证，因为它关涉的是自由。人在酷刑折磨下是做英雄还是当叛徒，唯一受到考验的是他的自由，他的人格和道德派不上多大用场。索比埃坦言，由于未来处于不确定中，他根本不知道敌人会采取什么手段折磨他，他可以忍受痛苦，但只能在他的极限下忍受痛苦，超过极限，他毫无疑问会崩溃，这是他的道德无法阻止的。他忍受痛苦的极限在哪里？索比埃无法对它定位，做出准确测量，因为这个极限就是未来。索比埃对这个极限和自己在这个极限下的表现无法做出任何承诺和保证。他坦言，由于对未来无法掌控，在严刑逼供下，他要是知道若望的行踪，也可能会交代，就是他的母亲，他也可能出卖。这段表白完全不像一个革命战士临刑前的豪言壮语，但认真思索，它确实是道出了存在的真相，需要直面现实的极大勇气才能说出这番话。由于未来不可知，人无法对未来做出断言，因此，尽管索比埃想战胜酷刑，想成为一个地道的革命战士，但实际上他总是面临着在酷刑中"崩溃"的可能性。

索比埃不是懦夫，他的上述表白不是为自己可能"变节"寻求辩解。索比埃是一个真实的人，道出了在残酷境遇下人的存在的真实：他希望在敌人的折磨下咬紧牙关，一声不吭，这是他对自己的承诺，但关键是他能否在实际行动中兑现这一承诺。如果他事先知道敌人怎样折磨他，他会尽量做好准备，采取应对措施。但索比埃根本不可能知道敌人会采取什么方法折磨他：敌人是使劲抽打的嘴巴，还是拔掉他的指甲，是把烧得滚烫的烙铁深深地嵌入他的背部，还是往他的喉咙里灌辣椒水，对这一切他无法做出断定。即便对这些折磨的方法都准备了应对之策，索比埃也不能逃脱"崩溃"的可能。也许敌人会让他三天三夜不睡觉，他能否挺住呢？敌人狗急跳墙，说不定会用电钻钻他的牙根神经，他能不能忍受呢？敌人对索比埃施加酷刑的方法事实上是一个"未知数"，无法穷尽，因此客观上索比埃崩溃的可能性总是存在的。他就是使尽浑身解数，也无法消除这种可能性，这一点是如此明显，令他感叹道，在忍受痛苦的极限中崩溃，那是一瞬间的事，"一分钟就能够毁掉一个人的一生，这太不公平了！"卡诺里安慰他，认为他不可能招供，即便招供，也不是他的本意。索比埃已经为抵抗运动做出了贡献，怎能因为一时失误，抹杀一世英名呢？索比埃并没有被卡诺里的这番安慰打动，他坦诚地说，"如果我招供了，你们还能正眼看我吗？"如果招供了，他就成了叛徒，不管他以前做过什么，不管他的贡献有多大，人们现在会把他"划"在另一边，对他的一生重新评价。人们会用"叛徒""变节者"等字眼对他的一生"盖棺论定"，人们这样做是"理所当然"的，索比埃对此看得很清楚。

在人生的征途上，每一个人都会面临选择，选择对人的意义重大，甚至异常残酷。几乎在一瞬间，选择决定了人的一生。尽管你已经为革命做出了许多贡献，你的履历表辉煌耀眼，你会为自己的过去感到自豪和骄傲，但在酷刑下，一旦崩溃，你的一生瞬间就毁了。索比埃悟出了一个道理："那些好公民、好丈夫、好儿子、好父亲其实与我一样是懦夫。"每一个人都会面临未来，他的自由都会受到考验，不管他过去为革命做过多大贡献，都无法保证他在未来一劳永逸地成为革命者。革命者和怕死鬼的分别仅仅在一瞬间，革命者不是先天就获得了一个支撑，他没有一个必然的本质。严格说来，有的人只是运气好，酷刑未降临到他的头上，他才成为革命者。如果经受酷刑的折磨，他还是不是革命者就很难说了。从萨特哲学看，人是自由的，他没有先天的革命者的必然本质。他过去的经历、他的道德、他的教养、他做出的所有承诺，他向党组织发出的庄重誓言，都不能保证他"自然而然"、一劳永逸地就是一个革命者。萨特哲学认为，在这张桌子是桌子的意义上，人无法成为纯粹的革命者。桌子与其存在完全合一，其中没有一丝虚无，其存在是完全"实心"的，这种"惰性"的东西没有自由。人与桌子的最大不同，在于人的存在扎根于虚无，因此人的存在不可能被充实，任何本质，不论是善良还是邪恶的本质，都不能奠基人的存在。因此，一个人既不可能先天地成为革命者，也不可能先天地成为叛徒，他成为什么人，完全是他的选择。

索比埃的看法与人们通常对革命者的判断不同。通常人们认为，一个人成为革命者，是建立在不断修炼基础上的。他不断提高觉悟，提升自己的思想境界，在实践中刻苦磨炼，他会逐渐地成为一个坚定的革命者。这种理解是把革命者建立在过去的基础上，建立在以往修炼的基础上。一个人过去的所作所为，他受到的教育和历练，能够保证他成为革命者，过去使一个人成为革命者具有必然性。革命者不可能凭空而降，他有一个基础，这个基础不在未来，而在过去，是过去决定了他的现在和将来。没有过去，革命者的造就是不可理解的。俗话说，从一个人的过去就可以判断他的现在和将来，用凝固的过去解释动荡的现在和将来，本质上就是把将来的虚无纳入到过去的必然性中。

索比埃的看法代表了萨特哲学的立场。如果过去能够决定现在，可以支配未来，这就彻底摒除了偶然性，完全铲除了虚无，从根子上消灭了自由。索比埃认为，不是过去使我成为革命者，这个过去根本靠不住，把革命者奠基在过去上完全是自欺欺人。一个人过去确实为革命做过贡献，而且他立志继续为革命做贡献，这并不能保证他在将来一定是革命者，因为他的存在在向未来的延伸中会面临一系列考验，过去的触角在伸向未来时不得不面临一场又一场的冒险，它随时可能改变和终结他的革命者身份。索比埃看得很清楚，法西斯分子为了要他招供，会无情地采取各种残酷手段，他不知道自己会在哪一种手段下崩溃。他希望自己能够经受住所有的折磨，但无法做出承诺，这就是人的真实处境。作为人，索比埃存在着被击垮的可能性，未来会对他不断施压，对他的革命者身份提出严峻的质疑和挑战。

索比埃最后跳楼自尽，表明未来是由一系列可能性构成的。未来既可能对他的革命者身份提出质疑，也可能帮助他实现革命者的夙愿，这完全取决于个人的选择。通常人们认为，无法忍受酷刑折磨，就只有当叛徒一条路，或至少当叛徒的概率极大。但是不能由此推出普遍和必然的结论：凡是不能忍受酷刑折磨的就只能当叛徒。在无法忍受酷刑和当叛徒之间直接建立因果的必然关系，这就彻底消除了选择的可能性。酷刑作为外在压力不能直接决定人的行动，如果说在酷刑面前索比埃只能当叛徒，那么他就被逼到了死角里，被严格纳入到因果必然性中。索比埃跳楼自尽，他用实际行动证明，即便无法忍受酷刑折磨，也可以不当叛徒。索比埃成为英雄，弗朗索瓦贪生怕死，成为懦夫，归根到底，不是外部压力造成的，而是他们选择的结果。是他们的自由，他们的选择把他们造就成为英雄或懦夫。

索比埃跳楼自尽，这一选择完全建立在偶然性上，它不是索比埃事前周密筹划、认真准备的结果，事前他并不知道自己会这样做，甚至对此没有任何预感。虽然索比埃的处世方法是想尽一切努力为未来做好谋划，但是跳楼自尽，他完全没有筹划过，也根本没有预料到。就戏剧的表现看，完全是偶然性为索比埃的选择创造了机会。在审讯时，法西斯分子贝勒兰无意间把窗户打开了，他的同伙要求"别开窗，天气已经开始凉了"。贝勒兰正准备去关窗，法西斯头目郎德里约却命令道："让它开着吧。这儿让人憋气，我需要空气。"如果贝勒兰没有打开窗户，或打开窗户，但不在这一刻，或法西斯分子在窗前倚靠着，或在离窗户不远的地方站着，或者窗户已经被封条焊死，或者窗户离地面很高，人很难迅速跳上去，或者窗户很小，一个大人不能迅速越过……总之，有许多原因可以造成索比埃无法跳楼自尽。但恰恰在他灵机一动、毫不犹豫地做出选择的那一刻，使他做出这一选择的所有因素都具备，这些因素根本不是他谋划的，它们完全超越了他的谋划。戏剧表现的是存在主义对待死亡的一贯态度：死亡不是人们的筹划对象，死亡本身具有偶然想和荒谬性，它是不可解释的。

经受不住敌人的严刑拷打，照样可以维护战士的尊严，因为未来不可测，它提供了一切可能性。索比埃的形象生动地表现了萨特哲学对待未来、对待死亡的态度。

3. 戏剧冲突

戏剧冲突大致可分为三个阶段，第一阶段简称为"维护自尊"，第二阶段简称为"掩护若望"，第三阶段可称为"活下去"。

戏幕拉开，战士们被囚禁在一间阁楼里，他们戴着手铐，坐在箱子和旧木板凳上。对即将到来的酷刑折磨，他们反应不一。吕茜说，她见过牲畜是怎么死的，此刻她"愿意像它们那样默默地死去"。昂利对周围的一切不闻不问，倒头大睡，似乎即将到来的死亡对他没有任何影响。一旦人们真正选择了死亡，就放弃了生的欲望，死亡就奈何不了他们了。一旦人们主动选择了死亡，死亡的强制性就消失了。这是昂利能在死亡威胁下倒头大睡、吕茜愿意像牲畜那样默默死去的原因。

把死亡与自由联系起来，世俗看法难以理解。通常人们认为，自由与死亡是对立的，只有逃离了死亡，人才是自由的，一旦选择了死亡，等于放弃了自由。按照这种理解，人要得到自由，必须逃避死亡，人要逃避死亡，可以无所不用其极，不管采取什么手段，只要"活着"就行。如果无法逃脱死亡，那么尽可能延迟死亡的到来，也是一种间接逃避死亡的办法。通常的理解中，自由与生命联系在一起，没有了生命，还能有自由吗？

萨特哲学认为，自由不能与生命画等号。自由与人的存在相关，与人自主地做出选择有关，与他付出行动和承担责任有关。人一旦摆脱了外在强制，自主做出选择和行动，他就是自由的。因此，在一切问题上人都可以选择，都可以表现出自由，而最能表现自由的，大概就是面对死亡的情境。从萨特哲学看，许多人"健康"地活着，其生命力旺盛，但他们可能在自欺中无视自由。昂利等人主动选择了死亡，并不意味着他们放弃了自由，这种选择恰好是自由的表现。自由地去死也是人的一种"完美结局"，它比带着疾病、衰老等一切失去自由的力量缓慢走向死亡要完美得多。①

当然，选择了死亡，并不是说战士们就没有烦恼，此时纠缠他们的问题是：他们没有秘密可守，因为"他们知道的敌人也知道"。没有秘密可守但酷刑又不可免，这就是"白受罪"。通常情况下，战士们受到严刑拷打是因为要守住秘密，这种受罪是有意义的。可此刻，战士们受罪了，可什么也没有维护，这种受罪缺乏意义。他们心里清楚，虽然受到严刑拷打，但这无法使他们成为英雄，因为"白受罪"无法把他们置于英雄或叛徒的考验中去，或者说，这种"白受罪"与考验他们的自由无关。所以索比埃感叹："我将白白地受折磨，至死都不知道自己算个什么。"

现在摆在战士们面前的首要任务，就是使受罪变得有意义。为此，必须为受罪寻求或设计一个目的，在其支撑下，受罪才显现出意义。在这种情境下，"维护自尊"被提了出来，它现在作为使受罪显现意义的一个"支撑"受到关注。

---

① 波伏娃著、黄忠晶译：《萨特传》，百花洲文艺出版社 1996 年版，第 415 页。

作为人，战士们是有尊严的。敌人用酷刑折磨他们，要摧毁他们的意志，这场较量好像是一场"游戏"：你要打垮我，我偏不认输，你可以用残忍手段折磨我，为了维护尊严，我不仅要挺住，甚至不叫一声。战士们在受刑时强调"不要示弱，要使敌人丢脸才行。"如果战士们在严刑拷打下不吭一声，任凭折磨，他们坚不可摧，无法撼动，这就使敌人丢脸，把法西斯分子置于尴尬和难堪中，他们就"赢"了。万一战士们在酷刑下忍不住，不得已叫了一两声，他们感到屈辱，这种表现就使法西斯分子"加了分"。索比埃受刑回来，他最关心的是，"你们听见我喊了吗？"

现在战士们关心的问题是要取胜，昂利比喻说，这就好像两个队比赛，一个队要另一个队招供。他承认，这个比喻有点可笑，不怎么恰当，但事情只能如此。一旦把维护自尊设定为目的，受刑在一定意义上就不再是白受罪了，现在战士们的行为，他们所经历的皮肉之苦可以用"顽强""英勇"等来界定了，这使受罪具有了意义。同样是皮肉之苦，有无目的支撑大不相同。没有目的支撑的受罪是"白受罪"，有目的支撑的受罪才显示出顽强、抗争、维护尊严的意义，寻求目的支撑是这些游击战士存在的鲜明特征。

戏剧的转折是若望的出现，他的到来使大家"得救"。所谓得救，不是若望搬来了援兵，也不是他有什么锦囊妙计能够拯救大家，而是他的出现使战士们终于有了一个真正的秘密，他们的受罪获得了一个新的更加充实的支撑。索比埃说："算我运气，现在我可有秘密向他们隐瞒了。"

把"掩护战友"与"维护自尊"加以比较，显然前者能赋予战士们受罪更合理的解释。"维护自尊"虽然也能够给予战士们受罪以意义，但显然不如前者的支撑性强、解释力度大。战士们此刻面临的处境虽然看重输赢，但毕竟不同于一般的游戏，只有"保护若望"才能真正把战士们置于生死考验的关口。因此，"掩护若望"就成为战士们存在的目的。唯独弗朗索瓦的选择不同，若望的出现成为他"活下去"的救命稻草。恐惧中的弗朗索瓦说："敌人向我走过来，我的嘴巴就自动张开了，若望的名字脱口而出，而且我这是心口一致的。"他向大家如实相告："不管怎么个活法，我都要活。只要活得长久，耻辱会过去的。"在确证弗朗索瓦会成为法西斯分子撬开游击队员嘴巴的唯一"薄弱环节"，大家决定，必须牺牲他，昂利用受伤的手掐死了弗朗索瓦。

从戏剧表现看，战士们对弗朗索瓦的选择不是义愤填膺，立即决定大义灭亲，而是对他充满了理解和同情。他们认为，命运对弗朗索瓦过于残酷了。昂利对弗朗索瓦说："你还是一个孩子，这一切对你来讲实在太冷酷无情了。要是我在你这个年龄，我想我也会招供的。"战士们不是从道德角度谴责、憎恨弗朗索瓦，视其为变节者。牺牲弗朗索瓦的目的是为了保护若望，但同时也是为了"保护"他本人。昂利认为，被捕后大家早晚都是一死。弗朗索瓦年纪小，身体单薄，受不住严刑拷打，会背上叛徒的恶名。在敌人对弗朗索瓦用刑前杀死他，既免除了他的皮肉之苦，还挽救了他的名誉，因为毕竟他没有在敌人面前招供。吕茜说："我是弗朗索瓦的姐姐，我知道得很清楚，他和我们一样，早晚要死的。他一死，便是我们的人了，因为他的嘴巴封住了一个秘密。"出于这样的考虑，大家才决定杀死弗朗索瓦。

到此为止，戏剧的表现与一般塑造革命战士的作品没有本质区别。观众看到，为掩护若望，战士们大义凛然，在酷刑折磨下坚如磐石，法西斯分子暴跳如雷，恼羞成怒，对游击队员束手无策，这一表现模式是人们熟悉的。关键是情节的下一步发展，突然间，若望被放走，这使戏剧的矛盾冲突尖锐化。

若望被放，战士们的处境再次发生变化。首先是掩护战友的目的消失了，若望已不再是秘密。其次是法西斯分子对游击队员大发淫威，使尽了令人发指的残忍手段，但一无所获，他们改变了审讯策略，不得已放弃刑讯逼供，答应战士们，只要招供，就可活命。此外若望临走时设下一计，他本意是，如果战士们无法忍受严刑拷打，就向敌人"交代"一点什么，可以减少皮肉之苦。之前有个游击队员在藏过武器的一个山洞附近被打死了，若望出狱后找到这具尸体，在他口袋里放几份文件，然后把尸体拖进山洞。战士们可以向敌人"交代"这个山洞，他们会把这具尸体当成若望。若望想，如果敌人上套，就不会再折磨游击队员了，会很快"结果"他们的。

看到形势变化，卡诺里认为，不应再固守原先的选择，坚持一死了之。现在争取"活下去"成为可能，于是他主张"不能白白浪费生命"，大家应该"活下去"。

从最初"维护尊严"，到"掩护若望"，再到争取"活下去"，战士们的处境发生了一系列变化。当现实变化、目的改变，相应地要求战士们改变策略。观众看到，面对卡诺里的提议，昂利和吕茜非常被动，他们要推翻以前的决定，重新做出选择异常艰难，极为痛苦。对昂利和吕茜的这种表现，需要做一些分析：

首先，当若望脱身，掩护战友的目的已经消失，卡诺里认为没有必要再坚持原先的选择。他认为现实已经变化，出现了机会，若巧妙利用，骗过敌人，是可以活下去的。对卡诺里的提议，昂利和吕茜的反应异常"固执"，他们仍坚持原先的选择，只求一死了之。对卡诺里的提议，昂利甚至怀疑，在生命的最后关头，他是不是有些贪生怕死，这样做是不是考虑自己太多了。他对卡诺里说："他们打断了我的手腕，剥了我的皮，但我们取胜了。为什么当我心甘情愿一死了之的时候，你要我再活下去？"吕茜也和昂利一样坚定，对"死"表现出相当的"痴迷"。她说："是的，一切早已经定了，告诉他们我们决不招供，让他们快点下手。"卡诺里对两人的"顽固"质疑道："你们干吗非要死呢，这样死有什么用处？"在他看来，掩护战友的目的已不存在，坚持一死了之已没有意义，形势变化了，仍坚持原先的做法，是很盲目、很愚蠢的。

其次，当吕茜和昂利最终被卡诺里说服，勉强接受他的提议，决定"活下去"，他们自以为巧施妙计，可以"蒙混过关"，戏剧情节突然一转，令战士们万万没有想到，他们被法西斯分子枪毙了。这里表现的仍是存在主义对待死亡的基本观念：死亡在"墙"的另一面，它不是谋划的对象。戏剧与小说《墙》的结局相反，在《墙》中，伊比埃塔做好了必死的准备，谁想临上刑场前一句戏弄敌人的话，使他死里逃生。在戏剧中，吕茜等人终于下定决心准备活下去，他们以为可以骗过敌人，没想到却被法西斯分子枪毙了。结局虽不同，表现的哲理则是一样的：死亡不是谋划的对象。不论人们的态度如何坚定，信心怎样充足，谋划如何周密完备，都无法掌控死亡。

第三，生活中人们常常追求目的，特别是采取宁死不屈、视死如归这样的重大行动，一定会有原因和目的。人们不会无缘无故地宁死不屈，也不会没来由地去视死如归。一个行动如果没有原因促使它发生，它不去实现某个目的，就多少有些怪异，令人难以理解。要理解一个行为，使其具有合理性，就要为它寻找依据。如上所述，如果受罪没有目的，也要设定目的，否则战士们就是"白受罪"了。如果目的不合适，就需要寻求更恰当的目的。"维护尊严"可以对游击队员的行动给予支撑，但"掩护战友"比"维护尊严"对战士们的支撑性更强，对其行为的解释更恰当、更合理、更有效。

把行动建立在目的上，可以赋予其合理性解释，问题是，人追求目的的活动具有"两面性"：人的存在必须介入现实，在这个意义上，人的活动必须追求目的，否则就像昂利所说的，人与老鼠的存在就没有区别了。可是，人在追求目的的过程中把自己凝固在目的上，被目的所限，动弹不得，同样会失去自由。追求目的的活动犹如一把双刃剑：自由离不开追求目的的活动，但目的本身又可能窒息和扼杀自由，自由要求追求目的，可一旦人们把自己凝固在目的上，不仅目的消失了，自由也消失了。对实现目的的活动没有清晰认识，常常导致，人追求目的本是为了自由，但结果却陷于不自由中，人自以为是在自由中，实际上却被困在目的中。

第四，目的无一例外都扎根于现实，它们是现实的组成部分，具有相对的性质。一旦目的变化或消失，建立在其上的行动合理性还能保持不变吗？在这种情况下，不仅有可能对原先行动的合理性提出质疑，甚至还会导致对之前行动的否定。

譬如，昂利等人坚持宁死不屈，是为了掩护若望，这在彼时彼地毫无疑问具有合理性。但当若望脱身，坚持一死了之的行动"理所当然"地受到质疑。卡诺里认为，时过境迁，战士们应"与时俱进"，环境发生变化，目的应相应改变，针对新目的应采取新的行动，而不应固步自封，拒绝改变。可是观众看到，若望被释放后，昂利和吕茜选择死亡的决定非但没有改变，反而更坚定了。是什么原因造成他们不能、不愿、无法乃至拒绝改变自己呢？原来他们心里有一个情结，遮蔽了未来的视野，把他们"卡"在过去动惮不得。这个情结就是，为了之前的目的，他们杀死了弗朗索瓦。如果现在改变目的，杀死弗朗索瓦的行动该怎样解释？坚守以前的目的，维持原先的选择，尽管这种坚持已"不合时宜"，甚至有些盲目，但至少杀死弗朗索瓦对他们仍具有合理性。坚持活在过去，他们对杀死弗朗索瓦就不会后悔。可见，是杀死弗朗索瓦，为先前目的付出的巨大代价使他们难以轻易从容地走出过去，他们被之前行动的浓重阴影紧密包裹，迟迟难以逾越这道阴影。所以，与其说昂利和吕茜不愿意重新选择，不如说他们被过去紧紧抓住，陷入其中，难以动弹，以致无法面对一个新的未来。若望脱身之后，他们仍坚持一死了之，这种坚持不管显得多么牵强和固执，他们也必须这样做，这种心境在昂利与卡诺里的对话中表露无遗。卡诺里看到他们如此执著于死，质疑道，死有什么用？昂利回答，没什么用。卡诺里说，那为什么还非坚持死不可，昂利回答，"我活腻了"。昂利实在找不出有力的理由来说明，在若望离开后，为什么依然要坚持一死了之的决定。沿着过去的轨道走，尽管固执，甚至愚蠢，但至少能对得起自己的良心，杀死弗朗索瓦，至少在他们内心中还是"言之成理"的。重新选择一条新路，他们走起来就异常艰难了，因为这意味着他们要推翻乃至否定自己的过去。

第五，昂利和吕茜要面向未来，就意味着要"清算"过去。原先弗朗索瓦坚持要"活"，其目的与吕茜等人不一致，要实现他们的目的，就必须牺牲弗朗索瓦。现在情况来了个讽刺性的变化，卡诺里提出的目的也是要活下去，它恰好就是弗朗索瓦当初苦苦追求的，但弗朗索瓦已被杀死了。为保护若望，必须杀死弗朗索瓦，这个行动在当时具有合理性，这不容置疑。问题是：这些合理性都扎根于具体现实，它们都具有相对的性质。也就是说，只有在具体的环境下，在特定的时空中，这些行动的合理性才能成立。一旦环境变化，其合理性也会变化，甚至丧失。

杀死弗朗索瓦是一重大行动，在那一刻，昂利和吕茜希望做出的是一个永恒的、不可更改的选择，是一个能够接受时间考验的决定，是一个永远不会遭到怀疑和否定的决定。换言之，他们希望自己的决定具有绝对性。但可惜的是，他们无法阻止现实的变化，这个变化才具有绝对性。把行动的合理性寄托在目的上，必然面临两种境遇：要么拒绝改变，坚持原先的生活轨道，以此捍卫之前行动的正当性。要么跟上变化的步伐，选择新目的，但如此一来就会对之前行动的合理性产生质疑，甚至导致否定之前的行动。昂利和吕茜的痛苦在于，他们看到了未来，看到新的选择摆在眼前，但之前行动付出的沉痛代价使他们告别从前、迈出新的一步非常艰难。经过一番激烈挣扎，他们痛苦地接受了卡诺里的主张。戏剧非常生动地表现了这一点，吕茜在做出新选择时双肩颤抖，她说，我不愿意，我不愿意……她伏在昂利的肩头抽噎，然后喊出了"我愿活着，我愿活着！"即便做出了这样的选择，她仍然踌躇彷徨，拿捏不准。吕茜的选择把自己置于另一个世界，她已经跨出了这一步，但实际上仍然停留在过去，弗朗索瓦的死紧紧抓住了她，她不得不在过去和未来之间挣扎。所以她问卡诺里："我们这样做对吗，卡诺里？我们做得对吗？"

第六，如果以现实作为判断依据，今天的行动就可能否定我们的过去，明天的筹划也许会摧毁我们今天奋力以求的。就某一瞬间看，行动都有合理性，可一旦风云变化，合理性转瞬即逝。目的本身是不断变化的现实组成部分，以它们为依据，人们可以得到一时的支撑，心里会有暂时的满足，但随即而来的则可能是迷茫和痛苦。之前人们越是信心百倍，底气十足，之后就越可能陷入迷茫和痛苦中。迷茫是因为人们永远随着现实打转，痛苦是因为他们可能会无情地否定自己。如果之前付出的行动成本不大，向未来转向也许会阻力较小。如果之前付出行动成本过高，代价极大，如杀死弗朗索瓦这样的行动，就等于封杀了向未来的变化。昂利和吕茜的转向阻力重重，向未来迈出的步伐异常艰难沉重，他们像鸵鸟一样把头缩在羽毛下，拒绝向未来眺望，强迫自己停留在过去。昂利说："我不愿意在弗朗索瓦死后活着，我不愿意比这孩子多活30年。"这无异于向人们宣示，杀死弗朗索瓦这一行动的沉痛代价，已经把他和吕茜"钉死"在过去了。

针对他们的这一心结，卡诺里采取的策略是，必须忘掉过去，否则无法面对未来。他对吕茜说，六个月后，这些法西斯分子就会被消灭，那时只要往他们龟缩的地窖里扔一颗手榴弹，"就能使我们这段历史彻底结束，剩下的问题才是重要的，世界以及你们在这个世界上的所作所为，咱们的伙伴以及你为他们所做的一切"。卡诺里的意思是：半年后赢得胜利，敌人被消灭，这段历史就结束了。我们会忘掉这段经历，就好像什么也没有发生。我们面对未来，不会再有任何顾虑和沉重负担。卡诺里的想法过于简单，昂利和吕茜经历的这一切怎可能轻易忘掉，过去始终萦绕在他们心头，而未来在他们眼中又是那么不确定。

第七，若望脱身后，昂利必须为掐死弗朗索瓦寻找新的理据，做出新的解释。他找到了吗？什么也没有找到，他又把"维护自尊"重新提了出来，但此时昂利明显没有多少底气了。他对卡诺里说："我想我杀死弗朗索瓦确实是出于自尊。"卡诺里对昂利的这番辩解不感兴趣，对昂利执著于过去有些厌烦，他说："讲这话有什么用，反正他必须死。"在卡诺里看来，过去已经过去了，弗朗索瓦在那一刻必须死，现在仍为此喋喋不休，已经没有意义。显然，形势变化后，昂利的解释越发牵强。在若望出现以前，用"维护自尊"还能够为游击队员的行为做支撑，在若望脱身后，再用这个理由为掐死弗朗索瓦作辩解就很勉强了。难道是因为弗朗索瓦在敌人面前缺少自尊，或者他的表现影响到战士们的尊严，就把他杀死了，这种解释合乎情理吗？其实，就是昂利自己也认为这种解释的有效性实在很有限，所以他说他会不断追寻这个问题的答案。他比喻这个问题如囚徒脚镣上的铁球，他得带着它，"他一生中每时每刻都要责问自己"。这就是说，为杀死弗朗索瓦寻求新的解释成为每时每刻压在昂利心头的问题，成为他迈出新步伐的一道心灵枷锁。

第八，如上所述，昂利和吕茜选择死亡，这是他们自由的表现。随着剧情发展，他们被目的所困。从"维护自尊"到"掩护若望"没有遇到阻力，但从"掩护若望"转到"活下去"却异常艰难，原因在于他们被第二个目的束缚了手脚。人的选择必须面向现实，但不是现实决定人的选择。人必须与现实发生关系，但人在现实面前不是被动的，他不能让现实牵着鼻子走。人一旦被目的控制，失去了选择能力，就丧失了自由。现实不论多么严酷，都不能制约、限制、取消人的选择。一个显而易见的事实是：在酷刑折磨下，选择仍可以多样化。如果我的身体足够结实，可以像卡诺里那样，坚持一声不吭。如果身体单薄，经受不住严刑拷打，可以像索比埃那样维护尊严。当然，也可以像弗朗索瓦那样，在酷刑下选择一条求生之路。总之，在现实与人的行动之间没有一条必然性的因果锁链，选择扎根在自由上，人始终具有选择的机会，无论如何不能放弃、逃避选择。

萨特举过一个例子：在台球桌上，一个球被另一个击打，它会沿着击打方向运行。这个被击打的球自己不会运行，它只能消极和被动地接受击打它的那个球的力量。① 假设外部环境就是那个击打的球，它会对我们施加压力，但是我们"是"那个被击打的球吗？我们的存在能够像那个被击打的球那样做到彻底的消极吗？我们像那个被击打的球那样只能沿着击打的方向完全被动运行吗？实际上，人的存在与这个被击打的球完全不同。这个被击打的球是实心的、惰性的，只能被动地适应外部力量的撞击。人的存在完全不能等同于这样一个实体，因为意识本身是虚无，面对任何对象意识都会对其虚无化，这使在外部力量和人的行动之间涌现出一个关键因素，它起着重要作用，可以逃脱对象对人的制约，使人的存在具有能动和超越的一面。因而酷刑并不能直接决定我的选择，我的选择只能建立在自由上。

昂利等把选择建立在变动不居的目的上，让目的决定行动，迷失了自身。听命于外界，人们最终会迷失方向，否定自身。这些目的会提供支撑，但它们如过眼云烟，转瞬即逝。把选择和行动奠基在目的上，就是把自己置于未来否定的风险中。漠视人是扎根于自由的真相，最终必不可免地导致对自身的怀疑和否定，这就是战士们的悲剧。吕茜等人面对现实的选择，应是他们自由的表现，而不应是机会主义、实用主义的谋略，选择应出于他们的自由，而不是对现实的功利计算。这些抵抗战士是革命者，但不是萨特哲学意义上的自由者。

这里，我们可以把《墙》中的伊比埃塔与这些游击战士做一个比较：

伊比埃塔被捕后选择宁死不屈，与昂利等人不同的是，他没有让任何目的（掩护战友、西班牙革命胜利、实现无政府主义理想等）充实和支配自己。相反，他明确认定，他的选择与这些目的没有关联。伊比埃塔面向现实，但并不被现实支配，其行动有目的，但并不被目的控制。伊比埃塔拒绝承认选择与目的相关，不是说选择无关乎现实，而是强调选择出于自由，强调选择在面向现实时又超越了现实。昂利等人面向现实，最终被现实所困，被"过去"牢牢抓住，动弹不得，陷于不自由中，这是他们与伊比埃塔的显著区别。

---

① 何意译："决定论与自由"，见《萨特哲学论文集》安徽文艺出版社 1998 年版，第 154 页。

4. 对"死无葬身之地"的理解。

先让我们看看学术界几种比较有代表性的看法：

有人认为，"死无葬身之地"的意思是，德国法西斯侵占了法国大片河山，那些英勇牺牲的战士找不到一块埋葬的地方。① 这种理解显然有些望文生义，仅仅停留在字面上，过于浅显。

"死无葬身之地"单从字面看带有贬义色彩，戏中游击队战士则是正面形象，用这样的剧名形容抵抗战士显然不妥，于是有学者认为："坦率地说，《死无葬身之地》这个剧名翻译得并不确切。在萨特那里，意思原本是'他们没有墓志铭'"。② 游击队战士的行动感天动地，可歌可泣，他们为抵抗事业付出了生命，但在法国大地上却找不到他们的墓志铭，他们的尸骨随风而逝，但精神却长留人间。根据这样的解释，把"死无葬身之地"用在战士们身上倒能说得过去，但问题是：为什么认定剧名翻译得不确切，怎样理解和翻译才确切？为什么在萨特那里，剧名的意思应该是"他们没有墓志铭"？凭什么做出这一判断？论者只是断定，没有论证。

根据二元对立的模式，依据敌我斗争的传统思路，解释这一剧名确实会遇到一系列困难。因为很明显，如果认为戏剧意在表现抵抗战士与法西斯分子的斗争，萨特的意图是歌颂游击战士，那么把"死无葬身之地"用在他们身上就不合适。不论在战士们身上可以发现多少缺点，也不论这些缺点有多么严重，把这样的剧名用在他们身上都是不恰当的。

如果剧名不是指向抵抗战士，有人认为，它是用来概括戏中法西斯分子的。单就剧名看，用来形容法西斯分子的可耻下场，倒是合适的。可问题是，戏剧主角毫无疑问是游击队战士，整出戏都是围绕着他们的选择和行动来表现的，萨特为什么要用揭示几个配角的"断语"作为整出剧的名称？这一点难以解释。

也有论者另辟蹊径，认为剧名虽然谴责了法西斯分子，但这只是最为浅表的层面。在其下还有两层深刻寓意：一是哲学层面上，怎样通过关键时刻的必然选择来增强人作为主体的自觉性。第二层意思"更加隐晦"，它是在伦理学层面上的思考。它向观众提出的问题是，在关系到他人自由的境况中，你怎样

---

① 参见黄新成："现实主义与存在主义交融的杰作——论萨特的《死无葬身之地》带给存在主义文学的生机"，《四川外语学院学报》1996 年第二期。

② 廖全京："直逼灵魂——看话剧《死无葬身之地》"见《四川戏剧》，2007 年第六期。

选择才能称得上是道德的。① 这种解释的怪异在于：为什么剧名的表层意思与其深刻含义之间相差如此巨大，表层意思是谴责法西斯分子，深层意思则与此无涉，变成了存在主义的某个深刻命题？尽管论者断定，"由于剧本情节的清晰，剧中人物的明确，剧本哲学层面思考的话语表达是准确无误的"，但对"哲学层面"和"伦理学层面"的解释仍是云里雾中，玄而又玄，始终没有明确说出"死无葬身之地"的含义究竟是什么。

还有学者指出，戏中反复出现的主题是，恐惧人们在没有见证者的情境下死亡，并被完全遗忘。吕茜曾以这样的想法安慰自己：她会依靠记忆活下去，虽然她死了，她仍将是为他人的存在。战士们恐惧的是，他们死后不再被人怀念，成为"无影人"，恐惧为了虚无而死，成为无名的尸首，唯一知道他们如何死以及何时死的仅仅是那些刽子手。② 据此理解，把剧名翻译为"Men Without Shadows"。但凡一个活人就有存在的"影子"，因为人的存在离不开他人，即便我死了，他人仍会记忆、评价、怀念我。战士们虽然存在，却没有自己的"影子"，因为他们像无名的尸首，将无声无息地死去，没有人记得他们。这种解释有一定根据，战士们确实有这种担忧，萨特创作此剧的动机之一就是希望人们真正记住这些抵抗战士，这是对他们最好的怀念。这种解释应该成为对这出戏的理解之一，但难以用它概括对整出戏的理解，把剧名翻译为Men Without Shadows，也显得有些片面。

大多数中国观众理解这出戏剧有一个不约而同的设定，即把戏剧主题的表现界定为法西斯分子与抵抗战士的斗争，戏剧意在歌颂抵抗战士，揭露法西斯分子的残暴罪行。这种理解符合二战作品的表现模式，也与人们的欣赏习惯吻合。当然，戏剧的表现确实涉及这些方面，但正如萨特强调的，它们仅仅是戏剧的表层，其下蕴含着深刻哲理，这就是存在主义哲学所揭示的自由与选择的关系。《死无葬身之地》的冲突主线就是游击队员面对不断变化的情境，相应地做出自己的选择和行动，它们有的非常容易，有的却异常艰难。特别是戏剧的后半部，战士们把行动奠基于目的，他们从目的中寻求支撑。一旦受困于目的，被其充实，他们就难以走出过去，无法面向未来。这些游击队战士忽视了存在的真相，即自由才是人的行动本源：人生活在现实中，其行为当然有种种外部原因，但不论有多少外部原因，也不论它们多么重要，选择最终不能由外

① 参见江龙："萨特戏剧标题的寓意性"，《湖南社会科学》2002 年第四期，第 125～127 页。
② Gary Cox, *Sartre Dictionary*, Continuum International Publishing Group, 2008, p. 133.

部原因直接决定，而是由人的自由决定的。人的存在是自由的，选择和行动应扎根在自由中。"死无葬身之地"的意思是：自由才是人的存在之根，背离了自由的人是没有"栖身之地"的，这才是戏剧表达的主题，也是剧名的真实含义。

四、戏中若干场面的解释

1. 关于若望

若望是游击队首领，他的出现给大家带来了希望。与一般戏剧表现不同的是，若望非但没有得到大家的尊重，反而被孤立和疏远，被"踢"出了战友和爱情的圈子。

在通常表现抵抗战士的戏剧中，游击队首领应是一个有能力、有威望受到大家尊敬的人。特别是因为他的存在与更多游击队员的生命联系在一起，大家会想方设法保护他。

毫无疑问，若望是一个重要人物，他牵涉到更多人的生命，所以必须保护。在这一点上，除了弗朗索瓦，大家意见是一致的。除此之外，观众看到，若望与战士们总好像"隔"了一层，即便原先与他亲密无间的吕茜，受刑回来变得冷淡，对他也很冷漠，这是为什么？

昂利掐死弗朗索瓦是征得吕茜同意的，此刻她看着弟弟的尸体，心如刀割。若望过来安慰吕茜，劝她别太紧张，否则会坚持不住、突然失去勇气的。在这一艰难时刻，若望希望待在吕茜身边，他不想让她处于孤独中。面对若望的关心，吕茜反问道："和你在一起就不孤独了吗？啊，若望，你难道就不明白我的意思吗？我们之间已经没有共同的东西了。"

原先若望和吕茜是一对恋人，昂利钟情于吕茜，但根本没有引起她的注意，看着若望和吕茜出双入对，昂利常常暗自品尝孤独的酸涩。现在，昂利感到他与吕茜的关系越来越近，而吕茜与若望的距离则越来越远。在昂利看来，若望由于"置身事外"，对眼前的这一切"既不能理解，也不能评价"。

所谓置身事外，主要是指若望和战士们缺少一个"共同的存在"。经历了同一种存在的人才有共鸣，患难与共的人才能拉近彼此间的关系，特别是一起被关押、被酷刑折磨、经历过死亡威胁的人，这种共同体验使他们走得更近。昂利对若望说："她的痛苦使我们更接近了，你以前给予她的欢乐曾使我们疏远，今天我却比你更接近她。"

若望并不糊涂，他知道自己被"疏离"，原因就是因为他没有像大家那样受苦，而且现在大家还为了他而受苦，虽然这使他"受益"，但也让他愧疚。他想改变自己的处境，想获得与大家共同的存在。为此，他也想像战士们那样经历酷刑折磨，但是一想到外面的游击队员，想到自己的责任，他就动弹不得了。他要为更多游击队员生命负责，他被自己要承担的责任牢牢控制，他无法做出自由的选择。若望意识到这一点，但他非常不甘心，他想和昂利等人一比高低，声称自己根本不怕酷刑折磨，他甚至想象自己能够做到在酷刑下不吭一声。他想赢得和大家一样的存在，如果他不能让敌人折磨他，他可以自己折磨自己，体验"折磨"的滋味。他把左手摊在地上，右手拿着炉算向左手砸去。同时说道："我听够了你们宣扬你们的痛苦，好像这些痛苦是你们的功劳似的。我老是用可怜虫般的眼光瞧着你们，我受够了，他们对你们施加的刑罚我也能受到，这是每一个人都能够办到的。"

若望砸自己手的做法遭到了吕茜嘲笑，因为若望只能自己伤害自己，他只能制造折磨自己的假象，这种折磨与吕茜等人忍受酷刑有天壤之别。吕茜等人是受敌人的严刑拷打，这与若望用右手砸自己的左手有本质不同。吕茜对若望说："你可以砸碎自己的骨头，你可以挖掉自己的眼睛，但这是你，是你自己决定要受痛苦的，而我们受到的每一个痛苦都是别人强加的。那是别人使我们蒙受的，你赶不上我们。"这就是说，不管若望如何努力，他的期盼多么真诚，不管若望用右手把自己的左手伤害到怎样程度，虽然都是皮肉痛苦，但意义和价值完全不同。若望可以伤害自己，单就皮肉的伤害而言，他受的"折磨"可以与吕茜等人一样，甚至超过战士们受到的伤害，但即便如此，他仍然不能拥有与战士们相同的存在。吕茜等人的伤害来自敌人，这是对他们自由的考验，若望的伤害是自己造成的，不管它多么严重，与考验他的自由没有关系。同样是皮肉伤痛，吕茜等人的处境关涉到自由，若望只能在形式上"模拟"伤害，这个伤痛停留在皮肉上，与考验自由无关。

若望想证明自己，不管他怎样努力，总是游离在游击队员的圈子外，最后他不得不正视这一现实。他说："你们是生死与共的，而我是孤单一人。我不再动弹了，也不跟你们讲话了，我躲到阴暗的角落里去，你们忘记我的存在吧。"

2. 吕茜对爱情的态度

吕茜惨遭法西斯分子蹂躏，若望对她依然痴心不改。吕茜对他说："我已经不是你爱的那个女人了。"若望说：

也许是，也许你变成另一个女人。如果是这样，我爱的就是这个女人。明天，我就爱这个死去的你。我所爱的是你啊，吕茜，是你。幸福的吕茜我爱，不幸的吕茜我也爱；活着的吕茜我爱，死去的吕茜我也爱。反正我爱的是你。

　　按一般看法，若望这段表白，表现了他的爱是忠诚的、可靠的，也是负责任的，它体现了若望的高尚人品。但观众看到，吕茜"无情"地拒绝了若望的爱，她说："我爱过你，那又怎样，我也爱过我弟弟，但我还是听任人家把他杀了。"

　　通常人们认为，爱情越坚贞越难得，感情越牢固越可贵，爱情的最高境界就是白头偕老，百年永和之类。在爱情问题上三心二意、朝三暮四是可鄙的。萨特的存在主义哲学反对唯利是图的爱情，因为它只是打着爱情旗号，关注的却是爱情之外的东西。萨特的存在主义哲学也反对永恒的、"必然性"的纯洁爱情。前者把爱情建立在外在目的上，后者则自欺欺人。

　　在一个荒诞的世界中，爱情扎根于虚无，这才是真实的爱情。正如吕茜所说，她爱自己的弟弟，但为了事业，可以牺牲弟弟。这种牺牲不是因为痛恨弗朗索瓦贪生怕死，恰恰是爱自己的弟弟让她做出了这一选择。爱不是僵死的诺言，不是一言九鼎的承诺。当弗朗索瓦因恐惧坐卧不安，浑身冒汗，吕茜为他擦去汗水，不断安慰他，表现了对弟弟的爱。当意识到弗朗索瓦在酷刑下会出卖若望，危及更多游击队员的生命，背上叛徒的恶名，吕茜毅然决定杀死弟弟，这也是爱。在爱情这面旗帜下，可以容纳许多不同行为，甚至截然相反的行为。爱情没有一个固定模式，没有一个标准行为，因为爱情扎根在虚无中，爱的行为永远是自由的。

　　人们可以把图钉用强力固定在墙面上，但用这种方法，能够把爱情一劳永逸地固定在另一个人身上吗？试问，普天之下谁能够用一种强力把一种感情像图钉按在墙面上那样永远凝结在另一个人身上？这不是说世界上根本没有真诚的爱情，也不是说对待爱情只能采取虚无主义的态度。而是说，爱一个人与爱一件物不同，爱情发生在两个具体的、自由的人之间，爱情的真谛不是通过感情的锁链把两个人一劳永逸地拴在一起，爱情建立在自由的基础上，是人们在向未来的超越中的自由选择。

　　当若望做出爱情保证时，吕茜看得很真切：若望爱过她，这是真的，她死后，若望会怀念她，这大概也是真的，但这并不妨碍若望爱另一个人。吕茜怀疑的是，若望只爱她一个人，而且她死后，若望会像一个图钉被钉死在墙面上那样，他的爱情全部凝固在她身上。若望的承诺固然动人，但这是一种被凝固、被僵化的感情，在一个自由人身上，无法期待这种感情，不能指望用一种永恒不变的感情把两个人强行拴在一起，不能为了实现一种牢固的感情把两个自由的人转化为物。还是吕茜看得真切：若望爱我，对此我一点都不怀疑，在我死后，若望也可能会爱别人，这一点也是千真万确的。但即便他爱别人，他也曾经爱过我，也许他心里还有我，这也是真实的。唯一让人怀疑的是，若望只爱我，在我死后，他还是只爱我，而且像把图钉按在墙面上那样把他的所有感情一股脑地凝固在我身上。当然，要做到这一点也不是不可能，即若望的感情已经枯死和僵化了。只要若望是一个自由的人，他的感情就在向未来延伸，在这种延伸中，他会怀念吕茜，也可能爱上另一个人，可能会发生各种各样的事情，他们的感情会面临一系列考验。因此，应该接受爱情的承诺，相信它是一个人真情的流露，但不能刻板地把它理解为，一个人做出了爱情承诺，就封杀了自己感情的未来，他的感情就被凝固和冻结了。爱情扎根在虚无中，它的本性犹如生活一样常变常新。

3. 吕茜的冷淡

第三幕第二场与第一幕第一场比较，吕茜对若望的态度有一个明显变化。刚被捕时，她对若望抱有希望，她对处于绝望和恐惧中的弗朗索瓦说，有一个人能够帮助你，这就是若望，他和我心连心。有若望在，我就不感到孤独了。吕茜还想象，战争结束，若望会穿过森林下山，他会想到我，"世上只有他一个人会这么柔情脉脉地思念我"。但在酷刑后，吕茜对一切都冷淡了。她迈着虚弱的步伐直挺挺地走过来，对若望看都不看一眼。若望对她说："你答应过我，你的眼睛里只会有爱情的光芒。"吕茜不胜悲伤地耸耸肩，反问道："爱情的光芒？"当若望走近她，吕茜说："我求求你，别碰我。我想我应该继续爱你，但我已经感觉不到我的爱情了。我什么也感觉不到了。"受刑回来，吕茜似乎"万念俱灰"，对若望、对爱情都失去了"兴趣"。

按常理，死亡前人会抓紧有限时间，珍惜朋友和亲情，向爱人倾吐衷肠，向亲人交代后事，悲伤者与大家依依惜别，达观者看透了一切，面对死亡说不定还会幽默一把。但在萨特笔下，情形恰好相反，人变得冷漠了，似乎对一切都无所谓了，这是为什么？

在《墙》中，三位战士面临死亡威胁，主人公伊比埃塔对其他两位同伴既不同情，也不怜悯。在生命最后一刻，他不想与任何事物发生联系，甚至不想与他的过去发生关系。有学者指出，当伊比埃塔选择了死亡，他就无需再考虑和感受任何东西，他只需保持"僵硬"的状态，无需展示任何恐惧的情感，经历一种纯粹的死亡。他需要逃避那位比利时医生的观察，比利时医生是活人的代表，他对世界有鲜活的感知，伊比埃塔已经失去了对这个世界的感知，一切对他已经没有意义，他只是在逐渐接近死亡。[①] 按萨特哲学，当选择了死亡，人生像袋子那样就要封口，人的一生就要画上句号了。当人对未来还抱希望，人的存在还有意义时，爱情也会向未来延伸，也是有意义的。当主动选择死亡，存在已被封闭，人还会追求爱情吗？当选择只求一死时，人就放弃了一切，当然也包括爱情。

死会封闭人的一生，当选择死亡时，人需要切断与一切的联系，包括与爱情的联系。如果人选择了死亡，但在爱情上却难以割舍，这就是一种矛盾，因为这种对待爱情的方式恰好表明人并没有真正选择死亡，表明死亡是不得已的，是外力强加的，而不是人出于自己的自由选择的。可以说，一般戏剧表现的死亡大都是外力强加的，人并没有真正主动选择死亡，因而在死亡面前流露出对生命的强烈渴望，包括对爱情的执著和希望。吕茜选择了死亡，这种选择扎根在她的自由中，她主动放弃了对生命和爱情的留恋，这决定了她对苦望和爱情的态度：孤独、固执、万念俱灰等。

4. 吕茜：我已经雪耻了！

当敌人提出"招供即可活命"，吕茜认为，"我已经雪耻了"，"胜利了！"

为什么吕茜会有这种想法呢？法西斯分子改变审讯策略，意味着原先对战士们采取的高压强硬手段已经失效，敌人无法用酷刑征服战士们。只有明确了这一点，吕茜所经受的折磨才能成为她战胜敌人的证明。也只有在这个时候，她才能把这些经历一一展现出来。吕茜说，"昨夜我想忘记一切"（指受辱的经历），现在她则骄傲地让它再现于眼前。只有当敌人无法用酷刑征服吕茜，她的受辱才成为自由取得胜利的明证。吕茜的自由是在酷刑折磨下显现的，敌人对她摧残越烈，自由的根在她心中就扎得越牢固。

在敌人提出"招供即可活命"之前，吕茜虽然经历了酷刑折磨，已经表现出惊人毅力，但这一切还无法证明什么。因为敌人可能会采取更残酷的手段

---

① Gary Cox, *Sartre Dictionary*, Continuum International Publishing Group, 2008, p. 217.

折磨她，吕茜的自由会经受更严重的考验，因而胜负仍在两可之间。在这种情形下，尽管吕茜心中仇恨这些法西斯分子，但此刻她还不能断定和证明自己是一个什么样的人。她主观上当然希望做一个无坚不摧的革命战士，但实际上她能否做到这一点呢？这不是她的道德和信仰能够保证的。如果法西斯分子用更严酷的手段折磨她，万一她在酷刑下承受不住，崩溃了，不论之前的表现如何，她就被"懦夫"、"叛徒"之类的字眼盖棺论定了。

只有当法西斯分子提出"招供即可活命"，才表明吕茜在较量中获胜。她说，"你们（指法西斯分子）乞求我活下去，我的回答是不！你们必须干完才能了事。"当吕茜的自由已经取得胜利，法西斯分子却想退出较量，吕茜斩钉截铁地回答：不！

《死无葬身之地》是一出带有浓烈存在主义哲学意味的戏剧，它把萨特哲学关于自由与选择的关系生动地再现于舞台，揭示了萨特哲学对自由的独到理解。

第九章

理想与现实的对立——对《肮脏的手》的分析

一、创作概况

七幕剧《肮脏的手》写于 1947 年，完成于 1948 年初，发表于《现代》杂志第 30、31 期。1948 年 4 月 2 日首演，至 1964 年，已在巴黎演出六百二十五场，在法国其它地区上演三百场。剧本被多种文字翻译，它是萨特最成功、影响最大的剧作之一。

二战后，法国共产党势力大增，一跃成为第一大政党。法国是一个知识大国，知识分子众多，对具有巨大能量、在历史关头叱咤风云、能够发挥重要作用、引人注目的群体，共产党当然不会将其排除在视野外。扩大和加深党在知识分子中的影响，吸引和招徕他们充实党的组织，成为战后法共的一项重要政策。特别是法共原来知识分子较少，在最高领导层中，真正有影响力的知识分子寥寥无几，法共意识到这一"薄弱"之处，开始重视知识分子，积极争取他们的理解和支持。

萨特学生中不乏资产阶级出身的知识分子，他们年轻有为、心地善良，虽然加入了共产党，但与党组织的关系总是出现"麻烦"，这种情形引起了萨特的关注和兴趣。组织上加入共产党只要履行一下手续就可以了，但这只是在形式上加入党，真正的"困难"并没有消失。这些青年知识分子真的已经与共产党同心同德、亲密无间了吗？他们在思想上、感情上已经脱胎换骨、完全融入了党组织吗？尽管他们主观上希望能够与党心心相印，但要真正做到志同道合，非常不容易。实际上他们与党组织的关系总是"横生枝节"，摩擦不断，由此提出一个问题：在现代社会，知识分子与党组织究竟应保持怎样的关系？是无条件地追随党，按其指示和要求规范自己的一言一行，还是坚持批判立场，保持自身的独立性？萨特后来把自己定位为"同路人"，他在一些方面与共产党不谋而合，但又不遮掩自己与党的分歧，保持在超越中的独立性。萨特赞同共产党的某些主张，但这并不意味着凡事可以让别人越俎代庖。戏中雨果与党组织的关系多少能看出萨特在这一问题上的思考：雨果为追求理想，加入了党组织，但履行了入党的手续并不等于自然而然地与党组织同心合意。其实不论如何努力，雨果在思想和感情上无法消除与党组织的距离。他常常感到孤独，有时甚至与大家格格不入，他为此痛苦。

萨特创作此剧的另一个契机是，他和波伏娃在纽约曾与托洛斯基的秘书会面，这位秘书告诉萨特，他接受了斯大林的刺杀任务后，与托洛斯基一起住在一座严密监视的房子里。托洛斯基被暗杀，凶手就是他的秘书，他们在同一间房里朝夕相处，这与戏中雨果和贺德雷的情形很相似。雨果也是接受党组织的委派，去行刺党的书记贺德雷。他担任贺德雷的秘书，与他住在同一个院子里。

二战时，法共领导人多里奥建议共产党与统一社会党接近，这一主张未被采纳，多里奥还因为违背原则，被开除出党。但一年后，在苏联指示下，党又执行了多里奥的路线。在萨特眼中，这种情形很有趣，它提出了一个问题，究竟什么是正确路线？政治斗争有没有原则可循？为什么同样的政策，一年前多里奥提出，非但没有采纳，本人还被开除出党，后来党又采纳了这一政策，但既不向多里奥道歉，也不给他平反，更不用说感谢他了。党这样做没有感到丝毫不妥，就好像多里奥这个人根本不存在似的。这种情形与存在主义津津乐道的荒谬有几分接近，符合萨特哲学对世界的感受。多里奥的经历与戏中的贺德雷颇为相似，作为党的书记，贺德雷经验丰富，提出的政治主张富有智慧，却被路易等人视为叛徒。时过境迁，也是在苏联的指示下，党又采取了贺德雷的路线。与多里奥不同的是，就在雨果蹲班房时，党开始为贺德雷树碑立传，唯恐把他的死定性为政治谋杀。在新形势下，雨果不仅显得"多余"，而且成为危险人物，路易等人必欲除之才放心。

萨特创作此剧，为剧名酝酿许久，取舍不下。他原先考虑的是"激情谋杀"。雨果枪杀贺德雷，是在对他的印象发生转变、对他"刮目相看"的时候，突然撞见贺德雷与自己妻子有染，他顿时开了枪。党组织派雨果行刺贺德雷，他迟迟未有行动，就在党组织以为他不能完成任务的时候，他却完成了任务。表面上看，雨果开枪确实像"激情杀人"，但萨特最终放弃了这个剧名，大概是因为它有点像情节剧的名字，容易引导观众把雨果的行刺看成单纯的情杀。萨特认为，雨果开枪导源于偶然性，这是戏剧表现的重要主题。

对"肮脏的手"这一剧名，萨特也犹豫再三。他担心，在当时政治环境下，这出戏涉及共产党，这个剧名会引起种种带倾向性的解释。人们会对这出戏做出有利于自己政治意图的解读，把它变为反苏宣传，这是萨特最不愿意看到、最为忧虑的。尽管他对斯大林体制下的苏联有诸多不满，对苏联的某些做法持批评态度，甚至有过激烈谴责，但他绝不想通过这出戏对苏联为首的社会主义国家发出挑战。在美苏对峙的冷战年代，萨特不会像他的老同学阿隆那样义无反顾地站在资本主义阵营一边摇旗呐喊。在当时许多知识分子看来，经过两次世界大战，资本主义弊病已经彰显，金钱统治带来无穷祸害。社会主义则是一种新型体制，它声称要战胜资本主义，要把人类带往一个没有剥削和压迫的新世界。社会主义引起了人们的憧憬，虽然它有诸多问题，但至少它是批判资本主义的，而且它尝试和探索建立一种新制度，这使人们对它采取包容和理解的态度，这是当时知识分子的普遍心态。存在主义的重要人物梅洛·庞蒂在出版于1947年的《人道主义与恐怖》一书中指出，在当今形势下，知识分子不应就"孤立的事件"对共产主义或苏联进行批评，也不要对西方民主制度在世界上其它地区的暴力干涉保持沉默。梅洛·庞蒂认为，苏格拉底被雅典的民主制判处死刑，德雷福斯也被法国的民主制度冤枉，但这些孤立事件并不能影响雅典的人文主义和法国的荣誉。同样，今天的苏联即便有这样或那样的问题，凭什么人们可以借助某个孤立事件就对它做出全盘否定呢？我们可以理解雅典和法国，为什么唯独对苏联不能一视同仁，而要采取另一种标准呢？在许多知识分子心目中，苏联为代表的共产主义仍是被压迫、被蹂躏人们的希望，抨击苏联，诋毁社会主义，等于间接支持资本主义这个不合理、不人道的社会。萨特顾忌他的戏剧被当作冷战武器用来反对苏联，其担忧应放在这一时代大背景下来理解。

确定剧名为"肮脏的手"，萨特有两重考虑：

一是它能够揭示戏剧的主题，他引用法国大革命时期"恐怖天使"圣·茹斯特的话："没有人能够清白地统治"，萨特认为这句话表达了戏剧的意思。要从事政治，就必须在理想与现实之间妥协，换言之，就是要"弄脏自己的手"。有学者认为，戏剧讨论的是"道德与政治之间的关系，二者之间难以一致"[1]。为了实现政治目标，必须牺牲道德，道德是纯洁的，但政治是肮脏的，不"弄脏"自己的手，就不能从事统治。想站在道德的立场上从事政治，以

---

① Lucien Goldmann：The Theatre of Sartre，The Drama Review：TDR，Vol. 15，No. 1（Autumn，1970），p. 111.

道德的圣洁纯净为标准来衡量和要求政治，这不仅是幼稚和错误的，而且会付出惨重代价。

二是这出戏题材敏感，人们有可能直接把这出戏与现实牵强附会地进行比附。譬如，有人认为在法国共产党内部，总书记多列士要是与其他同志意见不合，就可能派人去暗杀对方。针对此种情形，萨特一再强调，这出戏虽然与政治有关，但并不是一出政治剧。他的意思是，这出戏的题材与政治有关，但其主题并不是要反映共产党组织内部的政治斗争，萨特的本意也不是要谴责共产党，而是要揭示更为深远、更具有一般意义的主题。萨特指出，如果为此剧喝彩的全部是资产阶级，而共产党人却攻击它，这意味着确实有某些东西发生了，戏剧客观上成为反共的。但他声明，他所写的东西不是反共作品，而是"同路人"的作品。①观众面对的既不是反共作品，也不是站在共产党立场上的作品，而是保持独立品格的戏剧家的作品，即萨特从存在主义哲学视角处理的一部政治题材的作品。

尽管萨特小心翼翼，一再声明和解释，他的担心还是如期应验了。《肮脏的手》搬上舞台引起热烈反响，由于剧中指名道姓地提到共产党和苏联，法共首先发难，对萨特严厉指责，称他是难以索解的哲学家，令人呕吐的小说家，引起公愤的剧作家。苏联当局强烈抗议，认为该剧敌视苏联，是不折不扣的反苏宣传。1948 年底，苏联对芬兰当局施加压力禁止该剧上演。法共和苏联的激烈反应不是空穴来风，确有别有用心之人利用这出戏进行反共宣传，对此萨特不能坐视不理。在美国，有人把此剧翻译为《红手套》在纽约上演，翻译中剧本被大量改动，明显违背了作者原意，萨特提出了强烈抗议。

萨特指出，戏剧比小说与作者的距离更疏远，在剧院里，什么都可能发生，有些是作者无法预料和把握的。鉴于这出戏题材敏感，特别是在美苏冷战的形势下，萨特意识到他的剧本已经成了打政治仗的战场，客观上成了政治宣传的工具，他为自己的戏剧被另作他用感到相当恼怒。现实就是如此，谁也无法改变世界的冷战格局，谁也无法控制在这种局面中发生的一切，萨特的戏剧被置于冷战格局下加以解释，被当作政治斗争的工具，对此他无能为力，颇感无奈。他后来对该剧上演抱谨慎态度，声明上演这出戏事前要经过他的同意，要得到上演国家共产党组织的许可。出于政治考虑，他曾禁止该剧在西班牙、

---

① Michel Contat and Michel Rybalka, Sartre On Theater, New York Random House, Inc. 1976, p. 209.

希腊、维也纳、印度支那、比利时等地的演出。1962 年后，他同意该剧在南斯拉夫、意大利和捷克斯洛伐克上演。

有人问萨特，你认为是雨果的纯洁理想主义正确还是贺德雷的现实主义正确？萨特回答说，他在戏剧中并未偏袒什么，他并不认为他的戏剧人物哪一个处于正确中，哪一个处于错误中。萨特认为自己只是一个戏剧家，只是提出问题，而不是解决问题，他只是描绘和塑造人物，而不是提供现成答案。他的悲剧正如古希腊悲剧一样，人物既处于正确中，也处于错误中。话虽如此，对于剧中两个主要人物，他还是给出了自己的评价：雨果出狱后，发现那些派他去杀贺德雷的人根本没有理想，没有原则，他们只是出于"策略性"的需要杀死了贺德雷，之后没有任何自责，毫不费力地又实行了贺德雷的政策。雨果并没有实现自己的理想，萨特强调，他从来没有认为在反对贺德雷的斗争中雨果是正确的。对于敢于把手伸进污浊肮脏中的贺德雷，萨特认为"他的态度是合理的"。① 雨果是纯洁的，贺德雷则相反，萨特哲学一向反对"纯洁"，在这两个人物之间，他倾向于贺德雷。但对于观众，雨果坚守原则的理想主义形象似乎更具魅力。

二、戏剧情节

二战末期，苏军逼近依利黎国。共产党员奥尔加在家中收听广播，听到有人敲门。来人是刚出狱的雨果，他身无分文，举目无亲，妻子捷西卡已经离开了他，他只好投奔昔日的好友和同志奥尔加。

雨果认为当初党信任他，派他执行暗杀党的书记贺德雷的任务，现在党已改变了对他的看法。因为三个月前，他在狱中收到一个包裹，里面有巧克力和香烟，他抽了香烟，同牢房的难友吃了巧克力，结果一命呜呼。

奥尔加没想到雨果能提前出狱，她想了解雨果行刺贺德雷的真实情况，特别是他的行刺动机。这时门外传来汽车的声音，原来是党的现任领导路易一路追杀而来。路易认为雨果是无政府主义的知识分子，口无遮拦，危险最大，应立即除掉。奥尔加认为，应搞清楚两年前雨果枪杀贺德雷的具体情况，如果能够挽救雨果，这类年轻的知识分子对党组织还是可以"回收"的。在奥尔加

---

① Michel Contat and Michel Rybalka, *Sartre On Theater*, New York Random House, Inc. 1976, p. 210.

坚持下，路易同意了她再度"考察"雨果的要求，约定当晚十二点等待回音。奥尔加要求雨果把两年前与贺德雷之间发生的一切和盘托出，由此展开了雨果的回忆。

雨果出身于资产阶级家庭，他不喜欢自己的父亲，背叛了家庭，加入了党组织。这时党内高层爆发激烈争执，以路易为代表的一派坚决反对以党的书记贺德雷为代表的一方。贺德雷认为，苏联大兵压境，共产党应与其他党派妥协组成联合政府，共同执政。当时依利黎还有两股政治势力，一派是以摄政王为代表的法西斯政府，它先前采取轴心国立场，眼看法西斯势力分崩离析，大势已去，它开始转向。还有一派是五角大楼党，它代表资产阶级自由主义者和民族主义者。三个政党本来势如水火，当战争即将结束，如何调节与其它政党的关系成为党组织面临的重要和紧迫的问题。贺德雷根据对形势的预判，主张党应与其他政党妥协，在战后分享政权，共同执政。

贺德雷的主张让雨果目瞪口呆，惊讶异常。一个党的书记竟然提出这样荒唐可笑的策略，他实在无法理解。自从雨果背叛了家庭和所属的阶级，他就不能再对他们采取妥协态度了。路易看到雨果态度坚定，决定采取非常行动，委他以重任，行刺贺德雷。路易认为，贺德雷能量大，擒贼擒王，消灭了贺德雷，其他人群龙无首，必作鸟兽散，所以他决定用暗杀的方式赢得党内斗争的主动。此时贺德雷恰好需要物色一个秘书，条件是文字能力强和结过婚的，雨果向往实际斗争，符合这两个条件。他毛遂自荐，主动请缨，强调自己能够单枪匹马行刺贺德雷，独立完成任务。雨果如愿以偿，作为党组织挑选的秘书和妻子捷西卡搬进了贺德雷的乡间别墅。

贺德雷消息灵通，风闻有人想行刺他，加强了警戒。警卫史力克要求检查雨果的皮箱，雨果担心藏在箱子里的手枪被发现，紧张得脸色发白，坚持不让检查，双方僵持不下，捷西卡提出请贺德雷出面调停。雨果提心吊胆，结果虚惊一场，原来捷西卡已经神不知鬼不觉把手枪藏起来了。捷西卡漂亮且富有，喜欢冒险，她对雨果的行刺很感兴趣，特别是对贺德雷产生了强烈好奇心。

10 天过去了，雨果仍未行动，路易等得不耐烦了，担心夜长梦多。路易内心里仍对雨果不放心，怕他在关键时刻立场不稳，误了大事。如果雨果迟迟不行动，贺德雷与其它政党开始谈判，一旦达成妥协，签订协议，生米煮成熟饭，造成既成事实，路易一派就非常被动了。雨果为什么按兵不动，难道他违背了承诺，他那资产阶级无政府主义的本性让他动摇了吗？路易不由得开始猜测、怀疑。当初力挺雨果的奥尔加心中也是七上八下，不知雨果为什么不恪守诺言，执行命令，他一味拖延，究竟是为什么？

果不其然，贺德雷雷厉风行，已经与摄政王政府和五角大楼党开始谈判。摄政王政府由于在战争中倒向轴心国一边，其靠山德国法西斯已经江河日下，这决定了它讨价还价的筹码不多，对谈判要求不高，只希望在未来政权中分一杯羹，以图自保。但五角大楼党的胃口很大，且态度强硬，因为它的后台是处于强势的美国，它要求在未来的政府中起主导作用。贺德雷审时度势，从容应对，提出共产党在未来的政府应占据一半席位。雨果看到贺德雷竟然与敌人讨价还价，进行交易，他忍无可忍，当面指责贺德雷的背叛行为。

正当雨果义正词严、激烈谴责贺德雷时，花园里一声巨响，爆炸虽未伤及雨果和贺德雷，未影响谈判的继续进行，但深深刺痛了雨果，剧烈的爆炸使雨果感觉到党已经不再信任他了。情况恰如雨果所料，他迟迟未有行动，路易断定这是背叛。奥尔加背着组织，向贺德雷的别墅丢了炸弹，企图造成贺德雷与雨果同归于尽的假象。得知爆炸未达到目的，她直接与雨果见面，要求他必须在明晚前杀死贺德雷。

雨果追求理想、坚持原则，捷西卡劝他，如果为原则杀人，至少在动手前应说服贺德雷。如果不能说服贺德雷，怎能证明固守的原则正确呢？如果不能或无法证明自己的原则正确，冒冒失失地去杀人，这符合雨果的立场吗？于是在雨果与贺德雷之间开始了一场严肃的谈话，两人之间进行了一场正面交锋。

贺德雷沉着老练，他向雨果解释，党目前无力单独发动革命，必须和其他党派联合，除此之外，别无它途。革命的目的是夺取政权，为实现这一目标，可以而且应该采取一切必要手段，哪怕是说谎等。只要对党有利，能够帮助党夺取政权，即便是伸进血污之中，把手弄脏，他也在所不惜。

雨果坚决反对贺德雷与敌人讨价还价的无原则做法，但在论辩中，他也承认贺德雷的主张是有道理的，他的看法是有根据的，论据是强有力的。第二天在办公室，贺德雷虽然对雨果保持警戒，但凭着经验和智慧，断定雨果不会对他开枪。他甚至故意转过身去倒咖啡，给雨果开枪的机会，雨果的手已经扣住了扳机，但恰如贺德雷所料，他最终鬼使神差地没有开枪。

一直躲在窗帘后的捷西卡目睹了这一切，雨果离开后，她过来纠缠贺德雷，表明自己爱上了他。贺德雷对捷西卡的挑逗刻意回避，严加防范，但此时已经几个月没有接触女人的贺德雷却"来者不拒"，吻了捷西卡，正巧雨果推门而入，目睹这一切，他向贺德雷连开三枪。

听完雨果叙述，奥尔加劝他忘掉过去发生的一切。雨果迷惑不解，她解释说，在雨果入狱的这两年形势发生了很大变化，党与苏联取得联系，苏联不希望依利黎国建立无产阶级政权，指示党应与摄政王政府接近，现在形势正如贺德雷当初预料的一样，党此刻执行的正是贺德雷的路线。

雨果五雷轰顶，此时门外响起了汽车声，路易等人来了，奥尔加想挽救雨果，促他跳窗而逃。雨果毫无畏惧，一脚踢开门，大声叫道"不能回收"，大步向门口走去。

三、雨果

1. 雨果的背叛

雨果出生富裕人家，父亲是公司的副董事长。他从小锦衣玉食，根本不知道什么叫挨饿。由于生来身体单薄，脸色苍白，家人带他去屠宰场喝鲜血。担心营养不良，就给他喂鱼肝油。怕吃不饱，就让他吃刺激肠胃的磷酸酯，用药物使他产生饥饿。雨果从小就是在这种关怀备至、宠爱有加的环境里长大的，家人唯一担心的就是怕他受苦。

雨果读书不少，爱钻研，喜欢提问题，还得到了博士学位。年纪轻轻，已有一技之长，加入党组织后，他负责党报的编辑工作，后来又担任贺德雷的秘书。雨果并未因读书多、学问高就自命不凡，目中无人。相反，他严格要求自己，加入党组织后，他唯一不满的，就是自己只是从事文字工作，不能像其他同志那样，在刀光剑影的斗争第一线经受考验。

尽管雨果过的是悠闲自得的舒适生活，父母为他提供了种种享受，但他对这一切既不欣赏，也不留恋，更不感激。他深深厌恶资产阶级的生活方式，不喜欢为他提供一切享受的父亲，也厌恶与他父亲交往的那帮资产阶级朋友。他毅然决然地背叛了家庭，向他父母为代表的资产阶级生活方式反戈一击。

雨果背叛家庭不是因为一时的激愤，不是因为青春期的躁动，要逃避父亲的管束、母亲的絮叨。雨果的叛逆与他执著地追求理想分不开，雨果是有理想的青年。正是因为有远大理想，他对自己的家庭、对饱食终日的资产阶级生活方式越发不能忍受。雨果对理想的追求不停留在憧憬上，背叛家庭是他实现理想的第一步，是他付出的第一个艰巨行动。紧接着，他加入了党组织，在他眼中，党组织乃是理想的化身，他希望在其中接受考验。雨果自觉地用高标准来要求自己，认为"当同志们遭杀害的时候，我却只是在写文章，实在是受不了"①。他虽然是一个知识分子，但强烈希望行动，希望自己能够成就俄国十二月党人的壮举：口袋里装着炸药，站在一位大公要路过的地方，和敌人同归于尽。

雨果迫切想用行动证明自己，但在党组织眼里，他恰恰是一个没有行动能力的人。党组织根据每一个人实际能力分派工作，雨果不解地问："难道我的能力就是打打字?"奥尔加反唇相讥："难道你会拆铁轨吗?"雨果希望行动，但对行动一窍不通，奥尔加的讥讽确实刺到了他的痛处。与那些在前线从事暗杀和爆破的同志相比，他还稚嫩很多，党组织根本不放心委他重任。

雨果抱着纯洁理想，满腔热情，投身革命。令其失望的是，他在党内并未获得认同。党的领导路易认为，雨果"一直是无组织无纪律的无政府主义者"。他爱讲话，喜欢打听，好发议论，遇事喋喋不休，被视为"一个资产阶级光想表态的知识分子"。在路易看来，雨果虽然加入了党，但思想和行为仍表明他是一个资产阶级的知识分子。工作高兴干就干，随便为一点小事就撒手不干，这完全是资产阶级的散漫作风。雨果只是有一些能力，可以为党所用而已。譬如编辑报纸，这种和文字打交道的本领是雨果的特长，党组织可以利用，但路易打心眼里不信任雨果，担心在关键时刻他是否靠得住。后来雨果担任贺德雷的秘书，独自承担党组织交给的重任，一方面是他积极主动请缨，另一方面是奥尔加极力举荐，再就是这项工作唯独他符合条件。尽管如此，路易对雨果仍然疑虑重重。

不仅党的领导不信任雨果，在贺德雷的警卫史力克等人眼里，穿着讲究的雨果也被视为有钱人家的阔少爷。雨果与史力克等人吃住在一起，表面上看，他们都在为党工作，只是分工不同而已。可实际上雨果与这些阶级兄弟"隔了一座大山"，史力克坦率地对雨果说，"我们之间有些什么东西使我们粘不到一块"。雨果也强烈感觉到这一点，尽管他十分努力，迫切想与史力克等人融为一体，但是他的出身，他以往的生活，他参加革命的动机等，都使他无法与这些阶级弟兄息息相通。也就是说，尽管雨果想真正融入革命队伍，但他无法单凭主观愿望、一腔热情就能够改变存在。他可以为自己贴上共产党员的标签，但无法抹杀与史力克等人的深刻分别。

---

① 参见林秀清译：《脏手》，见《萨特戏剧集》（上）安徽文艺出版社1998年版，以下引文不再注明。

史力克是因为饥饿所迫，不得已参加了革命，他参加革命的目的很单纯，就是为了填饱肚子。雨果的肚子从小就被填得满满的，他投入革命的目的不是因为饥饿，而是为了得到人的体面和尊严。雨果有一颗高傲的自尊心，促使他追求理想，投身革命。他革命的目的，是为了有一天能够使所有的人都具有"体面"和"尊严"的权利。雨果与史力克等人一样，都对现实不满，但他们的不满有着深刻差异。在史力克等人眼中，雨果与他们的思维和行事方式不同。由于他没有挨过饿，这使他能够对"饿肚子之外的事情"发生兴趣，可以逢人便讲一通大道理，动辄摆出一副贵族老爷的嘴脸。史力克等人却无法超越"饥肠辘辘的肚子"："当一个人肚子饿的时候，可不是凭头脑来想事情的。"虽然史力克也希望不再饿肚子，希望哪怕有一点点时间，能够对饿肚子之外的事情产生兴趣，但总是"事与愿违"。他无法超越自己的存在，无法像雨果那样超越饥饿去思考问题。

雨果苦恼的是，他能够对此刻的行动负责，但对他的出身、他的过去，他无法负责。他背叛家庭、加入组织，这些行动是他自己的选择，他可以承担责任。但他的出身、他的父母、他的家庭、他童年的生活却不是他选择的，对此他无法负责。史力克等人不管是羡慕还是嫉恨雨果，他们和雨果的存在始终有一条裂隙，这是他无论采取什么办法都难以消除的。对一个自己无力承担、无法承担但又难以摆脱的责任，雨果懊恼不已。他说：

> 他们来是要我还债，为我的父亲，我的祖父，我家里所有总是吃得饱的人还债的，他们永远也不会容下我的。

为消除与史力克等人的存在差异，雨果尽了一切努力。他低声下气，试图使他们忘掉这一切，他反复对他们说，我喜欢你们，钦佩你们，羡慕你们，但全是白费工夫。不管做出怎样的努力，在史力克眼中，雨果仍然是有钱人家的少爷，一个不用自己双手劳动的人。雨果的过去已被凝固，那是一段已经逝去的历史，他想通过现在的努力来补偿，承认那段不是他选择的历史罪过，虔诚地进行忏悔，这非但无济于事，反而证明，他越努力，愿望越真诚，越想改变这一切，他与史力克等人的存在差异就越突出。雨果入了党，但无法与史力克等人获得一个共同的存在，这让他很不好受。他主观上想与自己的过去彻底决裂，但实际上根本做不到这一点，他不能摆脱历史的包袱轻装上阵，这个沉重的"过去"始终压迫着他，有时他索性放弃了努力："算啦，他们要怎么想，就怎么想吧。"

雨果与父亲决裂，与家庭决裂，与生活于其中的那套资产阶级生活方式决裂，他想做到洗心革面，以一个崭新的形象出现在世人面前。但在党内，在路易这样的领导人眼中，他与无产阶级的要求相距甚远，在史力克这样的群众心目中，他仍是资产阶级的花花公子。在生活中，雨果与他们心存芥蒂，时有龃龉，这令其不仅感到孤独，内心还有一丝落寞和凄凉。他对奥尔加说："我这个人天生就不适合活着，……我是多余的人，我没有自己的立足之地，我使所有的人都感到厌烦。"

雨果感到气馁，感到无奈，但没有悲观颓丧，消沉潦倒。虽然无法与过去一刀两断，但他力求做到，用最严厉的方法把自己"塞"进党组织。他把"遵守最严格的纪律看作是光荣的事"。他要求自己服从纪律，不是因为党组织有这样或那样的严格规定，要求每一个人必须这样或那样做。对于雨果，遵守纪律源于自觉，是其内在的需要，成为生活的必须。他对贺德雷说：

> 我需要有纪律，我脑子里想的东西太多，我得把它们赶出去。
> 我参加党组织就是为了把自己忘掉。甚至每一分钟都想着应当忘记自己，要是我能够把别的想法装进自己的头脑就好啦。譬如像这样一些命令："干这个。齐步走。立正。说这个。"我需要服从。服从，光这个就够了。

雨果不能与过去一刀两断，但若能"忘却自己"，把头脑中的东西强行驱赶出去，通过消灭自我的方式来遵守纪律，虽不能"脱胎换骨"，但至少可以为党做到最大的献身。无论别人怎么看他，至少他可以问心无愧。雨果规定自己在党内的生活就是服从，为此他努力着，挣扎着，但逐渐发现，他这样做好像是在"演戏"：

> 我们在演戏，对我来说，从来没有任何事物是完全真实的。这些，全都是虚构的，我是生活在布景之中。
> 这一切，我跟你们说，都是演戏，一切都是！

这种"演戏"的感受不时纠缠着雨果，令其存在有一些"别扭"，他在追求理想的过程中强烈地感到生活缺少真实感。雨果想背叛过去走向未来，想把自己从过去的"污泥浊水"中剥离出来，塞进一个崭新的原则和理想中，这样做很吃力，很艰难，甚至有些严酷，这些他都能够承受。可问题是，这样做有些"假"，好像是在"演戏"，这是他始料未及的。雨果追求理想和原则无可厚非，但理想、原则与人的存在毕竟不同，人的存在超越原则，用单纯的原则无法衡量、限制人的存在。雨果想把自己的存在纳入原则，将其理想化，这种愿望只是自欺。

2. 雨果：理想和原则

雨果与贺德雷恰好是对立的两端：一边是原则至上的理想主义，一边是现实考量的功利主义。雨果认为，党组织的目标是建立社会主义经济，贺德雷则认为，党组织的目标是夺取政权。雨果看到的是长远目标，是根本目的，贺德雷关注的是眼前现实，是具体利益。

雨果认为，党组织实现目的的方法只能是阶级斗争，党的任务就是带领无产阶级推翻资产阶级。阶级斗争不是请客吃饭，而是你死我活的阶级搏斗，这中间没有任何妥协和让步。贺德雷认为，夺取政权、成为执政党的方法有多种，具体使用哪一种方法要依现实情况而定，没有一种方法先天地就是好方法，即便是经典规定的方法也不能现成搬来使用。不论什么方法，只要有效，能达到目的，就是好方法。方法本身没有好坏之分，判断方法要与实现目的结合起来，能够实现目的的就是好方法。人们运用方法只是为了实现目的，不能脱离目的、脱离现实利益去空洞地谈论方法。贺德雷说，革命要讲求效果，"只要是有效的手段，就值得采用"。

雨果认为，实现高尚理想和崇高目标不能用欺骗的方法，不能用和敌对阶级妥协合作的方式建立社会主义。隐瞒、说谎和欺骗这些方法本身就是错误的，使用这些错误方法不能实现正确目标。他认为贺德雷的耍手段、玩权术的方法非但不能得到党内同志的理解，而且这些方法本身就违背了党的原则，最终会为革命事业带来损失。雨果忧虑，贺德雷浸淫于权利斗争，施展浑身解数玩弄权术和阴谋诡计，虽能带来一时利益满足，但最终会使其受到腐蚀，迷失方向，丧失原则，丢弃目标。

当贺德雷与摄政王政府和五角大楼党谈判周旋时，雨果指出，这些敌对势力的能量非常大，他们会使一切都腐化堕落。他发自肺腑地说：

> 贺德雷！这个党是您的党，您不应该忘记您为了建立它所花的心血……我恳求您：不要用您自己的双手毁了这个党。

贺德雷认为雨果很善良，但太单纯，太幼稚，初出茅庐，不经事故。雨果只是停留在观念上，不了解现实的复杂性，他实际上爱的是一整套观念和原则。观念和原则是纯洁的、美好的，这谁都不能否认，但正是由于它们太纯洁、太理想化，距离现实太遥远，想在当下一步到位地实现它们，根本不可能。任何一个政治家都无法一蹴而就地实现伟大政治抱负，伟大的政治抱负通过长期斗争才能逐步实现，绝不是当下立马就能实现的。作为政治家，必须抓住现实提供的机会，运用智慧，为党争取利益。在不断的争取和累积中，庶几才能逐渐接近目标。贺德雷认为，政治家不是空谈家，不能把目光盯住五十年、一百年后才能实现的宏伟蓝图，而应密切关注眼下的一切，在各派政治力量波谲云诡的较量中为党争取最大利益。

贺德雷指出，党在当前形势下的最佳策略是：应与其它党派妥协，共同组成政府，并且共产党在联合政府中应处于少数反对党的位置。贺德雷胸有成竹，老谋深算，在政治斗争的漩涡中摸爬滚打，练就了一副火眼金睛。别人看到了一步，他能够看到三步四步，他对未来政治形势有自己的预判。他认为，按照经典理论，党组织应发动武装斗争，夺取政权，但这样做在现实中必然碰得头破血流，招致惨败。因为很明显，党目前没有发动革命、单独夺取政权的力量，而五角大楼党力量雄厚，他们不仅有大量武器，还有高素质的军官，背后还有强大力量的支持。一旦发动暴动，导致内战爆发，敌对势力拼命挣扎，这不仅会使党组织危在旦夕，还将导致十万人的死亡。贺德雷质问雨果："你能一笔勾销十万人的生命吗？"

雨果关心人，贺德雷也关心人，分别在于，雨果不是关心人的现状，而是关心"他们能够成为什么样的人"。爱原则的雨果所爱的不是此刻的人、现状的人、具体的人，而是未来的人、原则的人、理想的人。在这一点上，贺德雷与他判然有别。贺德雷说：

> 我爱的是处于现状的人，连他们的卑鄙龌龊和一切恶习在内。我爱他们的声音、他们劳动的手和他们的肌肤——世界上最赤裸裸的肌肤，还有他们那忧虑重重的眼睛，以及他们每一个人面对死亡和痛苦所进行的觉悟的斗争。

雨果追求理想没有错，但他采取与现实格格不入、与过去彻底决裂的方式单纯地执著于理想，这种死抱住理想的做法遭到了贺德雷的严厉批评。贺德雷一针见血地指出，雨果不是立足于现实，而是停留在空中，他的理想悬在空中，与现实不沾边。因此，雨果"不是想改造世界，而是要炸毁世界"。改造世界，首先要生活于世界中，前提是要承认现实存在的合理性，并且要面对它，接受它，介入它，然后才能谈得上改造它，在这个基础上才能实现理想。因而，不面向世界，介入其中，就谈不上改造世界，更谈不上实现理想。雨果只爱他的纯洁原则，鄙视、憎恶污浊肮脏的现实世界，他要把肮脏污浊的现实世界一下子提高到理想的高度，这无异于毁灭了世界。雨果不是一个改造旧世界的革命者，而是打着理想旗号的毁灭者。执著于原则还是现实，这是他与贺德雷的分别。执著于现实，就要尊重现实，首先要尊重现实中的人。贺德雷认为，人是可贵的，虽然现实中的人有这样或那样的缺点，他们不具备理想的人那种纯洁性和完美性，但不能因此就否认人的重要性，不能因此就忽略人的多样性需求。在贺德雷看来，世界上的人虽不完美，但多一个人少一个人是非常重要的，原则呢？它只是人的发明，"是我们想出来的"，我们不能为了心中构想的原则就无情地牺牲现实中的人。

雨果坚持原则，追求绝对，对未来底气十足，信心百倍，他斩钉截铁地断定自己是百分之百的正确。贺德雷执著于现实，面对具体的人和瞬息变化的现实，他需要在相对和偶然的变化中捕捉机会，稍一不慎，可能丧失机遇，甚至铸成大错。贺德雷在政治舞台上走钢丝，他紧绷神经，担心出错，尽管他足智多谋，但面对未来他没有雨果那种坚定和自信，他认为："我们不能百分之百地肯定自己是正确的。"正确与否，不能靠原则衡量，要依在现实中赢得利益而定，没有那种先天的正确，没有那种纯粹的、百分百的正确。贺德雷是妥协的高手，善于在政治斗争中讨价还价，这样做的前提是，必须肯定对方的存在，尊重其要求。因此，出现在贺德雷眼中的人，不是那种十全十美的人，而是值得重视、值得肯定又要极力去争取和改变的对象。即便面对五角大楼党，面对那些曾经是穷凶极恶的敌人，他也不是一味拒斥，动辄横眉冷对，而是审时度势，巧妙地抓住对方的弱点去实现自己的目的。雨果高举理想大旗，眼里揉不得沙子，他不容敌人的存在，他与敌人发生的唯一关系就是你死我活的斗争关系，就是完全彻底地消灭他们。在他看来，任何与敌对势力的妥协都是背叛，任何与敌人的讨价还价都是对理想的亵渎。但在贺德雷眼中，敌人不仅存在，他还必须弄脏自己的手，去频繁地和他们打交道，并且乐在其中。

雨果坚持原则，鄙视一切说谎和欺骗。说谎和欺骗本身就是"坏"的，不论它们服务于何种目的，不论它们可能带来多少利益，它们都是"先天"的坏。贺德雷认为，在党内正如在别的地方，多少总要说点假话，因为现实没有那么纯洁。他为自己辩护道，说假话只是达到目的的手段，他的本意并不是要说假话，并不是"看轻任何人"，他的出发点不是为了欺骗，而是要实现党组织的利益。贺德雷并不是要欺骗任何人，但说真话能够实现目的吗？能够为党带来利益吗？如果说真话为党带来损失，影响、阻碍目的的实现，甚至招致失败，说真话还有必要、还有价值吗，还值得人们刻意遵守理想化的道德原则吗？贺德雷认为，并非每一个人都是目光如炬，洞察现实，能够做出清醒判断，革命不只是一小撮人的事情，要动员大多数人参加，只要能鼓动人的热情，激发改变的欲望，有助于实现目的，善意地欺骗一下同志又有何妨？只要能够获得利益，"要手段"就是完全必要的。政治家必须因利乘便，善于运用手段，包括说谎。

针对雨果爱观念、爱理想、爱原则、爱未来、爱纯洁、爱绝对的倾向，贺德雷发表了他的著名教诲：

> 我的孩子，你多么洁身自好啊！你是多么害怕弄脏自己的手啊！好吧，保持纯洁吧！但这对谁有用处呢？纯洁，这是印度的出家人和僧侣的理想。你们这些知识分子，这些资产阶级无政府主义者，你们不过是为了什么也不干，便找纯洁做借口罢了。什么也不干，两只手臂贴着身体，戴着手套。我呢？我有一双肮脏的手，一只脏到臂肘上。我把手伸到大粪里去，血污里去。你以为人们可以不干坏事就掌权吗？

作为理想主义者，雨果停留在空中，停留在纯洁的原则中，停留在完美的道德上。作为政治家，贺德雷却要深入地下，扎根于现实，不管现实多么肮脏和丑恶。贺德雷认为，政治家必须寸步不离现实，他永远立足于现实，为获取利益，必要时宁肯违背道德，违背各种教条，打破各种禁忌，"把手弄脏"。在他看来，即便采取卑鄙的手段进行暗杀，也未尝不可，因为这就是政治的现实。

对于雨果，精神永远压倒物质，理想永远超越现实，崇高目标永远胜于短暂功利，原则和理想永远至高无上。这种爱原则胜过一切的人的优点是：他时刻被理想主义的光环笼罩，被巨大的激情鼓动，眼光总是追寻着未来，与丑陋的现实彻底决裂，孜孜于献身理想，通过追求理想来证明自身的价值。雨果这一形象对人们具有强烈的道德感召和人格激励，他永远是一种示范和启迪。在这种敢于投身于未来、与自己的过去彻底决裂的人面前，人们常常会感到自己的鄙陋和琐屑，发现自身的渺小和庸俗。在雨果面前，人们常常自惭形秽，发现自己就是一个凡夫俗子，一个难以脱离低级趣味的人，一个整天围绕柴米油盐打转的人。雨果令大家仰视，他能够提升人们的精神境界。只要人们还需要理想，还需要超越现实，只要人们对现实还有着这样或那样的不满，雨果这一形象就具有魅力，其存在就是有意义的。

在感受雨果形象魅力的同时，还须看到，一旦原则支配了个体，甚至用抽象的原则敌视、压抑、排斥感性的个体，要求个体消除多样性迁就、适应原则的单一性和纯洁性，这时人虽然会成为坚守原则的刚强的人，但也可能是一个铁石心肠、冷酷无情的人，一个漠视生命、忽视现实、鄙弃多样性的人，一个在现实面前感到别扭、难以与现实协调的人。贺德雷批评雨果只爱原则，不爱人，雨果不是改变社会，而是要炸毁它，这是切中要害的。所谓炸毁的意思是，无论是消灭那些浑身上下充满缺点的人，还是不管他们的意愿和存在状况如何，一味将其提升到崇高的境界，都是非常可怕的。理想主义者能够赢得人们的尊敬与喝彩，在于其时刻高悬和执著于理想，但在其激情和奉献中，隐匿着恐怖和专制，潜藏着"炸毁"人类的浓烈火药味。在理想主义激情感召下，人们以追求崇高理想始，却可能以巨大幻灭终，这是不得不警惕的。雨果是一面旗帜，要使这面理想的大旗迎风招展，他就必须与自己的过去决裂，与父母决裂，与那套资产阶级的生活方式决裂。随着理想的提升和纯洁度的增加，雨果的决裂的步伐会越来越快，在他讴歌理想、全面加速向理想迈进的过程中，他的决裂会越来越彻底、越来越激进、越来越全面，人们看到的不仅仅是献身于理想的一个个壮举，还会伴随着越来越多的迷茫、困惑和恐怖，到头来，纯洁的理想不是拯救人，恰如贺德雷所言，它毁灭了人。

人追求理想没有错，但像雨果那样，以牺牲个体独特存在的方式追求理想就有问题了。人需要原则，但人不是原则。人不是原则，才能去追求原则。人追求原则的目的不是为了牺牲或消除人本身的独特存在，人追求原则的结果不是要把自己变成原则。若追求的结果把自己变成了原则，那就取消了原则。原则总是对人而言的，如果人都不存在了，还需要原则吗？人追求原则，必须从人的存在出发，只能以人的方式去追求。雨果恰恰厌恶现实，厌弃自身的存在，要与它们彻底决裂，他的致命处是要摆脱现实去追求理想，他把理想摆在现实对立面，难怪他感到自己在现实中是"多余"的。

任何理想总是相对于现实而言的，当设定理想，前提是已经设定了现实，设定了具体的人。理想只能是现实的理想，虽然理想与现实有距离，但理想与现实又不可分。以摆脱现实的方式去实现理想，必然使理想带有抽象的性质。严格说来，对于雨果，理想已经不是真正的理想，它不是促进人的发展，不是丰富人自身存在的独特性，而是变成了外在的抽象规定。雨果通过否定自身实现理想，导致理想"变了味"。理想不是与一个具体的人发生关系，它已经不是人们努力提升自己的目标，不是一个脚踏实地的人通过不断奋斗逐渐接近的目标，而成为剥夺人、强制人、一劳永逸地把人套进某个抽象规定的"压力"，这种"压力"只是外观上貌似理想。这种外在的抽象规定越对人有吸引力，人的现实存在就越稀薄。与这种抽象规定相对应的是那种抽象的人、理想的人，而不可能是现实中具体的人。只有尊重现实，在存在的基础上去追求理想，理想才是真正的理想，这种脚踏实地追求理想的生活才具有真实性。任何否定和取消存在的理想，不管它多么宏伟、多么诱人、多么圣洁，都会导致虚幻，导致不真实感，导致追求理想的行为好像是在"演戏"。雨果厌弃现实，但又不得不面对现实，他无法逃避现实，但又不能融入现实，在这种情况下，他越执著，越真诚，"做戏"的感觉会越强烈。

事实上，雨果不论主观上如何期望，他无法做到把自己完全塞进理想中。贺德雷就指出，雨果与史力克等人不同：史力克缺乏想象力，贫困的生活，饥肠辘辘的肚子限制了他的想象力，史力克只能对束缚他的饥饿发表意见，尊严和体面成为游离其存在的"奢侈品"。而雨果的不幸"就在他的想象力过于丰富。"雨果生活富足，这为他具备想象力打下了坚实基础。雨果具有想象力，他才能建立理想，但也正是因为有想象力，他就不可能完全受某个抽象规定的支配。当他行刺贺德雷、在扣动扳机的刹那，说不定会转念一想，"万一是他对呢？"只有雨果这样的人才会冒出这样的念头，才能在关键时刻被想象力"激活"和"动摇"，产生犹豫。能够毫不犹豫去杀人的人，恰好是那些没有想象力的人，如史力克这种人。他们只能把外在的抽象规定当作原则，杀人不动声色，瞬间完成。对于史力克这种没有原则、缺少理想的人，行动反而干脆利落，不会"拖泥带水"。但对雨果这种具有丰富想象力的人，其行动难以凝固在某一点上。想象力的特点就是要挣脱一切，摆脱束缚，想象力天生地就要超越原则。这里的矛盾是：追求理想必须有想象力，但也正是想象力使行动与原则不能合一。想象力永远超越原则，如此它才是想象力。想象力永远走在原则之前，它在建立原则的同时蕴含着要超越原则。

雨果主观上力求与理想合一，但实际上总是与理想保持一段距离。他一念成心地要完成党组织交给的任务，但总是与这个任务有距离。面对贺德雷，他的手已经扣住扳机，但就是没有开枪，他总是功亏一篑。他无法行刺贺德雷的真正原因，就是因为想象力总会超越原则，他永远不会落入原则之中。有学者指出，雨果的行刺动机究竟是政治的还是个人的？这是一个让人质疑的话题。他只有通过自欺，才能相信行刺动机是政治的。在戏剧的表现中，雨果主观上力求"单一"和"纯粹"，但实际上他根本无法做到这一点。他认定贺德雷是叛徒，最后却不可思议地转变了看法，他的行刺原本是一件政治任务，但最后行刺动机究竟是什么，却难以清晰划定。他要消除一切"杂念"，自觉地按照党组织的要求改造自己，但无论在党的领导眼中，还是在群众眼中，他仍然不是"自己的人"，他始终徘徊于所追求的理想和原则之外，永远无法与其合一，这是雨果的悲剧。

"雨果的意愿是能够被认为具有永恒价值的，但确切来讲，这要超脱现世之外才能发生。"① 雨果不是介入活生生的现实，而是介入崇高的理想，理想虽然纯洁，可一旦脱离现世，它就是苍白的。雨果力图把自己融入原则，稍微游离原则，他就会不安。不论他多么希望成为一个革命者，客观上由于他只爱理想中的人，不爱现实中的人，甚至不能爱自己，他难以成为真正的革命者。诚如贺德雷所说，雨果的理想主义具有极大杀伤力，它要涤荡现实的一切污泥浊水，乃至毁灭一切，最终也包括他所追求的理想。

四、贺德雷

贺德雷饱经风霜，富有智慧，是老练的政治家。作为党的书记，他时刻为党的利益着想，目的就是要把党变成执政党。

贺德雷的显著特征是务实，这是对政治家的基本要求。政治家必须面向现实，这决定政治家不能总唱高调，一味地侈谈理想。当然，政治家也有理想，但在实际行动上必须从现实出发。政治家常常对大众唱高调，但在具体的操作中，他必须务实。这不是说政治家口是心非，没有操守，理想只是政治家的遮

---

① 弗朗西斯·让松著，许梦瑶、刘成富译《萨特》世纪出版集团上海人民出版社 2009 年版，第53 页。

羞布。政治家追求理想必须从现实起步，他要开辟现实通往理想的艰难之路。如果单有理想，但不知道如何从现实起步、如何去实现理想，理想与现实脱节、断裂甚至与现实没有关系，那么此人是一个理想主义者，但不是政治家。政治家的目光不能仅仅远眺理想，首先要对准现实，他要坚定地站在现实中，从现实的具体工作一步步向理想推进。对政治家，具体工作是摆在首位的，一个不会做具体工作、瞧不起做具体工作的人不能成为政治家。政治家必须稳扎稳打，一步一个脚印，缓慢地、逐渐地接近理想。贺德雷认为，党的工作目标其实非常实际，就是夺取政权，它是重中之重，党的所有其它工作都要围绕这个目标。

党的工作目标是夺取政权，为实现这一目标，应毫无顾忌地采取一切手段，政治家决不会因为道德的顾虑而放弃有可能夺取政权的方法。譬如谋杀，从道德角度看是卑劣的，但为夺取政权，政治家不惜采取它。贺德雷说："原则上我不反对政治谋杀，所有的政党都搞这一手。"谋杀是政治的现实，它是所有政党都采用的行之有效的方法，为什么要拒绝它呢？在这一点上，贺德雷与路易完全一样，虽然他们的政治路线不同，但对谋杀的态度则是一致的。路易派雨果行刺贺德雷，贺德雷也同样能对路易下手。政治家不是那种温情脉脉的人，不是那种道德高尚、超我极强、被困在现实中左右为难、无法动弹的人，政治家为实现目标会不择手段，甚至铤而走险，温情和道德无法阻止他们对政治利益的追逐。在政治家眼中，手段永远为目的服务，手段本身没有独立性，手段不能制约、阻碍目的的实现。

政治家追求利益，不仅要在目的和手段之间进行权衡，更重要的是，他必须具有政治智慧。贺德雷不仅对现实有深刻的洞察，而且对未来政治形势的发展有前瞻性的研判，对党应该在动荡局势中扮演的角色定位得非常清晰。贺德雷认为，在当前形势下，共产党必须和其它党派妥协，组成联合政府。在这个政府中，共产党的票数应占一半，但在政府的组成中只占少数。贺德雷拨打的如意算盘是：未来联合政府一定是苏联人在幕后撑腰，历史经验表明，一个由外国扶持的傀儡政权迟早会失去民心。因此，共产党在战后不应急于抛头露面，大权独揽，而应把战后的烂摊子毫不犹豫地甩给其它政党，等到他们矛盾缠身，焦头烂额，弄得民怨沸腾，威信扫地，此时水到渠成，共产党立即独立接管政权，这才是高屋建瓴、深谋远虑的明智做法。

作为政治家还应该做到振臂一呼，应者云集。政治家必须把自己的见解化为大家的行动，他必须争取人心，赢得多数。曲高和寡，孤芳自赏，洁身自好，狷介无争，做不成政治家。贺德雷见解深刻，但如果在党内不能赢得人们的支持，在与路易的斗争中，就只能处于被动和下风。贺德雷作为政治家的本领就在于，虽然他的建议过于大胆，不符合党一贯奉行的意识形态，但他能够让自己的政治主张为大家所理解。让雨果目瞪口呆的是，贺德雷"荒谬"的主张竟然能够赢得党内多数支持，足见他的胆识和魄力非同一般。一个人单凭政治谋略，还不能成为政治家，他可以做政治幕僚，可以为人出谋划策，但他本人不是政治家。政治家重要能力体现在，他能够鼓动人心，操纵多数，政治家天生就不是孤家寡人，他必须融入大众，让大众为自己的主张叫好。

贺德雷性格坚定、毅力顽强、精明果断、敢冒风险，他忘我工作，对未来满怀信心，这使政治家的贺德雷充满风采。

贺德雷的魅力是：他时刻从现实出发，永远与现实融为一体。他从不好高骛远，不尚空谈，总是脚踏实地，求真务实。他有无穷的智慧，充沛的干劲，孜孜不倦地努力奋斗，把勤奋工作当作座右铭。贺德雷是强有力的，不愧是精于政治之道、名副其实的实干家。

贺德雷面临的风险是：当他在复杂的政治漩涡中细心盘算，当他与那些政治对手明争暗斗、讨价还价时，当他把自己投入政治的阴谋诡计和权术的玩弄操作中，确实如雨果所担心的，对于在复杂利益纠葛和博弈中自以为可以操纵一切的人，客观上存在着迷失方向、丧失原则、模糊甚至丢失理想的可能性。

首先，当贺德雷一头扎进现实，有可能被眼前暂时的利益所迷惑，把局部利益、暂时利益当作整体利益、长远利益，有可能会拿原则做交易。这种丧失原则的精明，没有立场的算计，这种以为欺骗和玩弄权术本身就是政治的人，有可能会误把手段当成目的。

其次，以利益作为衡量标准，贺德雷心目中就没有真正的朋友。他真正感兴趣的是利益，而不是朋友，若能得到利益，他不惜损害朋友。把朋友奠基于利益上，朋友就变得无关紧要了。利益是目的，朋友就成为追逐利益的手段。贺德雷声称关心现状的人，为此不惜弄脏自己的手，表面上看，他非常尊重人，但在具体操作中，他却玩弄阴谋，欺骗同志。他为自己辩护说，为实现目的，欺骗一下又有何妨？为了尊重人，首先要欺骗他，欺骗他才能更好地尊重他，这种奇特的逻辑反映出贺德雷不仅把自己凌驾于他人之上，而且用追求政治利益来粉饰自己的救世主心态。贺德雷表面上有一种亲民作风，但骨子里却是一幅老爷派头，他认为自己有权欺骗他人，在他看来，只要能够获取利益，欺骗可以成为一种必须。贺德雷毫不怀疑自己在大众面前的优势地位，而且为自己能够运筹策划一切志满意得。

第三，一个扎根于现实的人是强有力的，但一个锱铢必较的人就难免有鄙俗气，一个深谋远虑的人会工于计划，但一个迷恋于算计的人可能在蝇头小利上栽大跟头。捷西卡对贺德雷有强烈的好奇心，接触之后，发现他确有过人之处，她开始欣赏贺德雷。贺德雷虽然有六个月没有接触女人了，面对漂亮的捷西卡，他有对自己的克制和压抑，也有对捷西卡的警告和防范，但"来者不拒"的习惯害了他。有人投怀送抱，何乐不为呢？贺德雷的所作所为，不是一时失去了理智导致的，而是他多年来奉行的"游戏规则"的结果。尽管与捷西卡拥抱不是他计划的一部分，但是看到雨果只是初出茅庐的年轻人，贺德雷有充分的自信，他完全能驾驭一切，能操纵和摆平一切。当史力克为搜查箱子而与雨果相持不下，不是他出面化解了一切吗？他用有力的事实、严格的判断、生动的分析深深打动了雨果这个杀手，这个派来刺杀自己的人，就要降服和归顺自己了，这一切，不都是在他的掌控中吗？贺德雷精明过人，他甚至算计到，雨果口袋里装着手枪，手指已经扣在扳机上，但就是不会对他开枪。如此明察秋毫的贺德雷，对一切操弄自如，他相信自己可以左右局势，即便有一点意外的发生，随即就会在他的操作下恢复平静，犹如大海翻起一朵小浪花，瞬间就会消失。就是抱着这种自信，他对捷西卡的挑逗做出回报，但没想到，这为他招来了杀身之祸。贺德雷感受到捷西卡的吸引力，但他对捷西卡根本没有什么感情，在那一刻，他只是需要这个女人而已。在捷西卡和雨果之间，他完全能够掂量出轻重，他当然倚重的是雨果。所以事情发生后他责怪雨果是一个傻瓜，为了一个女人干出蠢事，把一切都搞糟了。他也责怪自己"实在是太愚蠢了"。一个工于计算的人，什么都估算到了，但就是没有料到自己会因为一件小小的风流韵事而毁了事业。贺德雷精明过头，结果反被聪明误。

第四，贺德雷对局势头头是道的分析使雨果不得不承认，他是有道理的，他心中有了一份对贺德雷的尊重和敬佩。但尽管如此，坚持原则的雨果并不同意贺德雷的立场，他说：

> 我不知道当时我为什么杀死了贺德雷，可是我知道早就应该把他杀死，因为他不是正大光明地搞政治活动，因为他对他的同志们说假话，因为他有腐蚀党组织的危险。

在雨果看来，贺德雷有胆识和魄力，但他的胆识和魄力越大，对党的威胁也越大。贺德雷是强有力的，在他身上，有一种对好高骛远、超然物外的顽强拒绝，一种用艰苦行动为党谋取利益的超人智慧，同时也表现出那种料定一切的自以为是，万无一失的气定神闲，一种精明算计所透露出来的鄙俗。

贺德雷一头扎进现实中、孜孜于利益。雨果则是厌恶现实，汲汲于理想。贺德雷追求利益，关注的是眼前的实惠，雨果追求理想，得到的是虚幻的自由。贺德雷深入现实，一直深入到消失了原则，所以他认为原则只是人的发明，人不能为自己发明的东西牺牲自己。轻视原则的他认为与捷西卡的调情只是小事一桩，结果却误了大事。雨果则是超然一切，超然到消失了现实，只剩下纯洁的原则。贺德雷的自由具有丰富内容，但确实像雨果担心的那样，人一旦被具体事务俘获，看不见原则，就可能带来危险。在目的与手段的关系中，目的在前，是人们追求的对象，手段为目的服务，手段才是现实，善于运用手段是政治家的本领。长袖善舞，一旦迷失在手段中，对其沾沾自喜，甚至让手段偏离了目的，贺德雷就可能给自己招来麻烦。贺德雷没有被政治对手打倒，他在大江大浪中闲庭信步，却不想阴沟翻船，在一个不起眼的女人那里栽了跟头，这一"教训"对他是过于沉重了。

五、偶然性

偶然性是萨特文学创作的重要主题。在偶然性的世界中，事物初看上去有稳定联系，它们处于合理的秩序中，但这些都只是表面的，因为转瞬之间，它们就走向了自己的反面，那些稳固的联系、合理的秩序一下子就散架了。雨果说："像所有的舞台布景一样，你要是远看的话，它还勉强站得住脚，可是走近一看，就全完蛋了。"

萨特戏剧注重表现偶然性，对看似"理所当然"的东西进行"解构"和颠覆，在不经意间，"悬置"和突破人们的习惯与经验，揭示世界的荒诞性。譬如，经验丰富的贺德雷什么都想到了，还有什么是他无法预料的呢？但他没有想到他与捷西卡拥抱在一起，没有想到在他们拥抱的那一刻，雨果会鬼使神差地推门而入。更令他震惊的是，原来一直在他掌控下的雨果竟然"愚蠢"地对他连开三枪。他与捷西卡的片刻风流成为导致他死亡的直接原因，坏了他的大事，这是他没有预料到的。贺德雷经营的是惊天动地的伟业，考虑的是关乎党和国家未来命运的大事，却因为一件不起眼的小事功亏一篑。致他死命的不是五角大楼党，也不党内的对手路易，而是谁也没有想到的捷西卡。贺德雷失败在这么一件无足轻重的荒唐事上，其一世英名就毁在捷西卡这个谁也不知道的女人身上，这太荒诞了，太不合情理了，但世界就是如此。

再如，雨果追求理想，加入了党组织。他执行组织的命令行刺被视为叛徒的贺德雷，但转念间，贺德雷成为正义的化身，而执行任务的雨果却成为"多余"的，沦落为党组织追杀的对象，这种乾坤大挪转的荒诞"游戏"是萨特戏剧特别着迷的题材。

雨果在监狱中服刑，党组织没有忘记"关怀"他，寄来了包裹，里面有香烟和巧克力。雨果抽了烟，巧克力给同牢房的难友吃了，结果一命鸣呼。党组织是把香烟和巧克力寄给雨果的，雨果没有任何怀疑，纯粹是偶然，他侥幸躲过一劫。

雨果把党组织视为理想的化身，将其原则当作自己的信念。但没想到，被视为原则化身的这个组织本身却没有原则。路易与贺德雷进行你死我活的斗争，贺德雷死后，他操控了党，在苏联人指示下，党又执行了贺德雷的路线。党是一条变色龙，不管怎样变，始终披着正确的外衣。而坚持原则的雨果最后必须经过重新审查，要么放弃自己的立场，"忘掉"一切，被党"回收"，要么沦为党追杀的对象。

雨果毛遂自荐，独立完成暗杀行动，表明他已经赢得党组织信任，在实现理想的道路上跨出了一大步。但转眼间，叛徒贺德雷成为英雄，党准备为他树碑立传，在城市为他竖立雕像，在历史教科书中评价其地位和作用。党组织现在很关心雨果，关心他行刺的真实动机。刺杀"叛徒"贺德雷原本是政治谋杀，但现在似乎变成了情杀案，弄清楚雨果的动机对党是重要的，对雨果也很重要。但此刻重要性完全颠倒了，雨果不是出于政治动机杀害贺德雷，这对党是重要的，对雨果也是重要的。如果雨果坚持原来的立场，毫无疑问，他就不能被"回收"了。从现在的观点看，雨果"激情杀人"是可以接受的，贺德雷最好是死于无关紧要的偶然事故，最好他的死没有任何政治色彩，与路易等人毫无瓜葛，这是目前党组织最能接受的选择。

路易等人没有原则，贺德雷何尝不是如此呢？他轻视原则，认为"原则只是我们的发明，是我们想出来的"，不能为了原则就去杀人。不把原则当原则其实就是他们的原则。在党内斗争中，路易把暗杀视为维护党的利益，贺德雷也承认暗杀是政治的现实，他们何尝尊重原则呢？但是党始终振振有词，始终强调原则和理想，正如雨果所说，"在这件事上，好听的字眼已经用得太多了，这些好听的字眼干了不少坏事"。真正追求理想、坚持原则的雨果，注定被党无情抛弃。雨果最终认识到，他献身的党是根据现实的不同需要随时改变的，哪一种需要急迫，党就服从哪一种需要，哪一边压力大，党就倒向哪一边。雨果想从党组织那里寻求原则，寄托理想，无异于缘木求鱼，最后他不得不承认自己是"走错了门"。

《肮脏的手》塑造了一个荒诞世界，它貌似合理，但转瞬间，这些合理性就崩解了、消失了。严格说，这个世界不缺乏合理性，它不断以合理性作为支撑，它会像变戏法似的不断提供各种合理性，但实际上这是对合理性的最大玷污。把不要原则当作原则，这是对原则的最大亵渎。党可以反复无常，坚持原则的雨果却成为牺牲品。为党的事业苦苦奋斗的贺德雷成为一块泥巴，可以随意捏弄，根据不同需要，一会让他成为叛徒，一会又把他塑造为英雄，这种走马灯似的儿戏使为正义献身的神圣事业变成了一出荒唐剧。这一切的背后，根本原因就是偶然性。

戏中最大的偶然性就是雨果杀死贺德雷。在雨果眼中，贺德雷的所作所为出卖党的利益，他是一个"标准"的、不折不扣的叛徒，行刺他完全符合雨果的原则。但行刺前，捷西卡提出，既然雨果是为原则杀人，就应展示自己的原则，证明它是正确的。于是在他与贺德雷之间开始了一场严肃对话，双方把自己的观点和盘托出，它们激烈碰撞，火星四溅。在辩论中，贺德雷对局势的洞察令捷西卡折服，她当即承认，贺德雷是有道理的。雨果虽未信服，但也承认这个"狡猾诡诈的人"在辩论中"占了上风"。通过论辩，雨果增加了对贺德雷的认识，发现他的看法常常是有力的。贺德雷老练成熟，他没有轻视稚气未脱的雨果，更没有居高临下教训雨果。通过辩论，雨果不仅了解贺德雷的观点，而且发现，贺德雷还是比较器重他这个秘书的，他打算"同意接受贺德雷的帮助"，他回到办公室，就是想告诉贺德雷这个决定。但当他推门而入，看到贺德雷与捷西卡拥抱在一起，情况顿时出现了逆转，他连开三枪，打死了贺德雷。

雨果主动请缨行刺贺德雷，但迟迟未有行动，这期间他反而增加了对贺德雷的好感。就在路易等人认定雨果已经不能行动时，却因这一谁都未料到的偶发"事故"，他开枪打死了贺德雷，一下子"完成"了任务。对此雨果的解释是，"杀人的不是我，是偶然性"。

什么是"偶然性"？

雨果说：他当时把门推开了，如果他早两分钟或晚两分钟推开门，情况或许就不一样了。如果他在院子里栗子树下多待一会儿，或者他不是回到贺德雷的办公室，而是一直走到花园尽头，回到自己住的阁楼，事情就不会发生了。但是雨果偏偏没有走到花园尽头或者回到自己住的阁楼，而是径直来到了贺德雷的办公室。为什么事情的发生如此凑巧，为什么恰恰在这一刻雨果出现在拥抱的贺德雷与捷西卡面前？可以不让这件事发生的因素很多很多，但都没有起作用。能够促成这件事发生的概率很少很少，难度非常大，但偏偏就发生了，雨果看到了这一幕，他开枪了！他为什么开枪，初看上去原因很多，但找不到一个必然性的终极原因，对这件事无法做出一个一锤定音的有效解释，只能将其归结为偶然性。

关于开枪这件事，雨果有许多解释：

> 我杀死他是因为我把门推开了。
> 这是一桩没有杀人凶手的谋杀案。
> 致我死命的不是我犯的罪，而是贺德雷的死。
> 事情发生得太快，突然之间你不假思索地就干了，你都不清楚到底是你存心要干呢，还是不由自主干的。事实是，我开了枪……

这些解释的中心意思是，雨果否定他开枪杀死贺德雷有一个明确和清晰的动机。他不否认他的开枪与贺德雷的死之间的联系，但否认在开枪和自己的某个动机之间有明确的因果联系。雨果开了枪，贺德雷应声倒地，这一点是明确的。雨果否认的是，他开枪的那一刻受到一个明确动机的支配。如果雨果承认，他打死贺德雷经过了周密准备，是在明确的动机指导下的行为，那么这一谋杀就不能定性为偶然性。

开枪打死了人，但开枪者没有明确动机，雨果自己无法清楚地说明在那一刻他是因为什么开枪，但就是扣动了扳机。雨果最初确实是作为一个杀手派到贺德雷身边的，他原先有杀死贺德雷的明确动机，但后来在他动手的一刹那，他究竟出于什么原因打死贺德雷，确实有点扑朔迷离，不易分辨了。

有人指出，雨果看到贺德雷与捷西卡拥抱，嫉妒之情突然爆发，一怒之下打死了贺德雷，他是由于妒忌而"激情杀人"。按照这种说法，嫉妒是谋杀的原因。奥尔加就问过雨果，看到他们拥抱在一起，"你那时并不妒忌吗？"

不能否认，这件事带有情杀的影子，容易从情杀角度做出解释。因为捷西卡与贺德雷关系亲密，雨果毕竟被蒙在鼓里。雨果也承认，他是有一些妒忌，但并不是因为捷西卡。他说自己不恨捷西卡，对其行为并不嫉妒，因为他们彼此并不相爱，他们的感情并不牢固，因而捷西卡移情别恋，他不会感到震惊和痛心。雨果承认，他是有一些嫉妒，但他明确否认打死贺德雷是妒忌使然。事实上，本来这应是一场政治谋杀，由于与捷西卡扯上关系，它似乎变成了情杀案，这不仅使雨果蒙羞，也使贺德雷难堪。如果雨果"正大光明"地在办公室对贺德雷直接开枪，贺德雷是由于他是党的叛徒而死，雨果就不会感到任何羞愧。雨果认为，像贺德雷这种人应该为了他的想法和政策而死，才"死得其所"。

也有人认为，当雨果看到贺德雷与捷西卡拥抱，与其说刺激了他的嫉妒心，不如说他感到受了欺骗。雨果有一个疑惑，贺德雷已经知道他是刺客，为什么依然按兵不动，不逮捕或驱逐他？他原来认为，这是贺德雷宽宏大量，贺德雷器重他。从贺德雷角度看，他悄然不动声色，是因为对自己驾驭雨果充满信心。不捅破这层窗户纸，可以增加雨果对他的好感，只要好感持续下去，雨果就能向他坦白，这比直接揭露他的杀手身份效果要好得多。贺德雷精心筹划，巧妙布局，他在等雨果坦白，他需要雨果主动交代。如果雨果真的像他期望的那样做了，说明他已经转变，这样贺德雷就赢得了主动。贺德雷差一点就成功了，雨果显露出"转变"迹象，至少在行刺这件事上，他变得优柔寡断，犹豫不决。然而贺德雷万万没有料到，竟然是捷西卡搅乱了一切。当雨果看到他们的拥抱，从这一场面领悟的是：贺德雷并不是真正看重他，之所以营造出善待他的假象，原来是为了捷西卡。雨果发现自己原来的想法只是一厢情愿，贺德雷只是利用他，这种被耍弄和欺骗的感觉严重伤害了他。

这一解释有说服力，但也有牵强之处。贺德雷确实看重雨果，他不揭穿雨果的真面目，是为了争取雨果，并不是因为捷西卡。作为政治家，他分辨得很清楚，雨果对其事业有利，与捷西卡只是片刻的调情，他不会对捷西卡认真的，所以他才骂雨果开枪是"太愚蠢"了，为一个女人而把一切都搞糟太不值得了。在利益的比较中，孰轻孰重，贺德雷一点都不糊涂。因此，雨果的感觉是对的，贺德雷确实器重他，虽然他涉世未深，喜欢纸上谈兵，但在贺德雷心目中，他与史力克等人是不同的。看到贺德雷与捷西卡拥抱，在那一时刻，雨果受到"刺激"，也许会颠覆头脑中原先的想法，但把这种"受骗"的瞬间感受作为开枪的唯一动机，难免有牵强之处。

在雨果原先的认识中，贺德雷被定位为叛徒，他行刺贺德雷是出于对党的热爱和对原则的维护。经过一段时间接触，他无法再把贺德雷简单当做一个叛徒了。他喜欢贺德雷的音容笑貌，认为与他在一起，头脑里的风暴都平息了。雨果发现贺德雷有一种吸引力，一种能够打动他的力量。通过接触，他增加了对这个叛徒的好感，甚至要放弃行刺的计划了。这就是说，作为一个追求理想的人，雨果发现，贺德雷并不是一个"理想"的叛徒，作为叛徒，他已经不那么"纯粹"了。或者说，理想的雨果面对的是一个不那么理想的叛徒，这让他犯了难。如上所述，在杀死贺德雷这件事上，雨果感到愧疚的是，如果贺德雷是因为政见和作为一个政治领袖而死，他的死才"名正言顺"，这件事才有清晰线索可循，有合乎情理的解释。同样，对作为杀手的雨果也是如此，他是受党组织委托去行刺，谋杀是一件政治任务，如此定性才完全符合他追寻的原则。本来这一切清清楚楚、明明白白，没想到，"存在"把这一切都搞乱了。活在抽象的原则中，一切都是那么分明，那么纯净，一旦介入存在，与贺德雷这个具体的人朝夕相处，"叛徒"的清晰观念顷刻瓦解了。特别是与捷西卡扯上关系，就更乱了套，把这件"严肃"的事情变得有些"不伦不类"。

在谋杀这件事上，雨果讲，"要我把谋杀的行动和动机分开，我办不到"。发生谋杀，当然应有动机。没有动机，怎能说"谋"杀。按照常识，谋杀作为行动，事前应有谋划，有一明确动机。贺德雷确实被打死了，这件政治任务客观上算是完成了，不管他怎样个死法，路易等人的目的已经达到。但就雨果看，他的行动究竟是出于政治动机还是感情嫉妒，有些说不清楚了，它既好像是这样，又好像是那样，既不是这样，又不像那样。恰如雨果所描述的，他推开门，看到了拥抱的一幕，他开枪了。事情发生得太快，根本不容考虑，他不清楚这是蓄谋已久要干的，还是不由自主地就干了。雨果甚至怀疑"这一切只不过是一场戏？"作为当事人，他心里清楚，这件事起因毫无疑问是政治谋杀，但最后却变得"非驴非马"，它好像是政治谋杀，但又像激情杀人。事情发生了，难以清晰解释，无法为它找到一个恰切合理的说明。找到的原因初看之下有一定道理，但都站不住脚，无法对事情做出圆满解释。总之，无法把贺德雷的死纳入一个清晰合理的逻辑线条中，它无法与原则和理想完全"吻合"，因而难以解释，甚至成为不可解释的，这就是荒谬性。

萨特哲学感兴趣的是偶然性世界，而不是由逻辑和理性奠基的铁板一块的必然性世界。偶然性的世界才可能是一个虚无的世界，其中才有萨特念念不忘的自由。萨特哲学大力倡导自由，前提是必须"解构"以逻辑和理性构建的世界，把世界建立在虚无上，由此才能解释人是自由的这一基本事实。雨果一再强调他枪杀贺德雷的那一瞬间没有明确动机，一再强调他的开枪与其心理活动之间没有因果性的必然联系，戏剧把开枪与"推开门"联系起来，而在那一刻雨果"推开门"这一动作没有任何必然性，这一切都意在表现这一事件是荒谬的，揭示世界是偶然的，荒谬性和偶然性才是存在的真相。

第十章

如何扳倒上帝这棵大树？——《魔鬼与上帝》分析

一、创作概况

《魔鬼与上帝》共三幕十一场，故事长，容量大，结构复杂，内容厚实，全面而深刻地揭示了萨特哲学关于人与上帝的真实关系。萨特于 1951 年初开始创作此剧，同年六月剧本连载于《现代》杂志。像《肮脏的手》一样，这出戏也在巴黎安托万剧场首演，尽管争论不断，演出还是获得成功。此剧舞台布景制作豪华，演员阵容强大，从 1951 年 6 月一直演到第二年的三月。

对待上帝的态度是存在主义哲学的重要课题，尼采曾振聋发聩地向世人宣告，上帝死了！尼采的直言不讳惊世骇俗，他刻意追求的就是震惊世人的效果。陀思妥耶夫斯基借小说中的人物说：在一个没有上帝的世界中，人人都可以做上帝。萨特哲学继承了存在主义的传统，对上帝的存在进行拷问。《魔鬼与上帝》的无神论色彩非常鲜明，对上帝存在的质疑异常犀利，戏中有些台词被天主教右翼人士视为亵渎神明。譬如，面包师傅纳斯蒂攻击主教："你的教会是一个婊子，它把自己出卖给有钱人。"① 戏剧主人公格茨杀死了上帝，原因是上帝把他与人分开，格茨不允许"这个巨大的尸体来毒害我们人类的友谊"。戏剧彰显了萨特哲学反上帝的一贯态度，激起了虔诚教徒的极端厌恶和强烈反感。戏剧上演引发了"骚乱"，一位观众声嘶力竭地叫骂道："我恨萨特，他毒害法国青年。萨特是个罪犯，应该枪毙他，就像对待一个有害的野兽那样。"② 萨特旗帜鲜明反对上帝，这为他赢得了荣誉，也让他遭人憎恨。他咄咄逼人的反上帝态度理所当然地受到梵蒂冈的谴责，其作品遭到抵制——

---

① 参见吴丹丽译：《魔鬼与上帝》，见《萨特戏剧集》（下）安徽文艺出版社 1998 年版，以下引文不再注明。

② 米歇尔·维诺克著、孙桂荣等译：《法国知识分子的世纪——萨特时代》，凤凰出版传媒集团 2001 年版，第 118 页。

萨特的名字赫然出现在梵蒂冈的禁书目录上。

萨特很早就对格茨的故事感兴趣，他回忆说，他在十一二岁时就写了一本歌颂英雄的书，名字叫《伯利辛格金的格茨》，它是《魔鬼与上帝》的前身。在幼小的萨特眼里，格茨是一个了不起的人物，他征服了众人，用铁腕建立了恐怖统治，但其意图是善良的。萨特幼年喜欢侠气的英雄，他一挥剑就杀死了恶棍，解救了国王，搭救了少女。后来读中学，大约在四年级的时候，他写了一部长篇小说，也是关于格茨的。① 可以说，格茨的形象很早就在萨特心目中留下了深刻印象，他后来创作《魔鬼与上帝》，与早期喜欢英雄冒险故事、对格茨的形象情有独钟是分不开的。

对《魔鬼与上帝》，萨特毫不吝惜地给予了许多赞美之词。当波伏娃问他，"你最喜欢你的哪一个戏剧？萨特回答说，《魔鬼与上帝》"②。他认为这出戏是一个巨大的成功。众所周知，萨特哲学的主旨是对自由的阐述，在他看来，如果上帝统治世界，这个世界注定没有自由，在没有自由的世界中，人无立足之地，因为人的存在就是自由，人的存在决定了上帝在这个世界上是多余的。《魔鬼与上帝》最真实、最全面、最生动地表现了萨特哲学视野中人与上帝的关系，从格茨反上帝一波三折的历程中，清晰、完整、有力地揭示了萨特哲学对上帝的深刻思考，这大概是萨特非常看重这出戏的原因之一吧。

格茨的故事发生于四百多年前，当时德国四分五裂，诸侯各自为政。格茨是一位著名骑士，身份属于低等贵族。他个性鲜明，才能过人，担任农民起义军的领袖，反抗强大的诸侯，但又与农民时有抵牾。歌德曾经以历史上的格茨（1480—1562）为原型，创作了历史悲剧《葛兹·冯·柏里欣根》。

萨特创作此剧，目的不是反映历史上那个真实的格茨，而是借助历史人物，将其纳入存在主义的哲学框架，探讨人与上帝的关系。上帝是一绝对，人与上帝的关系，其实就是人与绝对的关系。思考人与绝对的关系是萨特生活的重要内容，追根溯源，它来自萨特童年的经历。

萨特从小生活在天主教的氛围中，外祖父是新教徒，母亲是天主教徒，外祖母则是伏尔泰的弟子。他的生活环境虽然弥漫着宗教气息，周围也不乏虔敬的教徒，但他的家庭却缺乏通常宗教所要求的虔信。萨特的外祖父在饭桌上不放过任何机会讽刺天主教的教义，他们在星期天去教堂不是为了忏悔，而是去

---

① 波伏娃著、黄忠晶译：《萨特传》，百花洲文艺出版社 1996 年版，第 148 页。

② 同上，第 213 页。

欣赏著名管风琴演奏家演奏美妙动听的乐曲。家人对宗教的态度深深影响了萨特，幼小的他通过家人的所作所为来看待所谓神圣，他在不知不觉中以直觉的方式否定了上帝。萨特说，他从十一岁时起就认定上帝不存在，六十年来，他就再也没有对自己提出这个问题了。

萨特是坚定的无神论者，他的存在主义哲学贯穿一条红线，即对上帝的否定。萨特否定上帝的存在与他坚持人是自由的是一回事，在他看来，上帝的存在意味着对人的主宰，人一旦与上帝发生关系，意味着自由的丧失。理论上这种表述很明晰，但这并不表明人与上帝的关系如此简单。在具体存在中，人与上帝的关系会以种种复杂形式表现出来。《魔鬼与上帝》揭示了人是自由的，但人要挣脱上帝控制，坚守自由，实际上非常不容易。

二、戏剧情节

德国在大主教治下爆发叛乱，臣下孔拉德唆使骑士造反，沃尔姆城富人对大主教早有不满，此时趁机发难，将城里的主教和神甫关押起来。

格茨与孔拉德本是兄弟，在大主教离间下，二人反目成仇，格茨投到大主教麾下。格茨善变，没有操守，这一点人所共知。虽然归顺，大主教心中并不踏实，对格茨仍多加防范，只命他在后方统领军队。格茨不甘寂寞，突发奇想，自作主张，竟率领军队攻打富庶的沃尔姆城。

消息传来，叛军战败，孔拉德战死。闻此胜利，大主教激动无比。现在让他头痛的只有格茨了，他率军把沃尔姆城围了个水泄不通，这只老虎已经出笼，大患犹在，这令大主教寝食难安。

此刻沃尔姆城风起云涌，斗争激烈。城外格茨的军队安营扎寨，随时可能破城。城内弹尽粮绝，人心浮动。有人主张与格茨讲和，希望他主动撤围，人们向被拘押的主教求救。穷人代表，面包师傅纳斯蒂坚决反对与格茨和解，他准备潜出沃尔姆城，联系农民武装进行斗争。他鼓动人们冲击主教，杀死神甫。冲突中，主教在奄奄一息之际把通往沃尔姆城秘密通道的钥匙交给神甫海因里希，希望他把钥匙交给格茨，引导格茨破城，挽救被拘押的两百个教士的生命。

海因里希深受沃尔姆城百姓的喜欢，其他教士遭羁押，唯独他的活动未受限制。身为教士，他理所当然爱他的同伴，担心他们遭遇不测，为此惴惴不安。在纳斯蒂挑唆下，穷人的怒火很容易点燃，两百个教士危在旦夕。经过一番思想斗争，最终海因里希认定"他首先是属于教会的"，他必须挽救这些教士的生命。于是偷偷来到格茨营帐，献出钥匙，条件是格茨营救教士的生命，也不伤害城中的百姓。

格茨对海因里希的要求根本听不进去，坚持屠城。原来打算联系农民武装的纳斯蒂听说已经有人向格茨献出了沃尔姆城钥匙，改变了主意，也来到格茨营前，恳求格茨与农民结盟，遭到断然拒绝。

就在格茨行将屠城之际，与海因里希的一场谈话改变了他的想法。格茨存在的目的是与上帝抗衡，上帝宣扬善，他就倡导恶。千百年来，上帝至高无上，芸芸众生匍匐在他脚下，谁敢与上帝为敌呢？唯独格茨敢于公开与上帝唱对台戏，他以一人之力，以绝大毅力和勇气向上帝统治的世界发难，他为此颇感自豪。海因里希指出，格茨的想法错了，对上帝意图的理解完全错了。上帝的意旨不是反对作恶，而是使善在世界上行不通。这个世界作恶容易，行善艰难。对上帝意图重新定位后，专门与上帝作对的格茨的行动发生了逆转。他的目的没有变化，仍要与上帝为敌，但不再作恶，决定行善。

格茨行善，首先要搞清楚什么是善。他发现，善就是爱，现实中是奴役和贫困等阻碍了人们相爱。格茨率先垂范，破天荒地把自己的土地无偿分给农民。他断言，至少在地球的这一角，在他的统治下，可以实现人人平等，做到相互友爱。

格茨的举动犹如石破天惊，激起了德国贵族的强烈反对。农民们得到土地，按理说应该拥护格茨，但实际情形是，他们满腹狐疑，不明白一向高高在上的老爷为什么一夜之间突然变成了自己的朋友？更出乎格茨意料的是，其行善非但没有推行爱，反而导致两万多农民惨遭杀害，他煞费苦心建立的太阳城亦毁于一旦，他行善一天比作恶三十年杀的人还多。

格茨作恶理直气壮，行善却遮遮掩掩，他必须打着上帝旗号才能行善，因为农民们只相信上帝。一旦卸下上帝的面具，其行善岌岌可危。农民代表卡尔当众揭穿了格茨，令其原形毕露。格茨倾其所有行善，结果却遭到农民和贵族的一致反对，这对他是沉重的打击。他对人绝望了，无奈之下，开始向上帝求救。这时帮助格茨的是希尔达，她为格茨指出了人间之爱的道路。格茨最终醒悟到，原来上帝是不存在的，天国和地狱也是不存在的，存在的只是人间。

驱除了上帝的幻影，格茨的人生焕然一新，他成为农民军的首领，率领农民武装和贵族进行斗争，去打一场人与人的战争，开始了真正的行善。

三、格茨

格茨是这出戏的主角，戏剧主题是通过塑造这一形象表达出来的。分析和把握格茨的特征，是欣赏这出戏的关键。

1. 格茨的几个特点

（1）格茨是私生子。私生子因身份"特殊"，常常遭遇冷落，不被社会接纳和承认，容易滋生不满，挑战秩序，轻蔑传统，养成叛逆性格。私生子的心理常常具有两面性，一面是谦卑压抑，孤独寂寞，另一面则演化为极端和偏执，自视甚高，自我膨胀，独来独往，轻蔑一切。格茨声称："有两万贵族，三十个大主教和十五个国王，人们同时看见了三个皇帝……但是你能告诉我有另一个格茨吗？"这种唯我独尊表现了格茨壮志凌云的豪气，但也隐含着内心的凄凉和寂寞。

格茨狂傲不捐，对自己期许甚高，不论是作恶还是行善，都异常高调，与世对立，处于孤独中。他不是逃避孤独，不是在孤独中焦虑难耐，而是通过孤独把自己与大众区别开来，他像尼采的超人那样欣赏孤独，赞许孤独。

（2）格茨是全德国最优秀军官，他性格刚毅，治军严厉，指挥的军队所向披靡，战绩优异。

格茨胆识过人，威望极高，大主教对这个变色龙式的人物很不放心。他暗忖，格茨能背叛自己的哥哥，甚至背叛上帝，凭什么一定能心悦诚服地归顺自己呢？大主教心里清楚，格茨才能过人，能量极大，得罪不起。打败孔拉德后，大主教对格茨自作主张、擅自攻打沃尔姆城耿耿于怀，但碍于他声望高，势力大，奈何不得。后来农民军惨遭屠杀，形势危在旦夕，纳斯蒂恳求格茨"出山"，带领农民军与贵族战斗，格茨临危受命，也是因为在世人眼中他是一个优秀军人，一个难得的军事将领，具有杰出的指挥艺术，农民们能对他寄予厚望。

（3）格茨反复无常，让谁都不放心。他不仅背叛同胞兄弟孔拉德，背叛自己的选择，还背叛上帝，背叛像一根红线贯穿其所为。在世人眼里，格茨是一个不肯就范、无法踏踏实实安顿下来、到处惹是生非的人，他背上了背叛的坏名声，遭人唾弃。格茨不以背叛为耻，相反，他不断宣扬背叛，特别是以对上帝的背叛为荣。

格茨的背叛不是万般无奈下的逼上梁山，他与那些草莽英雄不同。梁山好汉大都是被逼得走投无路，不得已才走上了造反的道路。如林冲，如果不是现实把他逼得焦头烂额，面临山穷水尽的绝境，他是无论如何也不会反抗朝廷的。格茨背叛上帝不是逼迫的结果，他的反抗来自于自身，他积极寻求这个反抗，主动施行这个背叛。背叛是其安身立命的根基，没有背叛，就没有格茨。

格茨身为军人，举止鲁莽粗野，但并不是蛮横的一介勇夫。格茨寻求对上帝的背叛，表明他是有理想、有追求的人，在其粗犷的外表下，闪烁着智慧的光芒。

2. 格茨的作恶

格茨奉行的立场是作恶。为什么要作恶呢？因为在大众的信仰中，上帝反对恶，恶是魔鬼所为，格茨反对上帝，需要站在上帝的对立面，所以要作恶。格茨自觉地站在恶的一边，自称是魔鬼的人，是专让万能的上帝感到不舒服的人。格茨以魔鬼自居，以专与上帝作对为乐。他说："我吵得上帝头昏脑胀，这样我就满足了，因为唯有他才配得上是我的敌人。"格茨明确说，恶是他生存的理由，其存在扎根在恶中。

格茨反抗上帝显示出宏大气魄，人们常把上帝比喻为太阳，格茨形容他反对上帝是"太阳对太阳"。他说魔鬼算个屁，他只愿意与上帝打交道，甚至就是上帝，他也不放在眼中。在基督教世界中，人们必须向上帝忏悔和赎罪，格茨认为，他犯下滔天大罪，上帝根本不能惩罚他，因为他与上帝分庭抗礼，平起平坐。上帝可以惩罚匍匐在他脚下的芸芸众生，但怎能惩罚一个与他势均力敌、旗鼓相当的对象？格茨反对上帝体现了"超人"气概，当纳斯蒂劝他与穷人结盟，格茨不予理睬。他不喜欢与大家一样。他反对贵族，但不愿意穷人把贵族都吊死。他质问纳斯蒂，"为什么我要来帮你们吹灭太阳和地上的所有火炬呢？那将是漆黑一团，漫漫长夜。"

格茨作恶与一般人作恶不同。通常人们作恶是为了实现某个目的，如为获取财富和地位等。对于一般人，作恶本身不是目的，只是达到目的的手段，人们不会为作恶而作恶。格茨作恶完全不是为了财富等目的，他是为作恶而作恶，其作恶具有"特殊性"，令一般人难以理解。格茨围困沃尔姆城，坚持屠城，沃尔姆城是富庶之地，在银行家看来，屠城完全是疯狂的行为，根本无法理解。他说："要占领沃尔姆城就占领吧，不过该死的，为什么还要摧毁它呢？"格茨的回答很干脆，"因为大家要我使它免遭浩劫"。行善是上帝的意愿，也是众人的意愿，行善就是要使沃尔姆城免遭浩劫，格茨要站在上帝的对立面，唯一的选择就是屠城。格茨的屠城，既不是为得到财富，也不是憎恨沃尔姆城的人，他是为了与上帝抗衡而作恶。当卡特丽娜问他为什么要作恶，他回答："因为已经有人行善了。"

直到第一幕第六场，格茨是一个为作恶而作恶的作恶者，他以上帝的豪气作恶，被世人视为魔鬼。

3. 格茨的转变

格茨力排众议，部署好部队，屠城即将开始，两万人就要死去，一场血流成河的惨剧就要上演，在千钧一发之际，他突然犹豫了。格茨为什么犹豫呢？不是他的怜悯心发作了，也不是担心屠城这种极端恶行让他日后良心不安。格茨是在思考，如果屠城是作恶，而上帝反对作恶，那么全能的上帝就应该制止他，或至少一些迹象显示上帝反对屠城。格茨不祈求有什么惊天奇迹发生，如苍天掉下来压在他身上，其实上帝只要做出一点表示就够了，如吐一口吐沫，让他踩在上面一滑，折断了骨头，屠城的行动就受到阻止了。但是，制止屠城的奇迹丝毫未现，这不能不让他疑惑。其实，上帝非但没有阻止格茨屠城，还慷慨地"帮助"他。通向沃尔姆城的钥匙，格茨完全不知它的存在，但上帝还是派人把它送到自己手中。格茨想，这一切难道表明，上帝是在暗中利用我？一旦上钩，就可以否定我？

格茨犹豫不定，看着手里的钥匙，它确实有用，还有握着钥匙的手，它们都是上帝的杰作。但问题是，上帝创造了手，又派人送来钥匙，手里拿着钥匙并不是什么坏事，但拿着这把钥匙去干什么，"上帝概不负责"。格茨辩解道，尽管上帝智慧无穷，但也无法知道人的心灵阴暗之处。仇恨、怯懦、暴力、死亡和痛苦，这些只有人才有，上帝怎能知道？它们只能归咎于人，与上帝无关。他拿着这把钥匙去干什么，上帝管不了。在这件事上，不能把上帝扯进来。他作恶，由他自己负责，与上帝无干。

正当格茨坚定信心、打定主意屠城，与海因里希的对话"启发"了他，改变了他的行动。这场对话具有重要意义，使格茨对自己的使命重新做出界定，对行动做出了新的选择。

海因里希指出，格茨犯了严重错误，没有真正理解上帝的意图。对上帝的意图不能准确定位，反抗上帝的努力必然"付诸东流"。海因里希的一番话，促使格茨检讨自己，如果真像他所说，反抗上帝，连上帝的意图都没有搞清楚，反抗不是很盲目吗？海因里希的批评对格茨非常关键，这个问题不搞清楚，非但反抗上帝目的不能实现，而且他异常高调的反抗行为还可能成为笑柄。

海因里希认为，上帝的意图不是反对作恶，而是认为善在人间行不通。为什么呢？因为这个世界充满了罪恶，"地上一片臭气，一直熏到星星上了。"如果人们接受这个不公正的世界，就是与其同谋。如果要改变这个罪恶世界，就要使用暴力，人们就沦为刽子手。不论与这个世界是同谋还是力图改变它，都只能作恶。在这个罪恶的世界中，无论如何不可能行善，只能为恶。海因里希认为，这个世界上人人都作恶，从来没有人行过善。

　　其次，海因里希指出，以为作恶就是与上帝对抗，完全是"想入非非"。每天晚上，德国土地被熊熊大火照得通亮，几十个城市在燃烧，打家劫舍的军官满坑满谷，数不胜数。在现实中作恶的人太多了，而且作恶轻而易举，作恶完全是人的存在"常态"，如果把它当作反抗上帝的壮举，只能令人啼笑皆非，贻笑大方。海因里希问道，如果格茨是魔鬼，那么他这个声称爱穷人、后来又出卖了穷人的人又是什么呢？海因里希是沃尔姆城百姓最喜欢的神甫，也让罪恶"像强盗一样扑到了自己身上"。他把秘密通道的钥匙交给格茨，背叛了沃尔姆城的百姓。面包师傅纳斯蒂声称爱穷人，但煽动穷人卑劣的感情，唆使他们杀死了沃尔姆城主教。爱很容易转化为恨，不论对谁，在这个世界上作恶容易，行善困难。人们往往自以为是行善，其实他不过是在作恶而已。

　　第三，海因里希指出，格茨以为屠城就是作恶，这是自欺。作为军人，格茨的职责就是杀人，不杀人，怎么可能成为一个常胜将军，怎么可能成为一个优秀军官？如果格茨有一幅菩萨心肠，就根本做不了军官，更不用说做一个优秀将领。因此，屠城不是魔鬼所为，即便格茨杀人如麻，也不是作恶，而是职责所在。不仅格茨要这样做，任何一个军人都要这样做，任何站在军人立场、担负军人职责的人都必须这样做，这种职业的要求不能视为作恶。

　　第四，如果上帝的意图不是反对作恶，那么是什么呢？海因里希解释说，上帝的意图是使善在人间行不通，使爱在人间行不通，使正义在人间行不通。上帝知道，在这个恶贯满盈的世界中，爱和正义的实现非常困难。格茨不明白，爱一个人，为什么不能去爱呢？海因里希说，你去试试看，马上会发现，世上根本没有纯粹的爱，因为爱很容易转化为恨，只要有一个人恨上了另一个人，就可以使嫉恨之心蔓延到全人类，爱人最后变成了恨人。"善在人间行不通"所要表明的是，在人世间作恶容易，行善艰难。

　　如果从来就没有人行过善，格茨说，"我去做！"他的逻辑是：按照上帝意旨，这个世界上善行不通，那么他就偏要去行善，如果在上帝眼中所有人都不能行善，那么格茨坚定地认为，唯独他可以行善。格茨逢上帝必反，这是他存在的意义。经过海因里希一番解释，格茨如饮醍醐，豁然大悟，重新部署反上帝的行动。他说，"我以前是个罪犯，现在我要改变自己，我要脱胎换骨，我打赌要做个圣人。"格茨放弃了屠城，改换门庭，另起炉灶，打着行善的旗号反对上帝。

格茨由作恶改为行善，行动上急速逆转，如何向众人交代和解释，成为难题。他眉头一皱，计上心来，决定采用打赌的方式使"改弦更张"能够"言之成理"。如果赢了，他就继续作恶，沃尔姆城将燃起燎原大火，顷刻间化为灰烬。如果输了，他就撤围去行善。格茨打赌"输"了，这是他"求之不得"的。格茨行善主意已定，打赌只是为在众人眼里改变立场做"自然过渡"的障眼法。他根本不会真正打赌，把改变寄托在碰运气的巧合上。他巧妙设局，故意作弊，站在一旁的卡特丽娜对这一切看得很清楚。

格茨由恶为善，对抗上帝的初衷没有改变，但行动却发生了一个急速逆转。他行善的结局怎样，效果如何，需要一个见证人，格茨约请海因里希一年后对其行善作出评判。

4. 格茨的行善

海因里希的解释犹如醍醐灌顶，令格茨豁然开朗，他立即发起了一场行善的战斗。他说："我得了行善的病，我希望这种病传染开来。我将表明行善是可能的，我将为善殉身，并成为一股诱人行善的力量。"

格茨行善，首先要明白什么是善。经过一番思索，他认为善就是爱，行善就是把爱推广到人间，让爱在世界上生根开花，成为每一个人的追求。格茨看到，现实中人们需要爱，但并不相爱，究竟是什么原因阻止人们相爱呢？他发现，是地位的不平等、奴役和贫困等，导致人们不能相爱。要使人们相爱，必须铲除这些障碍。接下来的问题是，如何才能铲除这些障碍？格茨做了一个破天荒的决定，把自己的土地无偿分给农民，建立基督教公社（太阳城），以图实现人人平等。格茨认为，他不能要求其他贵族像他一样把土地分给农民，他只能从自身做起，在爱的领域里率先垂范，用实际行动树立爱的榜样。同样，他不能发动战争，带领农民用暴力剥夺贵族财富实现正义，因为暴力必然导致农民与贵族相互残杀，这与爱背道而驰。

格茨的举动犹如晴天霹雳，彻底激怒了德国贵族，他们把格茨视为"德国贵族阶级的掘墓人"。德国贵族完全不理解格茨的突发举动，他们认为格茨的所作所为是彻头彻尾的疯狂和愚蠢，其示范效应会把德国贵族逼得走投无路，它向农民发出了一个极其错误和危险的信号，从此他们会蠢蠢欲动，越来越不安分，要求水涨船高，胃口越来越大，如此下去，终将引发暴乱，导致德国永无宁日。在贵族眼中，格茨无异于引火烧身，无偿分土地给农民是一种极其荒唐的自杀行为，完全不可理喻。他们愤怒地咒骂格茨，把他称为"该死的混蛋，地上的臭屎！"强烈要求他收回错误决定。贵族们的愤怒早在格茨预料之中，面对气势汹汹的声讨，他冷静镇定，坚持把土地分给农民。

格茨行善的对象是农民，他必须让农民理解爱。面包师傅纳斯蒂自称是穷人的代表，格茨向他发出邀请，携手一起创造太阳城。作恶的格茨曾拒绝过纳斯蒂，行善的他需要纳斯蒂的合作，但没想到，纳斯蒂对格茨迎头泼了一盆冷水。在他看来，格茨行善确实让人眼前一亮，一个贵族，突发善举，无偿把土地分给农民，实属难得，但他对格茨的行善基本上持否定态度。格茨行善，农民们得到实惠，身为农民代言人的纳斯蒂为什么反对呢？原来他早有自己解决农民问题的方案，格茨突然行善，打乱了他的部署。纳斯蒂认为，格茨分土地给农民是幼稚之举，他只想到自己与上帝的斗争，其行善非但不能救农民，反而会"带坏他们"。农民们在格茨施舍的小恩小惠面前开始满足，与苦难现实妥协，从此失去了斗争勇气。纳斯蒂相信，农民们只能自己救自己，他们决不会因为分到一点土地就得到解放。他劝格茨保留土地，至少现在不要分给农民。

纳斯蒂对农民的悲惨处境深感不满，他早就在积极筹划，希望彻底解决农民问题。他拯救农民的方案是：用七年时间准备一场神圣战争，在七年里，农民们忍饥挨饿，不满逐日增加，仇恨越来越深，暴动逐渐酝酿成熟。一旦他们忍无可忍，被压抑七年之久的仇恨像火山那样喷发出来，在德国大地上，其势如烈焰，将吞噬一切。只有把贵族一扫而光，农民才能真正解放，这就是纳斯蒂构想的一揽子解决农民问题的方案。格茨突发行善，把土地分给农民，得到好处的农民感到满足，没有得到的则越发不能忍受现状，迫不得已提前起义。农民仓促行动，他们会在七天之内被屠杀。纳斯蒂劝格茨留着土地，让它成为农民们准备未来暴动的藏身之所和集会之地，这就帮了农民"无可估量的大忙"。现在贸然把土地分给农民，既惹恼了贵族，也会破坏纳斯蒂的精心部署，"这种过激的慷慨马上就要挑起一场屠杀"。纳斯蒂强调，引发流血、令农民遭致惨败，这决不是行善。

格茨不赞成纳斯蒂发动战争、血洗德国的做法，因为暴力和流血带来的不是友爱而是仇恨。格茨反对把提倡幸福、博爱和美德的太阳城当作未来战争的策源地，变成世人眼中"杀人犯的黑窝"。他认为，行善就是推行爱，只要人们用全部的爱去爱所有的人，就足以使爱扩展到全人类。格茨对"七年战争"的说法表示强烈怀疑：还要等待七年，意味着百姓还要受七年苦，七年后"谁知道接着来的又是什么？也许是一场新的战争和新的苦难？"格茨把纳斯蒂称为"江湖骗子"。发动一场全面战争，纳斯蒂也许可以实现自己的理想，但这场战争会让德国满目疮痍。为实现个人抱负和野心，纳斯蒂全然不顾惨痛的后果。

格茨行善，农民们是受惠者，他们理应感谢格茨吧，出乎格茨意料，农民们并不领情。行善的格茨为做到人人平等，放下老爷架子，和农民们亲近，与他们称兄道弟，不分彼此。他与农民勾肩搭背，亲密异常，农民们看到昔日的老爷突然间放下身架，与自己亲热起来，有些不知所措，甚至有一点惶恐不安。他们表面上装作感动，心底里却难以理解。卡尔说："他说他爱我们，他跟我们挺亲热，有时还拥抱我们，昨天他还玩着给我洗脚。"格茨想对农民表现爱，真诚地希望与农民们心贴心，可是他的行为总是让农民们感到别扭，效果难如所愿。

格茨本是贵族，多年来与农民势如水火，转眼间他们就能成为兄弟吗？格茨虽然给了农民切实好处，可是冰冻三尺，其行善可以一朝化解吗？格茨主观上可以对其行善抱以期望，但客观上他无法一笔抹杀贵族欺压盘剥农民的残酷历史。卡尔刚叫完"可爱的老爷，好兄弟"，随即就"呸！"他说"这个擦破我嘴的词，每次说出口我都要吐唾沫。"过去农民们把格茨叫老爷，现在突然改叫兄弟，他们并不情愿，心里非常别扭。一位农民说，"只要你愿意，您就做我的兄弟好了，不过我不能是您的兄弟，每个人都有他自己的位置，我的老爷。"格茨行善，令人感动，但农民们仍不免狐疑：他为什么要做出这种惊人之举，一个老爷，为什么不像其他贵族那样，舒舒服服地过自己的日子，反而冒天下之大不韪，把土地无偿分给农民，这究竟是为什么？农民百思不得其解，疑虑重重。不管格茨怎样努力，放下老爷架子屈尊与农民打得火热，其行善外表上轰轰烈烈，但效果差强人意，格茨无法消除贵族与农民在几百年历史中形成的深刻对立。

颇为讽刺的是，沃尔姆城的修士特策尔利用上帝名义，兜售赎罪券，农民们不仅心甘情愿地接受，而且大为感动。他们认为，花自己的钱，在上帝面前为亲人赎罪，这是值得的。没有任何人强迫他们这样做，他们自己心甘情愿这样做，迫切需要这样做，千百年来农民们的存在决定他们只能这样做。格茨给他们巨大好处，农民们疑神疑鬼，特策尔修士欺压盘剥他们，他们非但不反抗，反而感激涕零，认为这才是真正的爱。格茨发现，只有通过上帝，农民们才能表达对亲人的爱，上帝是他们表达爱的正当而有效的途径。

面对麻风病人，特策尔等人躲得远远的，他们害怕传染，打心眼里厌恶这个麻风病人。格茨认为爱不分对象，迎上去拥抱麻风病人，还亲吻他。格茨表里一致，知行合一，他用行动证明他爱所有的人，哪怕是麻风病人。可这个麻风病人对于格茨的拥抱和亲吻非但不感动，内心还颇反感："又是一个要跟我这个麻风病人接吻的人……如果这关系到你的得救，我不能拒绝，但是快一点。全都一样：这些人都以为上帝让我得麻风病是为了给他们进入天国的机会。"格茨行善常常是剃头挑子一头热，他徒具善心，农民并不领情。

特策尔为了打发麻风病人快点离开，免费送了他一张赎罪券，没想到这个麻风病人激动地呼喊"教会万岁！"格茨惊呆了，他不能理解，教会用欺骗的手段表示了一下"安慰"，这个麻风病病人竟如此感动，而他贡献了全部土地，农民们却冷言冷语拒绝他的爱。麻风病人拿到赎罪券兴奋得手舞足蹈，农民们一致认定，特策尔卖赎罪券比格茨的亲吻更爱麻风病人。格茨懊恼极了，他说："我的仁慈掉在他们头上，就好像是一场灾难似地，这些傻瓜蛋！"

格茨发现他的行善出现了问题：不论他怎样努力，就是得不到农民的理解，他们表面上按照他的要求去做，但内心里仍然把他当成贵族老爷。格茨与农民的存在是两张皮，他无法消除与农民之间的鸿沟，这使行善变成了一厢情愿，他只能单方面把爱强行硬塞给农民，农民们被动、消极、勉强，甚至是不得已才接受他的爱。格茨气急败坏地嘟囔："羞死我了！我不知道怎样和他们交谈，主啊，让我找到一条通往他们心灵的道路吧。"

格茨希望与农民融为一体，但现实是，农民冥顽不灵，执迷不悟，他们死心塌地爱上帝，却不爱给他们巨大好处的格茨。海因里希再次指出格茨犯了严重错误：一个园丁可以决定何时何地种植萝卜，可以对自己的种植有所期待，但格茨却不能像园丁种植萝卜那样把善直接移植到农民的心灵里，期望他们从此以善为本，并且感恩格茨。园丁可以为胡萝卜做出选择，格茨却不能代替农民们做出选择。海因里希的意思是：善无法从外部硬性灌输，善源于人的心灵深处，是人们从自己的存在出发做出的选择，别人无法越俎代庖。格茨的错误是：他想通过分土地的方式，把爱灌输给农民，就像园丁种植萝卜一样，只要浇灌、施肥，萝卜就自动地长出来。萝卜没有自己的选择，园丁可以为它做出所有的选择。萝卜没有自己的未来，园丁可以为他谋划一切，萝卜就是在园丁的期望中，按照园丁为它的设计成长。但人的存在与萝卜完全不同，尽管格茨释放了巨大的善意，不能由此简单推定，农民们必然领情。农民们对格茨行善，是从他们的存在出发做出回应的，这里不存在因果式的简单关系：格茨行善，农民们接受，而且心存感激，他们必须像爱上帝那样爱格茨。

表面看，分土地给农民，这是对农民的爱，实际上这种爱建立在不平等上：格茨主动施与，农民被动接受，格茨变成了园丁，是谋划者、决定者、操控一切。农民们变成了"萝卜"，按照格茨的要求做出他们的反应，在格茨的规划下决定他们的所作所为。在"给予"和"接受"的关系中，严格说来，根本不会产生爱。给予者要求感恩，接受者变成了依赖者。如果格茨收回他的决定，农民们瞬间就会一无所有，就像园丁不浇灌，萝卜就无法生长。决定者与被决定者是园丁与萝卜的关系，而不是人之间爱的关系。园丁不会爱萝卜，他只能支配萝卜。格茨声称爱农民，其实他是在支配农民。一旦人能够支配他人，或被他人支配，他们就处于不自由中。在支配与被支配的关系中无法推行爱，因为爱扎根于自由，爱是自由结出的果实。格茨像园丁对待萝卜那样对待农民，使爱整个"走样"了。以园丁对待萝卜的方式格茨只能统治人，不能爱人。

格茨的悲剧是，他真诚行善，大力推行爱，但农民接受他的爱，犹如承受某种重压，被置于不自由中。格茨行善，贵族们强烈反对在他预料中，但未曾想到，农民们如此"顽固"，非但不领情，背后还奚落他、嘲讽他。格茨失落了，当务之急是要找到和农民沟通的有效方法，这成为行善成败的关键。

5. 格茨寻找与农民沟通的方法

格茨苦恼如何才能使农民像爱上帝那样爱他，卡特丽娜的死亡是一个契机，他终于找到了与农民们"沟通"的方法。

卡特丽娜是格茨作恶时相识的，那时格茨对她怀着强烈情欲，根本不把她当人看。当银行家来见格茨，希望与他单独谈谈，卡特丽娜也在场，格茨指着她对银行家说："这是一头家畜，说吧，没有关系。"在作恶的格茨眼里，卡特丽娜就是一个妓女，格茨多次骂她"臭婊子！""十足的贱货！"

面对格茨的粗暴无情，卡特丽娜却是一往情深。虽然她是抢来的，格茨糟蹋了她，使她堕落，但她希望跟随格茨，她认为自己在这个世界上再没有别人了，她把自己托付给格茨，希望格茨走到哪里都能够带着她。她还自作多情地把自己比喻为格茨的"无价之宝"，提醒格茨，"除了你的庄园、你的领地，你还拥有一件无价之宝，可你好像并没有把她放在心上啊！"

面对卡特丽娜爱的表白，格茨的反应就是让她滚，他大骂卡特丽娜："你准是一个十足的贱货，我这么对待你，你竟然还爱我。"格茨完全不把卡特丽娜的爱当回事，他威胁和戏弄卡特丽娜，要把她当作礼物送给手下蛮横的士兵，然后再把她嫁给一个独眼大兵，请沃尔姆城神甫主持他们的婚礼。卡特丽娜身为下贱，但并不是无耻之徒，她有自尊，虽然爱格茨，希望格茨能强行把她带走："这样可以使我好受一些"。如果心甘情愿地跟格茨走，她会感到羞耻的。

格茨完全瞧不起卡特丽娜这个肉欲的对象，也根本不爱她，但此时卡特丽娜还能够执著地爱着格茨，她认为自己的爱还有希望。可当格茨突然决定行善，要结束过去的罪恶生活，他只给了卡特丽娜一笔钱，就把她打发了。行善的格茨必须与作恶的格茨一刀两断，卡特丽娜属于作恶的格茨，所以必须赶她走，格茨毫不犹豫地抛弃了卡特丽娜。

卡特丽娜崩溃了，她病入膏肓，三个星期不吃东西，血全变质了，全身都是烂疮。海因里希对格茨说："她的肉体使她恶心，因为所有的男人都在上面摸过它，她的心灵更使她厌恶，因为你（格茨）的形象留在她心里，她生的绝症的根子就是你。"作恶的格茨糟蹋了卡特丽娜，行善的格茨使她陷入绝望的深渊，格茨一夜之间突发奇想，绝情地"告别"过去，无异"谋杀"了卡特丽娜。

得知卡特丽娜身患绝症，格茨内心煎熬，费尽辛苦，终于找到了她。看着气息奄奄的卡特丽娜，格茨承认这都是他的错，是他造的孽。现在他必须拯救卡特丽娜，给予她爱，这是行善的要求。死亡前的卡特丽娜非常恐惧，希望找神甫忏悔，请求格茨在她生命的最后一刻救救她。格茨哀求海因里希，他拒绝做忏悔，因为他已经不是教会的人了。这时格茨意识到，只有他能救卡特丽娜，只有他的爱才能挽救这个受尽侮辱的人。他对大家说，"这个女人的堕落是由于我的错，只有我才能使她得救。"格茨决定用自己的办法让上帝显灵，他对卡特丽娜说，我可以救你，我向基督祈求把你的罪孽加在我的身上，让我替你承受罪孽。如此一来，"你的灵魂像你出生的那一天一样纯洁，比教士赦了你的罪以后还要纯洁"。他向上帝祈求，呼唤上帝惩罚自己："愿她的罪孽化成我耳目中的浓血，让她的罪孽像酸液一样烧烂我的脊背、我的大腿和我的生殖器吧。让我得麻风病、得霍乱、得鼠疫吧，但是救救她吧！"格茨的愿望非常迫切，呼唤异常真诚，但上帝却像聋了一样，根本不理睬他。绝望中，格茨一下子醒悟了："他妈的，我太蠢了，自助之，天助之！"他拔出匕首刺左手，又刺右手，接着刺肋部，然后把血擦在基督身上。他招呼大家进来，说基督已经显灵，基督的血已经从我的手上淌下来了。他用血擦卡特丽娜的额头、眼睛和嘴巴。卡特丽娜说，"这是你的血，你为我而献出的血"。格茨对众人说："只要这两只手上的血还在流，你们就不会遭受任何不幸。"靠着这两只流着基督血的手，格茨宣布："今天上帝开始统治大家，我们将建立太阳城。"

既然农民只相信上帝，格茨便借助上帝笼络农民。上帝在格茨身上显灵，这使他有了权威和号召力，他开始借用上帝的名义行善。格茨的谋划是，一旦农民们承认他是上帝的代言人，农民们就会相信他，跟着他的指挥棒转，行善就能成功。通过欺骗，格茨把农民抓在手里，他欣喜地说："他们终于是我的了。"

6. 希尔达的爱

格茨行善，目的是与上帝对抗，讽刺的是，他无法用自己的力量去行善，只能求助上帝去行善，他只能制造假象，借助欺骗，才能把农民抓在手里。格茨需要打着上帝这面旗帜才能反对上帝，只能偷偷摸摸地反对上帝。不像作恶时那样，他大张旗鼓、叱咤风云地站在上帝对立面。现在，离开了上帝，格茨成为孤家寡人，行善寸步难行。

格茨羡慕希尔达，她是戏中的关键人物。希尔达与农民们同甘共苦，大家都喜欢她，农民听她讲话，就像听神谕似的，"一下子"就喜欢上她了。农民们喜欢希尔达发自内心，这个"喜欢"是他们自己的选择，没有任何强制，也与任何"好处"无关。

希尔达的父亲是村里最富有的磨坊主，这位有钱人的女儿放弃了当修女的夙愿，在饥荒的年代和农民们守望相助，她热情帮助所有的人。希尔达与格茨都不是农民，他们的身份和教养都与农民不同，但是希尔达能够与农民水乳交融，打成一片，她轻而易举做到的事情，格茨费尽九牛二虎之力也做不到。格茨琢磨，希尔达所做的再平凡不过了，她能做的，他也能做，甚至她无法做到的，他也能做到。譬如把土地分给农民，这不是随便什么人都能做到的，可是他做到了。但希尔达能得到农民真心的爱，格茨却无法得到，这就是他们的不同。格茨反省道，除了希尔达热情帮助所有的人，"也许这里还有别的什么吧？"这一反省非常重要，格茨力图找到希尔达的"爱之谜"：她做的都是一些很平凡的事情，却能得到农民的爱，而他的奉献远远超过了希尔达，却无法得到农民的爱，这究竟是为什么？希尔达能推行爱，他却不能。显然，希尔达的爱与他的爱不同，这个女人的爱不简单，其中一定隐藏着什么，格茨必须识破希尔达的爱之谜。

希尔达的爱的突出特征是鄙弃上帝，她坚定地与上帝划清界限，其行善完全靠自身的力量。格茨与上帝寸步不离，他必须打着上帝的旗号去行善，这是他与希尔达的本质分别。

希尔达对事物有自己的判断，她对太阳城的做法颇为不满。她对太阳城的人说："难道我不能想我愿意想的事情吗？"太阳城的人回答："不能，我们想的东西都是让大家知道的，每一个人的思想也都是大家的思想。"太阳城实行绝对的善，为此，人们思想必须划一，行动必须统一，其标准来自格茨。他是太阳城的创建者，是这个乌托邦奠基人，在众人心目中，他俨然就是太阳城的上帝。任何人与格茨的想法不一致，与太阳城人的想法不同，他们本能地就会质疑："难道你不爱我们了吗？"太阳城容不下歧见，甚至不允许怀疑，他们不理解什么是独立，什么是自由。在太阳城，一切必须整齐划一，被安排得妥帖合理，一切必须按照格茨制定的爱的原则去处理。太阳城的生活是铁板一块的模式化、千篇一律的凝固化、万众一心的单一化、排斥异端的正统化。希尔达是芸芸众生中唯一头脑清醒、品格独立、崇尚自由的人。她爱所有的人，但强调，要按照自己的方式去爱。

当格茨以上帝之名建立了太阳城，她意识到，必须离开她所爱的农民了。格茨在太阳城搞的这一套不仅让希尔达窒息，而且建立太阳城在她看来完全脱离现实，必将招致种种危害。希尔达指出，太阳城想在风雨飘摇的乱世中遗世独立，想在血雨腥风中洁身自好，把自己的幸福建立在普遍的贫困上，这是痴心妄想。格茨在危机四伏的境遇下打出博爱的旗帜，只能是自欺欺人。不管他嘴上怎样标榜爱，其行为客观上使他成为一个骗子。

希尔达对格茨的尖锐批评，令太阳城的人感到困惑和为难。他们喜欢希尔达，需要她的帮助，离不开她。格茨也感受到了希尔达的魅力，他也喜欢希尔达，恳求她不要离开太阳城。此时希尔达倍感冷落，颇为失意。在建立太阳城之前，她受到农民们真心诚意的喜爱，那时生活虽然艰难，但她与农民的关系却很融洽。自从格茨建立了太阳城，开始以上帝之名实行统治，希尔达感到自己是多余的了。她问农民们，"你们现在还需要我吗？"农民们面面相觑，局促不安。希尔达认为，既然有了格茨这个救世主，有了太阳城这块乐园，她的存在就没有意义了。看到希尔达执意离开，农民们六神无主，在格茨面前，对诚心诚意帮助过他们的希尔达不知怎样表达自己的立场。这时格茨突然恢复了贵族本性，端出老爷的架子，对农民们怒吼道，"忘恩负义的家伙，我命令你们，把你们对她的爱重新给她"。农民们个个板着脸，皱着眉，格茨打断他们的话："住口，我不想再看到你们皱眉头。先给我笑，然后您再说，喂，笑啊！"格茨的举动让希尔达受到了侮辱，在命令强制下的所为根本不是爱，在太阳城，她已经无法找到真正的爱。她怒气冲冲地回敬道："你全留着吧！你偷了我的钱袋，拿我的钱施舍给我，这办不到。"

希尔达不是不爱农民了，也不是嫉恨农民对格茨的依附。在太阳城，农民们确实摆脱了忍饥挨饿，他们的劳动也不像以前那么辛苦了。农民们的生活得到改善，这是事实，希尔达承认并尊重这一点。但她认为，太阳城给农民们提供的只是"羔羊般的幸福！"农民们吃饱了，穿暖了，生活的物质条件改善了，但它是以牺牲自由为代价的。希尔达明确表达了对太阳城"幸福生活"的质疑：农民们的物质生活改善了，但他们的精神被钳制得更紧了，农民们吃饱了，但并未得到自由。他们的痛苦减少了，灵魂却在泥潭中陷得更深。

格茨以上帝名义实行统治，太阳城实乃专制之城，不是自由之地。看到希尔达执意离开，格茨以太阳城教主的身份向她保证，他能操控一切，保证农民爱希尔达，农民们将像"听从圣谕"那样地爱她，殊不知这正是希尔达强烈厌恶的。希尔达意识到，过去农民们对她的爱发自内心，是他们真实感情的流露，现在这一切都结束了！难道农民对她的爱需要格茨的保证吗，爱需要在格茨的命令下才能表现出来？不！爱不可能在奴役中产生。在太阳城，格茨摧毁了爱的基础，太阳城没有爱，只有专制和奴役。

希尔达去意已定，没想到格茨央求她不要抛弃他，令她大感意外。她说："你把我的一切都拿走了，还要求我别抛弃你？"这时格茨吐露真言，原来高高在上的他实际上痛苦不堪。在太阳城，众人对他言听计从，但他没有感受到一点爱。相反，人们越听话，越顺从，他越感到凄凉。也就是说，农民们服服帖帖，按照格茨的说教修炼自己的一言一行，格茨没有成功的喜悦，反而滋生出许多孤独。披在他身上的这件上帝外衣能够保证大家规规矩矩，却无法给他带来真正的爱。表面上看，他君临一切，一呼百诺，人们纷纷匍匐在他脚下，但也正是这种状况决定了他无法得到真正的爱。格茨发现，农民越拥护他，他与他们的距离越远，内心越感到悲哀，这是古往今来专制者的真实写照。专制者只能在表面上营造轰轰烈烈的爱，内心深处感受到的却是绵绵无尽的凄凉。格茨在太阳城大张旗鼓地推行爱，可他心里明白，他没有从貌似恭顺的农民那里感受一点爱。他明白，希尔达代表爱，只有她才能爱，他寄希望于她，认为希尔达是不可替代的，只有她能帮助他，驱赶他内心的寂寞。希尔达一无所有，但在格茨眼中，她才是爱的源泉，真正的爱发生在她与农民之间，真正有力量的是希尔达。格茨为自己不能成为希尔达而苦恼不已。他说："我不懂，为什么我们是两个人，我想既变成你，同时又不失为我自己。"格茨认识到，他需要希尔达，这种需要不是外在的。他不能利用希尔达，把她当做实现目的的手段，就像他利用上帝、把它当作蛊惑农民的招牌一样。格茨觉悟到，希尔达应该成为他的组成部分，应该内在地构成他。格茨把希尔达视为知己，当作自身存在的支撑，他明确表示，他只信任希尔达，信任她甚至超过信任自己。

当农民暴动已成燎原之势，纳斯蒂劝格茨当机立断，率领农民军向贵族开战。纳斯蒂和卡尔处心积虑地煽动农民造反，但没有率兵打仗的经验，他们迫切要求格茨站出来指挥农民军。在这一危急时刻，格茨举棋不定，祈求希尔达为他做主。希尔达意识到，此时她已经成为格茨的同谋，置身事外只是自欺。他们承诺一起做出决定，不管发生什么事情，他们一起承担后果。格茨后来转变，希尔达功莫大焉，她为格茨开辟了一条新的行善之路。

7. 卡尔的质疑

格茨觉悟受到希尔达的昭示，同时也是因为打着上帝旗号行善遇到了重重困难。太阳城貌似诺亚方舟，标榜为乱世中的一块净土，但这都是建立在谎言上的。格茨以上帝之名可以玩弄农民们于一时，但不能愚弄他们一世，他能够欺骗这些心地善良、老实巴交的农民，但无法欺骗所有的人。自封为农民代言人的卡尔对格茨竟然能够假借上帝之名易如反掌地把农民抓在手里随意蛊惑大为不满，他向格茨发出了挑战，发誓要揭穿他的庐山真面目。

卡尔来到太阳城，太阳城的教师正在对农民们进行教化，他们教的第一个字就是"爱"。太阳城要重塑人们的心灵世界，使人们觉悟到，在认识格茨之前的第一天性是"坏的天性"，他们要脱胎换骨，在自己身上创造第二天性，方法就是学习爱。格茨在太阳城搞的这一套，与上帝在人间所做的如出一辙。按照他立下的规矩，人们必须爱好和平，不准酗酒，不准偷窃，不准打老婆，不准打孩子。对周边即将发生的战争，太阳城奉行和平主义，不插手任何事端，不损害任何人的利益。它既不想站在农民的立场上去攻打贵族，也不想站在贵族的立场上欺压农民，它坚守的立场是爱，爱指向所有的人，太阳城不分彼此地爱一切人。太阳城希望在黑云压城的风暴中不偏袒任何一方，它力图在贵族与农民的千百年仇恨中另辟蹊径，自以为是地祭出爱的大旗，反对用仇恨和暴力解决争端。太阳城想用实际行动证明，爱必须占据统治地位，通过爱才能化解仇恨，带来和平。

卡尔指出，战争迫在眉睫，太阳城幻想独善其身，安然地置身事外，这根本不可能。太阳城越幸福，其他地方的农民就越发不能忍受不幸的生活，绝望逼得他们走投无路，他们迫不得已铤而走险，迫不及待地要发动暴乱。卡尔说："仇恨、屠杀、别人的血是你们的幸福所必需的食粮。"太阳城的幸福是建立在苦难上的，太阳城闭眼不看现实，这只能证明他们要么是麻木不仁，冷酷无情，要么是鬼迷心窍，自欺欺人。

对于卡尔的指责，太阳城辩护说，它是一座幸福圣殿，所有的人都应该把目光投向他们，犹如基督徒朝向圣地一样。当世人用爱化解一切，世界还能不太平吗？卡尔质问道，战争爆发，太阳城是冷漠地袖手旁观，还是积极地介入其中？太阳城的回答是：我们为人们祈祷，不会介入战争，因为暴力亵渎爱，引发仇恨，太阳城只能选择做和平与爱的殉道者。卡尔怒不可遏，认为太阳城的人简直昏聩愚昧，他们中了格茨的毒，已经不可救药。贵族老爷抢掠烧杀，太阳城竟然作壁上观，竟然没有仇恨、只有爱？太阳城反对农民的暴力行为，难道赞成贵族们的暴力吗？卡尔指出，战争爆发，农民们不会允许太阳城在自己的兄弟被残杀的时候保持中立，会烧掉太阳城以惩罚它的背叛。如果贵族胜利，他们绝不会容忍一块高贵的土地落到农民手中。卡尔积极鼓动农民投入战争，用仇恨血洗德国。

格茨认为卡尔的胡言乱语很危险，一旦农民上当，就是死路一条，必须把真相告诉农民。他们虽然苦大仇深，却是一盘散沙，根本不懂得打仗，挑起战端，必将招致惨败。纳斯蒂认为，不能对农民道出真相，直言相告，他们非但不会感激，愤怒的农民还会杀死说真话的人。纳斯蒂这番话激起了格茨冒险的欲望，如果谁都不敢对农民道出真相，那么，为避免战火蔓延德国，避免千百万人头落地，格茨决定回到人间去，他要亲口告诉农民：你们五大三粗，身体强壮，但徒有一身气力，无法赢得战争。格茨身经百战，他知道，打仗是要死人的，无论胜负，德国都会血流满地，农民们要付出惨痛代价，更何况，他们获胜的希望非常渺茫。在神婆巫士的煽动下，农民们一厢情愿地相信，只要涂抹了一点油膏，就能刀枪不入。战场上会死人，但谁都没有想到死亡会降临在自己身上。面对固执愚蠢的农民，格茨直言相劝，但效果甚微。被仇恨充实的农民犹如干柴烈火，一点就着。卡尔等人巧舌如簧，煽动农民是其拿手好戏。格茨无法说服这些胸中激荡怒火的农民，于是他故技重施，突然装出恐怖的样子，嘴里念念有词："啊！可怕的幻觉。"农民们惊恐不安起来，问他看到了什么？格茨说："我看见你们只剩下些骨头，你们变成了骷髅，上帝不愿意发生暴动，我看见了那些在战争中丧命的人。"

格茨以为装神弄鬼就可以让农民乖乖就范，不想卡尔恭候多时，正期待着格茨表演他的骗术，给他提供一个揭穿格茨的难得机会。此刻他从容地站出来，公然挑战格茨。卡尔对农民们说，你们太温良敦厚了，什么时候你们才能学会勿轻信别人呢？他指着格茨说，就是这样一个人，手上有点血，你们就把他当作上帝，多么愚蠢啊！如果手上流点血，你们就把他当作上帝，那么我也可以流血。他把双手向空中一举，果真鲜血直流。格茨熟悉这套把戏，要求卡尔把双手翻过来检查，原来在他的袖筒里藏着盛满鲜血的膀胱。格茨揭穿了卡尔的鬼把戏，可是卡尔毫不示弱，也要求检查格茨的双手。他对大家说，瞧，这个人为了流出几滴浓血，用指甲抓破了几处旧伤疤，这是明目张胆地欺骗啊！如果通过变戏法就能够成为上帝，那么他也能够成为上帝。卡尔随即开始变戏法，他一会儿让木棒子开了花，一会儿又从帽子里拿出一只兔子。突然间，他用一种怪异的声音讲话：为什么格茨这个私生子要把自己的土地分给农民呢？众人听到这种冥冥中的怪异之音纷纷跪在地上，以为卡尔与上帝通灵，上帝要讲话了。卡尔装神弄鬼的本领更甚于格茨，他假借上帝之口对农民们说：这个人欺骗了你们，他对你们撒谎。一个老爷不管他做了什么，他仍然是老爷，他是永远不会和你们平等的。格茨把土地给你们，你们无以回报，因为你们对贵族所有的只是仇恨，把心中的恨拿出来给他吧。你们已经受尽了侮辱，格茨的行善无疑对你们是更进一步的侮辱。格茨反唇相讥，认为上帝的恩赐就是给予，上帝不管做什么，总是给予，他把土地给予农民，与上帝的做法是一致的。如果农民因给予恨他，那么他们也恨上帝吗？格茨恳求农民，"上帝就是爱和仁慈的化身，我求求你们，接受我的赠与和友谊吧。我不要你们感激我，我只希望你们不要把我的爱谴责为邪恶，不要把我的礼物谴责为罪恶。"对格茨这番发自肺腑的请求，农民们态度冷淡。一位农民说："你爱怎么说就怎么说吧，我可不喜欢施舍。"

在格茨与卡尔唇枪舌剑的争辩中，纳斯蒂冷静旁观，此刻他宣布："争论已见分晓，上帝和卡尔在一起。"在纳斯蒂看来，虽然格茨和卡尔都打着上帝旗号争取农民支持，但事实表明，农民们更相信卡尔。卡尔撕破了格茨的伪装，粉碎了他的爱的说教，格茨不得不现出原形。他破口大骂卡尔和农民们，他承认自己的想法错了，他的行善只是一厢情愿，在农民身上根本行不通："贵族拥有土地是天经地义的，因为他们的灵魂是高傲的，你们这些乡巴佬，用四只脚爬也是天经地义的，因为你们只不过是一些猪。"当众人站在卡尔一边，高呼打死格茨，他是彻底心凉了，绝望了。纳斯蒂劝他"快走吧，格茨!"否则命将不保。格茨不解地问纳斯蒂,这些人都是狼,他怎么能够和这些狼待在一起?

8. 格茨的觉悟

作恶的格茨目标明确、豪气冲天,行善的格茨一再受到重挫,明显底气不足。格茨没有打退堂鼓,他把遇到的困难看作是对自己的考验。他骂农民们是畜生,甚至说:"上帝啊,我多么讨厌他们啊,我爱的不是他们而是狼!"他为自己打气,强行维持信心:"既然失败了也得坚持,既然任何失败对我来说是一个征兆,任何不幸对我来说是一个机会,任何失意对我来说是一次恩宠。"那么,他希望上帝能够告诉他如何利用这些"不幸"。

在令人心碎的茫茫黑夜中,格茨呼唤上帝。原来他只是利用上帝,此刻,陷于绝望中的他开始向上帝寻求答案。要接近上帝,就要疏远人,格茨想,也许他根本就不应该去管人的事。"人可真碍事,他们是荆棘,要达到上帝的身边,非得拨开他们不可。"由于对人的深深失望,格茨发现,原来上帝和人是对立的,想通过上帝之名在人间行善,这条路走不通。他说:"在我体验过一切之前,我将一无所有,在我拥有一切之前,我将什么也不要,在我成为一切之前,我将什么也不是。"格茨经历了耻辱、感受到了失望和轻蔑,他对人不抱希望了。

格茨回到太阳城,境况惨不忍睹,农民们因为拒绝打仗被杀死了,为了实现爱的主张,他们竟惨遭杀害,这让格茨痛心不已。格茨厌倦了人间的一切,想到了死,他对希尔达说,人间乱糟糟的,我们会在天国相见。希尔达粉碎了格茨最后一点可怜的希望,她明确告诉格茨,根本没有什么天国,人们也不会进天国,即便进了天国,相互之间也看不见,因为在天国人们只关心上帝,不会关心自己,天国是上帝为了否定人类而对人类的诱惑。希尔达说,她只爱人,她不会在天国爱格茨,只能在尘世中爱这具粗糙、磨损、可怜的皮肉。在天国里没有爱,只有尘世才有爱,爱是违反上帝意志的,人们只能在尘世里违反上帝的意志去爱。

经历了重重打击,格茨一蹶不振,他表明自己只爱上帝,不爱人。在上帝面前,人是微不足道的,人们以为是自己在行动,其实他离不开上帝引导。格茨感谢上帝向他揭露了人类的丑恶,表明今后他将在自己身上惩罚人类的过失。他要让自己受饥饿、寒冷、鞭打的折磨,因为上帝创造人就是为了毁掉他们。他对希尔达说,如果我不惩罚自己,你知道接下来会发生什么事吗?希尔达说,是肉体的诱惑。肉体的爱抚是人间之爱的表现,格茨把肉体视为肮脏的，人间之爱在他眼中变成了肮脏肉体之间的引诱和折磨。希尔达认为，肉体是干净的，肮脏的是格茨的灵魂。一个人爱另一个人，当然包括肉体之爱，为什么要把肉体当成折磨人的刑具呢？格茨为了自己是个人，多么痛苦啊！格茨坦率承认："我不是人，我什么也不是，我的眼中只有上帝，人，那只是视觉的幻影。"嘴上这样讲，面对希尔达的眼睛，嘴巴，身体，他内心涌起了渴望和冲动。希尔达很美，但格茨要躲过上帝的眼睛，才能面对希尔达，他期待漆黑的夜晚，"黑得足以躲过上帝眼睛的夜晚"。希尔达一语道破，爱就是这样的夜晚，因为相爱的人，上帝就再也看不见他们了。

格茨反上帝，结果发现上帝无所不能，人倒是丑恶不堪，他想站在上帝的对立面，结果反被上帝俘获，厌恶人类，希尔达竭力把他拉回到人间。真正促使格茨幡然醒悟，去除压在他觉悟这匹骆驼身上最后一根稻草的是他与海因里希的谈话。

格茨打赌行善后的一年零一天，海因里希如约来见他，这时的格茨像个落魄者，他正在为实现上帝毁掉人类的意旨而惩罚自己的身体。这个曾使整个德国发抖的格茨，现在变得傻头傻脑，像一个抱在奶妈怀里的婴儿，他被上帝剥夺了一切，变得绵软无力。

海因里希告诉格茨，贵族把纳斯蒂率领的农民军打得落花流水，死了两万五千人，不出两三个月，暴动将被镇压。奇怪的是，人们最恨的不是煽动仇恨、鼓动暴动的纳斯蒂和卡尔，农民们把满腔怒火指向了格茨，开始了对他的追杀。他们认为，当初格茨若能率领他们作战，这场灾难就可避免，现在他们把失败的责任推到他的头上。格茨说每时每刻他都在自责，他需要有人审判自己，海因里希就是合适的人选。

格茨问海因里希，我把土地献出来，难道做错了吗？海因里希认为，格茨没有献出土地，因为人们只能贡献属于自己的东西。土地本来属于农民，格茨怎么能够把本来属于农民的东西献给农民呢？格茨问道，如果我没有把土地献出来是真的，但是农民得到土地却是真的，这该如何解释？海因里希说，既然农民不能守住土地，那他们就没有得到土地。这就是说，尽管格茨把土地献出去了，但农民根本无法保有它们，土地迟早还是会被贵族抢回去，格茨献给农民的土地最终农民还是无法得到。格茨说，这样说来，我做的好事不都化为泡影了吗？即便如此，我做好事的结果得不到承认，但做好事的动机总不能抹杀吧？海因里希说，你是因为不能享用这些财产，它们对你是多余的，于是你假装放弃这些财产，并认为是在做好事，这个愿望本身就是虚假的。格茨说，按照这种分析，他真的是糊涂了，难道他做的这一切都是在演戏、在骗人？如果他献出土地是虚假的，行善的愿望也是虚假的，那么他是在干什么呢？海因里希一针见血地说，你献出土地的目的是为了破坏，由于你献出土地，贵族不满，也引发农民暴动，使两万五千人死亡，你行善比作恶更有毁灭性。格茨说，过去他背叛大主教，背叛自己的兄弟，在沃尔姆城下，他又背叛了恶。但对恶的背叛不那么容易，因为对恶的背叛得到的不是善，而是一种更坏的恶。当他是恶人时，善好像离他那么近，但当他伸出双臂，善却化为一阵清风，难道这是幻觉吗？格茨行善每每如作恶，他感慨道："主啊，如果你不愿给我行善的方法，为什么给我行善的强烈愿望呢？如果您不允许我变好，为什么又剥夺了我作恶的欲念呢？"这一切究竟是怎么回事？海因里希说，你知道主不会回答，不管你怎样折磨自己，去和妓女、麻风病人亲嘴，上帝才不把这些放在眼里，因为你不够格。没有人能够格，因为人是虚无的，这你早知道了。格茨在危难中恳求上帝，向天国发出过信息，但没有任何回音，现在他终于明白了，原来他在上帝眼中什么也不是，上帝既看不见他，也听不到他，因为上帝根本不知道他。决定作恶的是格茨，想要行善的也是格茨，是他打赌做假，现在说出这一切的还是他。他，只有他才能赦免自己的罪，祈求上帝是徒劳的。

格茨终于觉悟了，不是人的存在是幻影，而是上帝的存在是虚构。人的存在是真实的，上帝的存在是虚假的。如果上帝存在，人就不存在，如果人存在，上帝就不存在，上帝的存在和人的存在不相容。一旦设定上帝存在，人就必须否定自己，一旦肯定人的存在，就必须取消上帝。格茨告诉海因里希他发现的这个"天大的妙事"："上帝并不存在，岂止上帝不存在，天国和地狱也不存在，存在的只是人间。"认识到这一点，格茨非常痛快，痛快得流出了眼泪！

对格茨的狂言乱语，海因里希气得发疯，他扑过去打格茨。觉醒的格茨已经不听海因里希的摆布，他与海因里希扭打在一起，刺死了他："你死了，世界照样人丁兴旺，谁也不会想念你。"驱逐了上帝，杀死了海因里希，格茨决定重新开始人的生活，他对希尔达说，"上帝死了，我一个人在看你的头发和你的额头，自从上帝不再存在以来，你是多么真实啊！"

战争的失利影响了农民军士气，开小差的越来越多。见到格茨后，纳斯蒂发现他大变样了，格茨同意加入战争，愿意成为农民中的一员。他说，成为人们中的一员，这是最困难的。以前我追求纯洁的爱，真是太天真了。世上根本没有纯粹的爱，格茨爱农民，就意味着仇恨贵族，为了爱农民，他必须参加战斗。爱与恨是交织在一起的，没有对贵族的恨，就不可能有对农民的爱。纳斯蒂要求格茨做他们的首领，格茨欣然应允。抛弃了上帝，格茨靠什么指挥呢？他采用人间的办法："凡是企图开小差的士兵一律处绞刑，……只有士兵害怕我甚于怕敌人，我们就肯定会取得胜利。"格茨打赢了对上帝的战争，成为真实的人，他又率领农民投入了对德国贵族的战争，开始了真正的行善。

四、主题分析

《魔鬼与上帝》系统地表达了萨特哲学对人与上帝关系的看法，它向人们表明，反对上帝、实现人的自由并非易事。

1. 上帝与魔鬼相互依存。

设定上帝，相应地就必须设定魔鬼，在一个上帝的世界中必须有魔鬼，魔鬼与上帝互为对立面，互为依存。没有魔鬼，上帝的存在就失去了意义，同样，没有上帝，魔鬼的存在也缺少支撑。在萨特哲学中，人必须面对他人，不能单凭自身界定自己，人是被他人定义、是通过他人得到揭示的。在这出戏中，格茨是在与他人特别是通过与上帝的关系揭示自己。面对上帝，格茨显示其存在的意义。①

格茨反上帝有一个鲜明特征，他把自己定位于专与上帝作对。上帝代表善，他则为恶。若把上帝的意旨解释为使善在世界上行不通，格茨的使命便是令善在世界上大行其道。由于专与上帝为敌，这不仅决定了格茨是围绕着上帝转，而且决定了他只有在与上帝的对抗中才能获得自己的存在。

格茨把自己设定为上帝的对立面，这种做法首先必须假定上帝是存在的。格茨反对上帝，必须先肯定上帝存在，这种反抗甚至还加强、巩固了上帝的存在。魔鬼用了多大气力反对上帝，就证明上帝在多大的反对力量面前屹立不倒。换言之，在魔鬼与上帝这种二元对立框架内是无法否定、取消上帝的。格茨反对上帝，一开始就陷入了上帝布下的怪圈：人们可以用一切手段反对上帝，但所有的反对必须设立一个前提，就是要保证上帝的存在。或者说，所有的反对有一个界限，即不能取消上帝的存在。

反对上帝与取消上帝，二者有本质不同。前者是对上帝不满，对上帝的权

---

① Gary Cox, *Sartre And Fiction*, Continuum International Publishing Group, 2009, p. 155.

威提出挑战。后者则是对上帝的存在提出质疑，力图否定上帝的存在。格茨一开始便把自己定位于反对上帝，他只能在肯定上帝的基础上反对上帝，他只能反对上帝但不能取消上帝，这注定了他无法把反对上帝的斗争进行到底。反对上帝，如果不对上帝的存在提出质疑，不跳出上帝布下的怪圈，仅以魔鬼的身份反对上帝，这种反对只能是外在的，无法从根子上内在地否定上帝，无法从存在中一笔勾销上帝。

以外在方式反对上帝，表面上看，斗争轰轰烈烈，形式颇为壮观，很能吸引人的眼球，在现实中造成大快人心的场面，带给人种种满足。但这种外在的反对方式不仅粗糙，且只能停留于表面。反对者没有细察，他的反对虽能鼓舞人心，但在根子上对上帝的存在没有触动。戏剧向观众展示，反对上帝的斗争不能是那种"粗放式"的对上帝的轻蔑和仇恨，而是通过精细思考达到对上帝存在的质疑和否定。经历了痛苦折磨，格茨终于觉悟，他不能站在魔鬼的立场上，只能站在人的立场上才能对上帝的存在做出否定。

格茨否定上帝不单是因为他发现上帝是不存在的，关键是，他发现人是自由的。只有对人的存在这一特征做出清晰判断，才能从存在中排除上帝，上帝才成为"多余"的，这是萨特哲学在人与上帝关系思考中得出的重要结论。

2. 格茨反上帝："太阳对太阳"

上帝不同于魔鬼，这与张三不同于李四不一样。张三不同于李四，这种不同可能只是差异，不一定构成对立关系。魔鬼不同于上帝，这种不同不仅仅是差异，而是纯粹的对立关系。在这种对立中，上帝代表全能和至善，魔鬼则是绝对的恶。

格茨无论作恶还是行善，都自觉站在上帝的对立面。上帝是绝对的，要求扮演魔鬼的格茨也必须是绝对的。如果格茨不能使自己处于绝对中，他就无法真正站在上帝的对立面。格茨与上帝的斗争，就是绝对善与绝对恶的斗争。这种斗争表面看，针尖对麦芒，水火不容，但从实质上看，它有"虚假"的一面，因为这种对立成立的前提是对绝对的肯定，而斗争结果，无论是上帝还是魔鬼取胜，"绝对"都会保留下来，而绝对的观念其实就是上帝的观念。当格茨把自己摆在上帝的对立面，自豪地把他与上帝的斗争比喻为"太阳对太阳"，其所作所为实际上是在反对上帝的时候又在肯定上帝，格茨是用一种绝对反对另一种绝对，他是在以上帝的方式反对上帝。观众看到，格茨不遗余力地反对上帝，但他在太阳城的所作所为俨然又是上帝。格茨用他自己这个"太阳"取代上帝的"太阳"，他在反对上帝的过程中，已经不知不觉地把自己置于类似于上帝的位置。

这种用一种绝对反对另一种绝对的做法，不论采取的斗争手段如何激烈，斗争内容如何彻底，斗争形式如何变化，结果仍然会保留绝对。格茨以魔鬼自居反对上帝，即便反抗成功，保留下来的只能是"上帝式"的魔鬼。事实表明，站在魔鬼的立场上反对上帝，这种反对本身就是体现上帝全能智慧的一种形式，这种反对仍在上帝的全面掌控中。

3. 格茨行善不同于上帝的至善

上帝是一概念，在其规定中，它是绝对和全能的。格茨是一个活生生的人，不是一个纯粹概念，他只能在反思中把自己设定为魔鬼。但这样做的前提是，他不是魔鬼，其存在始终与魔鬼保持距离。格茨只能扮演魔鬼，他可以力求把自己"塞进"魔鬼概念的规定中，但实际上他总是处于魔鬼与非魔鬼之间，作为具体的人，他无法把自己的存在定格或凝固为"纯粹"的魔鬼。

海因里希打算把通往沃尔姆城的钥匙交给格茨，他来到格茨营帐，发现其部下面目狰狞，行为粗野，他一度想改变主意，不交出钥匙。后来见到格茨，在交谈中发现他"自己非常讨厌自己"。在确认了格茨不是一个十足的恶人后，他才决定交出钥匙。正是因为格茨没有被恶充实，他才能厌恶自己。如果恶完全充实了格茨，他已经成为地地道道的恶人，他后来是无法转变为行善的。

格茨力图像上帝那样去行善，他想在农民的心目中扮演上帝的角色，其行善想达到上帝的效果，他费尽九牛二虎之力始终无法做到这一点，这令其痛苦万分。格茨只能在意识的设定中指向绝对，只能在反思中把自己定位于绝对，但在前反思状态，在其实际存在中，无法获得这个绝对，他总是游离在这个绝对之外。格茨作为活生生的存在，始终无法赋予自身绝对性质。因为他只能在一个特定的境遇中，面对具体的人群去行动。

譬如，把土地分给农民，这显然与上帝对人的恩赐不同。上帝是绝对，是超越一切的纯粹的光和热。格茨呢？其行善是一个贵族所为，不论其动机多么高尚，都无法超越具体的历史存在，无法达到上帝的纯粹性质。格茨不论做什么，都无法像上帝那样把农民笼罩在绝对的光环下。也就是说，作为历史境遇中的个人，格茨追求像上帝那样对农民赐福，想得到农民对上帝那样的赞美，犹如挟泰山以超北海，永远不可能。格茨的存在扎根在历史情境中，他必然会遇到卡尔等人的挑战，而挑战的主要策略就是把他从绝对的虚幻迷梦中结结实实地置于历史境遇中，对他倡导的纯粹的爱进行具体阐释，还原其存在的历史性质。作为个人，格茨可以想尽一切办法神话自己，但始终无法摇身一变成为"太阳"，无法赋予自身纯粹的抽象性质。他可以采取各种手段在"朦朦胧胧"模糊中把自己等同于上帝，但始终面临着被还原为具体个人的可能性。

古往今来，统治者都殚精竭虑地"拔高"自己，为自己披上各种"绝对"的外衣，制造各类神话，这些做法的实质就是试图把自己从人的具体存在中剥离出来，赋予自己某种"纯粹"和"抽象"的性质。可以说，一旦赋予自身绝对性质，就意味着要限制或取消人的自由，但这些努力和做法无不以破产而告终，那些伟大、神圣、生前笼罩着各种令人眩晕光圈的统治者，最终都要从神坛走下来，回到人间。

4. 格茨无法成为上帝代言人

作为至善的上帝（绝对）不能由"外面"移植到人们心中，凡是由"外部"进入的，都是具体的，相对的。这些"外在之物"进入人的心灵，需要借助于强力施压，任何强力，不论其力和规模有多大，由于它们来自于现实，都是脆弱和有限的。也就是说，它们都会受到挑战，都面临着被其它力量取代的可能。上帝的威严如果靠外力建立，其存在就岌岌可危了。

上帝作为至善是人们的信仰，它是人们奋力追求、不惜一切代价努力维护的，它是人主动的选择和接受，是发自内心的真诚信奉。上帝既不是靠逻辑的运算、演绎的推论维系生命，也不靠外在强力维护支撑，它是无条件的。它无需外在理由的辩护，排除了一切现实质疑，它表现为人内在的需要。萨特哲学认为，是人的脆弱导致在内心中根植了上帝，建立了绝对。农民们从教士那里购买赎罪券，这一信念发自内心，出于真诚。没有任何人强迫他们这样做，他们这样做也不仅仅是幼稚和愚昧。格茨认为购买赎罪券是教士的巧取豪夺，但农民们却不这样认为，他们对上帝的信仰来自心灵深处的"相信"。

格茨困惑的是：为什么农民能够在心底里对上帝树立牢固信仰，不惜一切地相信上帝，毫不犹豫地花费辛辛苦苦挣得的金钱去感激上帝，但对给予他们实实在在巨大好处的格茨却心存疑虑？他怎样做才能把农民笼罩在自己的光环下，成为他们心目中上帝的代言人？

格茨没有意识到，上帝从来不在人间露面，它消除了一切具体性，它只是在人的信仰中被设定为绝对。作为贵族，格茨只能通过给农民好处的方式来行善，农民得到土地，对他心存感激，这是对一个贵族的感激。虽然分土地给农民是一件史无前例的善举，但凭借这一具体行为，格茨无法把自己提升到"绝对"的高度，不论他做什么，都无法把自己变成人们信仰中的一个纯粹设定，无法剔除其存在的历史具体性。

格茨非但不能把自己变成上帝，作为贵族，他想融入、扮演另一种人间角色也很困难。格茨行善无一点预兆，他突然间就把土地分给了农民，昔日的老爷一朝放下架子，与农民称兄道弟，甚至给他们洗脚，这让农民诚恐诚惶。格茨充其量只能在表面上拉近与农民的距离，"装作"与他们亲密无间。纳斯蒂指出，格茨不论做什么，都不能消除他与农民的分别，即便他把财产全部献出来，变成穷光蛋，他也不能摇身一变成为穷人，他仍是一个"过去的富人"。格茨把土地分给农民们，这种做法本身就表明，他与农民们不是一路人。纳斯蒂说，人家打你一拳，你可以还击，别人吻你一下，你可以回吻别人作为回报，这表明你和对方是平等的。格茨把土地分给农民，农民拿什么来回报呢？农民们无以回报，这才证明他们是农民，证明他们和格茨永远不同，他们永远无法捏到一起。纳斯蒂的判决让格茨感到他比那些贵族还傲慢得多，他加入农民的行列比加入贵族更艰难、更令人不快。

纳斯蒂证明，格茨既不是上帝，也不是穷人，不论做什么，他都是一个贵族。

5. 爱与统治

格茨行善难以摆脱贵族身份，这个"贵族身份"像梦魇一样始终纠缠着他，使他难以消除与农民之间的鸿沟。不得已，他只好采用欺骗手段，用扮演上帝代言人的方式行善。卡尔来到太阳城，目的就是把这个假先知还原为具体的人，他坚决、彻底地要在格茨与上帝之间划出一条明确界限，同时要把自己与上帝"打通"，把上帝的外衣抢过来披在自己身上。

无论格茨还是卡尔，一旦与上帝发生关系，欺骗就成为控制人的必要环节。古往今来，统治者一旦要把自己打造为上帝，神话自己，以种种"绝对"的面目出现，就免不了进行欺骗。同样，一旦人们承认统治者的"绝对"身份，就会以自欺的方式把自己设定为不自由的。统治者剥夺人的自由，被统治者在自欺中想方设法掩盖自己的自由，这已成为生活的"常态"。

格茨与那些搞阴谋、耍手段、口是心非的政客不同，他不是假仁假义的伪君子，他有行善的真诚动机，主观上并不想欺骗任何人。在一定意义上，他冒充上帝的代言人，也是迫不得已。他的真实动机是想推行爱。其行善异常真诚，但扮演上帝代言人的角色却异常艰难。格茨真诚地爱一切人，追求爱的绝对和纯粹性质，但在现实中却碰得头破血流，这证明上帝之爱在人间行不通。上帝之爱必然导致统治，统治人与爱人完全是两码事，格茨以上帝之爱来行善，恰与真正的人间之爱南辕北辙。

格茨想如同上帝那样爱人，导致把爱"异化"为统治，这是他在付出巨大努力后仍然无法得到农民真心拥护的根本原因。爱是人间的事，只有人才有爱，因此爱必须违反上帝的意旨，一旦人把目光转向上帝，爱就消失了。一旦与"绝对"发生关系，爱就变味了。爱指向具体的人，指向他的全部，上帝不是爱的对象。只有把目光对准现实中的人，爱才能滋生。格茨以太阳城教主的身份推行爱，这种做法从根本上取消了爱。太阳城充其量给人温饱，但不能给人爱，因为真正的爱以自由为本，扎根于自由。

没有自由就没有爱，格茨把土地分给农民，这只能消除他们在经济方面的不平等，它只是实现自由和爱的最基本的外在物质条件，而不能等同于爱本身。人的真正解放就在于爱，人不能爱人，不能被人所爱，他拥有再多的土地和财富，也不会有自由。但人要爱人，就不能爱上帝，一旦爱上帝，爱就消失了。严格地说，对上帝是不能有人间之爱的，面对上帝，只能敬畏和服从，因为在人与上帝之间不可能建立自由的关系。上帝之爱本质上是对人的控制，而人间之爱的本质是自由。

6. 爱与自由

爱扎根于自由，爱只与自由发生关系，爱的本质是自由，任何与自由相抵触的，都与爱背道而驰。严格说来，吃饱穿暖只是一种满足，不能等同于自由。人们吃饱穿暖了，仍可能陷于不自由中，在这种状态下，人与"物"无异。吃饱穿暖虽然重要，但它们只是自由的"副产品"，绝不是自由本身，更不是人的存在目的。把吃饱穿暖等同于自由，甚至看成是人存在的目的，这是对自由的亵渎，是对人的本质特征的严重误判。

人的存在不是充实，不管是用锦衣玉食充实人，还是用上帝充实人，最终都导致对自由的剥夺。格茨以为把土地献出来，给了农民巨大好处，这就是爱，这是把"好处"与爱混同，把"好处"当作自由，用"好处"替代、剥夺自由的典型例子。当格茨给农民好处，他"不由自主"地把自己提升到农民之上，对他们发号施令。一旦格茨把自己凌驾于他人之上，就使自己也使他人都处于不自由中。希尔达爱农民，农民也爱她，她与农民建立的是自由关系。格茨自以为爱人，他很真诚，其"爱"越深，他越悲哀，因为他在太阳城建立的是统治关系。

把爱与"好处"混同，相应地就会把人的存在等同于"萝卜"。格茨没有把农民视为自由的人，而是把他们当成了"萝卜"，其行善与农民的关系实际上与"园丁"与"萝卜"的关系一样。

在生活中，人们常常打着"爱"的旗号关心人，"爱"变成了统治的隐秘形式。许多人常常以给人好处的方式来证明爱，爱与统治表面上似乎势不两立，其实它们很容易打通。关键在于，爱若不是建立在自由上，就滑向了对人的统治。通常人们会警惕那些用强力剥夺人们自由的方式，但在行善面前，在种种"好处"面前，人们会受到诱惑，丧失反抗的动力。岂不知，各种各样的"好处"、"实惠"也可以剥夺人的自由，而且这种剥夺更隐蔽、更巧妙、更有迷惑性，也更有效。

如果说爱就是将一个人置于自由中，让他凭借自己的判断去选择，那么，格茨的行善客观上把农民变成了听话的一群，已从根本上取消了爱。其实，农民们对格茨行善并不是没有质疑，有的农民公然表示，他们不喜欢"施舍"。"好处"可以满足人的欲望，但人们不会停留在欲望上，为了自由，人们会放弃甚至断然拒绝"好处"的。

7. 反对上帝与皈依上帝

格茨行善本意是为了反对上帝，在这一过程中出现了微妙变化：

他必须打着上帝的旗号去行善，反对上帝是目的，打着上帝旗号（欺骗）本来只是手段。由于必须与上帝寸步不离，这一手段对他如此重要，成为行善成败的关键，在这种情况下，成为上帝垂青的人开始变为格茨的追求，原先只是达到目的的手段现在转化为目的。特别是格茨行善屡战屡败，不断受到来自海因里希、纳斯蒂和卡尔的严重挑战，太阳城受到来自四面八方农民的激烈反对，在严峻的形势下，格茨对人失望了，他转而向上帝求助。格茨本想借上帝之名抓住农民，不想反被上帝抓在手里，成为上帝的俘虏，这真是莫大讽刺！

由反对上帝始，到信奉上帝终，这不仅是格茨，也是人们拜倒在各种各样"绝对"面前的普遍情形。上帝常常会开玩笑：你反对我吧，你尽管激烈地反对我，你可以动员一切力量反对我，但最终你会发现，你反对的不是我，而是你自己。无数事实证明，上帝不是一个单纯的外在偶像。

格茨反上帝的历程向人们昭示：上帝无所不能，这不是一句空话，它被反复印证。表面上看，人们反对上帝的立场异常坚定，行动极为激烈，人们立下雄心壮志，与上帝不共戴天，力图毕其功于一役，一举将上帝打倒。但结果往往是，不仅没有扳倒上帝，反而捍卫了上帝的存在。许多反上帝的激烈壮举其实根本没有触及上帝，它们只不过是皈依上帝的一种特别方式罢了，因为上帝更多的是人们心灵中顽强追求绝对的倾向，上帝源自人内心的软弱，源自于对自由的恐惧和对绝对的依赖，上帝其实是活在人的心灵深处的。

8. 坚信人的自由

海因里希对格茨说，一年前你曾问过我，"行善是可能的吗？"我回答说，不可能！海因里希坚信格茨行善会失败，不是他料事如神，而是看到，格茨无论作恶还是行善，都刻意追求绝对。换言之，这就是用上帝的方式反抗上帝，这场斗争最终只能出现一种结局，即作为人的格茨不可能取胜，上帝（绝对）是唯一赢家。

海因里希有一些真知灼见，他清楚地知道，上帝是不存在的，存在的只是人，人是自由的，这个自由的人在任何时刻都无法把自己完全交给上帝。海因里希知道上帝的存在是"多余"的，但他没有"顺理成章"地否定上帝，而是相反，坚持上帝的存在。这表明，即便认识到上帝与人的存在是对立的，认识到上帝是多余的，仍有可能在生活中保留上帝，维护上帝的权威。

海因里希的理由是，一旦认定上帝不存在，这个世界就只能由人来接管，他对一个完全由人掌控的世界感到恐惧。海因里希认为人间的事情应该接受一个永恒生命的审判，即便这个永恒生命不存在，也要设定它的存在，甚至要把它看得比人的存在更真实、更重要。海因里希不相信人，这是他转向上帝的原因。如果人是自由的，还有什么事情不能做呢？如果人的存在没有限制，世界还不乱作一团？

格茨杀死海因里希是一个重要象征：仅仅认识到上帝是多余的还不够，必须对人是自由的报以信心。人是自由的，所以人应对自己的行动负责，而不应寄希望于上帝对人的行动负责。人应相信自己，勇敢地在这个世界上承担责任，而不应把责任推诿于上帝。要做到这一点，不仅需要对人是自由的有清醒认识，还要对人是自由的报以坚定信心。承认人是自由的并不能保证坚持和承担自由，只有对人是自由的抱以信心，才能让自由在人的存在中真正扎下根，在世界上彻底铲除上帝。

在世界上铲除上帝，意思不是说上帝真的存在于世界某个地方，就像太阳每天从东方升起那样。而是指从人的内心深处排除对上帝的依赖，放弃对绝对的追求。一旦人们开始追求绝对，就打开了通向上帝的大门。一旦人们想在内心中寻求永恒的支撑，就会发明上帝。排除上帝的存在，意味着人只能在自己的自由中管理世界，只能在杜绝一切依赖、一切支撑、一切试图对自己的存在进行奠基的企图后管理这个世界。杀死海因里希的格茨也像尼采那样发出了

"上帝死了"的箴言，上帝死了，人间的事情必须由人们自己处理，再也不需要上帝的审判了。赶走了上帝，格茨重新回到人间，他认识到，在人间不再有绝对，不再有纯粹，不再有绝对的善或绝对的恶，这是人的存在方式。格茨用人的方式去爱人，这才是真正行善的开始。

格茨反对上帝经历了三个阶段：一是当判断上帝为善，他就作恶，格茨以让上帝难堪为乐。二是格茨决定行善，发现以个人之力无法赢得农民信任，必须借助上帝之名才能行善。格茨祈求上帝，被上帝虏获，憎恶人类。三是格茨发现只有站在人的立场上才能撼动上帝，在前两个阶段，无论怎样做，最终结果都无法否定上帝。格茨的觉醒不是用魔鬼反抗上帝，不是用一种抽象的绝对反对另一种抽象的绝对，而是肯定人是自由的，对人的自由抱以充分信心，用人的具体实在反对抽象绝对的观念。

《魔鬼与上帝》系统地表现了萨特哲学的无神论思想，它启示人们：反对上帝决非易事，坚持人的存在、人的自由其实非常艰难。上帝神通广大，法力无边，只要稍微放松警惕，人们就可能受到诱惑，跌落陷阱，被其俘获。铲除上帝，不仅需要绝大毅力，还必须保持清醒的头脑。

参考文献

一、外文书目

［1］Alistair Rolls & Elizabeth Rechniewski（ed.），*Sartre's Nausea：Text，Context，Intertext*，New York：Rodopi，2005

［2］Christopher Panza & Gregory Gale，*Existentialism for Dummies*，Indianapolis：Wiley Publishing，Inc.，2008

［3］Gary Cox，*Sartre Dictionary*，London：Continuum International Publishing Group，2008

［4］Gary Cox，*Sartre and Fiction*，London：Continuum International Publishing Group，2009

［5］Hubert L. Dreyfus & Mark A. Wrathall（ed.），*A Companion to Phenomenology and Existentialism*，Blackwell Publishing Ltd，2006

［6］Joseph S. Catalano，*A Commentary on Jean‐Paul Sartre's Being and Nothingness*，Chicago & London：The University of Chicago Press，1980

［7］Michel Contat & Michel Rybalka（ed.），*Sartre on Theater*，trans. Frank Jellinek，New York：Random House，Inc.，1976

［8］Neil Levy，*Sartre*，England：Oneworld Publications，2002

［9］Robert Bernasconi，*How To Read Sartre*，New York：W. W. Norton & Company，2007

［10］Robert C. Solomon，*Introducing the Existentialists：Imaginary Interviews with Sartre. Heidegger and Camus*，Indianapolis：Hackett Publishing Company，1981

［11］Sebastian Gardner，*Sartre's Being and Nothingness：A Reader's Guide*，London：Continuum International Publishing Group，2009

［12］W. John Campbell，*Sartre's No Exit & The Flies：Notes*，Lincoln：Gliffs Notes，1989

［13］William C. Pamerleau，*Existentialist Cinema*，New York：Palgrave Macmillan，2009

［14］Jonathan Webber，*The Existentialism of Jean‐Paul Sartre*，New York：Routledge，2009

二、中文书目

［1］A·C·丹图著、安延明译：《萨特》，工人出版社1986

［2］贝尔纳·亨利·列维著、闫素伟译：《萨特的世纪——哲学研究》，商务印书馆 2005

［3］波伏娃著、黄忠晶译：《萨特传》，百花洲文艺出版社 1996

［4］杜小真著：《萨特引论》，商务印书馆 2007

［5］弗朗西斯·让松著、刘甲桂译：《存在与自由——萨特传》，北京大学出版社 1997

［6］弗朗西斯·让松著、许梦瑶、刘成富译：《萨特》，上海人民出版社 2009

［7］高宣扬著：《萨特的密码》，同济大学出版社 2007

［8］黑兹尔·罗利著、时娜译：《面对面——让－保罗·萨特与西蒙娜·德·波伏娃》，中信出版社 2006

［9］黄忠晶、黄巍译：《萨特自述》，天津人民出版社 2008

［10］李喻青、凡人主编《萨特文学论文集》，安徽文艺出版社 1998

［11］李喻青、凡人主编《萨特戏剧集》（上），安徽文艺出版社 1998

［12］李喻青、凡人主编《萨特戏剧集》（下），安徽文艺出版社 1998

［13］米歇尔·维诺克著、孙桂荣等译：《法国知识分子的世纪——萨特时代》，凤凰出版传媒集团 2001

［14］索菲·里夏尔丹著、韩沪麟译：《千面人萨特》，作家出版社 2006

［15］让－弗朗索瓦·西里奈利著、陈伟译：《20 世纪的两位知识分子：萨特与阿隆》，江苏人民出版社 2001

［16］让·华尔著、翁绍军译：《存在哲学》，三联书店 1987

［17］萨特著、陈宣良等译：《存在与虚无》，三联书店 2007

［18］萨特著、潘培庆译：《词语》，三联书店 1989

［19］萨特著、沈志明等译：《寄语海狸》，人民文学出版社 2005

［20］萨特著、丁世中译：《不惑之年》，中国文学出版社/科文（香港）出版有限公司 1998

［21］萨特著、丁世中译：《缓期执行》，中国文学出版社/科文（香港）出版有限公司 1998

［22］萨特著、沈志明译：《痛心疾首》，中国文学出版社/科文（香港）出版有限公司 2003

［23］萨特著、郑永慧译：《墙》，见秦天、玲子编：《萨特文集》，中国检察出版社 1995

［24］雅克·柯莱特著、李焰明译：《存在主义》，商务印书馆 2004

后　记

　　本书的撰写建立在教学基础上。几年前，我为学生开设了《萨特文学研究》课程。萨特举世瞩目，名震中外，但阅读其小说和戏剧，许多读者提不起兴致。不是人们不愿意读，而是读起来实在有些"勉为其难"。毫无疑问，萨特的作品是存在主义的文学经典，在法国文学史上占有重要地位，影响深远。许多读者也是有相当素养、具备审美能力的大学生，但在他们与萨特作品之间，好像无形中隔了一堵"墙"。我认为自己应该做一些工作，可以尝试在读者和萨特的文学作品之间架起一座沟通的桥梁。在课堂上，同学们对萨特的兴趣和对问题的思考打动了我，促使我投入更多的热情对待这项严肃的工作。在本书付梓之际，我首先想到的是，应该感谢我的学生，没有他们的鼓励和推动，没有他们对问题探赜索隐、追本溯源的彻底精神，就不会有本书的问世。

　　在美国攻读法学博士的李想同学在学业繁忙之余为我搜集材料，还不时在翻译上提出建议，为本书出力甚多，在此表示衷心地感谢！

　　我的妻子韩聪倩女士承担了全部琐碎而繁杂的家务劳动，并且为本书的资料整理，文字校对和修订付出了辛苦劳动。没有她的奉献和全力支持，我无法在比较短的时间完成此书。

　　最后，我要特别感谢本书的责任编辑宋悦和陈娜女士。她们在工作中表现出来开阔的学术视野，认真负责的敬业精神，对工作一丝不苟、兢兢业业的专业态度，给我留下了深刻印象。她们的许多建议给我启发，使本书受益匪浅。我对宋悦和陈娜女士为本书的编辑付出的辛勤劳动表示感谢，对她们至仁无亲、乐于助人的人格魅力深表敬佩。

李克

2013 年 2 月于深圳